LA PLACE DU MORT

JEFFERY DEAVER

LA PLACE DU MORT

roman

Traduit de l'anglais (États-Unis)
par Isabelle Maillet

CALMANN-LÉVY

Titre original anglais :
THE EMPTY CHAIR
(Première publication : Simon & Schuster, Inc., New York, 2000)

© 2000 Jeffery Deaver

Pour la traduction française :
© Calmann-Lévy, 2002

ISBN 2-7021-3327-4

À Deborah Schneider...
Le meilleur des agents,
la meilleure des amies.

Du cerveau, et du cerveau seul,
naissent nos plaisirs, nos joies,
nos rires et nos plaisanteries,
de même que nos chagrins, nos douleurs,
nos peines et nos larmes...
Le cerveau est aussi le siège de la folie
et du délire, des peurs et des terreurs qui nous
assaillent de jour comme de nuit...

HIPPOCRATE

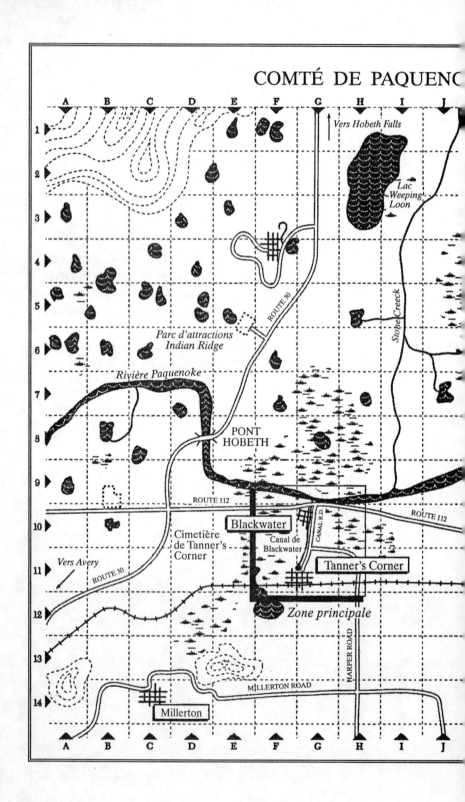

COMTÉ DE PAQUENO

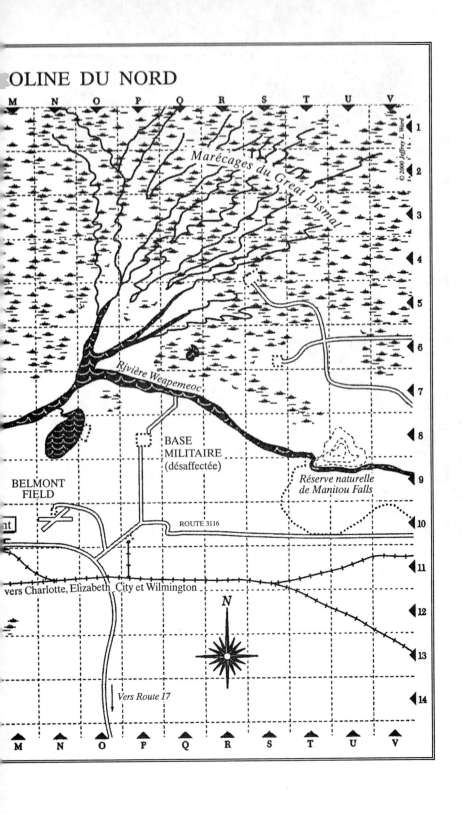

OLINE DU NORD

Marécages du Great Dismal

© 2000 Jeffrey L. Ward

Rivière Weapemeoc

BASE
MILITAIRE
(désaffectée)

BELMONT
FIELD

Réserve naturelle
de Manitou Falls

ROUTE 3116

vers Charlotte, Elizabeth City et Wilmington

N

Vers Route 17

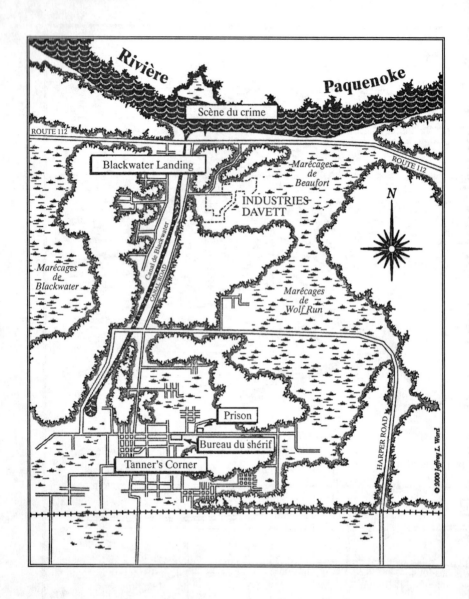

Rivière Paquenoke

Scène du crime

ROUTE 112

Blackwater Landing

Marécages de Beaufort

INDUSTRIES DAVETT

ROUTE 112

N

Marécages de Blackwater

CANAL ROAD

Canal de Blackwater

Marécages de Wolf Run

Prison

Bureau du shérif

HARPER ROAD

Tanner's Corner

© 2000 Jeffrey L. Ward

PREMIÈRE PARTIE

Au nord de la Paquo

1

ELLE ÉTAIT VENUE déposer des fleurs sur les lieux où le garçon avait été tué et la fille, kidnappée.

Elle était venue parce qu'elle avait une silhouette massive, une peau grêlée et quelques rares amis.

Elle était venue parce qu'on n'en attendait pas moins d'elle.

Elle était venue parce qu'elle en avait envie.

En nage, Lydia Johansson, vingt-six ans, longea d'une démarche mal assurée l'accotement de la route 112, après y avoir garé sa Honda Accord, puis descendit avec précaution la pente jusqu'à la berge boueuse où le canal de Blackwater rejoignait les eaux opaques de la rivière Paquenoke.

Elle était venue parce qu'elle pensait que c'était la meilleure chose à faire.

Elle était venue malgré sa peur.

Le jour se levait à peine, mais ce mois d'août était le plus torride que la Caroline du Nord ait connu depuis des années, et Lydia transpirait déjà abondamment sous sa tenue d'infirmière lorsqu'elle se dirigea vers la clairière bordée de saules, de tupelos et de lauriers à larges feuilles. Elle trouva facilement l'endroit qu'elle cherchait ; le ruban jaune de la police était bien visible à travers la brume.

Partout résonnaient les sons du petit matin. Bruits de plongeons, craquements produits par un animal fourrageant dans les épaisses broussailles alentour, bruissement de la laîche et des graminées sous la caresse du vent chaud.

Oh Seigneur ! ce que je peux avoir les jetons, songea-t-elle en se remémorant avec une sinistre acuité les scènes les plus horribles des romans de Stephen King et de Dean Koontz, qu'elle avait lus jusque tard dans la nuit avec pour seule compagne un demi-litre de crème glacée Ben & Jerry's.

Encore des bruits dans les buissons. Elle hésita, balaya du regard les environs, et décida finalement de poursuivre son chemin.

« Hé ! » lança une voix masculine toute proche.

Laissant échapper un petit hoquet de stupeur, Lydia fit volte-face. Dans son mouvement, elle faillit lâcher les fleurs.

« Bonté divine, Jesse ! Tu m'as flanqué une de ces frousses !

– Désolé. »

Posté à côté d'un saule pleureur, non loin de la clairière dont l'accès était interdit, Jesse Corn avait les yeux fixés sur la même chose qu'elle : les contours blancs d'une silhouette à l'emplacement où l'on avait découvert le corps du garçon. Autour de la ligne indiquant la tête de Billy s'étalait une tache brunâtre que Lydia, en tant qu'infirmière, n'eut aucun mal à identifier comme du sang séché.

« Alors, c'est là que ça s'est passé, murmura-t-elle.

– Mouais, c'est là. »

Jesse s'essuya le front avant de repousser une mèche blonde égarée. Son uniforme – la tenue beige standard des policiers du comté de Paquenoke – était froissé et poussiéreux. La sueur formait des auréoles sombres sous ses aisselles. À trente ans, il possédait encore un charme juvénile.

« T'es là depuis longtemps ? lui demanda-t-elle.

– Sais pas. Depuis 5 heures du mat', p'têt.

– J'ai vu une autre voiture, un peu plus loin sur la route. C'est Jim ?

– Nan. Ed Schaeffer. Il est de l'autre côté de la rivière. »

D'un mouvement de tête, il indiqua les fleurs.

« Elles sont jolies. »

Lydia mit quelques secondes à comprendre qu'il parlait de son bouquet de marguerites.

« Deux dollars quarante-neuf, précisa-t-elle. Elles viennent du Food Lion. Je les ai achetées hier soir. Je me doutais bien que les magasins seraient pas encore ouverts à cette heure-ci. Enfin, sauf Dell, mais ils vendent pas de fleurs. »

Qu'est-ce qui la poussait donc à lui raconter tout ça ? se demanda-t-elle. Une nouvelle fois, Lydia regarda autour d'elle.

« T'as une idée de l'endroit peut être Mary Beth ? »

Jesse fit non de la tête.

« Aucune.

– Lui non plus, tu sais pas où il est, je suppose.

– Exact » confirma Jesse, qui consulta sa montre, puis jeta

un coup d'œil aux eaux sombres, au débarcadère pourri, au fouillis de roseaux et de hautes herbes capables de dissimuler un homme.

Lydia ne trouvait pas rassurant qu'un représentant de la police du comté, portant de surcroît un gros pistolet, soit manifestement aussi nerveux qu'elle. Il gravissait déjà la pente herbeuse jusqu'à la route lorsqu'il se retourna pour indiquer les marguerites.

« Deux quatre-vingt-dix-neuf, tu dis ?

— Non, quarante-neuf. Au Food Lion.

— C'est une bonne affaire », déclara le jeune flic, qui scruta un court instant l'océan herbeux devant lui, avant de reprendre son ascension.

« Je serai là-haut, dans la voiture de patrouille. »

Restée seule, Lydia s'approcha de la scène du crime. Elle évoqua Jésus, évoqua les anges, et elle pria quelques minutes. Elle pria pour l'âme de Billy Stail, libérée de son corps ensanglanté la veille, à cet endroit même. Elle pria pour que les malheurs accablant Tanner's Corner s'achèvent au plus vite.

Elle pria aussi pour elle-même.

D'autres bruits lui parvinrent des fourrés. D'autres craquements, d'autres bruissements.

La luminosité était plus forte, à présent, mais pour autant, le soleil n'égayait guère Blackwater Landing. La rivière y était particulièrement profonde, et bordée de saules noirs enchevêtrés ainsi que de cèdres et de cyprès au tronc épais ; certains étaient vivants, d'autres morts, et tous suffoquaient sous la mousse et le kudzu envahissants. Un peu plus loin au nord-est s'étendaient les marécages du Great Dismal, et Lydia Johansson, comme toutes les jeannettes d'hier et d'aujourd'hui dans le comté de Paquenoke, n'ignorait aucune des légendes à leur sujet : la Dame du Lac, le Cheminot sans Tête... Pourtant, ce n'étaient pas ces spectres qui l'inquiétaient, car Blackwater Landing avait maintenant son propre fantôme : le garçon qui avait kidnappé Mary Beth McConnell.

Lydia ouvrit son sac, en retira son paquet de cigarettes puis, les mains tremblantes, en alluma une. Elle se sentit un peu plus calme. Elle marcha encore un peu le long de la berge, avant de s'arrêter près d'un buisson de hautes herbes mêlées de massettes qui ployaient sous le vent brûlant.

Au sommet de la pente, une voiture démarra. Jesse n'allait pas partir, tout de même ! Alarmée, Lydia leva la tête. Non, la

17

voiture n'avait pas bougé, constata-t-elle. Jesse avait dû mettre en marche la climatisation. Lorsqu'elle reporta son attention sur la rive, elle nota que la laîche, les massettes et les plants de riz sauvage se courbaient, ondoyaient et bruissaient de plus belle.

Comme si quelqu'un, tapi parmi eux, s'avançait vers le ruban jaune.

Mais non, non, évidemment, elle se trompait. C'est juste le vent, se dit Lydia, qui alla déposer révérencieusement ses fleurs au pied d'un saule noir au tronc noueux, non loin de la silhouette lugubre dessinée à terre, éclaboussée d'un sang aussi sombre que les eaux de la rivière. Elle se remit à prier.

De l'autre côté de la rivière Paquenoke, en face de la scène du crime, l'officier Ed Schaeffer, adossé au tronc d'un chêne, ne prêtait aucune attention aux moustiques qui voltigeaient près de ses bras laissés nus par la chemisette réglementaire. Au bout d'un moment, il s'accroupit pour examiner de nouveau le sol à la recherche d'éventuelles traces du garçon.

Il dut se retenir à une branche tant la fatigue l'étourdissait. Comme la plupart des policiers mobilisés pour retrouver Mary Beth McConnell et son ravisseur, il n'avait pas fermé l'œil depuis près de vingt-quatre heures. Mais alors que ses collègues, les uns après les autres, avaient fini par rentrer se doucher, manger et s'accorder quelques heures de repos, Ed avait décidé de rester. Parmi tous les hommes du shérif, c'était lui le plus vieux, et aussi le plus gros (cinquante et un ans et cent trente-deux kilos en grande partie superflus), mais ni l'épuisement, ni la faim, ni ses articulations douloureuses ne l'empêcheraient de poursuivre les recherches.

Une nouvelle fois, il étudia le terrain.

Avant d'appuyer sur le bouton d'émission de son talkie-walkie.

« Jesse ? C'est moi. T'es là ?

– Je t'écoute.

– J'ai des empreintes, chuchota-t-il. Elles sont toutes fraîches. Je dirais qu'elles remontent à une heure maximum.

– C'est lui, tu crois ?

– Qui veux-tu que ce soit à une heure pareille et de ce côté-ci de la Paquo ?

– Ben, t'avais raison, alors, déclara Jesse. Je voulais pas le croire, mais apparemment, t'as mis en plein dans le mille. »

Dès le départ, Ed Schaeffer avait supposé que le gamin reviendrait. Pas à cause du cliché selon lequel l'assassin revient toujours sur les lieux de son crime, mais parce que ce gosse avait toujours considéré Blackwater Landing comme son territoire ; chaque fois qu'il avait eu des ennuis, il s'y était réfugié.

Ed regarda autour de lui, la peur l'emportant peu à peu sur sa lassitude et son malaise tandis qu'il contemplait l'entrelacement sans fin de feuillages et de branches autour de lui. Bon sang, songea-t-il, je suis sûr qu'il est là, quelque part.

« Jesse ? Les traces ont l'air de se diriger vers toi, mais j'en suis pas tout à fait certain. Il marchait surtout sur les feuilles. Bon, reste vigilant, OK ? Moi, je vais voir d'où viennent les empreintes. »

Ses genoux craquèrent lorsqu'il se redressa. Ensuite, aussi discrètement que le lui permettait sa corpulence, Ed remonta la piste qui s'écartait de la rivière pour s'enfoncer dans les bois.

Au bout d'une centaine de mètres, il découvrit ainsi un ancien affût – une cabane grisâtre assez grande pour abriter trois ou quatre chasseurs. Les ouvertures étaient sombres, l'endroit semblait désert. OK, se dit-il. OK. Ça m'étonnerait qu'il soit là. Mais bon...

Le souffle court, Ed Schaeffer fit un geste qu'il n'avait pas fait depuis un an et demi : il sortit son arme de son holster. Puis, le revolver serré dans sa main moite, il avança à pas prudents, les yeux allant et venant à toute allure du sol vers l'affût pour essayer de savoir où poser les pieds afin d'avancer le plus silencieusement possible.

Le gamin avait-il une arme ? se demanda-t-il en prenant conscience qu'il était aussi exposé qu'un soldat débarqué sur une tête de pont déserte. À la pensée d'un canon de fusil surgissant à l'improviste d'une des ouvertures, Ed céda à un brusque élan de panique et se baissa pour franchir en courant les dix mètres qui le séparaient du côté de la cabane. Là, adossé à la cloison en bois abîmée par les intempéries, il retint sa respiration, puis écouta attentivement les bruits ambiants. Mais il n'entendit rien à l'intérieur, sinon un faible bourdonnement.

OK, songea-t-il. Vas-y maintenant. Vite.

Avant que son courage ne l'abandonne, Ed se redressa pour jeter un rapide coup d'œil par l'une des ouvertures.

19

Personne.

Il parcourut alors du regard le sol de l'abri, et ce qu'il découvrit amena un sourire sur son visage.

« Jesse ? appela-t-il dans sa radio, gagné par l'excitation.

— Je t'écoute.

— Je me trouve dans un affût à environ cinq cents mètres au nord de la rivière. À mon avis, le gamin y a passé la nuit. Il y a des bouteilles d'eau minérale et des emballages vides un peu partout. Ah, et aussi un rouleau de ruban adhésif. Et devine quoi ? J'aperçois une carte.

— Ah bon ?

— Mouais. Une carte de la région, je dirais. Elle indique peut-être où il a emmené Mary Beth... Hein, qu'est-ce que t'en penses ? »

Mais Ed Schaeffer n'eut jamais l'occasion de connaître la réaction de son collègue à l'annonce de cette brillante démonstration d'investigation policière ; un hurlement de femme déchira soudain le silence de la forêt, et la radio de Jesse Corn se tut.

Lydia Johansson recula en titubant, et hurla de nouveau lorsque le garçon bondit hors de sa cachette dans la laîche tel un diable de sa boîte, puis referma sur ses bras des doigts aussi puissants que des serres.

« Oh, Seigneur ! Je t'en prie, me fais pas de mal ! supplia-t-elle.

— Ta gueule ! » gronda-t-il en observant les alentours, une lueur mauvaise dans le regard, le corps secoué de sursauts convulsifs.

Il était grand et maigre, à l'instar de presque tous les adolescents de seize ans dans les petites villes de Caroline, mais très musclé. Sa peau était couverte de boursouflures rouges – sans doute provoquées par une rencontre inopinée avec du sumac vénéneux, supposa Lydia –, et à en juger par l'état de sa tignasse en brosse, il s'était chargé lui-même de la coupe.

« Je... j'ai juste apporté des fleurs... C'est tout ! Je ne...

— Chut », marmonna-t-il.

Mais ses longs ongles sales s'enfonçaient douloureusement dans la chair de Lydia, qui laissa encore échapper un cri. Furieux, il lui plaqua une main sur la bouche. Quand il se pressa contre elle, Lydia perçut des relents de sueur et de crasse.

Écœurée, elle dégagea sa tête.

« Tu m'étouffes ! gémit-elle.

— Tu vas la fermer, oui ? »

Sa voix claqua avec un bruit sec rappelant celui des branches couvertes de givre qui s'entrechoquent en hiver. En même temps, il secouait Lydia avec brutalité, comme s'il cherchait à punir un chien désobéissant. L'une de ses tennis lui échappa dans la bataille, mais il n'y prêta aucun attention, et il la bâillonna de nouveau de sa paume jusqu'à ce qu'elle se calme.

Du haut de la colline, Jesse Corn appela :

« Lydia ? T'es là ?

— Chut, répéta le gamin en roulant des yeux fous. Si tu cries, je te fais vraiment, vraiment mal. Tu piges ? Hein, tu piges ? »

Pour appuyer ses dires, il lui montra le couteau qu'il venait de sortir de sa poche.

Elle hocha la tête.

Il la tira vers la rivière.

Oh non, pas par là. Je vous en supplie, non, implora-t-elle son ange gardien. Ne le laissez pas m'emmener là-bas...

Au nord de la Paquo...

Lydia se retourna. Jesse Corn, posté au bord de la route à une centaine de mètres, une main en visière au-dessus de ses yeux pour les protéger du soleil encore bas à l'horizon, fouillait du regard le paysage.

« Lydia ? appela-t-il encore.

— Magne-toi, bordel ! ordonna l'adolescent à sa prisonnière.

— Hé ! » lança Jesse qui, les ayant enfin aperçus, dégringolait maintenant la pente.

Mais ils avaient déjà atteint la berge, où le jeune garçon avait dissimulé un petit skiff parmi les roseaux et les hautes herbes. Il poussa Lydia dans l'embarcation, lança celle-ci sur l'eau, puis sauta dedans à son tour avant de ramer avec vigueur jusqu'à la rive opposée. Parvenu à destination, il hissa son bateau au sec, saisit la jeune femme par le bras et la conduisit vers les bois.

« Où on va ? chuchota-t-elle.

— Retrouver Mary Beth. Tu resteras avec elle.

— Mais pourquoi ? demanda Lydia, qui sanglotait désormais. Pourquoi moi ? »

Cette fois, il ne répondit pas. Il se borna à faire cliqueter ses ongles d'un air absent avant de l'entraîner à sa suite.

« Ed ? s'écria Jesse dans la radio. Oh, bon sang, c'est un cauchemar ! Il a enlevé Lydia. Je les ai perdus.

— Il a fait *quoi* ? »

À bout de souffle, Ed Schaeffer s'immobilisa. Il s'était mis à courir vers la rivière sitôt qu'il avait entendu le hurlement.

« Lydia Johansson, expliqua Jesse. Il l'a kidnappée.

— Bordel de merde, marmonna Ed, qui jurait à peu près aussi souvent qu'il dégainait son arme de poing. Mais pourquoi il a remis ça ?

— Il est complètement dingue, répondit Jesse. Pas la peine de chercher plus loin. Il a traversé la Paquo et se dirige vers toi.

— OK. » Ed s'accorda quelques instants de réflexion. « Il veut sûrement récupérer des trucs dans l'affût. Je vais me planquer à l'intérieur, pour essayer de le coincer dès qu'il arrive. Il a un flingue ?

— J'ai pas pu voir. »

Un soupir échappa à Ed.

« Tant pis... Bon, ramène-toi le plus vite possible, Jesse. Et appelle Jim.

— Je l'ai déjà prévenu. »

Ed relâcha le bouton d'émission, puis jeta un coup d'œil à la végétation aux abords de la rivière, mais il ne décela aucun signe du gamin et de sa nouvelle victime. Haletant, il se précipita de nouveau vers l'affût, dont il ouvrit la porte d'un coup de pied. Le battant céda dans un grand craquement, avant d'aller taper contre le mur. À peine entré, il s'accroupit devant l'une des ouvertures.

Il était tellement galvanisé par la peur et l'excitation, tellement concentré sur sa mission qu'au début, il ne prêta aucune attention aux deux ou trois points jaunes et noirs qui voltigeaient devant son visage. Ni aux picotements qui prenaient naissance dans sa nuque et se propageaient le long de sa colonne vertébrale.

Mais soudain, les picotements se muèrent en explosions de douleur fulgurante sur ses épaules, dans ses bras et sous ses aisselles.

« Oh, mon Dieu ! » cria-t-il avec un hoquet de terreur, en se redressant d'un bond, choqué au-delà de toute mesure par la vision de dizaines de frelons agglutinés sur sa peau. Affolé, il voulut les chasser de la main, mais ce geste ne fit que décupler la colère des insectes. Ils lui piquèrent le poignet, la paume, le

22

bout des doigts. Ed poussa un hurlement. La douleur était pire que tout ce qu'il avait jamais enduré – pire que la fois où il s'était cassé la jambe, pire que celle où il avait soulevé la marmite en fonte sans se douter que sa femme Jean avait laissé le brûleur allumé en dessous.

Peu à peu l'intérieur de la cabane s'assombrissait, à mesure que l'énorme nid grisâtre logé dans un coin – ce même nid qu'Ed avait écrasé en ouvrant la porte à la volée – déversait des flots de frelons. Ils étaient maintenant au moins des centaines à l'attaquer. Ils s'insinuaient dans ses cheveux, dans ses oreilles, s'accrochaient à ses bras, se glissaient sous sa chemise et ses jambes de pantalon, comme s'ils savaient que c'était inutile d'enfoncer leur dard dans le tissu et qu'il fallait atteindre la chair. Ed se rua vers la porte en arrachant sa chemise, et c'est alors qu'il découvrit avec horreur les grappes de créatures brillantes massées sur son torse et son énorme bedaine. Il renonça à essayer de les chasser, se contentant de fuir en direction des bois.

« Jesse, Jesse, Jesse ! » s'époumona-t-il, avant de s'apercevoir que sa voix s'était réduite à un murmure rauque ; les piqûres sur son cou avaient déjà enflé au point de lui comprimer la gorge.

Cours ! s'ordonna-t-il. Cours vers la rivière.

Ce qu'il fit. Il courut plus vite qu'il n'en avait eu l'occasion de toute sa vie, se jetant à corps perdu dans le sous-bois. Ses jambes se démenaient furieusement sous lui. Vas-y... Continue, s'ordonna-t-il. T'arrête pas. Tu peux les battre de vitesse, ces petits salauds. Pense à ta femme, pense aux jumeaux. Allez, allez, allez... Les grosses guêpes étaient maintenant moins nombreuses, lui semblait-il, même s'il en voyait encore trente ou quarante collées à sa peau, incurvant leur abdomen de manière obscène pour le piquer encore et encore.

J'atteindrai la rivière dans moins de cinq minutes. Je sauterai dans l'eau. Ces foutues bestioles se noieront. Tout ira bien... Cours ! Essaie d'échapper à la douleur... la douleur... Mon Dieu, comment des créatures aussi petites peuvent-elles causer autant de souffrance ? Oh, j'ai tellement mal...

Il filait comme un pur-sang, comme un daim, se frayant un chemin à travers des broussailles qui ne formaient plus qu'une masse floue devant ses yeux remplis de larmes.

Il...

Hé, mais quelque chose clochait. Baissant les yeux, Ed

23

Schaeffer se rendit soudain compte qu'il ne courait pas du tout. Il n'était même pas debout. Il s'était effondré à environ dix mètres de l'affût, et ses jambes ne le portaient pas vers le salut, mais s'agitaient frénétiquement sur le sol.

Sa main tâtonna à la recherche du talkie-walkie, et bien que son pouce ait doublé de volume, il réussit à presser le bouton d'émission. Mais au même moment, les convulsions nées dans ses jambes gagnèrent son torse, son cou et ses bras, et il laissa échapper la radio. Pendant un moment, il entendit la voix de Jesse Corn dans le haut-parleur ; quand elle se tut, il entendit encore le bourdonnement lancinant des frelons, qui se réduisit à un son de plus en plus faible. Enfin, ce fut le silence.

2

SEUL DIEU pourrait le guérir. Or, Dieu n'en avait pas spécialement envie.

Non que cela eût une quelconque importance, puisque Lincoln Rhyme était un homme de science, et non un théologien. Par conséquent, au lieu de faire le voyage jusqu'à Lourdes, Turin ou quelque tente baptiste abritant un guérisseur fanatique, il avait préféré se rendre dans cet hôpital de Caroline du Nord avec l'espoir, sinon de redevenir un être humain à part entière, du moins de recouvrer quelques-unes de ses facultés.

Il manœuvra lui-même son fauteuil roulant Storm Arrow, d'un beau rouge Corvette, pour descendre la rampe du monospace dans lequel il avait parcouru les huit cents kilomètres depuis Manhattan en compagnie de Thom, son garde-malade, et d'Amelia Sachs. Enserrant la pipette de contrôle entre ses lèvres au dessin parfait, il fit pivoter le siège d'une manière experte, puis se dirigea vers l'entrée de l'Institut de recherche neurologique intégré au Centre médical de l'Université de Caroline du Nord, à Avery.

Thom remonta la rampe rétractable du Chrysler Grand Voyager, un véhicule accessible en fauteuil roulant.

« T'as qu'à le garer sur une place réservée aux handicapés ! » lança Lincoln avec un petit rire.

Amelia Sachs arqua un sourcil interrogateur en direction de Thom, qui déclara :

« Il est de bonne humeur, apparemment. Profitons-en. Ça ne durera pas.

— Eh, j'ai entendu ! » cria Lincoln.

Le garde-malade s'éloigna au volant du monospace tandis qu'Amelia rattrapait Lincoln. Elle avait déjà sorti son téléphone portable pour appeler une société de location de voi-

tures. Thom allait passer une bonne partie de la semaine suivante dans la chambre d'hôpital où séjournerait Lincoln, et
elle voulait se ménager la possibilité d'aller et venir à sa guise,
et pourquoi pas, en profiter pour explorer la région. De plus, si
elle adorait les voitures de sport, elle n'avait en revanche pas
d'attirance particulière pour les minibus, et plus généralement
pour les véhicules dont la vitesse maximale ne dépassait pas
deux chiffres.

Elle supportait déjà depuis cinq bonnes minutes le message
d'attente à l'autre bout de la ligne lorsque, exaspérée, elle finit
par raccrocher.

« Ça ne me dérange pas de patienter, mais cette espèce de
musique d'ascenseur me hérisse, déclara-t-elle. Je rappellerai
plus tard. » Elle consulta sa montre. « Quand je pense qu'il est
seulement dix heures et demie ! Bon sang, il fait trop chaud
pour moi, dans ce coin. Vraiment trop chaud. »

Au mois d'août, Manhattan n'est certainement pas l'endroit
le plus tempéré qui soit, mais New York se situe néanmoins
beaucoup plus au nord que « l'État du goudron de pin » ; la
veille, lorsqu'ils avaient quitté la ville en traversant le Holland
Tunnel en direction du sud, la température ne dépassait guère
les vingt-deux, vingt-trois degrés, et l'air était sec comme du
sel.

Pour sa part, Lincoln Rhyme ne se souciait absolument
pas de la chaleur. Il ne pensait qu'aux raisons de sa présence à
Avery. Devant eux, les portes automatiques s'ouvrirent docilement (l'établissement, supposa-t-il, devait disposer de ce qu'il
y avait de mieux en matière d'installations pour handicapés), et
ils pénétrèrent dans le hall où régnait une agréable fraîcheur.
Pendant qu'Amelia se renseignait sur leur destination, Lincoln
parcourut du regard le rez-de-chaussée. Remarquant soudain
une demi-douzaine de fauteuils roulants inoccupés, couverts
de poussière, il se demanda ce qu'il était advenu de leurs propriétaires. Peut-être le traitement s'était-il révélé si efficace
qu'ils avaient pu les troquer progressivement contre des déam-
bulateurs ou des béquilles... Ou peut-être l'état de certains
d'entre eux avait-il empiré, les condamnant à rester alités ou
dans des fauteuils motorisés.

À moins qu'ils ne soient déjà morts.

« C'est par là », dit Amelia en lui indiquant une direction.

Thom les rejoignit devant l'ascenseur (porte deux fois plus
large que la moyenne, rampes, boutons à un mètre du sol), et

quelques minutes plus tard, ils localisaient le service concerné. Avisant l'Interphone mains-libres à côté de la porte, Lincoln s'en approcha, puis lança un « Sésame, ouvre-toi » retentissant, qui eut l'effet escompté.

« On nous la fait souvent, celle-là, commenta la secrétaire à l'accueil lorsqu'ils entrèrent. Vous êtes monsieur Rhyme, je suppose. Je vais prévenir le docteur de votre arrivée. »

Le docteur Cheryl Weaver était une femme mince d'environ quarante-cinq ans à la mise élégante. Elle avait le regard vif, nota aussitôt Lincoln, et des mains apparemment solides – comme il sied à un chirurgien. Ses ongles, dépourvus de vernis, étaient coupés court. À l'approche des nouveaux venus, elle se leva, un sourire aux lèvres, contourna son bureau, serra la main d'Amelia et de Thom, puis salua son patient.

« Bonjour, Lincoln.

– Bonjour, docteur. »

Le criminologue jeta un coup d'œil aux titres des nombreux ouvrages sur les étagères, ainsi qu'à la myriade de diplômes accrochés aux murs – tous délivrés par d'excellentes écoles et des institutions de renom. Des mois de recherches l'avaient convaincu que le Centre médical d'Avery figurait parmi les meilleurs hôpitaux du monde. Ses services d'oncologie et d'immunologie ne désemplissaient pas, et celui de neurologie, où exerçait le docteur Weaver, passait pour un secteur de pointe dans la recherche sur les traumatismes de la colonne vertébrale et leur traitement.

« Je suis ravie de vous rencontrer enfin », reprit le médecin.

Elle avait posé la main sur un dossier d'au moins cinq centimètres d'épaisseur. Le mien, supposa Lincoln. (Et de se demander ce qu'elle avait pu inscrire dans la rubrique *Pronostic* : « Encourageant » ? « Médiocre » ? « Sans espoir » ?)

« Nous nous sommes souvent parlé au téléphone, Lincoln, j'en ai bien conscience, mais je souhaiterais néanmoins revenir sur quelques points fondamentaux. Dans notre intérêt à tous les deux. »

Il acquiesça d'un bref hochement de tête. Il était prêt à tolérer un certain degré de formalisme, mais il ne se sentait guère enclin à écouter des discours visant à le mettre en garde. Or, il lui semblait maintenant que la conversation en prenait le chemin.

« Vous avez lu toute la documentation sur notre institut. Vous n'ignorez donc pas que nous essayons de développer une nouvelle technique de régénération et de reconstruction de la colonne vertébrale. Mais je me sens dans l'obligation de souligner une nouvelle fois que nous en sommes encore au stade *expérimental*.

– Je comprends.

– La plupart de mes patients tétraplégiques en savent plus long que les généralistes sur la neurologie. Vous-même ne faites pas exception à la règle, j'imagine.

– J'ai en effet des connaissances dans le domaine scientifique, répondit Lincoln comme s'il s'agissait d'un détail sans importance. En médecine aussi. »

Il lui offrit alors un exemple de son haussement d'épaules caractéristique – un geste que le docteur Weaver parut noter, puis ranger dans un coin de sa tête.

« Eh bien, veuillez ne pas m'en tenir rigueur si je répète des notions déjà familières pour vous, mais il est important que vous cerniez bien les possibilités et les limites de cette technique.

– Continuez, je vous écoute.

– Notre approche ici même, dans cet institut, consiste à mener l'offensive contre toutes les lésions traumatiques. Nous avons recours à la chirurgie de décompression traditionnelle pour reconstruire la structure osseuse des vertèbres et protéger la lésion médullaire. Ensuite, nous greffons deux substances distinctes sur cette région. D'une part, des cellules prélevées sur le système nerveux périphérique du patient. De l'autre, certaines cellules embryonnaires du système nerveux central, qui...

– Ah oui, le requin, l'interrompit Lincoln.

– C'est ça. Le requin bleu, oui.

– Lincoln nous en a parlé, intervint Amelia. Pourquoi le requin ?

– Pour des raisons immunologiques, des questions de compatibilité. Et aussi, ajouta le médecin avec un petit rire, parce que c'est un sacré gros poisson, qui nous fournit quantité de tissu embryonnaire.

– Pourquoi embryonnaire ? insista Amelia.

– Parce que le système nerveux central de l'adulte ne se régénère pas naturellement, marmonna Lincoln, agacé par

28

l'interruption. Celui des fœtus, lui, est appelé à se développer. C'est évident.

— Tout juste, approuva le docteur Weaver. Ensuite, outre la chirurgie de décompression et la micro-greffe, nous procédons à la dernière phase du traitement, celle qui nous enthousiasme tant aujourd'hui. Nous avons en effet mis au point de nouveaux médicaments qui pourraient améliorer la régénération de manière significative.

— Cette intervention, elle comporte des risques ? » demanda Amelia.

Lincoln tenta désespérément d'accrocher son regard. Il avait évalué ces risques et pris sa décision en conséquence. Il ne voulait pas qu'Amelia soumette le médecin à un interrogatoire serré. Mais l'attention de sa compagne se concentrait exclusivement sur le docteur Weaver, et Lincoln reconnut sans peine son expression ; c'était celle qu'elle arborait lorsqu'elle examinait la photo d'une scène de crime.

« Bien sûr, répondit le docteur Weaver. Si les médicaments ne sont pas dangereux en eux-mêmes, tout tétraplégique de type C4 s'expose néanmoins à des problèmes pulmonaires. Vous n'avez pas besoin d'un respirateur artificiel, Lincoln, mais avec l'anesthésie, vous n'êtes pas à l'abri d'une défaillance respiratoire. Tenez compte aussi du fait que le stress engendré chez le patient par l'ensemble de la procédure conduit parfois à la dysréflexie autonome, entraînant une élévation importante de la tension artérielle qui, à son tour – mais je ne doute pas que vous soyez déjà au courant –, peut provoquer une crise cardiaque ou un accident cérébral. Il faut également considérer la possibilité d'un traumatisme chirurgical sur la zone de votre blessure initiale ; pour le moment, vous n'avez encore ni kystes ni shunts, mais il n'est pas exclu que le liquide céphalo-rachidien accumulé à la suite de l'opération augmente la pression et cause des dégâts supplémentaires.

— En d'autres termes, son état pourrait s'aggraver », conclut Amelia.

Le docteur Weaver acquiesça, avant de baisser les yeux vers son dossier comme si elle voulait se rafraîchir la mémoire. Pourtant, elle ne l'ouvrit pas.

« Vous avez encore la capacité de bouger un doigt – votre annulaire gauche – et d'exercer un contrôle satisfaisant sur les muscles de vos épaules et de votre cou. Vous pourriez en perdre une partie, voire la totalité. Et perdre aussi votre capacité à respirer spontanément. »

Sur le moment, Amelia ne manifesta aucune réaction.

« Je vois », murmura-t-elle enfin d'une voix tendue.

Les yeux du médecin ne quittaient pas ceux de Lincoln.

« Vous devez évaluer ces risques en fonction des bénéfices que vous espérez retirer de cette intervention. Attention, vous ne serez pas capable de remarcher, si c'est ce que vous imaginez. Jusque-là, les opérations de ce genre n'ont connu qu'un succès relatif avec des blessures de la colonne vertébrale au niveau thoracique et lombaire – des blessures beaucoup moins importantes que les vôtres, je tiens à le préciser, et situées beaucoup plus bas. Elles ont rarement donné de bons résultats avec les traumatismes cervicaux, et aucune n'a réussi dans le cas d'une lésion en C-4.

– J'aime les jeux de hasard », affirma Lincoln.

Cette remarque lui valut un regard troublé de la part d'Amelia. Celle-ci savait pertinemment que Lincoln Rhyme n'avait pas du tout l'âme d'un joueur. C'était un scientifique dont la vie s'organisait en fonction de principes quantifiables, vérifiés.

« Je veux me faire opérer », se contenta-t-il d'ajouter.

Le docteur Weaver opina, sans que rien dans son attitude ne révèle si elle était satisfaite ou non de cette décision.

« Nous allons pratiquer un certain nombre d'analyses qui vous mobiliseront plusieurs heures. L'intervention est prévue après-demain. En attendant, j'ai un bon millier de formulaires et de questionnaires à vous soumettre. Je reviens tout de suite. Le temps d'aller chercher la paperasserie. »

Aussitôt, Amelia se leva pour la suivre, et Lincoln l'entendit demander :

« Docteur ? J'aurais une question à... »

La porte se referma avec un déclic.

« C'est une conspiration, glissa Lincoln à Thom. Il y a de la mutinerie dans l'air.

– Elle s'inquiète pour vous.

– Elle, inquiète ? Cette fille conduit à plus de deux cent à l'heure et manie la gâchette dans le Bronx. Moi, on va juste m'injecter quelques cellules de bébé poisson.

– Vous voyez très bien ce que je veux dire. »

Lincoln redressa la tête avec impatience, puis laissa son regard dériver vers un coin de la pièce où une colonne vertébrale humaine – authentique, selon toute vraisemblance – était placée sur un support métallique. Elle semblait beaucoup trop fragile pour porter l'organisme complexe qui l'avait enveloppée un jour.

Quelques instants plus tard, la porte se rouvrait, livrant passage à Amelia. Quelqu'un entra derrière elle, mais ce n'était pas le docteur Weaver, constata Lincoln. Le nouveau venu était grand, plutôt mince malgré une légère bedaine, et arborait l'uniforme fauve des shérifs. Sans un sourire, Amelia annonça :

« De la visite pour toi. »

L'homme ôta sa casquette Smokey l'Ourson, avant de saluer de la tête son interlocuteur. Il ne détailla pas le corps de Lincoln, contrairement à la plupart des gens quand ils le voyaient pour la première fois, mais se concentra un instant sur la colonne vertébrale exposée derrière le bureau du médecin. Puis il s'adressa au criminologue :

« Bonjour, monsieur Rhyme. Je m'appelle Jim Bell. Je suis le cousin de Roland Bell. Comme il m'a dit que vous seriez en ville, je suis venu aussitôt de Tanner's Corner. »

Roland Bell, du NYPD, avait travaillé avec Lincoln Rhyme sur plusieurs affaires. C'était le partenaire actuel de Lon Sellito, un inspecteur que Lincoln connaissait depuis des années. Roland lui avait indiqué le nom de quelques-uns de ses proches à contacter lorsqu'il serait en Caroline du Nord, au cas où il voudrait de la visite. Jim Bell était l'un d'eux, se souvint Lincoln. Les yeux fixés sur la porte par laquelle son ange de miséricorde, le docteur Weaver, devait revenir, il déclara d'un ton absent :

« Heureux de vous rencontrer. »

Jim Bell le gratifia en retour d'un sourire sans joie.

« À vrai dire, monsieur, je doute que vous le soyez encore longtemps. »

3

Il y avait bel et bien un air de famille, constata Lincoln en examinant son visiteur avec plus d'attention.

Comme son cousin Roland, le nouvel arrivant avait une silhouette élancée, des mains fines, des cheveux clairsemés et des manières décontractées. Mais ce Bell-là était aussi plus bronzé, moins citadin. Il devait sans doute beaucoup chasser et pêcher, et d'ailleurs, on l'imaginait plus volontiers coiffé d'un Stetson que d'une casquette de policier. Il alla s'asseoir sur une chaise à côté de Thom.

« C'est que vous voyez, m'sieur Rhyme, on a un problème.

– Appelez-moi Lincoln, je vous en prie.

– Allez-y, Jim, intervint Amelia. Dites-lui ce que vous m'avez raconté. »

Lincoln lui jeta un regard peu amène. Cela faisait trois minutes seulement qu'elle avait rencontré cet homme, et déjà, ils étaient comme cul et chemise.

« Ben, je suis le shérif du comté de Paquenoke, à une trentaine de kilomètres d'ici en direction de l'est. On est dans une situation un peu difficile, en ce moment, et du coup, j'ai repensé à nos conversations avec mon cousin – d'ailleurs, il tarit pas d'éloges sur vous, m'sieur... »

D'un mouvement de tête impatient, Lincoln l'incita à poursuivre, tout en se demandant : Mais où est passé le docteur Weaver, bon sang ? Combien de formulaires doit-elle rapporter ? Est-elle mêlée à la conspiration, elle aussi ?

« Bref, à cause de cette situation, j'ai pensé que je pourrais p'têt vous demander si vous auriez un peu de temps à nous consacrer. »

Lincoln partit d'un petit rire totalement dénué d'humour.

« Je suis sur le point de subir une opération délicate, déclara-t-il.

32

– Oh, je comprends. Et croyez-moi, je voudrais surtout pas retarder les choses. En principe, ce serait juste pour quelques heures... Enfin, j'espère... Vous savez, Rol m'a parlé de certaines de vos méthodes d'investigation, là-bas, dans le Nord. Nous, on a du matériel de labo basique, mais presque tout ce qui est du ressort de la police scientifique passe par Elizabeth City – le plus proche quartier général de la police d'État – ou Raleigh. Il faut des semaines pour obtenir des réponses. Et on n'a pas des semaines devant nous. Des heures, plutôt. Dans le meilleur des cas.

– Pour ?

– Retrouver deux filles qui ont été enlevées.

– Le kidnapping, c'est du ressort de la police fédérale, souligna Lincoln. Prévenez le FBI.

– Je me souviens même plus de la dernière fois où un agent fédéral a débarqué dans le comté pour autre chose que des problèmes de flingues, de came ou de distillation clandestine. Le temps que le FBI se ramène, ces gamines seront fichues.

– Expliquez-nous ce qui est arrivé », lui conseilla Amelia.

Elle avait pris un air attentif, nota Lincoln avec cynisme et irritation.

« Ben, hier, un lycéen du coin a été assassiné et une étudiante, kidnappée. Là-dessus, le suspect est revenu, et il a enlevé une autre fille. »

Le visage de Bell s'était assombri, remarqua Lincoln.

« Il nous a tendu un piège, et un de mes hommes est gravement blessé. Il est ici, au centre médical, dans le coma. »

Amelia, qui avait cessé de se labourer le cuir chevelu avec ses ongles, paraissait captivée. Bon, peut-être n'avait-elle pas comploté avec le shérif, mais Lincoln savait néanmoins pourquoi elle portait autant d'intérêt à une affaire qu'ils n'avaient pas le temps de traiter. Et la raison de ce comportement ne lui plaisait pas du tout.

« Amelia..., commença-t-il en levant les yeux vers l'horloge murale.

– Pourquoi pas ? Où est le mal ? » ajouta-t-elle en rejetant dans son dos sa longue chevelure rousse, qui demeura immobile telle une flamboyante cascade figée par magie.

Une nouvelle fois, Jim Bell jeta un coup d'œil à la colonne vertébrale dans le coin du bureau.

« Le problème, c'est qu'on n'est pas nombreux, m'sieur. Alors, on s'est débrouillés comme on a pu : tous mes hommes, et aussi des civils, ont passé la nuit à chercher, mais le fait est qu'on les a pas retrouvés, ni lui ni Mary Beth. On pense qu'Ed – c'est l'officier qui est dans le coma – a p'têt vu une carte de la région qui montre où est allé le gamin. Mais les docteurs savent pas quand il va se réveiller, ni même s'il se réveillera. »

Il reporta son attention sur Lincoln, qu'il implora du regard.

« On vous serait rudement reconnaissants si vous acceptiez d'examiner les éléments qu'on a relevés et de nous donner des idées sur l'endroit où il a pu aller. Nous, on patauge. Je vous assure, on aurait besoin d'un sérieux coup de main. »

Pourtant, Lincoln ne comprenait pas bien le sens de cette requête. Le travail d'un criminologue consiste en effet à analyser les indices afin d'aider les enquêteurs à identifier un suspect, et ensuite à apporter son témoignage d'expert pendant le procès.

« Vous savez qui est le suspect, souligna-t-il, et vous savez aussi où il habite. L'adjoint du procureur n'aura aucun mal à constituer un dossier en béton. »

Même en admettant que les policiers aient saccagé la scène du crime – et au niveau des petites villes, les représentants de la loi semblent posséder un talent certain dans ce domaine –, il leur resterait toujours assez de preuves pour obtenir une inculpation de meurtre.

« Non, non, c'est pas à cause du procès qu'on s'inquiète, m'sieur Rhyme. Ce qu'on veut, c'est localiser les gamines avant qu'il les élimine. Enfin, au moins Lydia, parce qu'à mon avis, Mary Beth est déjà morte. En fait, quand c'est arrivé, j'ai feuilleté un manuel de police d'État sur les enquêtes criminelles, et j'ai lu qu'en cas d'enlèvement à caractère sexuel, on a en général vingt-quatre heures pour retrouver la victime ; passé ce délai, elle perd toute humanité aux yeux de son ravisseur, qui peut alors la tuer sans le moindre remords.

– Tout à l'heure, vous l'avez traité de gamin, votre suspect, fit remarquer Amelia. Quel âge a-t-il, au juste ?

– Seize ans.

– Donc, il est mineur.

– Juridiquement, oui. Mais ses antécédents sont pires que ceux de la plupart de nos voyous adultes.

– Vous avez questionné sa famille ? demanda Amelia, comme s'il allait de soi qu'elle et Lincoln travaillaient sur l'affaire.

– Ses parents sont morts. Il a été élevé par une famille d'accueil. On a fouillé sa chambre, mais on n'a découvert ni trappe secrète, ni journal intime, rien. »

C'est rarement le cas, songea Lincoln, qui souhaitait de tout cœur que cet homme retourne au plus vite dans son comté au nom imprononçable en emportant ses problèmes avec lui.

« Je crois qu'on devrait leur donner un coup de main, Lincoln, déclara Amelia.

– Mais l'opération...

– Deux victimes en deux jours ? l'interrompit-elle. Il s'agit peut-être d'un schéma de comportement progressif. »

Les criminels obéissant à ce genre de comportement sont comme les drogués. Pour satisfaire un besoin de violence de plus en plus pressant, ils augmentent la fréquence et la sauvagerie de leurs actes.

Jim Bell acquiesça de la tête.

« Vous croyez pas si bien dire. Y a aussi des trucs dont je vous ai pas parlé. On a eu trois autres cas de mort suspecte dans le comté de Paquenoke ces deux dernières années, et un suicide bizarre qui remonte à quelques jours seulement. On soupçonne le gamin d'être impliqué dans tous ces décès, sauf qu'on n'a pas de preuves contre lui. »

Évidemment, puisque je n'étais pas là pour enquêter ! pensa Lincoln, avant de conclure que si un péché devait causer sa perte, ce serait sans doute l'orgueil.

Malgré lui, il sentait les rouages de son cerveau se mettre en branle, activés par les mystères que présentait l'affaire. Seuls les défis intellectuels avaient permis à Lincoln Rhyme de ne pas sombrer dans la folie depuis son accident, de ne pas chercher un autre médecin pour l'aider à se suicider[1].

« L'intervention n'aura lieu qu'après-demain, insista Amelia. D'ici là, tu n'as que ces analyses à faire. »

Ah, tu dévoiles enfin tes motivations secrètes, songea-t-il.

Elle n'avait pourtant pas tort. Le temps allait lui paraître long avant l'opération. Sans compter qu'il s'agissait d'une phase pré-opératoire ; autrement dit, interdit de toucher à son scotch dix-huit ans d'âge. Et de toute façon, à quoi un tétraplégique pouvait-il s'occuper dans une petite ville de Caroline du Nord ? Le plus grand ennemi de Lincoln Rhyme, ce n'étaient ni les spasmes, ni les douleurs fantômes, ni la dysréflexie qui tourmentent en permanence les gens comme lui, blessés à la colonne vertébrale ; non, c'était l'ennui.

---

1. Cf. *Le Désosseur*.

« Je vous accorde un jour, déclara-t-il enfin. Du moment que ça ne retarde pas l'intervention. Je suis resté quatorze mois sur liste d'attente pour en arriver là.

– Marché conclu, m'sieur », répondit Jim Bell, dont le visage las s'éclaira.

Mais Thom fit non de la tête.

« Ecoutez, Lincoln, nous ne sommes pas là pour travailler. Nous sommes là pour essayer un traitement, et ensuite, nous repartirons. Je n'ai pas la moitié de l'équipement nécessaire pour veiller sur vous si vous acceptez une nouvelle mission.

– C'est un hôpital, ici, je te signale, répliqua Lincoln. Je ne serais pas surpris qu'ils aient *presque* tout le matériel dont tu as besoin. Je vais en parler au docteur Weaver. À mon avis, elle ne verra aucun inconvénient à nous dépanner.

– Il n'empêche, je ne crois pas que ce soit une bonne idée », s'entêta le garde-malade, superbe avec sa chemise blanche, sa cravate et son pantalon fauve au pli impeccable.

Mais comme tous les chasseurs – libres de leurs mouvements ou pas –, une fois que Lincoln Rhyme avait décidé de traquer sa proie, rien d'autre ne comptait plus. Ignorant Thom, il se tourna vers Jim Bell pour l'interroger.

« Il est en cavale depuis combien de temps ?

– Quelques heures seulement, précisa le shérif. Ecoutez, je vais demander à un de mes hommes de vous apporter les indices relevés sur les lieux, et peut-être aussi une carte de la région. Je pensais... »

Il s'interrompit en voyant son interlocuteur froncer les sourcils. De son côté, Amelia réprima un sourire ; elle devinait sans peine ce qui allait suivre.

« Non, décréta Lincoln avec fermeté. C'est nous qui nous déplacerons. Vous nous installerez quelque part à... comment s'appelle votre patelin, déjà ?

– Euh, Tanner's Corner.

– Bon, eh bien, tâchez de nous aménager un espace de travail. J'aurai également besoin d'un assistant... Vous disposez d'un labo, dans vos locaux ?

– Nous ? fit le shérif, abasourdi. Vous voulez rire !

– OK, on va vous communiquer la liste des appareils nécessaires. Vous n'aurez qu'à les emprunter à la police d'État. »

De nouveau, Lincoln consulta l'horloge.

« Nous pourrions être là-bas dans une demi-heure. N'est-ce pas, Thom ?

36

« – Lincoln...

– N'est-ce pas ?

– Une demi-heure », maugréa l'aide-soignant, résigné.

Alors, songea Lincoln avec une pointe de malice, qui est de mauvaise humeur, à présent ?

« Demande les formulaires au docteur Weaver, ajouta-t-il. On les emportera avec nous. Tu n'auras qu'à les remplir pendant qu'on enquête, Amelia et moi.

– D'accord, d'accord. »

Déjà, Amelia notait sur une feuille tout ce dont ils auraient besoin. Lorsqu'elle eut terminé, elle la soumit à Lincoln, qui en prit connaissance.

« Ajoute un densimètre. Sinon, ça me paraît bon. »

Elle inscrivit l'appareil sur la liste, puis la remit à Bell. Il la lut à son tour en hochant la tête d'un air incertain.

« OK, je vais essayer d'arranger ça, dit-il. Mais je voudrais surtout pas vous causer trop de tracas...

– Je peux vous parler librement, Jim ?

– Bien sûr.

– Examiner quelques indices par-ci par-là ne servira pas à grand-chose, lui expliqua Lincoln à voix basse. Si on tient à mettre toutes les chances de notre côté, il est nécessaire qu'Amelia et moi, on prenne la direction des opérations. À cent pour cent. Alors, autant clarifier les choses dès maintenant : cette situation risque-t-elle de poser un problème à quelqu'un ?

– Je m'assurerai que non, répondit Jim Bell.

– Parfait. À présent, vous feriez bien de vous occuper de cet équipement. Le temps presse, il faut qu'on se bouge. »

Le shérif Bell demeura immobile encore quelques secondes, son chapeau dans une main, la liste établie par Amelia dans l'autre, avant de se diriger enfin vers la porte. Lincoln croyait se rappeler que « le cousin Roland », grand amateur d'idiomes sudistes, utilisait volontiers une image qui correspondait parfaitement à l'expression abasourdie de Jim Bell en cet instant. Il n'était pas certain de la formulation exacte, mais il y était plus ou moins question d'un ours attrapé par la queue.

« Oh, encore une chose », lança Amelia au moment où Jim Bell s'apprêtait à quitter la pièce. Il se retourna.

« Il s'appelle comment, votre suspect ?

– Garrett Hanlon. Mais à Tanner's Corner, tout le monde le surnomme le Cafard. »

Paquenoke est un petit comté au nord-est de la Caroline du Nord. La ville de Tanner's Corner, située à peu près au centre, en est la plus grosse bourgade ; tout autour sont disséminées des zones résidentielles ou commerciales plus modestes, telles que Blackwater Landing, blottie contre la rivière Paquenoke – surnommée la Paquo par les gens de la région – à quelques kilomètres au nord de Tanner's Corner.

Presque toutes ces zones résidentielles ou commerciales se trouvent au sud de la rivière, où se côtoient des marais inoffensifs, des forêts, des champs et des étangs. C'est dans cette partie que réside la majorité des habitants de la région. Au nord de la Paquo, en revanche, le terrain est traître. Les marécages du Great Dismal se sont peu à peu étendus, engloutissant les mobile homes, les maisons ainsi que les rares moulins et usines installés de ce côté-ci de la rivière. Des nappes d'eau sinueuses ont remplacé les étangs et les champs ; quant aux forêts, anciennes pour la plupart, elles sont quasiment impénétrables, à moins d'avoir la chance de connaître un sentier. Personne ne vit plus sur ce territoire, à l'exception des distillateurs clandestins, des accros à l'héroïne et d'une poignée de fêlés. Même les chasseurs ont tendance à éviter le coin depuis l'accident de Tal Harper, deux ans auparavant, quand des sangliers déchaînés se sont jetés sur lui et, malgré les coups de feu qui en décimaient la moitié, l'ont dévoré avant l'arrivée des secours.

Comme la plupart des habitants du comté, Lydia Johansson s'aventurait rarement au nord de la Paquo, et lorsqu'il lui arrivait de le faire, elle ne s'éloignait jamais beaucoup de la civilisation. Elle se rendait maintenant compte, avec un profond sentiment de désespoir, qu'en traversant la rivière, elle avait franchi une sorte de frontière qui la séparait d'un lieu dont elle ne reviendrait peut-être jamais – une frontière qui n'était pas seulement géographique, mais aussi symbolique.

Elle était évidemment terrifiée par cette expédition forcée – terrifiée par la façon dont son kidnappeur la regardait et la touchait, terrifiée à l'idée de mourir d'un coup de chaleur ou d'une morsure de serpent – mais ce qui l'affolait le plus, c'était la conscience aiguë de tout ce qu'elle abandonnait au sud de la rivière : son confort, aussi modeste et fragile soit-il ; ses quelques amis, ses collègues infirmières dans le service hospitalier ; les médecins avec qui elle flirtait pour s'amuser ; les soirées pizzas ; les rediffusions de *Seinfeld* à la télévision ; ses livres d'épouvante ; les glaces ; les enfants de sa sœur... Elle en venait même à regretter les aspects plus tourmentés de sa vie : le combat permanent qu'elle menait contre les kilos et la cigarette, les nuits solitaires, les longues périodes sans coups de téléphone de l'homme qu'elle voyait de temps à autre (elle s'obstinait à l'appeler son « petit ami », tout en sachant pertinemment qu'elle se leurrait)... Même ces côtés plus sombres lui semblaient terriblement enviables, en raison même de leur familiarité.

Mais là où elle était maintenant, il n'y avait pas la moindre possibilité de réconfort.

Elle revoyait encore l'horrible scène devant la cabane de chasseurs – l'officier Ed Schaeffer inconscient sur le sol, les bras et le visage boursouflés, déformés de manière grotesque par les piqûres de frelons. Garrett avait murmuré : « Il aurait pas dû leur faire de mal. Les guêpes attaquent que si elles sentent leur nid menacé. C'est sa faute. » Il était entré dans l'abri à pas lents, au milieu des insectes indifférents, pour récupérer des affaires. Puis il lui avait ligoté les mains par-devant avec du ruban adhésif, avant de la conduire dans les bois où ils avaient parcouru maintenant plusieurs kilomètres.

L'adolescent se déplaçait par mouvements brusques, la tirant dans un sens, puis dans l'autre. Il parlait tout seul, grattait souvent les plaques rouges sur sa figure. À un certain moment, il s'immobilisa devant une profonde flaque d'eau, qu'il contempla quelques instants, attendant sans doute que s'éloigne quelque insecte ou araignée à la surface, avant d'y plonger son visage pour apaiser la brûlure de sa peau. Ensuite, il se débarrassa de sa tennis restante, la jeta au loin et reprit sa progression dans la chaleur matinale étouffante.

« Où on va ? demanda Lydia en jetant un coup d'œil à la carte qui émergeait d'une des poches de Garrett.

– Ferme-la, OK ? »

Dix minutes plus tard, il l'obligea à enlever ses chaussures pour traverser un petit ruisseau pollué. Lorsqu'ils atteignirent l'autre rive, il lui permit enfin de s'asseoir et, à genoux devant elle, les yeux fixés sur ses jambes et ses seins, il lui essuya lentement les pieds avec une poignée de Kleenex retirée de sa poche. Lydia éprouva au contact de ses doigts une répulsion semblable à celle qui l'avait submergée la première fois où elle avait dû prélever un échantillon de tissu sur un cadavre à la morgue de l'hôpital. Quelques instants plus tard, il lui remit ses chaussures blanches, dont il noua les lacets avec soin, lui maintenant ainsi la cheville plus longtemps que nécessaire. Enfin, il consulta sa carte, puis entraîna Lydia plus loin dans les bois.

Sans cesser de faire cliqueter ses ongles ni de se gratter furieusement la joue.

Les marécages étaient de plus en plus indissociables les uns des autres, leurs eaux de plus en plus noires et profondes. Ils devaient se diriger vers Great Dismal, supposa Lydia, déconcertée. Puis, lorsqu'il leur devint impossible d'avancer, Garrett l'entraîna vers une vaste forêt de pins où, au grand soulagement de Lydia, régnait une certaine fraîcheur.

À l'intérieur, ils suivirent un sentier qui les mena devant un escarpement rocheux.

« Je peux pas monter, décréta-t-elle en s'efforçant d'adopter un ton de défi. Pas avec les mains attachées. Je vais glisser.

– Arrête de raconter des conneries ! riposta-t-il avec colère, comme s'il avait affaire à une idiote. Toi, t'as des godasses d'infirmière, OK ? Regarde, moi, je suis pieds nus, et ça m'empêchera pas de grimper. Regarde mes pieds, je te dis ! »

Il les lui montra, révélant une voûte plantaire calleuse et jaunie.

« Alors, maintenant, tu te magnes. Mais une fois arrivée en haut, t'avises pas d'aller plus loin, t'entends ? Eh, tu m'écoutes ? »

Il avait craché ces mots ; elle sentit des postillons sur sa joue, corrosifs comme de l'acide.

Dieu ce que je te déteste, songea-t-elle.

Sur ce, elle se résigna à entamer l'escalade. À mi-chemin, elle s'immobilisa pour jeter un coup d'œil derrière elle. Garrett l'observait avec attention en faisant cliqueter ses ongles. En même temps qu'il se passait la langue sur les dents, il laissa son regard remonter d'abord le long des jambes de Lydia, protégées par un collant blanc, puis plus haut, sous sa jupe.

Le cœur battant, Lydia poursuivit son ascension en ayant conscience d'une respiration sifflante derrière elle.

Au sommet de la pente s'ouvrait une clairière d'où partait un seul chemin menant à un épais bouquet de pins. Lydia venait de s'y engager, désireuse de se réfugier à l'ombre, quand Garrett s'écria :

« Hé ! T'as pas entendu ce que je t'ai dit tout à l'heure ? Bouge pas !

– J'ai pas l'intention de m'enfuir, bon sang ! Je veux juste me protéger du soleil. »

De la main, il lui indiqua un épais tapis de branches de pin en plein milieu du chemin, à environ six ou sept mètres devant elle.

« T'aurais pu dégringoler et tout bousiller. »

En examinant de plus près les aiguilles de pin, Lydia s'aperçut qu'elles dissimulaient une fosse profonde.

« C'est quoi ? demanda-t-elle.

– Un piège.

– Comment ça ? Qu'est-ce qu'il y a au fond ?

– Ben, une sacrée surprise pour tous ceux qui nous poursuivent. »

Il avait prononcé ces mots avec fierté, en souriant d'un air suffisant, comme s'il se félicitait de son ingéniosité.

« Mais *n'importe qui* pourrait tomber là-dedans !

– Et alors ? marmonna-t-il. Merde, on est au nord de la Paquo, ici ! Je vois pas qui viendrait dans ce coin à part les types lancés à nos trousses. Et eux, ils méritent tout ce qui leur arrive. Allez, on continue. »

Toujours cette voix sifflante... Il la prit par le poignet pour contourner la fosse.

« C'est pas la peine de serrer aussi fort ! » protesta-t-elle.

Garrett tourna la tête vers elle, puis relâcha légèrement sa prise, mais pour Lydia, ce fut presque plus perturbant : quand il se mit à la caresser avec son majeur, elle eut la vision d'une grosse tique gorgée de sang cherchant un endroit où s'enfoncer.

4

En passant devant Tanner's Corner Memorial Gardens, le cimetière de la ville, Lincoln, Amelia et Thom aperçurent un service funèbre en cours.

« Vous avez vu le cercueil ? » lança Amelia.

Il s'agissait d'une bière de petite taille, sans doute celle d'un enfant. L'assistance, composée exclusivement d'adultes, était peu nombreuse ; environ une vingtaine de personnes. Pourquoi n'y a-t-il pas plus de monde ? s'interrogea Lincoln en regardant les pentes vallonnées du cimetière et, au-delà, les kilomètres de forêts et de marécages qui, noyés dans une brume de chaleur, s'étendaient jusqu'à la ligne d'horizon bleutée.

« Pas mal, commenta-t-il. Ça ne me déplairait pas d'être enterré ici. »

Troublée par la vision des obsèques, Amelia lui jeta un regard glacial ; de toute évidence, la perspective de cette opération chirurgicale imminente ne l'incitait pas à discourir sur la mort.

Thom négocia un virage serré et, suivant toujours la voiture de police conduite par Jim Bell, accéléra sur une ligne droite. Derrière eux, le cimetière disparut.

Comme le leur avait indiqué le shérif, Tanner's Corner se trouvait à trente kilomètres du Centre médical d'Avery. Le panneau de bienvenue à l'entrée informait les visiteurs que l'agglomération comptait 3 018 habitants ; c'était sans doute vrai, mais en cette chaude matinée d'août, seul un pourcentage minime d'entre eux avait choisi de prendre l'air dans Main Street. L'endroit, poussiéreux à souhait, ressemblait à une ville fantôme. Un couple de personnes âgées, assis sur un banc, contemplait la rue quasiment déserte. Un peu plus loin, Lincoln repéra deux hommes qui, à en juger par leur maigreur et leur mauvaise mine, devaient être les ivrognes du coin. L'un d'eux, affalé sur le trottoir, tenait dans ses mains sa tête couverte de croûtes ; selon toute vraisemblance, il luttait contre la gueule de bois. L'autre, avachi contre un arbre, fixa le monospace brillant de ses yeux chassieux, profondément enfoncés dans leurs orbites. Une femme émaciée nettoyait sans conviction la vitrine du drugstore. Il n'y avait personne d'autre en vue.

« C'est calme, fit remarquer Thom.

– Mouais, on peut le dire comme ça », répliqua Amelia.

De toute évidence, le manque d'animation la mettait aussi mal à l'aise que Lincoln.

Main Street n'offrait qu'une succession miteuse de vieux bâtiments ponctuée par deux petites zones commerçantes. Lincoln remarqua un supermarché, deux drugstores, deux bars, un restaurant, une boutique de vêtements pour femmes, un cabinet d'assurances et un vidéo-club/confiserie/institut de beauté. Le concessionnaire automobile A-OK était pris en sandwich entre une banque et un magasin de matériel de pêche. Tout le monde vendait des appâts. Un panneau publicitaire indiquait que le McDonald le plus proche était situé à dix kilomètres, sur la route 17. Un autre montrait une reproduction décolorée par le soleil de deux navires de la guerre de Sécession, le *Monitor* et le *Merrimack*. « Visitez le musée Ironclad. » Il fallait parcourir trente-cinq kilomètres pour s'y rendre.

En même temps qu'il enregistrait tous ces détails de la vie d'une petite bourgade, Lincoln se rendit compte à quel point, en tant que criminologue, il manquait de repères. À New York, il était capable d'analyser des indices, car il y avait vécu des années ; il avait exploré la ville, sillonné ses rues, étudié son histoire, sa faune et sa flore. Mais ici, à Tanner's Corner et aux environs, non seulement il ne savait rien de la composition du sol, de l'air et de l'eau, mais il ignorait tout des habitudes des gens – quelles voitures ils préféraient, quel genre de maison ils habitaient, quelles industries les employaient, à quelles pulsions ils obéissaient.

Il se remémora cette période de sa vie où, alors jeune recrue du NYPD, il était sous les ordres d'un inspecteur chevronné. Celui-ci avait lancé un jour à ses poulains :

« Quelqu'un peut me dire ce que signifie l'expression "Comme un poisson hors de l'eau" ? »

Et le jeune Rhyme de répondre : « Elle signifie "être hors de son élément ". Perplexe, quoi.

– Mouais, ben qu'est-ce qui arrive aux poissons qui se retrouvent hors de l'eau, hein ? avait riposté le vieux flic. Ils sont pas perplexes, oh non. Ils crèvent, bordel ! Le plus grand handicap pour un enquêteur, c'est la méconnaissance de son environnement. Ne l'oubliez jamais. »

Thom gara le monospace, puis accomplit le rituel permettant d'abaisser le fauteuil roulant. Une fois sur la chaussée, Lincoln souffla dans la pipette de contrôle du Storm Arrow pour le diriger vers la rampe raide menant au bureau du shérif – sans doute rajoutée à contrecœur après le vote de la loi sur les accès pour handicapés.

Trois hommes en bleu de travail, avec des couteaux de chasse à la ceinture, sortirent du bâtiment par la porte latérale située près de la rampe, avant de se diriger vers une Chevy Suburban couleur bordeaux.

Le plus maigre du trio donna un coup de coude au plus gros – une espèce de colosse barbu avec une longue tresse – en indiquant Lincoln d'un mouvement de tête. Puis, avec un bel ensemble, leurs yeux convergèrent vers le corps d'Amelia. Le colosse détailla ensuite la coupe de cheveux soignée de Thom, sa silhouette mince, ses vêtements impeccables et sa boucle d'oreille en or. Impassible, il glissa quelques mots à l'oreille du troisième larron, un individu qui ressemblait à un homme d'affaires sudiste tendance conservatrice. Celui-ci haussa les épaules. Tous trois parurent alors se désintéresser des visiteurs, et ils grimpèrent dans la Chevy.

Comme un poisson hors de l'eau...

Jim Bell, qui marchait à côté de Lincoln, suivit la direction de son regard.

« Le grand, c'est Rich Culbeau, expliqua-t-il. Et les deux autres, ses copains. Sean O'Sarian, le maigrichon, et Harris Tomel. Culbeau est beaucoup moins redoutable qu'il en a l'air. Il aime bien jouer les durs, mais en général, il cherche pas la merde. »

Sur le siège passager, Sean O'Sarian tourna la tête vers eux, mais Lincoln n'aurait su dire s'il observait Thom, Amelia ou lui-même.

Le shérif les précéda en haut de la rampe. Il dut batailler avec la porte, coincée par la peinture dont elle était recouverte.

« Il n'y a pas beaucoup d'handicapés dans le coin, je présume, fit remarquer Thom, avant d'ajouter à l'adresse de Lincoln : Comment vous sentez-vous ?

— Ça va.

— Vous n'avez pas l'air bien, Lincoln. Vous êtes pâle. Je prendrai votre tension dès qu'on sera à l'intérieur. »

Ils pénétrèrent dans le bâtiment, dont la construction devait remonter aux années 50, estima Lincoln. Murs d'un vert institutionnel, salles ornées d'œuvres peintes avec les doigts par un groupe d'écoliers, de photographies retraçant l'histoire de Tanner's Corner à travers les âges et d'une demi-douzaine d'offres d'emploi proposées aux travailleurs du comté.

« Ici, ça ira ? demanda Jim Bell en ouvrant une porte. D'habitude, cette pièce sert à entreposer les pièces à conviction, mais on a commencé à tout descendre au sous-sol. »

Une dizaine de cartons étaient alignés contre les murs. Un policier bataillait pour sortir du local un gros téléviseur Toshiba posé sur un chariot ; derrière lui, un de ses collègues portait deux boîtes de bouteilles de jus de fruit remplies d'un liquide transparent. Devant le regard étonné de Lincoln, le shérif éclata de rire.

« Vous avez devant vous l'essentiel des activités criminelles à Tanner's Corner : vol de matériel électronique et distillation clandestine.

— C'est de l'eau-de-vie ? s'enquit Amelia.

— De l'authentique gnôle. Trente jours d'âge.

— Ils ont une prédilection pour la marque Ocean Spray ? demanda Lincoln, les yeux fixés sur les bouteilles.

— Oui, à cause du goulot plus large que la moyenne. Vous aimez les alcools forts ?

— Uniquement le scotch.

— Changez pas vos habitudes, surtout. »

Jim Bell montra la cargaison de son subalterne.

« Les fédéraux et le fisc se préoccupent des taxes. Nous, on se préoccupe de la santé de nos citoyens. Ce lot-ci n'est pas trop dangereux, mais souvent, leur tord-boyaux est coupé avec du chloroforme, du diluant ou encore de l'engrais. Tous les ans, les mauvais lots coûtent la vie à deux ou trois personnes.

— Et ils sévissent depuis longtemps, ces bouilleurs de cru ? intervint Thom.

— Oh oui ! Autrefois, ils distillaient la nuit, dehors, au clair de lune ; comme ça, ils avaient pas besoin de lanternes, et du coup, ils attiraient pas l'attention des types du fisc.

– Ah », se borna à commenter le jeune homme, dont les goûts, Lincoln le savait, s'orientaient plutôt vers le saint-émilion, le pomerol et le bourgogne blanc.

Du regard, Lincoln balaya la pièce.

« Il nous faudra plus de sources d'alimentation électrique, dit-il en désignant de la tête l'unique prise de courant.

– On peut toujours ajouter des rallonges, déclara le shérif. Un de mes hommes va s'en occuper tout de suite. »

Il confia aussitôt cette tâche à un policier, puis expliqua qu'il avait appelé le laboratoire de la police d'État à Elizabeth City et demandé qu'on leur expédie toutes affaires cessantes le matériel réclamé par Lincoln. Les appareils arriveraient dans une heure. Lincoln, devinant que les choses n'allaient sans doute jamais aussi vite dans le comté de Paquenoke, mesura une nouvelle fois l'urgence de la situation.

En cas d'enlèvement à caractère sexuel, on a en général vingt-quatre heures pour retrouver la victime ; passé ce délai, elle perd toute humanité aux yeux de son ravisseur, qui peut alors la tuer sans le moindre remords.

Le policier parti un peu plus tôt revint avec deux câbles épais équipés de multiprises, qu'il scotcha par terre.

« Parfait, approuva Lincoln. Bon, combien d'hommes travaillent sur cette affaire ?

– Trois officiers et huit agents, répondit Jim Bell. On dispose aussi de deux employés aux transmissions et de cinq au service administratif. D'habitude, on les partage avec l'Urbanisme et les Affaires sociales – et croyez-moi, c'est pénible pour nous – mais à cause du kidnapping, de votre arrivée et tout, on pourra compter sur eux. L'administrateur du comté nous soutient. Je lui en ai déjà touché un mot. »

Les sourcils froncés, Lincoln fixait le mur en face de lui.

« Un problème ? s'enquit le shérif.

– Il a besoin d'un tableau noir, déclara Thom.

– Je pensais plutôt à une carte de la région, rectifia Lincoln. Mais c'est vrai, j'ai aussi besoin d'un tableau. Un grand.

– C'est comme si c'était fait », répondit Bell.

Lincoln et Amelia échangèrent un sourire en entendant cette expression – l'une des favorites du « cousin Roland ».

« Vous pourriez ensuite convoquer vos trois officiers, shérif ? Pour un briefing.

– Il nous faudrait aussi un climatiseur, ajouta Thom. Il fait trop chaud dans ce local.

– Je vais tâcher de vous en trouver un, leur assura Jim Bell, qui ne comprenait sans doute pas l'obsession des gens du Nord pour la fraîcheur.

– La chaleur n'est pas bonne pour lui...

– Ne t'inquiète pas pour ça, l'interrompit Lincoln.

– Si la température de cette pièce ne baisse pas, insista Thom à l'adresse de Jim Bell, je le ramène à l'hôpital.

– Thom ! gronda Lincoln.

– J'ai bien peur que nous n'ayons pas le choix, répliqua le garde-malade.

– Entendu, je m'en charge », affirma Jim Bell. Il s'approcha de la porte et cria dans le couloir :

« Steve ? Tu peux venir une minute ? »

Un jeune homme en uniforme, arborant la coupe en brosse réglementaire, se présenta devant eux.

« Voici mon beau-frère, Steve Farr », annonça Jim Bell.

Outre sa taille impressionnante – il devait mesurer dans les deux mètres, au bas mot –, le nouveau venu avait des oreilles en chou-fleur qui lui conféraient un aspect comique. Il ne parut pas particulièrement impressionné en découvrant l'état de Lincoln, et il ne tarda pas à se fendre d'un sourire aimable qui suggérait à la fois l'assurance et la compétence. Jim Bell lui confia pour mission de trouver un climatiseur.

« J'y vais de ce pas, Jim. »

Le jeune policier tira sur son lobe d'oreille, puis tourna les talons tel un soldat et disparut dans le couloir. Un instant plus tard, une femme passait la tête dans l'entrebâillement de la porte.

« Jim ? J'ai Sue McConnell sur la ligne trois. Elle perd les pédales.

– OK, je la prends. Dis-lui que j'arrive tout de suite. C'est la mère de Mary Beth, précisa Jim Bell à l'adresse de Lincoln. La pauvre... Son mari est mort d'un cancer y a tout juste un an, et aujourd'hui, c'est un nouveau malheur qui s'abat sur elle. Vous savez, j'ai moi-même deux gosses, et j'imagine sans peine ce qu'elle...

– J'aimerais qu'on m'apporte cette carte, Jim, le coupa Lincoln. Et qu'on installe le tableau. »

Le shérif cilla, désarçonné par la brusquerie de son interlocuteur.

« Euh, bien sûr. Hé, si on est un peu trop sudistes pour vous, les Yankees, si on se bouge un peu trop lentement, n'hésitez pas à nous pousser aux fesses, hein ?

– Oh, vous pouvez compter là-dessus, Jim », lui assura Lincoln.

Un sur trois.

Un seul des trois officiers parut heureux de rencontrer Lincoln et Amelia. Ou du moins, de faire la connaissance d'Amelia. Les deux autres se contentèrent d'un accueil pour le moins distant, déplorant manifestement que ce couple étrange ne soit pas resté dans la Grosse Pomme.

Le plus aimable était un certain Jesse Corn, la trentaine, des yeux de cocker. Il se trouvait sur les lieux du crime de bonne heure ce matin-là, et il reconnut avec une douloureuse franchise que Garrett avait enlevé la seconde victime, Lydia, juste sous son nez. Le temps que lui-même traverse la rivière, son collègue Ed Schaeffer était pratiquement à l'article de la mort.

L'un des officiers qui manifestait une réserve évidente à leur endroit était un certain Mason Germain – la quarantaine, yeux brun foncé, tempes grisonnantes, maintien un peu trop rigide pour un être humain. Ses cheveux soigneusement coiffés en arrière révélaient les sillons rectilignes du peigne, et il s'était aspergé d'un after-shave bon marché qui empestait le musc. Il se contenta de les gratifier d'un bref mouvement de tête ; sans doute se félicitait-il d'avoir affaire à un invalide, supposa Lincoln, ce qui lui évitait d'avoir à lui serrer la main. Quant à Amelia, elle n'eut droit qu'à un « Mademoiselle » condescendant.

Lucy Kerr, le troisième officier, ne semblait pas plus heureuse que Mason de l'arrivée inopinée de ces visiteurs. Presque aussi grande qu'Amelia, elle avait une silhouette mince, sportive, et un joli visage allongé. Si l'uniforme de Mason était froissé et maculé de taches, celui de Lucy en revanche présentait un aspect irréprochable. Elle avait tressé ses cheveux blonds en une natte serrée. On l'imaginait volontiers mannequin pour L.L. Bean ou Lands'End – avec bottes, jean et gilet matelassé.

Rhyme savait que leur froideur s'expliquait par une méfiance instinctive envers les flics étrangers au comté (surtout un handicapé et une femme, qui plus est venus du Nord). Mais il n'était pas là pour gagner leur sympathie. Plus le temps passait, plus le ravisseur serait difficile à localiser. Sans compter que lui-même avait un rendez-vous avec un chirurgien, et que rien au monde ne l'empêcherait de l'honorer.

Un homme à la stature imposante – le seul policier noir qu'ils aient vu jusque-là – entra dans la pièce en poussant un grand tableau équipé de roulettes, puis déplia une carte du comté de Paquenoke.

« Scotche-la par ici, Trey », lui demanda le shérif en indiquant l'un des murs.

De son côté, Lincoln étudiait déjà la carte. Celle-ci, très détaillée, répondait parfaitement à ses besoins.

« Bon, dit-il. À présent, racontez-moi exactement ce qui est arrivé. Commencez par la première victime.

– Mary Beth McConnell, précisa Jim Bell. Vingt-trois ans. Étudiante. Elle loge sur le campus d'Avery.

– Continuez. Que s'est-il passé hier ?

– Eh bien, intervint Mason, il était encore tôt, et Mary Beth...

– Vous pourriez être plus précis ? l'interrompit Lincoln. Sur l'heure ?

– Désolé, mais c'est pas possible, rétorqua Mason d'un ton sec. Y avait pas de pendules arrêtées comme sur le *Titanic*, si vous voyez ce que je veux dire.

– C'était forcément avant huit heures, reprit Jesse Corn. Billy, le gosse qui a été tué, faisait son jogging, et la scène du crime se trouve à environ une demi-heure de chez lui. Il suivait des cours de rattrapage pendant l'été, et il fallait qu'il soit rentré à huit heures et demie maximum pour avoir le temps de se doucher avant d'aller en classe. »

Excellent, songea Lincoln, qui opina du chef.

« Poursuivez, je vous écoute. »

Mason prit le relais.

« Mary Beth travaillait sur un projet pour ses études, et c'est pour ça qu'elle cherchait de vieux objets indiens à Blackwater Landing.

– C'est quoi ? Une ville ? demanda Amelia.

– Pas vraiment. Juste une zone d'habitations près de la rivière. Une trentaine de maisons, une usine, mais pas de magasins ni rien. Y a pratiquement que des bois et des marécages, dans ce coin.

– Où est-ce ? s'enquit Lincoln. Montrez-moi sur la carte. »

Mason lui indiqua la section G-10.

49

« Ce qu'on pense, c'est que Garrett rôdait dans les parages et qu'il s'est jeté sur Mary Beth quand il l'a vue. Il s'apprêtait à la violer lorsque Billy Stail, qui faisait son jogging, les a aperçus de la route et a essayé d'intervenir. Mais Garrett s'est emparé d'une pelle et l'a tué. En le frappant à la tête. Après, il a disparu avec Mary Beth. Billy était un brave gosse, ajouta Mason, les mâchoires crispées. Il allait régulièrement à l'église. La saison dernière, il a intercepté une passe dans les deux dernières minutes d'un match serré contre l'équipe d'Albemarle et...

— Je veux bien croire qu'il avait des tas de qualités, l'interrompit Lincoln avec impatience. Mais pour en revenir à Garrett et à Mary Beth, ils sont à pied ?

— Oui, répondit Lucy. Garrett ne toucherait pas à un volant pour un empire. Il n'a même pas son permis. Sûrement parce que ses parents ont été tués dans un accident de voiture.

— Vous avez des indices matériels ? s'enquit Lincoln.

— On a récupéré l'arme du crime, déclara fièrement Mason. La pelle. Croyez-moi, celle-là, on l'a manipulée avec précaution. On a mis des gants. Après, on a procédé comme c'est dit dans le manuel. »

Lincoln attendit la suite. Comme rien ne venait, il demanda :

« Vous avez trouvé autre chose ?

— Des empreintes de pas. »

Mason se tourna vers Jesse, qui ajouta :

« Oui, et je les ai même prises en photo.

— C'est tout ? » insista Amelia.

Lucy acquiesça, les lèvres pincées ; à l'évidence, elle était sensible à la critique implicite contenue dans la question d'Amelia.

« Vous avez ratissé les lieux ? demanda Lincoln.

— Bien sûr, répondit Jesse. C'est juste qu'y avait rien d'autre. »

Rien d'autre ? Sur la scène d'un crime où s'étaient joués un meurtre et un enlèvement, il devait y avoir assez d'indices pour réaliser un film relatant qui avait fait quoi à qui et permettant vraisemblablement de reconstituer l'emploi du temps de chacun des protagonistes au cours des précédentes vingt-quatre heures. Mais de toute évidence, songea Lincoln, ils avaient affaire à deux facteurs criminels : le Cafard et l'incompétence des autorités locales. En croisant le regard d'Amelia, il comprit qu'elle partageait son opinion.

« Qui a procédé à la fouille du site ? demanda-t-il.

— Moi, répondit Mason. J'étais le premier sur les lieux. Je suis arrivé peu de temps après l'appel reçu au poste.

— Et il était quelle heure ? le pressa Lincoln.

— Neuf heures et demie. Un chauffeur de camion qui avait aperçu de la route le corps de Billy nous a appelés. »

Or, Billy avait été tué avant huit heures... Lincoln fit la grimace. La scène de crime était restée au moins une heure et demie accessible à tous ; c'était long, très long. Un tel laps de temps permettait de subtiliser pas mal d'indices matériels, voire d'en ajouter. Le suspect avait pu violer la fille, la tuer et cacher le corps, puis revenir chercher certaines pièces à conviction ou en disséminer d'autres de façon à orienter les enquêteurs sur de fausses pistes.

« Vous avez agi seul ? demanda Lincoln à Mason.

— La première fois, oui. Après, trois ou quatre hommes m'ont rejoint. Ils ont passé l'endroit au peigne fin. »

Pour ne retrouver que l'arme du crime ? songea Lincoln. Oh, Seigneur... Sans parler des dégâts causés sur place par quatre flics ignorant tout ou presque des techniques d'investigation modernes.

« Je peux vous poser une question ? reprit Amelia. Comment savez-vous que c'est Garrett le coupable ?

— Je l'ai vu, affirma Jesse. Ce matin, quand il a enlevé Lydia.

— Ça ne signifie pas pour autant qu'il a tué Billy et kidnappé l'autre jeune fille.

— Oh, y a aussi les empreintes, déclara Jim Bell. On les a relevées sur la pelle.

— Et ces empreintes, vous les aviez déjà intégrées dans votre base de données lors d'arrestations précédentes ? s'enquit Lincoln.

— Tout juste.

— Bon. Maintenant, parlez-moi de ce qui s'est produit ce matin.

— Ben, il était très tôt, commença Jesse Corn. Juste après le lever du soleil. Avec Ed Schaeffer, on gardait un œil sur la scène du crime au cas où Garrett reviendrait. Ed était posté au nord de la rivière, et moi, au sud. Et puis, Lydia est venue déposer des fleurs. Je l'ai laissée tranquille et je suis retourné à la voiture. Ce que j'aurais pas dû faire, je suppose. Tout d'un coup, je l'ai entendue hurler, et j'ai vu Garrett l'entraîner vers la Paquo. Ils ont disparu avant que je puisse trouver un bateau pour traverser. Alors, j'ai voulu appeler Ed par radio, mais comme il répondait pas, je me suis inquiété. Quand j'ai enfin réussi à atteindre l'autre rive, je l'ai découvert à moitié mort. Garrett nous avait tendu un piège.

– On pense qu'Ed a une idée de l'endroit où le gamin a emmené Mary Beth, ajouta Jim Bell. Il a eu le temps de consulter une carte oubliée dans l'affût où Garrett s'était planqué. Mais là-dessus, il a été attaqué par les frelons, et il a perdu connaissance avant d'avoir pu nous dire ce que montrait ce plan. Et Garrett a dû récupérer le document après avoir enlevé Lydia, parce qu'on l'a pas retrouvé.

– Dans quel état est-il, ce policier blessé ? demanda Amelia.

– Toujours dans le coma. Personne sait s'il va s'en tirer. Ou s'il se souviendra encore de quelque chose au cas où il se remettrait. »

Donc, on ne dispose que d'indices matériels, conclut Lincoln. Ce qui ne le contrariait pas, loin de là ; dans son optique, ils étaient beaucoup plus fiables que n'importe quel témoignage.

« Et sur la scène de ce matin, vous avez découvert quelque chose ?

– Oui, j'ai ramassé ça. »

Jesse ouvrit un attaché-case, dont il retira une tennis protégée par un sachet en plastique.

« Garrett l'a perdue quand il s'est jeté sur Lydia. Mais c'est tout. »

Une pelle sur les lieux du crime la veille, une chaussure ce jour-là... Rien de plus. Lincoln jeta un coup d'œil impuissant à la chaussure solitaire.

« Posez-la sur la table, là-bas, dit-il. Et maintenant, parlez-moi de ces autres morts suspectes auxquelles Garrett serait mêlé.

– Tous ces décès ont eu lieu à Blackwater Landing ou dans les environs proches, expliqua le shérif. Deux des victimes se sont noyées dans le canal. Les indices laissaient supposer qu'elles s'étaient assommées en tombant. Mais d'après le légiste, il est possible qu'elles aient été frappées intentionnellement avant d'être poussées à l'eau. Or, on avait aperçu Garrett dans les parages peu de temps auparavant. Et puis, l'année dernière, quelqu'un a succombé à des piqûres de guêpes. Dans les mêmes circonstances qu'Ed. C'est Garrett qui est derrière tout ça, on en est sûrs.

– C'était une fille d'une vingtaine d'années, renchérit Mason à voix basse. Comme Mary Beth. Une gentille gosse, une bonne chrétienne. Elle faisait la sieste derrière la maison. Garrett a jeté un nid de frelons à l'intérieur. La malheureuse a été piquée cent trente-sept fois. Son cœur a lâché.

– C'est moi qui ai pris l'appel, précisa Lucy. Croyez-moi, c'était pas beau à voir. Elle a connu une mort lente. Et horriblement douloureuse.

– Oh, et cet enterrement au cimetière, tout à l'heure ? poursuivit Jim Bell. C'était celui de Todd Wilkes. Huit ans. Il s'est suicidé.

– Mon Dieu ! murmura Amelia. Mais pourquoi ?

– Il était gravement malade, répondit Jesse. En fait, il était plus souvent à l'hôpital que chez lui. Une vraie pitié. Mais c'est pas tout : y a plusieurs semaines de ça, on a vu Garrett l'engueuler, s'en prendre à lui vraiment méchamment. On pense qu'il l'a harcelé et effrayé pour le pousser à se tuer.

– Pour quelle raison ? questionna Amelia.

– C'est un dingue, voilà la raison, cracha Mason. Les gens se foutent de lui, et il a décidé de se venger. C'est aussi simple que ça.

– Il est schizo ?

– Pas d'après les assistantes sociales de son lycée, déclara Lucy. Elles appellent ça un comportement antisocial. Il a un QI élevé. Et ses notes étaient excellentes avant qu'il commence à sécher les cours, y a deux ou trois ans.

– Vous avez une photo de lui ? » demanda Amelia.

Le shérif ouvrit un dossier.

« On l'a prise lors de l'affaire de la gosse tuée par les frelons. »

L'image montrait un adolescent maigrichon dont les sourcils proéminents se rejoignaient au-dessus d'yeux profondément enfoncés dans leurs orbites. Une boursouflure rouge lui barrait la joue.

« J'en ai une autre. »

Jim Bell étala sur le bureau un article de journal accompagné d'un cliché où l'on voyait une famille de quatre personnes installée à une table en plein air. La légende disait : « Les Hanlon pendant le pique-nique annuel de Tanner's Corner, une semaine avant l'accident tragique sur la route 112 qui devait coûter la vie à Stuart, 39 ans, Sandra, 37 ans et leur fille Kaye, 10 ans. Le jeune Garrett, 11 ans, également présent sur la photo, n'était pas dans la voiture au moment du drame. »

« Je peux consulter le rapport concernant la scène d'hier ? » s'enquit Lincoln.

Le shérif tendit à Thom une autre chemise. Privé de son système habituel lui permettant de tourner les pages, Lincoln devait s'en remettre à son garde-malade.

« Tu veux bien essayer de stabiliser ta main ? » maugréa-t-il.

Thom soupira.

Mais Lincoln était exaspéré. Les policiers avaient bâclé le travail sur les lieux du crime. Plusieurs Polaroïds révélaient un certain nombre d'empreintes de pas, mais aucun élément de comparaison n'avait été placé à proximité pour permettre de déterminer la pointure des chaussures, et aucune carte numérotée n'avait été utilisée pour indiquer qu'elles appartenaient à différentes personnes.

Amelia, qui avait remarqué elle aussi ces négligences, ne se priva pas de les souligner.

« Vous faites toujours ça ? lança Lucy, sur la défensive. Placer des cartes numérotées, je veux dire ?

– Bien sûr, répondit Amelia. C'est la procédure standard. »

Lincoln étudiait toujours le rapport. Celui-ci ne contenait qu'une description hâtive du site et de la position du corps. Quant au tracé de la silhouette, il avait été exécuté à la peinture en bombe, dont on sait pourtant qu'elle détruit les indices et contamine les scènes de crime.

Aucun échantillon de terre n'avait été prélevé sur le site même du meurtre ni à l'endroit où des traces semblaient témoigner d'une bagarre entre Billy, Mary Beth et Garrett. Lincoln repéra également un certain nombre de mégots sur le sol, mais aucun n'avait été ramassé, alors qu'ils étaient potentiellement susceptibles de fournir des indications précieuses.

« Page suivante. »

Thom s'exécuta.

Le rapport relatif aux empreintes ne valait guère mieux. Quatre empreintes entières et dix-sept empreintes partielles avaient été relevées sur la pelle et identifiées positivement comme étant celles de Garrett et de Billy. La plupart étaient latentes, mais quelques-unes apparaissaient clairement dans une trace de boue sur le manche, ne nécessitant pas de recours aux produits chimiques ni à une lampe à lumière monochromatique. Pourtant, Mason n'avait pas pris toutes les précautions nécessaires ; les traces laissées par ses gants en latex sur la pelle en recouvraient bon nombre appartenant à l'assassin. En d'autres circonstances, Lincoln n'aurait pas hésité à virer un technicien coupable d'une telle négligence dans la manipulation des pièces à conviction, mais en l'occurrence, étant donné le nombre important d'empreintes valables, cela ne changeait pas grand-chose.

« Jim ? Je vais avoir besoin très vite de cet assistant pour m'aider à effectuer les analyses et à manipuler les appareils, déclara Lincoln. Je préférerais avoir affaire à un flic, mais le plus important, c'est qu'il soit scientifique de formation. Et qu'il connaisse bien la région. Un gars du coin, en somme. »

De son pouce, Mason dessinait des cercles sur le chien nervuré de son revolver.

« On devrait pouvoir trouver quelqu'un, mais je croyais que c'était vous, le spécialiste, marmonna-t-il. Je veux dire, c'est pour ça qu'on a fait appel à vous, non ?

— L'une des raisons pour lesquelles vous avez fait appel à moi, c'est que je sais exactement à quel moment il me faut de l'aide, rétorqua Lincoln, avant de s'adresser de nouveau au shérif. Vous avez quelqu'un en tête ? »

Ce fut Lucy Kerr qui répondit :

« Benny, le fils de ma sœur, est étudiant en science à l'Université de Caroline du Nord. Troisième cycle.

— Il est doué ?

— Parmi les meilleurs. C'est juste qu'il est... disons, un peu réservé.

— Ce n'est pas sa conversation qui m'intéresse, répliqua Lincoln.

— Bon, je vais lui téléphoner.

— Parfait, approuva le criminologue. Maintenant, j'aimerais qu'Amelia se rende sur les sites stratégiques : la chambre du suspect et Blackwater Landing.

— Mais..., commença Mason en indiquant le rapport. On a déjà tout ratissé et...

— J'aimerais quand même qu'elle y aille, décréta Lincoln, qui se tourna ensuite vers Jesse. Vous êtes d'ici, je suppose. Vous pouvez l'accompagner ?

— Bien sûr. Avec plaisir. »

Cette remarque lui valut un regard noir de la part d'Amelia. Mais Lincoln savait mesurer la valeur d'un flirt et Amelia aurait besoin d'un collègue coopératif. Très coopératif, même. Or, ni Mason ni Lucy, Lincoln en était persuadé, ne lui apporteraient la moitié de l'aide que Jesse Corn, déjà conquis, lui fournirait.

« Je tiens aussi à ce qu'Amelia porte une arme, ajouta Lincoln.

— C'est Jesse qui s'occupe de l'armurerie, déclara Jim Bell. Il vous dégottera sûrement un joli petit Smith & Wesson.

— Pour sûr ! s'exclama Jesse.

— Il me faudrait aussi des menottes, souligna Amelia.

— Pas de problème. »

À cet instant, le shérif s'aperçut que Mason, l'air contrarié, ne quittait pas des yeux la carte.

« Qu'est-ce qu'il y a ? lança le shérif.

— Tu veux vraiment mon avis, Jim ?

— Je te l'ai demandé, non ?

— Tu penses agir pour le mieux, dit Mason d'une voix tendue, mais moi, je crois pas qu'on ait le temps d'entreprendre d'autres fouilles. On a un immense territoire à couvrir. On devrait se mettre à la recherche de ce gamin le plus vite possible. »

Cette fois, ce fut Lincoln Rhyme qui répondit. Les yeux fixés sur la carte, et plus précisément sur la section G-10 – Blackwater Landing, le dernier endroit où l'on avait vu Lydia Johansson vivante – il déclara :

« La précipitation est un luxe qu'on ne peut pas s'offrir. »

5

« C'ÉTAIT GARRETT qu'on voulait », affirma Hal Babbage à voix basse, comme s'il craignait d'attirer le mauvais sort en parlant plus fort.

L'air mal à l'aise, il parcourut du regard la cour poussiéreuse où trônait un pick-up sans roues monté sur des parpaings.

« On a téléphoné aux services sociaux pour demander à l'accueillir. Vous comprenez, on avait entendu parler de ce qui était arrivé, et on avait de la peine pour lui. Mais faut bien reconnaître que dès le début, il nous a causé des tas d'embêtements. Il était différent des autres gamins qu'on a eus. On a fait tout ce qu'on a pu, mais à mon avis, je crois pas qu'il voie les choses comme ça. Et du coup, on a la frousse. Une sacrée frousse, même. »

Installé sur la véranda décrépite de sa maison au nord de Tanner's Corner, il répondait aux questions d'Amelia Sachs et de Jesse Corn. Amelia n'était venue chez les parents adoptifs de Garrett que pour fouiller la chambre de celui-ci, mais malgré l'urgence de la situation, elle laissait son interlocuteur s'épancher dans l'espoir d'en apprendre un peu plus sur l'adolescent ; contrairement à Lincoln Rhyme, elle n'était pas persuadée que les indices matériels constituent l'unique clé permettant d'appréhender un suspect.

En l'occurrence, la seule chose que cette conversation révélait, c'était que les Babbage vivaient dans la peur que Garrett puisse s'en prendre à eux ou aux autres enfants. Margaret, la femme de Hal, se tenait à côté de son mari. Grosse, les cheveux bouclés, couleur rouille, elle portait le T-shirt promotionnel offert par une radio country locale. MES PIEDS DANSENT AU RYTHME DE WKRT. À l'instar de son époux, Margaret Babbage fouillait souvent du regard le jardin et la forêt environnante – guettant sans doute la silhouette de Garrett, supposa Amelia.

« C'est pas comme si on lui avait fait du mal, disait maintenant Hal Babbage. Je l'ai jamais fouetté – l'État autorise plus ce genre de chose –, mais je me suis montré ferme avec lui, c'est vrai. Je l'obligeais à obéir. Par exemple, on mange à heures fixes, chez nous. J'insiste toujours là-dessus. Le problème, c'est que des fois, Garrett arrivait en retard. J'ai l'habitude de mettre la nourriture sous clé quand c'est pas l'heure des repas ; du coup, Garrett avait souvent le ventre vide. Et puis, je l'emmenais aussi aux leçons de catéchisme père-fils, le dimanche, et il supportait pas. Il se contentait de rester assis là sans dire un mot. C'était rudement embarrassant pour moi, je vous assure. Et aussi, je lui répétais sans arrêt de nettoyer sa chambre, qu'est une vraie porcherie. »

Il hésita, partagé entre la frayeur et la colère.

« C'est seulement des trucs que tous les parents demandent aux gosses. Mais je sais qu'il me hait à cause de ça.

– On a été plutôt tolérants avec lui, intervint sa femme. Mais il en tient pas compte, oh non. Il se rappelle juste les fois où on a été sévères... »

Et d'ajouter d'une voix tremblante : « Il va essayer de se venger, j'en suis sûre.

– Mais moi, je peux vous dire une chose, c'est qu'on va se défendre », gronda le père adoptif de Garrett, qui s'adressait maintenant à Jesse Corn. D'un geste, il indiqua les clous rouillés et le marteau posés sur le plancher de la véranda.

« J'ai commencé à condamner les fenêtres, mais s'il essaie quand même de rentrer, ben... on agira. Les mômes sont prévenus. Ils savent où est le fusil. Je leur ai appris à s'en servir. »

Il n'allait tout de même pas les inciter à abattre Garrett ? songea Amelia, choquée. Elle avait aperçu plusieurs enfants à l'intérieur, qui l'observaient à travers les moustiquaires. Apparemment, ils n'avaient pas plus d'une dizaine d'années.

« Ecoutez, Hal, intervint Jesse Corn d'un ton sévère, devançant Amelia, c'est pas à vous de régler cette affaire. Si vous voyez Garrett, vous nous prévenez tout de suite, OK ? Mais laissez pas les petits toucher aux armes à feu. C'est dangereux, c'est pas à vous que je vais l'apprendre !

– Je les entraîne, protesta Hal Babbage. Tous les jeudis soir, après le dîner. Ils sont tout à fait capables de manipuler un flingue. »

Soudain, il se raidit, les yeux plissés comme s'il avait repéré quelque chose dans le jardin.

« J'aimerais voir sa chambre, déclara Amelia.

– Comme vous voulez, répondit Hal Babbage en haussant les épaules. Mais vous devrez vous débrouiller toute seule. Il est pas question que j'entre là-dedans. Montre-leur le chemin, Mags. »

Lorsqu'il se baissa pour ramasser ses outils, Amelia remarqua la crosse d'un pistolet glissé dans sa ceinture. Le père adoptif de Garret entreprit de planter des clous dans l'encadrement d'une vitre.

« Jesse ? lança-t-elle. Vous voulez bien contourner la maison pour jeter un coup d'œil par la fenêtre de sa chambre, au cas où Garrett aurait posé des pièges à l'intérieur ?

– Vous verrez rien du tout, expliqua Margaret Babbage. Il a peint les carreaux en noir. »

En noir ? s'étonna Amelia.

« Dans ce cas, surveillez l'arrière du bâtiment, demanda-t-elle à Jesse. Je ne veux pas de mauvaises surprises. Tâchez de repérer les différents angles de tir possibles, mais attention, ne vous exposez pas.

– D'accord. Les angles de tir, vous dites. OK, je m'en occupe. »

À en juger par son empressement exagéré, il n'avait aucune expérience tactique de terrain. Amelia, consternée, le regarda disparaître à l'angle de la maison.

« Venez, je vais vous conduire à sa chambre », proposa Margaret Babbage.

Amelia la suivit le long d'un couloir mal éclairé où s'entassaient paniers à linge, chaussures et magazines : *Les joies de la famille, Vie chrétienne, Armes et munitions, Forêts et rivières, Reader's Digest.*

En passant devant chaque pièce, elle jetait un rapide coup d'œil à l'intérieur en effleurant de ses longs doigts fuselés la crosse en chêne de son pistolet. La chambre de l'adolescent était fermée, constata-t-elle en approchant.

Garrett a jeté un nid de frelons à l'intérieur. La malheureuse a été piquée cent trente-sept fois...

« Vous redoutez à ce point qu'il revienne ? » demanda-t-elle.

Quelques secondes s'écoulèrent avant que la mère adoptive de Garrett ne réponde :

« C'est un gosse perturbé, et comme beaucoup de gens, Hal le comprend pas. Moi, je suis plus attachée à lui que mon mari. Je sais pas encore s'il reviendra, mais si c'est le cas, y aura de sacrés problèmes, croyez-moi. Garrett, ça le dérange pas de faire du mal aux autres. À l'école, avant, certains gamins arrêtaient pas de forcer son casier pour y fourrer des messages, des slips sales et d'autres trucs du même genre. Rien de bien terrible, quoi. Pour eux, c'étaient juste des farces. Mais Garrett a fabriqué une cage spéciale qui s'ouvrait quand la porte du casier était pas déverrouillée correctement. Et il a mis une grosse araignée dedans. La fois suivante, lorsque les gamins ont voulu recommencer leur petit jeu, la bestiole a sauté au visage de l'un d'entre eux. Un peu plus, et il perdait la vue... Alors, oui, j'ai vraiment peur à l'idée qu'il puisse revenir. »

Les deux femmes s'étaient immobilisées devant la porte. Un panneau en bois y était apposé. DANGER. INTERDIT D'ENTRER. En dessous, un dessin grossier réalisé à la plume, scotché au battant, montrait une guêpe à l'air féroce.

La maison n'était pas climatisée. S'apercevant qu'elle avait les paumes moites, Amelia les essuya sur son jean.

Puis elle mit en marche la radio Motorola et ajusta le casque emprunté au Service des transmissions rattaché au bureau du shérif. Elle passa quelques instants à chercher la fréquence indiquée par Steve Farr. La réception était on ne peut plus mauvaise.

« Lincoln ?

– Je suis là. J'attendais. Où étais-tu ? »

Elle préférait ne pas lui dire qu'elle avait passé quelques minutes à essayer de mieux cerner la psychologie de Garrett Hanlon. Aussi se contenta-t-elle de répondre :

« Il nous a fallu un certain temps pour arriver.

– Bon, qu'est-ce que tu vois ?

– Je m'apprête à entrer. »

Amelia fit signe à Margaret Babbage de retourner au salon, puis elle poussa la porte d'un coup de pied avant de bondir en arrière et de se plaquer contre le mur. Aucun son ne lui parvint de la pièce plongée dans la pénombre.

Piquée cent trente-sept fois...

OK. Dégaine ton arme. Allez, allez, allez ! Elle s'engouffra dans la chambre.

« Oh, merde... »

Elle s'accroupit en position de combat. Les doigts sur la détente, elle pointa son arme vers la silhouette en face d'elle.

« Amelia ? Qu'est-ce qui se passe ? »

« – Une minute », murmura-t-elle dans le micro, avant d'allumer le plafonnier.

Le guidon de son pistolet touchait presque le poster de la créature d'*Alien* ornant le mur devant elle.

De la main gauche, elle ouvrit la penderie. Personne là-dedans non plus.

« Tout va bien, Lincoln. Mais une chose est sûre : je ne partage pas ses goûts en matière de décoration. »

À ce moment-là seulement, elle prit conscience de la puanteur. Vêtements sales, odeurs corporelles et quelque chose d'autre...

« Beurk, marmonna-t-elle.

– Quoi ? Un problème ? »

La voix de Lincoln trahissait son impatience.

« Ça schlingue, là-dedans.

– Bon, tu connais la règle.

– Toujours commencer par utiliser son nez sur une scène de crime. Mouais, ben je regrette de ne pas avoir retenu ma respiration...

– J'avais l'intention de faire le ménage, se défendit Mme Babbage, qui avait rejoint Amelia. J'aurais dû nettoyer avant votre arrivée. Mais vous comprenez, j'avais trop peur d'entrer. Et puis, l'odeur de mouffette, c'est dur à enlever, à moins de laver les habits au jus de tomate. Et Hal pense que c'est de l'argent fichu en l'air. »

C'était donc ça, songea Amelia. Cette puanteur de caoutchouc brûlé qui dominait celle du linge sale provenait des sécrétions de mouffette. Les mains pressées l'une contre l'autre, manifestement sur le point de fondre en larmes, la mère adoptive de Garrett chuchota :

« Il sera furieux quand il découvrira que vous avez cassé la porte.

– J'ai besoin de rester seule un moment, lui expliqua Amelia, avant de la pousser dans le couloir et de refermer le battant derrière elle.

– Tu perds du temps, Amelia, souligna Lincoln.

– Je m'y mets. »

Elle balaya du regard la pièce, réprimant à grand-peine son dégoût devant les draps gris, maculés de taches, les piles d'habits répugnants, les assiettes collées les unes aux autres par des restes de nourriture desséchée, les emballages vides où ne subsistait qu'une poussière de chips. L'endroit la rendait nerveuse. Elle porta les doigts à son crâne, se gratta le cuir chevelu, s'interrompit, se gratta de plus belle. En se demandant pourquoi elle ressentait une telle colère. Peut-être parce qu'un pareil laisser-aller suggérait une grande négligence de la part des parents adoptifs, négligence qui avait contribué à faire de cet adolescent un assassin et un ravisseur.

Ses yeux s'arrêtèrent un instant sur les dizaines de traînées crasseuses – traces de doigts et de pieds – souillant le rebord de la fenêtre. Il empruntait plus souvent cette issue que la porte d'entrée, semblait-il. Les Babbage enfermaient-ils leurs enfants pour la nuit ? s'interrogea-t-elle.

Son attention fut soudain attirée par un mouvement près du mur en face du lit. Quand elle tourna la tête dans cette direction, un frisson lui parcourut l'échine.

« Je crois qu'on a affaire à un collectionneur, Lincoln. »

Elle s'approcha de la douzaine de gros bocaux alignés sur des étagères – autant de vivariums remplis de colonies d'insectes agglutinés les uns aux autres, groupés autour des réserves d'eau au fond de leurs cages vitrées. Des étiquettes rédigées d'une écriture malhabile indiquaient le nom des différentes espèces : *Corise, Argyronète*... Une loupe était posée sur la table voisine, remarqua Amelia, à côté d'un vieux fauteuil de bureau qui, à en juger par son état, avait été récupéré à la décharge.

« Je comprends mieux pourquoi on le surnomme le Cafard », dit-elle, avant de décrire à Lincoln le contenu des vivariums.

Amelia frissonna de nouveau en voyant une cohorte de minuscules bestioles luisantes se déplacer le long d'une vitre.

« Ah, enfin une bonne nouvelle ! s'exclama Lincoln.

– Pourquoi ?

– Parce que ce n'est pas un hobby très répandu. S'il se passionnait pour les pièces de monnaie, ce serait plus difficile d'établir un lien entre son passe-temps et des lieux spécifiques. Vas-y, continue. »

Il parlait doucement, d'une voix presque joyeuse. Amelia savait qu'il se servait d'elle, de ses yeux et de ses jambes, pour s'imaginer lui-même en train de quadriller la scène. Du temps où il dirigeait l'Investigation and Resources Division – les services de la police technique et scientifique du NYPD –, Lincoln Rhyme avait souvent enquêté sur des scènes de crime, n'hésitant pas y consacrer plus d'heures que les hommes sous ses ordres. C'était ce travail de terrain qui lui manquait le plus depuis son accident, Amelia en avait conscience.

« Qu'est-ce qu'il y a, dans la mallette technique ? » s'enquit-il.

Jesse Corn s'était débrouillé pour lui en procurer une, qu'il était allé chercher au bureau du shérif, dans la réserve.

Amelia ouvrit l'attaché-case métallique couvert de poussière. Il ne contenait pas un dixième du matériel dont elle disposait dans sa valise à New York, mais au moins, il était équipé des instruments de base : pinces à épiler, lampe électrique, sondes, gants en latex, sachets de mise sous scellés.

« Le minimum, répondit-elle.

— On est comme des poissons hors de l'eau sur ce coup-là.

— Tout à fait d'accord. »

Pendant qu'elle enfilait les gants, Amelia examina encore une fois les lieux. La chambre de Garett faisait partie de ce que l'on appelle les scènes secondaires ; autrement dit, pas l'endroit où le crime a été commis, mais par exemple le site où il a été préparé, voire où s'est réfugié son auteur après coup. Lincoln lui avait appris que ces lieux sont souvent plus révélateurs que les scènes primaires, car les meurtriers ont tendance à s'y comporter de façon plus imprudente, laissant traîner derrière eux gants, vêtements, armes et autres indices.

Sans plus tarder, Amelia entreprit de quadriller méthodiquement la pièce, en progressant pas à pas selon des lignes parallèles, comme on tondrait une pelouse, avant de couvrir le même territoire en progressant cette fois selon des lignes perpendiculaires.

« Amelia ? Dis quelque chose !

— Cette chambre me flanque les jetons.

— Ah oui ? Avec ça, je suis bien avancé... »

Lincoln Rhyme n'appréciait pas les observations subjectives. Il n'aimait que les adjectifs précis, spécifiques : froid, boueux, bleu, vert, pointu. Il allait même jusqu'à se plaindre lorsqu'elle utilisait des termes tels que « gros » ou « petit ». « Parle-moi de centimètres ou de millimètres, Amelia, ou alors, tais-toi. » Résultat, quand elle se rendait sur une scène de crime, elle était toujours armée d'un pistolet, de gants en latex et d'un mètre de couturière.

N'empêche, j'ai sacrément les jetons, songea-t-elle. Ça ne compte pas, peut-être ?

« Eh bien, il a mis des tas de posters aux murs. Certains sont tirés d'*Alien*. D'autres, d'un film intitulé *Starship Troopers*, où on voit des bestioles géantes s'attaquer aux gens. Il a aussi fait lui-même quelques dessins. Tous violents. Il y a des cochonneries partout. J'ai remarqué des restes de nourriture, des tas de bouquins, des fringues et ces insectes dans les bocaux. Pas grand-chose d'autre.

– Les vêtements sont sales ?

– Mouais. Tiens, j'en ai trouvé un intéressant, un pantalon couvert de taches. Apparemment, il l'a beaucoup porté ; le tissu est sans doute imprégné de traces multiples. Et tous ses pantalons ont des revers. Une chance pour nous, non ? La plupart des gamins de son âge ne jurent que par les jeans. »

Amelia plaça sa trouvaille dans un sachet en plastique.

« T'as vu des chemises ?

– Non, juste des T-shirts, déclara-t-elle. Rien avec des poches. »

Les criminologues aiment les revers et les poches ; pour eux, ce sont de vrais réservoirs à indices.

« J'ai aussi mis la main sur deux ou trois cahiers. Mais Jim Bell et ses hommes ont déjà dû y jeter un coup d'œil, j'imagine.

– Surtout, ne présuppose *rien* quant au travail de nos collègues dans ce domaine.

– Pigé. En fait, expliqua-t-elle en feuilletant les pages, il ne s'agit pas d'un journal. Je ne vois pas de cartes dessinées à l'intérieur. Aucune référence au kidnapping. Il y a juste des dessins d'insectes... À priori, ceux qui sont ici, dans les vivariums.

– Pas de photos de filles, ou de jeunes femmes ? Pas de détails suggérant le sadisme ?

– Non.

– OK, rapporte-les. Et les livres ?

– Il en possède peut-être une centaine. Manuels scolaires, ouvrages sur les animaux, sur les insectes... Oh, attends, j'ai quelque chose. L'annuaire des anciens élèves du lycée de Tanner's Corner. Celui-là remonte à six ans. »

Lincoln posa une question à quelqu'un près de lui, avant de s'adresser de nouveau à elle :

« Jim vient de me dire que Lydia avait vingt-six ans. Donc, il y a huit ans qu'elle a quitté le lycée. Vérifie pour la petite McConnell. »

Amelia chercha aussitôt les noms en « M ».

« Je l'ai, annonça-t-elle. La photo de Mary Beth a été découpée avec un instrument tranchant. Aucun doute, il correspond bien au profil type de l'obsédé.

– On se fout des profils, Amelia. Ce qui nous intéresse, ce sont les indices. Parmi les autres livres, quels sont ceux qu'il a le plus souvent consultés ?

– Comment veux-tu que...

– Les pages salies. Commence par les bouquins près de son lit. Rapportes-en quatre ou cinq. »

Amelia choisit les quatre volumes dont les pages lui paraissaient particulièrement grisâtres. *Le Petit manuel de l'entomologiste, Le Guide des insectes de Caroline du Nord, Les Insectes aquatiques d'Amérique du Nord, Le Monde miniature.*

« Je les ai trouvés, Lincoln. Il a souligné pas mal de passages à l'intérieur. Ou marqué certains d'entre eux d'un astérisque.

– Bien. Tu me les montreras. Mais en attendant, il y a forcément autre chose dans cette chambre.

– Je ne vois rien.

– Continue de chercher. Il a seize ans. Rappelle-toi les affaires impliquant des mineurs sur lesquelles on a travaillé. Pour un adolescent, sa chambre, c'est le centre de son univers. Essaie de te mettre dans la peau d'un gamin de seize ans. Où cacherais-tu tes trésors ? »

Elle regarda sous le matelas, dans les tiroirs du bureau et en dessous, dans le placard, sous les oreillers crasseux. Enfin, elle braqua le faisceau de sa lampe électrique entre le lit et le mur.

« J'ai peut-être un truc, par ici...

– Quoi ? »

Amelia retira une masse de Kleenex froissés, ainsi qu'un flacon de lotion traitante à base de vaseline. Bon nombre de mouchoirs en papier étaient collés par ce qui ressemblait à du sperme séché.

« Il y a des dizaines de mouchoirs en papier sous le lit. Apparemment, il est très actif de la main droite.

– Il a seize ans, lui rappela Lincoln. À cet âge-là, c'est le contraire qui serait inhabituel. Bon, mets-en quelques-uns sous scellés. On aura peut-être besoin d'une empreinte génétique. »

Sous le lit, Amelia fit d'autres trouvailles : un cadre bon marché dont le Cafard avait orné les bords de dessins grossiers d'insectes – fourmis, frelons, scarabées. À l'intérieur, il avait placé la photo de Mary Beth McConnell découpée dans l'annuaire du lycée. D'autres clichés de la jeune fille étaient rassemblés dans un album. Ils étaient presque tous innocents. La plupart avaient été pris sur un campus universitaire ou dans les rues d'une petite ville. Deux la représentaient en bikini au bord d'un lac. Ces dernières photos, où elle se tenait penchée en avant, révélaient amplement sa poitrine.

« La fille de ses rêves, murmura Lincoln après qu'Amélia lui eut décrit les instantanés. Vas-y, poursuis les recherches.

— À mon avis, je ferais mieux de mettre tout ça sous scellés et de retourner sur le terrain.

— Non, reste encore quelques minutes. Hé, rappelle-toi, c'était ton idée. C'est toi qui as voulu jouer les bons samaritains, pas moi ! »

À ces mots, Amelia ressentit une bouffée de colère.

« Qu'est-ce que tu veux ? lança-t-elle avec exaspération. Que je relève les empreintes ? Que je récupère des cheveux ?

— Bien sûr que non. On n'essaie pas de rassembler des indices matériels pour le dossier du procureur et tu le sais très bien. Ce qu'il nous faut, c'est une idée de l'endroit où il a pu conduire les deux filles. Il n'a jamais eu l'intention de les amener chez lui. Je suis sûr qu'il a déniché une cachette spécialement pour elles. Et il s'y est rendu plusieurs fois afin de tout préparer. Il est peut-être jeune et un peu bizarre, mais il m'a l'air rudement bien organisé. Même si ses otages sont mortes, je suis prêt à parier qu'il leur a aménagé de belles petites tombes bien confortables. »

Ils avaient beau travailler ensemble depuis longtemps, Amelia ne s'habituait toujours pas à la brutalité de Lincoln Rhyme. Elle n'ignorait pas que cette attitude lui était dictée par son métier – un criminologue doit savoir prendre du recul par rapport à l'horreur du crime –, mais cela restait difficile pour elle. Peut-être parce qu'elle sentait en elle cette même aptitude à la froideur, cette même capacité de détachement que les meilleurs policiers scientifiques doivent être en mesure de mettre en œuvre sur-le-champ, et qu'elle craignait de s'endurcir irrémédiablement.

De belles petites tombes bien confortables...

Lincoln Rhyme, dont la voix n'était jamais plus séductrice que lorsqu'il imaginait une scène de crime, susurra à son oreille :

« Essaie de te mettre à sa place, Amelia. Tu es Garrett Hanlon. Quelles sont tes pensées ? À quoi ressemble ta vie ? Qu'est-ce que tu fais de ton temps dans cette petite pièce ? Quels sont tes désirs les plus secrets ? »

Les bons criminologues, lui avait expliqué Lincoln, sont comme certains romanciers ; ils s'identifient avec leurs personnages, s'immergent totalement dans leur univers.

J'ai seize ans, songea Amelia, dont les yeux exploraient une nouvelle fois la pièce. Je suis un garçon tourmenté, un orphelin. Au lycée, les autres se moquent de moi. J'ai seize ans, seize ans, seize...

Une pensée se forma dans son esprit. Elle l'exprima aussitôt.

« Tu veux que je te dise ce qui me paraît étrange ?

– Je t'écoute.

– C'est un adolescent, d'accord ? Eh bien, je me souviens de Tommy Briscoe – je suis sortie avec lui quand j'avais seize ans. Tu sais ce qu'il y avait, dans sa chambre ?

– De mon temps, c'était ce foutu poster de Farrah Fawcett.

– Tout juste. Ici, je ne vois pas une seule pin-up, pas un seul poster de *Playboy* ou de *Penthouse*. Pas de jeux de cartes, de Pokémon ni de gadgets. Pas de photos d'Alanis ou de Céline. Pas de rock-stars et... Tiens-toi bien : pas de magnétoscope, pas de télé, de chaîne hi-fi ou de radio. Ni la moindre petite console Nintendo. Bon sang, à seize ans, il n'a même pas d'ordinateur ! »

La filleule d'Amelia n'avait que douze ans, mais sa chambre ressemblait à un stand d'exposition de matériel électronique.

« C'est peut-être un problème d'argent, suggéra Lincoln. Lié à ses parents adoptifs.

– Oh, si j'avais son âge et si je tenais vraiment à écouter de la musique, je me construirais une radio. Rien n'arrête les jeunes. Sauf que dans son cas, ce n'est pas ça qui l'excite.

– Excellent, Amelia. »

Peut-être, pensa-t-elle, mais que fallait-il en déduire ? Faire des observations ne représente que la moitié du travail d'un expert en criminalistique ; l'autre moitié, beaucoup plus importante, consiste à en tirer des conclusions utiles.

« Amelia ?

– Chuuut ! »

Elle s'efforçait d'oublier sa véritable identité – le flic de Brooklyn, la passionnée de voitures de sport, l'ancien mannequin de l'agence Chantelle sur Madison Avenue, la championne de tir, la femme qui portait les cheveux longs mais taillait toujours ses ongles au plus court afin d'éviter que son habitude de griffer sa peau et son cuir chevelu ne laisse sur sa chair des marques révélatrices de sa tension intérieure.

Cette personne-là, elle devait la reléguer dans l'ombre pour laisser émerger la personnalité d'un gamin de seize ans, perturbé, effrayant. Qui avait besoin, ou envie, de prendre les femmes de force. Qui avait besoin, ou envie, de tuer.

Qu'est-ce que je ressens ?

« Je ne m'intéresse pas aux distractions habituelles comme la musique, la télé ou les ordinateurs. Je ne m'intéresse pas au sexe, dit-elle, presque pour elle-même. Je ne m'intéresse pas aux relations humaines normales. Pour moi, les gens sont comme des insectes ; des créatures à mettre en cage. En fait, tout ce qui m'intéresse, ce sont les insectes. Ils représentent ma seule source de réconfort. Mon seul plaisir. »

Tout en parlant, elle allait et venait devant les bocaux. Soudain, elle s'immobilisa, le regard rivé sur le sol.

« Les traces du fauteuil !

— Comment ?

— Le fauteuil de Garrett... Il est sur roulettes. Et il est positionné en face des vivariums. Garrett passe son temps à avancer et à reculer pour les observer et pouvoir ensuite les dessiner. Hé, peut-être même qu'il leur parle ! Toute son existence tourne autour de ces bestioles. »

Mais les traces sur le plancher s'arrêtaient avant d'atteindre le bocal situé à l'extrémité de la rangée – le plus gros, placé un peu à l'écart. Il contenait des guêpes. Les minuscules créatures jaune et noir s'agitaient furieusement, sans doute conscientes d'une intrusion dans leur univers.

Amelia les étudia avec attention.

« Il y a ce vivarium plein de guêpes, Lincoln. À mon avis, il s'en sert comme coffre-fort.

— Comment le sais-tu ?

— Il l'a éloigné des autres. Il ne le regarde jamais ; je m'en rends compte par rapport aux traces du fauteuil. De plus, tous les autres bocaux contiennent de l'eau, car il y a des insectes aquatiques dedans. Celui-là, c'est le seul avec des insectes volants. C'est une idée géniale, Lincoln : qui oserait fouiller un truc pareil ? Et le fond est recouvert de petits bouts de papier sur au moins trente centimètres d'épaisseur. Je parie qu'il a caché quelque chose en dessous.

— Tu peux vérifier ? »

Elle sortit dans le couloir afin de demander à Mme Babbage de lui apporter une paire de gants en cuir. À son retour, la mère adoptive de Garrett la trouva occupée à examiner le vivarium.

« Vous allez l'ouvrir ? demanda-t-elle d'une voix angoissée.

— Oui.

— Garrett sera fou de rage. Il... il pique des crises terribles quand on touche à ses insectes.

— Madame Babbage, Garrett est un criminel en fuite. Qu'il risque de piquer une crise, ce n'est pas vraiment le problème pour le moment.

— Mais s'il se débrouille pour entrer dans la maison, il va se rendre compte que quelqu'un a dérangé ses affaires... Je veux dire... Ça pourrait le pousser à bout. »

De nouveau, les larmes menaçaient de jaillir.

« On le rattrapera avant, la rassura Amelia Sachs. Ne vous inquiétez pas. »

Elle enfila les gants, puis enveloppa son bras nu dans une taie d'oreiller. Lentement, elle souleva le couvercle grillagé afin de pouvoir glisser la main à l'intérieur. Deux guêpes se posèrent sur le gant, pour s'envoler un instant plus tard. Les autres ignorèrent l'intrusion. Amelia prit soin de ne pas toucher le nid.

Piquée cent trente-sept fois...

Elle n'eut pas à fourrager longtemps au fond du récipient pour découvrir le sachet en plastique.

« Je sens quelque chose... »

Au moment où elle retirait sa trouvaille, un insecte s'échappa, puis disparut dans la maison avant qu'elle n'ait eu le temps de replacer le couvercle.

Après avoir ôté les gants en cuir, Amelia enfila ceux en latex. Elle ouvrit le sachet, dont elle répandit le contenu sur le lit. Du fil de pêche. De l'argent – une centaine de dollars en liquide et quatre pièces d'un dollar en argent. Un autre cadre ; celui-là contenait la photo parue dans le journal, où l'on voyait Garrett et sa famille une semaine avant l'accident de voiture qui avait coûté la vie à ses parents et à sa sœur. Une vieille clé rouillée au bout d'une courte chaîne, qui ressemblait à une clé de voiture, mais sans logo ; ne figurait dessus qu'un numéro de série. Amelia décrivit tous ces éléments à Lincoln.

« Parfait. C'est du bon boulot, Amelia. Je ne sais pas encore quoi en penser, mais c'est un début. Maintenant, retourne sur la scène primaire. À Blackwater Landing. »

Elle inspecta une nouvelle fois la pièce. La guêpe qui s'était enfuie un peu plus tôt cherchait maintenant à rentrer dans le bocal. Quel genre de message l'insecte essayait-il de transmettre à ses semblables ? s'interrogea Amelia.

« J'arrive pas à te suivre, se plaignit Lydia. Tu marches trop vite » ajouta-t-elle, le souffle court.

La sueur dégoulinait sur son visage. Sa blouse d'infirmière était trempée.

« La ferme ! s'écria Garrett avec colère. Faut que j'écoute, OK ? Si tu râles tout le temps, j'entends plus rien. »

Pourquoi ? Qu'est-ce qu'il y avait à entendre ? se demanda-t-elle.

Il se concentra de nouveau sur la carte, avant d'entraîner sa prisonnière sur un autre chemin. Ils étaient toujours dans la forêt de pins, mais même s'ils n'avançaient pas directement sous le soleil, Lydia sentait le vertige la gagner et reconnaissait les premiers symptômes d'un coup de chaleur.

Garrett se tourna soudain vers elle, les yeux fixés sur ses seins.

Cliquetis d'ongles.

Chaleur étouffante.

« Je t'en prie, murmura-t-elle, avant de fondre en larmes. J'en peux plus ! Je t'en prie !

— Tu vas la fermer, oui ? Je te préviens, je le répéterai pas. »

Une nuée de moucherons tournoyait autour d'eux. Après en avoir avalé un ou deux, Lydia, dégoûtée, cracha pour se nettoyer la bouche. Bon sang, ce qu'elle pouvait détester cet endroit – cette forêt ! Lydia Johansson ne supportait pas le grand air. La plupart des gens aiment les bois, les piscines, les jardins. Mais pour elle, le bonheur n'était constitué que de plaisirs fugaces essentiellement liés à des lieux fermés : son travail, les réunions avec ses copines célibataires devant une margarita, les livres d'épouvante et la télé, les expéditions dans les magasins du centre commercial lors d'une poussée de fièvre dépensière, les rares nuits passées avec son petit ami.

Des plaisirs d'intérieur, sans exception.

Dehors, elle pensait aux barbecues organisés par ses amies mariées, aux familles installées au bord des piscines où les enfants s'amusaient avec des jouets gonflables, aux pique-niques, aux femmes minces en maillot Speedo et en tongs.

Dehors, elle pensait à sa solitude, à une vie qu'elle désirait mais n'avait pas.

Garrett prit encore une autre direction pour sortir de la forêt. Soudain, les arbres disparurent, cédant la place à une fosse immense. Il s'agissait d'une ancienne carrière dont une eau bleu-vert remplissait aujourd'hui le fond. Des années plus tôt, se rappela Lydia en la découvrant, avant que les marécages n'envahissent peu à peu les territoires au nord de la Paquo, rendant la zone dangereuse, les jeunes de la région avaient l'habitude de venir s'y baigner.

« On y va, ordonna Garrett.

— Non, je veux pas ! J'ai trop peur.

— Je me fous de ce que tu veux ! Avance ! »

L'adolescent la saisit par les poignets pour l'obliger à le suivre sur un sentier qui descendait en pente raide jusqu'à une saillie pierreuse surplombant le bassin. Là, il se débarrassa de sa chemise et se pencha pour asperger d'eau fraîche sa peau couverte de plaques. Il en gratta quelques-unes, avant d'examiner ses ongles. Enfin, il leva les yeux vers Lydia qui l'observait, révulsée.

« T'en as envie aussi ? lança-t-il. Ça fait vachement de bien. T'as qu'à enlever ta blouse, si ça te tente. Pour nager. »

Horrifiée à la pensée de se retrouver nue devant lui, elle secoua la tête avec vigueur. Puis elle se laissa choir près du bord pour se mouiller le visage et les bras.

« T'avise pas de boire cette vacherie-là, surtout, l'avertit Garrett. J'ai apporté d'autres trucs. »

Il retira de derrière un rocher un sac de toile poussiéreux qu'il avait dû dissimuler peu de temps auparavant. Il en sortit une bouteille d'eau, plusieurs paquets de crackers au fromage et du beurre de cacahouètes. Il mangea un paquet de crackers, but la moitié de la bouteille et lui tendit le reste.

Le cœur au bord des lèvres, Lydia refusa.

« Merde, j'ai pas le sida ni rien, si c'est ce que tu penses ! gronda-t-il. Faut que tu boives quelque chose. »

Ignorant la bouteille, Lydia baissa la tête vers l'eau du bassin, dont elle avala une longue gorgée. Le liquide avait un arrière-goût salé, métallique. Écœurée, elle toussa et faillit vomir.

« Je te l'avais bien dit, bon sang ! C'est plein de saloperies, là-dedans. Arrête tes conneries, merde », ajouta-t-il en lui jetant la bouteille.

Après l'avoir attrapée tant bien que mal entre ses mains entravées, Lydia la porta à ses lèvres.

Presque aussitôt, elle éprouva une sensation de fraîcheur. Un peu détendue, elle demanda :

« Où est Mary Beth ? Qu'est-ce que tu lui as fait ?

– Elle est quelque part au bord de l'océan. Dans une vieille baraque de banquier. »

Lydia voyait très bien de quoi il voulait parler. Les « banquiers », en Caroline du Sud, sont les habitants des Banks, les îles coralliennes au large de la côte, dans l'océan Atlantique. Ainsi, c'était là que se trouvait Mary Beth... Lydia comprenait mieux maintenant pourquoi ils s'étaient dirigés vers l'est – vers les marécages où il n'y avait pas de maisons et très peu d'endroits où se cacher. Sans doute avait-il laissé un bateau dans les environs afin de rejoindre le canal intérieur, puis Elizabeth City, Albemarle Sound et enfin, les Banks.

« J'aime beaucoup ce coin-là, reprit-il. C'est vraiment chouette. T'aimes l'océan, toi ? »

Il lui avait posé la question d'une drôle de façon – sur le ton de la conversation –, et en cet instant, il paraissait presque normal. Peu à peu, elle sentit sa peur refluer. Mais soudain, il se figea, aux aguets, un doigt sur les lèvres pour lui intimer le silence, ses sourcils froncés accentuant encore son côté inquiétant. Enfin, il remua la tête d'un air soulagé ; de toute évidence, le bruit qu'il avait perçu ne constituait pas une menace. Il se frotta le visage d'un revers de main, gratta une autre plaie.

« On repart, dit-il en indiquant de la tête le sentier escarpé qui grimpait jusqu'au bord de la carrière. C'est plus très loin.

– Il nous faudra une journée pour atteindre les Banks. Voire plus.

– Et après ? On n'y arrivera pas aujourd'hui, c'est tout. »

Il éclata d'un petit rire cynique, comme s'il jugeait la remarque idiote.

« Suffit qu'on se planque pas loin d'ici et qu'on laisse tous les connards à nos trousses nous dépasser. On dormira dans le coin, précisa-t-il sans la regarder.

– On va vraiment dormir ici ? » s'enquit-elle dans un murmure désespéré.

Mais Garrett n'ajouta rien. Il se borna à la pousser vers la pente qui menait en haut de la carrière, vers la forêt de pins.

6

Quelle attraction pouvaient donc exercer les lieux de mort ?

Amelia Sachs s'était souvent posé la question sur les dizaines de scènes de crime qu'elle avait quadrillées, et elle se la posait encore ce jour-là, postée au bord de la route 112 à Blackwater Landing, d'où elle scrutait la rivière Paquenoke.

Sur ce site, le jeune Billy Stail avait connu une fin tragique, deux jeunes femmes avaient été kidnappées, la vie d'un policier dévoué à son travail avait changé à tout jamais – ou peut-être pris fin – après l'attaque d'une centaine de guêpes. Même sous un soleil ardent, l'atmosphère de Blackwater Landing restait sombre, tendue.

Amelia étudia les lieux avec attention. De l'accotement, une pente raide, jonchée de détritus, menait à la berge boueuse où poussaient des saules, des cyprès et des touffes de hautes herbes. Un vieux ponton pourri s'avançait sur une dizaine de mètres au-dessus de la rivière avant de s'enfoncer sous la surface.

Il n'y avait pas d'habitations dans les environs proches, mais Amelia avait remarqué sur le trajet un certain nombre de grandes maisons neuves de style colonial. Si elles valaient manifestement une petite fortune, même cette partie résidentielle de Blackwater Landing, à l'instar du comté tout entier, dégageait une impression de désolation et d'abandon. Il lui avait fallu un moment pour en comprendre la raison : en cette période de vacances scolaires, on ne voyait pas d'enfants jouer dans les jardins. Pas de piscines gonflables, pas de vélos, pas de poussettes. Cette constatation lui rappela le cortège funèbre aperçu quelques heures plus tôt – et le cercueil d'enfant –, et elle s'obligea à chasser de son esprit ce triste souvenir afin de pouvoir se concentrer sur sa tâche.

Examiner les scènes de crime. Deux zones délimitées par du ruban jaune. Celle au bord de l'eau incluait un saule devant lequel on avait déposé plusieurs bouquets de fleurs ; c'était là que Garrett avait agressé Lydia. L'autre était constituée par une petite clairière poussiéreuse bordée d'arbres où, la veille, l'adolescent avait tué Billy Stail et enlevé Mary Beth. En plein milieu de cet espace dégagé, la jeune fille avait creusé plusieurs trous peu profonds, sans doute pour y chercher des pointes de flèche et divers vestiges. À cinq mètres environ du centre de la clairière, une silhouette dessinée à la peinture en bombe indiquait l'endroit où le corps de Billy avait été retrouvé.

De la peinture en bombe ? songea Amelia, désabusée. À l'évidence, ces policiers n'étaient pas rodés aux techniques utilisées lors des enquêtes criminelles.

Une voiture de patrouille se gara sur le bas-côté, et quelques instants plus tard, Lucy Kerr en sortit. J'avais bien besoin d'elle, pensa Amelia. Trop de cuisinières gâtent la sauce, c'est bien connu.

Sa collègue la salua d'un bref signe de tête.

« Vous avez trouvé quelque chose, dans la maison ?

— Plusieurs éléments, oui. »

Sans préciser, Amelia se tourna vers la pente. Au même moment, la voix de Lincoln s'éleva dans son casque :

« La scène est vraiment aussi saccagée qu'elle le paraît sur les photos ?

— À croire qu'elle a été piétinée par un troupeau de vaches. Il doit y avoir au moins deux douzaines d'empreintes de pas.

— Merde », marmonna Lincoln.

Lucy, qui avait entendu la remarque d'Amelia, ne souffla mot ; elle se contenta de regarder au loin, en direction de l'endroit où le canal rejoignait la rivière.

« C'est le bateau dont il s'est servi ? demanda Amelia en montrant un skiff échoué sur la rive.

— Là-bas ? Mouais, c'est ça, répondit Jesse Corn. Mais c'est pas le sien. Il l'a volé à des gens qui habitent un peu plus loin en amont. Vous voulez y jeter un coup d'œil ?

— Plus tard. Expliquez-moi plutôt par où il n'aurait *pas pu* arriver ici. Hier, je veux dire, quand il a tué Billy.

— Par où il aurait pas pu arriver ? »

Jesse tendit la main vers l'est.

« Y a rien de ce côté-là. Juste des marécages et des roseaux. On peut pas y mettre un bateau au sec. Alors, soit il est venu par la route, soit il a longé la rive. Mais je pense plutôt qu'il a pris le skiff. »

Déjà, Amelia ouvrait sa mallette.

« Je voudrais des indices témoins de la terre du coin, lança-t-elle à Jesse. Des échantillons, si vous préférez.

— De la terre ?

— C'est ça.

— Bon, d'accord. Mais, euh, pourquoi ?

— Parce que si on réussit à identifier un élément différent de ceux qui composent le sol par ici, ça nous donnera peut-être une indication sur l'endroit où Garrett a emmené ces deux filles.

— Il pourrait aussi provenir du jardin de Lydia, de celui de Mary Beth ou des chaussures des mômes qui pêchaient dans les environs il y a deux ou trois jours, objecta Lucy.

— Possible, répondit Amelia avec patience. Mais il faut qu'on le fasse quand même. »

Elle tendit un sachet en plastique à Jesse, qui s'éloigna, manifestement heureux de se rendre utile. À mi-chemin de la pente, Amelia s'immobilisa pour ouvrir une nouvelle fois sa mallette. Il n'y avait pas d'élastiques à l'intérieur. Avisant alors ceux qui retenaient la natte de Lucy, elle demanda :

« Je peux vous les emprunter ? Les élastiques, je veux dire. »

Sa collègue les lui remit aussitôt. Amelia les passa autour de ses chaussures.

« Comme ça, je pourrai reconnaître mes empreintes de pas », expliqua-t-elle en songeant que de toute façon, étant donné l'état déplorable des lieux, ça ne changerait sans doute pas grand-chose.

« Amelia ? Alors, qu'est-ce que tu vois ? » demanda Lincoln au moment où elle s'engageait sur la scène du crime.

La réception était encore plus mauvaise qu'avant.

« Pour l'instant, je n'ai pas encore de scénario en tête, répondit-elle en étudiant le sol. Il y a beaucoup trop d'empreintes. À mon avis, au moins huit ou dix personnes ont marché sur ce terrain au cours des dernières vingt-quatre heures. Mais j'ai tout de même une petite idée de ce qui est arrivé. Mary Beth était à genoux. Je distingue une première série d'empreintes venues de l'ouest, c'est-à-dire du canal. Ce sont celles de Garrett ; je me souviens encore du dessin de la semelle sur la tennis retrouvée par Jesse. Là, ce doit être l'endroit où Mary Beth s'est redressée. J'ai repéré une deuxième série d'empreintes qui vient du sud. Billy, sans aucun doute. Il longe la rive. Il avance vite, en prenant essentiellement appui sur l'avant du pied. Donc, il court. Garrett se dirige vers lui. Ils se battent. Billy recule jusqu'au saule. Garrett se jette sur lui. Ils se battent de nouveau. »

Elle se pencha vers la silhouette peinte par terre.

« La première fois où Garrett frappe Billy avec la pelle, il le touche à la tête. Billy s'écroule, mais il n'est pas mort. Ensuite, Garrett vise le cou. C'est ça qui l'a achevé. »

Jesse laissa échapper un petit rire en contemplant d'un air incrédule la silhouette blanche au sol.

« Comment vous pouvez le savoir ?

– Les éclaboussures de sang, répondit-elle d'un ton absent. Il y en a quelques gouttes par là, ajouta-t-elle en indiquant un point par terre. À en juger par leur répartition, elles sont tombées d'une hauteur d'environ un mètre quatre-vingts ; autrement dit, de la tête de Billy. Mais ces traces d'un jaillissement plus important – forcément le résultat d'une carotide ou d'une jugulaire sectionnée – montrent qu'il était déjà à terre quand on s'est acharné sur lui... OK, Lincoln, je commence la fouille. »

Quadriller les lieux. Pas à pas. Les yeux fixés sur la terre et sur l'herbe, sur le tronc noueux des chênes et des saules, sur les branches en surplomb (« La scène de crime est tridimensionnelle », lui rappelait souvent Lincoln).

« Les mégots de cigarette sont toujours là ? s'enquit-il.

– Ils sont là, oui. »

Elle se tourna vers Lucy.

« Pourquoi ne pas avoir récupéré les mégots ? »

Jesse devança sa collègue.

« Oh, répondit-il. C'est ceux de Nathan.

– Qui ?

– Nathan Groomer. Un de nos hommes. Il essaie d'arrêter, mais il y arrive pas. »

Amelia poussa un profond soupir, réprimant à grand-peine son envie de rétorquer qu'un flic surpris en train de fumer sur une scène de crime mériterait une mise à pied immédiate. Elle ratissa le terrain avec soin, sans toutefois découvrir quoi que ce soit. Fibres, morceaux de papier, indices divers, tout avait été récupéré ou dispersé par le vent. Elle s'approcha de l'endroit où s'était produit l'enlèvement, le matin même, passa sous le ruban, puis entreprit de quadriller la zone autour du saule.

Dans un sens, puis dans l'autre, s'efforçant de résister à la sensation de vertige provoquée par la chaleur.

« Lincoln ? Il n'y a presque rien par ici, mais... Oh, attends. J'aperçois quelque chose. »

Elle avait repéré une tache blanche près de l'eau – un Kleenex froissé, constata-t-elle en le ramassant. Ses genoux protestèrent lorsqu'elle se baissa, fragilisés par l'arthrite dont elle souffrait depuis des années. Plutôt courir après un suspect que faire des flexions de ce genre, songea-t-elle.

« C'est un Kleenex, annonça-t-elle. Apparemment semblable à ceux qui traînaient dans la maison. Sauf qu'il y a du sang sur celui-là. Pas mal de sang, même.

– À ton avis, c'est Garrett qui l'a jeté ?

– Aucune idée. Tout ce que je peux dire à ce stade, c'est qu'il n'a pas passé la nuit dehors. Le taux d'humidité est trop bas. Avec la rosée, il se serait désagrégé.

– Excellent, Amelia. Où as-tu appris ça ? Je ne me rappelle pas t'en avoir jamais parlé.

– C'est dans ton bouquin. Chapitre douze. Le papier. »

Amelia s'approcha de l'eau, puis fouilla la petite embarcation. Elle ne trouva rien à l'intérieur.

« Jesse ? appela-t-elle. Vous pouvez m'emmener de l'autre côté ? »

Une fois de plus, il accepta avec empressement, et elle se demanda dans combien de temps il allait l'inviter à boire un café. Après que Lucy eut embarqué à son tour, ils s'éloignèrent de la berge. Les eaux étaient étonnamment agitées, constata Amelia pendant la traversée.

Sur l'autre rive, elle repéra aussitôt des empreintes de pas dans la boue ; celles laissées par la fine semelle des chaussures d'infirmière que portait Lydia, et celles de Garrett – un pied nu et une tennis dont le dessin de la semelle lui était déjà familier. Elle les suivit jusque dans les bois. Elles conduisaient à l'affût où Ed Schaeffer avait été attaqué par les frelons. Amelia s'immobilisa, déconcertée.

Qu'est-ce qui avait bien pu se passer ici ?

« Bon sang, Lincoln, on dirait que quelqu'un a balayé les lieux. »

Ce ne serait pas la première fois. Les criminels se servent souvent d'un balai, voire à l'occasion d'un souffleur de jardin, pour effacer ou disséminer les indices sur les scènes de crime.

« Non, c'est à cause de l'hélicoptère, intervint Jesse Corn.

– Quel hélicoptère ? demanda Amelia, interloquée.

– Ben, celui de l'hosto, qui a évacué Ed Schaeffer.

– Mais le souffle des rotors a tout saccagé ! s'exclama Amelia. La procédure standard veut qu'on éloigne du site les blessés avant d'autoriser le pilote à se poser.

– La procédure, hein ? répéta Lucy Kerr d'un ton mordant. Désolée, mais on s'inquiétait un peu pour Ed, vous comprenez. On essayait de lui sauver la vie, quoi. »

Amelia préféra ne pas répondre. Elle se glissa dans l'abri le plus lentement possible, afin de ne pas perturber les dizaines de grosses guêpes qui tournoyaient au-dessus du nid détruit. Mais quel que soient les cartes ou les indices identifiés par Ed Schaeffer à l'intérieur de la cabane, ils s'étaient volatilisés, et l'air déplacé par l'hélicoptère avait éparpillé la terre en surface, de sorte qu'il était devenu inutile d'en prélever un échantillon.

« Bon, on repart au labo », lança Amelia à Lucy et à Jesse.

Tous trois retournaient au bord de l'eau lorsqu'un grand fracas retentit derrière eux ; surgi d'un enchevêtrement de broussailles cernant un bouquet de saules noirs, une sorte de géant s'avança vers eux d'une démarche pesante.

Jesse Corn porta la main à son holster, mais avant même qu'il ne l'ait ouvert, Amelia avait dégainé son Smittie d'emprunt, l'avait armé pour une double action et pointé sur la poitrine de l'intrus. Celui-ci se pétrifia aussitôt, puis leva les mains en clignant des yeux d'un air stupéfait.

Barbu, grand et massif, il avait les cheveux tressés. Amelia nota le jean, le T-shirt gris, le blouson en jean et les bottes. Elle lui trouvait un air vaguement familier.

Où avait-elle bien pu le voir ?

Elle s'en souvint soudain lorsque Jesse mentionna son nom.

« Bon sang, Rich ! »

Il faisait partie du trio qu'ils avaient croisé devant le bureau du shérif un peu plus tôt. Rich Culbeau – elle se rappelait ce nom aux consonances inhabituelles. Elle se rappelait aussi la façon dont cet homme et ses acolytes l'avaient détaillée des pieds à la tête avec une lubricité à peine déguisée, et la manière dont ils avaient toisé Thom avec mépris. Alors, elle garda son Smith & Wesson pointé sur lui un peu plus longtemps que nécessaire. Puis, lentement, elle l'abaissa vers le sol, le désarma et le replaça dans le holster.

« Désolé, dit Rich Culbeau. Je voulais pas vous flanquer la frousse. Salut, Jesse.

« — Vous êtes sur une scène de crime », déclara Amelia.

Dans son casque, elle entendit Lincoln demander :
« Qui est-ce ? »

Elle se détourna pour chuchoter dans le micro :
« Un de ces zigotos sortis tout droit de *Délivrance* qu'on a croisés ce matin.

— On bosse, Rich, intervint Lucy. Reste pas là, tu nous gênes.

— J'ai pas l'intention de vous embêter, répliqua-t-il en détournant les yeux vers les bois. Mais j'ai le droit d'essayer de décrocher le pactole, comme tout le monde. Tu peux pas m'en empêcher.

— C'est quoi, cette histoire de pactole ? s'enquit Lincoln.

— Il y a une récompense de mille dollars, figure-toi, répondit Amelia.

— Et merde ! C'est bien la dernière chose dont on avait besoin. »

De tous les facteurs susceptibles de contaminer les scènes de crime et de ralentir la tâche des enquêteurs, les chasseurs de primes et de souvenirs comptent parmi les pires.

« C'est la mère de Mary Beth qui a décidé de l'offrir, expliqua Rich Culbeau. Elle a du fric, cette bonne femme-là, et je parie que si les recherches ont toujours rien donné ce soir, elle montera à deux mille. P'têt même plus. »

Il se tourna de nouveau vers Amelia.

« Vous inquiétez pas, je vais pas créer de problèmes, mademoiselle. Vous êtes pas d'ici, et c'est pour ça que vous me prenez pour un sale type ; je vous ai entendue tout à l'heure quand vous avez parlé de *Délivrance* dans votre chouette petit micro. Personnellement, j'ai trouvé le bouquin mieux que le film. Vous l'avez lu ? Nan ? Ah, ben, c'est pas grave. Mais vous devriez pas trop vous fier aux apparences. Pas vrai, Jesse ? Raconte-lui donc qui c'est qu'a sauvé la gosse disparue dans Great Dismal l'année dernière. Quand le comté tout entier se lamentait en la croyant perdue à cause des serpents et des moustiques.

— Rich et Harris Tomel l'ont localisée, expliqua Jesse. Elle errait depuis trois jours dans les marécages. Sans eux, elle serait morte.

— Mouais, enfin, c'est surtout moi qui ai fait le boulot, souligna Rich Culbeau. Harris, il aime pas trop saloper ses bottes.

— Eh bien, je vous félicite, déclara Amelia d'un ton sec.

Mais j'aimerais m'assurer que vous n'allez pas compromettre nos chances de retrouver ces deux jeunes filles.

– Je vois pas pourquoi ça arriverait. Y a vraiment pas de raison de chercher des bisbilles. »

Sur ces mots, il se détourna, avant de s'éloigner à pas lourds.

« Des bisbilles ? répéta Amelia, surprise.

– Vous mettre en colère, quoi », traduisit Jesse.

Elle relata ensuite l'incident à Lincoln, qui écarta aussitôt ce sujet.

« On n'a pas le temps de se préoccuper des gens du coin, décréta-t-il. Il faut qu'on découvre une piste. Et vite. Rapporte-moi ce que tu as récupéré. »

Lorsqu'ils retraversèrent le canal, Amelia demanda :

« Il peut nous créer des problèmes ?

– Culbeau ? Non, il est trop flemmard, répondit Lucy. Il fume de l'herbe et boit comme un trou, mais le crime le plus grave qu'on ait à lui reprocher, c'est d'avoir fracturé quelques mâchoires en public. On pense qu'il a un alambic quelque part, et même pour mille dollars, je ne crois pas qu'il tienne trop à s'en éloigner.

– Qu'est-ce qu'ils font dans la vie, lui et ses deux acolytes ?

– Oh, vous les avez rencontrés aussi ? lança Jesse. Eh bien, Sean – c'est le maigrichon – et Rich, ils ont pas ce qu'on appellerait un vrai boulot régulier. Ils nettoient les rues, bossent de temps en temps à la journée, des trucs comme ça. Harris Tomel, lui, il est allé à la fac ; enfin, il a dû y rester deux ou trois ans. Il est toujours en train d'essayer de monter l'affaire du siècle. Sauf que ça marche jamais, d'après ce que j'ai entendu dire. Mais comme ces trois-là ont quand même du fric, ça signifie forcément qu'ils distillent en douce.

– Ah bon ? Pourquoi vous ne les arrêtez pas ? »

Jesse s'accorda quelques instants de réflexion avant de répondre :

« Ben, par chez nous, soit on décide de chercher les emmerdes, soit on décide de pas les chercher. »

Une philosophie policière qui, Amelia le savait, dépassait largement les frontières du Sud des États-Unis.

Quand ils abordèrent l'autre rive, près des scènes de crime, Amelia sauta du bateau avant que Jesse n'ait eu l'occasion de lui proposer son aide – ce qu'il fit néanmoins.

Soudain, une énorme silhouette sombre se profila sur le canal. C'était une barge noire motorisée d'environ douze mètres de long, qui se dirigeait vers la Paquo. INDUSTRIES DAVETT, lut Amelia sur ses flancs.

« Qu'est-ce que c'est ? demanda-t-elle.

– Une entreprise implantée en dehors de la ville, expliqua Lucy. Ces bateaux empruntent le canal pour traverser Great Dismal jusqu'à Norfolk. Ils transportent des chargements d'asphalte, de papier goudronné, des trucs comme ça. »

Lincoln, qui avait entendu, s'adressa de nouveau à Amelia :

« Bon, essaie de savoir s'il n'y aurait pas eu un transport de marchandises au moment du meurtre. Et tâche d'obtenir le nom des membres de l'équipage. »

Mais lorsqu'elle en parla à Lucy, celle-ci déclara :

« Je m'en suis déjà occupée. C'est même une des premières choses qu'on a faites, Jim et moi, ajouta-t-elle d'un ton sec. Mais sans résultat. Au cas où ça vous intéresserait, on a aussi interrogé tous les habitants de Tanner's Corner qui prennent chaque matin Canal Road et la route 112 pour aller bosser. Ça n'a rien donné.

– C'était une bonne idée, en tout cas.

– Rien d'autre que la procédure standard », répliqua Lucy, avant de s'en retourner à sa voiture la tête haute, telle une lycéenne timide qui vient enfin de clouer le bec à la chef des majorettes.

7

« IL NE FERA rien tant que vous n'aurez pas apporté de climatiseur dans cette pièce.

– Thom, bon sang, on n'a pas le temps ! » s'exclama Lincoln.

Puis il indiqua aux hommes du shérif où décharger le matériel prêté par la police d'État.

« Steve est parti en chercher un, expliqua Jim Bell. Mais c'est pas aussi facile que je l'aurais cru.

– Je n'en ai pas besoin, décréta Lincoln.

– Je crains un problème de dysréflexie, expliqua Thom avec patience.

– Ah oui ? Pourtant, je ne me rappelle pas avoir entendu dire que la chaleur avait un effet néfaste sur la tension artérielle, Thom. Tu as lu ça quelque part, je suppose ? Eh bien, pas moi. Tu devrais peut-être me montrer l'ouvrage en question, tu ne crois pas ?

– Gardez vos sarcasmes pour vous, Lincoln.

– Oh, parce que je suis sarcastique, maintenant ? »

Le garde-malade se tourna vers Jim Bell, qui semblait surpris par cet échange.

« La chaleur provoque un gonflement des tissus, précisa-t-il. Ce gonflement entraîne des irritations ainsi qu'une élévation de la tension, et ce phénomène conduit parfois à la dysréflexie. Qui peut se révéler fatale. Voilà pourquoi on a besoin d'un climatiseur. C'est aussi simple que ça. »

Parmi les nombreux aides-soignants qui s'étaient succédé auprès de Lincoln Rhyme, Thom était le seul à avoir tenu le coup plus de quelques mois. Les autres étaient partis de leur plein gré, ou s'étaient fait virer *manu militari*.

« Branchez cet appareil, ordonna Lincoln à un policier qui

poussait dans un coin un vieux chromatographe à phase gazeuse installé sur un chariot.

– Pas question. »

Les bras croisés, Thom s'était posté devant le cordon électrique. Impressionné par une telle détermination, le policier s'immobilisa, l'air mal à l'aise, manifestement peu désireux de déclencher un conflit.

« Quand ce climatiseur sera là, ajouta Thom, et quand il fonctionnera, alors seulement, on le branchera, votre appareil.

– Nom d'un chien, Thom ! »

Lincoln grimaça. L'un des aspects les plus frustrants de la tétraplégie, c'est l'impossibilité de libérer sa fureur. Après son accident, il avait eu tout loisir de mesurer combien un acte aussi simple que marcher ou serrer les poings – sans parler d'envoyer valdinguer un ou deux trucs lourds (l'un des passe-temps favoris de son ex-femme, Blaine) – pouvait aider à recouvrer son calme.

« Si je me mets en colère, je risque d'avoir des convulsions ou des contractures, fit-il remarquer d'un ton sec.

– Elles ne vous tueront pas, contrairement à la dysréflexie, répliqua Thom avec un entrain délibéré qui irrita Lincoln.

– Euh, bon, donnez-moi cinq minutes », intervint Jim Bell.

Il s'éclipsa pendant que ses hommes continuaient d'installer l'équipement. Le chromatographe n'était toujours pas sous tension.

Du regard, Lincoln Rhyme inspecta les appareils en se demandant ce qu'il ressentirait s'il pouvait de nouveau refermer les doigts autour d'un objet. Son annulaire gauche conservait sa mobilité et une certaine sensibilité, d'accord. Mais avoir la possibilité de serrer vraiment quelque chose, d'en éprouver la texture, le poids, la température... Pour lui, c'était désormais inimaginable.

Terry Dobyns, le psychologue du NYPD, l'homme que Lincoln avait découvert à son chevet lorsqu'il était revenu à lui après l'accident dont il avait été victime sur une scène de crime – et qui avait fait de lui un paralysé à vie –, lui avait expliqué les étapes du processus de deuil. En précisant qu'elles étaient inévitables et qu'il les surmonterait toutes. Mais ce que Dobyns ne lui avait pas dit, c'est que certaines d'entre elles resurgissaient à l'improviste. Qu'elles étaient pareilles à des virus en sommeil susceptibles de se réveiller à n'importe quel moment.

Ces dernières années, il avait de nouveau connu le désespoir et le refus de sa condition.

À présent, il était consumé par la rage. Il se trouvait confronté à une affaire concernant deux jeunes femmes kidnappées et un tueur en cavale. Il aurait tant voulu se précipiter sur la scène du crime, la quadriller, repérer des indices à peine visibles sur le sol, les étudier à loisir au microscope binoculaire, pianoter sur le clavier d'un ordinateur et manipuler les boutons de divers instruments, aller et venir pendant qu'il réfléchissait...

Et comme il aurait voulu travailler sans s'inquiéter des effets néfastes de cette foutue chaleur ! De nouveau, il songea aux mains magiques du docteur Weaver, à l'opération imminente.

« Vous êtes bien silencieux, observa Thom. Qu'est-ce que vous manigancez encore ?

– Je ne manigance rien du tout. Tu veux bien brancher et allumer le chromatographe, maintenant ? Il met du temps à chauffer. »

Thom hésita, puis s'approcha finalement de la machine, qu'il mit en marche avant de disposer le reste du matériel sur une table en bois aggloméré.

Quelques minutes plus tard, Steve Farr entrait dans le bureau en tirant un énorme climatiseur. L'homme était apparemment aussi fort qu'il était grand ; seule la légère rougeur colorant ses oreilles décollées témoignait de ses efforts.

« Je l'ai fauché, haleta-t-il. Aux gars de l'Urbanisme. Eux et nous, on s'aime pas des masses, de toute façon. »

Le shérif l'aida à installer l'appareil sur la fenêtre, et quelques instants plus tard, une agréable fraîcheur régnait dans la pièce.

Une silhouette s'encadra alors dans l'embrasure – ou plutôt, la remplit entièrement. Le nouveau venu avait une vingtaine d'années. Épaules larges, front proéminent. Dans les un mètre quatre-vingt-quinze, cent cinquante kilos au bas mot. L'espace de quelques instants particulièrement éprouvants, Lincoln le prit pour un parent de Garrett venu les menacer. Jusqu'au moment où l'inconnu dit d'une voix timide :

« Euh, je suis Ben... »

Les trois hommes le regardèrent en silence tandis qu'il observait avec une gêne évidente le fauteuil de Lincoln et ses jambes atrophiées.

« Je peux vous renseigner, peut-être ? demanda enfin Jim Bell.

— Ben, en fait, je cherche M. Bell.

— C'est moi. Je suis le shérif Bell. »

Le géant lorgnait toujours du coin de l'œil les jambes de Lincoln. Il se ressaisit rapidement, puis s'éclaircit la gorge.

« Oh, eh bien, je... je suis le neveu de Lucy Kerr... »

Ses phrases ressemblaient plus à des questions qu'à des affirmations, nota Lincoln.

« Ah, mon assistant ! s'exclama-t-il. Parfait. Vous tombez à pic. »

Nouveau coup d'œil aux jambes, au fauteuil.

« Tante Lucy m'avait pas expliqué que... »

Quelle allait être la suite ? s'interrogea Lincoln.

« ... que c'était en rapport avec le travail de la police, marmonna-t-il. Moi, je suis étudiant à l'Université de Caroline du Nord, en troisième cycle, c'est tout. Et, euh, qu'est-ce que vous voulez dire par "Vous tombez à pic" ? »

La question était adressée à Lincoln, mais le jeune homme l'avait posée au shérif.

« Je veux dire : Approchez-vous de cette table, là-bas, répondit Lincoln. J'attends des échantillons d'une minute à l'autre, et vous allez m'aider à les analyser.

— Des échantillons ? Oh, OK, mais de quel genre de poisson ? demanda-t-il au shérif.

— Des poissons ? répéta Lincoln. Comment ça, des poissons ?

— Ben, répondit le géant, les yeux toujours fixés sur Jim Bell, je serais heureux de vous aider, mais je vous préviens, j'ai pas beaucoup d'expérience.

— Mais qui vous parle de poissons ? Il s'agit d'échantillons prélevés sur une scène de crime, nom d'un chien ! À quoi vous attendiez-vous ?

— Je l'ignorais, expliqua le jeune homme au shérif.

— Vous pouvez vous adresser à moi, vous savez », déclara Lincoln d'un ton sec.

Une légère rougeur colora les joues du géant, qui reporta son attention sur Lincoln. Un frisson parut le parcourir.

« Je, euh... Enfin, je veux dire, c'est lui le shérif, alors...

— Mais c'est Lincoln qui dirige les opérations, l'interrompit Jim Bell. Il vient de New York, c'est un expert de la police scientifique. Il a accepté de nous donner un coup de main.

– Ah, d'accord. »

Ses yeux se posèrent sur le fauteuil roulant, sur les jambes de Lincoln, sur la pipette de contrôle, avant de revenir se fixer sur le sol. En lieu sûr.

Lincoln décida aussitôt qu'il le détestait ; cet homme réagissait comme s'il avait affaire à un monstre de foire, ni plus ni moins. Une partie de lui en voulut alors à Amelia de lui avoir imposé cette diversion, de l'avoir temporairement soustrait à ses cellules de requin et aux mains du docteur Weaver.

« Eh bien, monsieur..., reprit le géant.

– Appelez-moi Lincoln.

– Le problème, c'est que je suis spécialisé en socio-zoologie marine.

– En clair ? lança Lincoln avec impatience.

– Le, euh, le comportement de la vie animale en milieu marin. »

Génial, songea Lincoln. Un assistant allergique aux handicapés qui, en plus, s'amuse à psychanalyser la poiscaille.

« Ah oui ? Bon, peu importe. Vous êtes un scientifique. Les principes restent les mêmes. Le protocole aussi. Vous avez déjà eu l'occasion d'utiliser un chromatographe à phase gazeuse ?

– Oui, m'sieur.

– Et un microscope binoculaire ? »

Le hochement de tête qu'il obtint en guise de réponse parut un peu trop timide au goût de Lincoln.

« Mais... », objecta le jeune homme.

Il regarda Jim Bell, avant de se concentrer docilement sur le visage de Lincoln.

« ... en fait, tante Lucy m'avait juste demandé de passer. Je n'avais pas compris que j'étais censé vous aider dans votre enquête et je... enfin, je ne suis pas certain... Je veux dire, j'ai des cours...

– On a besoin de vous, Ben, affirma Lincoln.

– À cause de Garrett Hanlon », expliqua le shérif.

Le nom mit quelques secondes à se frayer un chemin jusqu'au cerveau de son crâne massif.

« Oh, le gamin de Blackwater Landing ? »

Jim Bell l'informa des deux enlèvements et de l'attaque dont avait été victime Ed Schaeffer.

« Mince, je suis désolé pour ce pauvre Ed, commenta Ben. Je l'ai rencontré une fois chez ma tante, et...

– Voilà pourquoi on a besoin de vous, l'interrompit Lincoln

dans une tentative pour le ramener à des considérations plus pressantes.

« — On n'a aucune idée de l'endroit où il a pu emmener Lydia, poursuivit le shérif. Il nous reste plus beaucoup de temps pour essayer de sauver ces deux filles. Et, enfin, comme tu peux le constater, M. Rhyme doit recourir aux services d'un assistant.

— Je comprends, mais... »

Ben jeta un bref coup d'œil à Lincoln.

« La date de mon examen approche. J'ai encore des cours et tout.

— Malheureusement, on n'a pas trop le choix, déclara Lincoln. Garrett a trois heures d'avance sur nous, et il peut tuer ses victimes à n'importe quel moment – s'il ne l'a pas déjà fait. »

Le jeune homme examina le local comme s'il cherchait une échappatoire, mais de toute évidence, il n'en trouva aucune.

« D'accord, je vais m'arranger pour rester un peu, m'sieur.

— Merci », dit Lincoln. Il souffla dans la pipette de contrôle pour s'approcher de la table où étaient posés les divers appareils. Puis il les étudia un instant avant de tourner la tête vers Ben.

« Bien, si vous pouviez avoir la gentillesse de changer mon cathéter, ça nous permettrait de nous mettre au travail. »

À ces mots, le géant qui lui faisait face parut frappé par la foudre.

« Vous... vous voulez que..., bafouilla-t-il.

— Ne vous inquiétez pas, il plaisantait », intervint Thom.

Mais aucun sourire n'éclaira le visage de Ben. Il se contenta d'un léger hochement de tête embarrassé, avant de se diriger avec la grâce d'un bison vers le chromatographe, dont il examina la platine de commande.

Amelia pénétra dans le laboratoire improvisé, Jesse Corn sur les talons. Lucy Kerr, qui avançait moins vite, les rejoignit quelques minutes plus tard. Elle salua son neveu, qu'elle présenta à Amelia et à Jesse.

« Ça, ce sont les pièces à conviction provenant de la chambre de Garrett, annonça Amelia en brandissant les sacs dans sa main droite. Et celles-là, ajouta-t-elle en montrant ceux dans sa main gauche, ont été rassemblées à Blackwater Landing, sur la scène du crime. »

Mais Lincoln éprouva un certain découragement. Non

seulement il ne disposait que d'un nombre limité d'indices matériels, mais il se sentait de nouveau troublé par la pensée qui lui avait traversé l'esprit un peu plus tôt : il allait devoir les analyser sans avoir la moindre connaissance du territoire environnant.

Comme un poisson hors de l'eau...

Soudain, il eut une idée.

« Ben ? Vous vivez ici depuis longtemps ?

— Depuis toujours, m'sieur.

— Parfait. Comment appelle-t-on cette région ? »

Le jeune homme s'éclaircit la gorge.

« La plaine côtière septentrionale, je crois.

— Vous auriez des amis géologues spécialisés dans l'étude de ce terrain ? Des cartographes, peut-être ? Ou des naturalistes ?

— Non. Tous mes amis sont des biologistes marins.

— Quand on était à Blackwater Landing, tout à l'heure, intervint Amelia, j'ai vu cette barge, tu te rappelles ? Elle transportait de l'asphalte ou du papier goudronné fabriqué dans une usine du coin.

— L'usine d'Henry Davett, précisa Lucy.

— Serait-il possible qu'ils emploient un géologue ?

— J'en sais rien, répondit Jim Bell. Mais Davett, ben, c'est lui-même un ingénieur, et il habite ici depuis des années. Il doit bien connaître le terrain.

— Vous pouvez lui téléphoner ?

— Pas de problème. »

Le shérif s'éclipsa un petit moment. À son retour, il annonça :

« J'ai réussi à joindre Davett. Y a pas de géologue dans son personnel, mais il est prêt à nous aider. Il sera là dans une demi-heure. En attendant, Lincoln, comment vous comptez organiser les recherches ?

— Je vais rester ici avec Ben et vous, pour examiner les indices. J'aimerais qu'un petit groupe se rende tout de suite à Blackwater Landing – à l'endroit même où Jesse a vu disparaître Garrett et Lydia. Je m'efforcerai de guider l'équipe en fonction de ce que révèlent nos analyses.

— Et vous verriez qui, dans cette équipe ?

— Amelia la dirigera, expliqua Lincoln. Lucy l'accompagne. »

Le shérif opina. Quant à Lucy, remarqua Lincoln, elle ne

manifesta aucune réaction en apprenant qu'Amelia prenait le commandement.

« J'aimerais me porter volontaire, lança Jesse Corn avec empressement.

— Entendu, déclara Lincoln. Il nous faudrait sans doute quelqu'un en plus.

— Quatre personnes ? *C'est tout ?* s'écria Jim Bell, les sourcils froncés. Je pourrais rassembler des dizaines de volontaires, vous savez.

— Dans une enquête comme celle-ci, mieux vaut limiter leur nombre, répliqua Lincoln.

— Qui serait le quatrième ? s'enquit Lucy. Mason Germain ? »

Lincoln jeta un coup d'œil par la porte ouverte ; il n'y avait personne dans le couloir.

« C'est quoi, son problème ? demanda-t-il en baissant la voix. Parce qu'il en a un, j'en suis sûr. Je n'aime pas les flics qui ont des comptes à régler avec leur passé. Je préfère les tables rases.

— Il a pas eu une vie facile, répondit Jim Bell avec un haussement d'épaules. Il a grandi au nord de la Paquo ; du mauvais côté, quoi. Son père a tenté de monter plusieurs affaires, mais ses projets ont foiré et il s'est retrouvé à distiller de la gnôle. Quand les autorités l'ont coincé, il s'est suicidé. Mason est parti de rien. Ici, on a une expression pour ça : " Trop pauvre pour peindre, trop fier pour blanchir à la chaux. " C'est tout Mason. Il arrête pas de répéter qu'il est freiné, qu'il obtient pas ce qu'il voudrait. Bref, c'est un type ambitieux dans une ville qui se fout pas mal de l'ambition.

— Et aujourd'hui, il en a après Garrett.

— Exact.

— Pourquoi ?

— Mason m'a pratiquement supplié de lui confier l'affaire dont je vous ai parlé tout à l'heure – celle de la gosse attaquée par les frelons à Blackwater Landing. Meg Blanchard, qu'elle s'appelait. Pour tout dire, je crois que la victime, ben, elle entretenait des relations avec lui. P'têt qu'ils sortaient ensemble. Ou peut-être que c'était quelque chose d'autre, j'en sais trop rien. Le fait est qu'il était vraiment décidé à épingler Garrett. Mais il a rien pu prouver contre le gamin. Du coup, le comité électeur le lui a reproché quand le shérif a pris sa retraite. C'est moi qui ai décroché le poste, alors que Mason est plus vieux et qu'il a plus d'ancienneté.

— Je ne veux pas de têtes brûlées dans une opération de ce genre, décréta Lincoln. Trouvez-moi quelqu'un d'autre.

— Ned Spoto ? suggéra Lucy.

— Pourquoi pas ? lança le shérif. C'est un bon élément. Il sait tirer, mais il dégainera que si c'est nécessaire.

— Jim ? Assurez-vous que Mason ne se mêle pas des recherches, reprit Lincoln.

— Il va pas apprécier.

— Ça n'entre pas en ligne de compte, décréta le criminologue. Donnez-lui quelque chose à faire. Quelque chose qui ait l'air important.

— Je peux toujours essayer », murmura le shérif d'un ton incertain.

Steve Farr apparut dans l'embrasure.

« Je viens d'appeler l'hôpital, annonça-t-il. Ed est toujours dans un état critique.

— Il a parlé ? Il a dit ce qu'il avait vu sur la carte ?

— Pas un mot. Il a pas repris conscience. »

Lincoln se tourna vers Amelia.

« OK, c'est le moment d'y aller. Arrivée à Blackwater Landing, positionne-toi à l'endroit où la piste s'arrête, et attends mes indications.

— Vous croyez vraiment que c'est le meilleur moyen de retrouver les deux victimes ? demanda Lucy en regardant les sachets en plastique.

— J'en suis même sûr, affirma Lincoln.

— J'ai un peu trop l'impression que tout ça, c'est de la magie.

— Tout juste ! s'exclama Lincoln avec un petit rire. Il est question de tours de passe-passe, de lapins sortis de chapeaux, mais rappelez-vous un point : l'illusion se fonde sur... sur quoi, Ben ? »

Celui-ci s'éclaircit la gorge, s'empourpra et finit par secouer la tête en signe d'ignorance.

« Elle se fonde sur la *science*, affirma Lincoln. Voilà. »

Et d'ajouter, à l'intention d'Amelia :

« Je te préviens dès que j'ai du nouveau. »

Les deux femmes, accompagnées de Jesse Corn, quittèrent la pièce.

Maintenant que tous les précieux indices étaient disposés devant lui, l'équipement familier prêt à fonctionner et les questions de politique interne résolues, Lincoln Rhyme appuya la tête contre le dossier de son fauteuil, les yeux fixés sur les sachets rapportés par Amelia – incitant, ou plutôt, autorisant enfin son esprit à aller où ses jambes ne pouvaient le porter, à toucher ce que ses mains ne pouvaient saisir.

8

LES HOMMES du shérif parlaient.

Bras croisés, adossé au mur dans le couloir à côté de la porte qui donnait sur les bureaux paysagés, Mason Germain les entendait discuter.

« Pourquoi on reste assis là sans rien faire, hein ?

— Non, non, non... Vous avez pas entendu ? Jim a envoyé une équipe sur les lieux.

— Ah bon ? Je suis pas au courant. »

Merde, songea Mason, qui ne l'était pas non plus.

« Lucy, Ned et Jesse. Et aussi la fille de Washington.

— Nan, elle vient de New York, pas de Washington. T'as vu ses cheveux ?

— Je m'en fous, de ses cheveux. Ce qui m'intéresse, c'est de sauver Mary Beth et Lydia.

— Moi aussi, bien sûr. C'est juste que... »

Mason sentit son estomac se nouer. Quatre personnes seulement étaient parties à la recherche du Cafard ? Bonté divine, mais qu'est-ce que Bell avait dans le crâne ?

Furieux, il se précipita vers le bureau de Jim Bell, et faillit heurter celui-ci, qui sortait du local où était installé l'homme dans son fauteuil roulant. Le shérif cilla, l'air surpris.

« Eh, Mason... Je te cherchais. »

Ah oui ? Sans trop te fouler, apparemment, songea Mason.

« Je voudrais que t'ailles chez Rich Culbeau.

— Pourquoi ?

— Sue McConnell offre une récompense pour retrouver Mary Beth, et Rich s'est mis dans la tête qu'il allait toucher le gros lot. Du coup, il risque de foutre la pagaille sur le terrain. Alors, j'aimerais que tu l'aies à l'œil. S'il est pas chez lui, attends-le sur place. »

L'officier ne prit même pas la peine de répondre à cette requête bizarre.

« T'as recruté Lucy. Mais tu m'en as même pas parlé.

— Elle est partie à Blackwater Landing avec trois collègues pour voir s'ils repèrent la trace de Garrett.

— Mais j'aurais voulu faire partie de l'équipe, tu devais t'en douter.

— Je peux pas envoyer tout le monde, Mason. Et puis, Culbeau s'est déjà pointé à Blackwater Landing aujourd'hui. Faudrait pas qu'il nous mette des bâtons dans les roues.

— Merde, Jim. Me prends pas pour un con. »

Jim Bell soupira.

« OK, tu veux la vérité ? T'es tellement obsédé par ce gamin que j'ai jugé préférable de pas t'inclure dans le groupe. Y a des vies en jeu, Mason. À ce stade, la moindre erreur pourrait être fatale. On doit le rattraper, et vite.

— C'est bien mon intention, Jim, tu le sais. Ce gamin, j'essaie de le coincer depuis trois ans. Bon sang, j'arrive pas à croire que t'aies pu m'écarter de l'affaire pour la confier à ce phénomène de foire, là-bas...

— Ça suffit, Mason.

— Mais je connais Blackwater dix fois mieux que Lucy. J'y ai vécu, tu te rappelles ?

— T'es trop impliqué, répliqua Jim Bell à voix basse. Ça pourrait affecter ton jugement.

— Tiens donc ! Et cette idée, elle vient de toi ? Ou de lui ? » ajouta-t-il en indiquant la pièce d'où leur parvenait maintenant le couinement strident des roues du fauteuil.

Le bruit lui portait sur les nerfs autant que la roulette du dentiste. La décision de mêler cet estropié à l'affaire risquait de leur attirer toutes sortes d'ennuis auxquels Mason refusait de penser pour le moment.

« Les faits sont là, Mason. Tout le monde connaît ton opinion sur Garrett.

— Et tout le monde est d'accord avec moi.

— N'empêche, c'est comme ça et pas autrement. Va falloir que t'en prennes ton parti. »

Mason laissa échapper un rire plein d'amertume.

« Donc, je suis obligé de jouer les baby-sitters pour un trafiquant de gnôle arriéré. »

À cet instant, Jim Bell appela un autre policier un peu plus loin dans le couloir.

« Frank... ? »

Celui-ci, grand et rondouillard, s'approcha des deux hommes.

« Tu vas partir avec Mason, l'informa le shérif. Chez Rich Culbeau.

— On y va avec un mandat ? Qu'est-ce qu'il a encore fait ?

— Nan, pas de paperasse. Mason t'expliquera tout en route. Au cas où Culbeau serait pas chez lui, vous l'attendez, OK ? Et assurez-vous que ni lui ni ses potes s'approchent de la patrouille de recherche. C'est bien compris, Mason ? »

Celui-ci ne répondit pas. Au lieu de quoi, il s'éloigna en silence.

« C'est dans notre intérêt à tous ! » lui lança Jim Bell.

Ça, c'est toi qui le dis, songea Mason.

« Mason... »

Mais ce dernier poursuivit son chemin, puis pénétra dans la salle de garde, où Frank le rejoignit quelques instants plus tard. Ignorant ses collègues en uniforme qui parlaient du Cafard, de la jolie Mary Beth et de l'incroyable passe de Billy Stail lors de ce fameux match, il se dirigea vers son bureau et, après avoir retiré de sa poche une clé, il déverrouilla le tiroir dans lequel était rangé son Speedloader. Après y avoir inséré six balles calibre .357, il glissa l'arme dans son étui, l'accrocha à sa ceinture et retourna dans la salle. Sa voix domina les conversations lorsqu'il s'adressa à Nathan Groomer, un policier blond-roux d'environ trente-cinq ans.

« Groomer ? Je vais avoir une petite discussion avec Rich Culbeau. Tu m'accompagnes.

— C'est que..., intervint Frank d'un ton hésitant, en triturant la casquette récupérée sur son propre bureau. Je croyais que Jim m'avait chargé de...

— C'est Nathan qui vient avec moi, décréta Mason.

— Rich Culbeau ? répéta Nathan. Ben, lui et moi, on n'est pas trop copains. Je l'ai épinglé à trois reprises pour conduite en état d'ivresse, et la dernière fois, je l'ai secoué un peu fort. À ta place, Mason, je partirais avec Frank.

— En plus, Culbeau a un cousin qui bosse pour mon beau-père, renchérit Frank. Il me considère comme un parent. Il m'écoutera. »

Mason regarda Nathan droit dans les yeux.

« C'est toi que je veux.

— Mais Jim a dit..., risqua de nouveau Frank.

– Et tout de suite, ajouta Mason, ignorant l'intervention.

– OK, OK, répondit Nathan. Pas la peine de t'énerver. »

Un appel élaboré représentant un canard trônait sur le bureau de Nathan, remarqua Mason. Sans doute sa dernière sculpture. Ce gars avait du talent, songea-t-il, avant de s'adresser de nouveau à lui :

« Prêt ? »

Avec un soupir, Nathan se leva.

« Mais je raconte quoi à Jim, moi ? » demanda Frank.

Sans répondre, Mason quitta la salle de garde, Nathan sur ses talons, et se dirigea vers la voiture de patrouille. Les deux hommes y prirent place. Mason, qui sentait des vagues de chaleur déferler autour de lui, fit aussitôt démarrer le moteur pour lancer la climatisation à pleine puissance.

Après qu'ils eurent dûment bouclé leurs ceintures, comme le recommandait à tout citoyen responsable le slogan inscrit sur l'aile du véhicule, Mason se tourna vers son collègue.

« Maintenant, écoute-moi. Je...

– Allez, Mason, laisse tomber. J'essayais juste de t'expliquer la situation. Tu comprends, l'année dernière, Frank et Rich Culbeau...

– Tais-toi et écoute-moi.

– D'accord, d'accord. Mais franchement, t'as pas besoin de me parler sur ce ton... Enfin, vas-y, je suis tout ouïe. Qu'est-ce que Culbeau a encore fait ? »

Au lieu de répondre directement, Mason demanda :

« Où est ton Ruger ?

– Mon fusil, tu veux dire ? Le M77 ?

– C'est ça.

– Dans ma camionnette. Chez moi.

– Avec la lunette de visée high-tech ?

– Bien sûr.

– Bon, on va le chercher. »

Ils sortirent du parking, et à peine Mason s'était-il engagé dans Main Street qu'il pressait la commande du gyrophare bleu et rouge sur le toit. Mais il ne déclencha pas la sirène, se bornant à écraser la pédale d'accélérateur. Bientôt, ils laissèrent la ville derrière eux.

Nathan fourra un peu de tabac à chiquer Red Indian dans sa joue ; en présence de Jim, il n'aurait pas osé, mais il savait que Mason s'en fichait.

« Le Ruger, hein ? C'est pour ça que t'as insisté pour m'avoir comme équipier.

– Exact. »

Nathan Groomer était la meilleure gâchette du service, et il comptait parmi les meilleurs tireurs de tout le comté de Paquenoke. Mason l'avait vu toucher une pièce d'un dollar à huit cents mètres de distance.

« Et quand j'aurai récupéré mon fusil, on file chez Culbeau ?

– Non.

– Alors, où on va ?

– À la chasse. »

« Chouettes baraques », commenta Amelia.

Lucy et elle roulaient vers le nord, le long de Canal Road, en direction de Blackwater Landing. Jesse Corn et Ned Spoto, un policier râblé frisant la quarantaine, les suivaient dans une autre voiture.

Au volant, Lucy jeta un coup d'œil aux propriétés bordant le canal – les belles maisons coloniales neuves qu'Amelia avait remarquées un peu plus tôt –, mais garda le silence.

De nouveau, Amelia fut frappée par l'impression de désolation qui émanait des demeures et des jardins, où l'on n'apercevait pas d'enfants. D'ailleurs, elle n'en avait pas vu non plus dans les rues de Tanner's Corner.

Les enfants..., songea-t-elle.

Avant de se sermonner : « Non, ne t'engage pas dans cette voie. »

Lucy tourna à droite pour prendre la route 112, puis se gara sur le bas-côté, à l'endroit même où elle s'était arrêtée une demi-heure plus tôt – au bord de la crête surplombant les scènes de crime. Jesse Corn vint se ranger juste derrière leur véhicule. Quelques instants plus tard, tous quatre atteignaient la berge et montaient dans le skiff. Jesse reprit les rames en murmurant : « Allez, mon frère, au nord de la Paquo. » Comme il avait prononcé ces mots d'un ton terriblement sinistre, Amelia crut à une plaisanterie, mais elle se rendit vite compte qu'aucun de ses compagnons ne souriait. Parvenus de l'autre côté de la rivière, ils abandonnèrent l'embarcation pour suivre les empreintes de pas laissées par Garrett et Lydia, d'abord jusqu'à l'affût où Ed Schaeffer avait été attaqué, puis jusqu'à l'endroit où elles disparaissaient, une cinquantaine de mètres plus loin.

Sur les instructions d'Amelia, ils se déployèrent pour décrire chacun des cercles de plus en plus larges dans l'espoir de découvrir une indication susceptible de les renseigner sur la direction empruntée par Garrett. Mais leurs efforts ne donnèrent aucun résultat, et ils se retrouvèrent à l'endroit où les traces s'évanouissaient.

« Tu connais ce chemin ? demanda soudain Lucy à Jesse. Celui qui a permis à ces camés de filer, l'année dernière, alors que Frank Sturgis s'apprêtait à les coincer ? »

Jesse opina, avant de se tourner vers Amelia.

« C'est à une cinquantaine de mètres au nord. Par là, ajouta-t-il, le doigt tendu. Garrett doit le connaître aussi ; c'est le seul moyen de traverser les bois et les marécages.

– Allons-y », déclara Ned.

Amelia, qui réfléchissait à la meilleure façon de gérer le conflit imminent, opta finalement pour l'approche directe. Faire preuve d'une trop grande délicatesse ne lui servirait à rien, d'autant qu'ils étaient trois contre elle (Jesse Corn n'ayant manifestement rejoint son camp qu'à titre sentimental.)

« Il vaut mieux rester ici en attendant des nouvelles de Lincoln. »

Le sourire de Jesse vacilla ; à l'évidence, il ne savait plus où allait sa loyauté.

Lucy fit non de la tête.

« Garrett a forcément pris ce chemin.

– Pour le moment, on n'est sûrs de rien, répliqua Amelia.

– Y a pas mal de broussailles par ici, intervint Jesse.

– C'est sûr, avec tous ces roseaux à balais, ces peltandres et ce houx des montagnes partout..., renchérit Ned. Sans parler de toutes les plantes grimpantes. Franchement, y a pas d'autre solution que ce chemin.

– On va attendre quand même », s'obstina Amelia, en repensant à un passage du livre de Lincoln sur la criminalistique, intitulé *Indices matériels* :

> *Bon nombre de pistes potentielles concernant un suspect en fuite sont anéanties lorsque l'enquêteur cède à la tentation d'aller vite et de s'engager dans une chasse à l'homme mouvementée quand, dans la plupart des cas, un examen plus appro-*

97

fondi des indices permettrait de mieux cerner ledit suspect et de
procéder à une arrestation moins dangereuse et plus efficace.

« Le problème, reprit Lucy Kerr, c'est que quelqu'un de la ville peut pas comprendre ces bois. S'il avait ignoré ce sentier, Garrett aurait mis deux fois plus de temps à traverser. Il l'a suivi, c'est évident.

– Il a très bien pu aussi revenir vers la rivière, souligna Amelia. Peut-être avait-il caché un autre bateau en aval ou en amont.

– Possible », avança Jesse, s'attirant un regard noir de la part de Lucy.

Un long silence s'ensuivit, durant lequel ils restèrent tous quatre immobiles, harcelés par les moucherons, transpirant sous le soleil implacable.

Enfin, Amelia déclara :

« On attend. »

Pour bien leur signifier sa détermination, elle s'assit sur ce qui devait être le rocher le plus inconfortable de toute la région, puis feignit de s'intéresser au pic-vert qui s'acharnait à percer le tronc d'un grand chêne en face d'elle.

9

« ON COMMENCE par la scène primaire, expliqua Lincoln à Ben. Blackwater Landing. »

De la tête, il désigna les indices sous scellés rassemblés sur la table en bois aggloméré.

« On va s'occuper d'abord de la chaussure de Garrett. Celle qu'il a perdue au moment où il enlevait Lydia. »

En voyant Ben ouvrir le sachet, puis glisser la main à l'intérieur, Lincoln s'écria :

« Et les gants, alors ? Enfilez toujours des gants en latex pour manipuler les pièces à conviction.

— À cause des empreintes ? demanda Ben, qui s'exécuta avec empressement.

— C'est une des raisons, oui. L'autre, c'est le risque d'une éventuelle contamination. Il ne s'agirait pas de confondre les endroits où vous êtes allé avec ceux où est allé le suspect.

— Euh, oui. Bien sûr. »

Ben hocha avec vigueur sa grosse tête surmontée d'une coupe en brosse, comme pour signifier à Lincoln qu'il n'oublierait pas la règle. Puis il s'empara de la tennis pour l'étudier.

« On dirait qu'y a du gravier, ou un truc comme ça, à l'intérieur.

— Zut, j'ai oublié de préciser à Amelia de demander des planches d'examen stériles. »

Lincoln jeta un coup d'œil autour de lui.

« Vous pouvez m'apporter ce magazine, là-bas ? *People* ?

— Il date d'il y a trois semaines, déplora le jeune homme en le lui remettant.

— Oh, croyez-moi, je me fiche de savoir où en sont les amours de Leonardo DiCaprio, répliqua Lincoln. Bon, récupérez le bulletin d'abonnement et les encarts publicitaires à l'intérieur... C'est agaçant, tous ces machins glissés dans les revues, hein ? Mais dans le cas présent, ça nous arrange : les cartes de ce genre sont relativement exemptes de germes quand elles sortent de l'imprimerie ; elles peuvent donc servir de mini-planches d'examen. »

Suivant les indications de Lincoln, Ben fit tomber sur le carton un peu de terre et de minuscules cailloux contenus dans la tennis de Garrett.

« Maintenant, placez-en un échantillon dans le microscope pour que je puisse y jeter un coup d'œil. »

Lincoln s'approcha de la table, pour s'apercevoir que l'instrument était trop haut pour lui.

« Merde !

– Je pourrais peut-être vous le tenir pendant que vous regardez ? » suggéra Ben.

Lincoln partit d'un petit rire sans joie.

« Il pèse au moins dans les quinze kilos. Non, il va falloir se débrouiller pour... »

Il s'interrompit brusquement. Le jeune homme avait déjà soulevé le microscope et, de ses bras puissants, il le stabilisa devant Lincoln. Celui-ci se trouvait dans l'incapacité de tourner la vis de réglage du diaphragme, mais ce qu'il vit lui suffit à identifier les indices.

« Poussière et fragments de calcaire. À votre avis, ils pourraient provenir de Blackwater Landing ?

– Hum, j'en doute. Là-bas, c'est surtout de la boue, des trucs comme ça.

– Passez-en un échantillon au chromatographe. Au cas où il y aurait autre chose. »

Ben se conforma à cette requête, puis lança le test.

La chromatographie est un précieux auxiliaire pour les criminologues. Mise au point au début du siècle par un botaniste russe, mais assez peu utilisée avant les années 30, cette technique permet d'analyser des traces de composants comme les restes de nourriture, de drogues ou de sang et d'isoler les éléments purs qui s'y trouvent. Il existe une demi-douzaine de modèles différents, mais le plus répandu dans la police scientifique, c'est le chromatographe à phase gazeuse, qui brûle la matière. Les vapeurs résultantes sont ensuite fractionnées afin de distinguer les différentes substances du prélèvement. Dans un laboratoire digne de ce nom, le chromatographe est en général couplé à un spectromètre de masse, qui permet une identification plus spécifique.

Ce genre d'appareil ne fonctionne qu'avec des matériaux combustibles à basse température. Le calcaire ne brûle pas, naturellement. Mais Lincoln ne s'intéressait pas à la roche ; ce qu'il voulait savoir, c'est si des traces matérielles adhéraient à la terre et aux gravillons. De cette façon, ils auraient la possibilité de cerner plus précisément les endroits où Garrett avait pu se rendre.

« Ça va prendre quelques minutes, dit-il à Ben. En attendant, on va se concentrer sur la semelle de Garrett. Croyez-moi, j'adore les reliefs, que ce soit sur les semelles ou sur les pneus. Ils agissent comme des éponges. Ne l'oubliez jamais.

– Oui, m'sieur. Je m'en souviendrai, m'sieur.

– Parfait. Grattez donc un peu cette semelle afin de voir si ce qu'elle abrite a été récupéré à Blackwater Landing ou non. »

Docilement, Ben fit tomber encore un peu de terre sur un autre encart publicitaire, qu'il présenta à Lincoln. Celui-ci l'examina avec attention. Comme tout scientifique travaillant pour la police, il connaissait l'importance de la terre. Elle colle aux vêtements, révèle les allées et venues du suspect tels les cailloux semés par le Petit Poucet et permet de rattacher avec certitude le criminel à la scène du crime. Il existe plus de mille nuances différentes de sol, et si un échantillon prélevé sur une scène de crime présente une couleur identique à celui prélevé dans le jardin du suspect, il y a de bonnes chances pour que ledit suspect se soit effectivement rendu sur les lieux. Certaines similitudes dans la composition des sols permettent également de renforcer ce lien. Edmond Locard, le célèbre criminologue français, a établi un principe d'échange auquel il a donné son nom, selon lequel tout individu, à l'occasion de ses actions criminelles en un site spécifique, dépose et emporte à son insu des traces et des indices. Au cours de sa carrière, Lincoln s'était aperçu que dans les cas d'homicide ou d'agression, la terre était la substance la plus fréquemment transportée, juste après le sang.

Mais justement, le problème, avec cette substance, c'est qu'elle est trop répandue. Pour qu'elle puisse avoir une signification dans le cadre d'une investigation, la terre supposée en rapport avec le criminel doit impérativement être différente de celle que l'on trouve naturellement sur la scène du crime.

La première étape de l'analyse consiste donc à comparer le sol connu – de constituer une sorte d'indice témoin, en somme – avec les éléments provenant apparemment de l'individu soupçonné.

Une fois informé de la procédure, Ben alla chercher le sachet sur lequel Amelia avait inscrit *Indice témoin ; Sol Blackwater Landing*, ainsi que la date et l'heure de l'opération d'échantillonnage. Quelqu'un avait rajouté d'une écriture différente : *Prélevé par l'officier Jesse Corn*. Lincoln imaginait sans peine l'empressement du jeune policier à accéder aux requêtes d'Amelia... À côté de lui, Ben versa une partie de la terre contenue dans le sachet sur un troisième carton, qu'il plaça ensuite près de la terre récupérée sur la semelle de Garrett.

« On fait comment, pour les comparer ? s'enquit-il en tournant la tête vers les divers appareils.

– Servez-vous de vos yeux.

– Mais...

– Regardez-les. Essayez de déterminer si la couleur de l'échantillon inconnu est différente de celle de l'indice témoin.

– Comment je m'y prends ?

– Regardez-les », répéta Lincoln en s'efforçant de maîtriser son agacement.

Ben contempla un moment la première planche d'examen, puis passa à la seconde.

Avant de renouveler la manœuvre.

Et de la renouveler encore.

Allez, allez, songea Lincoln. Ce n'est tout de même pas si compliqué ! Il s'exhorta à la patience, ce qui représentait un véritable défi pour lui.

« Alors, qu'est-ce que vous voyez ? demanda-t-il enfin. À votre avis, il y a une différence ?

– J'ai du mal à me prononcer, m'sieur. J'ai l'impression que l'un d'eux est plus clair, mais...

– Etudiez-les au microscope. »

Le jeune homme s'exécuta, avant de se pencher vers l'oculaire.

« J'en suis pas sûr. C'est difficile à dire. Je suppose que... Enfin, oui, c'est possible qu'il y ait une différence.

– Montrez-moi. »

De nouveau, Ben maintint le microscope devant Lincoln pour lui permettre d'observer la terre.

« Cet échantillon-là est incontestablement différent de l'indice témoin, déclara Lincoln. Il est plus clair. Il contient aussi plus de cristaux. Plus de granite, d'argile et de débris de végétation. Donc, il a été récupéré ailleurs qu'à Blackwater Landing. Avec un peu de chance, il vient de la planque de Garrett. »

Un léger sourire naquit sur les lèvres de Ben ; le premier depuis son arrivée, nota Lincoln.

« Oui, quoi ?

— Oh, ben, c'est comme ça aussi qu'on appelle entre nous le trou où se réfugient les murènes... »

Devant l'air sévère de Lincoln, Ben ravala son sourire ; il avait compris que ce n'était ni le lieu ni le moment d'échanger des anecdotes ou des plaisanteries.

« Quand vous aurez les résultats du chromatographe concernant le calcaire, recommencez le test avec la terre provenant de la semelle, ordonna Lincoln.

— Oui, m'sieur. »

Quelques instants plus tard, le moniteur relié au chromatographe/spectromètre s'éclaira, révélant des lignes qui ressemblaient à une succession de montagnes et de vallées. Au moment où s'ouvrait une fenêtre, Lincoln voulut s'approcher, mais il heurta une table, et son fauteuil fit une brusque embardée sur la gauche.

« Merde, pesta-t-il.

— Ça va ? demanda Ben, les yeux écarquillés par l'effroi.

— Oui, oui, maugréa Lincoln. Qu'est-ce qu'elle fabrique ici, cette fichue table ? On n'en a pas besoin.

— Je vais l'enlever de là, dit Ben, qui saisit aussitôt d'une main le lourd plateau comme s'il était aussi léger que du balsa et le repoussa dans un coin du local. Désolé, ajouta-t-il, j'aurais dû y penser plus tôt. »

Ignorant les excuses embarrassées de son assistant, Lincoln scruta l'écran.

« Grosses quantités de nitrates, de phosphates et d'ammoniac », annonça-t-il.

Cette constatation le troublait, mais il ne fit aucun commentaire ; il voulait d'abord voir quelles substances composaient la terre grattée sur la semelle. Bientôt, les résultats de ce deuxième test apparurent également sur l'écran.

Lincoln soupira.

« Encore des nitrates, encore de l'ammoniac en grande quantité. Encore des concentrations élevées. Et aussi des phosphates. Du détergent. Et quelque chose de bizarre... Mais c'est quoi, ça ?

– Où ? demanda Ben en se penchant à son tour vers l'écran.

– Là, en bas. D'après la base de données, ce serait du camphène. Vous connaissez ?

– Non, m'sieur.

– Eh bien, en tout cas, Garrett a marché dans cette substance. »

Lincoln reporta son attention sur les sachets en plastique.

« Quelles sont les pièces à conviction dont on dispose ? Tenez, ce mouchoir en papier qu'Amelia a ramassé... »

Ben le tendit à Lincoln. Le papier était maculé de sang, constata celui-ci, avant de jeter un coup d'œil aux Kleenex rapportés de la chambre de Garrett.

« À votre avis, ce sont les mêmes ?

– Apparemment, oui, répondit Ben. Même couleur, même taille.

– Donnez-les à Jim Bell. Je veux une analyse de l'empreinte génétique. La version PCR.

– La, euh... C'est quoi, m'sieur ?

– La technique de duplication PCR, qui implique une réaction de polymérisation en chaîne. On n'a pas le temps de recourir à un RFLP avec polymorphisme de restriction de l'ADN ; la version un sur six milliards, en somme. Je veux juste savoir si c'est le sang de Billy ou de quelqu'un d'autre. Débrouillez-vous pour envoyer quelqu'un récupérer des échantillons corporels de Billy Stail, Mary Beth et Lydia.

– Des échantillons corporels ? Qu'est-ce que vous entendez par là ? »

Une fois de plus, Lincoln dut s'armer de patience.

« Le matériel génétique. Du tissu prélevé sur le corps de Billy. Pour les deux femmes, le plus simple serait de rassembler des cheveux – avec le bulbe, évidemment. Demandez à un policier d'aller chercher une brosse ou un peigne chez Mary Beth et Lydia, et confiez le tout au labo qui s'occupera des tests sur le Kleenex. »

Ben s'éclipsa quelques instants.

« Les gars auront les résultats d'ici une heure ou deux, annonça-t-il à son retour. C'est le Centre médical d'Avery qui se chargera de l'analyse, pas la police d'État. Jim... euh, je veux dire, le shérif est d'avis que ce sera plus rapide.

– Une heure ? lança Lincoln avec une grimace. C'est beaucoup trop long. »

Il craignait en effet que ce délai ne les empêche de retrouver le Cafard avant qu'il ne tue Lydia ou Mary Beth.

« Je peux toujours les rappeler, reprit Ben, les bras ballants. Je leur ai déjà expliqué que c'était important, mais... Vous voulez que je téléphone ?

– Non, c'est bon. On va continuer de notre côté. Thom ? À toi de jouer. »

Le garde-malade s'approcha du tableau noir pour y inscrire ce que lui dictait Lincoln.

COMPOSITION DE L'ÉCHANTILLON PRÉLEVÉ
SUR LA SCÈNE DE CRIME PRIMAIRE
BLACKWATER LANDING

Kleenex taché de sang	*Ammoniac*
Poussière de calcaire	*Détergent*
Nitrates	*Camphène*
Phosphates	

Lincoln parcourut la liste. Elle soulevait indubitablement plus de questions qu'elle n'apportait de réponses.

Comme un poisson hors de l'eau...

Ses yeux se posèrent sur le minuscule tas de terre provenant de la chaussure de Garrett. Soudain, une pensée lui traversa l'esprit.

« Jim ! cria-t-il d'une voix tonitruante qui fit sursauter Thom et Ben. Jim ! Bon sang, où est-il, celui-là ? Jim !

– Qu'est-ce qui se passe ? lança le shérif en se précipitant dans la pièce, l'air alarmé. Un problème ?

– Combien de personnes travaillent ici ?

– Je sais pas exactement. Une vingtaine, je dirais.

– Ils habitent tous le comté ?

– Non, certains viennent de plus loin. De Pasquotank, Albemarle ou même Chowan.

– Convoquez-les tout de suite.

– Quoi ?

– Tous les gens qui se trouvent dans le bâtiment. Je veux des

105

échantillons de la terre collée sous leurs semelles... Oh, et aussi de celle logée dans les tapis de sol de leur voiture.

— Vous voulez des échantillons de quoi ? répliqua le shérif, éberlué.

— Poussière, terre, boue séchée... Bref, vous voyez le topo. Et il me les faut le plus vite possible. »

Après le départ du shérif, Lincoln s'adressa à Ben :

« Apportez-moi ces éprouvettes, là-bas. »

Le jeune homme se dirigea vers la table où elles étaient posées.

« Il s'agit maintenant de mesurer le gradient de densité, afin d'obtenir la gravité spécifique de la terre.

— J'ai entendu parler de ce procédé, l'informa Ben. Mais je ne l'ai jamais utilisé.

— C'est facile. Tenez, prenez ces bouteilles, là-bas... »

Il indiqua deux bouteilles de verre sombre. L'une contenait du tétrabromométhane, disait l'étiquette, l'autre de l'éthanol.

« Vous allez mélanger ces deux liquides en suivant mes instructions, puis vous en remplirez les éprouvettes.

— OK. Quel sera le résultat ?

— Commencez l'opération. Je vous expliquerai tout au fur et à mesure. »

Ben procéda au mélange comme le lui indiquait Lincoln, avant de remplir vingt éprouvettes de différentes bandes de liquide coloré correspondant à l'éthanol et au tétrabromométhane.

« Maintenant, versez dans le tube de gauche une partie de l'échantillon prélevé sur la semelle de Garrett. Bien. Les composants vont se scinder, ce qui nous donnera un profil. Tout à l'heure, on le comparera à celui des échantillons prélevés sur les employés habitant dans diverses parties du comté. Si l'un d'eux correspond à celui de Garrett, on pourra en déduire que la terre a été collectée dans ce coin. »

Sur ces entrefaites, Jim Bell arriva accompagné du premier des employés, à qui Lincoln expliqua la procédure. Le shérif arborait un large sourire.

« C'est une sacrée bonne idée, Lincoln. Le cousin Roland se trompait pas quand il me chantait vos louanges... »

Pourtant, la demi-heure consacrée à l'opération se révéla vaine. Aucun des échantillons soumis à l'analyse ne présentait

106

une composition semblable à celui prélevé sur la semelle de Garrett.

« Et merde, marmonna Lincoln, les yeux fixés sur les tubes.

— Ça valait quand même le coup d'essayer », le réconforta Jim Bell.

Ils avaient surtout gaspillé un temps précieux, songea Lincoln.

« Vous voulez que je vide les éprouvettes ? s'enquit Ben.

— Non. On ne jette jamais rien sans l'avoir au préalable archivé », répliqua-t-il avec fermeté. Avant de se dire qu'il ferait mieux d'employer un ton moins rude ; après tout, le jeune homme n'était là que par la grâce des liens familiaux.

« Thom, donne-nous un coup de main. Amelia avait demandé un appareil Polaroïd. Il devrait se trouver quelque part dans le local. Quand tu l'auras déniché, photographie tous les tubes. Ensuite, inscris le nom des employés au dos des photos. »

Le temps de localiser l'appareil, et le garde-malade s'attelait à la tâche.

« Maintenant, on va analyser ce qu'Amelia a découvert chez les parents adoptifs de Garrett. Le pantalon, dans ce sachet... Regardez si les revers contiennent quelque chose. »

Avec mille précautions, Ben sortit de l'emballage le vêtement, qu'il examina soigneusement.

« Oui, m'sieur, je vois des petites branches de pin.

— Bien. Elles sont tombées toutes seules de l'arbre, ou elles ont été taillées ?

— Elles ont été taillées, on dirait.

— Excellent. On peut donc en déduire qu'il s'en est servi dans un but précis. Et ce but est peut-être en rapport avec le crime. Je n'ai encore aucune certitude, mais je pencherais pour une opération de camouflage.

— Ça sent la mouffette, ajouta Ben, qui reniflait le tissu.

— Amelia m'a dit la même chose, confirma Lincoln. Mais ça ne nous avance pas beaucoup. Pour le moment, en tout cas.

— Pourquoi ?

— Parce qu'il est impossible de rattacher un animal sauvage à un site précis. Une mouffette sédentaire nous serait utile ; une mouffette nomade ne l'est pas. Bon, voyons les traces sur le pantalon. Ben ? Découpez-en quelques morceaux et passez-les au chromatographe. »

Pendant qu'ils attendaient les résultats, Lincoln observa les autres pièces à conviction provenant de la chambre de Garrett.

« Montre-moi ce cahier, Thom. »

Celui-ci le feuilleta pour lui, mais les pages ne révélèrent rien, sinon de mauvais dessins d'insectes. Lincoln remua la tête en signe d'impuissance. Il ne tirerait rien de ce document.

« Et les livres ? » lança-t-il en désignant les quatre ouvrages reliés rapportés par Amelia.

Il eut tôt fait de remarquer que certains passages étaient entourés, soulignés ou marqués d'un astérisque. Pour autant, aucun ne lui fournit d'indications quant à l'endroit où le gamin avait passé du temps. Ils donnaient des détails sur les insectes, rien de plus. Lincoln pria Thom de mettre les livres à l'écart.

Puis il s'intéressa à ce que Garrett avait dissimulé au fond du vivarium à guêpes : de l'argent, des photos de Mary Beth et de sa propre famille. Une vieille clé. Du fil à pêche.

L'argent se présentait sous la forme d'une liasse chiffonnée de billets de cinq et de dix dollars ; il y avait aussi quelques pièces. Mais aucune annotation précieuse n'était griffonnée sur le papier monnaie (où de nombreux criminels inscrivent pourtant des messages ou des plans ; ensuite, le plus sûr moyen pour eux de se débarrasser de ces instructions compromettantes adressées à des complices, c'est d'acheter quelque chose et ainsi, d'égarer définitivement le billet en le remettant en circulation). Lincoln demanda ensuite à Ben d'observer l'argent à la Polilight – une source de lumière alternative –, mais ils découvrirent au moins une centaine d'empreintes partielles – une quantité trop importante pour permettre d'isoler le moindre indice susceptible de les renseigner. Quant au cadre et à la bobine de fil de pêche, ils ne comportaient pas d'étiquettes ; il n'était donc pas possible de remonter jusqu'aux magasins où Garrett se les était procurés.

« Il me paraît fin, ce fil, commenta Lincoln en regardant la bobine.

– Je sais même pas s'il résisterait à une perche soleil, m'sieur. »

Le résultat des traces relevées sur le pantalon apparut enfin sur le moniteur. Lincoln lut à voix haute :

« Essence, encore de l'ammoniac, encore des nitrates et du camphène. Thom ? Une autre liste, s'il te plaît. »

Il dicta :

COMPOSITION DE L'ÉCHANTILLON PRÉLEVÉ
SUR LA SCÈNE DE CRIME SECONDAIRE
CHAMBRE DE GARRETT

Sécrétions de mouffette	Argent
Petites branches de pin	Clé
Dessins d'insectes	Essence
Photos de Mary Beth	Ammoniac
et photos de famille	Nitrates
Ouvrages sur les insectes	Camphène
Fil de pêche	

Lincoln contempla la liste quelques instants, avant de s'adresser à Thom :

« Appelle Mel Cooper, s'il te plaît. »

Le garde-malade décrocha le téléphone, puis composa de mémoire le numéro.

Mel Cooper, qui travaillait pour les services scientifiques du NYPD, devait peser la moitié du poids de Ben. Pourtant, sous son allure d'actuaire timide se cachait l'un des meilleurs conseillers scientifiques de tout le pays.

« Tu peux mettre le haut-parleur, Thom ? »

Celui-ci s'exécuta, et quelques instants plus tard, la douce voix de Mel Cooper résonnait dans la pièce :

« Bonjour, Lincoln. Quelque chose me dit que tu n'es pas à l'hôpital.

— Comment as-tu deviné ?

— Oh, je n'ai pas de mérite. Le numéro affiché sur mon téléphone s'accompagnait de la mention : Bureau du shérif, comté de Paquenoke. Tu as différé l'intervention ?

— Non. Je donne juste un coup de main aux flics du coin. Écoute, Mel, je n'ai pas beaucoup de temps, et j'aurais besoin de renseignements sur une substance nommée camphène. Tu connais ?

— Pas du tout. Mais reste en ligne, je vais consulter la base de données. »

À l'autre bout de la ligne s'éleva un cliquetis rapide. Mel Cooper tapait sur un clavier plus vite que n'importe qui, se rappela Lincoln.

« OK, on y arrive. Ah, intéressant...

— M'en fiche, que ce soit intéressant, Mel. Ce que je veux, ce sont des faits.

– Bon, il s'agit de terpène – autrement dit, d'un hydrocarbure insaturé. Extrait d'huiles essentielles et de résines végétales. Il entrait autrefois dans la composition des pesticides, mais on l'a interdit au début des années 80. On s'en servait aussi pour les vieilles lampes. C'était considéré comme une technique de pointe, à l'époque ; ça permettait de remplacer l'huile de baleine. Et cette substance était aussi répandue que le gaz naturel. Tu essaies de retrouver un suspect non identifié ?

– Oh, son identité est connue, Mel. Très connue, même. Le problème, c'est qu'on n'arrive pas à le localiser. Tu as parlé de vieilles lampes, tout à l'heure. Alors, les traces de camphène indiquent probablement qu'il s'est réfugié dans un bâtiment datant du XIXᵉ siècle.

– Peut-être, oui. Mais il y a une autre possibilité. Je lis ici qu'aujourd'hui, le camphène est uniquement utilisé dans les fragrances.

– Quel genre de fragrances ?

– Parfum, after-shave, cosmétiques. »

Après s'être accordé quelques instants de réflexion, Lincoln demanda :

« Quel pourcentage du produit fini représente le camphène ?

– Infime. Dans les un pour mille. »

Lincoln avait toujours encouragé les techniciens à tirer des conclusions audacieuses lorsqu'ils analysaient les pièces à conviction. Pourtant, il avait une conscience douloureuse du peu de temps qu'il restait peut-être aux deux jeunes filles, et compte tenu de ce qu'ils avaient découvert jusque-là, il ne lui paraissait pas envisageable d'explorer plus d'une des pistes potentielles.

« On va miser sur l'autre élément, annonça-t-il. On va partir de l'hypothèse que le camphène provient d'une vieille lanterne, non d'un parfum, et agir en conséquence. Maintenant, écoute-moi, Mel : je vais t'envoyer la photo d'une clé. Il faudrait que tu l'identifies.

– Facile. C'est une clé de voiture ?

– Aucune idée.

– De maison ?

– Aucune idée non plus.

– De fabrication récente ?

– Je l'ignore.

– À la réflexion, ce sera peut-être moins facile que je ne le pensais... Mais fais-moi parvenir cette photo, et je vais essayer d'en tirer quelque chose. »

Lorsqu'il eut raccroché, Lincoln ordonna à Ben de photocopier les deux côtés de la clé et de faxer le document à Mel. Puis il essaya de joindre Amelia par radio, mais en vain. Alors, il l'appela sur son téléphone portable.

« Allô ?

— Amelia ? C'est moi.

— Qu'est-ce qui se passe avec la radio ?

— Ça ne fonctionne pas.

— Dans quelle direction faut-il chercher, Lincoln ? On a traversé la rivière, mais la piste s'arrête presque tout de suite. Et pour tout dire, ajouta-t-elle dans un murmure, les collègues commencent à s'impatienter. À mon avis, Lucy m'étranglerait volontiers.

— J'ai procédé aux analyses de base, mais pour le moment, je ne sais pas quoi penser des données. J'attends l'arrivée du directeur de l'usine de Blackwater Landing, Henry Davett. Il devrait être là d'une minute à l'autre. Mais il y a autre chose. J'ai trouvé des traces importantes d'ammoniac et de nitrates sur les vêtements de Garrett et dans la chaussure qu'il a perdue.

— Une bombe ? lança-t-elle d'une voix caverneuse révélant son désarroi.

— Ça se pourrait. Quant à ce fil de pêche que tu as rapporté, il est trop fin pour attraper des poissons dignes de ce nom. J'en déduis que Garrett en a disposé sur son chemin afin que ses poursuivants trébuchent et déclenchent le mécanisme. Alors, sois prudente. Cherche les pièges éventuels. Si tu aperçois quelque chose de bizarre, souviens-toi que c'est peut-être un explosif.

— D'accord.

— En attendant, patience. J'espère avoir bientôt des instructions à te fournir. »

Garrett et Lydia avaient encore parcouru quatre ou cinq kilomètres.

Le soleil était haut dans le ciel, à présent. Il ne devait pas être loin de midi, et il faisait aussi chaud que dans un four. L'eau minérale avalée près de la carrière n'était déjà plus qu'un souvenir, et Lydia se sentait sur le point de défaillir tant elle avait soif et chaud.

111

Comme s'il devinait sa faiblesse, Garrett déclara soudain :
« On y sera bientôt. Il fait plus frais, là-bas. Et j'ai de l'eau. »

Ils avançaient désormais sur un terrain plus découvert. Forêt clairsemée, marécages. Mais pas d'habitations ni de routes. De nombreux sentiers partaient dans différentes directions. Jamais les secours ne pourraient deviner lequel ils avaient emprunté, songea Lydia avec désespoir. Les chemins formaient un véritable labyrinthe.

De la tête, Garrett désigna un petit passage étroit, bordé d'un côté par des rochers, et de l'autre, par un profond à-pic. Ils le longèrent sur quelques centaines de mètres, puis Garrett s'immobilisa et fouilla du regard les environs, derrière lui.

Une fois certain qu'ils étaient bien seuls, il s'enfonça dans les broussailles, dont il sortit un instant plus tard une corde en Nylon – du fil de pêche, apparemment – qu'il tendit en travers du sentier, à proximité du sol. Le fil était à peine visible, constata Lydia. Garrett l'attacha ensuite à un bâton servant à caler un gros récipient en verre rempli d'un liquide laiteux. Il y avait des coulures sur la paroi extérieure, et Lydia décela soudain une odeur d'ammoniac. Aussitôt, elle fut frappée d'horreur. Avait-il fabriqué une bombe ? se demanda-t-elle. En tant qu'infirmière au service des urgences, elle avait eu l'occasion à plusieurs reprises de soigner des adolescents blessés par l'explosion d'un engin de fabrication artisanale. Leur peau noircie avait été littéralement déchiquetée par la déflagration, se souvenait-elle.

« Tu peux pas faire ça, dit-elle dans un souffle.
– M'emmerde pas, OK ? »

Ses ongles cliquetèrent de plus belle.

« Je finis, et on rentre à la maison. »

À la maison ?

Abasourdie, Lydia contempla le gros récipient que Garrett dissimulait maintenant sous les branchages.

Enfin, il l'entraîna de nouveau sur le sentier. En dépit de la chaleur accablante, il accéléra l'allure, et Lydia dut déployer de gros efforts pour le suivre. Il était de plus en plus sale, s'aperçut-elle, couvert de poussière et de débris de feuilles mortes. Comme s'il se métamorphosait lui-même en insecte au fur et à mesure qu'il s'éloignait de la civilisation. Cette pensée rappela à Lydia un roman qu'elle était censée lire au lycée, mais qu'elle n'avait jamais terminé.

« Là-haut, dit soudain Garrett en indiquant le sommet d'une

colline. Y a un endroit où on pourra dormir. On poussera jusqu'à l'océan demain matin. »

La blouse de Lydia était trempée de sueur. Les deux boutons du haut étaient défaits, révélant le tissu blanc de son soutien-gorge. Garrett ne cessait de lorgner ses seins, mais à présent, elle ne s'en souciait plus ; tout ce qui lui importait, c'était d'échapper au soleil et de se réfugier à l'ombre.

Quinze minutes plus tard, ils émergeaient du sous-bois et débouchaient dans une clairière. Devant eux se dressait une vieille minoterie entourée de roseaux, de massettes et de hautes herbes. À côté coulait un ruisseau presque complètement englouti par les marécages. Une partie du moulin avait brûlé ; une cheminée calcinée subsistait parmi les décombres – ce qu'on appelle un « Monument Sherman » d'après le nom du général de l'Union qui incendia maisons et autres bâtiments lors de son avancée vers la mer, laissant derrière lui un paysage de conduits noircis.

Garrett conduisit sa prisonnière à l'avant de la minoterie, que le feu avait épargné. Il la poussa à l'intérieur, puis referma la lourde porte en chêne, qu'il verrouilla. Pendant un long moment, il demeura immobile, aux aguets. Enfin, sans doute rassuré par le silence environnant, il tendit une autre bouteille d'eau à Lydia. Celle-ci résista difficilement à l'envie de la vider d'un coup ; au lieu de quoi, elle prit une gorgée de liquide, la fit rouler dans sa bouche desséchée, puis l'avala lentement.

Lorsqu'elle se fut désaltérée, Garrett récupéra la bouteille, lui libéra les mains, puis les lui rattacha dans le dos.

« T'es vraiment obligé de faire ça ? » lança-t-elle avec colère.

Il leva les yeux au ciel, comme si la question était stupide, avant de l'aider à se baisser.

« Assieds-toi et surtout, ferme-la. »

Lui-même s'installa par terre en face d'elle et ferma les yeux. Lydia inclina la tête vers la fenêtre, guettant le bruit d'un hélicoptère, d'un bateau à moteur ou les aboiements des chiens lancés sur leurs traces. Mais elle entendit seulement le souffle de Garrett – un son que, dans son désespoir, elle considéra comme une preuve audible que Dieu Lui-même l'avait abandonnée.

10

Une silhouette apparut sur le seuil à côté de Jim Bell. C'était celle d'un homme d'une cinquantaine d'années aux cheveux clairsemés, au visage rond et à l'allure distinguée. Son blazer bleu était replié avec soin sur son bras, mais sa chemise blanche amidonnée, sans un pli, s'auréolait de taches de sueur plus sombres au niveau des aisselles. Une épingle maintenait en place sa cravate rayée.

Lincoln le prit tout d'abord pour Henry Davett, mais s'il y avait bien une faculté physique qu'il avait conservée après son accident, c'était sa vision parfaite ; à trois mètres de distance, il distingua sans problème le monogramme sur l'épingle de cravate portée par l'inconnu : QFJ.

« Q » pour Quentin ? Quaid ?

Il n'avait aucune idée de l'identité du nouveau venu.

Celui-ci le regarda, plissa les yeux d'un air appréciatif, puis opina.

« Henry, je vous présente Lincoln Rhyme », déclara alors Jim Bell.

Donc, il ne s'agissait pas d'un monogramme, conclut Lincoln. L'homme en face de lui était Henry Davett ; quant à l'épingle, elle devait lui venir de son père. Un dénommé Quentin Frank Jonathan Davett, pourquoi pas ?

Du regard, Henry Davett inspecta le matériel dans le local.

« Oh, vous connaissez les chromatographes ? demanda Lincoln en voyant l'expression intéressée de son interlocuteur.

— Mon bureau d'études en possède deux, répondit Henry Davett. Mais ce modèle-là... »

Il remua la tête d'un air sceptique.

« Il n'est même plus fabriqué. Pourquoi l'utilisez-vous ?

— Question de budget, Henry, expliqua le shérif.

– Je vous en ferai parvenir un autre.

– Inutile, dit Lincoln.

– Mais si, voyons, insista Henry Davett. Celui-là, c'est de la cochonnerie. Je vais m'arranger pour que vous en ayez un autre dans vingt minutes.

– Ce n'est pas l'analyse des données qui pose problème, l'informa Lincoln, mais leur interprétation. Voilà pourquoi j'ai besoin de vous. A propos, je vous présente Ben Kerr, mon assistant. »

Les deux hommes échangèrent une poignée de main. À en juger par la mine réjouie de Ben, il était soulagé de voir enfin une autre personne valide dans la pièce.

« Asseyez-vous », proposa le shérif en poussant une chaise de bureau vers Henry Davett.

Ce dernier y prit place puis, légèrement penché en avant, lissa délicatement sa cravate. Le geste, la position, le regard assuré, tout concourait à donner de lui une certaine image à Lincoln, qui songea : charmant, intelligent et... sacrément dur en affaires.

Une nouvelle fois, il s'interrogea sur les initiales QFJ. Il n'était pas du tout certain d'avoir résolu l'énigme.

« C'est en rapport avec ces filles qui ont été enlevées, n'est-ce pas ? » demanda Henry Davett.

Le shérif acquiesça.

« Personne l'a encore dit ouvertement, mais au fond de nous... »

Ses yeux allèrent de Lincoln à Ben.

« En fait, on pense que Garrett a déjà violé et tué Mary Beth, et qu'il a dû se débarrasser du corps quelque part. »

Vingt-quatre heures...

« Mais on a encore une chance de sauver Lydia, poursuivit Jim Bell. Ou du moins, on l'espère. Et de toute façon, faut qu'on arrête Garrett avant qu'il s'en prenne à quelqu'un d'autre.

– Quand je pense à ce pauvre Billy ! s'exclama Henry Davett avec colère. Quel gâchis ! D'après ce qu'on m'a raconté, il n'a écouté que son bon cœur en essayant de porter secours à Mary Beth, et c'est ce qui l'a perdu.

– Mouais, Garrett lui a défoncé le crâne à coups de pelle. C'était pas beau à voir.

– Et donc, le temps presse, reprit Henry Davett. Que puis-je faire pour vous ? ajouta-t-il en se tournant vers Lincoln. Vous avez parlé d'interpréter des données ?

— Nous avons rassemblé certains indices susceptibles de nous éclairer sur les allées et venues de Garrett, ainsi que sur l'endroit où il a pu emmener Lydia. Si j'ai bien compris, vous connaissez la région... ?

— Exact. La composition du sol, en particulier, m'est familière. Je suis diplômé en géologie et en ingénierie chimique. De plus, comme j'ai toujours vécu à Tanner's Corner, le comté de Paquenoke n'a plus beaucoup de secrets pour moi. »

De la tête, Lincoln lui indiqua le tableau.

« Pouvez-vous étudier ces deux listes, monsieur Davett, et me dire ce qu'elles vous inspirent ? Nous essayons de trouver un lien entre ces différents éléments et un site spécifique.

— C'est sûrement un endroit où ils peuvent accéder à pied, précisa le shérif. Garrett déteste les bagnoles. Jamais il en conduirait une. »

Henry Davett chaussa ses lunettes, puis se redressa pour examiner les éléments inscrits sur le tableau.

COMPOSITION DE L'ÉCHANTILLON PRÉLEVÉ
SUR LA SCÈNE DE CRIME PRIMAIRE
BLACKWATER LANDING

Kleenex taché de sang	*Ammoniac*
Poussière de calcaire	*Détergent*
Nitrates	*Camphène*
Phosphates	

COMPOSITION DE L'ÉCHANTILLON PRÉLEVÉ
SUR LA SCÈNE DE CRIME SECONDAIRE
CHAMBRE DE GARRETT

Sécrétions de mouffette	*Fil de pêche*
Petites branches de pin	*Argent*
Dessins d'insectes	*Clé*
Photos de Mary Beth	*Essence*
et photos de famille	*Ammoniac*
Ouvrages sur	*Nitrates*
les insectes	*Camphène*

Après avoir parcouru les listes à plusieurs reprises en prenant son temps, Henry Davett fronça presque imperceptiblement les sourcils.

« Des nitrates et de l'ammoniac ? Vous avez une idée là-dessus ? s'enquit-il.

– À mon avis, répondit Lincoln, il a placé des engins explosifs sur son chemin afin de bloquer la route de l'équipe de recherche. J'ai prévenu les personnes concernées. »

Avec une petite grimace, Henry Davett se concentra de nouveau sur l'inventaire hétéroclite.

« Le camphène..., murmura-t-il. On l'utilisait dans les anciens modèles de lanternes, me semble-t-il. Comme les lampes à pétrole.

– Tout juste. D'où l'idée qu'il retient Mary Beth dans un vieux bâtiment. Sans doute du XIXᵉ siècle.

– Il doit y avoir dans cette région des milliers de maisons, de granges et de cabanes datant du siècle dernier... Bon, quoi d'autre ? De la poussière de calcaire... Hélas, ça ne va pas non plus nous aider à restreindre le champ des possibilités. Une immense crête calcaire traverse de part en part le comté de Paquenoke. C'était autrefois une vraie mine d'or pour les gens d'ici. »

Il se leva, puis traça de l'index une diagonale sud-sud-ouest sur la carte en partant du Great Dismal, cases L-4 à C-14.

« On trouve du calcaire tout au long de cette ligne. Autrement dit, ça ne nous avance pas beaucoup. Mais... »

Il recula, puis croisa les bras.

« ... la présence de phosphates, en revanche, est plus intéressante. Ce pays est un très gros producteur de phosphates ; ils ne sont pas extraits ici, mais plus au sud. Donc, si je prends également en compte le détergent, je dirais que Garrett s'est approché d'eaux polluées.

– Il a pataugé dans la Paquenoke, quoi, marmonna Jim Bell.

– Non, répliqua Henry Davett. La Paquo est tout ce qu'il y a de plus propre, malgré sa couleur sombre. Elle est alimentée par les marécages du Great Dismal et du lac Drummond.

– Ah oui, l'eau magique... ajouta le shérif.

– De quoi parlez-vous ? interrogea Lincoln.

– Eh bien, expliqua Henry Davett, c'est ainsi que certains vieux de la vieille, dont moi, ont surnommé l'eau du Great Dismal. Elle contient en effet de l'acide tannique résultant de la décomposition des cyprès et des genévriers. Et comme l'acide

117

tue les bactéries, elle reste pure longtemps ; d'ailleurs, avant l'invention de la réfrigération, les marins en faisaient provision sur leurs bateaux. On lui prêtait des pouvoirs magiques.

– Alors, l'interrompit Lincoln, qui ne s'intéressait guère aux légendes locales sauf si elles pouvaient lui être utiles dans son travail, puisque les phosphates ne nous orientent pas vers la Paquenoke, dans quelle autre direction nous conduisent-ils ?

– Où a-t-il kidnappé sa dernière victime ? demanda Henry Davett au shérif.

– Au même endroit que Mary Beth. À Blackwater Landing. »

Jim Bell plaça son doigt sur la carte, puis le déplaça vers la case H-9, plus au nord.

« Il est passé de l'autre côté de la Paquo et il a rejoint un affût par ici avant de parcourir encore quelques dizaines de mètres dans les bois. Ensuite, l'équipe de recherche a perdu sa trace. Mes hommes attendent nos instructions pour se remettre en route.

– Oh, dans ce cas, il n'y a pas à se poser de questions », affirma Davett avec une assurance réconfortante. Sur la carte, il fit glisser son doigt vers l'est.

« Il a traversé Stone Creek, c'est sûr. Ici. Vous voyez ? À certains endroits, le courant a l'aspect de la mousse sur la bière, tellement il y a de détergents et de phosphates dans l'eau. Le phénomène commence vers Hobeth Falls, au nord, et ensuite prend de l'ampleur. Ils ne connaissent rien à la protection de l'environnement, dans cette ville.

– Bien, approuva Lincoln. Et après ? Vous avez une idée de l'endroit où il a pu aller ? »

Avant de répondre, Henry Davett consulta une nouvelle fois les listes sur le tableau.

« Puisque vous avez découvert des branches de pin, je pencherais pour cette direction, déclara-t-il en tapotant les cases I-5 et J-8. Les pins sont très répandus dans toute la Caroline du Nord, mais par ici, on a surtout des chênes, des cèdres, des cyprès et des tupelos. À ma connaissance, la seule grande forêt de pins se trouve au nord-est. Ici. Pas très loin du Great Dismal. »

Il s'absorba de nouveau dans la contemplation des listes avant de remuer la tête en signe d'impuissance.

« Je ne peux pas vous en dire plus, hélas. Combien de patrouilles de recherche sont sur place ?

– Une seule, répondit Lincoln.

« — Quoi ? (Henry Davett fronça les sourcils). Une seule ? Vous voulez rire !

— Mais non, se défendit Jim Bell, visiblement ébranlé par le ton péremptoire de son interlocuteur.

— Et combien d'hommes la composent ?

— Quatre officiers. »

Davett eut un petit rire méprisant.

« C'est de la folie, affirma-t-il en désignant la carte. Vous avez des centaines de kilomètres carrés à couvrir. Et c'est de Garrett Hanlon qu'on parle, il me semble. Le Cafard... Il est comme chez lui au nord de la Paquo. Il n'aura aucun mal à déjouer toutes vos manœuvres. »

Le shérif s'éclaircit la gorge.

« D'après M. Rhyme, il vaut mieux pas envoyer trop d'hommes sur le terrain.

— Ils ne sont jamais trop nombreux dans une situation de ce genre, rétorqua Henry Davett à l'intention de Lincoln. Vous devriez en sélectionner cinquante, leur fournir des fusils et leur ordonner de battre les buissons jusqu'à ce qu'ils le retrouvent. Vous avez tout fait de travers. »

Ce sermon paraissait mortifier Ben, constata Lincoln. Le jeune homme s'imaginait sans doute qu'il était nécessaire de prendre des gants pour adresser des reproches à un handicapé... Pour autant, c'est avec le plus grand calme que Lincoln expliqua :

« Organiser une grande chasse à l'homme ne servira qu'à pousser Garrett à éliminer Lydia puis à se terrer quelque part.

— Pas du tout, répliqua Henry Davett avec emphase. Au contraire, la peur l'incitera à la relâcher. Écoutez, à peu près quarante-cinq personnes travaillent dans mon usine en ce moment même. Bon, sur le lot, il y a une dizaine de femmes ; on ne peut pas les impliquer. Mais les hommes... Je vais aller les chercher, d'accord ? On se débrouillera pour leur procurer des armes. Ensuite, déployez-les autour de Stone Creek. »

Lincoln n'imaginait que trop bien les risques de débordements si trente à quarante chasseurs de primes étaient mêlés aux recherches.

« Ce n'est pas le bon moyen d'aborder les choses, monsieur Davett », décréta-t-il.

Son regard rencontra celui de son interlocuteur, et pendant quelques instants, le silence fut tel qu'on aurait pu entendre une mouche voler dans la pièce. Enfin, Henry Davett haussa les

119

épaules et détourna les yeux, mais son attitude n'était en rien une façon d'admettre que Lincoln avait raison. C'était même tout le contraire : un signe de protestation par lequel il indiquait qu'en ignorant ses conseils, les deux hommes s'engageaient dans une voie périlleuse.

« Henry ? reprit le shérif. J'ai accepté de laisser M. Rhyme diriger les opérations. On est contents qu'il soit là. »

Cette remarque s'adressait surtout à lui, comprit Lincoln ; de manière implicite, Jim Bell s'excusait pour le comportement d'Henry Davett.

Néanmoins, de son côté, Lincoln se réjouissait de cette franchise brutale. C'était dur de l'admettre, mais lui qui n'avait jamais cru aux présages voyait dans la présence de cet individu un signe que l'intervention chirurgicale se déroulerait au mieux et aboutirait à une amélioration de son état. Et cet accès d'optimisme lui avait été inspiré par le bref échange qui venait de se produire, au cours duquel cet homme d'affaires coriace avait plongé les yeux dans les siens en lui disant qu'il se trompait du tout au tout. Henry Davett n'avait même pas prêté attention à la condition de son interlocuteur ; tout ce qui l'intéressait, c'étaient les actes de Lincoln, ses décisions, son attitude. Mais ce corps atrophié, ce n'était pas son problème. Avec un peu de chance, songea Lincoln, les mains magiques du docteur Weaver le rapprocheraient d'un monde où ils seraient plus nombreux à le traiter ainsi.

« Je prierai pour ces jeunes filles », déclara Henry Davett.

Et d'ajouter, à l'adresse de Lincoln :

« Je prierai pour vous aussi, monsieur. »

Le regard appuyé dont il assortit ces mots dura un peu plus longtemps que nécessaire, et Lincoln eut l'impression qu'il s'agissait d'une promesse sincère – à prendre au pied de la lettre. Enfin, Henry Davett quitta le local.

« Il peut se montrer têtu, déclara Jim Bell après le départ du chef d'entreprise.

– Il a des raisons personnelles d'en vouloir à Garrett ?

– Ben, la fille qui a été tuée par les frelons l'année dernière. Meg Blanchard... »

Piquée cent trente-sept fois. Lincoln hocha la tête.

« Elle bossait pour la société d'Henry, poursuivit le shérif. Elle fréquentait la même église que sa famille et lui. Il réagit comme tout le monde ici, vous savez ; il se dit que la ville se porterait mieux sans Garrett Hanlon. Et il a tendance à penser que sa façon de faire est la meilleure. »

Église... prières... Lincoln eut soudain une révélation.

« Son épingle de cravate... Le "J", c'est pour Jésus ? » demanda-t-il.

Jim Bell éclata de rire.

« Mouais, en plein dans le mille. Oh, Henry est capable de mettre un concurrent sur la paille sans sourciller, mais c'est un acharné de la messe. Il y va trois fois par semaine, quelque chose comme ça. S'il tient autant à envoyer une armée après Garrett, c'est parce qu'il le considère sûrement comme un païen... »

Mais Lincoln ne parvenait toujours pas à donner un sens au reste des initiales.

« OK, Jim, j'abandonne. À quoi correspondent les autres lettres ?

— Elles signifient : "Que ferait Jésus" ? C'est la question que se posent tous les bons chrétiens du coin quand ils ont une décision importante à prendre. J'ai pas la moindre idée de ce que Not' Seigneur ferait dans un cas pareil, mais moi, je sais ce que je vais faire : je vais appeler mes hommes et votre amie, et les lancer sur la piste du Cafard. »

« Stone Creek ? répéta Jesse Corn après qu'Amelia eut communiqué à ses équipiers le message de Lincoln.

« C'est par là, ajouta-t-il, le doigt tendu. À environ un kilomètre. »

Il se fraya un passage parmi les buissons, suivi par Lucy et Amelia. L'air mal à l'aise, Ned Spoto fermait la marche en scrutant de ses yeux clairs les alentours.

Cinq minutes plus tard, ils émergeaient des fourrés pour déboucher sur un sentier battu. Jesse leur fit signe de le suivre vers l'est.

« C'est le chemin dont vous m'avez parlé ? demanda Amelia à Lucy. Celui auquel vous pensiez ?

— Exact.

— Eh bien, vous aviez raison, lui glissa-t-elle discrètement. Mais on était obligés d'attendre.

— Faux, rétorqua Lucy avec brusquerie. Vous vous êtes crue obligée de nous montrer qui était le chef. C'est différent. »

Très juste, songea Amelia, qui ajouta :

« Mais maintenant, on sait qu'il a probablement posé une bombe sur la piste. Ça, on l'ignorait jusque-là.

– Je me serais méfiée de toute façon des éventuels pièges ! »

Sur ce, Lucy se retrancha dans le silence et continua d'avancer les yeux fixés au sol, prouvant ainsi qu'elle était effectivement en alerte.

Ils atteignirent Stone Creek au bout de dix minutes ; les eaux laiteuses du ruisseau moussaient sous l'effet des polluants, nota Amelia. Sur la rive, ils découvrirent deux séries d'empreintes de pas – certaines, petites mais profondes, avaient vraisemblablement été laissées par une femme corpulente en chaussures souples. Lydia, sans aucun doute. Les autres étaient celles de pieds nus. Garrett avait dû se débarrasser de son autre tennis.

« On va traverser ici, dit Jesse. Je connais la forêt de pins qu'a mentionnée M. Rhyme. C'est le trajet le plus court pour y arriver. »

Amelia se dirigeait déjà vers l'eau lorsque Jesse s'écria :
« Stop ! »

Elle se figea, la main sur son arme, avant de s'accroupir.

« Qu'est-ce qui se passe ? » demanda-t-elle.

Lucy et Ned ricanèrent de concert. Assis sur des rochers, ils enlevaient chaussures et chaussettes.

« Si vous marchez avec des chaussettes mouillées, l'avertit Lucy, vous aurez besoin d'au moins une dizaine de pansements avant même d'avoir parcouru cent mètres. À cause des ampoules.

– Z'êtes pas une pro de la randonnée, hein ? » renchérit Ned.

Jesse lâcha un petit rire exaspéré.

« Évidemment, Ned, elle est de la ville ! J'imagine que toi, t'es pas un pro des gratte-ciel et du métro ! »

Ignorant à la fois la pique de Ned et l'attitude galante de Jesse, Amelia se débarrassa de ses bottines et de ses socquettes noires, avant de relever le bas de son jean.

L'eau glacée lui fit un bien fou et elle trouva la traversée du ruisseau – que Jesse prononçait « risseau » – trop rapide à son goût.

Sur l'autre berge, ils prirent le temps de s'essuyer les pieds, puis enfilèrent de nouveau chaussettes et chaussures. Après avoir étudié la rive, ils finirent par découvrir d'autres empreintes de pas. Ils les suivirent jusque dans les bois mais, quand le sol devint plus sec, moins visible au milieu des broussailles envahissantes, ils les perdirent de nouveau.

« La forêt de pins est par là, au nord-est, expliqua Jesse. Ils ont dû partir de ce côté, j'en suis presque sûr. »

Derrière Jesse, ils progressèrent encore une vingtaine de minutes en file indienne, scrutant le sol à la recherche d'éventuels fils tendus en travers de leur chemin. Peu à peu, les chênes, le houx et la laîche cédèrent la place aux genévriers et aux sapins-ciguë. À environ cinq cents mètres devant eux se dressait maintenant une immense barrière de pins. Mais il n'y avait plus trace à présent du ravisseur et de sa victime, plus aucun indice permettant de déterminer par où ils avaient pu pénétrer dans la forêt.

« C'est foutrement trop grand, marmonna Lucy. Comment on va retrouver leur piste, maintenant ?

– On pourrait p'têt se déployer », suggéra Ned.

Lui aussi semblait dérouté par l'enchevêtrement de végétation en face d'eux.

« S'il a posé une bombe, on va avoir un mal fou à la repérer. »

Ils s'apprêtaient à s'éloigner les uns des autres lorsque Amelia redressa soudain la tête.

« Attendez. Ne bougez pas, surtout », ordonna-t-elle, avant de s'avancer lentement vers le sous-bois en surveillant les alentours à la recherche d'un piège. Cent cinquante mètres plus loin, parmi un bosquet d'arbres ayant perdu toutes leurs fleurs, dispersées autour des troncs, elle aperçut les empreintes de Garrett et de Lydia dans la poussière. Bien visibles, elles s'enfonçaient dans la pinède.

« Ils sont passés par là ! cria-t-elle. Marchez dans mes traces, j'ai vérifié qu'il n'y avait pas de pièges. »

Les trois officiers la rejoignirent quelques instants plus tard.

« Comment vous le saviez ? s'enquit Jesse en couvant Amelia d'un regard admiratif.

– Vous sentez quelque chose, par ici ?

– La mouffette, déclara Ned.

– Eh bien, le pantalon que j'ai rapporté de chez Garrett était imprégné de sécrétions de mouffette. Du coup, je me suis dit qu'il avait déjà dû emprunter ce chemin. Et je me suis laissée guider par l'odeur. »

Jesse éclata de rire.

« Pas mal, pour une fille de la ville ! Pas vrai, Ned ? »

Pour toute réponse, celui-ci se contenta de lever les yeux au ciel. Enfin, tous trois suivirent lentement la piste jusqu'à la lisière de la forêt.

Sur le trajet, ils longèrent à plusieurs reprises de vastes étendues nues où ne poussaient plus ni arbres ni buissons. Chaque fois qu'ils s'en approchaient, Amelia sentait l'appréhension la gagner, car leur groupe était alors exposé aux attaques. Aux abords de la deuxième clairière de ce genre, après avoir sursauté violemment quand un animal ou un oiseau s'était enfui dans les broussailles cernant la terre nue, Amelia retira de sa poche son téléphone portable.

« Lincoln ? Tu es là ?

— Je suis là. Vous avez quelque chose ?

— On a retrouvé leur piste. Mais dis-moi : est-il possible de savoir, d'après les indices dont tu disposes, si Garrett pratiquait le tir ?

— Non. Pourquoi ?

— Il y a de grands espaces à découvert, par ici, en plein milieu des bois, comme si la pollution ou les pluies acides avaient fait crever toutes les plantes. Ils n'offrent aucune protection pour nous. C'est l'endroit idéal pour une embuscade.

— Rien ne nous oriente vers les armes à feu. Sauf les nitrates, mais s'ils provenaient de munitions, on aurait relevé des traces de poudre, de solvant, de graisse, de cordite ou de fulminate de mercure. Mais ce n'est pas le cas.

— Tout ce qu'on peut en déduire, c'est qu'il n'a pas manipulé de fusil ou de pistolet récemment.

— Exact. »

Elle raccrocha.

Sans cesser de jeter autour d'eux des regards nerveux, ils parcoururent encore plusieurs kilomètres, environnés d'une odeur qui évoquait l'essence de térébenthine. Bercés par la chaleur, par le bourdonnement des insectes, ils suivaient toujours le chemin sur lequel Garrett et Lydia s'étaient engagés, mais à présent, ils ne distinguaient plus d'empreintes. Amelia se demanda brusquement s'ils n'avaient pas...

« Stop ! » s'écria Lucy Kerr, qui se baissa aussitôt.

Ned et Jesse se pétrifièrent. Amelia avait déjà dégainé son arme, quand elle remarqua soudain ce qui avait attiré l'attention de Lucy : un fil brillant en travers du sentier.

« Merde, murmura Ned. Comment t'as fait pour le repérer ? Il est presque invisible. »

Lucy ne répondit pas. Toujours accroupie, elle se dirigea avec prudence vers les buissons d'où partait le fil, puis écarta doucement les branches. Les feuilles desséchées, chauffées par le soleil, craquaient lorsqu'elle les soulevait.

« Tu veux que j'appelle les démineurs d'Elizabeth City ? lança Jesse.

— Chuuut ! » ordonna sa collègue.

De ses doigts précautionneux, elle manipulait toujours le feuillage.

À côté d'elle, Amelia retenait son souffle. Au cours d'une enquête récente, elle avait été victime d'une mine antipersonnel. Par miracle, elle n'avait été que légèrement blessée, mais elle se souvenait qu'en une fraction de seconde, le bruit stupéfiant, le souffle chaud, l'onde de pression et la multitude de débris l'avaient enveloppée tout entière. Aujourd'hui, elle n'avait aucune envie de revivre une telle expérience. Trop d'engins explosifs de fabrication artisanale, elle le savait aussi, étaient remplis de grenaille ou de billes de roulement, parfois aussi de piécettes, qui agissaient comme autant de projectiles mortels. Garrett était-il capable de mettre au point un système aussi dangereux ? Elle se rappela sa photo, ses yeux sombres, profondément enfoncés dans leurs orbites. Elle se rappela aussi les vivariums pleins d'insectes ; la mort de cette jeune fille à Blackwater Landing, piquée par des centaines de frelons ; l'état de l'officier Ed Schaeffer, plongé dans le coma par le venin des insectes. Oui, conclut-elle, Garrett était incontestablement du genre à poser derrière lui les pièges les plus vicieux.

Elle se raidit en voyant Lucy soulever une dernière grosse feuille.

Sa collègue poussa un profond soupir de soulagement avant de s'asseoir sur ses talons.

« Une araignée », chuchota-t-elle.

Il ne s'agissait pas d'un fil de pêche, constata alors Amelia, mais bel et bien de celui tendu par une araignée.

Les deux femmes se redressèrent.

« Foutue bestiole ! » s'exclama Ned en riant, bientôt imité par Jesse.

Pourtant, aucun d'eux ne semblait vraiment réjoui, et lorsqu'ils se remirent en route, Amelia remarqua qu'ils levaient haut les pieds pour enjamber le fil soyeux.

Lincoln Rhyme, la tête appuyée contre le dossier de son fauteuil, ne quittait pas des yeux le tableau noir.

COMPOSITION DE L'ÉCHANTILLON PRÉLEVÉ
SUR LA SCÈNE DE CRIME SECONDAIRE
CHAMBRE DE GARRETT

Sécrétions de mouffette	*Fil de pêche*
Petites branches de pin	*Argent*
Dessins d'insectes	*Clé*
Photos de Mary Beth	*Essence*
et photos de famille	*Ammoniac*
Ouvrages sur	*Nitrates*
les insectes	*Camphène*

Un soupir de frustration lui échappa. Il se sentait complètement impuissant. Incapable de donner une signification à ces indices.

Il relut la ligne *Ouvrages sur les insectes.*

Puis tourna la tête vers Ben.

« Donc, vous êtes étudiant ?

– Tout juste, m'sieur.

– Et vous lisez beaucoup, je parie.

– Je passe mon temps dans les bouquins. Quand je suis pas sur le terrain, bien sûr. »

Lincoln observa un moment le dos des livres qu'Amelia avait rapportés.

« En quoi les lectures favorites d'un individu nous renseignent-elles sur lui ? demanda-t-il, songeur. En plus, évidemment, de nous apprendre qu'il s'intéresse au sujet dont traitent les livres en question.

– Comment ça ?

– Eh bien, si quelqu'un possède surtout des guides pratiques, c'est révélateur d'un certain aspect de sa personnalité. S'il possède surtout des romans, c'est révélateur d'un autre aspect de son caractère. Pour en revenir à Garrett, il ne semble pas attiré par la fiction. Qu'en déduisez-vous ?

– J'en sais trop rien, m'sieur. »

Ben coula un regard furtif en direction des jambes de Lincoln – malgré lui, semblait-il –, avant de reporter son attention sur le tableau.

« J'ai du mal à m'expliquer le comportement des gens, murmura-t-il. En fait, je comprends mieux les animaux. Ils sont beaucoup plus sociables, plus prévisibles et cohérents que les humains. Rudement plus intelligents aussi. »

S'apercevant sans doute qu'il déviait du sujet, il s'interrompit net, les joues empourprées.

De nouveau, Lincoln jeta un coup d'œil aux ouvrages.

« Thom ? Tu veux bien aller me chercher le tourne-pages ? »

Relié à une unité centrale que Lincoln pouvait manipuler avec son seul doigt valide, l'appareil disposait d'un bras en caoutchouc pour tourner les pages.

« Il est resté dans le monospace, je suppose.

— Je crois, oui, répondit Thom.

— J'espère que tu as pensé à le prendre. Je t'avais dit de ne pas l'oublier.

— Je vous répète que je crois l'avoir pris, répliqua le garde-malade d'un ton égal. Bon, je reviens tout de suite », ajouta-t-il en sortant de la pièce.

Rudement plus intelligents aussi...

Thom reparut quelques minutes plus tard avec le tourne-pages.

« Ben ? appela Lincoln. Ce livre, là, en haut de la pile...

— Celui-ci ? demanda Ben en saisissant *Le Guide des insectes de Caroline du Nord.*

— C'est ça. Placez-le dans l'appareil. S'il vous plaît », ajouta-t-il pour atténuer la brusquerie de son ton.

Le garde-malade montra à Ben comment positionner l'ouvrage, puis brancha différents fils électriques à l'unité centrale sous la main gauche de Lincoln.

Sur la première page, celui-ci ne découvrit aucune information utile. Son esprit donna alors l'ordre à son annulaire gauche de bouger. L'impulsion née du cerveau atteignit un minuscule axone dans sa colonne vertébrale — seul rescapé parmi des millions de morts —, puis fusa le long de son bras jusque dans sa main.

Le doigt tressaillit.

Le bras articulé se déplaça. Pour tourner la page.

11

ILS AVANÇAIENT toujours dans la forêt où se mêlaient l'odeur piquante des pins et les parfums de diverses plantes, dont la senteur sucrée de la vigne sauvage, reconnut Lucy Kerr.

Tout en scrutant le terrain devant eux à la recherche d'un fil suspect, elle s'aperçut soudain qu'il n'y avait plus trace de Garrett et de Lydia. Elle chassa de la main ce qu'elle prit d'abord pour un insecte dans sa nuque, mais qui se révéla être un filet de sueur irritant. Ce jour-là, Lucy se sentait sale. En d'autres circonstances – le soir, par exemple, ou pendant ses jours de congé –, elle aimait beaucoup prendre l'air dans son jardin. À la fin de son service, elle rentrait chez elle, enfilait son vieux short à carreaux, un T-shirt et des tennis bleu foncé aux coutures usées, puis elle allait travailler dans l'un des trois carrés de terrain autour de sa maison coloniale vert pâle – que Bud, torturé par sa mauvaise conscience, lui avait cédée sans discuter lors du divorce. Là, elle soignait amoureusement ses pensées, sabots de Vénus, platanthères et lys orange. Elle retournait la terre, installait des tuteurs pour ses fleurs, les arrosait et allait même jusqu'à leur chuchoter des encouragements, comme si elle s'adressait aux enfants qu'elle était jadis certaine d'avoir un jour avec Bud.

Parfois, quand elle devait se rendre dans l'arrière-pays à l'occasion d'une mission – pour délivrer un mandat ou demander pourquoi telle Honda ou Toyota dissimulée dans un garage se trouvait appartenir à quelqu'un d'autre –, il lui arrivait de repérer en chemin une nouvelle pousse intéressante ; alors, une fois sa tâche achevée, Lucy déterrait soigneusement ladite pousse pour la rapporter chez elle telle une créature errante qu'elle aurait recueillie. C'est ainsi qu'elle avait adopté son sceau de Salomon, son peltandre de Virginie, ainsi qu'un magnifique indigotier qui, grâce à des soins attentifs, mesurait maintenant près d'un mètre quatre-vingts de haut.

À présent, elle identifiait machinalement la végétation environnante : sureau, houx des montagnes, roseaux à balais. Ils passèrent devant un superbe onagre, des massettes et des plants de riz sauvage bien plus hauts qu'eux, aux feuilles aussi coupantes que des couteaux. Soudain, elle repéra un conopholis, une plante parasite qu'elle connaissait également sous un autre nom : la racine à cancer. Elle laissa son regard s'y attarder un instant, avant de le reporter sur le chemin.

Celui-ci les mena devant un escarpement rocheux assez abrupt dont le sommet culminait à environ six mètres. Lucy le gravit aisément, puis s'immobilisa en songeant : Non, ça ne va pas. Quelque chose cloche.

Amelia Sachs ne tarda pas à la rejoindre, imitée quelques instants plus tard par Jesse et Ned. Jesse haletait, mais Ned, qui pratiquait la natation et la randonnée, conservait un rythme soutenu sans s'essouffler.

« Un problème ? demanda Amelia en voyant Lucy froncer les sourcils.

— Je crois pas que Garrett soit passé par là. C'est pas logique.

— Pourtant, on a suivi le chemin, comme nous l'a dit M. Rhyme, répliqua Jesse. C'est le seul endroit où y a des pins. Et les empreintes de Garrett allaient dans cette direction.

— Elles y allaient, oui. Mais elles ont disparu depuis un bon moment.

— À votre avis, pourquoi ne serait-il pas venu ici ? s'enquit Amelia.

— Regardez ce qui pousse dans le coin, répondit Lucy. Ce sont surtout des plantes aquatiques. De cette hauteur, on distingue mieux le sol. Vous remarquez comme il devient marécageux ? Bon sang, réfléchis, Jesse ! Pour quelle raison Garrett aurait-il choisi cet itinéraire ? Il nous conduit tout droit au Great Dismal.

— Le Great Dismal ? répéta Amelia. De quoi s'agit-il ?

— D'un immense marais. L'un des plus grands de la Côte est, expliqua Ned.

— Y a pas d'endroits où se cacher, dans les environs, poursuivit Lucy. Pas de maisons, pas de routes non plus. À la rigueur, il pourrait essayer d'atteindre la Virginie, mais il en aurait pour plusieurs jours.

– Et à cette période de l'année, il existe pas d'insecticides assez puissants pour empêcher les bestioles de vous bouffer, renchérit Ned Spoto. Sans parler des serpents.

– Il n'aurait pas pu se réfugier quelque part ? À l'intérieur d'une grotte, par exemple, ou dans des habitations abandonnées ? insista Amelia.

– Des grottes, non, y en a pas, déclara Ned. Peut-être dans un ancien bâtiment, alors. Mais c'est pas sûr non plus, parce que le niveau de la nappe phréatique a augmenté. Du coup, les marais se sont étendus, et pas mal de cabanes et de vieilles baraques ont été englouties. À mon avis, Lucy a raison : si Garrett a pris ce chemin, il se dirige droit vers une impasse.

– On ferait mieux de revenir sur nos pas », conseilla Lucy.

Elle s'attendait à un refus cinglant de la part d'Amelia, mais celle-ci se contenta de composer un numéro sur son téléphone portable.

« On est dans la pinède, Lincoln, annonça-t-elle. Il y a bien un sentier, mais rien ne prouve que Garrett l'ait emprunté. Lucy est même persuadée du contraire, car en continuant vers le nord-est, on tombe sur des marécages qui n'offrent aucune possibilité de se cacher.

– Il a dû partir vers l'ouest, reprit Lucy. Ou retourner vers le sud et retraverser la rivière.

– Peut-être pour rejoindre Millerton... ? » suggéra Jesse.

Lucy approuva de la tête.

« Les deux ou trois grosses usines du coin ont fermé quand les propriétaires ont transféré leurs activités au Mexique. Par la suite, les banques ont saisi pas mal de propriétés. Cette partie du comté fourmille de maisons vides où il pourrait se planquer.

– À moins qu'il soit parti vers le sud-est, ajouta Jesse. À sa place, c'est ce que j'aurais fait ; j'aurais suivi la route 112 ou la voie ferrée. Y a aussi tout un tas de vieilles granges et de vieilles baraques, par là. »

Amelia communiqua toutes ces informations à Lincoln.

Quel homme étrange, songea Lucy tandis que l'image du criminologue lui traversait l'esprit. Terriblement diminué, et pourtant, tellement sûr de lui...

Sa collègue de New York resta en ligne encore quelques instants, puis raccrocha.

« Lincoln nous demande de continuer, déclara-t-elle. Aucun des indices en sa possession ne laisse supposer que Garrett ait dévié sa course.

« — Des pins, y en a aussi à l'ouest et au sud, rétorqua Lucy.

— Ça vous semble peut-être plus logique de partir par là, s'obstina Amelia, mais ce n'est pas évident au vu des éléments dont dispose Lincoln. Alors, on poursuit vers le nord-est. »

Ned et Jesse regardaient alternativement les deux femmes. Devant l'expression énamourée de Jesse, Lucy comprit qu'elle n'obtiendrait aucun soutien de la part de son jeune collègue. Pourtant, elle ne voulait pas en démordre.

« Non, décréta-t-elle. Je reste convaincue qu'on aurait tout intérêt à rebrousser chemin pour essayer de repérer à quel endroit ils ont bifurqué. »

Amelia baissa légèrement la tête pour la regarder droit dans les yeux.

« On peut toujours téléphoner à Jim Bell, si vous y tenez, Lucy... »

Remarque destinée à lui rappeler que Jim avait confié la direction des opérations à ce foutu Lincoln Rhyme qui, à son tour, avait nommé Amelia Sachs responsable de la patrouille de recherche, songea Lucy. Or, c'était complètement absurde. Comment le shérif avait-il pu laisser un homme et une femme qui n'avaient sans doute jamais mis les pieds dans l'État du goudron de pin, qui ne savaient rien de ses habitants ni de sa géographie, dicter leur conduite aux autochtones ?

En même temps, Lucy n'ignorait pas qu'elle avait accepté une mission et que, comme à l'armée, elle était censée obéir à ses supérieurs hiérarchiques.

« D'accord, marmonna-t-elle. Mais que ce soit bien clair : je désapprouve cette décision. Ça n'a pas de sens. »

Sans plus tarder, elle se détourna, puis se remit en marche, abandonnant les autres derrière elle. Le bruit de ses pas fut bientôt assourdi par l'épais tapis d'aiguilles de pin qui recouvrait le sol.

Le téléphone d'Amelia sonna, et elle ralentit pour prendre la communication.

Devant elle, Lucy accéléra l'allure en s'efforçant de refouler sa colère. Il était impossible que Garrett Hanlon les ait précédés sur ce chemin. C'était une perte de temps. Ils auraient dû emmener des chiens, prévenir la police d'État à Elizabeth City et demander des hélicoptères. Ils auraient dû...

Soudain, le monde bascula autour d'elle, tout devint flou, et elle s'écroula en poussant un cri bref, les mains tendues en avant pour amortir sa chute.

131

« Mais qu'est-ce que... »

La brutalité de l'impact lui coupa le souffle, tandis que des aiguilles de pin s'incrustaient dans ses paumes.

« Ne bougez pas, lui ordonna Amelia, qui se relevait déjà après l'avoir plaquée au sol.

— Pourquoi vous avez fait ça, bordel ? s'écria Lucy avec un hoquet de stupeur, les mains endolories par sa chute.

— Ne bougez pas ! répéta Amelia. Et vous non plus », ajouta-t-elle à l'intention de Jesse et de Ned.

Les deux hommes s'immobilisèrent, la main à portée de leur arme, braquant leurs yeux à droite et à gauche, incertains de ce qui se passait.

Avec une petite grimace de douleur, Amelia acheva de se redresser, puis s'éloigna pour aller ramasser un long bâton dans le sous-bois. Elle revint ensuite sur le sentier en poussant le bâton sur le sol devant elle.

À un demi-mètre de Lucy – à l'endroit où celle-ci avait failli poser les pieds –, l'extrémité du morceau de bois disparut à travers les branchages.

« C'est un piège, révéla Amelia.

— Mais y avait pas de fil en travers du chemin ! protesta Lucy. J'ai bien regardé... »

Très doucement, Amelia écarta les branches. Elles reposaient sur un réseau serré de fil de pêche dissimulant une fosse d'environ un mètre de profondeur.

« Le fil de pêche, c'était pas pour qu'on s'y prenne les pieds, observa Ned, mais pour fabriquer cette espèce de traquenard... T'as failli tomber dedans, Lucy.

— Qu'est-ce qu'il y a, au fond ? interrogea Jesse. Une bombe ?

— Prêtez-moi votre lampe électrique », lui ordonna Amelia.

Il la lui tendit, et elle braqua le faisceau à l'intérieur du trou avant de reculer d'un bond.

« Quoi ? lança Lucy.

— Ce n'est pas une bombe, répondit Amelia. Mais un nid de frelons. »

À son tour, Ned alla jeter un coup d'œil au piège.

« Nom de dieu ! Le salaud... »

Avec mille précautions, Amelia dégagea l'ouverture, révélant un nid gros comme un ballon de football.

« Oh, merde », murmura Ned en fermant les yeux, sans

doute frappé par la vision de centaines de guêpes furieuses agglutinées sur ses cuisses et sa taille.

Lucy frotta ses mains meurtries, puis se releva.

« Comment avez-vous deviné ? demanda-t-elle à Amelia.

– Je n'en savais rien. Mais Lincoln m'a rappelée il y a cinq minutes. Il lisait un des bouquins de Garrett quand il a remarqué un passage concernant un insecte nommé le fourmilion. Cette bestiole a l'habitude de se cacher au fond d'entonnoirs dans le sol, où elle attend que sa proie tombe ; ensuite, il ne lui reste plus qu'à la piquer pour la tuer. Garrett a entouré ce paragraphe, et l'encre dont il s'est servi date seulement de quelques jours. Alors, Lincoln a établi un lien entre le fil de pêche et les aiguilles de pin. Il s'est dit que le gamin avait peut-être creusé un piège de ce genre, et il m'a conseillé de guetter les amas de branches sur le chemin.

– Si on brûlait le nid ? suggéra Jesse.

– Non, répliqua Amelia.

– Mais c'est dangereux... »

Cette fois, Lucy se rallia à l'avis de sa collègue.

« La fumée risquerait de nous trahir, Jesse. Garrett n'aurait alors aucun mal à nous localiser. Pour le moment, on va le laisser comme ça, à découvert, pour que les gens puissent le voir. On reviendra s'en occuper plus tard. De toute façon, y a jamais grand monde qui traîne par ici. »

Amelia hocha la tête, avant de téléphoner à Lincoln.

« On a trouvé le piège, l'informa-t-elle. Personne n'est blessé. Ce n'est pas une bombe qu'il avait placée au fond, mais un nid de frelons. OK. On reste prudents... Continue de lire ce guide. Et préviens-nous si t'as du nouveau. »

Ils s'étaient remis en route, et avaient déjà parcouru au moins cinq cents mètres, quand Lucy se résolut à dire :

« Merci, Amelia. Vous aviez raison d'insister pour suivre cette piste. Je me suis trompée. »

Elle hésita encore un moment avant d'ajouter :

« Jim a pris la bonne décision en vous faisant venir de New York. Au début, j'étais pas trop chaude, mais maintenant, je peux que m'incliner devant les résultats. »

Déconcertée, Amelia fronça les sourcils.

« Pardon ?

– Ben oui, quand il vous a obligés à faire le trajet depuis New York pour nous aider.

– Ça ne s'est pas passé comme ça.

– Ah bon ?

– Non, non, nous étions au Centre médical d'Avery, où Lincoln doit subir une intervention. Le sachant, Jim est venu ce matin nous demander de jeter un coup d'œil aux indices. »

Après quelques instants de silence, Lucy, manifestement soulagée, laissa fuser un petit rire.

« Je pensais qu'il avait utilisé l'argent du comté pour vous payer le voyage en avion après l'enlèvement d'hier ! »

Amelia nia de la tête.

« L'opération n'aura lieu qu'après-demain, précisa-t-elle. Du coup, on avait un peu de temps libre. C'est tout.

– Ce gars-là... Jim, je veux dire, il nous a rien expliqué. Des fois, il est vraiment pas bavard.

– Vous aviez peur qu'il ne vous croie pas capables de résoudre l'affaire ?

– C'est exactement ce que j'ai pensé.

– Le cousin de Jim travaille avec nous à New York. C'est lui qui a prévenu Jim de notre arrivée.

– Hé, vous voulez parler de Roland ? Je le connais, bien sûr ! s'exclama Lucy. Je connaissais bien sa femme aussi, avant qu'elle meure. Ses fils sont des amours.

– Ils étaient tous chez moi il n'y a pas longtemps, pour un barbecue », déclara Amelia.

De nouveau, Lucy éclata de rire.

« Bon, ben, j'ai eu une crise de paranoïa aiguë, semblerait-il... Donc, vous étiez au Centre médical d'Avery ?

– Tout juste.

– C'est là que Lydia Johansson travaille, vous savez. Comme infirmière.

– Ah bon ? Je l'ignorais. »

Un flot de souvenirs afflua brusquement à la mémoire de Lucy. Certains la touchaient, d'autres lui inspiraient une défiance semblable à celle suscitée par l'essaim de guêpes qu'elle avait failli bousculer dans le piège de Garrett. Elle se demanda si elle devait en parler à Amelia Sachs. Au lieu de quoi, elle se contenta d'ajouter :

« C'est pour cette raison que je tiens autant à la sauver. J'ai eu des problèmes de santé, il y a quelques années, et Lydia s'est occupée de moi. C'est quelqu'un de bien. La meilleure.

– On la retrouvera à temps », affirma Amelia d'un ton que Lucy elle-même adoptait parfois – un ton qui ne laissait pas de place au doute.

Leur petit groupe progressait désormais plus lentement. Le piège les avait tous effrayés, et de plus, la chaleur pesait sur eux telle une chape étouffante.

« Cette opération que doit subir votre ami, reprit Lucy. C'est à cause de... son état ?

— Oui.

— Pourquoi avez-vous l'air si contrariée ? demanda Lucy en voyant s'assombrir le regard d'Amelia.

— Ça ne servira probablement à rien.

— Alors, pourquoi veut-il quand même passer sur le billard ?

— Parce qu'il y a une chance pour que ça marche. Une toute petite chance. Le traitement en est encore au stade expérimental. Jusque-là, il n'a pas donné de résultats probants sur des patients atteints de lésions aussi graves que les siennes.

— Et vous, vous ne tenez pas à ce qu'il se fasse opérer.

— Oh, non.

— Pourquoi ? »

Amelia hésita.

« Parce qu'il pourrait en mourir. Ou se retrouver dans un état encore plus critique.

— Vous lui en avez parlé ?

— Oui.

— Mais il ne vous a pas écoutée.

— Non. »

Lucy hocha la tête.

« Je me disais bien qu'il paraissait têtu.

— Doux euphémisme ! »

Des craquements s'élevèrent soudain dans les broussailles, et le temps que Lucy sorte son pistolet, Amelia avait déjà logé une balle dans la poitrine d'un dindon sauvage. Les quatre policiers échangèrent des sourires, mais leur amusement céda vite la place à la nervosité tandis que l'adrénaline atteignait leur cœur.

Leurs armes rengainées, leurs yeux fouillant le sol devant eux, ils reprirent leur marche en silence.

Il existait plusieurs types d'attitudes face au handicap de Lincoln.

Certaines personnes optaient pour la plaisanterie, l'approche directe. Humour spécial estropiés, sans rancune.

D'autres, à l'instar d'Henry Davett, ne tenaient aucun compte de son handicap.

La plupart réagissaient cependant à la manière de Ben, en essayant de faire comme s'il n'existait pas, en priant pour avoir au plus vite l'occasion de s'enfuir.

C'était cette attitude-là que Lincoln supportait le moins, celle qui soulignait sa différence de la façon la plus flagrante. Mais en l'occurrence, il n'avait pas le loisir de s'appesantir sur les défauts de son assistant de fortune. Garrett entraînait sa prisonnière toujours plus loin dans une contrée hostile. Quant à Mary Beth McConnell, elle était peut-être en train d'agoniser quelque part – asphyxiée, déshydratée ou blessée.

« J'ai reçu des nouvelles encourageantes de l'hôpital ! lança Jim Bell en entrant dans la pièce. Ed Schaeffer a dit quelques mots aux infirmières. Il est retombé dans le coma juste après, mais je suppose que c'est bon signe.

– Il a dit quoi, exactement ? demanda Lincoln. Il a parlé de ce qu'il avait vu sur la carte ?

– D'après l'infirmière que j'ai eue en ligne, il aurait prononcé un mot qui ressemblait à "important". Et un autre qui ressemblait à "gemme". »

Le shérif s'approcha de la carte, où il montra une case au sud-est de Tanner's Corner.

« Y a un lotissement, par ici. Ils ont donné aux rues le nom de plantes, de fruits, de pierres, de trucs comme ça. L'une d'elles s'appelle Gem Street. Mais c'est assez loin de Stone Creek en allant vers le sud. Je demande à l'équipe d'aller jeter un coup d'œil ? À mon avis, ça vaut le coup. »

Ah, l'éternel dilemme, songea Lincoln : faut-il se fier aux indices, ou faut-il se fier aux témoins ? La moindre erreur de jugement risquait de se révéler fatale pour les deux jeunes filles.

« Non, laissez vos hommes continuer les recherches au nord de la rivière.

– Z'êtes sûr ? s'enquit le shérif d'un air sceptique.

– Certain.

– OK. »

Le téléphone sonna, et d'une pression de son annulaire gauche, Lincoln enclencha la commande permettant de décrocher.

La voix d'Amelia s'éleva dans son casque :

« On est dans une impasse, Lincoln. Quatre ou cinq chemins partent d'ici, tous vont dans des directions différentes, et on n'a aucun moyen de savoir lequel a emprunté Garrett.

– Je ne peux pas t'aider pour l'instant, Amelia. On continue d'analyser les indices.

– Tu n'as rien trouvé d'autres dans les livres ?

– Rien de révélateur, en tout cas. Mais c'est fascinant. Je suis même étonné qu'un gamin de seize ans ait des lectures aussi sérieuses ! Il est plus malin que je ne l'aurais imaginé. Bon, où es-tu exactement ? »

Lincoln leva les yeux.

« Ben ? Approchez-vous de la carte, s'il vous plaît. »

Son assistant déplaça sa silhouette massive vers le mur, devant lequel il s'immobilisa.

À l'autre bout de la ligne, Amelia s'entretint quelques instants avec ses collègues, avant d'expliquer :

« On se trouve à environ six kilomètres de l'endroit où on a traversé Stone Creek. Et on a progressé grosso modo en ligne droite. »

Lincoln répéta les indications à Ben, qui plaça sa main dans la zone correspondant sur la carte aux coordonnées J-7.

Près de l'énorme index de son assistant, Lincoln remarqua un dessin en forme de L.

« Ben ? Vous avez une idée de ce que c'est, cette espèce de rectangle ?

– La vieille carrière, je crois.

– Oh, Seigneur, marmonna Lincoln en secouant la tête.

– Quoi ? demanda Ben, craignant manifestement d'avoir dit une bêtise.

– Pourquoi personne ne m'a parlé de cette carrière, bon sang ? »

Ben paraissait mortifié ; de toute évidence, il prenait ce reproche pour lui.

« Je pensais pas... », commença-t-il.

Mais Lincoln ne l'écoutait plus. Lui seul était à blâmer pour cette négligence, songea-t-il. Car quelqu'un lui avait bel et bien mentionné implicitement cette carrière : Henry Davett, lorsqu'il avait expliqué que le calcaire de la région était autrefois exploité. Il aurait dû sur-le-champ lui demander des précisions, pensa Lincoln, et en particulier s'il existait une carrière à proximité. La présence des nitrates ne témoignait pas de la fabrication d'une bombe artisanale, mais du dynamitage de la roche ; en effet, ce genre de résidu ne s'élimine pas avant des décennies.

« Il y a une carrière abandonnée non loin de vous. Au sud-ouest. »

Une pause. Des paroles inaudibles. Enfin, Amelia annonça :
« C'est bon, Jesse la connaît.

– Garrett s'y est arrêté, affirma Lincoln. Je ne sais pas s'il y est encore. Alors, reste vigilante. Et rappelle-toi : il ne pose pas de bombes, mais il tend des pièges dangereux. Tu me préviens dès que tu as quelque chose, OK ? »

Maintenant qu'ils avaient quitté l'Extérieur, Lydia ne souffrait plus autant de la chaleur et de la fatigue. Mais elle devait affronter l'Intérieur, qui se révélait tout aussi effrayant.

Son ravisseur allait et venait devant elle, s'arrêtait brusquement près de la fenêtre, puis s'accroupissait d'un coup ; il faisait cliqueter ses ongles, parlait tout seul, la lorgnait d'un air lubrique, puis recommençait à arpenter les lieux. À un certain moment, il ramassa quelque chose sur le sol, fourra sa trouvaille dans sa bouche et mastiqua avec voracité. À la pensée qu'il s'agissait peut-être d'un insecte, Lydia faillit vomir.

Ils se trouvaient dans ce qui ressemblait à l'ancien local administratif de la minoterie. De l'endroit où elle était, Lydia apercevait un couloir en partie détruit par le feu, qui donnait sur une autre enfilade de pièces – sans doute la réserve de grains et les salles réservées aux opérations de meunerie. La lumière éblouissante de l'après-midi pénétrait à flots dans le corridor, illuminant les murs et le plafond noircis.

Soudain, une tache orange attira son attention. Plissant les yeux, Lydia distingua des sachets de Doritos, ainsi que des chips Cape Cod et des barres chocolatées Reese. Et aussi d'autres sachets de ces crackers au fromage et au beurre de cacahouètes que Garrett lui avait montrés dans la carrière. Il y avait également des sodas et de l'eau minérale. Elle n'avait rien vu de tout cela en pénétrant dans le moulin.

Pourquoi toutes ces provisions ? se demanda-t-elle. Combien de temps allaient-ils rester ici ? Garrett avait parlé d'une nuit, mais apparemment, il avait accumulé suffisamment de réserves pour tenir un mois entier. Comptait-il la séquestrer aussi longtemps ?

« Est-ce que Mary Beth va bien ? s'enquit-elle. Tu lui as fait du mal ?

– Parce que t'imagines que je pourrais lui faire du mal? Ben, tu te trompes, figure-toi... »

Lydia détourna la tête et s'absorba dans la contemplation des rayons de soleil qui traversaient les ruines du couloir. Une sorte de grincement lui parvenait des pièces suivantes – produit par la roue du moulin, devina-t-elle.

« Si je l'ai enlevée, c'est pour une seule raison, poursuivit Garrett. Je voulais la protéger. Elle avait envie de partir de Tanner's Corner. Elle aime bien la plage, Mary Beth. Je veux dire, merde, comme tout le monde, non? C'est mieux que ce trou à rats de Tanner's Corner. »

Il faisait cliqueter ses ongles de plus en plus vite et de plus en plus fort, à présent. Il semblait agité, nerveux. De ses grosses mains, il ouvrit un sachet de chips, puis en engloutit des poignées entières, prenant à peine le temps de mâcher, laissant tomber de ses lèvres quantité de miettes. Il avala ensuite une boîte de Coca-Cola, avant de se jeter de nouveau sur les chips.

« Ce bâtiment a brûlé y a deux ans, expliqua-t-il. Je sais pas qui a fait le coup. T'aimes bien ce bruit? Celui de la roue? Moi, je le trouve chouette. Il me rappelle cette chanson que mon père chantait tout le temps chez nous. *La grand-roue tourne et tourne encore...* »

Il enfourna une nouvelle fois de la nourriture, puis reprit la parole. Comme il avait la bouche pleine, Lydia ne comprit pas tout de suite ce qu'il disait. Enfin, il déglutit.

« ... des tas. Si tu passes la nuit dans le coin, t'entends les cigales et les ouaouarons – tu sais, les grosses grenouilles-taureaux. Quand je vais jusqu'à l'océan, comme maintenant, en général je m'arrête ici pour dormir. Tu verras, ça te plaira aussi et... »

Il s'interrompit brusquement, puis se pencha vers elle. Trop effrayée pour le regarder, Lydia garda les yeux baissés, mais devina qu'il l'observait avec attention. Et soudain, il bondit, avant de s'accroupir tout près d'elle.

Lydia tressaillit, dégoûtée par l'odeur de saleté qui émanait de lui. D'un moment à l'autre, elle s'attendait à sentir les mains de Garrett sur ses seins, entre ses jambes...

Mais il ne s'intéressait pas à elle, apparemment. Il écarta une pierre, avant de saisir délicatement quelque chose sur le sol.

« Un mille-pattes », annonça-t-il.

Garrett souriait. La créature était longue, d'un vert tirant sur le jaune, et cette seule vue suffit à soulever le cœur de Lydia.

139

« J'aime bien quand ils se promènent sur ma peau. Ils sont super. »

Il laissa la bestiole grimper sur sa main et son poignet.

« En fait, ce sont pas des insectes, expliqua-t-il. Ils se rapprochent plutôt des cousins, et ils sont dangereux que si t'essaies de leur faire du mal. Là, ils deviennent vraiment méchants. Autrefois, les Indiens les réduisaient en bouillie, et ils en enduisaient la pointe de leurs flèches. Quand un mille-pattes a la trouille, il balance son poison et se tire à toute vitesse. Si un prédateur entre en contact avec cette substance, il crève tout de suite. Sympa, hein ? »

Il se tut pour mieux observer le myriapode – d'une manière qui rappela à Lydia la façon dont elle-même regardait sa nièce et son neveu : avec tendresse, avec amusement, presque avec amour.

Un sentiment d'horreur la gagnait peu à peu. Il lui fallait rester calme, essayer de jouer le jeu de Garrett, elle le savait, et par-dessus tout, éviter de le mettre en colère. Mais devant le spectacle qu'offraient cette bestiole répugnante sur son bras, les plaques rouges et à vif sur sa peau, ses yeux larmoyants et injectés de sang, elle céda à la panique.

Et alors même que la répulsion et la peur la submergeaient, Lydia crut entendre une voix murmurer à son oreille : « Oui ! Oui ! Oui ! » Une voix qui ne pouvait appartenir qu'à son ange gardien.

Oui, oui, oui !

Elle roula sur le dos. Garrett leva les yeux, souriant toujours à cause des sensations procurées par les mouvements de l'animal sur sa peau, mais néanmoins intrigué par l'attitude de sa prisonnière. Alors, Lydia rassembla ses forces pour projeter vers lui ses deux pieds. Elle avait des jambes solides, habituées à supporter son poids pendant huit heures d'affilée à l'hôpital, et sous l'impact, Garrett fut propulsé en arrière. Avec un bruit sourd, il se cogna la tête contre le mur d'en face, puis s'effondra par terre, à moitié assommé. Avant de pousser un cri de douleur perçant, et de saisir son bras ; le mille-pattes avait dû le piquer.

Oui ! songea Lydia, triomphante, avant de se redresser.

Elle se releva tant bien que mal, puis s'élança vers la salle de mouture au bout du couloir.

12

D'APRÈS JESSE CORN, ils étaient presque arrivés à la carrière. « C'est à cinq minutes d'ici », précisa-t-il à l'intention d'Amelia. Puis, après quelques secondes d'un débat intérieur évident, il ajouta :

« Écoutez, je voulais vous dire... Tout à l'heure, quand vous avez dégainé au moment où ce dindon sortait des buissons. Et aussi, à Blackwater Landing, quand Rich Culbeau nous a surpris... C'était... ben, c'était quelque chose. Vous savez planter un clou, à ce qui semble. »

Amelia tenait du cousin Roland que l'expression « planter un clou », dans le Sud, signifiait « tirer ».

« C'est un de mes hobbies, admit-elle.

— Sans blague !

— Oh, c'est plus facile que de courir, et ça revient moins cher que de s'inscrire à un club de gym.

— Et vous... vous faites de la compétition ?

— Oui. J'appartiens au North Shore Pistol Club, à Long Island.

— Ça alors ! s'exclama-t-il, à la fois enthousiaste et impressionné. Vous participez aux concours de la NRA[1] ?

— Exact.

— C'est aussi ma spécialité ! Enfin, le skeet et le ball-trap aussi, bien sûr. Mais je préfère les armes de poing. »

Pareil pour moi, songea Amelia, qui préféra toutefois ne pas trop insister sur les points communs qui existaient entre elle et un Jesse Corn énamouré.

---

1. National Rifle Association : association de chasseurs et de collectionneurs d'armes à feu fondée en 1871. Elle regroupe aujourd'hui plusieurs millions de membres. (*N.d.T.*)

« Vous utilisez vos propres munitions ? demanda-t-il.

– Mouais. Du moins, les balles de calibre .38 et .45. Mais je ne touche pas au percuteur, évidemment. Éliminer les bulles d'air, ça, c'est un sacré problème.

– Quoi ? Me dites pas que vous fabriquez vous-même vos balles !

– Hé si, répondit-elle en se remémorant tous ces dimanches où les appartements voisins sentaient les gaufres et le bacon, alors que le sien était imprégné de l'odeur particulière du plomb fondu.

– Pas moi, poursuivit-il d'un air contrit. Je les achète pour les concours. »

Ils avancèrent encore quelques minutes en silence, les yeux fixés sur le sol, redoutant d'autres pièges sous leurs pieds.

« Ben, reprit soudain Jesse avec un sourire timide, en écartant de son front moite ses cheveux blonds. Je pourrais vous montrer le mien... »

Comme Amelia lui jetait un coup d'œil perplexe, il s'empressa d'ajouter :

« Enfin, je... C'est quoi, votre meilleur score ? Sur le circuit Bullseye ? »

La voyant hésiter, il insista :

« Allez, vous pouvez bien me répondre. C'est qu'un jeu... Et puis, je fais de la compétition depuis dix ans. Je dois avoir un peu d'avance sur vous.

– Deux mille sept cent.

– Voilà, c'est ce que je voulais dire : trois pistolets, neuf cents points maximum pour chaque. Alors, c'est quoi, votre meilleur score ?

– Non, deux mille sept cent, c'est mon score », précisa-t-elle, avant de grimacer lorsque l'arthrite se réveilla brusquement dans ses jambes raides.

Jesse la regarda comme s'il croyait à une plaisanterie. Constatant qu'elle ne s'esclaffait pas, qu'elle ne souriait même pas, il laissa échapper un petit rire bref.

« C'est un score parfait, ça !

– Oh, je ne l'atteins pas à chaque match... Mais vous m'avez demandé quel était mon meilleur résultat.

– Je, euh... bredouilla Jesse, les yeux écarquillés. J'avais encore jamais rencontré quelqu'un qui ait réussi un deux mille sept cent.

– Ben, ça y est ! lança Ned en gloussant. Mais t'inquiète pas, Jess, c'est qu'un jeu.

– La vache », conclut Jesse, à l'évidence éberlué.

Elle aurait dû mentir, songea Amelia. Car cette information sur ses prouesses balistiques semblait renforcer l'admiration de Jesse à son égard.

« Quand tout sera terminé, reprit-il, et que vous aurez du temps libre, on pourrait peut-être aller au club de tir, tous les deux, histoire de se dérouiller un peu la main ? »

Mieux vaut encore partager une boîte de Winchester calibre .38 que s'attabler devant un café en écoutant combien il est difficile de rencontrer des filles à Tanner's Corner, conclut Amelia.

« On avisera le moment venu, répondit-elle prudemment.

– OK, je considère que c'est un rendez-vous, lança-t-il, employant le mot qu'elle avait espéré ne pas entendre.

– Là-bas, intervint soudain Lucy. Regardez ! »

Ils s'arrêtèrent à la lisière de la forêt. La carrière s'étendait devant eux.

Amelia fit signe à ses collègues de se baisser. Dieu que c'était douloureux, pensa-t-elle une nouvelle fois. Elle prenait quotidiennement de la condroitine et de la glucosamine, mais la chaleur et l'humidité ambiantes mettaient à mal ses pauvres articulations. S'efforçant d'ignorer les élancements dans ses genoux, elle observa la vaste excavation – deux cents mètres de large sur environ trois cents mètres de profondeur. Les parois avaient la couleur jaunâtre des vieux ossements, et elles tombaient directement dans un bassin dont les eaux vertes, saumâtres, dégageaient une odeur pestilentielle. Sur vingt mètres alentour, la végétation avait connu une mort violente.

« Restez à l'écart de l'eau, murmura Lucy. C'est une vraie cochonnerie. Juste après la fermeture de la carrière, les gosses du coin venaient nager ici. Mon neveu, le plus jeune frère de Ben, les a accompagnés une fois. Mais je lui ai montré la photo prise par le légiste quand ils ont repêché le corps de Kevin Dobbs, qui avait séjourné là-dedans une bonne semaine, et il y est plus jamais retourné.

– Il me semble que c'est la méthode recommandée par le docteur Spock », commenta Amelia.

Lucy éclata de rire.

Et de nouveau, Amelia songea aux enfants.

Non, pas maintenant, pas maintenant...

Dans sa poche, son téléphone portable vibra. En approchant de la carrière, elle avait coupé la sonnerie. Elle décrocha.

« Amelia ? grésilla la voix de Lincoln. Où es-tu ?

– Au bord de la carrière.

– Vous l'avez repéré ?

– On vient d'arriver. Pour le moment, rien à signaler. On va commencer à explorer le site. Tous les bâtiments ont été démolis, et je ne vois pas où il pourrait se cacher. Mais il y a des dizaines d'endroits où il a pu poser des pièges.

– Amelia..., commença-t-il d'un ton grave.

– Oui ?

– Il faut que je te dise quelque chose. Le centre médical m'a envoyé les résultats de l'analyse génétique et sérologique pratiquée sur ce Kleenex que tu as trouvé sur la scène du crime, ce matin.

– Et ?

– C'était bien le sperme de Garrett. Quant au sang, il appartient à Mary Beth.

– Il l'a violée...

– Sois prudente, Amelia, mais dépêche-toi. Je ne pense pas que Lydia ait encore beaucoup de temps à vivre. »

Elle s'était réfugiée dans un grand silo sombre, crasseux, utilisé autrefois pour entreposer le grain.

Les mains derrière le dos, toujours étourdie par la chaleur et les effets de la déshydratation, Lydia avait couru le long du couloir ensoleillé pour s'éloigner le plus possible de l'endroit où Garrett se contorsionnait de douleur, et elle s'était glissée dans cette cachette sous la salle de mouture. Lorsqu'elle s'y était faufilée, une dizaine de souris lui avait grimpé sur les pieds, et elle avait dû faire appel à toute sa volonté pour ne pas hurler.

À présent, elle guettait les pas de Garrett par-delà les grincements de la roue en mouvement.

La panique la gagnait, et elle en venait presque à regretter son initiative téméraire. Pour autant, il ne lui était pas possible de rebrousser chemin. Comme elle avait blessé Garrett, il allait sans aucun doute chercher à se venger. À lui faire très mal. Ou pis encore. Elle n'avait d'autre solution que d'essayer de s'échapper.

Non, songea-t-elle aussitôt. Elle ne devait pas raisonner ainsi. D'après l'un des commandements de ses anges, le verbe

« essayer » n'existait pas. On agissait, ou on n'agissait pas. Elle n'allait pas *essayer de* s'enfuir ; elle *allait* s'enfuir. Il lui fallait avoir la foi.

L'œil collé à un interstice dans la trappe du silo, elle entendit Garrett arpenter l'une des salles proches, ouvrir à la volée les portes des réservoirs à grain et des placards en parlant tout seul. Lydia avait espéré qu'il la croirait sortie par le mur écroulé du couloir en ruine, mais à en juger par sa progression méthodique, il la savait encore dans le bâtiment. Elle ne pouvait pas rester plus longtemps dans sa cachette, car il allait forcément la retrouver. De nouveau, elle regarda par la fente de la trappe puis, ne voyant rien, elle se glissa hors de son refuge avant de se précipiter vers la pièce voisine ; par chance, ses chaussures blanches étouffèrent le bruit de sa course. La seule issue qui se présenta alors à elle était un escalier qui conduisait au premier. Le souffle court, elle le gravit tant bien que mal ; incapable de s'aider de ses mains, elle se cogna contre les murs et la rampe de fer forgé.

La voix de Garrett s'éleva alors dans le couloir :

« Il m'a piqué à cause de toi ! hurla-t-il. Ça fait mal, bordel ! Ça fait mal ! »

Dommage qu'il t'ait pas piqué l'œil ou la bite, pensa-t-elle en montant toujours les marches. Je t'emmerde je t'emmerde je t'emmerde !

Soudain, elle l'entendit ouvrir les portes des placards en bas, accompagnant ses recherches de gémissements gutturaux. Elle avait l'impression d'entendre le sinistre cliquètement de ses ongles.

Frissons de panique pure. Sensation de nausée.

La pièce en haut de l'escalier, immense, était dotée de nombreuses fenêtres donnant sur la partie brûlée du moulin. Elle comportait également une porte, que Lydia poussa, pour déboucher dans la salle de mouture dont deux grosses meules occupaient le centre. Le mécanisme en bois était pourri ; le bruit qu'elle avait entendu ne provenait pas des pierres, mais de la roue hydraulique alimentée par le ruisseau dont on avait dévié le cours. Elle tournait toujours, lentement, charriant une eau couleur de rouille qui retombait en cascade dans une fosse étroite, apparemment insondable, évoquant un puits. Lydia eut beau regarder, elle n'aperçut pas le fond. Sans doute communiquait-il avec le bassin voisin...

« Stop ! » ordonna Garrett.

Elle sursauta, saisie par la colère dans sa voix. Garrett se tenait sur le seuil. Il avait les yeux rouges, écarquillés, et il serrait contre son torse son bras blessé sur lequel était apparue une grosse ecchymose jaune et noir.

« Il m'a piqué à cause de toi, répéta-t-il dans un murmure, en dardant sur elle un regard chargé de haine. Et il est mort. Tu m'as obligé à le tuer ! Je voulais pas, mais tu m'y as forcé ! Maintenant, grouille-toi de redescendre. Va falloir que je t'attache aussi les jambes. »

Sur ces mots, il s'avança vers elle.

Lydia contemplait le visage osseux de son ravisseur, ses sourcils qui se rejoignaient, ses mains énormes, ses yeux flamboyants de colère, quand un flot d'images déferla dans son esprit : un patient atteint du cancer agonisant lentement ; Mary Beth McConnell retenue prisonnière quelque part ; Garrett engloutissant des chips par poignées ; le mille-pattes filant sur le sol ; les ongles en train de cliqueter ; l'Extérieur ; ses longues nuits solitaires, à attendre désespérément le bref coup de téléphone de son petit ami ; les fleurs qu'elle avait apportées à Blackwater Landing, presque contre son gré...

Tout cela était trop dur pour elle.

« Attends », répliqua-t-elle posément.

Garrett cilla, surpris. Et s'immobilisa.

Elle lui sourit, comme elle aurait souri à un malade en phase terminale puis, les mains toujours entravées, elle adressa un adieu silencieux à son petit ami et plongea tête la première dans l'obscurité de la fosse.

Dans la lunette de visée télescopique high-tech, Mason avait en ligne de mire les épaules de la rouquine.

Sacrée crinière, songea-t-il.

Avec Nathan Groomer, ils avaient pris position sur un monticule surplombant l'ancienne carrière Anderson Rock Products. À une centaine de mètres de la patrouille de recherche.

Soudain, Nathan formula à haute voix la conclusion à laquelle il avait dû parvenir une demi-heure plus tôt.

« On n'est pas là pour Rich Culbeau, hein ?

— Non. Enfin, pas vraiment.

— Comment ça, pas vraiment ?

— Culbeau traîne dans le coin. Avec Sean O'Sarian...

146

— Merde, ce gars-là, il est plus terrifiant que deux Culbeau réunis.

— C'est pas moi qui vais te contredire. En plus, Harris Tomel est sûrement de la partie. Mais pour l'instant, on s'en balance. »

Nathan reporta son attention sur les officiers dans la carrière.

« Mouais, j'ai l'impression. Mais pourquoi tu vises Lucy avec mon fusil ? »

Au bout de quelques minutes, Mason lui rendit le Ruger M77.

« Parce que j'ai pas apporté mes foutues jumelles, grommela-t-il. De toute façon, c'était pas Lucy que je regardais. »

Ils se déplacèrent le long de la crête. Mason pensait à la rouquine. À la jolie Mary Beth McConnell. À Lydia aussi. Et à la façon dont la vie ne tourne pas toujours comme on le souhaiterait. Il savait, entre autres choses, qu'il aurait dû occuper aujourd'hui un rang supérieur s'il avait formulé autrement sa demande de promotion. Tout comme il aurait dû réagir de manière différente lorsque Kelley l'avait quitté pour ce chauffeur de camions, cinq ans plus tôt, et surtout, réagir d'une autre manière vis-à-vis de leur mariage *avant* qu'elle ne parte.

De même, il aurait dû aborder sous un autre angle la première affaire impliquant Garrett Hanlon. Quand Meg Blanchard s'était réveillée de sa sieste pour découvrir des dizaines de frelons massés sur sa poitrine, son visage, ses bras... Cent trente-sept piqûres et une mort d'une abominable lenteur.

À présent, il payait toutes ces erreurs au prix fort. Son existence se réduisait désormais à une succession de journées monotones passées à se tourmenter, assis sur sa véranda où il buvait plus que de raison, incapable de rassembler l'énergie nécessaire pour mettre son bateau sur la Paquo et partir pêcher la perche ; à tenter désespérément de trouver le moyen de réparer l'irréparable ; à...

« Bon, tu peux m'expliquer ce qu'on fabrique ici ? demanda Nathan.

— On cherche Culbeau.

— Mais tu viens de dire que... » Le policier s'interrompit puis, comme Mason ne répondait pas, il poussa un profond soupir.

« La baraque de Culbeau, qu'on est censés surveiller, est à neuf ou dix kilomètres, et nous, on se retrouve au nord de la Paquo, moi avec mon fusil et toi avec tes petits secrets.

– Ce que j'essaie de t'expliquer, c'est qu'au cas où Jim nous poserait des questions, on cherche Culbeau. Tu piges ?

– Alors qu'en réalité, on fait quoi... ? »

Nathan Groomer était capable de tailler un arbre à cinq cents mètres de distance avec son Ruger. Il était capable, en moins de trois minutes, de charmer un conducteur rond comme une barrique pour le convaincre de sortir de sa voiture. Il était capable de sculpter des appeaux qui iraient sans doute chercher dans les cinq cents dollars chacun s'il tentait un jour de les vendre. Mais ses talents et son ingéniosité n'allaient guère au-delà.

« On va coincer ce gamin, affirma Mason.

– Garrett ?

– Ben oui, Garrett. Qui d'autre ? Ils vont le débusquer pour nous, ajouta-t-il en montrant de la tête ses collègues dans la carrière. Et nous, on va l'avoir.

– T'entends quoi au juste par "on va l'avoir" ?

– Tu vas le descendre, Nathan. Comme un lapin.

– Le descendre ?

– Exactement.

– Eh là, une minute. Il est pas question que je foute en l'air mon avenir parce que toi, t'en as après ce gamin.

– T'occupe pas de ton avenir, Nathan. Pour l'instant, t'as un boulot. Et si t'as envie de le garder, je te conseille de m'écouter. Tu sais, je lui ai parlé. À Garrett. Au sujet de tous ces gens qu'il a tués.

– Ah bon ? Remarque, ça m'étonne pas.

– Et tu sais ce qu'il m'a dit ?

– Non. Quoi ? »

Mason s'efforçait de déterminer si ce qu'il s'apprêtait à raconter était crédible. Puis, se rappelant la concentration obstinée de Nathan lorsqu'il passait des heures à poncer le dos d'un canard en bois, oublieux de tout le reste, il prétendit :

« Garrett m'a dit qu'en cas de nécessité, il hésiterait pas à buter un représentant de la loi.

– Lui ? Il a dit ça ?

– Mouais. Et en me regardant droit dans les yeux, en plus ! Il a même ajouté que ce serait un plaisir pour lui. Il espérait bien que ce serait moi, mais de toute façon, il est prêt à descendre n'importe quel flic.

– Le petit fumier ! T'en as parlé à Jim ?

– Évidemment, qu'est-ce que tu crois ? Mais il a laissé

courir. J'aime bien Jim Bell, tu l'ignores pas. Le problème, c'est qu'il se préoccupe plus de garder son boulot pépère que de bosser vraiment ! »

Lorsque Nathan acquiesça de la tête, Mason fut surpris de la facilité avec laquelle il avait gobé cette histoire ; de toute évidence, son collègue ne voyait pas d'autre raison pour laquelle lui-même *en avait après ce gamin*.

« Garrett, il a un flingue ? demanda Nathan quelques instants plus tard.

— J'en sais rien. Mais réfléchis : c'est si difficile que ça de se procurer une arme en Caroline du Nord ? L'expression "tombé du camion", ça te dit quelque chose ?

— C'est vrai.

— Tu comprends, Lucy et Jesse, et même Jim, sont pas en mesure d'apprécier ce gamin comme moi.

— Comment ça, de l'apprécier ?

— De mesurer le danger qu'il représente.

— Oh.

— Il a tué trois personnes jusque-là, et il est sûrement responsable de la mort du petit Todd Wilkes. S'il l'a pas lui-même assassiné, il l'a poussé à se suicider, ce qui revient au même. Et cette gamine piquée par les frelons – Meg, tu te rappelles ? T'as vu les photos de sa figure, après l'attaque ? Et puis, pense à Ed Schaeffer. Toi et moi, on buvait encore un coup avec lui la semaine dernière. Aujourd'hui, il est à l'hosto, et peut-être qu'il se réveillera jamais.

— Mais c'est pas comme si j'étais un sniper ni rien, Mase. »

Mason Germain ignora l'intervention.

« Tu sais ce que le juge va décider, Nathan ? Garrett a seize ans. Tout le monde va dire : "Le pauvre. Ses parents sont morts. On va le mettre en centre de réadaptation." Résultat, il sera dehors dans six mois, un an maximum, et il recommencera. Il liquidera un autre footballeur qui aurait pu entrer à la fac, ou une gosse innocente qui avait jamais fait de mal à personne.

— Mais...

— Crois-moi, Nathan, tu rends service à Tanner's Corner.

— C'est pas ce que j'allais dire. Tu comprends, si on le descend, on n'a plus aucune chance de retrouver Mary Beth. Y a que lui qui sait où elle est. »

Mason ponctua cette remarque d'un petit rire sans joie.

« Mary Beth, hein ? Parce que tu crois qu'elle est encore en vie ? Sûrement pas. Garrett l'a violée et tuée, et il l'a enterrée dans un trou quelque part. À mon avis, c'est plus la peine de s'inquiéter pour elle. Notre boulot, maintenant, c'est de s'assurer que ça arrive pas à quelqu'un d'autre. Alors, tu marches avec moi ? »

Nathan garda le silence, mais le claquement des longues balles chemisées de cuivre qu'il logeait dans le chargeur de son fusil apporta une réponse plus que satisfaisante à la question de Mason.

DEUXIÈME PARTIE

La biche blanche

13

U<small>N GROS NID</small> de frelons était visible derrière la fenêtre.

Le front pressé contre la vitre crasseuse de sa prison, Mary Beth McConnell, épuisée, ne le quittait pas des yeux.

Dans cet endroit horrible, c'était surtout le spectacle de ce nid grisâtre, luisant d'humidité et répugnant, qui la rendait consciente de son impuissance. Beaucoup plus que les barreaux soigneusement scellés par Garrett, que la lourde porte de chêne fermée par trois énormes verrous, ou le souvenir de la terrible marche depuis Blackwater Landing en compagnie du Cafard.

Le nid, en forme de cône dont la pointe était dirigée vers le sol, reposait sur la fourche d'une branche que Garrett avait calée contre la fenêtre. Sans doute devait-il abriter des centaines de créatures jaune et noire semblables à celles qui entraient ou sortaient par le trou à l'extrémité.

Ce matin-là, quand Mary Beth s'était réveillée, Garrett avait disparu. Elle était restée au lit encore une heure – toujours étourdie et nauséeuse à la suite du méchant coup qu'elle avait reçu à la tête la veille au soir – puis, rassemblant ses forces, elle s'était redressée tant bien que mal pour explorer les lieux. La première chose qu'elle avait alors remarquée, c'était le nid de l'autre côté de la fenêtre du fond, près de la chambre.

Les guêpes n'étaient pas venues là toutes seules ; Garrett les y avait amenées. Au début, Mary Beth s'était demandé pourquoi il avait fait une chose pareille. Mais un peu plus tard, avec un profond sentiment de désespoir, elle avait compris la signification de ce geste : son ravisseur l'avait placé là en signe de victoire.

Férue d'histoire, Mary Beth McConnell savait ce qu'il en était de la guerre et des armées victorieuses. Les drapeaux et autres étendards ne servaient pas seulement à identifier tel ou tel camp ; ils indiquaient également aux vaincus qui était désormais leur maître.

Or, Garrett avait gagné.

Ou plutôt, il avait remporté une bataille. Pour autant, l'issue de la guerre n'était pas encore déterminée.

Mary Beth porta la main à l'entaille sur sa tempe. Sous la violence du choc, des lambeaux de peau avaient été arrachés. Elle se demanda si la blessure risquait de s'infecter.

Après avoir déniché un élastique dans son sac à dos, elle avait rassemblé en queue de cheval ses longs cheveux bruns. La sueur lui coulait dans la nuque, sa gorge la brûlait tant elle avait soif. La chaleur étouffante qui régnait dans cet endroit clos la suffoquait, et elle songea un instant à enlever son épaisse chemise en jean – craignant les araignées et les serpents, elle mettait toujours des hauts à manches longues lorsqu'elle partait en exploration parmi les broussailles ou les grandes herbes –, mais elle décida en fin de compte de la garder. Après tout, elle ignorait quand son kidnappeur serait de retour ; or, elle ne portait que son soutien-gorge de dentelle rose sous sa chemise, et Garrett Hanlon n'avait certainement pas besoin d'encouragements dans ce domaine-là.

Après un dernier coup d'œil à l'affreux nid, Mary Beth s'éloigna de la vitre pour faire une nouvelle fois le tour de la maison, au cas où une issue lui aurait échappé. Il s'agissait d'une construction solide apparemment très ancienne, avec d'épaisses cloisons faites de gros rondins cloués à de larges planches. La fenêtre à l'avant donnait sur une vaste prairie délimitée par une forêt une centaine de mètres plus loin. La cabane elle-même se dressait au milieu d'un épais bosquet. Quand elle regardait par la fenêtre du fond – celle des frelons –, Mary Beth distinguait tout juste à travers les troncs la surface miroitante de l'étang qu'ils avaient contourné la veille pour arriver jusqu'ici.

Les trois pièces à l'intérieur, quoique de proportions modestes, étaient d'une propreté étonnante. Dans le salon se trouvaient un long canapé brun et or, plusieurs vieilles chaises disposées autour d'une table de cuisine, ainsi qu'une seconde table couverte de bouteilles de jus de fruit au goulot protégé par du grillage et remplies d'insectes capturés par Garrett. La deuxième pièce contenait un matelas et une commode. La troisième était vide, à l'exception de plusieurs pots de peinture marron posés dans un coin ; manifestement, Garrett avait repeint l'extérieur de la cabane peu de temps auparavant. Pourquoi avoir choisi une couleur aussi foncée, aussi déprimante ? se demanda Mary Beth, avant de s'apercevoir que c'était exactement la nuance des troncs alentour. Technique de camouflage..., songea-t-elle. Elle se dit alors, comme la veille, que l'adolescent était beaucoup plus rusé, et donc beaucoup plus dangereux qu'elle ne l'avait imaginé.

Dans le salon, elle découvrit également des réserves de nourriture : nombre de paquets de chips et autres cochonneries du même genre, conserves de fruits et de légumes – tous de la marque Farmer John. L'étiquette montrait un fermier souriant, flegmatique ; une image aussi démodée que la Betty Crocker des années 50. Mais Mary Beth eut beau fouiller partout à la recherche d'eau minérale ou de soda, elle ne trouva rien à boire. À l'intérieur des conserves, les fruits et les légumes trempaient dans du jus, elle le savait ; malheureusement, elle ne dénicha ni ouvre-boîte ni aucun ustensile ou outil permettant de les ouvrir. Et si elle avait gardé son sac à dos, son matériel d'archéologie en revanche était resté à Blackwater Landing. Elle tenta bien de fendre le métal en le tapant contre l'angle d'un table, mais sans résultat.

Une trappe dans le plancher de la pièce principale donnait accès à une cave. Mary Beth la souleva pour jeter un coup d'œil à l'intérieur tandis que des frissons de dégoût la parcouraient, lui donnant la chair de poule. La veille au soir, lorsque Garrett s'était absenté, elle avait rassemblé son courage pour descendre les marches branlantes jusqu'au sous-sol bas de plafond, où elle avait cherché une éventuelle sortie. Mais il n'y en avait pas ; elle n'avait vu que des dizaines de cartons, de bocaux et de sacs poussiéreux.

Elle n'avait pas entendu Garrett rentrer, et tout d'un coup, il avait dévalé l'escalier pour se ruer vers elle. Affolée, elle avait poussé un grand cri et essayé de lui échapper, mais tout ce dont elle se souvenait ensuite, c'était d'avoir repris conscience par terre, la poitrine et les cheveux éclaboussés de sang, alors que Garrett s'approchait d'elle lentement, empestant la crasse, puis la prenait dans ses bras, les yeux fixés sur ses seins. Lorsqu'il l'avait soulevée pour la porter jusqu'en haut des marches, sourd à ses protestations, elle avait senti contre elle son pénis durci et...

Non ! s'ordonna-t-elle. N'y pense pas.

155

Ne pense pas non plus à la douleur. Ni à la peur.

Si elle avait été terrifiée la veille en sa présence, elle redoutait presque autant maintenant qu'il ne l'oublie. Voire qu'il soit tué dans un accident ou abattu par les hommes du shérif lancés sur leur piste. Alors, elle mourrait de soif. Elle se souvenait encore d'un projet sponsorisé par une société historique de Caroline du Nord, sur lequel elle avait travaillé avec son directeur de recherche : l'exhumation d'un corps reposant dans une tombe du XIXe siècle afin de procéder à une analyse génétique qui permettrait de déterminer s'il s'agissait bien d'un descendant de Sir Francis Drake, comme le prétendait la rumeur populaire. Quand ils avaient soulevé le couvercle, Mary Beth avait constaté avec horreur que les bras du cadavre étaient dressés et qu'il y avait des marques de griffures à l'intérieur de la bière. L'homme avait été enterré vivant.

Cette cahute allait devenir son cercueil, se dit-elle. Et personne...

Eh, mais qu'est-ce que c'était ? En regardant par la fenêtre, il lui avait semblé détecter un mouvement au loin, à la lisière de la forêt. À travers les branches et les feuilles, elle crut reconnaître la silhouette d'un homme. Parce que ses vêtements et son large chapeau paraissaient sombres, et parce qu'une impression d'assurance émanait de sa posture et de sa démarche, elle songea : Il a l'air d'un missionnaire en pleine jungle.

Et pourtant... Y avait-il vraiment quelqu'un dans les bois ? Ou n'était-ce qu'une illusion née d'un reflet de lumière sur les arbres ? Elle n'avait aucun moyen de le savoir.

« Ohé, par ici ! » hurla-t-elle.

La fenêtre était verrouillée, hélas, et de toute façon, même si elle avait été ouverte, l'homme ne l'aurait sans doute pas entendue à cette distance, raisonna Mary Beth, dont la gorge desséchée ne laissait filtrer qu'un filet de voix.

Elle attrapa son sac à dos dans l'espoir d'y retrouver le sifflet que sa paranoïaque de mère lui avait acheté afin de se protéger. Sur le moment, Mary Beth avait éclaté de rire – un sifflet pour se défendre contre les agressions à Tanner's Corner ? –, mais à présent, elle fouillait fébrilement parmi ses affaires pour essayer de mettre la main dessus.

Mais le sifflet avait disparu. Sans doute Garrett l'avait-il subtilisé lorsqu'elle gisait, inconsciente, sur le matelas ensanglanté. Eh bien, elle allait tout de même crier à l'aide, crier le plus fort possible malgré sa trachée déshydratée. Forte de cette résolution, elle saisit l'un des bocaux à insectes avec l'intention de le projeter contre la vitre. Elle prenait déjà son élan, tel un joueur de base-ball se préparant à lancer la balle, quand soudain, elle laissa retomber son bras. Non ! Le Missionnaire était parti. À l'endroit où elle pensait l'avoir vu, il n'y avait plus que le tronc sombre d'un saule et un laurier oscillant sous la brise chaude.

Après tout, rien ne prouvait qu'il y avait jamais eu autre chose.

Après tout, rien ne prouvait qu'un homme s'était tenu là.

Pour Mary Beth McConnell – trempée de sueur, paniquée, torturée par la soif – la vérité et la fiction se confondaient désormais, et toutes les légendes qu'elle avait étudiées au sujet de cette étrange région de la Caroline du Nord semblaient devenir réalité. Le Missionnaire n'était peut-être qu'un personnage imaginaire parmi tant d'autres, comme la Dame du lac Drummond...

Ou comme les fantômes du Great Dismal.

Ou comme la Biche blanche des Indiens – un conte qui, de façon inquiétante, ressemblait de plus en plus à sa propre histoire.

Les tempes douloureuses, étourdie par la chaleur, Mary Beth s'allongea sur le canapé moisi et ferma les yeux après avoir contemplé quelques instants les guêpes qui voltigeaient derrière le carreau avant de pénétrer dans leur nid grisâtre – symbole de la victoire remportée par Garret Hanlon.

Lorsqu'elle sentit le fond de la fosse, Lydia poussa de toutes ses forces sur ses pieds pour remonter à l'air libre.

Suffoquant, crachant et toussant, elle émergea dans une mare saumâtre à environ cent cinquante mètres du moulin. Les mains toujours attachées dans le dos, elle voulut remuer les jambes pour rétablir son équilibre, mais ce mouvement lui arracha une grimace de douleur. Elle avait dû se fouler ou se briser la cheville en heurtant une des palettes de la roue hydraulique quand elle avait sauté dans le vide. Or, à cet endroit, il devait y avoir entre un mètre quatre-vingts et deux mètres de profondeur, et si elle ne s'activait pas, c'était la noyade assurée.

Sa cheville était parcourue d'élancements terribles, mais Lydia parvint néanmoins à se maintenir à la surface. Très vite, elle s'aperçut qu'après avoir gonflé ses poumons, elle pouvait se laisser flotter sur le dos, ce qui lui permettait de garder le visage au sec et de se diriger vers la rive avec sa jambe valide.

Elle avait parcouru ainsi un peu plus d'un mètre lorsque quelque chose de froid lui frôla la nuque, puis se glissa autour de sa tête, se dirigeant vers son oreille et sa figure. Un serpent! comprit-elle. Aussitôt, elle se revit au service des urgences le mois précédent, quand on avait amené un homme mordu par un mocassin; son bras avait doublé de volume, et la souffrance le rendait à moitié fou. Elle se retourna brusquement sur le ventre, et le serpent lui effleura la bouche. Mais privée d'air et d'élan, elle sombra, but la tasse et s'étrangla. Elle avait perdu de vue l'animal. Où est-il passé? se demanda-t-elle, affolée. Où? Une morsure au visage risquait de l'aveugler. S'il l'atteignait au niveau de la jugulaire ou de la carotide, elle mourrait.

Où était-il? Au-dessus d'elle? Prêt à frapper?

Je vous en prie, je vous en prie, aidez-moi! cria-t-elle dans sa tête à son ange gardien.

Peut-être ledit ange gardien entendit-il sa prière, car en émergeant de nouveau, elle ne distingua plus la créature. Et enfin, son pied seulement protégé par un collant – elle avait perdu ses chaussures en plongeant – toucha la vase au fond du bassin. Elle s'immobilisa pour essayer de reprendre son souffle et de se calmer. Puis, lentement, elle se hissa jusqu'au sommet de la pente abrupte où la boue, les morceaux de bois pourris et les feuilles mortes en décomposition formaient un tapis glissant qui la ramenait un pas en arrière chaque fois qu'elle réussissait à en faire deux en avant. Attention à l'argile, se remémora-t-elle; elle est capable de t'aspirer comme des sables mouvants.

Au moment où elle sortait de l'eau, une détonation toute proche déchira l'air.

Oh Seigneur, Garrett a un fusil! Il me tire dessus!

Elle se laissa retomber dans la mare et couler sous la surface, où elle se maintint le plus longtemps possible, jusqu'au moment où elle n'eut plus d'autre solution que de remonter. À bout de souffle, elle sortit la tête à l'instant précis où le castor frappait encore une fois l'eau de sa queue, produisant un second claquement sonore. Sur quoi, l'animal se précipita vers son barrage, qui était immense – dans les cinquante mètres de long. Lydia sentit le fou rire nerveux la gagner, mais elle parvint à le réprimer.

Après avoir titubé au milieu de la boue et de la laîche, Lydia s'étendit sur le flanc, haletante, crachant un liquide répugnant. Cinq minutes plus tard, ayant recouvré une respiration normale, elle se redressa en position assise afin d'examiner les environs.

Aucun signe de Garrett. Elle se leva, puis tenta de libérer ses mains, mais le ruban adhésif tenait bon malgré son séjour dans l'eau. De l'endroit où elle était, Lydia apercevait la cheminée noircie. Elle s'orienta, avant de déterminer quelle direction prendre pour retrouver le chemin qui la ramènerait au sud de la Paquo, chez elle. Elle n'en était pas loin ; ses quelques mouvements dans le bassin ne l'avaient pas beaucoup éloignée de la minoterie.

Pourtant, elle ne pouvait se résoudre à bouger.

Elle était littéralement paralysée par la peur, par le désespoir.

Et puis, elle songea à son feuilleton télévisé favori – *Les Anges du bonheur* –, et cette pensée ramena à sa mémoire un autre souvenir : celui de la dernière fois où elle avait regardé l'émission. Celle-ci venait de se terminer, et une publicité apparaissait à l'écran lorsque soudain, la porte de la maison s'était ouverte, livrant passage à son petit ami chargé d'un pack de bières. Comme il n'était pas du genre à lui faire des visites surprise, Lydia avait connu un moment de bonheur indicible. Ce soir-là, ils avaient passé ensemble deux heures fabuleuses. Elle en conclut que son ange gardien lui avait envoyé cette image heureuse pour lui prouver que même quand tout semble perdu, il ne faut pas désespérer.

Se raccrochant à cette pensée, elle avança d'un pas chancelant parmi la laîche et les graminées. Un son guttural s'éleva non loin d'elle. Un faible grognement. Des chats sauvages rôdaient au nord de la Paquo, elle le savait. Des ours aussi, et des sangliers. Pourtant, malgré son boitillement douloureux, Lydia reprit peu à peu confiance et se dirigea vers le chemin avec une assurance grandissante, comme si elle effectuait sa ronde à l'hôpital, prodiguant médicaments, potins et réconfort aux patients confiés à ses soins.

Jesse Corn trouva un sac.

« Là ! Regardez, j'ai quelque chose. Un sac de jute. »

Amelia descendit avec précaution une déclivité rocheuse en bordure de la carrière pour rejoindre le policier ; de la main, celui-ci désignait un objet abandonné sur une saillie calcaire creusée artificiellement dans la paroi. Amelia vit les trous à l'endroit où les mèches avaient percé la façade de pierre terne pour la bourrer de dynamite. Pas étonnant que Lincoln ait identifié autant de nitrates ; ce lieu était un vrai champ de démolition.

Enfin, elle arriva à la hauteur de Jesse.

« Lincoln ? Tu es là ? dit-elle au téléphone.

– Vas-y, je t'écoute. Il y a pas mal de parasites, mais je t'entends.

– On a trouvé un sac, annonça-t-elle, avant de demander à Jesse : Comment vous appeliez ça, tout à l'heure ?

– Un sac de jute. De grosse toile, quoi.

– C'est un vieux sac de toile, répéta-t-elle à l'intention de Lincoln. Apparemment, il n'est pas vide.

– À ton avis, il est à Garrett ? »

Avant de répondre, Amelia étudia le sol pierreux aux alentours, et plus précisément à la jonction avec les parois rocheuses.

« Je reconnais les empreintes de pas de Garrett et de Lydia, déclara-t-elle. Elles vont jusqu'au sommet de la carrière.

– On les suit ? s'enquit Jesse.

– Pas encore, l'informa Amelia. Il faut d'abord qu'on examine le sac.

– Décris-le-moi, intervint Lincoln.

– Grosse toile. Aspect ancien. Cinquante centimètres de large sur soixante-quinze de long. Pas grand-chose à l'intérieur. Il est fermé. Les bords ne sont pas attachés avec un lien, mais seulement rabattus.

– Ouvre-le, mais attention aux pièges. »

Amélia souleva l'un des coins pour pouvoir jeter un coup d'œil à l'intérieur.

« C'est sans danger, Lincoln. »

Lucy et Ned venaient de les rejoindre à leur tour, et tous quatre cernèrent le sac comme s'il s'agissait du corps d'un noyé retiré du bassin au fond de la carrière.

« Qu'est-ce qu'il y a dedans ? »

À peine Amelia avait-elle enfilé ses gants en latex chauffés par le soleil que ses mains se mirent à transpirer et à la picoter.

« Des bouteilles d'eau minérale vides. Marque Deer Park. Pas de prix ni d'étiquettes comportant une référence quelconque. Les emballages de deux paquets de beurre de cacahouètes Planters et de crackers au fromage. Pas d'étiquettes

160

non plus sur les sachets. Tu veux les codes des produits pour reconstituer leur parcours ?

— Si on avait une semaine devant nous, je ne dis pas, murmura Lincoln. Mais non, ne t'occupe pas de ça. Donne-moi plutôt d'autres détails sur le sac.

— Je vois des petites lettres dessus. Mais l'encre a passé, c'est difficile de les lire. Quelqu'un y arrive ? » demanda-t-elle aux autres.

Mais personne ne parvint à déchiffrer l'inscription.

« Une idée de ce qu'il contenait à l'origine ? » s'enquit Lincoln.

Aussitôt, Amelia rouvrit le sac pour en humer l'intérieur.

« Ça sent le renfermé. Il a dû rester longtemps au même endroit. Mais je ne sais pas ce qu'il y avait dedans. »

Elle retourna la toile, puis la frappa avec force du plat de la main. Quelques vieux grains de maïs tout ratatinés tombèrent par terre.

« Du maïs, Lincoln.

— Il y a des fermes, à proximité ? »

Amelia répéta la question à ses collègues.

« Des producteurs de lait, oui, mais pas de céréaliers, répondit Lucy en regardant Ned et Jesse, qui opinèrent.

— Il faut du maïs pour nourrir les vaches, non ? fit remarquer Jesse.

— Bien sûr, mais à mon avis, ce sac provient plutôt d'un magasin d'alimentation pour bétail. Ou d'un entrepôt.

— T'as entendu, Lincoln ?

— Un magasin d'alimentation pour bétail, oui. Je vais consulter Ben et Jim Bell sur ce point. Rien d'autre ? »

Remarquant soudain qu'elle avait les mains toutes noires, Amelia retourna une nouvelle fois la toile.

« On dirait qu'il y a de la suie sur ce sac, Lincoln. Il n'a pas lui-même brûlé, mais on l'a posé sur des trucs carbonisés.

— Tu penses à quoi ?

— Des morceaux de charbon, peut-être. Je pencherais pour du bois calciné.

— OK, je vais l'inscrire sur la liste », déclara Lincoln.

Amelia jeta un coup d'œil aux traces de Garrett et de Lydia.

« On va continuer à suivre leur piste, Lincoln.

— D'accord, je te rappelle dès que j'aurai des réponses.

— Allez, on remonte ! » lança Amelia à l'adresse des autres.

161

Lorsque la douleur dans ses genoux se réveilla, elle leva les yeux vers le bord de la carrière en marmonnant :

« Zut, ça ne m'avait pas paru si haut quand on est arrivés.

– Oh, c'est une règle chez nous : les pentes sont deux fois plus rudes quand on les monte que quand on les descend », lui apprit Jesse Corn, jamais à court d'aphorismes, en s'effaçant poliment pour la laisser s'engager la première sur le sentier étroit.

14

LINCOLN RHYME, ignorant une mouche brillante vert et noir qui voltigeait non loin, observait la troisième liste sur le tableau.

*COMPOSITION DE L'ÉCHANTILLON PRÉLEVÉ
SUR LA SCÈNE DE CRIME SECONDAIRE
CARRIÈRE*

Vieux sac de toile avec inscription illisible	*Eau minérale Deer Park*
	Crackers au fromage Planters
Maïs – alimentation pour bétail ?	
Traces de suie sur le sac	

Les indices les plus inhabituels sont aussi les plus intéressants. Lincoln était toujours heureux lorsqu'il découvrait sur une scène de crime un élément inconnu à première vue. Car pour lui, cela signifiait forcément que s'il parvenait à l'identifier, le nombre de pistes potentielles à suivre serait limité.

Mais dans le cas présent, les pièces à conviction rapportées de la carrière étaient on ne peut plus courantes. Au cas où l'inscription sur le sac aurait été plus nette, évidemment, il aurait pu remonter jusqu'à sa source. Or, elle ne l'était pas. Au cas où les bouteilles d'eau et les sachets de crackers auraient comporté des étiquettes, il aurait pu remonter jusqu'aux magasins qui les vendaient, voire jusqu'à un employé se souvenant de Garrett et capable de leur fournir des indications sur sa destination. Or, il n'y avait rien de ce genre. Quant au charbon de bois, il les orientait vers tous les barbecues organisés dans le comté de Paquenoke. Il ne pourrait donc rien leur apprendre.

Le maïs, en revanche, les aiderait peut-être – Jim Bell et Steve Farr étaient déjà au téléphone, en train d'appeler les magasins d'alimentation pour bétail –, mais au fond, Lincoln doutait que leurs interlocuteurs puissent leur fournir une réponse autre que : « Ben oui, on vend du maïs. Dans des sacs de toile. Comme partout ailleurs. »

Bon sang, il n'avait vraiment aucune maîtrise sur son environnement. Il lui aurait fallu des semaines, et même des mois, pour se familiariser avec cette région.

Mais bien entendu, il ne disposait pas d'un tel délai.

Ses yeux filaient de liste en liste, aussi rapides que les mouvements de la mouche.

COMPOSITION DE L'ÉCHANTILLON PRÉLEVÉ
SUR LA SCÈNE DE CRIME PRIMAIRE
BLACKWATER LANDING

Kleenex taché de sang	Ammoniac
Poussière de calcaire	Détergent
Nitrates	Camphène
Phosphates	

Non, il ne tirerait plus rien de cette liste-là.

Retour aux insectes, décida-t-il.

« Ben ? Apportez-moi cet ouvrage, là-bas, *Le Monde miniature*. Je voudrais y jeter un coup d'œil.

– Bien, m'sieur », répondit le jeune homme d'un air absent, en étudiant le tableau lui aussi.

Il s'empara du livre, puis le tendit à Lincoln.

Quelques secondes s'écoulèrent, durant lesquelles le manuel demeura en suspension devant la poitrine de Lincoln. Celui-ci gratifia d'un regard sévère son assistant, qui finit par tourner la tête vers lui ; aussitôt, Ben tressaillit et esquissa un mouvement de recul en se rendant compte qu'il tendait un objet à un homme incapable de s'en saisir, à moins d'une intervention divine.

« Oh, je... Écoutez, monsieur Rhyme, bredouilla-t-il, le visage rouge. Je suis désolé, j'ai pas réfléchi. Putain, c'était vraiment stupide de ma part. Je...

– Ben ? Fermez-la, nom de dieu ! »

164

Le géant cilla comme s'il avait reçu une gifle en pleine figure, puis déglutit avec peine. Le livre, minuscule dans sa grosse paluche, s'abaissa enfin.

« C'était pas délibéré, m'sieur. Je vous le répète, je...

– Fermez-la. »

Ce que fit Ben. Il se tut et chercha des yeux un soutien, mais en vain. Thom, adossé au mur, les bras croisés, demeura silencieux, manifestement peu désireux de jouer les conciliateurs de l'ONU.

« Vous marchez sur des œufs avec moi, Ben, et je commence à en avoir par-dessus la tête, gronda Lincoln. Alors, arrêtez avec vos foutues excuses !

– Mes foutues excuses ? Mais j'essayais juste de me montrer poli avec quelqu'un qui..., enfin, je...

– Non, il n'est pas question de politesse. Depuis le début, vous ne pensez qu'à une chose : trouver le meilleur moyen de ficher le camp d'ici sans avoir à trop me regarder et sans bouleverser votre délicate psyché. »

Les épaules massives de son interlocuteur se raidirent.

« Franchement, m'sieur, c'est pas juste.

– Trêve de conneries, Ben. Il est temps que j'enlève mes gants... »

Lincoln ponctua cette remarque d'un petit rire ironique.

« Que dites-vous de cette métaphore-là, hein ? Moi, enlever mes gants ? Ça risque de prendre un certain temps, pas vrai... ? Ça vous plaît, l'humour d'estropié ? »

De toute évidence, Ben aspirait désespérément à s'échapper, à fuir par la porte ouverte, mais ses grosses jambes semblaient enracinées dans le sol tels des troncs d'arbre.

« Je ne suis pas contagieux, poursuivit Lincoln d'un ton mordant. Vous croyez vraiment que vous allez attraper ce que j'ai ? Eh bien, rassurez-vous, ça ne marche pas comme ça. Quand vous vous déplacez dans ce local, j'ai l'impression qu'à la seule idée de respirer le même air que moi, vous redoutez de sortir d'ici dans un fauteuil roulant. Merde, vous allez jusqu'à éviter de poser les yeux sur moi tellement vous craignez de vous retrouver dans le même état !

– C'est faux !

– Ah oui ? C'est drôle, je suis persuadé du contraire... Comment se fait-il que je vous effraie à ce point ?

– Vous ne m'effrayez pas ! riposta Ben. Pas du tout.

« – Tiens donc... Ma présence vous terrifie, Ben, reconnaissez-le. Vous n'êtes qu'un putain de lâche ! »

Hors de lui, le géant se pencha en avant, la bave aux lèvres, la mâchoire tremblante, pour crier :

« Je vous emmerde, Rhyme ! »

La colère le rendit muet quelques secondes, puis il se ressaisit et poursuivit :

« Je suis venu ici uniquement pour rendre service à ma tante, OK ? Mais ça bousille tous mes projets, et en plus, je touche pas un rond pour ce boulot ! Sans compter que je suis obligé de vous écouter donner vos ordres à tout le monde comme une putain de prima donna. Je veux dire, j'ignore d'où vous sortez, m'sieur, mais... »

Il s'interrompit soudain, déconcerté par la réaction de Lincoln, qui riait maintenant de bon cœur.

« Quoi ? lança-t-il. Pourquoi vous vous marrez ?

– Vous voyez à quel point c'est facile ? » demanda Lincoln, toujours gloussant.

De son côté, Thom avait lui aussi du mal à réprimer un sourire.

Le souffle court, Ben s'essuya la bouche, puis se redressa. À la fureur s'ajoutait maintenant la méfiance.

« Comment ça ? Qu'est-ce qui est facile ?

– De me regarder droit dans les yeux en me traitant de con, répondit Lincoln d'une voix calme. Je ne suis pas différent des autres, Ben. Je n'aime pas que les gens me prennent pour une poupée de porcelaine. Et eux, je sais parfaitement qu'ils n'aiment pas se demander sans arrêt s'ils risquent de me casser.

– Vous m'avez manipulé. Vous m'avez provoqué juste pour me pousser à bout.

– Disons plutôt, juste pour faire passer le message. »

Lincoln n'était pas certain que Ben deviendrait jamais un autre Henry Davett – un homme qui s'intéressait uniquement à l'essence de l'être humain, à son esprit, sans se soucier de son enveloppe charnelle. Mais au moins, il pensait avoir réussi à mettre son assistant sur la bonne voie.

« Je devrais franchir cette porte et plus jamais revenir, maugréa Ben.

– Pas mal de personnes réagiraient de cette façon-là, admit Lincoln, mais j'ai besoin de vous. En plus, vous êtes doué. Vous avez de l'intuition en ce qui concerne les investigations scientifiques. Bon, maintenant qu'on a brisé la glace, si on se remettait au boulot ? »

Sans un mot, Ben plaça *Le Monde miniature* sur le tourne-pages. Soudain, il demanda :

« C'est vrai ? Il y a beaucoup de gens qui vous regardent droit dans les yeux en vous traitant de con ? »

Lincoln, qui examinait déjà la couverture de l'ouvrage, fit signe à Thom de répondre à sa place.

« Bien sûr, déclara le garde-malade. Mais seulement quand ils ont appris à le connaître. »

Lydia se trouvait à une trentaine de mètres seulement de la minoterie.

Elle se dirigeait le plus rapidement possible vers le chemin qui la ramènerait à la liberté, mais sa cheville douloureuse la ralentissait beaucoup. De plus, elle était obligée de ne pas avancer trop vite, car pour se frayer en silence un passage parmi les broussailles, il est en général nécessaire de s'aider de ses mains. Mais à l'instar de certains patients atteints de lésions au cerveau dont elle s'était occupée à l'hôpital, elle devait lutter pour conserver son équilibre ; elle ne pouvait donc que tituber de clairière en clairière, en faisant nettement plus de bruit qu'elle ne l'aurait voulu.

Après avoir décrit un large cercle pour contourner le moulin, elle s'immobilisa. Aucun signe de Garrett. Aucun bruit non plus, à l'exception du murmure produit par le ruisseau qui se jetait dans le marécage brunâtre.

Encore un mètre cinquante. Deux mètres.

Je vous en prie, supplia-t-elle son ange gardien. Ne m'abandonnez pas maintenant. Aidez-moi à sortir de là. Je vous en prie... Dans quelques minutes, je serai sur le chemin de la maison.

Mais Dieu qu'elle avait mal... Sa cheville était-elle brisée ? Elle était enflée, en tout cas, et Lydia savait qu'en cas de fracture, une longue marche forcée sans possibilité de soulager le membre blessé risquait d'aggraver terriblement les choses. La peau prenait maintenant une vilaine couleur foncée, signe que des vaisseaux sanguins avaient éclaté. Un empoisonnement du sang était toujours possible. Elle songea à la gangrène. À l'amputation. Auquel cas, comment réagirait son petit ami ? Il la quitterait, supposait-elle. Après tout, ils n'entretenaient qu'une liaison épisodique, car c'était lui qui en avait décidé ainsi. De plus, comme elle avait souvent eu l'occasion de le constater au service d'oncologie où elle travaillait, les amis et proches d'un patient privé d'un membre avaient tendance à fuir inexorablement.

Elle marqua une nouvelle pause, puis tendit l'oreille en scrutant les alentours. Garrett s'était-il enfui ? Avait-il renoncé à la poursuivre pour rejoindre Mary Beth dans les Banks ?

Ces questions en tête, elle reprit sa progression vers le sentier qui conduisait à la carrière. Une fois parvenue là-bas, il lui faudrait redoubler de prudence à cause du piège à ammoniac. Elle ne se souvenait plus de l'endroit exact où Garrett l'avait installé.

Encore dix mètres et... Oui ! Elle avait enfin retrouvé la piste qui lui permettrait de rentrer.

Lydia s'arrêta un instant. Rien. Pas un mouvement, pas un bruit. Elle remarqua un serpent sombre lové au soleil sur la souche d'un vieux cèdre. Bye bye, songea-t-elle. Je retourne chez moi.

Elle se remit en route.

Au même moment, une main surgie d'un épais buisson de laurier se referma sur sa cheville valide. Déjà chancelante, incapable d'utiliser ses mains entravées, Lydia n'eut d'autre solution que de se contorsionner pour tenter de tomber sur son postérieur imposant qui amortirait sa chute. Le serpent se réveilla lorsqu'elle cria, puis s'évanouit dans les fourrés.

Les traits convulsés par la colère, Garrett se jeta sur elle, la clouant au sol. Il devait patienter ainsi depuis un bon quart d'heure, pensa Lydia en un éclair. Tapi en silence dans les fourrés, sans bouger, guettant le moment où elle passerait à sa portée. Comme une araignée attendant que sa proie vienne se prendre au piège de sa toile.

« S'il te plaît, hoqueta Lydia, haletante, désespérée par la trahison de son ange gardien. Me fais pas de...

– Ta gueule, gronda-t-il en surveillant les environs. Je commence vraiment à en avoir marre de toi, tu sais. »

Il l'incita sans ménagement à se redresser. Il aurait pu la tirer par le bras ou la forcer à se retourner avant de la relever. Au lieu de quoi, il la saisit par-derrière, lui plaça les mains sur les seins et la souleva ainsi. Lydia sentit le corps noueux de l'adolescent se frotter de manière obscène contre son dos et ses fesses. Enfin, après ce qui lui parut durer une éternité, il la relâcha mais, lui agrippant le poignet de ses doigts osseux, il l'entraîna vers le moulin sans se soucier des larmes qu'elle ne cherchait plus à retenir. Il ne s'arrêta qu'une fois pour examiner une longue file de fourmis qui traversait le sentier en portant de minuscules œufs.

« Attention de pas les écraser », marmonna-t-il, avant de surveiller ses pieds pour s'assurer qu'elle respectait la consigne.

Avec un bruit que Lincoln avait toujours associé à celui d'un boucher aiguisant un couteau, le bras articulé du système tourna une autre page du *Monde miniature* qui, à en juger par son état de détérioration, constituait l'une des lectures favorites de Garrett Hanlon.

> *Les insectes développent d'étonnantes facultés d'adaptation à leur environnement. La phalène du bouleau, par exemple, est naturellement blanche, mais aux alentours de la ville industrielle de Manchester, en Angleterre, la couleur de l'espèce a viré au noir afin de pouvoir se confondre avec la suie sur les troncs blancs, et ainsi, de ne pas attirer l'attention de ses prédateurs.*

Lincoln tapota de son annulaire gauche la touche de commande du tourne-pages, faisant naître à chaque fois ce même crissement métallique. Il lisait les passages soulignés par Garrett. Dans la mesure où le paragraphe sur les fosses creusées par les fourmilions avait évité à la patrouille de recherche de tomber dans l'un des pièges tendus par l'adolescent, Lincoln tentait de tirer d'autres conclusions du texte qu'il avait devant les yeux. Comme le lui avait confié Ben Kerr, expert en psychologie des poissons, le comportement animal pourrait souvent servir de modèle aux humains, surtout en ce qui concerne les tactiques de survie.

> *Les mantes religieuses frottent leurs ailes sur leur abdomen, produisant un bruit étrange qui désoriente leurs ennemis. Les mêmes mantes n'hésitent d'ailleurs pas à dévorer toutes les créatures plus petites qu'elles, comme d'autres insectes ou de petites grenouilles...*
>
> *Ce seraient les bousiers qui auraient donné à l'homme préhistorique l'idée de la roue...*

Un naturaliste nommé Réaumur a observé au XVIIᵉ siècle que les guêpes construisaient des nids de papier à partir de fibres de bois et de salive. C'est ainsi qu'il a eu l'idée d'utiliser la pulpe de bois pour fabriquer du papier, et non plus du tissu comme cela se pratiquait alors...

Mais ces informations présentaient-elles un intérêt pour leur enquête ? se demanda Lincoln. Y avait-il quelque chose dans ce livre qui leur permettrait de retrouver deux personnes en fuite dans cent kilomètres carrés de forêts et de marécages ?

Les insectes se servent beaucoup de leur odorat. Pour eux, il s'agit d'un sens multidimensionnel. Particulièrement réceptifs aux odeurs, ils les utilisent dans de nombreux buts : pour éduquer les jeunes, se renseigner et communiquer entre eux. Lorsqu'une fourmi découvre de la nourriture, elle retourne au nid en laissant derrière elle un sillage odorant, qu'elle crée en frottant son abdomen sur le sol. Ses congénères n'ont plus qu'à suivre cette piste pour remonter jusqu'à la bonne aubaine. Elles savent quelle direction prendre, car l'odeur est « orientée », pointée telle une flèche dans la direction voulue. Les odeurs servent aussi à avertir les insectes de l'arrivée de l'ennemi. Comme ils sont capables de les détecter à des kilomètres de distance, ils sont rarement surpris par leurs prédateurs...

Le shérif Jim Bell entra précipitamment dans le local. Un sourire éclairait son visage jusque-là soucieux.

« Je viens d'avoir une des infirmières de l'hôpital. Elle m'a donné des nouvelles d'Ed. Apparemment, il est sorti du coma et il a dit quelque chose. Son médecin va me rappeler dans quelques minutes. J'espère qu'on saura enfin ce qu'il entendait par "gemme" et ce qu'il a pu voir sur cette carte dans la cabane de chasseurs. »

En dépit de sa méfiance vis-à-vis des témoins, Lincoln estima qu'il serait heureux à présent d'entendre le récit d'Ed Schaeffer. Son sentiment d'impuissance lié à son manque de repères dans un environnement inconnu commençait à le miner.

Jim Bell allait et venait dans le laboratoire, jetant un coup d'œil plein d'espoir par la porte ouverte chaque fois que des pas résonnaient dans le couloir.

Lincoln appuya la tête contre le dossier du fauteuil pour soulager sa nuque. Son regard se posa sur les listes, sur la carte, puis sur le livre devant lui. Durant tout ce temps, la mouche vert et noir continuait de tracer dans l'air de rapides zigzags avec une sorte d'égarement désespéré semblable à celui qu'il ressentait lui-même.

Un animal traversa à toute allure le sentier devant eux, puis disparut dans les fourrés.

« C'était quoi ? » demanda Amelia.

Pour elle, la créature ressemblait au produit d'un croisement entre un chien et un gros chat de gouttière.

« Un renard gris, répondit Jesse Corn. J'en ai pas vu souvent. Mais faut dire aussi qu'en général, je viens pas trop me promener au nord de la Paquo. »

Ils avançaient lentement, attentifs à ne pas perdre de vue les traces à peine distinctes du passage de Garrett, en même temps qu'ils surveillaient les arbres et les buissons environnants pour ne pas se laisser surprendre par d'autres pièges ou embuscades.

Une nouvelle fois, Amelia fut assaillie par ce mauvais pressentiment qui la troublait depuis qu'ils avaient longé le cimetière où se déroulait l'enterrement du petit garçon. La pinède se trouvait maintenant derrière eux, et ils cheminaient dans une forêt composée d'essences diverses évoquant une jungle tropicale. Lorsqu'elle l'interrogea à ce sujet, Lucy lui parla de tupelos, de cyprès chauves et de cèdres. Tous étaient reliés entre eux par un enchevêtrement de mousse et de plantes grimpantes qui étouffaient les sons comme un épais brouillard et accentuaient l'impression de claustrophobie qu'éprouvait Amelia. Il y avait des champignons, des moisissures et des fongus partout, ainsi que des marécages aux eaux spumeuses. L'air empestait la pourriture.

« On est à des kilomètres de la ville, dit-elle soudain, les yeux fixés sur le sol battu. Qui emprunte ces chemins ? »

Jesse Corn haussa les épaules.

« Ben, surtout la racaille. Les distillateurs clandestins, les voyous, les quelques dingues qui vivent dans le marais, les trafiquants de PLP... »

Après avoir avalé une gorgée d'eau, Ned Spoto déclara :

« Des fois, on nous prévient pour des coups de feu, des cris, des signaux lumineux bizarres. Ce genre de trucs, quoi. Mais chaque fois qu'on arrive, y a plus rien... Pas de corps, pas de coupable, pas de témoins. Il arrive qu'on repère des gouttes de sang par terre, mais elles mènent jamais nulle part. Faut bien qu'on se déplace, on n'a pas le choix, mais aucun collègue au bureau du shérif oserait s'aventurer seul dans ce coin.

– On sent que c'est pas pareil, ici, renchérit Jesse. Ça va vous paraître bizarre, mais en fait, on sent que la vie est dévalorisée, qu'elle vaut moins cher. Je préférerais encore arrêter deux mômes armés jusqu'aux dents et défoncés à la poudre d'ange dans une supérette plutôt que de répondre à un appel d'urgence venant de cette partie du comté. Au moins, sur l'autre rive, y a des règles. On sait à peu près à quoi s'attendre. Tandis qu'ici... »

De nouveau, il haussa les épaules.

« C'est vrai, approuva Lucy. Au nord de la Paquo, les lois s'appliquent plus. C'est valable pour tout le monde, nous ou les autres. On s'imagine facilement tirer sur quelqu'un avant de lui avoir lu ses droits sans que ça pose le moindre problème. C'est difficile à expliquer. »

Amelia n'aimait pas la tournure inquiétante qu'avait prise la conversation. Si les trois officiers n'avaient pas eu l'air aussi sérieux et nerveux, elle aurait pensé à un petit numéro destiné à effrayer une fille de la ville.

Enfin, ils s'arrêtèrent à l'endroit où le chemin se divisait pour partir dans trois directions différentes. Ils les longèrent chacun sur une quinzaine de mètres, mais sans parvenir à trouver le moindre signe de Garrett et de Lydia. Alors, ils retournèrent à la fourche.

Les paroles de Lincoln résonnèrent dans la tête d'Amelia. *Sois prudente, Amelia, mais dépêche-toi. Je ne pense pas que Lydia ait encore beaucoup de temps à vivre... Dépêche-toi...*

Or, elle n'avait aucune idée de la direction à prendre, et lorsqu'elle contempla une nouvelle fois les sentiers envahis par la végétation, il lui parut impossible que quiconque, même Lincoln Rhyme, puisse déterminer lequel prendre.

Et puis, son téléphone sonna. D'un même mouvement, Lucy et Jesse tournèrent vers elle un regard interrogateur, espérant sans doute, à l'instar d'Amelia elle-même, que Lincoln allait leur fournir des indications utiles.

Amelia répondit, écouta son interlocuteur quelques instants, hocha la tête et raccrocha. Après avoir inspiré à fond, elle reporta son attention sur ses trois collègues.

« Alors ? lança Jesse Corn.

– Lincoln et Jim ont reçu des nouvelles d'Ed Schaeffer.

172

Apparemment, il a repris connaissance juste le temps de dire "J'aime mes enfants" et ensuite, il est mort... Au départ, Lincoln et Jim Bell avaient cru qu'il parlait de "Gem Street", mais il essayait juste de prononcer le mot "J'aime". C'est tout. Je suis désolée.

– Oh, Seigneur », marmonna Ned.

Lucy se voûta, et Jesse lui passa un bras autour des épaules. « On fait quoi, maintenant ? » demanda-t-il.

Quand Lucy redressa la tête, elle avait les larmes aux yeux.

« On va coincer ce gamin, déclara-t-elle avec une détermination farouche. On va suivre l'itinéraire le plus logique et continuer dans cette direction jusqu'à ce qu'on le retrouve. Et on va accélérer le rythme. Vous êtes d'accord ? ajouta-t-elle à l'intention d'Amelia, qui ne voyait aucun inconvénient à céder temporairement à sa collègue le commandement des opérations.

– Plutôt deux fois qu'une ! »

15

L YDIA AVAIT VU cette expression dans le regard des hommes
une bonne centaine de fois.

Besoin. Désir. Faim.

Parfois, une envie vague. Parfois, une absurde expression
d'amour.

Cette fille costaude aux cheveux filasse, à la peau acnéique
dans son adolescence et grêlée aujourd'hui, ne pensait pas
avoir beaucoup à offrir aux hommes. Mais elle savait aussi
que pendant encore quelques années au moins, ils voudraient
d'elle une chose, et une seule ; alors, elle avait décidé depuis
longtemps que pour s'en sortir dans la vie, elle exploiterait le
peu de pouvoir dont elle disposait. Aussi se retrouvait-elle à
présent sur un terrain particulièrement familier.

Ils étaient retournés au moulin, dans le bureau où la lumière
du jour pénétrait à peine. Garrett se tenait devant elle, le crâne
luisant de sueur sous ses cheveux coupés à ras. Son érection se
voyait sous son pantalon.

Il contemplait les seins de Lydia, à l'endroit où sa tenue d'infirmière trempée, transparente, s'était déchirée lors de sa chute
dans le bassin (à moins qu'il n'ait délibérément arraché le vêtement lorsqu'il l'avait saisie à bras-le-corps sur le chemin ?), où
son soutien-gorge avait lâché (à moins qu'il ne l'ait lui-même
tiré d'un coup sec ?).

Lydia s'écarta en grimaçant quand la douleur de sa cheville
se réveilla. Assise par terre, le dos calé contre le mur, les jambes
écartées, elle reconnaissait cette fameuse expression dans les
yeux de l'adolescent. Et elle en concevait une répulsion glacée
semblable à celle qu'elle aurait éprouvée devant une araignée.

Pourtant, elle se demanda : est-ce que je devrais le laisser
faire ?

Il était jeune. Il jouirait sur-le-champ, et tout serait terminé très rapidement. Peut-être s'endormirait-il après, ce qui lui permettrait de récupérer le couteau qu'il gardait dans sa poche et de couper ses liens. Alors, elle l'assommerait, avant de l'entraver à son tour.

Mais ces mains osseuses, rougeâtres, ce visage boursouflé près du sien, cette haleine fétide et ces odeurs corporelles répugnantes... Comment les supporter ? Lydia ferma brièvement les yeux, le temps de formuler en silence une prière aussi immatérielle que son ombre à paupières « Couchant bleuté ». Oui ou non ?

Cependant, s'il y avait des anges dans le voisinage, ils ne se prononcèrent pas quant à ce choix.

Il lui suffirait de sourire. Garrett viendrait en elle aussitôt. Ou alors, elle pourrait le prendre dans sa bouche... Ça ne signifierait rien.

Baise-moi vite, qu'on puisse regarder un film après... C'était une plaisanterie entre elle et son petit ami. Elle allait lui ouvrir vêtue du déshabillé rouge commandé par correspondance chez Sears, puis lui jetait les bras autour du cou en lui chuchotant ces mots à l'oreille.

Tu le laisses faire, songea-t-elle de nouveau, et après, tu auras peut-être la possibilité de t'enfuir.

Mais je ne pourrai jamais !

Garrett l'observait toujours, s'attardant sur les moindres détails de son corps. Cet examen auquel il la soumettait était déjà un viol en lui-même, songea-t-elle. Oh, Seigneur ! Garrett Hanlon n'était pas seulement un insecte ; c'était un mutant sorti tout droit d'un des livres d'horreur qu'elle lisait, une créature digne de celles inventées par Dean Koontz ou Stephen King.

Cliquetis d'ongles.

Il reluquait ses jambes, à présent, rondes et lisses – son principal atout, estimait Lydia.

« Pourquoi tu chiales ? lança-t-il soudain. C'est ta faute si tu t'es blessée. T'aurais pas dû courir. Tu me montres ? ajouta-t-il en indiquant de la tête la cheville enflée.

– Non, ça va », répondit Lydia.

Pourtant, presque malgré elle, elle lui tendit son pied.

« L'année dernière, y a des cons au lycée qui m'ont poussé en bas de la colline derrière la station Mobil, raconta-t-il. Je me suis foulé la cheville. Elle ressemblait à la tienne. Et ça m'a fait un mal de chien. »

Allez, qu'on en finisse, pensa-t-elle. Ça te rapprochera de chez toi, ma fille.

Baise-moi vite...

Non !

Toutefois, elle ne s'éloigna pas lorsque Garrett s'assit devant elle. Il lui prit la jambe, avant de lui tâter de ses longs doigts – grands dieux, ils étaient vraiment démesurés ! – d'abord le mollet, puis la cheville. Il tremblait, le regard fixé sur les trous dans le collant blanc, là où la chair rose gonflée apparaissait. Enfin, il lui saisit le pied.

« C'est pas écorché, conclut-il. Mais c'est tout noir. Ça veut dire quoi ?

– J'ai peut-être une fracture. »

Il ne réagit pas, ne manifesta pas la moindre compassion. Comme s'il n'était pas affecté par la souffrance de sa prisonnière. Comme s'il ne comprenait même pas qu'un humain puisse souffrir. Son inquiétude n'était en réalité qu'un prétexte pour la toucher.

Elle allongea sa jambe, les muscles frémissant sous l'effort. De ses orteils, elle effleura le bas-ventre de Garrett.

Celui-ci ferma ses paupières. Le rythme de sa respiration s'était accéléré.

Lydia déglutit.

Il lui caressa le pied, l'appuya à travers le tissu humide contre son pénis. Celui-ci était aussi dur que l'aube de la roue sur laquelle elle s'était cognée en essayant de s'enfuir.

Garret fit remonter sa main le long de la jambe de Lydia, accrochant de ses ongles le collant en lambeaux.

Non...

Oui...

Brusquement, il se figea.

Avant de renverser la tête en arrière, les narines palpitantes. Il inspira profondément. À deux reprises.

Intriguée, Lydia renifla aussi. Une odeur âcre flottait dans l'air. Elle mit quelques secondes à l'identifier. De l'ammoniac.

« Merde, murmura-t-il, les yeux écarquillés par la peur. Comment ils ont pu arriver aussi vite ?

– Quoi ? demanda-t-elle. Qu'est-ce qui se passe ?

– Le piège ! s'exclama-t-il en se relevant d'un bond. Ils ont

176

buté dedans ! Ils seront là dans dix minutes ! Merde, comment c'est possible ? »

Il approcha sa figure tout près de celle de Lydia, qui n'avait jamais vu autant de colère et de haine dans les yeux de quiconque.

« T'as laissé un truc sur le chemin ? Un message, un machin comme ça ? »

Elle tressaillit, certaine qu'il allait la tuer. Il paraissait complètement hors de lui.

« Non ! Je te le jure ! Je te promets que non ! »

Affolée, elle se recroquevilla sur elle-même, mais il se redressa et s'éloigna en hâte. Il tira sur ses vêtements avec des gestes frénétiques, déchirant le tissu à mesure qu'il enlevait sa chemise, son pantalon, son slip et ses chaussettes, révélant un corps mince et un sexe toujours en érection. Nu, il se précipita dans un coin de la pièce où d'autres vêtements, pliés ceux-là, s'entassaient sur le sol. Il se rhabilla, avant d'enfiler également des chaussures.

Lydia releva la tête pour essayer d'apercevoir quelque chose par la fenêtre d'où lui parvenait l'odeur du produit chimique. Ainsi, ce n'était pas une bombe que Garrett avait placée sur leur chemin ; il avait utilisé l'ammoniac comme une arme, et à présent, les hommes lancés à leur recherche devaient être brûlés, ou aveuglés...

« Faut que j'aille voir Mary Beth, reprit Garrett dans un souffle.

— Mais je suis pas capable de marcher... Qu'est-ce que tu vas faire de moi ? »

Il retira son couteau d'une poche de son pantalon, l'ouvrit avec un claquement sec, puis se tourna vers elle.

« Oh non, non, je t'en prie...

— T'es blessée. Y a pas moyen que tu me suives. »

Paralysée par la terreur, Lydia regarda la lame tachée, abîmée. Le souffle lui manqua.

Lorsque Garrett se rapprocha, elle fondit en larmes.

Comment avaient-ils pu arriver aussi vite ? se demanda une nouvelle fois Garrett Hanlon en quittant le moulin pour s'élancer vers le cours d'eau, la panique qu'il éprouvait si souvent aiguillonnant son cœur comme le sumac vénéneux lui piquait la peau.

Quelques heures à peine avaient suffi à ses ennemis pour couvrir la distance entre Blackwater Landing et la minoterie. Il était stupéfait ; jusque-là, il s'était imaginé qu'il leur faudrait au moins un jour, sinon deux, pour retrouver sa trace... Il jeta un coup d'œil au sentier arrivant de la carrière, mais ne vit aucun signe de ses poursuivants. Alors, il prit la direction opposée, et s'engagea sur un autre chemin.

Sans cesser de faire cliqueter ses ongles et de se demander : Comment, comment, comment ?

Du calme, s'ordonna-t-il. Il avait le temps. Maintenant que le bocal d'ammoniac s'était fracassé sur les rochers, les policiers avanceraient aussi lentement que des bousiers sur des tas d'excréments tant ils craindraient d'autres pièges. D'ici une dizaine de minutes, lui-même atteindrait les marécages où il leur serait impossible de le suivre. Même avec des chiens. Dans huit heures, il serait auprès de Mary Beth. Il...

Garrett s'immobilisa net.

Au bord du chemin gisait une bouteille en plastique vide. Comme si quelqu'un venait de s'en débarrasser. Garrett huma l'air, ramassa la bouteille et en renifla le contenu. De l'ammoniac !

Une image lui traversa l'esprit : celle d'une mouche se débattant dans une toile d'araignée. Merde ! songea-t-il. Ils m'ont coincé !

« Ne bouge plus, Garrett ! » ordonna soudain une voix de femme.

Une jolie rousse en jean et T-shirt noir émergea des buissons en lui braquant un pistolet droit sur la poitrine. Ses yeux se posèrent un instant sur le couteau qu'il tenait toujours à la main, puis se rivèrent à ceux de Garrett.

« Il est là ! cria-t-elle. Je l'ai ! »

Et d'ajouter d'une voix moins forte, sans le quitter du regard :

« Tu m'obéis, et tout se passera bien, OK ? Je veux que tu lâches ce couteau et que tu t'allonges par terre, à plat ventre. »

Mais l'adolescent n'obtempéra pas.

Immobile, les épaules voûtées, il faisait cliqueter nerveusement les ongles de son index et de son pouce gauche. Il avait l'air terrifié, désespéré.

Tout en maintenant son arme pointée vers le torse de Garrett,

Amelia Sachs lança un nouveau coup d'œil au couteau souillé qu'il serrait avec force.

La sueur et les relents d'ammoniac lui irritaient les paupières. Elle s'essuya le visage avec la manche de son T-shirt.

« Garrett..., reprit-elle d'un ton calme. Allonge-toi. Je te le répète, tu n'as rien à craindre si tu obéis. »

Des voix s'élevèrent alentour.

« J'ai retrouvé Lydia ! cria Ned Spota. Elle va bien. Mais Mary Beth n'est pas là.

— Amelia ? appela Lucy. Où êtes-vous ?

— Sur le chemin qui mène au cours d'eau ! répondit Amelia. Lâche ce couteau, Garrett. Tout de suite. Et allonge-toi. »

Il leva vers elle un regard méfiant. Il avait les yeux larmoyants, la peau couverte de boursouflures rouges.

« Allez, Garrett. On est quatre. Tu n'as aucune chance de nous échapper.

— Comment ? demanda-t-il. Comment vous avez fait pour me retrouver ? »

Il avait une voix juvénile, nota-t-elle, beaucoup plus aiguë que la plupart des garçons de seize ans.

Amelia ne lui confia pas que s'ils avaient localisé le bocal d'ammoniac et la minoterie, c'était grâce à Lincoln, évidemment. Au moment où ils choisissaient le sentier du milieu parmi tous ceux qui partaient du croisement dans les bois, il lui avait téléphoné pour annoncer : « L'un des employés d'un magasin d'alimentation pour bétail avec qui Jim Bell s'est entretenu lui a expliqué qu'on ne se sert pas de maïs pour nourrir les vaches dans la région. D'après lui, le sac doit provenir d'un moulin, et Jim en connaît un à moitié détruit par un incendie il y a deux ans. Ce qui explique les traces de suie. »

Le shérif avait pris la communication pour expliquer à la patrouille comment se rendre à la minoterie. Puis Lincoln avait ajouté : « J'ai aussi une petite idée au sujet de l'ammoniac. »

En lisant les ouvrages de Garrett, il avait découvert un passage souligné décrivant la façon dont les insectes utilisaient les odeurs pour communiquer des mises en garde à leurs congénères. Il s'était dit que dans la mesure où l'ammoniac n'entrait pas dans la composition des explosifs commerciaux, du genre de ceux utilisés dans la carrière, Garrett avait sans doute relié le produit à un fil de pêche tendu en travers du chemin. De cette façon, quand ses poursuivants le renverseraient, les émanations âcres du produit le préviendraient immédiatement de leur arrivée.

Par la suite, une fois le piège repéré, Amelia avait eu l'idée de remplir d'ammoniac une des bouteilles de Ned, de s'approcher discrètement du moulin et de verser le liquide sur le sol à proximité afin de débusquer le gamin.

Et celui-ci avait bel et bien été débusqué.

Mais il ne tenait toujours pas compte des ordres d'Amelia et scrutait son visage comme pour essayer de déterminer si elle était vraiment prête à l'abattre.

Après avoir gratté une des plaques rouges de sa figure, puis essuyé à son tour la sueur sur son front, il raffermit sa prise sur le couteau et tourna la tête à droite et à gauche, son regard reflétant une panique et un désespoir grandissants.

Craignant de le pousser à fuir, ou à l'attaquer, Amelia tenta d'adopter le ton rassurant d'une mère qui berce son enfant pour l'endormir.

« Garrett, fais ce que je te demande. Tout ira bien. Mais fais ce que je te demande, d'accord ? S'il te plaît. »

« Tu peux tirer ? Alors, vas-y », chuchota Mason Germain.

Avec Nathan Groomer, ils s'étaient postés sur une crête dénudée à une centaine de mètres de l'endroit où la rouquine de New York affrontait le tueur.

Mason était debout, et Nathan, couché à plat ventre sur la terre chauffée par le soleil. Il avait calé le Ruger sur un petit monticule rocheux et s'efforçait de contrôler sa respiration, comme devraient en principe le faire tous les chasseurs d'élans, d'oies ou d'hommes avant d'appuyer sur la détente.

« Vas-y, le pressa Mason. Y a pas de vent. T'as une vue dégagée. Allez, tire !

– Mais il bouge pas, ce gamin ! »

En contrebas, ils virent Lucy Kerr et Jesse Corn rejoindre la rouquine en pointant eux aussi leur arme sur Garrett.

« Il est cerné, poursuivit Nathan, et lui, il a qu'un couteau. Un petit couteau merdique. Je suis sûr qu'il va se rendre.

– Non, il va pas se rendre, cracha Mason Germain qui, dans son impatience, fit passer le poids de son corps frêle d'une jambe sur l'autre. Je te l'ai dit, il joue la comédie. Et il hésitera pas à en tuer un dès qu'ils baisseront leur garde. Merde, t'en as rien à foutre qu'Ed Schaeffer soit mort ? »

Steve Farr les avait appelés une demi-heure plus tôt pour leur annoncer la triste nouvelle.

« Bon sang, Mason, évidemment que je suis effondré, comme tout le monde ! Mais c'est contraire au règlement. En plus, regarde, Lucy et Jesse sont qu'à un mètre cinquante de lui.

— T'as peur de les blesser ? Arrête, bordel ! T'es capable de toucher une pièce de monnaie à cette distance, Nathan. Tu tires mieux que n'importe qui dans ce comté. Alors, vas-y !

— Je... »

De nouveau, Mason contemplait l'étrange scène qui se déroulait sur le chemin en contrebas. La rouquine baissa son arme, puis avança d'un pas. Garrett n'avait pas lâché son couteau. Il tournait la tête sans arrêt de tous côtés.

La fille avança encore d'un pas.

Oh, tu nous rends pas service, là, espèce de sale garce.

« Elle est dans ta ligne de tir ? s'enquit Mason.

— Non. Mais je veux dire, on est même pas censés se trouver là.

— C'est pas le problème, marmonna Mason. On *est* là, maintenant. J'ai décidé d'assurer la protection de la patrouille, et je t'ordonne de tirer. T'as ôté le cran de sûreté ?

— Mouais.

— Alors, tire. »

Nathan se concentra sur sa lunette de visée.

Près de lui, Mason vit le canon du Ruger s'immobiliser tandis que son collègue en prenait possession. Il avait déjà eu l'occasion d'assister à ce genre de phénomène lorsqu'il chassait avec des copains bien plus doués que lui et, chaque fois, il se sentait dépassé. C'était comme si l'arme devenait une partie du chasseur avant même que le coup de feu ne parte, presque de lui-même.

Il guetta la détonation assourdissante.

Pas un souffle d'air. Une vue dégagée. Un périmètre qui l'était aussi.

Tire, tire, tire ! lui intima Mason en silence.

Soudain, au lieu du fracas escompté, il entendit un soupir. Nathan baissa la tête.

« Je peux pas.

— Donne-moi ce putain de fusil !

— Non, Mason. Ça suffit. »

Mais d'un regard, son supérieur le fit taire. Nathan lui tendit l'arme avant de rouler sur le côté.

181

« Combien de cartouches dans le chargeur ? interrogea Mason.

– Je...

– Combien de cartouches ? répéta Mason en se baissant pour adopter une position identique à celle de son collègue quelques instants plus tôt.

– Cinq. Écoute, le prends pas mal, Mason, mais t'es pas vraiment la meilleure gâchette du monde, y a trois innocents à proximité de la cible, et si tu... »

Il s'interrompit, préférant ne pas aller jusqu'au bout de sa phrase et de sa pensée.

Pour sa part, Mason savait bien qu'il n'était pas la meilleure gâchette du monde. Mais il avait déjà abattu une centaine de daims. Et obtenu de bons scores sur le champ de tir de la police d'État à Raleigh. En outre, peu importait qu'il soit bon ou mauvais ; le Cafard devait mourir, et il devait mourir maintenant.

Mason s'obligea à respirer régulièrement, le doigt replié sur la détente nervurée. Pour s'apercevoir soudain que Nathan avait menti : il n'avait pas ôté le cran de sûreté. Exaspéré, il le fit sauter et se concentra de nouveau sur son souffle.

Inspirer, expirer.

Il avait maintenant le visage du gamin dans son axe de visée.

La rouquine se rapprocha de lui, et pendant quelques secondes, son épaule se trouva dans la ligne de tir.

Bonté divine, t'as vraiment décidé de me compliquer la vie, ma grande ! Un instant plus tard, elle disparaissait de son champ de vision. Puis sa nuque reparut dans le réticule. Elle se déplaça vers la gauche, mais ne s'éloigna pas suffisamment du point de mire.

Respire, respire.

Ignorant les tremblements de sa main, Mason reporta son attention sur le visage boursouflé de Garrett.

Avant de prendre pour cible le torse du gamin.

La rouquine revint une nouvelle fois dans sa ligne de tir et s'en écarta à nouveau.

Mason savait qu'il devrait appuyer doucement sur la détente. Mais comme si souvent dans sa vie, la colère l'emporta chez lui sur toute autre considération et le poussa à agir. Il pressa la détente d'un coup sec.

16

UNE PETITE MOTTE de terre fut soulevée dans le dos de Garrett, qui plaqua la main sur son oreille frôlée, comme celle d'Amelia, par la balle.

Un instant plus tard, une détonation résonna autour d'eux.

Amelia pivota aussitôt. Durant le bref intervalle entre le sifflement du projectile et la déflagration, elle avait compris que le coup de feu n'avait pas été tiré par Lucy ou par Jesse, mais par un individu embusqué à une centaine de mètres environ derrière eux. Ses deux collègues s'étaient retournés eux aussi, l'arme au poing, pour tenter de localiser le sniper.

Après s'être accroupie, Amelia leva les yeux vers Garrett, dont le regard exprimait maintenant une terreur et une confusion totales. L'espace d'un instant, et un instant seulement, il lui apparut non plus comme le meurtrier brutal qui avait défoncé le crâne d'un lycéen ou comme le violeur qui avait pris Mary Beth McConnell de force, mais comme un petit garçon effrayé gémissant : « Non, non ! »

« Qui est là ? cria Lucy. Culbeau, c'est toi ? »

Avec Jesse, ils se mirent à l'abri dans les fourrés.

« Planquez-vous, Amelia, lui lança Jesse. On sait pas qui est visé. C'est peut-être un copain de Garrett qui cherche à nous descendre... »

Mais Amelia en doutait. De toute évidence, c'était Garrett la cible. Elle scruta les crêtes environnantes pour essayer de repérer le tireur.

Une autre balle fusa, les manquant cette fois de beaucoup.

« Oh, nom de..., commença Jesse, avant de ravaler la fin de ce blasphème manifestement inhabituel chez lui. Regardez ! C'est *Mason* ! Et Nathan Groomer. Là-haut, sur cette colline !

– Germain ? » répéta Lucy avec amertume, en plissant les

yeux. Elle pressa furieusement le bouton d'émission de son talkie-walkie.

« Mason, mais qu'est-ce que tu fous ? Tu m'entends ? Mason, tu me reçois... ? Allô, central ? Central, vous me recevez ? Merde, j'ai rien. »

Amelia sortit son téléphone portable pour appeler Lincoln. Quelques secondes plus tard, sa voix lui parvenait, désincarnée, dans le récepteur :

« Vous l'avez... ?

– Oui, on l'a coincé, répondit Amelia. Mais cet officier, Mason Germain, a pris position sur une hauteur proche, d'où il tire sur le gamin. On n'arrive pas à le joindre par radio.

– Non, non, non ! Il ne faut surtout pas qu'il le tue. J'ai analysé le sang sur le mouchoir en papier, et à en juger par le niveau de dégradation, Mary Beth était vivante hier soir ! Si Garrett meurt, on ne la retrouvera jamais ! »

Elle relaya ces informations à Lucy, mais celle-ci ne parvenait toujours pas à obtenir une communication radio avec Mason Germain.

Un troisième coup de feu retentit. Une pierre vola en éclats, projetant sur le groupe de minuscules fragments rocheux.

« Arrêtez ! sanglota Garrett. Non, non... J'ai peur. Dites-lui d'arrêter !

– Lincoln ? fit Amelia. Demande à Jim Bell d'appeler Mason sur son portable s'il en a un, et de lui ordonner de cesser le tir.

– D'accord... »

Il raccrocha.

Si Garrett meurt, on ne la retrouvera jamais...

En une fraction de seconde, Amelia s'était décidée. Elle jeta son pistolet derrière elle, puis alla se placer en face de Garrett, entre lui et Mason. En songeant : Mason a peut-être déjà pressé la détente, et la balle, précédant l'onde sonore, pourrait bien se diriger droit vers mon dos.

Elle retint son souffle, imaginant qu'elle sentait le projectile s'enfoncer dans son corps.

« Lâche ce couteau, Garrett, répéta-t-elle.

– Vous avez essayé de me buter ! Vous m'avez raconté des craques ! »

Amelia se demanda s'il serait capable de la poignarder – dans un accès de fureur ou de panique.

« Non, répliqua-t-elle. Ça n'a rien à voir avec nous. Regarde, je suis devant toi. Pour te protéger. Il n'y aura plus de coups de feu. »

Garrett la fixa de ses yeux agités de tics nerveux.

Mason attendait-il qu'elle s'écarte pour viser de nouveau l'adolescent ? Il n'était pas doué, manifestement, et elle redoutait qu'une balle ne lui pulvérise la colonne vertébrale.

Ah, Lincoln, songea-t-elle, quand je pense que tu es venu jusqu'ici dans l'espoir de redevenir comme moi ! Mais aujourd'hui, c'est peut-être moi qui vais devenir comme toi...

Soudain, Jesse Corn surgit des buissons et s'élança vers la colline en remuant frénétiquement les bras.

« Mason ! Arrête ! Arrête ! »

Durant quelques secondes encore, Garrett examina Amelia avec attention. Enfin, il jeta son couteau par terre et se remit à faire cliqueter ses ongles de manière compulsive.

Au moment où Lucy se précipitait pour menotter Garrett, Amelia se tourna vers la crête d'où Mason avait tiré. L'officier était debout, en train de parler au téléphone, constata-t-elle. Il la regarda droit dans les yeux, lui sembla-t-il, avant de ranger son portable et de descendre la pente pour rejoindre leur groupe.

« Qu'est-ce qui vous a pris, bonté divine ? » s'écria Amelia à l'approche de Mason.

Elle se porta à sa rencontre, puis s'immobilisa à environ trente centimètres de lui. Elle le dépassait de trois bons centimètres.

« J'essayais de sauver votre peau, ma p'tite dame, répliqua-t-il d'un ton sec. Au cas où vous l'auriez pas remarqué, il avait une arme !

– Elle voulait juste calmer les choses, Mason, intervint Jesse Corn afin de désamorcer le conflit. C'est tout. Elle l'a amené à se rendre. »

Mais Amelia Sachs n'avait jamais eu besoin de grands frères pour se défendre.

« Je procède à des arrestations depuis des années, déclara-t-elle. Il n'avait pas l'intention de m'attaquer. La seule menace venait de vous, Mason. Vous auriez pu toucher l'un d'entre nous !

– Dites pas de conneries. »

Quand il se pencha vers elle, une bouffée de l'after-shave

musqué dont il s'était aspergé assaillit Amelia, qui esquissa un mouvement de recul.

« Et si vous aviez abattu Garrett, poursuivit-elle, Mary Beth serait probablement morte de faim, de soif ou d'asphyxie.

– Elle est déjà morte, j'en suis sûr, rétorqua Mason. Cette gosse pourrit au fond d'un trou quelque part, et personne découvrira jamais son corps.

– Lincoln a analysé le sang de Mary Beth, l'informa Amelia. D'après lui, elle était encore vivante hier soir. »

Cette fois, Mason garda le silence un moment.

« Hier soir, maugréa-t-il enfin, c'est pas aujourd'hui.

– Laisse tomber, Mason, lui conseilla Jesse. Tout s'est bien terminé. »

Mais son collègue ne comptait pas en rester là. Il se frappa les cuisses avec force en dévisageant Amelia.

« Je sais pas ce que vous fabriquez ici, de toute façon, marmonna-t-il. On n'a pas besoin de vous.

– Ça suffit, Mason, intervint Lucy. Sans Amelia et sans M. Rhyme, sûr qu'on n'aurait jamais retrouvé Lydia. Alors, on devrait plutôt les remercier, au lieu de leur chercher des noises.

– C'est elle qui me cherche, se défendit-il.

– Quand quelqu'un me place dans sa ligne de tir, il a intérêt à avoir une sacrée bonne raison de le faire, répliqua Amelia d'un ton posé. Et pour moi, vouloir abattre ce gamin parce vous n'avez pu prouver sa culpabilité dans d'autres affaires ne constitue pas du tout une raison valable.

– Vous êtes pas en droit de juger ma manière de bosser. Je...

– OK, on arrête là pour le moment et on retourne au bureau, l'interrompit Lucy. Puisqu'on suppose toujours Mary Beth vivante, il faut la secourir.

– Hé ! s'exclama Jesse. V'là l'hélico ! »

Un hélicoptère du centre médical atterrit dans une clairière proche du moulin, et quelques minutes plus tard, les urgentistes ramenaient Lydia sur une civière ; elle souffrait d'un léger coup de chaleur et d'une vilaine entorse à la cheville. Au début, elle avait piqué une crise de nerfs, car un peu plus tôt, Garrett s'était approché d'elle avec son couteau, et bien qu'il s'en soit servi uniquement pour couper un morceau de ruban adhésif afin de la bâillonner, elle était encore bouleversée. Lorsqu'elle eut recouvré un peu de calme, elle expliqua aux policiers que Mary Beth n'était pas séquestrée aux environs du moulin. D'après ce qu'elle avait compris, Garrett l'avait emmenée près de l'océan, dans les Banks, mais elle ne savait pas où exactement. Lucy et Mason avaient bien tenté de faire parler Garrett, mais il s'était retranché dans le silence et, les mains menottées dans le dos, il contemplait le sol d'un air morose.

« Bon, dit Lucy à Mason, toi, Nathan et Jesse, vous escortez Garrett jusqu'à Easedale Road. Je vais demander à Jim d'envoyer une voiture là-bas. À l'endroit où Possum Creek forme un coude. Moi, je reste avec Amelia pour fouiller le moulin. Envoyez une autre voiture nous récupérer à Easedale dans une demi-heure. »

Amelia aurait volontiers continué de soutenir le regard de Mason aussi longtemps qu'il voulait faire durer l'affrontement, mais il détourna brusquement les yeux pour examiner Garrett, qu'il toisa des pieds à la tête comme un gardien étudierait un détenu dans le couloir de la mort.

« Nathan ? lança-t-il enfin. On y va. T'as bien serré les menottes, Jesse ?

— Sûr qu'elles sont serrées », confirma Jesse Corn.

C'était une bonne chose que Jesse les accompagne, songea Amelia. De cette façon, il pourrait surveiller Mason. Combien de fois avait-elle entendu parler de prisonniers « en fuite » tabassés par leurs gardiens ? De temps à autre, ils en mouraient.

Sans ménagement, Mason attrapa l'adolescent par le bras pour le forcer à se lever. Au passage, Garrett jeta un regard éperdu à Amelia. Avant d'être entraîné sur le chemin.

« Gardez un œil sur Mason, OK ? recommanda-t-elle à Jesse. Vous aurez besoin de la bonne volonté de Garrett pour retrouver Mary Beth. Et s'il est trop effrayé ou furieux, vous n'en tirerez rien.

— Je serai vigilant, lui assura-t-il. En tout cas, c'était vachement gonflé, ce que vous avez fait. De vous mettre devant lui comme ça, je veux dire. J'en aurais pas eu le courage.

— Eh bien..., commença Amelia, peu sensible pour l'heure aux compliments, parfois, il arrive qu'on agisse sans prendre le temps de réfléchir. »

Jesse approuva d'un vigoureux hochement de tête, ajoutant manifestement cette expression à son répertoire.

« Euh, à propos, je voulais vous demander... Vous avez un surnom ?

— Non.

– Tant mieux. "Amelia", ça me plaît bien. »

L'espace d'un instant dont le ridicule ne lui échappait pas, elle crut qu'il allait l'embrasser pour célébrer la capture. Au lieu de quoi, il s'éloigna pour rejoindre Mason, Nathan et Garrett.

Oh, Seigneur, songea-t-elle, exaspérée, en le voyant se retourner pour lui adresser un petit signe de la main. Un de ces officiers veut me descendre, et son collègue se prépare déjà à réserver l'église et le traiteur pour le mariage...

Amelia procéda à un quadrillage méticuleux de l'intérieur du moulin, se concentrant sur la salle où Garrett avait séquestré Lydia, avançant pas à pas dans un sens, puis dans l'autre.

Ces lieux recelaient des indices relatifs à l'endroit où se trouvait Mary Beth McConnell, elle le savait. Mais la relation entre un suspect et un site se réduit parfois à un lien si ténu qu'il est à peine discernable, et lorsqu'elle arpenta la pièce, Amelia ne repéra rien d'utile – seulement de la terre, des débris de matériel, des morceaux de bois carbonisé provenant des murs effondrés pendant l'incendie, de la nourriture, de l'eau, des emballages vides et le ruban adhésif apporté par Garrett (le tout sans aucune étiquette, évidemment). Elle mit aussi la main sur la carte que le malheureux Ed Schaeffer avait aperçue. Celle-ci montrait le trajet suivi par Garrett jusqu'au moulin, mais n'indiquait pas de renseignements sur ses autres destinations.

Néanmoins, Amelia ratissa les décombres une deuxième fois. Puis une troisième. En partie parce que Lincoln le lui avait enseigné, en partie aussi parce qu'elle était méticuleuse de nature. (Et peut-être, pensa-t-elle, parce qu'elle essayait de gagner du temps ? De retarder le plus longtemps possible le rendez-vous de Lincoln avec le docteur Weaver ?)

Et puis, Lucy s'exclama soudain :

« J'ai quelque chose ! »

Amelia lui avait suggéré de fouiller la salle de mouture, où Lydia avait tenté d'échapper à son ravisseur ; en cas de lutte entre eux, se disait-elle, Garrett avait pu perdre des objets glissés dans sa poche. Alors, elle avait donné à sa collègue un cours rapide sur le quadrillage des scènes de crime, le genre d'éléments à rechercher et la meilleure manière de manipuler les pièces à conviction.

188

« Regardez, poursuivit Lucy avec enthousiasme en rapportant un carton. Je l'ai déniché derrière une des meules. »

La boîte contenait une paire de vieilles chaussures, une veste imperméable, un compas et une carte de la côte de Caroline du Nord. Amelia remarqua également des traînées de sable blanc dans les souliers et les plis du plan.

Comme sa collègue s'apprêtait à l'ouvrir, Amelia l'arrêta d'un geste.

« Non, ne le touchez pas. Le papier est sans doute imprégné de traces. On l'examinera une fois de retour au labo.

— Et si Garrett y avait marqué l'emplacement de sa cachette ?

— Possible, admit Amelia. Mais quoi qu'il en soit, la marque sera toujours là quand on montrera la carte à Lincoln. En voulant aller trop vite, on risque de perdre à tout jamais de précieux indices. Bon, ajouta-t-elle, vous continuez d'examiner les lieux, d'accord ? Moi, je retourne sur le chemin que prenait Garrett quand on l'a intercepté. Il mène à un cours d'eau, si j'ai bien compris. Garrett y a peut-être dissimulé un bateau, avec une autre carte dedans, ou quelque chose du même genre. »

Une fois sortie de la minoterie, Amelia se dirigea vers le ruisseau. Elle venait de dépasser la crête d'où Mason avait tiré lorsque soudain, elle tomba nez à nez avec deux hommes armés de fusils.

Oh, non. Pas eux...

« Tiens, tiens », lança Rich Culbeau en chassant de la main une mouche qui s'était posée sur son front hâlé.

Quand il rejeta la tête en arrière, son épaisse tresse brillante fouetta l'air comme la queue d'un cheval.

« Merci beaucoup, m'dame », ajouta son compagnon d'un ton sarcastique.

Amelia se souvenait encore de son nom : Harris Tomel, qui ressemblait autant à un homme d'affaires sudiste que Culbeau à un Hell's Angel.

« À cause de vous, la récompense va nous passer sous le nez, poursuivit Harris Tomel. Quand je pense qu'on a traîné des heures dehors par c'te chaleur !

— Le gamin, il vous a indiqué où était Mary Beth ? demanda Rich Culbeau.

— Il va falloir que vous posiez la question au shérif Bell, répliqua Amelia.

— Je me disais qu'il avait pu parler, c'est tout. »

189

Comment étaient-ils arrivés jusqu'au moulin ? se demanda-t-elle. Ou ils avaient suivi les traces laissées par leur petit groupe, ou quelqu'un les avait renseignés – Mason Germain, par exemple, qui espérait peut-être du renfort pour son embuscade.

« J'avais raison, reprit Rich Culbeau.

– À quel sujet ? s'enquit Amelia.

– Sue McConnell a monté les enchères à deux mille dollars, répondit-il en haussant les épaules.

– On en est si près, et en même temps si loin..., observa son acolyte.

– Vous m'excuserez, messieurs, mais j'ai du travail. »

Amelia s'apprêtait à les contourner, intriguée par l'absence du troisième larron, quand un bruissement rapide s'éleva derrière elle ; avant même qu'elle n'ait pu réagir, elle sentit qu'on la délestait de son arme. Elle pivota, s'accroupit instinctivement et vit le pistolet disparaître dans la main de Sean O'Sarian ; celui-ci, maigre et criblé de taches de rousseur, s'éloigna en sautillant, un sourire jusqu'aux oreilles, tel le clown de la classe persuadé d'avoir amusé la galerie.

Rich Culbeau remua la tête d'un air désapprobateur.

« Ça suffit, Sean, merde. »

Amelia tendit la main.

« Rendez-moi mon arme.

– Je voulais juste y jeter un coup d'œil, expliqua le maigrichon. Joli p'tit joujou, m'amzelle. Harris, lui, il collectionne les flingues. Qu'est-ce t'en penses, Harris ? Pas mal, hein ? »

En guise de réponse, Harris Tomel se borna à soupirer et à essuyer la sueur sur son front.

« Vous cherchez les ennuis, monsieur O'Sarian, l'avertit Amelia.

– Allez, Sean, redonne-lui son pistolet, intervint Rich Culbeau. Fait trop chaud pour les conneries. »

Sean O'Sarian feignit de le lui remettre, crosse en avant, mais sans se départir de son sourire, il retira sa main au moment où Amelia approchait la sienne.

« Eh, ma belle, tu viens d'où, exactement ? De New York, je crois bien. Ça ressemble à quoi, là-bas ? C'est pas triste, je parie.

– Arrête de tripoter ce foutu pétard, marmonna Rich Culbeau. C'est le fric qui nous intéresse, Sean. Alors, tu laisses tomber, et on rentre en ville.

190

– Rendez-moi tout de suite cette arme », répéta Amelia.

Mais Sean O'Sarian continuait de sautiller autour d'elle en visant les arbres comme un gosse de dix ans qui jouerait au gendarme et aux voleurs.

« Pan, pan, pan...

– OK, j'abandonne. »

Amelia haussa les épaules.

« De toute façon, ce pistolet ne m'appartient pas. Quand vous en aurez assez de vous amuser avec, vous le rapporterez au bureau du shérif, d'accord ? »

Elle se détourna, ignorant son froncement de sourcils déconfit.

« Eh ! lança-t-il. Vous allez pas... »

Amelia plongea sur la droite, contourna O'Sarian, puis le saisit par-derrière en lui emprisonnant la gorge avec son bras. Une demi-seconde plus tard, elle avait sorti de sa poche son cran d'arrêt, l'avait ouvert et lui en appuyait la pointe sous le menton.

« Qu'est-ce que vous foutez, merde ? » s'écria-t-il, avant de s'apercevoir qu'en parlant, il s'entaillait la gorge sur l'extrémité de la lame.

Alors, il se tut.

« Du calme, du calme, intervint Rich Culbeau, les mains levées. C'est pas la peine de...

– Lâchez vos armes, ordonna Amelia. Tous les trois.

– Mais je vous ai pas embêtée, moi ! protesta Rich Culbeau.

– Écoutez, m'dame, dit Harris Tomel en s'efforçant d'adopter un ton raisonnable, on voulait pas vous causer de problèmes. Notre copain, là, il... »

Le couteau piqua un peu plus profondément le menton mal rasé de Sean O'Sarian.

« Arghhh ! Faites ce qu'elle dit, les gars ! Faites ce qu'elle dit ! siffla-t-il entre ses dents serrées. Lâchez ces putains de flingues ! »

Lentement, Rich Culbeau se baissa pour poser son fusil par terre. Harris Tomel l'imita.

Dégoûtée par l'odeur infecte que dégageait le maigrichon, Amelia tendit son bras libre pour récupérer son arme. Avant de lui donner une bonne bourrade et de reculer en le menaçant de son pistolet.

« C'était juste pour déconner, se défendit Sean O'Sarian. Je suis comme ça, j'aime bien rigoler de temps en temps. Mais faut pas me prendre au sérieux. Hein, les gars, que j'aime bien rigoler...

– Qu'est-ce qui se passe, ici ? lança Lucy Kerr en débouchant à son tour sur le chemin, la main près de son holster.

– Sean cherchait les emmerdes, c'est tout, expliqua Rich Culbeau.

– Et le jour où il les trouvera, il risque d'y laisser sa peau », répliqua Lucy.

Amelia referma son cran d'arrêt, qu'elle rangea dans sa poche.

« Regardez, je suis blessé ! s'écria soudain Sean O'Sarian. Je saigne ! ajouta-t-il en levant un index légèrement rougi.

– Oh, putain ! » commenta Harris Tomel, sans qu'Amelia comprenne le sens de cette intervention.

Lucy se tourna vers sa collègue.

« Vous voulez porter plainte ?

– Je veux surtout prendre une douche, répondit Amelia. Pour me débarrasser de l'odeur. »

Rich Culbeau éclata de rire.

« De toute façon, on n'a pas le temps de s'occuper de leur cas, ajouta-t-elle à l'intention de Lucy.

– Vous êtes sur une scène de crime, rappela celle-ci aux trois hommes. Votre satanée récompense, c'est pas mon problème. »

De la tête, elle indiqua les fusils.

« Si vous avez envie de chasser, allez ailleurs.

– Comme si y avait des trucs à chasser en cette saison ! railla Sean O'Sarian. Je veux dire, ohé, on se réveille !

– Dans ce cas, rentrez en ville, leur conseilla Lucy. Ça vous évitera de faire d'autres trucs foireux. »

Les hommes récupérèrent leurs armes. Rich Culbeau, l'air furieux, glissa quelques mots à l'oreille d'O'Sarian. Celui-ci haussa les épaules en se fendant d'un sourire idiot, et pendant quelques instants, Amelia crut que Culbeau allait le frapper. Mais le colosse parut se calmer, et il s'adressa de nouveau à Lucy :

« Vous avez retrouvé Mary Beth ?

– Pas encore. Mais on a arrêté Garrett, et il va sûrement nous dire où elle est.

– Je regrette qu'on n'ait pas eu la récompense, mais je suis content quand même qu'on l'ait coincé, ce salaud. »

Après leur départ, Amelia demanda :

« Vous avez découvert autre chose, dans le moulin ?

— Rien du tout. Du coup, j'ai décidé de vous rejoindre pour chercher le bateau.

— Au fait, reprit Amelia un peu plus loin, j'ai oublié de vous en reparler, mais on devrait charger quelqu'un de désamorcer ce piège. Le nid de frelons, je veux dire. Il faudrait liquider les bestioles et combler le trou.

— Oh, Jim a envoyé Trey Williams sur place, avec de l'insecticide et une pelle. Mais y avait pas de guêpes, figurez-vous. C'était qu'un vieux nid.

— Il était vide ?

— Tout juste. »

Il ne s'agissait donc pas d'un véritable piège, songea Amelia, mais juste d'une feinte destinée à les ralentir... Elle repensa alors au bocal d'ammoniac, qui ne risquait pas non plus de blesser quelqu'un. Garrett aurait pu le disposer de façon que le produit se renverse sur ses poursuivants et les aveugle. Or, il l'avait perché au sommet d'une petite élévation de terrain. S'ils n'avaient pas découvert et coupé le fil de pêche, le récipient se serait fracassé sur les rochers trois mètres en contrebas ; l'odeur aurait servi à avertir Garrett de leur arrivée, mais personne n'aurait été touché.

Une nouvelle fois, elle revit les grands yeux effrayés de l'adolescent.

J'ai peur. Dites-lui d'arrêter !

Soudain, elle se rendit compte que Lucy lui parlait.

« Euh, pardon ?

— Où avez-vous appris à jouer du surin comme ça ? Enfin, du couteau, quoi.

— Quand j'étais en mission de survie dans la jungle.

— La jungle ? De quel pays ?

— Un endroit nommé Brooklyn », répondit Amelia.

Attendre.

Mary Beth McConnell se tenait derrière la vitre crasseuse. La soif et l'atmosphère étouffante de sa prison la rendaient nerveuse, lui donnaient le tournis. Elle n'avait pas trouvé la moindre goutte de liquide dans toute la maison. Par la fenêtre du fond, au-delà du nid de frelons, elle avait aperçu sur un tas d'ordures quantité de bouteilles d'eau minérale vides dont la seule vue, terriblement tentatrice, avait rendu son supplice

193

encore plus insupportable. Sans rien à boire par une telle chaleur, elle ne survivrait sans doute pas plus d'un jour ou deux, elle en avait conscience.

Où es-tu ? Où ? demanda-t-elle en silence au Missionnaire.

Encore fallait-il qu'il y ait vraiment eu un homme dans les bois, qu'il ne soit pas seulement une création de son esprit désespéré, tourmenté par la soif...

Elle s'appuya contre le mur chauffé par le soleil. Allait-elle s'évanouir ? Elle tenta de déglutir, mais sa bouche était complètement desséchée. La touffeur l'enveloppait comme un épais lainage.

Oh, Garrett..., songea-t-elle soudain avec colère. Je savais bien que tu ne m'attirerais que des ennuis. Et de se rappeler le vieux dicton : « Toute bonne action mérite un châtiment. »

Je n'aurais jamais dû l'aider... Mais d'un autre côté, comment aurais-je pu faire autrement ? Comment aurais-je pu laisser ces voyous le maltraiter ? L'année précédente, ils étaient quatre autour de Garrett évanoui par terre dans Maple Street, se souvenait-elle. L'un d'eux, un grand type méprisant qui jouait au football dans l'équipe de Billy Stail, avait soudain ouvert la braguette de son jean Guess et sorti son pénis avec l'intention manifeste de pisser sur l'adolescent. Mary Beth s'était ruée vers eux, les avait incendiés, puis avait arraché le téléphone portable de l'un des membres de la bande afin de demander une ambulance pour Garrett.

Je n'avais pas le choix, évidemment.

Mais par la suite, je suis devenue son...

Au début, après l'incident, Mary Beth s'amusait de le voir la suivre partout comme un admirateur timide. Il l'appelait tout le temps chez elle pour lui raconter des choses qu'il avait entendues aux informations, lui offrait sans arrêt des cadeaux (et quels cadeaux ! Un scarabée vert émeraude dans une cage minuscule ; des dessins maladroits d'araignées ou de mille-pattes ; une libellule au bout d'une ficelle – vivante, qui plus est !).

Et puis, elle avait commencé à s'inquiéter de sa présence envahissante. Il lui arrivait d'entendre les pas de Garrett derrière elle quand elle rentrait tard le soir. De distinguer sa silhouette parmi les arbres entourant la maison où elle habitait, à Blackwater Landing. D'entendre sa voix haut perchée, inquiétante, murmurer ou chantonner pour lui-même des paroles incompréhensibles. Parfois, quand il l'apercevait dans Main

Street, il se précipitait vers elle pour lui tenir des discours interminables, lui faisant perdre un temps précieux, jetant des coups d'œil furtifs – à la fois chargés de désir et d'embarras – vers ses seins, ses jambes et ses cheveux, la mettant de plus en plus mal à l'aise.

« *Mary Beth, Mary Beth... tu savais qu'une toile d'araignée tendue tout autour de la planète pèserait moins de trente grammes ? Eh, Mary Beth, tu savais qu'une toile d'araignée est quelque chose comme cinq fois plus résistante que l'acier ? Et qu'elle est vachement plus élastique que le Nylon ? Certaines toiles sont vraiment chouettes, un peu comme des hamacs. Les mouches s'endorment dedans, et elles se réveillent plus jamais.* »

(Elle aurait dû remarquer, se disait-elle maintenant, qu'une bonne partie de ces détails concernait toujours la façon dont les araignées et autres insectes piégeaient leurs proies.)

Aussi avait-elle fini par réorganiser sa vie de façon à éviter les rencontres inopportunes de ce genre, choisissant d'autres magasins où s'approvisionner, d'autres itinéraires pour rentrer chez elle, d'autres chemins à explorer en VTT.

Mais ensuite, il s'était passé quelque chose qui devait anéantir tous ses efforts pour prendre ses distances avec Garrett Hanlon : elle avait fait une découverte. Et elle l'avait faite sur les rives de la Paquenoke, en plein cœur de Blackwater Landing – un territoire que l'adolescent considérait comme son fief. Néanmoins, il s'agissait d'une découverte si importante que même une bande de distillateurs clandestins, sans parler d'un gamin squelettique obsédé par les insectes, n'aurait pu décourager Mary Beth de se rendre sur place.

Elle ignorait d'où lui venait cette passion pour l'Histoire, mais elle l'avait toujours eue. Elle se souvenait encore de toutes les fois où elle était allée à Williamsburg avec ses parents. De Tanner's Corner, il n'y avait que deux heures de route, et la famille y allait souvent. À force, Mary Beth avait mémorisé le trajet de façon à pouvoir déterminer à quel moment ils touchaient au but. Après, elle fermait les yeux, et une fois que son père avait garé la Buick, elle demandait à sa mère de la prendre par la main pour l'emmener dans le parc où, quand elle les rouvrait, elle avait l'impression d'être transportée à l'époque de l'Amérique coloniale.

Une exaltation semblable – mais cent fois plus grande – s'était emparée d'elle lorsque, la semaine précédente, en arpentant les berges de la Paquenoke à Blackwater Landing, elle avait soudain remarqué un objet à moitié enterré dans le sol boueux. Aussitôt, elle s'était agenouillée près de sa trouvaille, qu'elle avait dégagée avec la délicatesse d'un chirurgien exposant un cœur malade. Oui, elles étaient bien là, ces vieilles reliques que Mary Beth, à vingt-trois ans, cherchait désespérément depuis des années – ces preuves qui lui permettraient enfin de confirmer ses suppositions, voire de réécrire l'histoire américaine.

Comme tous les habitants de Caroline du Nord, et comme la plupart des jeunes Américains, Mary Beth McConnell avait entendu parler en cours d'histoire de la « Colonie perdue de Roanoke » : à la fin du seizième siècle, un groupe de colons anglais s'était établi sur l'île de Roanoke, entre le littoral et les Banks. Au début, de bons rapports s'étaient instaurés entre les nouveaux arrivants et la population autochtone, mais bientôt, les relations s'étaient dégradées. À l'approche de l'hiver, quand les membres de la communauté s'étaient retrouvés à court de nourriture et de ressources, le gouverneur John White, fondateur de la colonie, avait repris le bateau pour l'Angleterre afin d'obtenir du secours. Mais à son retour, les colons de Roanoke – plus d'une centaine d'hommes, de femmes et d'enfants – avaient disparu.

Le seul indice susceptible d'éclairer ce mystérieux événement était le mot « Croatoan » gravé sur un tronc d'arbre aux abords des habitations. Il s'agissait du nom indien de la ville d'Hatteras, à environ soixante-dix kilomètres au sud. Pour la plupart des historiens, les colons avaient péri en mer alors qu'ils essayaient de rallier le continent, bien que rien ne soit venu étayer cette thèse.

Mary Beth s'était rendue à plusieurs reprises sur l'île de Roanoke, où elle avait vu une version de la tragédie jouée dans un petit théâtre local. La pièce l'avait bouleversée. Pourtant, elle ne s'était plus intéressée à cette histoire jusqu'à son entrée à l'Université de Caroline du Nord, à Avery ; à ce moment-là, elle avait commencé à étudier de plus près les ouvrages sur la Colonie perdue. Un des aspects particulièrement énigmatiques de ce récit, avait-elle découvert, concernait la présence à l'époque d'une jeune fille nommée Virginia Dare, qui avait donné naissance à la légende de la Biche blanche.

C'était un destin que Mary Beth McConnell – fille unique, obstinée, un peu marginale – pouvait tout à fait comprendre.

Virginia Dare, premier enfant anglais né sur le sol américain, membre de la Colonie perdue, était la petite fille du gouverneur White. Selon toute vraisemblance, disaient les manuels d'histoire, elle avait dû mourir avec les autres à Hatteras, ou pendant la traversée. Mais en poursuivant ses recherches, Mary Beth avait appris que peu après la disparition inexpliquée de la communauté de Roanoke, au moment où d'autres Britanniques commençaient à s'établir sur la Côte est, bon nombre de rumeurs sur la Colonie perdue s'étaient mises à circuler.

L'une d'elles affirmait que les colons n'avaient pas tous péri, et que les rescapés avaient trouvé refuge parmi les tribus locales. C'était le cas, en particulier, de Virgina Dare, devenue au fil du temps une superbe jeune femme blonde au teint diaphane, dotée d'un tempérament volontaire et indépendant. Un guérisseur indien était tombé amoureux d'elle, mais elle l'avait rejeté et s'était brusquement évanouie dans la nature. L'Indien prétendait ne pas lui avoir fait de mal ; mais, comme elle avait repoussé ses avances, il l'avait transformée en une biche blanche.

Personne ne l'avait cru, bien entendu. Pourtant, les habitants de la région n'avaient pas tardé à apercevoir une magnifique biche blanche qui semblait régner sur tous les autres animaux. La tribu, effrayée par les pouvoirs supposés de cette créature, avait organisé un concours pour la capturer.

Un jeune guerrier avait réussi à remonter la piste de sa proie, qu'il avait visée selon un angle presque impossible avec une flèche à pointe d'argent. Une fois la biche à terre, la poitrine transpercée, elle avait levé vers le chasseur un regard terriblement humain.

« Qui... qui es-tu ? avait-il bredouillé.

– Virginia Dare », avait-elle répondu dans un souffle, avant de mourir.

Mary Beth avait décidé de s'intéresser sérieusement à l'histoire de la Biche blanche. Après avoir passé des journées et des nuits aux archives de l'université à Chapel Hill et de la faculté de Duke, à lire de vieux journaux intimes et autres documents datant des XVIᵉ et XVIIᵉ siècles, elle avait recensé un certain nombre de références à un « daim blanc » et à de mystérieuses « bêtes blanches » dans le nord-est de la Caroline du Nord. Mais les témoignages relatant ces apparitions ne les situaient pas à Roanoke ou à Hatteras ; toutes s'étaient produites le long

197

des « rives de l'Eau noire, à l'endroit où la rivière Serpentine s'éloigne du Grand Marécage pour aller vers l'ouest ».

Connaissant le pouvoir des contes et sachant que même les plus fantaisistes à première vue contiennent souvent un fond de vérité, Mary Beth en avait déduit que les Colons perdus, redoutant une attaque des tribus locales, avaient peut-être gravé le mot « Croatoan » sur un arbre pour tromper leurs poursuivants, puis s'étaient enfuis non vers le sud, mais plutôt vers l'ouest, où ils s'étaient établis non loin de Tanner's Corner sur les berges de la rivière Paquenoke – au cours incontestablement serpentin –, dans la région connue aujourd'hui sous le nom de Blackwater Landing. Là, ils avaient peu à peu reformé une communauté puissante, et les Indiens, craignant la menace qu'ils représentaient, avaient fini par les décimer. Virginia Dare, avait supposé Mary Beth en se fondant sur l'histoire de la Biche blanche, avait peut-être compté parmi les derniers Anglais à se battre jusqu'à la mort contre l'ennemi.

Pour autant, elle n'avait jamais trouvé aucun élément lui permettant de vérifier cette hypothèse. Armée de vieilles cartes pour essayer de déterminer l'endroit exact où la colonie avait pu débarquer et s'installer, elle avait exploré les alentours de Blackwater Landing pendant des jours. Et puis, la semaine précédente, ses efforts avaient payé : elle avait découvert des traces de la Colonie perdue sur les rives de la Paquo.

Mary Beth se rappelait encore la réaction horrifiée de sa mère lorsqu'elle lui avait parlé d'aller faire des fouilles archéologiques à Blackwater Landing.

« Non, pas là-bas ! s'était écriée Sue McConnell, comme si elle courait elle-même un danger. C'est dans ce coin que le Cafard tue les gens. S'il te voit, il s'en prendra à toi.

– Arrête, maman, avait répliqué Mary Beth. Je croirais entendre tous ces connards qui se foutent de lui dans son lycée.

– N'utilise pas ce genre de termes. Je te l'ai déjà dit.

– Oh, je t'en prie ! Tu ressembles à ces baptistes bornés du premier rang ! avait lancé Mary Beth en pensant à ces paroissiens toujours assis le plus près possible de l'autel tant ils se tourmentent pour leur moralité – ou plutôt, celle des autres.

– Même le nom est effrayant, avait insisté Sue McConnell. Blackwater, l'eau noire... »

Mary Beth lui avait alors expliqué que des dizaines de rivières portent ce nom en Caroline du Nord. Lorsqu'elles traversent des zones marécageuses, leurs eaux sont en effet assombries par les débris de végétation en décomposition. C'est le cas de la Paquenoke, alimentée par les marécages du Great Dismal.

Sa mère n'avait pas eu l'air rassurée pour autant.

« S'il te plaît, ma chérie, n'y va pas... »

En désespoir de cause, Sue McConnell lui avait décoché droit au cœur sa propre flèche à pointe d'argent :

« S'il t'arrivait quelque chose maintenant que ton père nous a quittées, je n'aurais plus personne... Je me retrouverais toute seule. Je serais complètement perdue. Ce n'est pas ce que tu veux, hein ? »

Mais Mary Beth, stimulée par l'adrénaline comme le sont depuis toujours explorateurs et scientifiques, avait rassemblé ses brosses, ses flacons, ses sacs et sa pelle, puis était sortie de bonne heure, la veille, dans la chaleur humide d'une aube jaunâtre, afin d'aller poursuivre ses recherches.

Et là, que s'était-il passé ? Elle avait été agressée et kidnappée par le Cafard. Sa mère avait vu juste.

À présent, assise dans cette cabane aussi répugnante qu'étouffante, la tempe douloureuse, malade de peur et de soif, Mary Beth songeait à sa mère. À la mort de son mari, emporté par un cancer, la pauvre avait complètement perdu pied. Elle avait cessé de voir ses amis, renoncé à ses activités de bénévole à l'hôpital, à toutes ses habitudes et à tout semblant de normalité dans son existence. Mary Beth avait dû assumer un rôle parental tandis que sa mère sombrait peu à peu dans un univers de feuilletons télévisés en s'empiffrant de cochonneries à longueur de journée. Grosse, irresponsable, en manque d'affection, elle était comme une enfant pathétique.

Néanmoins, s'il y avait bien une chose que son père avait apprise à Mary Beth – par l'exemple de sa vie, autant que par celui de sa mort laborieuse –, c'était que l'on doit accomplir sa destinée et n'en dévier le cours pour personne. Ainsi, elle n'avait pas abandonné ses études pour prendre un travail plus près de chez elle, comme l'en suppliait sa mère. Elle avait mis en balance le désir maternel et son propre désir – celui de passer sa maîtrise et, une fois son diplôme en poche, de se consacrer aux fouilles dans le domaine de l'anthropologie. S'il lui fallait pour cela se rendre sur un site proche, tant mieux. Mais s'il s'agissait d'aller déterrer des vestiges amérindiens à Santa Fe, ou esquimaux en Alaska, ou encore afro-américains à Manhattan, elle s'y rendrait. Elle avait toujours été là pour sa mère, mais aujourd'hui, elle devait aussi songer à construire sa vie.

Sauf qu'en l'occurrence, au lieu de collecter d'autres trésors du passé à Blackwater Landing, d'en parler avec son directeur d'études, de rédiger un mémoire et d'analyser ses reliques, elle était piégée dans le nid d'amour d'un adolescent psychotique.

Elle se sentit soudain submergée par le sentiment de son impuissance.

Des larmes lui montèrent aux yeux.

Elle les refoula avant qu'elles ne coulent.

Arrête ! Sois forte. Conduis-toi comme ton père, qui a lutté pied à pied contre la maladie du matin au soir, sans jamais se reposer. Ne te conduis pas comme ta mère.

Pense à Virginia Dare, qui s'est battue avec les Colons perdus.

Pense à la Biche blanche, la reine des animaux de la forêt.

Soudain, au moment où elle se remémorait une illustration du majestueux animal dans un livre sur les contes et légendes de Caroline du Nord, un mouvement attira de nouveau son attention à la lisière de la forêt. Le Missionnaire sortit des bois, un gros sac à dos passé en bandoulière.

Il était réel !

Aussitôt, Mary Beth s'empara d'un des bocaux de Garrett, où était enfermé un gros scarabée semblable à un dinosaure, puis le jeta de toutes ses forces contre le carreau. Le récipient fit voler la vitre en éclats, avant de se fracasser contre les barreaux de l'autre côté.

« Au secours ! cria-t-elle d'une voix rendue presque inaudible par le dessèchement de sa gorge. Au secours ! »

À une centaine de mètres de la maison, l'homme s'arrêta. Tourna la tête.

« Je vous en prie ! Aidez-moi ! »

Il regarda derrière lui, avant de jeter un coup d'œil vers la forêt.

Elle prit une profonde inspiration, mais quand elle voulut de nouveau crier, sa gorge se bloqua. Elle s'étouffa, cracha du sang.

De l'autre côté du champ, le Missionnaire poursuivit son chemin en direction des bois. Il y pénétra quelques instants plus tard.

Mary Beth se laissa choir sur le canapé moisi et appuya la tête contre le mur. Au bout d'un instant, elle se redressa en sursaut, alertée par un autre mouvement – à l'intérieur de la pièce, cette fois. Le coléoptère du bocal – un tricératops version miniature – avait survécu à la destruction de sa cage vitrée. La jeune fille le vit gravir un petit tas de verre brisé, ouvrir ses élytres, déployer ses ailes postérieures presque invisibles tant elles battaient vite, puis s'envoler par la fenêtre vers la liberté.

17

« A MELIA ET MOI, on vous a aidés à le retrouver, déclara Lincoln à l'intention de Jim Bell et du beau-frère de celui-ci, Steve Farr. Comme c'était convenu entre nous. Mais maintenant, il faut qu'on retourne à Avery.

– Le problème, Lincoln, répliqua le shérif d'un ton mesuré, c'est que Garrett veut pas parler. Il refuse de nous dire où il a emmené Mary Beth. »

Ben Kerr, l'air incertain, se tenait près du chromatographe relié au moniteur où apparaissait toujours un tracé lumineux semblable à un relief montagneux. Ses réticences initiales l'avaient déserté, au point qu'il semblait presque regretter d'avoir terminé sa mission. Amelia Sachs se trouvait elle aussi dans le labo, mais pas Mason Germain, ce qui était tout aussi bien ; Lincoln lui en voulait terriblement d'avoir risqué la vie de sa compagne en tirant sur la patrouille près du moulin. Jim Bell lui avait ordonné de rester à l'écart de l'enquête pour le moment.

« J'en suis désolé pour vous, reprit Lincoln, répondant à la demande d'aide implicite contenue dans la remarque du shérif, mais la petite n'est pas en danger à brève échéance. »

Mary Beth était vivante, avait déclaré Lydia aux policiers, avant de leur expliquer ce qu'elle savait de l'endroit où Garrett la retenait prisonnière. Une fouille minutieuse des Banks leur permettrait sans doute de la localiser en quelques jours. Quant à Lincoln, il était prêt pour son opération. Étrangement, il se raccrochait à un porte-bonheur pour le moins insolite : le souvenir de sa prise de bec avec Henry Davett, l'homme au regard d'acier. Cette réminiscence l'incitait à partir au plus vite pour l'hôpital, à terminer les analyses et à s'offrir au bistouri du docteur Weaver. Il jeta un coup d'œil à Ben, se préparant à lui donner ses instructions pour ranger le matériel d'analyse scientifique, lorsque Amelia se mit soudain en tête de défendre la cause de Jim Bell.

« On a trouvé des indices dans le moulin, Lincoln. En fait, c'est Lucy qui les a découverts. À mon avis, ils sont révélateurs.

– Ah oui ? répliqua-t-il. Eh bien, s'ils le sont autant que tu le prétends, ce sera facile pour quelqu'un d'autre d'en tirer des conclusions utiles.

– Écoutez, Lincoln, reprit le shérif d'une voix teintée d'inflexions raisonnables, je veux pas vous forcer la main, évidemment, mais vous êtes le seul ici à avoir l'expérience des crimes de ce genre. Je serais bien emmerdé si je devais essayer de comprendre ce que nous dit ce truc-là, par exemple, ajouta-t-il en désignant le chromatographe. Ou ce que révèle telle petite motte de terre ou telle empreinte de pas. »

L'arrière du crâne appuyé contre le repose-tête moelleux du Storm Arrow, Lincoln croisa le regard implorant d'Amelia. Après avoir poussé un profond soupir, il lança :

« Garrett n'a rien dit *du tout* ?

– Oh si, répondit Steve Farr en tirant sur le lobe d'une de ses oreilles en feuille de chou. Il prétend qu'il a pas tué Billy et que s'il a éloigné Mary Beth de Blackwater Landing, c'est pour son propre bien. Voilà. Mais pas un mot sur l'endroit où il l'a enfermée.

– Par cette chaleur, elle risque de mourir de soif, observa Amelia.

– Ou de faim », souligna Steve Farr.

Oh, bon sang...

« Thom ? appela Lincoln. Appelle le docteur Weaver. Préviens-la que je vais rester encore un peu. Insiste bien sur le "un peu".

– C'est tout ce qu'on vous demande, Lincoln, déclara Jim Bell, dont le visage marqué reflétait maintenant le soulagement. Encore une heure ou deux. En gage de reconnaissance, ajouta-t-il pour plaisanter, on vous fera citoyen d'honneur de Tanner's Corner. Vous aurez droit à la clé de la ville. »

Ce qui me permettra d'ouvrir la porte et de foutre le camp plus vite, songea Lincoln avec un certain cynisme.

« Où est Lydia, Jim ? s'enquit-il.

– À l'hôpital.

– Dans quel état ?

– Elle a rien de grave. Mais ils vont quand même la garder en observation une journée.

203

– Vous pouvez me répéter ses paroles *exactes* ?

– Garrett lui a raconté qu'il avait emmené Mary Beth vers l'est, près de l'océan, déclara Amelia. Sur une des îles qui forment les Banks. Il a affirmé aussi qu'il ne l'avait pas vraiment kidnappée, qu'elle l'avait suivie de son plein gré ; il serait allé la chercher, et elle n'aurait aucune raison de se plaindre de la situation. Lydia m'a également confié que notre arrivée avait pris complètement Garrett de court. Il ne pensait jamais qu'on atteindrait si vite le moulin. Quand il a senti l'ammoniac, il a paniqué, changé de vêtements, bâillonné sa prisonnière et quitté le moulin en trombe...

– OK, Ben ? On a des choses à examiner. »

Le zoologue opina, puis enfila de nouveau ses gants en latex – sans qu'il ait besoin de le lui préciser, nota Lincoln.

Il voulut voir les provisions et l'eau rapportées du moulin. Ben les lui montra.

« Aucune étiquette avec le nom du magasin, déclara Lincoln. Comme les autres. On ne pourra rien en tirer. Bon, regardez s'il n'y aurait pas des débris collés sur le côté du ruban adhésif. »

Amelia et Ben passèrent dix minutes à étudier le rouleau à la loupe. Ils récupérèrent de minuscules fragments de bois que Lincoln, avec l'aide de Ben, observa au microscope. Pour en conclure qu'ils provenaient de la minoterie.

« Inutile de chercher de ce côté-là », dit-il.

Ben lui apporta ensuite la carte du comté de Paquenoke. Des croix et des flèches y étaient inscrites, retraçant l'itinéraire qu'avait suivi Garrett de Blackwater Landing au moulin. Elle non plus ne comportait pas d'étiquette. Ni la moindre indication sur les autres destinations de l'adolescent.

« Vous avez un SDE ? demanda Lincoln à Jim Bell.

– Un quoi ?

– Un système de détection électrostatique.

– Je sais même pas ce que c'est.

– Un appareil qui permet de repérer les creux dans le papier. Si Garrett a écrit puis effacé quelque chose en haut de la carte – le nom d'une ville ou une adresse –, on aura ainsi la possibilité de le voir.

– Euh, c'est qu'on n'a pas ce machin-là... Vous voulez que j'appelle la police d'État ?

– Non, inutile. Ben, braquez donc une lampe électrique sur le plan selon une faible incidence ; au cas où il y aurait des traces d'écriture, on s'en rendra compte. »

L'assistant s'exécuta, mais ils eurent beau scruter chaque centimètre carré de la carte, ils ne relevèrent aucune marque particulière.

Lincoln ordonna ensuite à Ben de s'intéresser à la seconde carte, celle trouvée par Lucy dans le moulin.

« On va tenter de récolter ce qui a pu se loger dans les plis. Attention, Ben, elle est trop grande pour les encarts publicitaires des magazines. Ouvrez-la au-dessus d'un journal. »

La manœuvre mit en évidence des traînées de sable. Du sable marin, conclut immédiatement Lincoln, tel qu'on devait le trouver dans les Banks – constitué de grains clairs, et non opaques comme ceux du sable à l'intérieur des terres.

« Il faut en analyser un échantillon au chromatographe, au cas où il contiendrait d'autres traces utiles. »

Sans tarder, Ben fit fonctionner la bruyante machine.

Puis, en attendant les résultats, il étala le plan sur la table. Jim, Ben et Lincoln l'inspectèrent avec soin. Il représentait la Côte est des États-Unis à partir de Norfolk, en Virginie, ainsi que les Hampton Roads – les voies de navigation jusqu'en Caroline du Sud. Mais, malgré leurs efforts, les trois hommes ne décelèrent ni cercle ni inscription d'aucune sorte indiquant un emplacement précis.

Évidemment, songea Lincoln. Ce n'est jamais aussi facile... De nouveau, ils eurent recours à la lampe électrique. Sans plus de succès.

Enfin, les résultats de l'analyse au chromatographe apparurent sur le moniteur. Lincoln les parcourut rapidement du regard.

« Ça ne va pas beaucoup nous aider, marmonna-t-il. Chlorure de sodium – du sel, quoi –, acide iodique, matière organique... Normal, tous ces éléments entrent dans la composition de l'eau de mer. Mais il n'y a pratiquement rien d'autre. Dans ces conditions, il me paraît difficile de rattacher le sable à un site spécifique... »

De la tête, il indiqua les chaussures qui se trouvaient encore dans le carton d'où Ben avait sorti le plan.

« Vous pouvez y jeter un coup d'œil ? » demanda-t-il à son assistant.

Celui-ci les considéra attentivement, allant même jusqu'à les délacer sans qu'on ait besoin de le lui suggérer. Il a un don pour la criminalistique, c'est incontestable, se dit Lincoln. Dommage qu'il le gâche en s'occupant de poissons névrosés...

Les baskets manipulées par Ben étaient de vieilles Nike – un modèle tellement répandu qu'il n'était même pas envisageable de remonter jusqu'au magasin où Garrett les avait achetées.

« Y a des débris de feuilles mortes accrochés après, annonça Ben. Je dirais érable et chêne. »

Lincoln opina.

« Il reste quelque chose, dans le carton ? s'enquit-il.

– Non, rien. »

Après avoir levé les yeux vers les listes figurant sur le tableau, Lincoln s'arrêta un instant sur la référence au camphène.

« Amelia ? Dans le moulin, tu as remarqué de vieilles lampes, sur les murs ? Ou des lanternes ?

– Non, répondit-elle. Aucune.

– Tu en es sûre, insista-t-il d'un ton bourru, ou est-ce que tu n'as pas fait attention, tout simplement ? »

Sans se démonter, elle croisa les bras avant de déclarer posément :

« Plancher en châtaignier, lattes de vingt centimètres de large, murs en plâtre avec ossature en bois. Il y avait un graffiti sur une cloison, tracé à la peinture bleue en bombe. Il disait : "Josh et Brittany, pour la vie." J'ai vu une table de style Shaker, fendue au milieu et peinte en noir, trois bouteilles d'eau minérale Deer Water, un paquet de barres chocolatées Reese, cinq sachets de Doritos, deux de chips Cape Cod, six boîtes de Pepsi, huit sachets de crackers au fromage et au beurre de cacahouètes. Une des deux fenêtres du local administratif était condamnée par des planches et l'autre n'avait plus qu'un carreau intact ; les autres avaient volé en éclats. Toutes les poignées de porte et de fenêtres avaient disparu. J'ai également noté la présence d'un ancien modèle d'interrupteurs électriques. Alors, oui, quand je dis qu'il n'y avait pas de vieilles lampes, j'en suis sûre et certaine.

– Waouh ! Elle vous a bien eu, Lincoln ! » s'exclama Ben en riant.

Considéré désormais comme un membre de l'équipe, le jeune homme eut droit à un regard noir de la part de Lincoln. Celui-ci reporta ensuite son attention sur les pièces à conviction avant de remuer la tête en signe d'impuissance.

« Désolé, Jim, mais tout ce que je suis en mesure de conclure, c'est qu'elle est probablement retenue prisonnière dans une maison à proximité de l'océan mais, au cas où ces feuilles caduques viendraient de là, pas au bord de l'eau. Parce que ni les chênes ni les érables ne poussent dans le sable.

Et c'est sans doute une bâtisse ancienne, à cause des lampes au camphène. Datant à mon avis du XIXᵉ siècle. Voilà, je ne peux pas vous en apprendre davantage, j'en ai peur. »

L'air dubitatif, le shérif contempla encore quelques instants la carte de la Côte est.

« Bon, je vais retourner interroger Garrett, au cas où il se montrerait plus coopératif... Dans le cas contraire, va falloir que je passe un coup de fil à l'adjoint du procureur pour essayer de négocier un arrangement si le gamin accepte de nous livrer des informations. Au pire, j'enverrai des patrouilles fouiller les Banks. Quoi qu'il en soit, Lincoln, vous nous avez rendu un fier service. Je vous en remercierai jamais assez. Vous restez ici encore un moment ?

— Juste le temps de montrer à Ben comment ranger le matériel. »

Lincoln songea soudain à sa nouvelle mascotte, Henry Davett. Mais à sa grande surprise, l'euphorie suscitée par la fin de sa mission était gâchée par la frustration née de son échec à mettre en place la dernière pièce du puzzle permettant de localiser Mary Beth McConnell. Mais comme le disait son ex-femme quand il quittait autrefois leur appartement à une ou deux heures du matin pour se rendre sur une scène de crime, on ne peut pas sauver tout le monde.

« Je vous souhaite bonne chance, Jim.

— Vous permettez que je vienne avec vous ? demanda Amelia au shérif. Voir Garrett ?

— Pas de problème », répondit-il.

Il parut sur le point d'ajouter quelque chose, peut-être au sujet du charme féminin susceptible d'amener l'adolescent à se montrer plus loquace, mais au dernier moment, il se ravisa – avec sagesse, songea Lincoln.

« Allez, au boulot, Ben ! » lança-t-il. Il rapprocha son fauteuil roulant de la table où étaient disposées les éprouvettes servant à mesurer le gradient de densité.

« Maintenant, écoutez-moi : les outils de travail d'un criminologue sont pareils aux armes d'un officier de terrain. Il faut les manipuler avec soin, comme si des vies humaines en dépendaient, car croyez-moi, c'est toujours le cas un jour ou l'autre. C'est bien compris, Ben ?

— C'est bien compris, Lincoln. »

18

L A PRISON de Tanner's Corner se trouvait à environ deux cents mètres du bureau du shérif.

Lorsque Amelia s'engagea avec Jim Bell sur le trottoir brûlant, elle fut de nouveau frappée par l'aspect « ville fantôme » de Tanner's Corner. Les ivrognes à l'air maladif qu'ils avaient aperçus le matin même étaient toujours là ; assis sur un banc, ils ne disaient pas un mot. Une femme très maigre, les cheveux impeccablement coiffés, gara sa Mercedes sur un parking vide, puis en descendit et se dirigea vers l'institut de beauté. Cette voiture luxueuse semblait complètement déplacée dans la petite bourgade, songea Amelia. Il n'y avait personne d'autre dans la rue. Une demi-douzaine de boutiques avaient fermé depuis peu, y compris un magasin de jouets dont la vitrine contenait encore le mannequin d'un bébé habillé d'un pull-over décoloré par le soleil. Mais où étaient donc tous les enfants ? se demanda une nouvelle fois Amelia.

Soudain, elle tourna la tête vers l'autre côté de la chaussée et plissa les yeux en voyant quelqu'un l'observer depuis l'entrée sombre du bar Chez Eddie.

« Ces trois gars, là-bas... », commença-t-elle.

Jim Bell suivit la direction de son regard.

« Culbeau et ses copains ?

— Mouais. Ils m'ont posé des problèmes. L'un d'eux a essayé de me piquer mon arme. O'Sarian.

— Ah bon ? fit le shérif en fronçant les sourcils. Qu'est-ce qui s'est passé ?

— Je l'ai récupérée, répondit Amelia, laconique.

— Je peux le convoquer au poste, si vous y tenez.

— Non. Je me suis dit qu'il fallait vous mettre au courant : ils sont furieux que la récompense leur ait échappé, mais à mon avis, ce n'est pas seulement ça. Ils veulent la peau de ce gamin.

— Comme tout le monde ici...

— Mais tout le monde ne se balade pas avec un fusil chargé ! »

Le shérif étouffa un petit rire.

« Y en a quelques-uns qui s'abstiennent, c'est vrai.

— Et puis, j'aimerais bien qu'on m'explique comment ils se sont débrouillés pour nous retrouver au moulin, ajouta Amelia.

— Vous pensez à Mason ? demanda Jim Bell après quelques secondes de réflexion.

— Tout juste.

— Je donnerais cher pour qu'il parte en congé cette semaine... Malheureusement, ça risque pas d'arriver. Voilà, on y est. C'est pas une prison modèle, mais bon, elle remplit son office. »

Ils pénétrèrent dans un bâtiment en parpaings d'un seul niveau où un climatiseur bruyant dispensait une fraîcheur bienvenue. Jim Bell demanda à Amelia de déposer son pistolet à l'entrée. Il fit de même, avant de la conduire dans la salle d'interrogatoire, dont il referma la porte derrière eux.

Garrett Hanlon, vêtu d'une combinaison bleue gracieusement prêtée par le comté, était assis à une table en face de Jesse Corn. Celui-ci adressa aussitôt un large sourire à Amelia, qui lui en rendit un moins enthousiaste. Quand elle regarda l'adolescent, elle se sentit une nouvelle fois troublée par l'impression de désespoir qui émanait de lui.

J'ai peur. Dites-lui d'arrêter !

D'autres boursouflures étaient apparues sur son visage et ses bras, remarqua-t-elle.

« Qu'est-ce qui t'es arrivé ? » demanda-t-elle en montrant les plaies.

Le jeune garçon baissa les yeux vers son avant-bras, qu'il frotta d'un air embarrassé.

« C'est du sumac vénéneux, murmura-t-il.

— T'es au courant de tes droits ? s'enquit le shérif d'une voix douce. L'officier Kerr te les a lus ?

— Mouais.

— Tu les as compris ?

— Je crois.

— Ton avocat est en route. Maître Fredericks. Il avait une

réunion à Elizabeth City, mais il sera bientôt là. En attendant, t'es pas obligé de dire quoi que ce soit. C'est bien clair ? »

Garrett acquiesça d'un signe de tête.

Amelia jeta un coup d'œil au miroir sans tain en se demandant qui, de l'autre côté, s'occupait de la caméra vidéo.

« Mais on espère que t'accepteras de nous parler quand même, Garrett, poursuivit Jim Bell. Parce qu'on a des questions rudement importantes à te poser. Et d'abord, c'est vrai ? Mary Beth est vivante ?

— Évidemment, qu'elle est vivante.

— Tu l'as violée ?

— Jamais je l'aurais touchée ! s'exclama le jeune garçon, l'indignation l'emportant sur ses autres émotions.

— Mais tu l'as enlevée, souligna le shérif.

— Pas vraiment.

— Comment ça, pas vraiment ?

— Ben, elle veut pas admettre que Blackwater Landing est un coin dangereux. Alors, j'ai été obligé de l'emmener ailleurs pour la mettre à l'abri. C'est tout. Je l'ai sauvée. Des fois, faut forcer les gens à faire ce qu'ils ont pas envie de faire. Pour leur bien. C'est après coup qu'ils pigent pourquoi.

— Elle est près de la plage, c'est ça ? Quelque part dans les Banks ? »

L'adolescent cilla, avant de plisser ses yeux rougis. Sans doute venait-il de se rendre compte que les policiers avaient trouvé la carte et interrogé Lydia... Les lèvres pincées, il s'absorba dans la contemplation de la table en contreplaqué.

« Où est-elle, Garrett ?

— Je peux pas vous répondre.

— Écoute, fiston, t'es dans les emmerdes jusqu'au cou. Tu risques d'être inculpé de meurtre, figure-toi.

— J'ai pas tué Billy.

— Comment t'as deviné que je parlais de Billy ? »

Jesse Corn arqua un sourcil en direction d'Amelia, manifestement impressionné par l'ingéniosité de son chef.

Les ongles de Garrett cliquetèrent.

« Personne en ville ignore que Billy a été assassiné. »

Du regard, il parcourut rapidement la pièce, et inévitablement ses yeux se fixèrent sur Amelia Sachs. Elle parvint à supporter quelques secondes seulement son expression implorante ; ensuite, elle dut détourner la tête.

210

« On a relevé tes empreintes sur cette pelle qui lui a défoncé le crâne.

– La pelle ?

– C'est ça. »

Garrett parut se plonger dans ses souvenirs.

« Je me rappelle qu'elle était par terre, déclara-t-il enfin. J'ai dû la ramasser, j'imagine.

– Pourquoi ?

– Aucune idée. J'ai pas réfléchi. C'était tellement bizarre que Billy soit étendu là, couvert de sang et tout...

– Tu sais qui a agressé Billy ?

– Ouais, ce type... Mary Beth m'a expliqué qu'elle travaillait sur un projet pour la fac là-bas, près de la rivière, et que Billy s'était arrêté pour bavarder. Là-dessus, le gars les a rejoints. Il avait suivi Billy, et ils se sont engueulés, puis battus, et l'homme a attrapé la pelle pour le tuer. Après, je suis arrivé, et il s'est enfui.

– Tu l'as vu ?

– Oui, m'sieur.

– Et pourquoi il se serait engueulé avec Billy ? demanda le shérif d'un air sceptique.

– Mary Beth a dit que c'était pour une histoire de drogue, quelque chose comme ça. Apparemment, Billy vendait de la came aux mecs de l'équipe de foot. Des anabolisants, je crois...

– Ce qui faut pas entendre ! s'exclama Jesse Corn avec un petit rire empreint d'amertume.

– Écoute, Garrett, reprit Jim Bell. Billy, c'était pas un dealer. Je le connaissais. Et on nous a jamais signalé de problèmes d'anabolisants au lycée.

– Si j'ai bien compris, Billy te charriait tout le temps, ajouta Jesse. Lui et d'autres gars de l'équipe. »

Ce n'était pas juste, songea Amelia, que ces officiers costauds se mettent à deux contre lui.

« Ils se foutaient de toi, insista Jesse. Ils t'appelaient le Cafard. T'as balancé un coup de poing à Billy, un jour, et du coup, toute la bande t'a collé une sacrée raclée.

– Je m'en souviens pas.

– C'est M. Gilmore, le proviseur, qui nous a raconté ça, précisa Jim Bell. Ils ont dû prévenir la sécurité.

– Mouais, peut-être. N'empêche, c'est pas moi qui l'ai tué.

– Ed Schaeffer est mort, tu sais. À cause de tous ces frelons qui l'ont attaqué dans l'affût.

– Je suis désolé. Mais j'y suis pour rien ! C'est pas moi qui ai mis le nid là-dedans.

– Tiens donc ! Comme ça, tu nous as pas tendu un piège ?

– Non, il était dans la cabane, c'est tout. J'y allais souvent – des fois, même, j'y passais la nuit –, et les guêpes m'embêtaient pas. Elles attaquent que si elles sentent leur famille en danger.

– Bon, parle-nous un peu de cet homme qui, d'après toi, aurait tué Billy, lui demanda Jim Bell. Tu l'avais déjà vu dans le coin ?

– Oui, m'sieur. Plusieurs fois ces deux dernières années. Je l'ai aperçu dans les bois autour de Blackwater Landing. Et un jour, près du lycée.

– Blanc ? Noir ?

– Blanc. Et très grand. À peu près du même âge que M. Babbage.

– La quarantaine ?

– Ouais, sûrement. Blond. Il portait une salopette marron et une chemise blanche.

– Pourtant, on a relevé que tes empreintes et celles de Billy sur la pelle, souligna Jim Bell.

– Ben, je crois qu'il avait des gants.

– Pourquoi il aurait mis des gants à cette époque de l'année ? lança Jesse.

– P'têt pour pas laisser d'empreintes, justement », rétorqua Garrett.

Amelia repensa aux empreintes sur la pelle. Ce n'étaient pas Lincoln ni elle qui s'étaient chargés de les relever. Or, il est parfois possible de mettre en évidence des empreintes laissées par le grain des gants en cuir ; celles laissées par des gants en coton ou en laine sont moins facilement détectables, mais il arrive que des fibres de tissu se détachent et restent accrochées aux minuscules rugosités d'une surface en bois telle que le manche d'un outil.

« Bon, ça aurait pu se passer comme tu le dis, Garrett, déclara le shérif. Sauf que ça ressemble pas à la vérité.

– Billy était déjà mort ! s'écria l'adolescent. J'ai juste ramassé la pelle pour la regarder. J'aurais pas dû, c'est vrai. Mais je l'ai ramassée. C'est tout. Et comme je savais que Mary Beth était en danger, je l'ai emmenée ailleurs pour la protéger,

212

ajouta-t-il à l'intention d'Amelia, qu'il implora une nouvelle fois du regard.

— À propos de Mary Beth, pourquoi elle était en danger, d'après toi ? s'enquit le shérif.

— Parce qu'elle traînait à Blackwater Landing. »

Garrett fit encore cliqueter ses ongles. Une manie différente de la mienne, songea Amelia. Je me laboure la peau, il frotte ses ongles l'un contre l'autre. Laquelle est la pire ? se demanda-t-elle. Pour conclure aussitôt : La mienne. Elle est plus destructrice.

Garrett la suppliait toujours de ses yeux rouges et larmoyants.

Arrête ! Je ne peux pas supporter ce regard ! pensa-t-elle en détournant la tête.

« Et Todd Wilkes ? poursuivit Jim Bell. Le gosse qui s'est pendu ? Tu l'as menacé ?

— Non !

— Son frère t'as vu le houspiller la semaine dernière.

— Il jetait des allumettes enflammées sur une fourmilière. C'est nul, et c'est méchant. Alors, je lui ai dit d'arrêter.

— Et Lydia ? Pourquoi l'avoir kidnappée ?

— J'étais inquiet pour elle aussi.

— Parce qu'elle était à Blackwater Landing ?

— C'est ça.

— T'allais la violer, pas vrai ?

— Non ! »

Cette fois, Garrett se mit à pleurer.

« J'avais pas l'intention de la toucher. Ni elle ni personne ! Et j'ai pas tué Billy ! Pourquoi tout le monde veut m'obliger à avouer des trucs que j'ai pas faits ? »

Jim Bell sortit de sa poche un Kleenex qu'il tendit au gamin.

Soudain, la porte s'ouvrit à la volée, livrant passage à Mason Germain. C'était sans doute lui qui avait pris place derrière le miroir sans tain, et à en juger par son expression, il avait manifestement perdu patience. Lorsqu'elle respira son after-shave, Amelia réprima une grimace ; elle en était venue à détester cette odeur écœurante.

« Mason..., commença Jim Bell.

— Écoute-moi bien, gamin : tu nous dis où est cette fille, et tu nous le dis maintenant ! Parce que si tu refuses de parler, tu vas te retrouver à Lancaster, où tu moisiras jusqu'à ton procès... T'as déjà entendu parler de Lancaster ? Si c'est pas le cas, je vais te...

– Ça suffit, maintenant ! » ordonna une voix haut perchée.

Un nabot entra à son tour dans la salle d'interrogatoire – un homme encore plus petit que Mason, avec des cheveux effilés au rasoir et maintenus en place par du spray fixant, habillé d'un costume gris aux boutons fermés, d'une chemise bleu pastel et d'une cravate rayée. Il portait également des chaussures dont les talons devaient mesurer au moins cinq centimètres.

« Plus un mot, recommanda-t-il à Garrett.

– Bonjour, Cal », lança Jim Bell, que la présence du nouvel arrivant ne semblait guère réjouir.

Le shérif présenta ensuite Amelia à Calvin Fredericks, l'avocat de Garrett.

« Qu'est-ce qui vous prend d'interroger mon client avant mon arrivée ? » Et d'ajouter, à l'intention de Mason :

« Et c'était quoi, ces conneries sur Lancaster ? C'est vous que je devrais faire boucler pour l'avoir harcelé comme ça !

– Il sait où est la fille, Cal, grommela Mason. Mais il veut pas nous répondre. On lui a lu ses droits. Il...

– Un gosse de seize ans ? Franchement, j'ai bien envie de laisser tomber cette affaire tout de suite et de rentrer chez moi dîner de bonne heure. »

Il se tourna vers Garrett.

« Alors, jeune homme, comment tu te sens ?

– J'ai la figure qui me gratte.

– T'as reçu du gaz lacrymogène ?

– Non, m'sieur. C'est juste que ça me gratte.

– On va s'en occuper. Te donner de la crème, ou un truc dans le genre. Bon, je suis ton avocat, Garrett. L'État m'a commis d'office. Tu n'auras rien à payer. Ils t'ont lu tes droits ? Ils t'ont précisé que tu n'étais pas obligé de parler ?

– Oui, m'sieur. Mais le shérif Bell voulait quand même me poser des questions.

– Ah, c'est malin, Jim, observa Cal Fredericks. Qu'est-ce qui t'est passé par la tête, bon sang ? Pourquoi quatre officiers de police dans cette salle ?

– On pensait à Mary Beth McConnell, répliqua Mason. Qu'il a kidnappée.

– Ce n'est pas encore prouvé.

– Et violée, renchérit Mason.

– C'est pas vrai ! s'écria Garrett.

– On a retrouvé un mouchoir en papier taché de sang, avec son foutre partout, rétorqua Mason.

– Non, non ! gémit l'adolescent, dont le visage prenait une inquiétante couleur cramoisie. Mary Beth s'est blessée toute seule. Je vais vous expliquer : elle s'est cogné la tête et moi, je, ben, j'ai essuyé le sang avec un Kleenex qui traînait dans ma poche. Pour le reste... ben, des fois, je... enfin, vous savez, je me touche... Je devrais pas, je sais. C'est mal. Mais je peux pas m'en empêcher.

– Chut, Garrett, intervint Cal Fredericks, tu n'as pas à te justifier auprès de qui que ce soit ici. » À l'intention de Jim Bell, il ajouta :

« À présent, l'interrogatoire est terminé. Ramenez-le dans sa cellule. »

Alors que Jesse Corn l'entraînait hors de la pièce, Garrett s'immobilisa sur le seuil, puis se tourna vers Amelia.

« S'il vous plaît, faut que vous me rendiez un service. Je vous en prie ! Dans ma chambre, y a des bocaux...

– Vas-y, Jesse, ordonna le shérif. Emmène-le. »

Mais presque malgré elle, Amelia lança :

« Attendez. »

Elle s'adressa ensuite à Garrett :

« Quels bocaux ? Ceux où tu as mis tes insectes ? »

L'adolescent hocha la tête.

« Vous pouvez leur donner de l'eau ? Ou alors, les laisser partir – les remettre dehors, quoi –, pour qu'ils aient une chance de survivre... M. et Mme Babbage, ils feront rien pour les sauver. S'il vous plaît... »

Elle hésita, consciente de tous les regards braqués sur elle.

« D'accord, répondit-elle enfin. Je te le promets. »

En guise de remerciement, Garrett la gratifia d'un faible sourire.

Le shérif posa sur Amelia un regard indéchiffrable puis, de la tête, intima l'ordre à Jesse d'escorter le prisonnier hors de la pièce. L'avocat se préparait déjà à leur emboîter le pas quand Jim Bell lui colla son index sur la poitrine.

« Tu vas nulle part, Cal. On reste ici jusqu'à l'arrivée de McGuire.

– Ne me touche pas, maugréa l'avocat, qui alla néanmoins s'asseoir. Mais enfin, c'est quoi, tout ce cirque ? Quand je pense que vous avez interrogé un gosse de seize ans sans me...

– Ferme-la, Cal. J'essayais pas d'obtenir des aveux,

qu'il m'aurait pas faits de toute façon, et que j'aurais pas utilisés s'il les avait faits quand même. On a plus de preuves qu'il n'en faut pour l'envoyer finir ses jours à l'ombre. Tout ce qui m'intéresse, c'est de retrouver Mary Beth. Elle est quelque part dans les Banks, et tenter de localiser quelqu'un là-bas sans assistance, c'est pire que de chercher une aiguille dans une putain de meule de foin.

— Inutile d'insister. Il ne dira plus un mot.

— Elle risque de mourir de soif, Cal, ou de faim. Ou d'attraper un coup de chaleur, de tomber malade... »

Comme son interlocuteur ne réagissait pas, Jim Bell changea de tactique :

« Ce gamin est un danger public. On compte plus les plaintes déposées contre lui...

— ... que ma secrétaire m'a lues pendant le trajet jusqu'ici. La plupart concernent ses absences scolaires. Oh, et j'oubliais les accusations de voyeurisme – alors que, et c'est assez amusant, il n'était même pas sur la propriété du plaignant, mais en train de traîner sur le trottoir !

— Et ce nid de frelons, l'année dernière, lança Mason d'un ton furieux. L'affaire Meg Blanchard.

— Vous l'avez relâché, souligna l'avocat d'un ton presque joyeux. Vous n'aviez aucune charge contre lui.

— Ce coup-ci, c'est différent, Cal. On a des témoins, on a aussi des indices matériels, et Ed Schaeffer est mort. En gros, le gamin est fait comme un rat. »

Un homme mince, en costume de seersucker bleu tout froissé, pénétra dans la salle d'interrogatoire. Environ cinquante-cinq ans, cheveux gris clairsemés, visage sillonné de rides. Il salua Amelia d'un air absent, puis gratifia Cal Fredericks d'un regard plus sombre.

« J'en ai assez entendu pour conclure qu'il s'agit d'un des cas les plus évidents d'homicide volontaire, de kidnapping et d'agression sexuelle que j'ai eus à traiter depuis des années », déclara-t-il.

Jim Bell présenta Amelia à Bryan McGuire, le procureur du comté de Paquenoke.

« Il n'a que seize ans, observa Cal Fredericks.

Imperturbable, le procureur répliqua :

« Il n'y a pas un seul tribunal dans cet État qui ne le jugerait pas comme un adulte et ne l'enverrait pas derrière les barreaux pour au moins deux cents ans.

216

« — Eh bien, allez-y, McGuire, répliqua Cal Fredericks avec impatience. Vous voulez négocier un arrangement. Je connais ce ton-là. »

En voyant Bryan McGuire adresser un signe de tête au shérif, Amelia en déduisit que les deux hommes avaient déjà eu une conversation sur ce sujet.

« Évidemment qu'on veut négocier un arrangement, déclara Jim Bell. Y a de bonnes chances pour que la gamine soit encore en vie, et on aimerait la localiser avant qu'elle meure.

— On a tellement de charges contre lui, Cal, que vous seriez surpris de voir combien nous pouvons nous montrer souples, renchérit le procureur.

— Ah oui ? Surprenez-moi donc, répliqua avec insolence l'avocat de la défense.

— J'ai la possibilité de présenter deux chefs d'accusation pour séquestration illégale et agression, et deux chefs d'accusation pour homicide volontaire : un pour Billy Stail, l'autre pour l'officier décédé. D'ailleurs, c'est ce que j'ai l'intention de faire. En admettant, bien sûr, que la jeune fille soit retrouvée vivante.

— La mort d'Ed Schaeffer est accidentelle, riposta Cal Fredericks.

— Il est tombé dans un putain de piège ! gronda Mason.

— Je propose qu'on se mette d'accord sur un homicide volontaire pour Billy Stail, reprit le procureur, et un homicide involontaire pour l'officier. »

Cal Fredericks médita la question quelques instants.

« Bon, je vais voir ce que je peux faire. »

Dans un grand claquement de talons, il sortit s'entretenir avec son client. Lorsqu'il reparut, cinq minutes plus tard, il n'avait pas l'air content.

« Quelles nouvelles ? demanda Jim Bell, découragé par l'expression de l'avocat.

— C'est l'impasse.

— Il s'est braqué ?

— Complètement.

— J'en ai rien à foutre du secret professionnel, Cal. Si tu sais quelque chose que tu veux pas nous dire, je...

— Non, non, Jim, je t'assure. Il affirme qu'il veut protéger la fille, qu'elle est parfaitement bien là où elle est et que vous devriez plutôt chercher ce type en salopette marron et chemise blanche.

– Il nous a même pas fourni un signalement correct, marmonna le shérif. De toute façon, même s'il nous en avait donné un, je suis sûr que ça changerait demain, parce qu'il nous mène en bateau. »

Bryan McGuire lissa en arrière une chevelure qui l'était déjà. La défense utilisait le spray fixant Aqua Net, reconnut Amelia ; l'accusation, la brillantine Brylcreem.

« Écoutez, Cal, c'est votre problème. Je vous ai fait une proposition. Vous nous indiquez où est la fille, on la retrouve vivante, et je réduis les chefs d'accusation. Vous ne le faites pas, et je demande le maximum pendant le procès. Le gamin finira ses jours en prison. On le sait tous les deux. »

Un bref silence s'ensuivit.

« J'ai une idée, dit enfin Cal Fredericks.

– Tiens donc, répliqua le procureur, sceptique.

– Non, écoutez... Il y a quelque temps, à Albemarle, j'ai travaillé sur une affaire dans laquelle une femme prétendait que son fils s'était enfui de la maison. Mais sa version des faits ne collait pas.

– *L'affaire Williams ?* demanda Bryan McGuire. Cette Noire qui...

– Tout juste.

– J'en ai entendu parler. C'est toi qui la représentais ? s'enquit Jim Bell.

– Oui, répondit Cal Fredericks. Elle nous racontait des histoires vraiment bizarres, et comme elle avait des antécédents psychiatriques, j'ai engagé ce psychiatre d'Avery en espérant qu'il pourrait évaluer la santé mentale de ma cliente. Il l'a soumise à des tests. Au cours d'une des séances, elle a craqué et avoué ce qui s'était passé.

– C'est en rapport avec l'hypnose ? Toutes ces conneries sur la mémoire retrouvée ? s'enquit le procureur.

– Non, c'est encore autre chose. Il appelle ça "la thérapie de la chaise vide". Je ne sais pas trop comment ça marche, mais du coup, la mère s'est mise à parler. Comme si elle avait juste besoin d'un petit coup de pouce pour libérer tout ce qu'elle avait sur le cœur. Alors, je vais téléphoner à ce gars pour lui demander de venir s'entretenir avec Garrett. Le gosse se montrera peut-être plus raisonnable... Mais, ajouta-t-il en collant à son tour son index sur la poitrine de Jim Bell, tout ce qu'ils se diront restera confidentiel, et il n'est pas question que tu utilises ses déclarations à moins que son tuteur et moi, on ne t'en donne l'autorisation. »

Le shérif chercha le regard de Bryan McGuire, puis acquiesça.

« Appelez-le, dit le procureur.

— OK. »

Cal Fredericks se dirigea vers le téléphone posé dans un coin de la salle d'interrogatoire.

« Euh, excusez-moi... », intervint Amelia.

L'avocat se tourna vers elle.

« Cette affaire sur laquelle est intervenu le psychiatre ? L'affaire Williams ?

— Oui ?

— Qu'est-ce qui est arrivé au fils de cette femme ? C'était une fugue ?

— Non, c'est sa mère qui l'a tué. Elle l'a enveloppé dans du grillage et lesté d'un parpaing avant de le noyer dans la mare derrière la maison. Hé, Jim, comment j'obtiens un numéro à l'extérieur ? »

Le cri s'échappa des lèvres de Mary Beth avec tant de force qu'il lui brûla la gorge comme une traînée de feu, causant peut-être des dommages irréparables à ses cordes vocales.

Le Missionnaire, qui longeait la lisière de la forêt, s'immobilisa net. Il portait toujours son sac à dos en bandoulière, et il tenait à la main ce qui ressemblait à un bidon de désherbant. Il regarda tout autour de lui.

Je t'en prie, je t'en prie, je t'en prie, pensa Mary Beth. S'efforçant d'ignorer la douleur dans sa trachée, elle fit une nouvelle tentative.

« Ici ! Ici ! Au secours ! »

Il jeta un coup d'œil à la maisonnette. Avant de se remettre en marche.

Mary Beth prit une profonde inspiration. Elle repensa au cliquetis des ongles de Garrett Hanlon, à ses yeux larmoyants et à son sexe durci ; évoqua le combat courageux de son père contre la mort ; songea à Virginia Dare... et poussa un hurlement d'une puissance dont elle ne se serait jamais crue capable.

Cette fois, le Missionnaire s'arrêta pour de bon. Il se tourna vers la cabane puis, après avoir ôté son chapeau et posé sac à dos et bidon sur le sol, il se mit à courir vers elle.

Oh, merci... Mary Beth éclata en sanglots. Oh, merci !

Il était mince, avec un teint hâlé. La cinquantaine, mais bien conservé. De toute évidence, c'était un homme habitué à vivre au grand air.

« Qu'est-ce qui se passe ? lança-t-il, hors d'haleine, en ralentissant à une quinzaine de mètres de la maison. Y a un problème ? Vous allez bien ?

– S'il vous plaît... ! » cria-t-elle encore d'une voix enrouée.

La douleur dans sa gorge devenait insoutenable. Mary Beth cracha du sang.

Il s'approcha prudemment de la fenêtre brisée, les yeux fixés sur les éclats de verre jonchant le sol.

« Vous avez besoin d'aide ?

– Je ne peux pas sortir. Quelqu'un m'a kidnappée...

– Comment ça, kidnappée ? »

Elle essuya son visage ruisselant de sueur et de larmes de soulagement.

« Par un gamin de Tanner's Corner.

– Hé, une minute. J'en ai entendu parler. C'était aux infos. C'est vous, la fille qu'il a enlevée ?

– Oui.

– Où il est ? »

Mary Beth tenta de répondre, mais n'y parvint pas. Enfin, après avoir inspiré profondément, elle réussit à dire :

« Je... je ne sais pas. Il est parti hier soir. S'il vous plaît, vous... vous auriez de l'eau ?

– J'ai une gourde dans mes affaires. Je vais la chercher.

– Vous pouvez prévenir la police ? Vous avez un téléphone portable ?

– Pas sur moi. »

Il fit la grimace en remuant la tête d'un air consterné.

« Je suis employé par le comté. »

De la tête, il indiqua le sac à dos et le bidon.

« Je dois faire crever la marijuana que les gosses de la région plantent dans le coin. Le comté nous donne des téléphones cellulaires, mais je m'encombre jamais du mien. Vous avez mal ? demanda-t-il en regardant la tempe de Mary Beth, où s'était formée une croûte de sang séché.

– Ça va. Mais... de l'eau. Il me faut de l'eau. »

Quand le Missionnaire s'éloigna en direction des bois, Mary

Beth eut peur durant quelques secondes qu'il ne poursuive son chemin. Mais à peine avait-il ramassé une gourde d'un vert olive terne qu'il revenait en courant. Elle la prit dans ses mains tremblantes, puis s'obligea à boire lentement. Le liquide était chaud, éventé, mais de toute sa vie elle n'avait jamais rien bu d'aussi délicieux.

« Je vais essayer de vous libérer », dit l'homme.

Il se dirigea vers la porte d'entrée. Un instant plus tard, Mary Beth entendit un premier choc sourd – soit il avait donné un coup de pied dans le battant, soit il tentait de l'enfoncer avec son épaule. Puis un deuxième. Et encore deux autres. Il ramassa un gros caillou, avec lequel il frappa le bois. Sans succès. Il retourna près de la fenêtre.

« Rien à faire, ça ne bouge pas. »

Il essuya la sueur sur son front tout en examinant les barreaux de la fenêtre.

« Bon sang, c'est une vraie prison, ce truc-là ! Avec une scie à métaux, ça prendrait des heures. OK, je vais chercher de l'aide. Comment vous vous appelez ?

– Mary Beth McConnell.

– Je préviens la police, et je reviens.

– Je vous en prie, faites vite.

– J'ai un ami qui habite pas loin. J'appellerai les flics de chez lui. Ce gamin..., il a un flingue ?

– J'en sais rien. Je n'en ai pas vu. Mais j'en sais rien.

– Ne bougez pas, Mary Beth. Tout ira bien. En général, je cours pas beaucoup, mais aujourd'hui, je vais cavaler. »

Il se tourna vers le champ.

« Monsieur ? Je... merci. »

Mais il ne parut pas entendre ce témoignage de gratitude. Il fila à travers la laîche et les hautes herbes, puis disparut dans les bois sans même prendre le temps de récupérer son équipement. Mary Beth, postée devant la fenêtre, serra la gourde contre son cœur comme s'il s'agissait d'un nouveau-né.

19

EN SORTANT de la prison, Amelia vit Lucy Kerr siroter un thé glacé sur un banc de l'autre côté de la rue, en face d'une épicerie. Elle traversa pour la rejoindre. Les deux femmes se saluèrent d'un mouvement de tête.

Remarquant la pancarte BIÈRE FRAÎCHE apposée devant le petit commerce, Amelia demanda :

« Vous avez une loi sur les bouteilles ouvertes[1], à Tanner's Corner ?

– Mouais, répondit Lucy. Et on la prend très au sérieux, croyez-moi. Elle dit que si on doit boire le contenu d'une bouteille, il faut d'abord l'ouvrir. »

Amelia, qui venait de comprendre la plaisanterie, éclata de rire.

« Vous voulez quelque chose de plus corsé ? demanda-t-elle.

– Merci, mais je préfère ça, répondit Lucy en montrant son thé glacé.

Quelques minutes plus tard, Amelia rapporta de l'épicerie un gobelet en polystyrène rempli d'une bière Sam Adams qui moussait abondamment. Après s'être installée près de sa collègue, elle lui relata la discussion entre Bryan McGuire et Cal Fredericks au sujet du psychiatre.

« J'espère que ça va marcher, dit Lucy. D'après Jim, doit y avoir des milliers de vieilles maisons dans les Banks. Va falloir trouver un moyen de cibler les recherches. »

Elles gardèrent le silence un moment. Un adolescent solitaire passa devant elles sur un skateboard bruyant, puis dis-

---

1. Dans certains États, une loi interdit de circuler dans la rue avec une bouteille d'alcool ouverte. (*N.d.T.*)

parut. Amelia fit une remarque sur l'absence d'enfants dans la ville.

« C'est vrai, reconnut Lucy. J'y avais pas pensé, mais je reconnais qu'y a pas beaucoup de gosses par ici. La plupart des jeunes couples ont déménagé ; ils préféraient se rapprocher de l'autoroute ou s'installer dans des villes plus grandes, je suppose. Tanner's Corner, c'est pas vraiment un endroit pour les gens qui ont de l'ambition.

— Vous en avez ? s'enquit Amelia. Des enfants, je veux dire.

— Non. Buddy et moi, on n'en a jamais eu. Ensuite, on s'est séparés, et j'ai pas rencontré d'homme depuis. Mais c'est mon grand regret, je dois bien l'avouer. De pas avoir d'enfants.

— Vous êtes divorcée depuis combien de temps ?

— Trois ans. »

Amelia trouvait surprenant que sa collègue ne se soit pas remariée, car elle était très jolie, avec des yeux magnifiques. À l'époque où elle-même travaillait encore comme mannequin à New York, avant de suivre l'exemple paternel en s'engageant dans la police, elle avait côtoyé des hommes et des femmes superbes. Mais très souvent, ils avaient le regard vide. Si les yeux ne sont pas beaux, en avait-elle conclu, la personne ne l'est pas non plus.

« Je suis sûre que vous allez rencontrer quelqu'un et fonder une famille, lui assura Amelia.

— Oh, j'ai mon boulot, s'empressa de répondre Lucy. Dans la vie, vous comprenez, on peut pas tout faire... »

Il y avait un non-dit dans cette remarque – quelque chose que Lucy avait envie de lui confier, Amelia le sentait. Devait-elle insister ? se demanda-t-elle. Dans le doute, elle opta pour l'approche indirecte :

« Ils sont sûrement des centaines dans le comté de Paquenoke à rêver de sortir avec vous. »

Au bout d'un moment, Lucy avoua :

« En vérité, je n'accepte pas beaucoup de rendez-vous.

— Ah bon ? »

Un autre silence s'ensuivit. Amelia contempla la rue déserte, poussiéreuse. Le jeune en skateboard s'était volatilisé depuis longtemps. À côté d'elle, Lucy inspira profondément, comme pour prendre la parole ; au lieu de quoi, elle avala une longue gorgée de thé glacé. Puis, sur une impulsion, sembla-t-il, elle déclara :

« Vous savez, ces problèmes de santé que j'ai mentionnés... »

Amelia opina.

« C'était un cancer du sein. Il en était pas encore à un stade très avancé, mais le docteur a dit qu'il valait mieux procéder à une double ablation. Ce qu'il a fait.

— Désolée, murmura Amelia, compatissante. Vous avez eu des rayons ?

— Mouais. Je suis restée chauve quelque temps. Intéressant, comme look. »

Elle but encore un peu de thé glacé.

« Je suis en rémission depuis trois ans et demi. Jusque-là, tout va bien. Mais ça m'a vraiment déboussolée, cette histoire. Y a pas d'antécédents dans ma famille. Ma grand-mère a une santé de fer. Ma mère travaille toujours cinq jours par semaine à la Réserve naturelle de Mattamuskeet. Avec mon père, ils partent en randonnée dans les Appalaches deux ou trois fois par an.

— Vous n'avez pas eu d'enfants à cause de la radiothérapie ?

— Non, ils ont utilisé un tablier de protection en plomb. C'est juste que... J'ai pas très envie d'accepter un rendez-vous, je crois. Vous savez où vont les mains d'un homme quand vous vous embrassez sérieusement pour la première fois... »

Sur ce point, Amelia n'aurait pu la contredire.

« Je rencontre un type sympa, poursuivit Lucy, on va prendre un café, ou quelque chose comme ça, et au bout de dix minutes, je commence à me demander ce qu'il va penser lorsqu'il s'apercevra de ce qu'il en est. Au bout du compte, je finis par plus le rappeler.

— Alors, vous avez renoncé à avoir une famille ?

— Eh bien, peut-être qu'un jour, quand je serai plus vieille, je ferai la connaissance d'un veuf ayant déjà de grands enfants. Ce serait bien. »

Elle avait formulé ces mots d'un ton badin, mais Amelia devina qu'elle devait se les répéter souvent. Tous les jours, sans doute.

Lucy baissa la tête, puis laissa échapper un soupir.

« Si je pouvais avoir un bébé, je rendrais mon badge tout de suite. Mais bon, la vie tourne pas toujours comme on l'aurait souhaité.

— Votre ex vous a quittée juste après l'opération, c'est ça ? Comment il s'appelait, déjà ?

— Bud. Mais non, pas juste après. Huit mois plus tard. Au fond, je peux pas lui en vouloir.

– Pourquoi dites-vous ça ?

– Quoi ?

– Que vous ne pouvez pas lui en vouloir ?

– C'est vrai, je peux pas. J'ai changé, je suis devenue quelqu'un de différent. Quelqu'un qu'il s'attendait pas à découvrir. »

Amelia garda le silence un moment. Enfin, elle déclara :

« Lincoln est différent. On peut difficilement l'être plus. »

Lucy médita ces propos quelques instants.

« Alors, il y a plus entre vous que des relations de simples collègues ? demanda-t-elle.

– Exact.

– Je me disais que ça devait être le cas. » Lucy éclata de rire.

« Hé, vous qui êtes un flic blindé de la grande ville... Quel est votre sentiment par rapport aux enfants ?

– J'aimerais en avoir. P'pa – mon père, je veux dire – voulait des petits-enfants. Il était flic, lui aussi. Ça lui plaisait bien, l'idée que trois générations de notre famille puissent bosser dans la police. Il pensait que le magazine *People* ferait un article sur nous, quelque chose dans ce goût-là. Il adorait *People*.

– Vous en parlez au passé ?

– Il est mort il y a quelques années.

– En service ? »

Après un instant d'hésitation, Amelia répondit :

« Cancer. »

Sa collègue ne reprit pas la parole tout de suite. Elle observa le profil d'Amelia, puis reporta son attention sur la prison.

« Est-ce qu'il peut avoir des enfants ? s'enquit-elle. Lincoln ? »

La mousse était retombée dans le gobelet d'Amelia, qui avala goulûment une gorgée de bière.

« En théorie, oui. »

Elle décida cependant de ne pas raconter à Lucy que ce matin-là, à l'Institut de recherche neurologique d'Avery, quand elle s'était éclipsée avec le docteur Weaver, c'était pour lui demander si l'opération risquait d'affecter les chances qu'avait Lincoln de procréer. Le médecin l'avait rassurée sur ce point, avant de commencer à lui décrire l'intervention qu'elle-même devrait subir pour tomber enceinte. Mais c'est à ce moment-là que Jim Bell était arrivé avec sa requête.

De même, elle ne révéla pas à sa collègue que Lincoln déviait la conversation chaque fois qu'elle essayait d'aborder ce sujet, et qu'elle en était réduite à faire des suppositions sur sa réticence à considérer la question. Oh, il avait des tas de raisons de réagir ainsi, bien sûr : la peur que les exigences d'une famille ne l'empêchent de poursuivre ses activités de criminologue, dont il avait besoin pour conserver sa santé mentale ; le fait de savoir les tétraplégiques condamnés à une espérance de vie plus courte que les personnes valides ; ou le désir, peut-être, d'avoir la liberté de se réveiller un jour et de décider qu'il en avait assez, qu'il ne voulait plus vivre. Sans doute était-ce un mélange de tout cela qui expliquait son attitude, combiné à l'idée qu'Amelia et lui ne seraient vraisemblablement pas les parents les plus normaux du monde (un argument auquel elle n'aurait pas manqué de répliquer : Mais qu'est-ce que la normalité aujourd'hui, franchement ?).

« Je me suis toujours demandé si je continuerais à travailler au cas où j'aurais des enfants, reprit Lucy d'un ton songeur. Et vous ?

– Je porte une arme, mais je bosse surtout sur les scènes de crimes. J'arrêterais tous les trucs risqués. Et je roulerais sûrement moins vite. En ce moment même, dans mon garage à Brooklyn, j'ai une Camaro de trois cent soixante chevaux. Je ne me vois vraiment pas l'équiper d'un siège-bébé ! »

Elle ponctua cette remarque d'un petit rire.

« Je devrais plutôt apprendre à conduire un break Volvo automatique. Je pourrais peut-être prendre des leçons...

– Je vous imagine bien faire fumer les pneus au démarrage sur le parking du supermarché... »

Le silence entre elles se prolongea – ce silence étrange qu'observent deux inconnus qui, après avoir partagé des secrets intimes, se rendent compte qu'ils ne peuvent aller plus loin.

Enfin, Lucy consulta sa montre.

« Bon, faut que je retourne au poste. Pour aider Jim à organiser les recherches dans les Banks. »

Elle jeta la bouteille vide à la poubelle. Avant de remuer la tête avec consternation.

« J'arrête pas de penser à Mary Beth. Je me demande où elle est, si elle va bien, si elle a peur... »

Mais de son côté, Amelia pensait surtout à Garrett Hanlon. Parce qu'elles venaient d'avoir une discussion sur les enfants, elle se demandait ce qu'elle-même ressentirait si elle avait un fils accusé de meurtre et de kidnapping qui risquait de passer la nuit en prison. Ou peut-être d'y passer une centaine de nuits, voire des milliers.

« Vous y allez aussi ? s'enquit Lucy.

– Dans un petit moment.

– J'espère avoir l'occasion de vous revoir avant votre départ. »

Sur ces mots, Lucy s'éloigna.

Quelques minutes plus tard, Mason Germain sortit de la prison. Amelia ne l'avait encore jamais vu sourire, et en l'occurrence, il ne souriait pas. Il fit quelques pas sur le trottoir défoncé sans la remarquer, puis disparut dans un bâtiment – un magasin ou un bar – avant d'atteindre le bureau du shérif.

Là-dessus, une voiture se gara de l'autre côté de la rue, et deux hommes en descendirent : Cal Fredericks, l'avocat de Garrett, et un homme corpulent d'une quarantaine d'années. Ce dernier portait une chemise dont le col était déboutonné et une cravate au nœud desserré. Il avait retroussé ses manches et tenait sur son bras sa veste sport bleu marine. Son pantalon brun clair était tout froissé. Quant à son visage, il dégageait la même impression de gentillesse que celui d'un instituteur. Les deux hommes entrèrent dans la prison.

Après avoir jeté son propre gobelet dans un bidon devant l'épicerie, Amelia traversa de nouveau la chaussée déserte pour les rejoindre.

20

CAL FREDERICKS présenta Amelia au docteur Elliott Penny.
« Oh, vous travaillez avec Lincoln Rhyme ? demanda
le médecin.

– C'est exact, répondit-elle, surprise qu'il connaisse le
criminologue.

– Cal m'a expliqué que si on avait arrêté Garrett, c'était en
grande partie grâce à vous deux. Il est là ? Lincoln, je veux dire.

– Oui, au bureau du shérif. Mais plus pour longtemps,
selon toute vraisemblance.

– Lui et moi, nous avons un ami en commun, et j'aimerais
le saluer. Du moins, si j'ai le temps.

– Il devrait en avoir encore pour une heure ou deux,
expliqua Amelia, avant de s'adresser à Cal Fredericks. Je peux
vous poser une question ?

– Allez-y », répondit l'avocat avec une certaine circon-
spection.

Après tout, dans son optique, Amelia travaillait en principe
pour l'ennemi.

« Tout à l'heure, quand Mason Germain parlait avec Garrett
dans la salle d'interrogatoire, il a mentionné Lancaster. C'est
quoi ?

– Le centre de détention pour les auteurs de crimes violents.
Le gosse sera transféré là-bas après la mise en accusation. Il
y restera jusqu'au procès.

– C'est un centre pour mineurs ?

– Non, non. Pour adultes.

– Mais il n'a que seize ans, souligna Amelia.

– Eh bien, au cas où on ne parviendrait pas à négocier un
accord, McGuire le traitera comme un adulte.

– Comment sont les conditions de détention ?

« – Où ? À Lancaster ? »

L'avocat haussa ses frêles épaules.

« On lui fera du mal, c'est inévitable. Je ne sais pas jusqu'à quel point, mais on lui fera du mal, sans aucun doute. Un gamin comme lui se retrouve tout en bas de la chaîne alimentaire à Lancaster.

– Il n'y a pas moyen de l'isoler ?

– Non. Là-bas, tout le monde est mélangé. En gros, c'est juste un vaste parc à bestiaux. La seule chose qu'on puisse espérer, c'est que les gardiens veilleront sur lui.

– Il ne serait pas possible d'envisager une libération sous caution ? »

Cal Fredericks éclata de rire.

« Aucun juge n'accepterait une remise en liberté sous caution dans une affaire de ce genre. Le suspect se déroberait à la justice, c'est évident.

– Et on ne pourrait pas intervenir pour obtenir un placement dans un autre établissement ? Lincoln a pas mal d'amis, à New York.

– New York ? »

L'avocat la gratifia d'un sourire typiquement sudiste, poli mais désabusé.

« Je ne crois pas que les décisions prises là-haut aient beaucoup de poids au sud de la ligne Mason-Dixon[1]. Pas même à l'ouest de l'Hudson, à vrai dire. »

De la tête, il indiqua le docteur Penny.

« Non, la meilleure solution, ce serait de convaincre Garrett de coopérer, puis de conclure un arrangement.

– Ses parents adoptifs ne devraient pas être là ?

– Ils devraient, oui. Je les ai prévenus, mais Hal m'a répondu qu'il ne voulait pas s'en mêler, que c'était au gamin de se débrouiller tout seul. Il ne m'a même pas laissé parler à Maggie – la mère.

– Mais Garrett ne peut pas prendre seul des décisions aussi importantes. Ce n'est qu'un gosse.

– Oh, de toute façon, avant la mise en accusation ou toute éventuelle négociation avec la partie adverse, la cour nommera un tuteur. Ne vous inquiétez pas, il ne sera pas livré à lui-même. »

---

1. Frontière sud de la Pennsylvanie, qui marquait aussi la limite entre les États esclavagistes et les États antiesclavagistes. (*N.d.T.*)

Amelia se tourna vers le médecin.

« Qu'est-ce que vous comptez faire avec lui ? Le soumettre au test de la chaise vide, c'est ça ? »

Le docteur Penny jeta un coup d'œil interrogateur à l'avocat qui, d'un hochement de tête, lui signifia son accord pour poursuivre :

« Ce n'est pas un test, mais une forme de Gestalt thérapie – une technique qui permet d'obtenir des résultats très rapides dans la compréhension de certains types de comportements. Je vais demander à Garrett d'imaginer Mary Beth assise sur une chaise en face de lui et l'amener à lui parler, à lui expliquer pourquoi il l'a kidnappée. J'espère ainsi lui faire comprendre qu'elle est bouleversée et effrayée, que lui-même a mal agi et qu'elle irait mieux s'il nous révélait où il l'a enfermée.

– Ça va marcher, vous croyez ?

– Cette méthode n'est pas vraiment conçue pour ce genre de situation, mais oui, je pense pouvoir obtenir des résultats. »

À côté d'eux, l'avocat consulta sa montre.

« Prêt, docteur ? »

Celui-ci opina.

« Alors, allons-y. »

Le médecin et Carl Fredericks disparurent dans la salle d'interrogatoire.

Restée seule, Amelia alla chercher à la fontaine un verre d'eau qu'elle but à petites gorgées. Lorsque le policier à l'entrée reporta son attention sur son journal, elle se faufila rapidement dans la salle d'observation, où se trouvait la caméra vidéo permettant d'enregistrer les dépositions des suspects. La pièce était vide. Amelia en referma la porte, puis s'assit pour regarder la salle d'interrogatoire de l'autre côté. Le médecin était assis à la table. Cal Fredericks se tenait dans un coin, les bras croisés ; il appuyait sa cheville droite sur son genou gauche, révélant la hauteur impressionnante de ses talons.

Il y avait une troisième chaise inoccupée en face de Garrett.

Plusieurs boîtes de Coca-Cola étaient posées sur la table. Les canettes étaient humides de condensation.

Par le haut-parleur de mauvaise qualité au-dessus de la glace sans tain, Amelia entendit leurs voix :

« Bonjour, Garrett. Je suis le docteur Penny. Comment vas-tu ? »

Pas de réponse.

« Il fait un peu chaud, ici, non ? »

Garrett se taisait toujours. Il baissa les yeux, avant de frotter l'un contre l'autre les ongles de son pouce et de son index. Amelia, qui n'entendait pas le bruit, se surprit soudain à enfoncer dans sa chair l'ongle de son propre pouce. Consciente d'une sensation d'humidité, elle découvrit du sang sur son doigt. Arrête arrête arrête, songea-t-elle en s'obligeant à garder les bras le long du corps.

« Écoute, Garrett, je suis ici pour t'assister. Je travaille avec ton avocat, maître Fredericks, et nous allons tenter de t'obtenir une réduction de peine suite à ce qui s'est passé. Nous pouvons t'aider, mais nous avons besoin de ta coopération.

– Le docteur Penny va te poser quelques questions, Garrett, renchérit Cal Fredericks. Ensemble, on va tâcher d'en savoir un peu plus. Mais rien de ce que tu diras ne sortira de cette salle. Nous ne le répéterons à personne sans ton autorisation. Tu comprends ? »

L'adolescent hocha la tête.

« Rappelle-toi, Garrett, reprit le médecin, c'est nous, les gentils. Nous sommes de ton côté. À présent, j'aimerais qu'on essaie quelque chose, tous les deux. D'accord ? »

Amelia observait toujours Garrett, qui gratta une de ses plaies.

« Mouais.

– Tu vois cette chaise ? » demanda le médecin en indiquant le siège en face de l'adolescent.

Celui-ci y jeta un coup d'œil.

« Je la vois.

– Bon, on va jouer à une sorte de jeu. Tu vas imaginer qu'il y a quelqu'un de très important assis là, devant toi.

– Qui ? Le président ?

– Non, plutôt quelqu'un de très important pour toi. Quelqu'un que tu connais réellement. Tu vas imaginer que cette personne est ici, et ensuite, tu vas lui parler. Surtout, tu vas te montrer honnête avec elle. Laisser sortir tout ce que tu as sur le cœur. Partager tes secrets avec elle. Si tu es en colère contre elle, tu le dis. Si tu l'aimes, tu le dis aussi. Si tu la désires, comme tu désirerais une fille, dis-le-lui. Rappelle-toi, il n'y a pas de tabous. Tu peux raconter tout ce que tu veux, on ne t'en voudra pas.

– Il faut que je parle à la chaise ? lança Garrett. Mais pourquoi ?

231

– D'abord, ça te permettra de te sentir mieux par rapport à tous les événements fâcheux qui se sont produits aujourd'hui.

– Quels événements ? Quand je me suis fait coincer ? »

Amelia sourit.

De l'autre côté de la glace, le docteur Penny parut réprimer lui aussi un sourire, puis il rapprocha la chaise vide de Garrett.

« Maintenant, vas-y, imagine cette personne importante pour toi. Tiens, Mary Beth McConnell, par exemple. Tu as quelque chose à lui dire, et c'est l'occasion ou jamais. Quelque chose que tu n'as jamais pu lui avouer avant, parce que c'était trop dur. Quelque chose d'essentiel, pas des bêtises insignifiantes. »

Garrett parcourut la pièce d'un regard nerveux. Ses yeux se posèrent sur son avocat, qui lui adressa un hochement de tête encourageant. Alors, le jeune garçon prit une profonde inspiration, avant de relâcher lentement son souffle.

« OK, je suis prêt. Enfin, je pense.

– Parfait. À présent, représente-toi Mary Beth sur la...

– Mais c'est pas à elle que j'ai envie de parler, l'interrompit Garrett.

– Ah bon ? »

L'adolescent fit non de la tête.

« Je lui ai déjà dit tout ce que j'avais à lui dire.

– Tu n'as vraiment rien à ajouter ? » insista le médecin.

Garrett parut hésiter.

« Je sais pas... peut-être. Sauf que... en fait, je préférerais choisir quelqu'un d'autre. Je peux ?

– Eh bien, pour le moment, restons-en à Mary Beth. Tu viens de laisser entendre que tu avais peut-être quelque chose à lui dire. De quoi s'agit-il ? Elle t'a trahi, c'est ça ? Ou blessé ? Ou mis en colère ? Est-ce que tu voudrais te venger ? Tu peux tout dire, Garrett. Tu es libre de le faire. Il n'y a pas de problème. »

Son interlocuteur haussa les épaules.

« Hum, pourquoi ça peut pas être quelqu'un d'autre ?

– Dans un premier temps, mieux vaut que ce soit Mary Beth. »

Soudain, Garrett tourna la tête vers la glace sans tain et regarda droit en direction d'Amelia, qui esquissa un mouvement de recul. Il semblait la savoir dans la pièce voisine, alors qu'il ne pouvait pas la voir.

« Vas-y, mon garçon, l'encouragea le médecin.

– OK, fit l'adolescent en reportant son attention sur lui.

Je lui dirais que je suis content qu'elle soit en sécurité, je crois. »

Le visage du médecin s'éclaira.

« Bien. C'est un bon point de départ. Explique-lui que tu l'as sauvée. Et pourquoi », ajouta-t-il en indiquant la chaise.

L'air mal à l'aise, Garrett jeta un rapide coup d'œil au siège vide.

« Elle était à Blackwater Landing et...

— Non, souviens-toi que tu t'adresses à Mary Beth. Comme si elle était là, assise devant toi. »

L'adolescent s'éclaircit la gorge.

« Ben, t'étais à Blackwater Landing, et ce coin-là, il est très, très dangereux. Y a des gens qui sont blessés là-bas, et y en a même qui meurent. Je m'inquiétais pour toi. Je voulais pas que le type en salopette te fasse du mal.

— Quel type en salopette ? interrogea le docteur Penny.

— Le meurtrier de Billy. »

Le médecin se tourna vers Cal Fredericks, qui remua la tête en signe de désapprobation.

« Tu sais, Garrett, poursuivit-il, même si tu as effectivement sauvé Mary Beth, elle risque de croire que tu es furieux à cause d'elle.

— Hein ? Mais non, je suis pas furieux contre elle.

— Eh bien, tu l'as enlevée à sa famille.

— Je l'ai emmenée ailleurs pour la mettre en sécurité, c'est tout. »

Il parut se remémorer les règles du jeu et contempla de nouveau la chaise.

« Je t'ai emmenée ailleurs pour te mettre en sécurité.

— Je ne peux pas m'empêcher de penser que tu as autre chose à dire, Garrett. Je l'ai senti, tout à l'heure ; les mots te brûlent les lèvres, mais tu ne veux pas les prononcer. »

Amelia l'avait lu aussi sur le visage du jeune garçon. Il était troublé, mais également intrigué par le jeu du médecin. Qu'avait-il en tête ? Il voulait bel et bien dire quelque chose. De quoi pouvait-il s'agir ?

Garrett étudiait maintenant ses longs ongles sales.

« Ben, c'est vrai, y a peut-être un truc... commença-t-il.

— Vas-y, je t'écoute.

— C'est... Enfin, c'est assez dur... »

Cal Fredericks se pencha en avant, le stylo immobilisé au-dessus de son bloc-notes.

« Représente-toi la scène, reprit le docteur Penny d'une voix douce. Mary Beth est là, juste devant toi. Elle attend. Elle veut l'entendre de ta bouche.

— C'est vrai ? Vous croyez ?

— J'en suis sûr, lui affirma le médecin. Tu souhaites lui parler du lieu où elle se trouve en ce moment même ? Où tu l'as emmenée ? Tu as envie de le décrire ? De lui expliquer pourquoi tu as choisi cet endroit ?

— Non. J'ai pas envie de discuter de ça.

— Alors, qu'est-ce que tu essaies de lui dire ?

— Je... »

Sa voix se brisa. Ses ongles cliquetèrent.

« Je sais combien c'est difficile, Garrett. »

Amelia s'était elle aussi penchée en avant. Allez, songea-t-elle, allez, Garrett. On veut t'aider. Donne-nous un coup de main.

« Lance-toi, mon garçon, poursuivit le docteur Penny d'un ton hypnotique. Mary Beth est assise sur cette chaise. Elle attend. Elle se demande ce que tu vas lui annoncer. Adresse-toi à elle. »

Il poussa un Coca vers Garrett, dont les menottes tintèrent sur la boîte lorsqu'il la souleva à deux mains pour avaler plusieurs longues gorgées de soda. Après cette brève pause, le médecin continua :

« Alors, qu'est-ce que tu as de si important à lui confier ? Je vois bien que tu as besoin de le dire. Et à mon avis, elle a besoin de l'entendre. »

Il rapprocha encore un peu la chaise.

« Tu la vois, Garrett ? Elle est assise juste devant toi, elle te regarde. Quelle est cette chose que tu meures d'envie de lui révéler, mais dont tu n'as pas été capable de parler jusque-là ? Saisis ta chance, fonce. »

Garrett prit le temps d'avaler une autre gorgée de Coca. Il avait les mains tremblantes, remarqua Amelia. Qu'avait-il sur le cœur ? s'interrogea-t-elle. Que s'apprêtait-il à dire ?

Soudain, avec une brusquerie qui fit sursauter les deux hommes dans la pièce, il se pencha en avant et, les yeux fixés sur la chaise, lâcha :

« Je..., je t'aime vraiment, vraiment beaucoup, Mary Beth. Je... Enfin, je crois que je suis amoureux de toi. »

Il inspira profondément à plusieurs reprises, frotta de nouveau ses ongles l'un contre l'autre, puis agrippa avec nervosité les accoudoirs de son siège avant de baisser la tête, le visage rouge écrevisse.

« C'est ça que tu voulais lui dire ? » questionna le médecin.

Garrett acquiesça.

« Rien d'autre ?

– Euh, non. »

Cette fois, ce fut au tour du docteur Penny de jeter à l'avocat un coup d'œil impuissant.

« Monsieur, commença Garrett. Enfin, docteur, je... je peux vous demander quelque chose ?

– Je t'écoute.

– OK. Voilà, y a ce livre, chez moi, que j'aimerais vraiment récupérer. Il s'appelle *Le Monde miniature*. Vous pensez que c'est possible ?

– Je vais me renseigner », déclara le docteur Penny.

Il consulta du regard Cal Fredericks, qui leva les yeux au ciel d'un air dépité. Les deux hommes se mirent debout, puis enfilèrent leurs vestes.

« Ce sera tout pour l'instant, Garrett. »

Une nouvelle fois, le jeune garçon opina.

Amelia se redressa en hâte, puis se coula hors de la pièce. Le policier à l'entrée n'avait rien remarqué.

Cal Fredericks et le docteur Penny sortirent de la salle d'interrogatoire ; quant à Garrett, il fut reconduit en cellule.

Comme Jim Bell entrait dans le bâtiment, l'avocat lui présenta le docteur Penny.

« Du nouveau ? demanda le shérif.

– Non, rien du tout, répondit Cal Fredericks.

– J'ai vu le juge, déclara Jim Bell d'un ton lugubre. Garrett sera mis en examen à six heures et emmené à Lancaster ce soir.

– Ce soir ? répéta Amelia, stupéfaite.

– Vaut mieux qu'il quitte la ville, de toute façon. Y en a quelques-uns dans le coin qui aimeraient bien régler les choses à leur manière.

– Je pourrai toujours ressayer plus tard, proposa le docteur Penny. Pour le moment, il est très nerveux.

– Évidemment qu'il est nerveux, marmonna Jim Bell. On vient de l'arrêter pour meurtre et kidnapping. Ça me rendrait rudement nerveux, moi aussi. Faites ce que vous voulez à Lancaster, mais McGuire veut l'inculper, et on va l'expédier là-bas avant la nuit. Oh, et à propos, Cal, faut que je te dise : McGuire va requérir l'homicide volontaire. »

235

De retour au bureau du shérif, Amelia Sachs constata que Lincoln était de mauvaise humeur, comme elle s'y attendait.

« Allez, Amelia, aide ce pauvre Ben à ranger tout l'équipement, qu'on puisse ensuite s'occuper de nos propres affaires. J'ai dit au docteur Weaver que je serais à l'hôpital dans le courant de l'année... »

Mais elle se contenta de rester près de la fenêtre, à regarder dehors. Enfin, elle lança :

« Lincoln ? »

Il leva la tête, puis plissa les yeux pour l'observer, comme s'il étudiait un indice impossible à identifier.

« Je n'aime pas ça, Amelia.

— Quoi ?

— Je n'aime pas ça du tout. Non, Ben, il faut enlever l'armature avant de l'emballer.

— L'armature ? »

Ben tentait désespérément de replier la grosse unité ALS carrée — une sorte de boîte qui rend luminescentes des substances invisibles à l'œil nu.

« La structure, quoi, expliqua Amelia, qui entreprit de démonter elle-même l'appareil.

— Merci, dit Ben, avant d'enrouler le câble de l'ordinateur.

— Ton expression, précisa Lincoln. C'est ça que je n'aime pas. Le ton de ta voix non plus, d'ailleurs.

— Ben, vous pourriez nous laisser seuls un moment ? demanda-t-elle.

— Non, il ne peut pas, répliqua Lincoln. On n'a pas de temps à perdre. On finit de tout emballer, et on fiche le camp.

— Cinq minutes », insista-t-elle.

L'assistant regarda Lincoln, puis Amelia, et comme celle-ci le dévisageait d'un air suppliant, et non pas furieux, elle l'emporta : le géant sortit de la pièce.

Le criminologue tenta de prendre les devants :

« On a fait de notre mieux. Grâce à nous, Lydia est sauvée, et le suspect sous les verrous. Il va accepter de conclure un arrangement et leur dire où est Mary Beth.

— Non, il ne le leur dira pas.

— Ça, ce n'est pas notre problème. Il n'y a rien de plus...

— Je ne pense pas qu'il soit coupable.

236

– D'avoir tué Mary Beth, tu veux dire ? Là, je suis d'accord avec toi. Les traces de sang indiquent qu'elle est sans doute toujours en vie, mais...

– D'avoir tué Billy. »

Lincoln rejeta la tête en arrière pour dégager une mèche agaçante qui s'obstinait à lui retomber sur le front.

« Tu crois à cette histoire d'individu en salopette marron que Jim a mentionnée ?

– Oui.

– Écoute, Amelia, tu ressens de la pitié pour lui parce que c'est un gosse perturbé. Moi aussi, je le plains. Mais...

– Ça n'a rien à voir.

– Tu as absolument raison. La seule chose qui importe, ce sont les indices. Et ils prouvent qu'il n'y a jamais eu d'individu en salopette sur les lieux et que Garrett est le meurtrier.

– Les indices *le laissent supposer*, Lincoln. Ils ne prouvent rien. Après tout, on peut les interpréter de mille manières différentes. De plus, j'en ai rassemblé quelques-uns de mon côté.

– Par exemple ?

– Il m'a demandé de prendre soin de ses insectes.

– Et après ?

– Tu ne trouves pas un peu bizarre qu'un assassin sans pitié se soucie de ces fichues bestioles ?

– Ce n'est pas une preuve, Amelia. Ça fait partie de sa stratégie. Il a lancé une guerre psychologique pour essayer de briser nos défenses. Il est malin, rappelle-toi. QI élevé, bons résultats scolaires... Quant à ses lectures, c'est du sérieux. Sans compter qu'il a beaucoup appris des insectes. Et une de leurs caractéristiques, c'est qu'ils n'ont pas de valeurs morales. Ils sont concernés uniquement par des questions de survie. Voilà les enseignements qu'en a retirés Garrett, les leçons qui ont marqué sa jeunesse. C'est triste, mais je te le répète, ce n'est pas notre problème.

– Tu sais, le piège qu'il a posé, celui avec les branches de pin... »

Lincoln acquiesça d'un signe de tête.

« Il mesurait moins d'un mètre de profondeur. Quant au nid à l'intérieur, il était vide. Il n'y avait pas de guêpes, Lincoln. Même chose pour le bocal d'ammoniac : le système n'était pas conçu pour blesser quelqu'un, mais seulement pour prévenir Garrett qu'une patrouille de recherche approchait du moulin.

— Ce genre de considération n'a pas la même importance que les éléments tangibles. Comme le mouchoir ensanglanté, entre autres choses.

— Il a reconnu qu'il s'était masturbé. Et il a raconté aussi que Mary Beth s'était cogné la tête, et qu'il s'était servi du mouchoir pour essuyer la plaie. De toute façon, s'il l'avait violée, à quoi lui aurait servi ce Kleenex ?

— À nettoyer les traces après coup.

— À ma connaissance, ça ne correspond pas au profil des violeurs.

— "Un profil est un guide", déclara Lincoln, citant un extrait de la préface de son ouvrage sur la criminalistique. "Un indice est...

— ... Dieu tout-puissant", acheva-t-elle. Bon, mais il y avait des tas de traces de pas sur la scène du crime. Je te l'ai dit, elle a été littéralement piétinée. Certaines auraient pu appartenir à l'homme en salopette.

— On n'a relevé aucune autre empreinte sur l'arme du crime.

— Il prétend que l'homme portait des gants.

— Aucune trace non plus d'un quelconque grain de cuir.

— C'étaient peut-être des gants en tissu. Laisse-moi l'analyser et...

— Peut-être, peut-être... Allons, Amelia, tout ça, ce n'est que de la pure spéculation.

— Mais tu ne l'as pas entendu parler de Mary Beth ! Il s'inquiète pour elle, je t'assure.

— Il jouait la comédie. Quelle est ma règle numéro un ?

— Tu en as beaucoup », marmonna Amelia.

Sans se laisser démonter, Lincoln déclara :

« Ne jamais faire confiance aux témoins.

— Il pense être amoureux, il a des sentiments pour elle. Il est vraiment persuadé qu'il la protège. »

Une voix d'homme les interrompit soudain.

« Oh, il la protège, c'est évident. »

D'un même mouvement, Amelia et Lincoln tournèrent la tête vers le seuil de la pièce, où se tenait à présent le docteur Penny.

« Il la protège contre lui-même », ajouta le médecin.

Amelia fit les présentations.

« J'avais très envie de vous rencontrer, Lincoln, déclara

le nouveau venu. Je me suis spécialisé dans la psychologie criminelle. Avec Bert Markham, nous avons participé à une réunion d'experts l'année dernière, et il m'a dit le plus grand bien de vous.

– Bert est un bon ami, déclara Lincoln. Il vient d'être nommé directeur de la division scientifique de la police de Chicago. »

De la tête, le docteur Penny indiqua le couloir.

« L'avocat de Garrett est là, avec le procureur général, et à mon avis, c'est mal parti pour le gamin.

– Qu'est-ce que vous entendez par "il la protège contre lui-même" ? lança Amelia d'un ton mordant. Vous faites allusion à toutes ces conneries sur la personnalité multiple ?

– Non, répondit le médecin, imperméable en apparence à ce scepticisme agressif. J'ai effectivement constaté chez lui des troubles d'origine mentale ou affective, mais rien d'aussi exotique qu'une dissociation de personnalité. Garrett a parfaitement conscience de la façon dont il a agi avec Mary Beth et Billy Stail. Et je suis presque certain qu'il a caché la jeune fille quelque part pour l'éloigner de Blackwater Landing, où il a sans doute tué plusieurs personnes ces dernières années. Et poussé le petit... – comment s'appelait-il, déjà ? – ... le petit Wilkes à se suicider. D'après moi, il avait l'intention de violer et d'assassiner Mary Beth après le meurtre de Billy, mais cette partie de lui qui prétend l'aimer l'en a empêché. Il l'a entraînée loin de Blackwater Landing le plus rapidement possible afin de ne pas lui faire de mal. Je pense néanmoins qu'il l'a violée, sauf que pour lui, ce n'est pas un crime, juste l'aboutissement logique de ce qu'il considère comme leur relation. Ça lui paraît aussi normal que s'ils étaient un couple en voyage de noces. Pourtant, il éprouve toujours des pulsions meurtrières à son égard, raison pour laquelle il est retourné à Blackwater Landing le lendemain : il cherchait une victime de substitution, et il a trouvé Lydia Johansson. Il allait sans aucun doute la tuer à la place de Mary Beth.

– Si c'est le genre de témoignage compréhensif que vous comptez présenter au tribunal, j'espère au moins que vous ne facturerez pas vos honoraires à la défense », commenta Amelia d'un ton acerbe.

Le docteur Penny esquissa un mouvement de dénégation.

« Étant donné le nombre d'éléments réunis contre lui, j'ai

entendu dire que ce gosse irait en prison avec ou sans témoignages d'experts.

– Je ne crois pas qu'il ait tué Billy Stail, s'entêta Amelia. Ni que les choses soient aussi tranchées qu'on l'imagine dans cette histoire de kidnapping.

– Pour moi, en tant que spécialiste, il est coupable, affirma le médecin avec un haussement d'épaules. Je n'ai évidemment pas eu le temps de lui faire passer tous les tests, mais son comportement révèle de façon très claire des tendances asociales, voire sociopathes – et pour en arriver à cette conclusion, je me fonde sur les trois plus importants systèmes de diagnostic. La Classification internationale des maladies, le DSM-IV et le Nouveau test de psychopathie. Est-ce qu'il faudrait le soumettre à la batterie complète des tests avant de prononcer un jugement définitif ? Bien sûr. Mais il présente manifestement une personnalité antisociale dépourvue d'affects. Il possède un QI élevé, démontre un mode de raisonnement stratégique et un comportement de criminel organisé, considère la vengeance comme acceptable, n'affiche aucun remords... Bref, c'est quelqu'un de très dangereux.

– Quel intérêt pour nous, Amelia ? lança Lincoln. La partie ne nous concerne plus. »

Ignorant son intervention, et le regard perçant qu'il lui jetait, elle poursuivit :

« Mais, docteur... »

Celui-ci leva la main pour l'interrompre.

« Je peux vous poser une question ?

– Oui ?

– Vous avez des enfants ? »

Brève hésitation.

« Non, répondit-elle. Pourquoi ?

– Vous ressentez de la compassion pour lui, ce qui est tout à fait compréhensible – d'ailleurs, nous en ressentons tous –, mais je crains que vous ne confondiez ce sentiment avec un instinct maternel latent.

– Comment ça ?

– Eh bien, si vous éprouvez vous-même le désir d'avoir des enfants, vous n'êtes peut-être pas en mesure d'adopter un point de vue objectif sur l'innocence ou la culpabilité d'un jeune garçon de seize ans. Surtout s'il est orphelin et que la vie ne l'a pas gâté.

– Je suis tout à fait capable de rester objective, riposta-t-elle. C'est juste que trop de choses ne collent pas. Les mobiles de Garrett n'ont aucun sens, ils...

— Les mobiles sont le maillon faible de la chaîne des indices, Amelia, et tu le sais.

— Garde tes maximes pour toi, Lincoln. »

Le criminologue poussa un soupir agacé, avant de consulter l'horloge murale.

« Je vous ai entendu interroger Cal Fredericks à propos de Lancaster, poursuivit le médecin. Et sur ce qui allait arriver à ce gosse. »

Amelia arqua un sourcil interrogateur.

« Eh bien, il me semble que vous pouvez l'aider, déclara le docteur Penny. Le mieux que vous puissiez faire, c'est de passer un peu de temps avec lui. Le comté va nommer un tra-vailleur social pour assurer la liaison avec le tuteur désigné par la cour, et vous devrez obtenir leur autorisation, mais je suis sûr que c'est possible. Il y a même des chances pour qu'il se confie à vous au sujet de Mary Beth. »

Pendant qu'elle réfléchissait à la question, Thom apparut sur le seuil.

« Le monospace est prêt, Lincoln. »

Celui-ci jeta un ultime coup d'œil à la carte de la région, avant de faire pivoter son fauteuil vers la porte.

« Je profite encore une fois d'une brèche, chers amis... »

Jim Bell, qui venait de les rejoindre, posa la main sur le bras insensible de Lincoln.

« On est en train d'organiser les recherches dans les Banks. Avec un peu de chance, on aura localisé la gamine d'ici quelques jours. Franchement, je vous remercierai jamais assez, Lincoln. »

Celui-ci accueillit d'un simple hochement de tête cette expression de gratitude, puis fit ses adieux au shérif.

« J'irai vous voir à l'hôpital, Lincoln, affirma Ben. Je vous apporterai du scotch. Vous savez quand vous aurez à nouveau le droit de boire ? »

— Pas assez tôt à mon goût.

— Je vais aider Ben à finir, déclara Amelia.

— On vous conduira à Avery, si vous voulez », proposa le shérif.

Amelia opina.

« Merci. Je te retrouve là-bas tout à l'heure, Lincoln. »

Mais le criminologue, semblait-il, avait déjà quitté Tanner's

Corner, sinon physiquement, du moins mentalement, et il ne répondit pas. Amelia entendit décroître le couinement du Storm Arrow qui fonçait dans le couloir.

Quinze minutes plus tard, comme presque tout le matériel scientifique était emballé, Amelia libéra Ben Kerr en le remerciant pour sa collaboration.

À peine était-il sorti du local que Jesse Corn y entrait. Elle se demanda s'il avait rôdé furtivement dans le couloir en attendant l'occasion de s'entretenir seul avec elle.

« C'est quelqu'un, hein ? lança-il. M. Rhyme, je veux dire. »

Il entreprit d'empiler des cartons qui n'en avaient nul besoin.

« Oh, c'est sûr, répondit-elle, circonspecte.

– Cette opération dont il parle, elle va le guérir ? »

Elle va le tuer. Elle va aggraver son état. Elle va le transformer en légume.

« Non. »

Amelia s'attendait à ce qu'il demande : « Alors, pourquoi tente-t-il quand même le coup ? » Au lieu de quoi, il lui servit un autre de ses aphorismes :

« Parfois, c'est juste qu'on a besoin de faire quelque chose. Même si ça paraît inutile. »

Elle haussa les épaules en songeant : Mouais, parfois, c'est le cas.

Après avoir refermé l'étui du microscope et enroulé le dernier fil électrique, Amelia remarqua sur la table les livres trouvés chez les parents adoptifs de Garrett. Elle saisit *Le Monde miniature*, l'ouvrage que l'adolescent avait réclamé au docteur Penny, l'ouvrit, tourna quelques pages, puis lut un passage.

Il existe 4 500 espèces de mammifères dans le monde, mais 980 000 espèces d'insectes connues à ce jour, et on estime qu'il en reste encore deux ou trois millions à découvrir. La diversité et l'étonnante résistance de ces créatures suscitent bien plus qu'une simple admiration. On ne peut s'empêcher de penser au terme « biophilie », inventé par E.O. Wilson, entomologiste et biologiste diplômé d'Harvard, qui décrit l'attachement émotionnel éprouvé par les humains envers les êtres vivants. Il y a incontestablement autant de chances d'établir un lien de ce genre avec les insectes qu'avec un chien, un pur-sang de valeur ou, de fait, avec d'autres humains.

Elle jeta un coup d'œil dans le couloir, où Cal Fredericks et Bryan McGuire étaient toujours engagés dans une joute verbale complexe. De toute évidence, l'avocat de Garrett ne gagnait pas.

Amelia referma le livre d'un coup sec, tandis que résonnaient dans sa tête les paroles du docteur Penny.

Le mieux que vous puissiez faire, c'est de passer un peu de temps avec lui.

« C'est peut-être pas le meilleur moment pour aller au champ de tir, dit soudain Jesse. Mais un café, ça vous tente ? »

La jeune femme réprima un petit rire. Elle avait droit à son invitation, finalement.

« Ce ne serait pas raisonnable, répondit-elle. Je vais déposer ce livre à la prison, et ensuite, je dois partir pour l'hôpital d'Avery. Une autre fois, peut-être ?

– J'y compte bien. »

21

CHEZ EDDIE, le bar situé à une centaine de mètres de la prison, Rich Culbeau déclara d'un ton sec :

« C'est pas un jeu.

— Je sais bien, se défendit Sean O'Sarian. J'ai rigolé, c'est tout. Merde, j'ai juste rigolé un coup ! Je regardais la pub, là-haut. »

De la tête, il montra l'écran graisseux du téléviseur installé au-dessus du présentoir de cacahouètes.

« Tu sais, quand le mec essaie d'aller à l'aéroport et que sa bagnole...

— Tu fais ça trop souvent. T'es là, à déconner, mais tu te concentres pas.

— D'accord, d'accord. Je t'écoute. Bon, on entre par-derrière. La porte sera ouverte.

— C'est ce que j'allais demander, intervint Harris Tomel. Ils laissent jamais la porte de derrière ouverte, à la prison. Elle est toujours verrouillée, et en plus, y a cette barre à l'intérieur.

— Elle y sera plus, et la porte sera déverrouillée. OK ?

— Si tu le dis, marmonna Tomel, l'air sceptique.

— Donc, elle sera ouverte, répéta Culbeau. On entre. Y aura la clé de sa cellule sur la table – vous savez, la petite table en métal. Vous voyez laquelle ? »

Évidemment qu'ils voyaient laquelle. Tous ceux qui avaient passé une nuit dans la prison de Tanner's Corner s'étaient forcément écorché les tibias en butant contre cette foutue table boulonnée au sol près de la porte – surtout s'ils étaient saouls.

« Mouais, continue, lança O'Sarian, qui se concentrait, à présent.

— Une fois qu'on a la clé, on s'introduit dans la cellule.

Moi, je balance du spray au poivre à la figure du gamin, je lui flanque un sac sur la tête – j'ai récupéré un sac de jute comme celui que j'utilise pour noyer les chatons dans la mare –, et après on ressort par-derrière. Il pourra toujours crier, y aura personne pour l'entendre. Toi, Harris, tu nous attends au volant du camion. Tu le gares juste à côté de la porte. Et tu restes en première.

— Chez qui on va l'emmener ?

— Pas chez nous, en tout cas », répondit Rich Culbeau en se demandant si O'Sarian pensait vraiment qu'ils allaient conduire un prisonnier kidnappé dans l'une de leurs maisons. Auquel cas, ce gars était encore plus stupide que lui-même ne le croyait.

« Dans le vieux garage près de la voie ferrée.

— C'est bien, ça, approuva O'Sarian.

— Bon, j'ai pris ma torche au propane, poursuivit Culbeau. Quand on sera là-bas, on aura plus qu'à asticoter un peu le gamin. À mon avis, il nous faudra pas plus de cinq minutes pour lui faire avouer où il a caché Mary Beth.

— Et après, est-ce qu'on va le... »

La voix d'O'Sarian s'était réduite à un murmure presque inaudible.

« Quoi ? lança Culbeau, avant d'ajouter tout bas : Tu veux dire un truc que t'as p'têt pas intérêt à dire en public ?

— T'as parlé de l'asticoter avec une torche, chuchota O'Sarian. Ça me paraît pas pire que de te demander ce qui va se passer après. »

Rich Culbeau fut bien forcé d'en convenir, même s'il n'était pas prêt à l'admettre devant son interlocuteur. Aussi se borna-t-il à répondre :

« Les accidents, ça arrive.

— C'est sûr », approuva Tomel.

Sean O'Sarian, qui jouait avec la capsule d'une bouteille de bière, s'en servit pour se curer les ongles. Il semblait maussade, soudain.

« Qu'est-ce qu'y a ? s'enquit Culbeau.

— C'est risqué, votre truc. Ç'aurait été beaucoup plus facile de le coincer dans les bois. Au moulin.

— Mais il y est plus, souligna Tomel.

— Mouais, ben, je sais pas si ça vaut la peine.

— Tu veux te retirer ? »

Culbeau se gratta la barbe en songeant qu'il aurait eu intérêt à la raser par cette chaleur. D'un autre côté, elle lui permettait de masquer son triple menton.

« Te gêne pas, je préfère diviser le fric en deux parts plutôt qu'en trois.

— Nan, je veux pas me retirer. Y pas de problème. »

De nouveau, O'Sarian tourna la tête vers le téléviseur. Les images d'un film parurent retenir son attention, et il secoua la tête, les yeux écarquillés, en contemplant une des actrices.

« Hé, visez-moi un peu ça ! » lança Tomel, qui regardait par la fenêtre.

La rouquine de New York, celle qui jouait si rapidement du couteau, remontait la rue. Elle avait un livre à la main.

« Joli p'tit lot, commenta Harris Tomel. Je me la taperais bien. »

Mais Rich Culbeau, qui se rappelait encore l'expression glaciale de la fille et la pointe du couteau sous le menton d'O'Sarian, déclara :

« Le jeu en vaut pas la chandelle. »

Ils virent la rouquine pénétrer dans la prison.

« Aïe, ça bousille nos plans.

— Non, tu te trompes, répondit lentement Culbeau. Harris ? Va chercher le camion. Et oublie pas de laisser tourner le moteur.

— Mais qu'est-ce qu'on fait d'elle ? demanda Tomel.

— T'inquiète, j'ai plein de spray au poivre. »

À l'intérieur de la prison, l'agent Nathan Groomer, installé sur une chaise branlante, salua Amelia d'un signe de tête.

L'engouement de Jesse Corn commençait à devenir pesant ; le sourire poli de Nathan fut un soulagement pour elle.

« Bonjour, mademoiselle.

— Vous êtes Nathan, c'est ça ?

— Tout juste.

— Sacré bel appeau, déclara-t-elle en regardant l'objet sur la table devant le policier.

— Ce vieux machin ? répliqua-t-il d'un air modeste.

— C'est quoi ?

— Un colvert femelle. D'à peu près un an. Le canard, pas l'appeau.

— Vous l'avez fabriqué vous-même ?

— Oui, ça me passe le temps. J'en ai d'autres sur mon bureau dans le bâtiment principal. Je vous les montrerai, si vous voulez. Mais je croyais que vous deviez partir...

— Bientôt. Comment va-t-il ?

— Qui ? Jim Bell ?

— Non, Garrett.

— Oh, je sais pas. Mason est retourné le voir pour lui parler, essayer de lui faire avouer où était la fille, mais le gamin a pas décroché un mot.

— Il est toujours avec lui ? Mason, je veux dire.

— Non, il est reparti.

— Jim et Lucy sont là ?

— Ils sont tous au bureau du shérif. Je peux vous aider ?

— Garrett voulait ce livre, répondit-elle en le lui montrant. Ça pose un problème si je lui apporte ?

— C'est quoi ? Une bible ?

— Non, un bouquin sur les insectes. »

Nathan Groomer examina l'ouvrage avec soin – à la recherche d'une arme, supposa Amelia –, puis le lui rendit.

« Il me flanque les jetons, ce gamin. On le croirait sorti tout droit d'un film d'horreur. Vous devriez lui donner une bible.

— À mon avis, il ne s'intéresse qu'à ses bestioles.

— Mouais, vous avez sûrement raison. Bon, glissez votre arme dans la boîte, là-bas, et je vous ferai entrer. »

Amelia se débarrassa du Smith & Wesson, mais au moment où elle s'écartait de la porte, elle croisa le regard insistant de Nathan et haussa les sourcils d'un air interrogateur.

« À ce que j'ai compris, mademoiselle, vous avez aussi un couteau.

— Oh, bien sûr. J'avais oublié.

— Le règlement, c'est le règlement, vous savez. »

Elle lui remit le cran d'arrêt, qu'il laissa tomber près du pistolet.

« Vous voulez aussi les menottes ? demanda-t-elle en les effleurant.

— Nan. Elles peuvent pas causer beaucoup de problèmes. Remarquez, y a un pasteur qui s'est retrouvé bien embêté, une fois. Mais c'est juste parce que sa femme est rentrée de bonne heure à la maison et l'a découvert menotté à la tête du lit avec Sally Anne Carlson à cheval sur lui. C'est bon, vous pouvez entrer. »

Rich Culbeau, flanqué d'un Sean O'Sarian plus nerveux que jamais, se tenait près d'un bosquet de lilas desséché à l'arrière de la prison.

La porte du bâtiment donnait sur un grand terrain vague herbeux jonché de détritus, de vieilles carcasses de voitures et d'appareils ménagers cassés. Sans compter bon nombre de préservatifs usagés.

Harris Tomel, au volant de sa camionnette Ford F-250 étincelante, monta sur le trottoir, puis effectua un demi-tour. Il aurait dû arriver par l'autre côté, songea Culbeau, car la manœuvre manquait de discrétion. Mais bon, il n'y avait personne dans la rue, et en outre, maintenant que le stand de glaces était fermé, les gens n'avaient plus aucune raison de venir par ici. Et puis, le véhicule était neuf et équipé d'un bon silencieux ; au moins, il ne faisait pas trop de bruit.

« Qui est dans le bureau de devant ? demanda O'Sarian.

— Nathan Groomer.

— Il est avec la fliquette ?

— Aucune idée. Comment veux-tu que je le sache, bordel ? Mais si elle est avec lui, elle aura laissé à l'entrée son flingue et le couteau avec lequel elle t'a tatoué la gorge.

— Nathan, il va pas entendre si la fille crie ? »

En se remémorant une nouvelle fois le regard de la rouquine et l'éclair de la lame, Culbeau répondit :

« À mon avis, c'est pas elle qui risque de crier, mais plutôt le gamin.

— Ben, qu'est-ce qui va se passer, dans ce cas ?

— On va se dépêcher de lui coller le sac sur la tête. Tiens, ajouta Culbeau en tendant à son acolyte une bombe rouge et blanche de spray au poivre. Tâche de viser vers le bas, parce que les gens ont tendance à se baisser.

— Mais est-ce que... Je veux dire, on va s'en prendre aussi sur nous ? Du gaz ?

— Pas si t'évites de te l'envoyer en pleine gueule. C'est un jet. Ça fait pas comme un nuage.

— Lequel j'attaque en premier ?

— Le gamin.

— Et si la fille est plus près de moi ?

— Je m'occupe d'elle, murmura Culbeau.

— Mais...

— Je m'occupe d'elle, je te dis.

248

– OK. »

Ils se courbèrent en longeant la fenêtre crasseuse à l'arrière du bâtiment, puis s'immobilisèrent près de la porte métallique. Elle était entrouverte d'un centimètre, nota Culbeau.

« Tu vois, elle est déverrouillée » chuchota-t-il, en ayant l'impression d'avoir marqué un point contre O'Sarian. Avant de se demander pourquoi il en éprouvait le besoin.

« Bon, à mon signal, on se dépêche d'entrer et on leur balance le gaz dans la figure. Surtout, lésine pas sur la quantité. »

Il lui donna un gros sac épais.

« Après, tu mets ça sur la tête du gamin. »

Agrippant fermement la bombe, O'Sarian montra le second sac – celui que tenait son comparse.

« On embarque aussi la fille, c'est ça ? »

Culbeau soupira, avant de lâcher d'un ton exaspéré :

« Ouais, Sean. On l'embarque aussi.

– Oh, OK. Je me posais la question, c'est tout.

– Quand ils seront touchés, va falloir les faire sortir vite. T'arrête pas en chemin.

– D'accord... Oh, tu sais, j'ai mon Colt.

– Quoi ?

– Mon calibre.38. Je l'ai apporté », expliqua O'Sarian en montrant sa poche.

Après quelques secondes de silence, Culbeau déclara :

« Parfait. »

Il referma sa grosse main sur la poignée de la porte.

S ERAIT-CE le dernier panorama qu'il aurait l'occasion de contempler?

De son lit d'hôpital, Lincoln Rhyme voyait le parc aménagé sur le site du Centre médical universitaire d'Avery : des arbres luxuriants, une allée sinuant à travers une belle pelouse verte, une fontaine de pierre dont une infirmière lui avait expliqué qu'elle était la copie d'un puits célèbre sur le campus de l'université à Chapel Hill.

De sa chambre, dans sa maison de Central Park West à Manhattan, Lincoln ne voyait que le ciel et le sommet de certains immeubles bordant la 5ᵉ Avenue. Les fenêtres, trop hautes, ne lui permettaient pas d'apercevoir Central Park, à moins que son lit ne soit repoussé tout contre le carreau, d'où il pouvait alors regarder l'herbe et les arbres.

Ici, peut-être parce qu'il s'agissait d'un bâtiment conçu pour des patients atteints de lésions au niveau de la moelle épinière, les fenêtres étaient plus basses ; même la vue était accessible, songea-t-il avec ironie.

Avant de se demander une nouvelle fois si l'opération donnerait de bons résultats. Et s'il y survivrait.

C'était l'incapacité à faire les choses les plus simples qui minait le plus Lincoln Rhyme.

Le trajet de New York vers la Caroline du Nord, par exemple, était un projet d'une telle ampleur, attendu avec tant d'impatience et organisé avec un tel soin que la difficulté du voyage en lui-même ne l'avait pas affecté. Mais lorsqu'il s'agissait de tous ces petits gestes accomplis machinalement par une personne valide, l'énorme fardeau imposé par sa blessure devenait encore plus pesant. Se gratter la tempe, se brosser les dents, s'essuyer les lèvres, ouvrir un soda, s'asseoir dans un fauteuil pour regarder par la fenêtre les moineaux s'ébattre dans la terre d'un jardin...

De nouveau, il se demanda s'il se comportait comme un idiot.

Il avait consulté les meilleurs neurologues du pays et il était lui-même un scientifique. Il avait lu, et compris, les ouvrages où il était question de la quasi-impossibilité d'obtenir une amélioration neurologique sur un patient atteint d'un trauma-tisme cervical en zone C-4. Pourtant, il était déterminé à subir l'opération pratiquée par Cheryl Weaver, même s'il y avait des chances pour que ce décor bucolique derrière la vitre d'un hôpital inconnu, dans une ville inconnue, soit l'ultime image de la nature qu'il emporterait avec lui.

Bien sûr qu'il y a des risques.

Alors, pourquoi s'obstinait-il ? Oh, pour une excellente raison...

Une raison que le froid criminologue en lui avait toutefois du mal à accepter, et qu'il n'oserait jamais formuler à voix haute. Parce qu'elle n'avait rien à voir avec le désir d'arpenter une scène de crime à la recherche d'indices. Ni avec le fait de pouvoir se brosser les dents ou se redresser dans son lit. Non, non, c'était uniquement à cause d'Amelia Sachs.

Car Lincoln s'était enfin résolu à admettre la vérité : il était terrifié à l'idée de la perdre. Il s'était dit que tôt ou tard, elle rencontrerait un autre Nick – le bel agent d'infiltration avec qui elle sortait quelques années plus tôt. C'était inévitable s'il demeurait dans cet état de paralysie, avait-il conclu. Elle voulait des enfants. Elle voulait une vie normale. Alors, il était prêt à risquer une aggravation de sa condition, et même à risquer sa vie dans l'espoir d'une amélioration.

Il savait, bien sûr, que l'opération ne lui permettrait pas de déambuler dans la 5ᵉ Avenue au bras d'Amelia. Il aspirait seulement à un changement minuscule qui le rapprocherait de cette vie normale dont elle rêvait. Qui le rapprocherait d'Amelia. En faisant appel à toute la puissance de son imagination étonnante, il parvenait à s'imaginer posant la main sur la sienne, la serrer, sentir la faible pression de sa peau.

Un acte banal pour la plupart des gens, mais qui serait un véritable miracle pour lui.

Thom entra dans la chambre puis, au bout d'un instant, déclara :

« J'aurais une observation à faire.

– Garde-la pour toi. Où est Amelia ?

« – Je vais vous la faire quand même. En cinq jours, vous n'avez pas touché à un seul verre.

– Je sais. Et ça m'emmerde, figure-toi.

– Vous vous mettez en condition pour l'opération.

– Je n'ai pas le choix, ce sont les ordres du docteur.

– Depuis quand les recommandations de ce genre ont-elles une quelconque importance pour vous ? »

Haussement d'épaules.

« Ils vont m'injecter dans les veines je ne sais trop quelles cochonneries. Je ne pense pas que ce serait très malin d'ajouter d'autres ingrédients au cocktail dans mon système sanguin.

– Ça ne le serait pas. Vous avez raison. Mais vous avez suivi les conseils de votre médecin, et je suis fier de vous.

– La fierté, hein ? Voilà bien une émotion utile, tiens ! »

Mais le sarcasme de Lincoln glissa sur le garde-malade comme l'eau sur les plumes d'un canard. Il poursuivit :

« J'aimerais néanmoins ajouter quelque chose.

– Eh bien, vas-y. Tu vas le faire de toute façon, que je sois d'accord ou pas.

– Je me suis beaucoup documenté, Lincoln. Au sujet de cette intervention.

– Oh, vraiment ? En prenant sur ton temps libre, j'espère.

– Et je voulais juste vous dire que si ça ne marche pas cette fois-ci, nous reviendrons. L'année prochaine. Ou dans deux ans. Ou dans cinq. À ce moment-là, ce sera au point. »

Chez Lincoln, la capacité à s'émouvoir était aussi morte que sa colonne vertébrale, mais il parvint néanmoins à répondre :

« Merci, Thom. Bon, où est passé ce fichu docteur ? Je n'ai pas ménagé mes efforts pour aider les gens d'ici à coincer des kidnappeurs psychotiques. En retour, ils pourraient me traiter avec un peu plus d'égards !

– Elle n'a que dix minutes de retard, Lincoln. Et nous avons changé deux fois l'heure du rendez-vous aujourd'hui.

– Ça fait près de vingt minutes qu'on l'attend. Ah, enfin... »

La porte de la chambre s'ouvrit, et Lincoln leva les yeux, s'attendant à voir le docteur Weaver. Mais ce n'était pas le chirurgien.

Le shérif Jim Bell, le visage en sueur, entra. Steve Farr, son beau-frère, se tenait dans le couloir derrière lui. Les deux hommes étaient manifestement bouleversés.

La première pensée de Lincoln fut qu'ils avaient retrouvé le corps de Mary Beth, que le gamin l'avait effectivement tuée. La seconde, qu'Amelia allait mal, très mal réagir, dans la mesure où elle s'était fiée à l'adolescent.

Mais Jim Bell avait une autre nouvelle à lui communiquer.

« Désolé d'avoir à vous apprendre ça, Lincoln... »

Le message ne concernait pas seulement Garrett Hanlon ou Mary Beth McConnell, comprit aussitôt le criminologue. Il le touchait de plus près.

« J'ai pensé vous appeler, mais je me suis dit qu'il valait mieux vous l'annoncer en personne. Alors, je suis venu.

— Que s'est-il passé, Jim ?

— C'est Amelia.

— Un problème ? demanda Thom.

— Quoi ? Il lui est arrivé quelque chose ? »

Lincoln ne pouvait pas sentir son cœur cogner dans sa poitrine, mais il avait conscience du sang qui affluait à son menton et à ses tempes.

« Quoi ? Allez-y, parlez !

— Rich Culbeau et ses copains sont allés à la prison. Je sais pas trop ce qu'ils manigançaient – sans doute rien de bon –, mais le fait est qu'ils ont trouvé un de mes hommes, Nathan Groomer, menotté dans le bureau de devant. Et la cellule était vide.

— Quelle cellule ?

— Celle de Garrett », répondit Jim Bell, comme si cette précision expliquait tout.

Néanmoins, Lincoln ne comprenait toujours pas de quoi il retournait.

« Qu'est-ce que... »

D'un ton bourru, le shérif déclara :

« Nathan nous a raconté que votre Amelia l'avait attaché sous la menace d'une arme et qu'elle avait aidé Garrett à s'enfuir. C'est une infraction d'une extrême gravité. Ils sont en fuite, armés, et personne sait où ils ont pu aller. »

TROISIÈME PARTIE

L'heure de l'affrontement

23

OURIR.
Du mieux qu'elle le pouvait. Ses jambes l'élançaient
sous l'effet des vagues de douleur arthritique parcourant son
corps. Elle était trempée de sueur, déjà étourdie par la chaleur
et la déshydratation.

Et toujours sous le choc de ce qu'elle venait de faire.

Près d'elle, Garrett trottinait en silence dans la forêt, à la
sortie de Tanner's Corner.

C'est de la folie pure, ma p'tite dame...

Lorsqu'elle était entrée dans la cellule pour donner
Le Monde miniature à Garrett, elle avait vu son visage s'illu-
miner au moment où il prenait l'ouvrage. Au bout d'un
moment, comme mue par une volonté supérieure à la sienne,
elle avait tendu la main à travers les barreaux pour prendre
le jeune garçon par l'épaule. Troublé, il avait détourné les
yeux.

« Non, regarde-moi, lui avait-elle ordonné. Regarde-
moi. »

Enfin, il s'y était résolu. Elle avait étudié son visage couvert
de marbrures rouges, sa bouche agitée de tressaillements, ses
yeux évoquant deux puits d'ombre, ses sourcils épais.

« J'ai besoin de connaître la vérité, Garrett. C'est juste entre
toi et moi, d'accord ? Alors, réponds-moi : c'est toi qui as tué
Billy Stail ?

– Non, c'est pas moi, je vous le jure ! Je vous le jure ! C'est
cet homme, celui en salopette marron. C'est lui qui a tué
Billy. C'est la vérité !

– Les faits ne vont pas dans ce sens, Garrett.

– Mais les gens, des fois, ils voient la réalité de manière
différente, avait-il répondu avec calme. Par exemple, on peut

regarder la même chose qu'une mouche, mais ça lui paraît pas pareil qu'à nous.

— Comment ça ?

— Ben, nous, on voit un mouvement, une sorte de flou quand quelqu'un essaie de chasser la mouche avec sa main. Mais ses yeux à elle fonctionnent d'une autre façon ; du coup, elle voit cette main s'immobiliser en l'air une bonne centaine de fois à mesure qu'elle descend. Comme une succession rapide d'images arrêtées. C'est la même main, le même mouvement, mais la mouche et nous, on en a une vision complètement différente. Et pour les couleurs... Un truc peut nous sembler juste d'un rouge uni, mais certains insectes sont capables d'y repérer une dizaine de nuances. »

Les indices le laissent supposer, Lincoln. Ils ne prouvent rien. Après tout, on peut les interpréter de mille manières différentes.

« Et Lydia ? avait insisté Amelia en agrippant plus fermement l'épaule du jeune garçon. Pourquoi tu l'as enlevée ?

— J'ai expliqué à tout le monde pourquoi... Parce qu'elle était en danger, elle aussi. Blackwater Landing, c'est un endroit dangereux. Y a des gens qui meurent là-bas. Y a des gens qui disparaissent. Je voulais juste la protéger. »

Bien sûr que c'est dangereux, avait-elle songé. Mais est-ce à cause de toi, justement ?

« Elle a dit que tu voulais la violer.

— Non, non, non... Elle a sauté dans l'eau et sa blouse s'est déchirée. Alors, j'ai aperçu le... le haut. Sa poitrine, quoi. Et je... enfin, ça m'a excité. Mais c'est tout.

— Et Mary Beth ? Tu l'as blessée ? Violée ?

— Non, non, non ! Je vous l'ai dit ! Elle s'est cogné la tête et j'ai nettoyé la plaie avec le mouchoir en papier. Je lui ferais jamais un truc pareil. Pas à Mary Beth. »

Amelia l'avait dévisagé quelques instants.

Blackwater Landing... c'est un endroit dangereux.

Enfin, elle avait demandé :

« Si je te libère, tu me conduiras jusqu'à Mary Beth ? »

Garrett avait froncé les sourcils.

« Mais après, vous allez la ramener à Tanner's Corner, pas vrai ? Et elle sera de nouveau menacée.

— C'est la seule solution, Garrett. Je te libère seulement si tu acceptes de me conduire jusqu'à elle. Ensuite, Lincoln Rhyme et moi, on s'assurera qu'il ne lui arrive rien.

258

– Vous pouvez faire ça ?

– Oui. Mais si tu refuses, tu risques de rester longtemps derrière les barreaux. Et si Mary Beth meurt à cause de toi, tu seras accusé de meurtre – au même titre que si tu avais tiré sur elle. Et tu ne sortiras jamais de prison. »

Pendant quelques instants, il avait regardé par la fenêtre. Ses yeux semblaient suivre le vol d'un insecte invisible pour Amelia.

« D'accord, avait-il enfin murmuré.

– Elle est loin d'ici ?

– À pied, il nous faudra huit heures, peut-être dix. Ça dépend.

– De quoi ?

– Du nombre d'hommes qu'ils envoient à notre recherche et des précautions qu'on prend en chemin. »

Garrett avait répondu vite, avec une assurance troublante – comme s'il allait de soi pour lui qu'on allait l'aider à s'enfuir, ou qu'il s'échapperait lui-même, et qu'il avait déjà réfléchi aux moyens de semer ses poursuivants.

« Bon, je reviens tout de suite », avait-elle dit.

Elle était retournée dans le bureau, où elle avait récupéré son pistolet et son couteau. Et soudain, au mépris du bon sens et de sa formation de policier, elle avait braqué le Smith & Wesson sur Nathan Groomer.

« Désolée, avait-elle chuchoté. J'ai besoin de la clé de sa cellule et ensuite, je veux que vous vous retourniez et que vous mettiez les mains derrière le dos. »

Les yeux écarquillés, il avait hésité, se demandant peut-être s'il devait ou non tenter de saisir son arme. Ou plus vraisemblablement, elle s'en rendait compte maintenant, il ne s'était rien demandé du tout. L'instinct, un simple réflexe ou même la colère auraient pu l'inciter à dégainer.

« C'est de la folie pure, ma p'tite dame, avait-il lancé.

– La clé. »

Il l'avait sortie d'un tiroir, avant de la jeter sur la table. Puis il avait docilement mis les mains derrière son dos, et Amelia l'avait entravé avec ses propres menottes, avant d'arracher le fil du téléphone fixé au mur.

Ensuite, elle avait libéré Garrett, qu'elle avait menotté à son tour. La porte derrière lui semblait entrouverte, mais elle avait cru entendre des pas dans cette direction, ainsi qu'un bruit de moteur. Alors, elle avait opté pour l'entrée principale.

Ils s'étaient évadés proprement, sans que personne ne les aperçoive.

À présent, à plus d'un kilomètre du centre-ville, au milieu des broussailles et des arbres, l'adolescent la guidait le long d'un sentier au tracé à peine visible. La chaîne de ses menottes cliquetait chaque fois qu'il levait les mains pour lui indiquer la direction à suivre.

Je ne pouvais pas faire autrement, Lincoln! pensait Amelia. Tu comprends? Je n'avais pas le choix... Si le centre de détention à Lancaster était tel qu'elle se l'imaginait, Garrett aurait été violé et tabassé dès le premier jour, et peut-être tué avant la fin de la semaine. En outre, Amelia avait la conviction que c'était le seul moyen de retrouver Mary Beth. Lincoln avait exploité toutes les pistes fournies par les indices, et la lueur de défi dans les yeux de Garrett montrait qu'il n'accepterait jamais de coopérer.

(Non, je ne confonds pas inquiétude et instinct maternel, docteur Penny. Mais je suis sûre d'une chose : si nous avions un fils, Lincoln et moi, il serait aussi déterminé et obstiné que nous, et s'il devait nous arriver malheur, je prierais pour que quelqu'un se préoccupe de son sort comme je me préoccupe de celui de Garrett...)

Ils progressaient rapidement. Amelia s'étonna de l'aisance avec laquelle le jeune garçon évoluait à travers le sous-bois malgré les menottes qui lui bloquaient les mains. Il semblait savoir exactement où poser les pieds, quelles plantes pouvaient être facilement écartées et quelles autres offraient une résistance, et aussi à quel endroit la terre était trop meuble pour prendre le risque de la fouler.

« Marchez pas là-dessus, lui recommanda-t-il. Ce genre de dépression est remplie d'argile. Ça vous colle aux pieds comme de la glu. »

Au bout d'une demi-heure, le sol devint de plus en plus spongieux et l'air se chargea d'odeurs de méthane et de pourriture. La piste se révélant impraticable – elle aboutissait à un marécage boueux –, Garrett conduisit Amelia jusqu'à une route goudronnée à deux voies. À partir de là, ils se frayèrent un chemin parmi les buissons bordant le bas-côté.

Plusieurs voitures passèrent à vitesse modérée, dont les conducteurs étaient loin de soupçonner le drame en train de se jouer près d'eux.

Amelia les regarda avec envie. Elle n'était en cavale que

depuis une trentaine de minutes, et déjà, le fait de penser à la vie normale des autres, à la sombre tournure qu'avait prise la sienne, lui serrait douloureusement le cœur.

C'est de la folie pure, ma p'tite dame.

« Ohé ! »

Mary Beth McConnell se réveilla en sursaut.

Assommée par la chaleur, par l'atmosphère oppressante de la maison, elle s'était endormie sur le canapé malodorant.

La voix, toute proche, s'éleva de nouveau :

« Mademoiselle ? Vous allez bien ? Ohé ! Mary Beth ? »

Elle se redressa d'un bond, puis se dirigea rapidement vers la fenêtre brisée. Mais soudain, prise de vertige, elle dut baisser la tête quelques instants et s'appuyer contre le mur. Une douleur sourde palpitait dans sa tempe. Va te faire foutre, Garrett ! pensa-t-elle.

Peu à peu, la douleur reflua, sa vision s'éclaircit. Elle s'approcha de l'ouverture.

C'était le Missionnaire, accompagné de son ami – un homme grand, dégarni, en pantalon gris et chemise de travail. Le Missionnaire avait apporté une hache.

« Merci, merci ! murmura-t-elle.

– Vous allez bien ?

– Ça va, oui. Il n'est pas revenu. »

Avec sa gorge à vif, parler s'avérait toujours aussi difficile. Il lui tendit une autre gourde, dont elle vida le contenu à longs traits.

« J'ai prévenu la police, l'informa le Missionnaire. Ils arrivent. Ils seront là dans quinze, vingt minutes maximum. Mais on va pas les attendre. À nous deux, on va vous sortir de là.

– Je ne vous remercierai jamais assez...

– Reculez. J'ai coupé des arbres toute ma vie, et d'ici peu, cette porte sera plus qu'un tas de petit bois. Et voici Tom. Il bosse aussi pour le comté.

– Salut, Tom.

– Salut. Ça fait mal, vot'blessure ? demanda-t-il, les sourcils froncés.

– Oh, c'est moins terrible que ça en a l'air », répondit-elle en portant la main à la croûte de sang séché.

Vlam, vlam.

La hache s'enfonça dans le battant. De la fenêtre, Mary Beth vit le tranchant réfléchir le soleil au moment où il s'élevait dans les airs. À en juger par la façon dont il brillait, il était très affûté. Autrefois, elle-même aidait son père à couper des bûches pour la cheminée. Elle se rappelait encore combien elle aimait le regarder affiler la lame avec une meule fixée à l'extrémité de sa perceuse, faisant jaillir des gerbes d'étincelles orange dignes des feux d'artifice tirés lors de la fête nationale du 4 juillet.

« C'est qui, ce gamin qui vous a kidnappée ? s'enquit Tom. Une espèce de tordu ? »

Vlam, vlam.

« Un jeune de Tanner's Corner. Il est effrayant. Regardez-moi ça..., ajouta-t-elle en indiquant les insectes dans les bocaux.

– Bonté divine ! » s'exclama Tom, qui s'était rapproché de la vitre brisée pour jeter un coup d'œil à l'intérieur.

Vlam.

Un craquement résonna quand le Missionnaire arracha un gros morceau de bois.

Vlam.

Mary Beth tourna la tête vers la porte. Garrett avait dû la renforcer, peut-être en clouant ensemble deux battants.

« J'ai l'impression d'être moi-même une de ses fichues bestioles, confia-t-elle à Tom. Il... »

En un éclair, la main gauche de Tom passa par la fenêtre et l'attrapa par le col de sa chemise, tandis que sa main droite lui emprisonnait un sein. Après l'avoir plaquée contre les barreaux, il lui pressa sur les lèvres sa bouche humide, imprégnée de relents de bière et de tabac. Sa langue tenta de s'insinuer entre les dents de Mary Beth.

En même temps, il lui pétrissait la poitrine, pinçant la peau, cherchant le mamelon à travers le tissu. Elle rejeta la tête de côté pour cracher et hurler.

« Hé, qu'est-ce que tu fous ? » lança le Missionnaire en lâchant sa hache.

Il s'élança vers la fenêtre.

Mais avant qu'il n'ait pu intervenir, Mary Beth avait agrippé la main baladeuse, qu'elle tira vers le bas d'un coup sec, plantant le poignet de Tom sur une stalagmite de verre dressée au bord de l'encadrement. Il poussa un cri de douleur et de stupeur mêlées, puis la relâcha et recula en titubant.

Tout en s'essuyant la bouche, Mary Beth courut se réfugier au milieu de la pièce.

« Pourquoi t'as fait ça, Tom ? » vociféra le Missionnaire.

Frappe-le ! songea-t-elle. Balance-lui un coup de hache. Il est dingue. Il faut le livrer à la police, lui aussi.

Tom, cependant, n'écoutait pas. Il serrait son bras ensanglanté, les yeux fixés sur l'entaille.

« Oh, merde, merde, merde...

– Je t'avais bien dit d'être patient, marmonna le Missionnaire. On aurait pu la sortir de là en cinq minutes et se l'envoyer chez toi dans une demi-heure. Maintenant, c'est un vrai bordel. »

Se l'envoyer...

Ces mots pénétrèrent dans le cerveau de Mary Beth une fraction de seconde avant leur corollaire : la police n'avait pas été prévenue ; personne n'allait venir la secourir.

« T'as vu ça, putain ? Non, mais t'as vu ça ? »

Tom leva son poignet ouvert ; le sang ruisselait le long de son bras.

« Ça craint, maugréa le Missionnaire. Y a plus qu'à te recoudre, maintenant. T'es vraiment con, Tom. Tu pouvais pas attendre, non ? Allez, viens, on va te soigner. »

Mary Beth vit Tom s'éloigner d'une démarche chancelante. À trois mètres de la fenêtre, il se retourna.

« Espèce de salope ! Prépare-toi, parce qu'on va revenir. »

Il se baissa brusquement, disparaissant quelques instants du champ de vision de Mary Beth. Quand il se releva, il tenait dans sa main valide une pierre de la taille d'une grosse orange, qu'il jeta à travers les barreaux. Mary Beth n'eut que le temps de s'écarter ; le projectile la manqua de quelques centimètres à peine. Elle s'effondra sur le canapé en sanglotant.

Tandis que les deux hommes se dirigeaient vers les bois, elle entendit Tom crier de nouveau :

« Prépare-toi ! »

Ils étaient tous les trois chez Harris Tomel, qui habitait une belle demeure coloniale avec cinq chambres située sur un terrain de bonnes proportions qu'il n'avait jamais pris la peine d'entretenir. Pour lui, l'aménagement du jardin consistait à garer sa camionnette F-250 devant la bâtisse et son 4 × 4 Suburban derrière.

Il avait pris cette habitude car, dans la mesure où il était le seul membre instruit du trio, et où il possédait plus de pulls que de chemises à carreaux, il devait faire davantage d'efforts pour ressembler à un dur à cuire. Oh, bien sûr, il avait fréquenté un moment la prison fédérale, mais c'était à cause d'une combine foireuse à Raleigh, où il avait vendu des actions et des obligations à des sociétés dont le seul défaut était de ne pas exister. Il savait très bien tirer, mais Rich Culbeau ne l'avait jamais vu se battre seul contre quelqu'un, d'homme à homme – du moins, contre quelqu'un qui n'avait pas les mains liées. Et puis, Tomel avait tendance à réfléchir un peu trop, à consacrer trop de temps à ses fringues et à demander des alcools de marque, même chez Eddie.

Et donc, contrairement à Culbeau, qui travaillait dur pour briquer son propre pavillon de plain-pied, et contrairement aussi à O'Sarian, qui travaillait dur pour draguer des serveuses capables de faire reluire l'intérieur de son mobile home, Harris Tomel ne s'occupait pas de sa propriété. Dans l'espoir, supposait Culbeau, de donner l'image d'un sale type.

Mais bon, c'était son affaire, et les trois hommes n'étaient pas venus dans cette maison avec son jardin en friche et ses ornements de pelouse en provenance directe des usines de Detroit pour discuter d'architecture paysagiste ; ils étaient là pour une seule raison : Tomel avait hérité d'une incroyable collection d'armes à feu quand son père était parti pêcher sur l'étang gelé de Spivy le jour du nouvel an, quelques années plus tôt, et n'avait pas refait surface avant la date de paiement des impôts.

Postés devant le râtelier en bois, ils contemplaient à présent les armes comme Culbeau et O'Sarian avaient contemplé vingt ans plus tôt le présentoir de bonbons chez Perterson's Drugs, l'épicerie de Maple Street, en se demandant bien lesquels faucher.

O'Sarian finit par jeter son dévolu sur le Colt AR-15 noir, une version civile du M-16, parce qu'il était obsédé par le Viêt-nam et regardait tous les films de guerre sur lesquels il pouvait mettre la main.

Tomel opta pour le magnifique fusil Browning à incrustations, que Culbeau convoitait autant qu'il convoitait toutes les filles du pays, même s'il avait un penchant pour les carabines et préférait transpercer le cœur d'un daim à trois cents mètres de distance plutôt que de faire exploser un canard et le réduire en tas de plumes. Ce jour-là, il choisit la belle Winchester .30.06 de Tomel, équipée d'une lunette de visée grande comme le Texas.

Ils emballèrent ensuite des tonnes de munitions, de l'eau, le téléphone portable de Culbeau et de la nourriture. De la gnôle aussi.

Et des sacs de couchage. Malgré leur certitude que la partie de chasse ne durerait pas longtemps.

24

CE FUT un Lincoln Rhyme à la mine lugubre qui manœuvra son fauteuil pour entrer dans le laboratoire vide du bureau du shérif.

Lucy Kerr et Mason Germain se tenaient près de la table où, un peu plus tôt, était posé le microscope. Les deux officiers avaient les bras croisés et, lorsque Lincoln et Thom pénétrèrent dans la pièce, ils les gratifièrent d'un regard mêlant mépris et méfiance.

« Comment elle a pu faire ça ? lança Mason. À quoi elle pensait ? »

Mais comme il n'était pas possible d'apporter une réponse à ces deux questions parmi tant d'autres concernant Amelia Sachs et sa folle initiative, Lincoln se borna à demander :

« Il y a des blessés ?

— Non, répondit Lucy. Mais Nathan a reçu un sacré choc quand il s'est retrouvé face au canon de ce Smith & Wesson — qu'on a été assez dingues pour refiler à cette fille ! »

Lincoln prit sur lui pour offrir une apparence de calme malgré la peur qui le rongeait au sujet d'Amelia. Il se fiait avant tout aux indices matériels, et en l'occurrence, ces indices montraient clairement que Garrett Hanlon était un kidnappeur et un meurtrier. Abusée par la façade qu'il s'était composée, Amelia courait maintenant autant de risques que Mary Beth.

Jim Bell les rejoignit.

« Elle a pris une voiture ? s'enquit Lincoln.

— Je crois pas, répondit le shérif. J'ai posé des questions à droite et à gauche. Pour l'instant, personne a signalé la disparition d'un véhicule. »

Il jeta un coup d'œil à la carte toujours scotchée au mur.

« C'est pas un territoire dont il est facile de sortir sans être repéré. Y a beaucoup de marécages, pas beaucoup de routes et...

— Il nous faut des chiens, Jim, affirma Lucy. Irv Wanner en a entraîné deux ou trois pour la police d'État. Appelle le capitaine Dexter à Elizabeth City pour avoir le numéro d'Irv. Il mettra ses limiers sur leur piste.

— Excellente idée, approuva le shérif. On va...

— J'aimerais proposer quelque chose », l'interrompit Lincoln. Mason salua cette intervention d'un petit rire ironique.

« Quoi ? demanda néanmoins Jim Bell.

— Je voudrais passer un marché avec vous.

— Pas question. C'est une criminelle en fuite. Et armée, pour couronner le tout.

— Elle ne tirera pas, intervint Thom.

— Amelia est convaincue qu'il n'y a pas d'autre moyen de retrouver Mary Beth, expliqua Lincoln. Si elle a agi ainsi, c'est uniquement pour cette raison. Ils vont à l'endroit où Garrett a enfermé la jeune fille.

— Et après ? rétorqua Jim Bell. On n'a pas le droit de faire évader des meurtriers.

— Accordez-moi vingt-quatre heures avant de prévenir la police d'État, poursuivit Lincoln. Je les localiserai pour vous. Après, on pourra toujours s'arranger pour les chefs d'accusation. Mais si les flics d'État interviennent avec leurs chiens, on sait tous qu'ils s'en tiendront au règlement ; autrement dit, il y a de bonnes chances pour que certaines personnes ne s'en sortent pas indemnes.

— Foutu marché que vous nous proposez, Lincoln ! s'exclama le shérif. Votre amie se fait la belle avec notre prisonnier...

— Sans moi, il ne serait même pas votre prisonnier, déclara Lincoln. Vous ne l'auriez jamais coincé tout seuls.

— Ça suffit, le coupa Mason. On perd du temps, et à chaque minute qu'on gaspille à discuter, ils s'éloignent un peu plus. Je serais d'avis de rassembler tous les hommes de cette ville pour les traquer. On n'aura qu'à les assermenter. Faut suivre les conseils de Davett. On va leur donner des fusils, et... »

Le shérif l'interrompit pour s'adresser à Lincoln :

« Si on vous accorde ces vingt-quatre heures, qu'est-ce que ça va nous rapporter ?

— Je vous aiderai à retrouver Mary Beth.

— Et l'opération ? lança Thom.

267

« – On l'oublie pour le moment », murmura Lincoln, gagné par le désespoir.

Il savait le planning du docteur Weaver si chargé que s'il manquait le rendez-vous prévu, il lui faudrait se remettre sur liste d'attente. Et soudain, il lui vint à l'esprit qu'Amelia avait peut-être aussi commis cet acte insensé pour l'empêcher de subir l'intervention. Pour gagner quelques jours, le laisser réfléchir encore un peu, lui ménager la possibilité de changer d'avis. Mais il repoussa vite cette pensée, furieux contre lui-même. Cherche-la, bon sang, sauve-la ! songea-t-il. Avant que Garrett ne puisse l'ajouter à la liste de ses victimes.

Piquée cent trente-sept fois.

« On est confrontés à un léger problème de – comment pourrait-on dire ? – de loyauté, vous croyez pas ? lança Lucy.

– Mouais, comment on peut être sûrs que vous allez pas nous envoyer à la grange de Robin des Bois pour permettre à votre copine de s'enfuir ?

– Parce qu'elle se trompe, répondit Lincoln avec patience. Garrett est un meurtrier, et il s'est servi d'elle pour pouvoir s'échapper. Quand il n'aura plus besoin d'Amelia, il la tuera. »

Jim Bell arpenta quelques instants le local en gardant les yeux fixés sur la carte.

« OK, ça marche, Lincoln. Vous avez vingt-quatre heures. »

Mason poussa un profond soupir.

« Et comment vous comptez vous y prendre pour la retrouver dans cette jungle ? interrogea-t-il en montrant le plan. Vous allez lui téléphoner pour lui demander où elle est, c'est ça ?

– Exactement, déclara Lincoln. Thom ? Il faut réinstaller le matériel. Et que quelqu'un aille chercher Ben Kerr ! »

Lucy Kerr, dans le bureau adjacent au QG, décrocha le téléphone.

« Police d'État de Caroline du Nord, répondit une femme d'un ton sec. Que puis-je faire pour vous ?

– Je voudrais parler à l'inspecteur Gregg.

– Un instant, je vous prie. »

Bientôt, une voix d'homme s'éleva à l'autre bout de la ligne :

« Allô ?

– Pete ? C'est Lucy Kerr, de Tanner's Corner.

268

– Hé, Lucy, comment va ? Où vous en êtes avec les gamines disparues ?

– On maîtrise la situation, répondit-elle avec calme, même si elle enrageait d'avoir à réciter les paroles que Lincoln Rhyme lui avait dictées. Mais on a un autre petit problème. »

Un petit problème...

« De quoi vous avez besoin ? Deux ou trois hommes en renfort ?

– Non, juste d'une localisation de téléphone portable.

– T'as un mandat ?

– L'assistant du juge devrait te le faxer d'un moment à l'autre.

– Donne-moi le numéro d'appel et le numéro de série. »

Elle lui communiqua les informations requises.

« C'est quoi, cet indicatif ? Deux cent douze ?

– C'est un numéro de New York. L'appelant est en mouvement.

– Pas de problème, répondit l'inspecteur Gregg. Tu veux un enregistrement de la conversation ?

– Non, seulement la localisation de l'appel. »

Et une ligne de tir dégagée pour viser la cible...

« Quand... Oh, attends. Voilà le fax... »

Il garda le silence un petit moment, le temps de lire le document.

« Et tout ça pour une personne disparue ?

– Oui, répondit-elle à contrecœur.

– Tu sais que c'est très cher. Il va falloir qu'on vous envoie la facture.

– Je comprends.

– OK, ne quitte pas, je vais appeler mes techniciens. »

Un petit déclic résonna à l'autre bout de la ligne.

Elle s'assit sur le bureau, les épaules voûtées, ouvrant et fermant sa main gauche, contemplant ses doigts devenus rouges après des années de jardinage, la vieille cicatrice laissée par l'attache métallique d'une cagette de terreau, le léger creux dans son annulaire à l'endroit où elle avait porté son alliance pendant cinq ans.

Ouvrir, fermer.

En regardant les veines et les muscles sous sa peau, Lucy Kerr eut soudain une révélation : le crime d'Amelia Sachs avait réveillé en elle une colère plus intense que toutes les émotions qu'elle avait éprouvées dans sa vie.

Lorsqu'on l'avait amputée d'une partie de son corps, elle s'était d'abord sentie honteuse, puis désespérée. Lorsque son mari l'avait quittée, elle s'était sentie coupable, puis résignée. Et quand elle s'était enfin révoltée contre ces événements, la colère qu'elle avait ressentie alors s'apparentait aux braises capables de dégager une grande chaleur, mais sans jamais s'enflammer.

Or, pour une raison qui lui échappait, cette femme de New York avait libéré au plus profond de son cœur une fureur ardente – tout comme le nid dans l'affût avait libéré tous ces frelons qui avaient infligé à Ed Schaeffer une mort atroce.

Une fureur ardente contre la trahison dont elle avait été victime, elle, une femme qui n'avait jamais délibérément fait de mal à quiconque, qui aimait les plantes, qui s'était comportée en épouse modèle pour son mari, en fille modèle pour ses parents, en sœur modèle et en policier modèle – une femme qui aspirait seulement aux plaisirs inoffensifs que la vie accordait à d'autres mais semblait déterminée à lui refuser.

Aujourd'hui, cependant, il n'y avait plus ni honte, ni remords, ni résignation, ni chagrin.

Juste de la fureur contre les trahisons qui avaient jalonné son existence. La trahison de son corps, de son mari, de Dieu.

Et maintenant, d'Amelia Sachs.

« Allô, Lucy ? reprit l'inspecteur Gregg à Elizabeth City. T'es toujours là ?

– Je suis là, oui.

– Tu... ça va ? T'as une drôle de voix. »

Elle s'éclaircit la gorge.

« Non, ça va, je t'assure. T'as tout organisé ?

– Tu peux y aller. À quelle heure la personne doit-elle passer son coup de téléphone ? »

Lucy jeta un coup d'œil dans la pièce voisine.

« Prêt ? »

Lincoln acquiesça de la tête.

« D'un moment à l'autre, répondit-elle dans le combiné.

– Reste en ligne, dit l'inspecteur Gregg. Je vais établir la liaison... »

S'il vous plaît, faites que ça marche, songea Lucy. S'il vous plaît...

Puis elle ajouta un post-scriptum à sa prière : Et mon Dieu, je vous en prie, donnez-moi la possibilité d'avoir ce Judas dans ma ligne de tir.

Thom ajusta le casque sur la tête de Lincoln, puis composa un numéro.

Si le téléphone d'Amelia était coupé, il n'y aurait que trois sonneries avant que ne s'élève la voix synthétique mélodieuse enregistrée sur la messagerie vocale.

Une sonnerie... deux...

« Allô ? »

Lincoln n'aurait jamais imaginé ressentir un tel soulagement.

« Amelia ? Tu vas bien ? »

Une pause.

« Ça va. »

Il vit Lucy Kerr, l'air sombre, hocher la tête dans la pièce voisine.

« Écoute-moi, Amelia. Écoute-moi bien. Je sais ce qui t'a poussée à agir comme ça, mais tu dois te rendre. Tu... tu es toujours là ?

— Je suis là.

— Je me doute de ce qui est arrivé. Garrett a accepté de te conduire jusqu'à Mary Beth.

— Exact.

— Tu ne peux pas lui faire confiance », déclara Lincoln. (Et de penser avec désespoir : À moi non plus.)

Dans le bureau adjacent, Lucy décrivit un cercle avec son doigt pour lui signifier : « Gardez-la en ligne. »

« J'ai passé un accord avec Jim. Si tu ramènes Garrett, ils se débrouilleront pour ne pas retenir trop de charges contre toi. La police d'État n'est pas encore prévenue. Et je resterai ici jusqu'à ce qu'on ait retrouvé Mary Beth. J'ai différé l'opération. »

Il ferma brièvement les yeux, accablé par le remords. Mais il n'avait pas le choix. Il ne cessait de penser à la mort de cette jeune fille à Blackwater Landing, à celle de l'officier Ed Schaeffer, et il imaginait déjà des nuées de frelons s'abattant sur Amelia. Il devait la trahir pour pouvoir la sauver.

« Garrett est innocent, Lincoln. J'en suis certaine. Je ne pouvais pas le laisser partir en centre de détention. Ils l'auraient tué, là-bas.

— On va s'arranger pour qu'il soit placé ailleurs, d'accord ?

Et on réexaminera les indices. On en découvrira d'autres. On travaillera ensemble. Toi et moi. C'est ce qu'on dit souvent, Amelia, non ? Juste toi et moi... Toi et moi, toujours. À nous deux, il n'y a rien qu'on ne puisse trouver. »

Encore un silence.

« Garrett n'a personne dans son camp. Il est seul, Lincoln.

— On peut le protéger.

— Tu ne peux pas protéger quelqu'un contre une ville entière, Lincoln !

— Je t'en prie...

— Parfois, il faut juste avoir la foi.

— Tiens, tiens... C'est à ton tour de me citer des maximes, maintenant ? »

Il se força à rire, en partie pour la rassurer, en partie pour se rassurer lui-même.

Faibles grésillements sur la ligne.

Reviens, Amelia, songea-t-il. Je t'en prie ! Il n'est pas trop tard pour éviter le désastre. Ta vie est aussi menacée que la minuscule chaîne de neurones dans ma nuque qui fonctionne encore.

Et elle m'est tout aussi précieuse.

« Garrett m'a affirmé qu'on atteindrait l'endroit où il a enfermé Mary Beth ce soir ou demain matin. Je te rappellerai quand on y sera.

— Attends, Amelia, ne raccroche pas tout de suite. Une chose. Laisse-moi te dire encore une chose.

— Laquelle ?

— Quoi que tu penses de Garrett, ne lui fais pas confiance. Tu le supposes innocent, d'accord. Mais tu dois accepter l'idée qu'il ne l'est peut-être pas. Souviens-toi de la façon dont on aborde les scènes de crime, Amelia.

— Avec une grande ouverture d'esprit, récita-t-elle. Sans préjugés. En partant du principe que tout est possible.

— C'est ça. Promets-moi de ne pas oublier.

— Il est menotté.

— Ne le libère pas. Et ne l'autorise pas à s'approcher de ton arme.

— Entendu. Bon, je te téléphonerai quand on aura retrouvé Mary Beth.

— Amelia... »

Elle coupa la communication.

« Merde », marmonna le criminologue. Il ferma les yeux et, dans un réflexe de colère, secoua la tête pour se débarrasser de son casque. Thom vint le lui ôter, avant de lui brosser sa chevelure noire.

Lucy raccrocha à son tour, puis revint dans le labo. À son expression, Lincoln comprit que la localisation n'avait pas donné de résultats satisfaisants.

« D'après Pete, ils sont dans un rayon de quatre kilomètres et demi autour de Tanner's Corner, annonça-t-elle.

– Ils peuvent pas faire mieux que ça ? lança Mason avec hargne.

– Si elle était restée en ligne quelques minutes de plus, ils auraient pu la localiser à cinq mètres près. »

Jim Bell étudiait de nouveau la carte.

« Un rayon de cinq kilomètres, donc...

– À votre avis, il retourne à Blackwater Landing ? s'enquit Lincoln.

– Non, répondit le shérif. On sait qu'il se dirige vers les Banks, et Blackwater Landing est à l'opposé.

– Quel est le meilleur itinéraire pour aller jusqu'aux Banks ?

– C'est pas faisable à pied, expliqua le shérif en s'approchant du plan. Il va falloir qu'ils prennent une voiture, ou une voiture et un bateau. Y a deux façons de s'y rendre. Ils ont la possibilité d'emprunter la route 112 en direction du sud jusqu'à la route 17. De là, ils atteindront Elizabeth City, où ils pourront soit dénicher un bateau, soit longer la route 17 jusqu'à la 158 qui les emmènera vers les plages. À moins qu'ils passent par Harper Road... Mason, avec Trey et Frank Sturgis, vous allez sur la 112. Mettez en place un barrage à Belmont. »

Le shérif indiquait les coordonnées M-10 sur la carte, nota Lincoln.

« Lucy ? poursuivit Jim Bell. Jesse et toi, vous suivez Harper Road jusqu'à Millerton Road. Prenez position là-bas. »

De la main, il désignait la case H-14. Il demanda ensuite à son beau-frère de les rejoindre dans la pièce.

« Steve, tu vas coordonner les communications et fournir à tous les hommes des talkies-walkies, s'ils en ont pas déjà.

– Pas de problème, Jim. »

Celui-ci se tourna vers Lucy et Mason :

« Dites à tout le monde que Garrett porte une de nos combinaisons de prisonnier. Elles sont bleues. Votre petite amie, comment elle est habillée ? Je m'en souviens pas.

– Ce n'est pas ma petite amie, répliqua Lincoln.

– Désolé.

– Jean, T-shirt noir.

– Elle a une casquette ?

– Non. »

Lucy et Mason se dirigèrent vers la porte.

Quelques instants plus tard, il ne restait plus dans le local que Jim Bell, Lincoln et Thom.

Le shérif téléphona à l'inspecteur qui leur avait donné un coup de main pour essayer de localiser le téléphone portable et lui demanda de maintenir la surveillance sur cette fréquence ; la personne disparue rappellerait sûrement plus tard.

Puis Lincoln le vit hésiter et tourner la tête vers lui. Enfin, il répondit à son interlocuteur :

« J'apprécie ton offre, Pete, mais jusque-là, c'est juste un cas de personne disparue. Rien de grave. »

Il raccrocha.

« Rien de grave, maugréa-t-il. Bon sang de bonsoir... »

Quinze minutes plus tard, Ben Kerr entrait dans la pièce. Il semblait à la fois heureux de revenir et bouleversé par cette nouvelle qui provoquait son retour.

Ensemble, Thom et lui achevèrent de déballer les instruments d'analyse pendant que Lincoln s'absorbait de nouveau dans la contemplation de la carte et des listes d'indices figurant sur le tableau.

COMPOSITION DE L'ÉCHANTILLON PRÉLEVÉ
SUR LA SCÈNE DE CRIME PRIMAIRE
BLACKWATER LANDING

Kleenex taché de sang	*Ammoniac*
Poussière de calcaire	*Détergent*
Nitrates	*Camphène*
Phosphates	

**COMPOSITION DE L'ÉCHANTILLON PRÉLEVÉ
SUR LA SCÈNE DE CRIME SECONDAIRE
CHAMBRE DE GARRETT**

Sécrétions de mouffette   *Fil de pêche*
Petites branches de pin   *Argent*
Dessins d'insectes   *Clé*
Photos de Mary Beth   *Essence*
et photos de famille   *Ammoniac*
Ouvrages sur les   *Nitrates*
insectes   *Camphène*

**COMPOSITION DE L'ÉCHANTILLON PRÉLEVÉ
SUR LA SCÈNE SECONDAIRE
CARRIÈRE**

Vieux sac de toile   *Traces de suie*
avec inscription   *sur le sac*
illisible dessus   *Eau minérale*
Maïs   *Deer Park*
– alimentation   *Crackers au*
pour bétail ?   *fromage Planters*

**COMPOSITION DE L'ÉCHANTILLON PRÉLEVÉ
SUR LA SCÈNE SECONDAIRE
MOULIN**

Carte des îles   *Débris de feuilles*
Banks   *de chêne ou d'érable*
Sable marin

Alors qu'il regardait la dernière liste, Lincoln se rendit compte à quel point les indices trouvés par Amelia au moulin étaient minces. C'est toujours le problème quand on repère tout de suite des traces évidentes sur une scène de crime – comme ce plan et ce sable, par exemple. Ensuite, l'attention se relâche et on procède à la fouille du site avec moins de minutie. Il regrettait maintenant de ne pas avoir plus d'éléments à sa disposition.

Et puis, un souvenir lui revint. D'après Lydia, Garrett s'était changé quand il avait compris que la patrouille se rapprochait. Pourquoi ? Lincoln ne voyait qu'une seule raison pour expliquer ce geste : l'adolescent savait que les vêtements dissimulés à la minoterie étaient susceptibles de révéler l'endroit où il avait emmené Mary Beth. Il jeta un coup d'œil à Jim Bell.

« Garrett porte une combinaison de prisonnier, c'est bien ça ?

– Oui.

– Vous avez gardé la tenue qu'il avait au moment de son arrestation ?

– Elle doit être à la prison.

– Vous pouvez me la faire apporter ?

– Ses fringues ? Tout de suite.

– Mettez-les dans un sac en papier, ordonna Rhyme. Ne les dépliez pas. »

Le shérif téléphona à la prison pour demander à un policier d'apporter les habits de Garrett. À en juger par ce qu'il entendait de la conversation, Lincoln comprit que ledit policier – Nathan Groomer, à n'en pas douter – n'était que trop heureux de les aider à retrouver la femme qui l'avait menotté et humilié.

Il reporta son attention sur la carte de la Côte est. Bon, de toute évidence, ils allaient pouvoir limiter les recherches aux vieilles maisons – à cause de la lampe à camphène –, et à celles qui étaient relativement éloignées de la plage elle-même – à cause des débris de feuilles de chêne et d'érable. Mais la dimension de la zone à couvrir restait impressionnante. Des centaines de kilomètres carrés.

Le téléphone sonna. Le shérif répondit, s'entretint quelques instants avec son interlocuteur, puis raccrocha et s'approcha de la carte.

« Ça y est, ils ont installé les barrages. Garrett et Amelia seront sans doute amenés à s'enfoncer dans les terres pour les contourner, dit-il en tapotant la zone M-10, mais d'où ils sont, Mason et Frank ont une vue dégagée sur ce champ ; s'il y a un mouvement suspect dans cette zone, ils s'en apercevront tout de suite.

– Et cette voie ferrée, au sud de la ville ?

– Elle sert pas au transport des passagers, mais seulement à celui des marchandises, et les trains ont pas d'horaires fixes. Mais c'est vrai, ils pourraient la suivre. C'est pour ça que j'ai fait mettre en place le barrage à Belmont. Je suis prêt à parier qu'ils iront par là. Je me dis aussi que Garrett décidera peut-être de se cacher un moment dans la Réserve naturelle de Manitou Falls, étant donné son intérêt pour les insectes, la nature et tous les trucs comme ça. Il doit passer pas mal de temps là-bas, conclut-il en montrant l'emplacement T-10.

— Et l'aéroport ? » lança Steve Farr.

Le shérif interrogea Lincoln du regard.

« Elle serait capable de faucher un avion ?

— Non, elle ne sait pas piloter. Et là, ajouta-t-il, c'est une base militaire ?

— Mouais. Elle servait à entreposer des armes dans les années 60 et 70. Elle est fermée depuis des années. Mais y a des tunnels et des bunkers partout. On aurait besoin d'au moins une vingtaine d'hommes pour fouiller la zone, et de toute façon, y restera toujours des planques pour le gamin.

— Elle est gardée ?

— Plus maintenant.

— Et là, ce carré ? Autour des cases E-5 et E-6 ?

— Ça ? C'est sûrement l'ancien parc d'attractions, non ? répondit Jim Bell en regardant Steve Farr et Ben.

— Tout juste, déclara Ben. Mon frangin et moi, on y allait tout le temps quand j'étais gosse. Comment il s'appelait, déjà ? Indian Ridge, je crois, quelque chose comme ça. »

Le shérif hocha la tête.

« Ils avaient reconstitué un village indien. Mais le parc a fait faillite y a quelques années ; personne y allait. Les touristes préfèrent Williamsburg et Six Flags. C'est vrai, ce serait un bon endroit pour se cacher, sauf que c'est à l'opposé des Banks. Garrett irait pas dans ce coin. »

Il plaça son doigt sur la case H-14.

« Lucy est là. Si Garrett et Amelia ont choisi ce trajet, ils vont devoir suivre Harper Road. Tout autour, y a que des marécages remplis d'argile. Il leur faudrait des jours pour traverser – et encore, s'ils survivaient, ce qui serait probablement pas le cas. Alors... je crois qu'il nous reste plus qu'à attendre des nouvelles. »

Lincoln opina distraitement, ses yeux filant d'un repère topographique à un autre dans le comté de Paquenoke aussi rapidement que son amie la mouche avait voltigé dans la pièce.

25

GARRETT HANLON précédait Amelia sur une large route goudronnée. Ils avançaient plus lentement, désormais, épuisés qu'ils étaient par la chaleur et l'effort physique.

Les lieux paraissaient familiers à Amelia, qui finit par reconnaître Canal Road ; elle l'avait empruntée le matin même en quittant le bureau du shérif avec ses collègues pour aller examiner les deux scènes de crimes à Blackwater Landing. En face d'elle, elle distinguait les eaux sombres de la rivière Paquenoke. De l'autre côté du canal se dressaient les magnifiques maisons qu'elle avait mentionnées un peu plus tôt à Lucy.

Elle regarda les alentours.

« Je ne comprends pas, dit-elle. C'est la principale voie d'accès à Tanner's Corner. Pourquoi n'y a-t-il pas de barrages ?

– Ils doivent penser qu'on a pris une autre direction. Les barrages, ils sont au sud et à l'est.

– Comment le sais-tu ?

– Ils croient que je suis nase. Complètement débile. Quand on est différent, c'est ce que les gens pensent. Sauf que dans mon cas, ils se gourent.

– Tu m'emmènes quand même voir Mary Beth, hein ?

– Bien sûr. C'est juste qu'on passe pas là où ils nous attendent. »

Une nouvelle fois, Amelia se sentit troublée par l'assurance et la prudence de l'adolescent, mais elle reporta son attention sur la route, et ils poursuivirent leur chemin en silence. Vingt minutes plus tard, ils se trouvaient à moins d'un kilomètre du croisement entre Canal Road et la route 112 – à l'endroit où Billy Stail avait été tué.

« Écoutez ! » chuchota-t-il soudain en lui agrippant le bras de ses mains menottées.

Elle inclina la tête, mais n'entendit rien.

« Dans les buissons, vite », ordonna-t-il.

Ils quittèrent la chaussée pour aller se cacher dans un bosquet de houx piquant.

« Quoi ? demanda Amelia.

– Chut... »

Quelques instants plus tard, un gros semi-remorque à plateau déboucha sur la chaussée derrière eux.

« Il vient de l'usine, murmura Garrett. Un peu plus loin. »

Les mots INDUSTRIES DAVETT étaient inscrits sur le camion. C'était le nom de l'homme qui les avait aidés à analyser les indices, se rappela Amelia. Après le passage du véhicule, ils retournèrent sur la route.

« Comment tu as fait pour l'entendre ? s'enquit-elle.

– Oh, faut rester vigilant tout le temps. Comme les papillons de nuit.

– Comment ça ?

– Ces papillons-là, ils sont super. Ils sont capables de détecter les ultrasons, vous vous rendez compte ? Parce qu'elles ont comme des détecteurs d'ondes. Quand une chauve-souris émet une vibration sonore afin de les localiser, les papillons de nuit replient leurs ailes et se laissent tomber sur le sol pour se dissimuler. Les insectes, ils sont également sensibles aux champs électromagnétiques. En gros, des trucs dont nous, on a même pas conscience. Vous saviez qu'on peut attirer des insectes en se servant d'ondes radio ? Ou les chasser, selon la fréquence utilisée. »

Il se tut et détourna la tête, apparemment pétrifié. Puis il reporta son attention sur elle.

« Faut tendre l'oreille tout le temps. Autrement, ils risquent de nous tomber dessus par surprise.

– Qui ? interrogea-t-elle d'un ton incertain.

– Ben, tous les autres, répondit-il en indiquant de la tête la route devant eux, vers Blackwater Landing et la Paquenoke.

« Dans dix minutes, on sera en sécurité. Ils pourront pas nous choper. »

Elle se demanda ce qu'il adviendrait de lui lorsque, après avoir retrouvé Mary Beth, ils reviendraient à Tanner's Corner. Les autorités auraient toujours des charges contre lui. Mais si la jeune fille corroborait la version de Garrett, selon laquelle le véritable meurtrier était l'homme en salopette marron, le procureur accepterait peut-être de considérer que l'adolescent l'avait effectivement enlevée pour la sauver – car l'assistance à personne en danger est reconnue par toutes les cours d'assises comme un mobile légitime. Et sans doute abandonnerait-il les chefs d'accusation.

Mais qui était cet individu en salopette marron ? Pourquoi rôdait-il dans les forêts de Blackwater Landing ? Était-il l'auteur de tous les meurtres perpétrés dans la région ces dernières années et essayait-il aujourd'hui de faire porter le chapeau à Garrett ? Était-ce lui qui avait poussé le jeune Todd Wilkes à se suicider ? Existait-il un réseau de dealers auquel avait appartenu Billy Stail ? Les problèmes de drogue dans les petites villes étaient tout aussi sérieux que dans les grandes, Amelia le savait.

Soudain, une autre pensée lui traversa l'esprit : Garrett était en mesure d'identifier le véritable meurtrier de Billy Stail. Or, pour peu que celui-ci ait entendu parler de l'évasion, il risquait lui aussi de se lancer sur leur piste pour les réduire au silence. Peut-être devraient-ils...

Brusquement, Garrett se figea, l'air inquiet. Puis il pivota.

« Quoi ? s'enquit Amelia dans un souffle.

– Une bagnole. Elle arrive vite.

– Où ?

– Chut. »

Un éclair de lumière, derrière eux, accrocha leur regard.

Faut tendre l'oreille tout le temps. Autrement, ils risquent de nous tomber dessus par surprise.

« Non ! » s'écria Garrett, dérouté, avant de l'entraîner vers un buisson de laîche.

Deux voitures de patrouille filaient le long de Canal Road. Amelia ne put distinguer le conducteur de la première, mais sur le siège passager, le policier noir qui avait installé le tableau à l'intention de Lincoln plissait les yeux pour mieux scruter le sous-bois. Il était armé d'un fusil. Lucy Kerr conduisait le second véhicule. Jesse Corn l'accompagnait.

Garrett et Amelia s'allongèrent à plat ventre parmi les carex.

Les papillons de nuit replient leurs ailes et se laissent tomber sur le sol...

Les voitures s'arrêtèrent dans un grand crissement de pneus au croisement entre Canal Road et la route 112. Elles se garèrent perpendiculairement à la chaussée, bloquant les deux voies, et les policiers en descendirent, l'arme au poing.

« Un barrage, murmura Amelia. Merde.

– Non, non, non, chuchota Garrett, manifestement abasourdi. Ils étaient censés croire qu'on irait de l'autre côté, vers
l'est. C'est ce qu'ils devaient croire ! »

Une voiture civile passa devant eux et ralentit en approchant
du carrefour. Lucy fit signe au conducteur de s'arrêter, puis le
questionna avant de lui demander de descendre et d'ouvrir le
coffre, que ses collègues et elle fouillèrent avec soin.

Garrett se blottit au milieu des herbes.

« Comment ils ont deviné qu'on viendrait par ici, bordel ?
dit-il à mi-voix. *Comment ?* »

Parce qu'ils ont Lincoln Rhyme avec eux, répondit Amelia
en silence.

« Ils les ont pas encore repérés, Lincoln, lui annonça Jim
Bell.

– Amelia et Garrett ne vont pas marcher au milieu de Canal
Road ! répliqua le criminologue avec exaspération. Ils resteront
dans les buissons pour ne pas se faire remarquer.

– Le barrage est en place, et mes hommes fouillent toutes
les voitures. Même s'ils connaissent les conducteurs. »

De nouveau, Lincoln examina la carte sur le mur.

« Il n'y a pas d'autre itinéraire possible pour gagner l'ouest
à partir de Tanner's Corner ?

– De la prison, la seule solution pour traverser les marécages, c'est de suivre Canal Road jusqu'à la route 112. »

Pourtant, le shérif n'avait pas l'air convaincu.

« Quand même, je dirais que c'est un gros risque, Lincoln,
de concentrer tous les effectifs à Blackwater Landing. Au cas
où ils seraient partis en direction de l'est vers les Banks, ils
nous échapperont et on les rattrapera jamais. Votre idée, elle est
un peu tirée par les cheveux. »

Mais Lincoln était persuadé d'avoir raison. Alors qu'il
regardait la carte vingt minutes plus tôt, retraçant l'itinéraire
emprunté par Garrett et Lydia – itinéraire qui conduisait vers le
marécage du Great Dismal et guère plus loin –, il avait commencé à s'interroger sur l'enlèvement de la jeune infirmière, et
il s'était souvenu de ce que lui avait dit Amelia le matin même,
lorsqu'elle était sur le terrain à la poursuite de l'adolescent.

D'après Lucy, ce n'est pas logique qu'il soit passé par là.

Cette pensée l'avait amené à poser une question à laquelle
personne n'avait encore apporté de réponse satisfaisante. Pour-

quoi Garrett avait-il kidnappé Lydia Johansson, au juste ? Pour la tuer à la place de Mary Beth, avait répondu le docteur Penny. Or, de fait, Garrett ne l'avait pas tuée, alors qu'il en aurait eu largement le temps. Il ne l'avait pas violée non plus. Et il ne semblait pas avoir de raison de l'enlever. Ils n'étaient pas amis, elle ne l'avait jamais provoqué, il ne paraissait pas nourrir d'obsession particulière envers elle, elle n'avait pas été témoin du meurtre de Billy. Alors, pour quel motif avait-il agi ainsi ?

De plus, s'était rappelé Lincoln, l'adolescent avait confié de son plein gré à Lydia que Mary Beth se trouvait quelque part dans les Banks, qu'elle était heureuse et n'avait pas besoin d'être secourue. Pourquoi lui avait-il révélé spontanément cette information ? Quant aux indices rassemblés dans le moulin – le sable marin, la carte des Banks..., Lucy les avait découverts facilement, d'après Amelia. Trop facilement, sans doute. Lincoln en avait alors conclu à une mise en scène ; les pièces à conviction avaient été disposées à dessein sur les lieux afin d'orienter les enquêteurs sur une fausse piste.

« On s'est fait avoir ! s'était-il exclamé avec amertume.

– Comment ça ? avait demandé Ben.

– Il nous a piégés, c'est évident. »

Un gamin de seize ans s'était joué d'eux. Depuis le début. Lincoln avait expliqué que l'adolescent s'était débarrassé délibérément de sa chaussure à l'endroit où il avait kidnappé Lydia. Il l'avait remplie de poussière de calcaire pour amener tous ceux qui connaissaient la région, comme Henry Davett, à penser à la carrière, où il avait déposé un autre indice – le sac de toile avec les grains de maïs qui, lui, les avait conduits jusqu'au moulin.

Autrement dit, les enquêteurs étaient censés retrouver Lydia, en même temps que les éléments semés à leur intention, ce qui les convaincrait que Mary Beth était détenue dans les Banks.

Alors que, bien sûr, Garrett l'avait enfermée quelque part à l'opposé – à l'ouest de Tanner's Corner.

Il avait mis au point un plan brillant, mais il avait néanmoins commis une erreur en partant du principe qu'il faudrait plusieurs jours à la patrouille de recherche pour localiser Lydia (raison pour laquelle il lui avait laissé autant de nourriture). Il aurait ainsi le temps de rejoindre Mary Beth dans sa véritable cachette pendant que ses poursuivants ratissaient les Banks.

Lincoln avait donc demandé à Jim Bell quel était le meilleur itinéraire pour gagner l'ouest. « Blackwater Landing, avait répondu le shérif. Par la route 112. » Le criminologue avait aussitôt ordonné à Lucy de se rendre sur place le plus vite possible avec d'autres policiers.

Peut-être qu'Amelia et Garrett avaient déjà franchi le croisement et poursuivi leur chemin vers l'ouest. Mais Lincoln, qui avait procédé à un rapide calcul, ne pensait pas qu'à pied, et qui plus est en restant dissimulés, les deux fuyards aient pu couvrir une telle distance en si peu de temps.

Quand Lucy appela de son poste près du barrage, Thom brancha le haut-parleur. La jeune femme, qui restait soupçonneuse et se demandait vraisemblablement de quel côté était Lincoln, déclara :

« Toujours aucun signe d'eux. Jusque-là, on a fouillé toutes les voitures qui passaient. Vous êtes sûr de vous ?

– Absolument », affirma Lincoln.

Si elle jugea la réponse arrogante, elle se contenta néanmoins de répliquer :

« Espérons que vous avez raison. Sinon, pourrait y avoir de sérieux problèmes. »

Sur ce, elle raccrocha.

Quelques instants plus tard, le téléphone de Jim Bell sonna. Le shérif répondit, puis s'adressa à Lincoln :

« Trois de mes hommes viennent d'arriver sur Canal Road, à environ un kilomètre et demi de la route 112. Ils vont se déployer pour rejoindre à pied Lucy et les autres par le nord, et comme ça, ils coinceront Garrett et Amelia. »

Il écouta de nouveau son interlocuteur, regarda Lincoln, puis détourna les yeux avant de répondre :

« Mouais, elle est armée... Et j'ai entendu dire qu'elle savait manier un flingue. »

Amelia et Garrett, accroupis dans les buissons, regardaient les voitures bloquées devant le barrage.

Soudain, un autre son s'éleva derrière eux, qu'Amelia identifia sans peine, même si elle n'avait pas la sensibilité des papillons de nuit : des sirènes. Ils virent une seconde série de gyrophares arriver sur Canal Road par le sud. Une autre voiture de patrouille s'arrêta sur le bas-côté, et trois policiers en descendirent, équipés de fusils eux aussi. Ils se frayèrent un chemin parmi les broussailles, avançant inexorablement vers

Garrett et Amelia. D'ici dix minutes, ils atteindraient les touffes de laîche où les fuyards avaient trouvé refuge.

Garrett leva vers elle un regard interrogateur.

« Qu'est-ce qu'il y a ? » demanda-t-elle.

Il jeta un coup d'œil à l'arme qu'elle portait.

« Vous allez vous en servir ? »

Elle le dévisagea d'un air choqué.

« Non. Bien sûr que non. »

De la tête, il indiqua le barrage.

« Eux, ils hésiteront pas.

— Personne ne tirera, Garrett ! » répliqua-t-elle avec détermination, horrifiée qu'il ait pu envisager une telle possibilité.

Puis elle tourna la tête vers le sous-bois derrière elle. Le terrain était marécageux, et de toute façon, ils ne pourraient pas l'atteindre sans se faire repérer. Devant eux se dressait le grillage entourant les Industries Davett. À travers les mailles, Amelia voyait les voitures garées sur le parking.

Amelia Sachs avait travaillé un an dans la police urbaine. Grâce à cette expérience, alliée à sa connaissance des voitures, elle était capable de forcer un véhicule et de le faire démarrer en trente secondes.

Cela dit, même si elle réussissait à en faucher un, comment pourraient-ils sortir du site de l'usine ? L'entrée réservée aux livraisons et aux expéditions donnait elle aussi sur Canal Road. Il leur faudrait alors affronter le barrage. À moins qu'ils ne parviennent à voler un 4 × 4 ou un pick-up, puis à passer à travers le grillage à un endroit où personne ne risquait de les voir, avant de rejoindre la route 112 ? Le problème, c'était qu'aux alentours de Blackwater Landing, il y avait partout des escarpements raides et des déclivités abruptes aboutissant dans les marécages ; avaient-ils une chance de les franchir en camion sans se tuer ?

Les policiers à pied n'étaient plus qu'à une soixantaine de mètres.

Quoi qu'ils décident, c'était le moment ou jamais, songea Amelia. Ils n'avaient pas le choix.

« Viens, Garrett. On va essayer de passer la clôture. »

En prenant soin de se baisser, ils se dirigèrent vers le parking.

« Vous voulez piquer une bagnole ? » demanda Garrett.

Elle jeta un coup d'œil par-dessus son épaule. Les hommes du shérif étaient maintenant à trente mètres derrière eux.

« J'aime pas les voitures, poursuivit l'adolescent. Elles me font peur. »

Mais Amelia ne l'écoutait pas. Les mots prononcés par Garrett quelques minutes plus tôt résonnaient encore dans sa tête, s'insinuant dans ses autres pensées.

Les papillons de nuit replient leurs ailes et se laissent tomber sur le sol.

« Où sont-ils, à présent ? s'enquit Lincoln. Les policiers les ont cernés ? »

Jim Bell, toujours au téléphone, transmit la question à son interlocuteur, écouta la réponse, puis indiqua un point sur la carte à peu près au milieu de la case G-10.

« Mes hommes se trouvent par là, expliqua-t-il. C'est l'entrée de l'usine de Davett. Ils sont à quatre-vingts ou cent mètres de là, et ils continuent vers le nord.

— Est-ce qu'Amelia et Garrett peuvent contourner l'usine par l'est ?

— Nan, le site est complètement clôturé. Et au-delà, y a que des marécages impraticables. S'ils étaient partis vers l'ouest, il aurait fallu qu'ils nagent dans le canal, et ils auraient sans doute pas pu remonter sur les berges. De toute façon, ils ont pas la possibilité de se cacher dans ce coin. Lucy et Trey les auraient déjà repérés. »

L'attente se révélait tellement pénible... Lincoln savait qu'Amelia devait gratter et griffer sa peau pour essayer de soulager l'angoisse qui allait de pair avec son énergie et son talent. Il s'agissait chez elle d'habitudes destructrices, d'accord, mais comme il les lui enviait ! Avant son accident, lui-même apaisait sa tension en marchant. Mais à présent, il n'avait d'autre possibilité que de regarder la carte en se torturant au sujet des périls encourus par Amelia.

Une secrétaire passa la tête dans l'entrebâillement de la porte.

« Shérif Bell ? La police d'État sur la ligne deux. »

Jim Bell se rendit dans le bureau de l'autre côté du couloir pour prendre la communication. Il regagna le laboratoire quelques minutes plus tard.

« On les tient ! lança-t-il, tout excité. Les gars ont localisé le signal de son téléphone cellulaire. Amelia a pris la direction de l'ouest sur la 112. Ils ont réussi à franchir le barrage.

– Comment ? demanda Lincoln.

– Apparemment, ils se sont faufilés sur le parking de l'usine, ils ont volé un 4 × 4 ou une camionnette, roulé un moment dans le sous-bois puis rejoint la route. Putain, faut savoir tenir un volant ! »

C'est tout Amelia, ça, songea Lincoln. Cette fille serait capable de faire grimper une voiture aux murs...

« Elle va changer de véhicule, ajouta le shérif.

– Comment le savez-vous ?

– Elle est au téléphone avec une société de location à Hobeth Falls. Lucy et les autres les ont pris en chasse. Discrètement. Mes hommes ont commencé à interroger les employés de Davett pour savoir quelle voiture avait disparu. Mais de toute façon, on n'aura pas besoin de description si Amelia reste encore un peu en ligne. D'ici quelques minutes, les techniciens auront localisé sa position exacte. »

Lincoln Rhyme contemplait fixement la carte, bien qu'elle soit désormais gravée dans son esprit. Au bout d'un moment, il soupira et murmura :

« Bonne chance. »

L'encouragement était-il adressé au prédateur, ou à la proie ? Lui-même n'aurait pu le dire.

26

LUCY KERR poussa la Crown Victoria à cent vingt kilomètres/heure.

Tu roules vite, Amelia ?

Eh bien, moi aussi.

Les policiers fonçaient le long de la route 112, les lumières rouges, blanches et bleues des gyrophares sur les toits tournoyant à toute vitesse. Ils avaient coupé les sirènes. Jesse Corn, assis à côté d'elle, était au téléphone avec Pete **Gregg**, au bureau de la police d'État à Elizabeth City. Dans la voiture de patrouille derrière eux se trouvaient Trey Williams et Ned Spoto. Mason Germain et Frank Sturgis – un homme tranquille devenu grand-père depuis peu – occupaient le troisième véhicule.

« Où sont-ils, maintenant ? » demanda Lucy.

Jesse transmit la question à l'inspecteur Gregg, puis hocha la tête en recevant la réponse.

« À sept kilomètres d'ici. Ils ont quitté la route pour se diriger vers le sud. »

S'il te plaît, songea Lucy, s'il te plaît, reste au téléphone encore une petite minute...

Elle accentua légèrement la pression sur la pédale d'accélérateur.

Tu roules vite, Amelia. Et moi aussi.

Tu tires bien.

Moi aussi, figure-toi. Je n'en fais pas toute une histoire comme toi, à dégainer pour un oui ou pour un non, mais j'ai vécu toute ma vie avec des armes.

Et de se rappeler qu'après le départ de Buddy, elle avait rassemblé toutes ses munitions pour aller les jeter dans les eaux boueuses du canal de Blackwater, tant elle craignait de se réveiller une nuit, de voir la place vide dans le lit à côté d'elle, de mordre le canon huilé de son pistolet de service et de rejoindre enfin l'endroit où son mari, et l'ordre des choses, semblaient vouloir l'expédier.

Elle avait patrouillé trois mois et demi sans recharger son arme, se colletant avec des distillateurs clandestins, des miliciens ou de grands adolescents pleins de morve défoncés au butane. Et elle les avait maîtrisés uniquement grâce au bluff.

Enfin, elle s'était réveillée un matin et, comme débarrassée d'une mauvaise fièvre, elle s'était rendue à l'armurerie Shakey sur Maple Street, où elle avait acheté une boîte de cartouches Winchester .357. (« Bon sang, Lucy, le comté va plus mal que je le croyais si tu dois te payer tes propres munitions ! ») De retour à la maison, elle avait chargé son pistolet, et depuis, elle l'avait laissé en l'état.

Il s'agissait pour elle d'un événement significatif. Le chargeur plein était un symbole de survie.

Je t'ai confié les aspects les plus sombres de mon existence, Amelia. Je t'ai parlé de l'opération – le trou noir de ma vie. Je t'ai parlé aussi de ma timidité envers les hommes. De mon amour pour les enfants. Je t'ai aidée quand Sean O'Sarian s'est emparé de ton flingue. Je t'ai présenté des excuses quand t'avais raison et que j'avais tort.

Je t'ai fait confiance. Je...

Une main se posa sur son épaule. Elle jeta un coup d'œil à Jesse Corn. Celui-ci lui adressait un de ses sourires empreints de douceur.

« Y a un virage un peu plus loin devant nous, dit-il. J'aimerais autant qu'on le loupe pas. »

Lucy relâcha lentement son souffle, s'adossa à son siège et laissa ses épaules se détendre. Puis elle leva le pied de la pédale d'accélérateur.

Pourtant, lorsqu'ils abordèrent le virage mentionné par Jesse, limité d'après le panneau à soixante kilomètres/heure, elle roulait encore à près de cent.

« C'est à une trentaine de mètres au bout de l'allée », chuchota Jesse Corn.

Tous les policiers étaient descendus de voiture et se tenaient rassemblés autour de Mason Germain et de Lucy Kerr.

La police d'État avait fini par perdre le signal du portable d'Amelia, mais celui-ci était resté stationnaire pendant les cinq dernières minutes à l'endroit qu'ils avaient maintenant devant les yeux : une grange située à quinze mètres d'une maison dans les bois et à environ un kilomètre et demi de la route 112. Et qui se trouvait bien *à l'ouest* de Tanner's Corner, constata Lucy, exactement comme l'avait prédit Lincoln Rhyme.

« Vous croyez quand même pas que Mary Beth est là-dedans ? demanda Frank Sturgis en effleurant sa moustache tachée de jaune. Je veux dire, on est même pas à dix kilomètres de Tanner's Corner. Je me sentirais vraiment con s'il l'avait enfermée aussi près de la ville.

— Nan, ils se sont planqués là en attendant qu'on parte dans une autre direction, répliqua Mason. Ensuite, ils ont sans doute prévu d'aller à Hobeth Falls chercher la bagnole de location.

— De toute façon, renchérit Jesse, cette baraque est habitée. »

Il avait déjà demandé par téléphone des renseignements sur le propriétaire.

« Par un certain Pete Hallburton. Quelqu'un le connaît ?

— Un peu, répondit Trey Williams. Marié. À ma connaissance, aucun lien avec Garrett Hanlon.

— Il a des gosses ? »

Trey haussa les épaules.

« Peut-être. Je crois me souvenir d'un match de foot l'année dernière...

— C'est l'été. Les mômes risquent d'être à la maison, murmura Frank. Et si Garrett les retenait en otages ?

— Possible, dit Lucy. Mais le signal du portable d'Amelia provenait de la grange, pas de la maison. Ils auraient pu y pénétrer, c'est vrai, mais je sais pas..., je les imagine pas prendre des otages. À mon avis, Mason a raison : ils attendent que la voie soit libre pour aller à Hobeth.

— Qu'est-ce qu'on fait, alors ? s'enquit Frank. On bloque l'allée avec nos bagnoles ?

— Si on arrive en voiture, ils vont nous entendre », objecta Jesse.

D'un signe de tête, Lucy acquiesça.

« Je pense qu'on devrait juste s'approcher de la grange à pied et la cerner rapidement, déclara-t-elle.

— J'ai du gaz CS », annonça Mason.

Le CS-38, un gaz lacrymogène puissant utilisé par les militaires, était gardé sous clé au bureau du shérif. Jim Bell n'en avait pas distribué, et Lucy se demanda comment Mason avait réussi à s'en procurer.

« Non, non, protesta Jesse. Ils vont paniquer, c'est sûr. »

Mais ce n'était pas la véritable raison de son inquiétude, songea Lucy. Jesse ne voulait pas exposer sa nouvelle petite amie à ce gaz nocif, elle l'aurait parié. Elle se rallia néanmoins à son opinion dans la mesure où ses collègues n'avaient pas de masques pour se protéger des émanations.

« Pas de gaz, décréta-t-elle. Je vais passer la première. Trey, tu prends le...

– Non, l'interrompit Mason. C'est moi qui passe le premier. »

Lucy hésita un instant, avant de répondre :

« OK. J'entrerai par la porte latérale. Trey et Frank, vous vous posterez à l'arrière et de l'autre côté. »

Elle se tourna de nouveau vers Jesse.

« Ned et toi, vous surveillerez les portes de la maison, devant et derrière.

– Compris, répondit Jesse.

– Les fenêtres aussi, ajouta Mason d'un ton sec à l'adresse de Ned. Je tiens pas à ce qu'on nous tire dans le dos.

– Au cas où ils sortiraient de la grange au volant de leur véhicule, reprit Lucy, visez les pneus ou, si vous avez un Magnum comme Frank, tirez sur le moteur. Évitez de prendre Garrett ou Amelia pour cible, à moins d'y être obligés. Vous connaissez tous le règlement. »

Elle regarda Mason en prononçant ces derniers mots, car elle avait encore à l'esprit l'embuscade près du moulin. Mais l'officier ne parut pas l'entendre. Par talkie-walkie, elle informa Jim Bell qu'ils se préparaient à prendre d'assaut la grange.

« J'ai une ambulance en attente, dit le shérif.

– Hé, c'est pas une opération commando ! s'exclama Jesse, qui les écoutait. On a intérêt à y aller mollo avec les flingues... »

Lucy éteignit sa radio, puis montra le bâtiment.

« On y va. »

Ils s'élancèrent en prenant soin de rester baissés et de se dissimuler derrière les chênes et les pins. Lucy ne quittait pas des yeux les fenêtres sombres de la grange. À deux reprises, elle crut voir du mouvement à l'intérieur. C'était peut-être simplement le reflet des arbres et des nuages sur les vitres, mais elle n'avait aucun moyen d'en être sûre. Parvenue tout près du but, elle s'immobilisa, prit son pistolet dans sa main gauche, puis s'essuya la paume. Avant de serrer de nouveau l'arme dans sa main droite.

Enfin, les policiers se rassemblèrent à l'arrière de la grange, où il n'y avait pas de fenêtres. Jamais encore elle n'avait fait une chose pareille, se rendit compte Lucy.

C'est pas une opération commando...

Tu te trompes, Jesse : c'est exactement ça.

Mon Dieu, je vous en prie, donnez-moi la possibilité d'avoir ce Judas dans ma ligne de tir...

Une grosse libellule plongea vers elle. De sa main gauche, Lucy la chassa. Mais l'insecte revint aussitôt, rôdant autour d'elle de façon inquiétante, comme s'il s'agissait d'un émissaire envoyé par Garrett pour la distraire.

C'est complètement idiot, pensa-t-elle aussitôt. Avant d'agiter frénétiquement la main pour éloigner la créature.

Le Cafard...

Vous êtes finis, songea Lucy à l'adresse des deux fugitifs.

« Je vais rien dire, déclara Mason. J'entre, c'est tout. Quand tu m'entendras donner un coup de pied dans la porte, Lucy, tu passeras par le côté. »

Elle opina. Malgré son inquiétude au sujet de l'impatience de Mason, malgré son propre désir d'arrêter Amelia Sachs, elle se sentait soulagée de pouvoir partager le fardeau de cette tâche difficile.

« On va d'abord s'assurer que la porte latérale est ouverte », murmura-t-elle.

Ils se dispersèrent pour aller prendre chacun leur poste. Lucy se baissa pour passer sous une des fenêtres, puis se précipita vers la porte latérale. Celle-ci était entrebâillée. Lucy adressa un signe de tête à Mason, qui attendait à l'angle du bâtiment. Il hocha la tête en retour, leva les dix doigts – sans doute pour lui indiquer le nombre de secondes les séparant de l'offensive, supposa-t-elle –, puis disparut.

Dix, neuf, huit...

Elle se tourna vers le battant entrouvert, d'où s'échappait une odeur de bois moisi mêlée à des émanations d'essence et d'huile. Tendant l'oreille, elle perçut un cliquetis – vraisemblablement produit par le moteur encore chaud du véhicule volé.

Cinq, quatre, trois...

Elle prit une profonde inspiration pour se calmer. Et encore une autre.

Prête, se dit-elle.

Un grand fracas retentit à l'avant de la grange quand Mason enfonça la porte.

« Police ! cria-t-il. Personne ne bouge ! »

Vas-y ! s'ordonna-t-elle.

Lucy donna un coup de pied dans la porte latérale. Mais celle-ci ne s'écarta que de quelques centimètres avant d'être bloquée de l'intérieur par une grosse tondeuse à gazon placée juste derrière. Lucy tenta alors à deux reprises de la faire céder d'un coup d'épaule. Sans résultat.

« Merde », marmonna-t-elle, avant de s'élancer vers l'entrée du bâtiment.

Elle ne l'avait pas encore atteinte quand elle entendit Mason hurler :

« Oh, putain ! »

Ensuite, elle entendit un premier coup de feu.

Suivi quelques secondes plus tard par un second.

« Qu'est-ce qui se passe ? demanda Lincoln.

— OK », dit Jim Bell d'un ton incertain, le combiné à la main.

Quelque chose dans l'attitude du shérif alarma Lincoln : le combiné collé à l'oreille, il serrait son autre poing loin de son corps. Il écouta encore quelques instants son interlocuteur en hochant la tête. Avant de se tourner vers le criminologue.

« Y a eu des coups de feu, annonça-t-il.

— Quoi ?

— Mason et Lucy sont entrés dans la grange. Jesse m'a parlé de deux détonations. »

Il leva les yeux et cria en direction de la pièce voisine :

« Envoyez l'ambulance chez les Hallburton. À Badger Hollow Road, près de la route 112.

— Elle est en route ! » répondit Steve Farr.

Lincoln appuya la tête contre le dossier de son fauteuil, puis jeta un coup d'œil à Thom, qui ne souffla mot.

Qui avait tiré ? Qui avait été touché ?

Oh, Amelia...

« Eh bien, débrouille-toi pour le découvrir, Jesse ! s'exclama

Jim Bell d'une voix où perçait la nervosité. Y a des hommes à terre ? Qu'est-ce qui est arrivé, bon sang ?

– Est-ce qu'Amelia va bien ? s'enquit Lincoln.

– On le saura dans une minute », répondit Jim Bell.

Mais Lincoln eut l'impression que des journées entières s'écoulaient.

Et puis, le shérif se raidit de nouveau quand Jesse Corn, ou quelqu'un d'autre, reprit la communication. Il opina.

« Bonté divine ! Il a fait quoi ? »

Il écouta encore un moment, puis s'adressa à Lincoln.

« Tout va bien. Y a pas de blessés. En entrant dans la grange, Mason a vu des bleus de travail accrochés au mur, et un râteau ou une pelle devant. Faisait vraiment sombre, là-dedans. Il a cru que c'était Garrett avec un flingue. Alors, il a tiré. C'est tout.

– Mais Amelia va bien ?

– Ils étaient même pas là. C'était juste le camion volé qui se trouvait à l'intérieur. Garrett et Amelia étaient sûrement dans la maison, et quand ils ont entendu les coups de feu, ils ont filé vers les bois. Mais ils peuvent pas aller très loin. Je connais la propriété ; elle est entourée de marécages.

– Je veux que vous retiriez Mason de cette affaire, lança Lincoln avec colère. Ce n'était pas une erreur de sa part, il a fait feu exprès. Je vous avais dit qu'il était trop impétueux. »

Le shérif en convint.

« Jesse ? dit-il au téléphone. Passe-moi Mason. »

Il y eut une courte pause.

« Mason, qu'est-ce que c'est encore que ce bordel ?... Pourquoi t'as tiré ?... Ben tiens ! Et si ç'avait été Pete Hallburton, en face de toi ? Ou sa femme, ou un de ses mômes ?... M'en fous. Tu rentres tout de suite. C'est un ordre... Non, tu les laisses fouiller la maison. Remonte dans ta bagnole et reviens au poste... Je te le répéterai pas. Je... Merde. »

Jim Bell raccrocha. Un instant plus tard, le téléphone sonnait de nouveau.

« Lucy ? Quelles nouvelles ?... »

Il écouta, les sourcils froncés, les yeux fixés sur le sol, en arpentant la pièce.

« Oh, bon sang... T'es sûre ? »

Il opina, puis ajouta : « OK, reste là-bas. Je te rappellerai. » Il raccrocha.

« Un problème ? demanda Lincoln.

– J'y crois pas, répondit Jim Bell en remuant la tête. On s'est fait baiser. Elle nous a bien eus, votre amie.

– Quoi ?

– Pete Hallburton est là. Chez lui, dans sa maison. Lucy et Jesse viennent de l'interroger. Sa femme travaille de trois heures à onze heures à l'usine de Davett, et comme elle avait oublié son dîner, il le lui a apporté y a une demi-heure, avant de retourner chez lui.

– Il est retourné chez lui ? Avec Amelia et Garrett cachés dans le coffre ? »

La mine dégoûtée, le shérif poussa un profond soupir.

« Il a un pick-up, qui offre aucune cachette. Du moins, pour eux. Mais pour le téléphone portable, y avait amplement la place. Il était derrière une glacière sur le plateau de la camionnette. »

Lincoln laissa échapper un rire cynique.

« Elle a appelé l'agence de location, et quand on l'a mise en attente, elle a planqué le téléphone dans le pick-up ?

– Tout juste, murmura Jim Bell.

– Rappelez-vous, Lincoln, elle a téléphoné à l'agence ce matin, intervint Thom. Elle était furieuse d'avoir attendu si longtemps.

– Elle savait qu'on localiserait le signal, reprit Jim Bell. Quand Lucy et les autres ont quitté Canal Road, ils ont poursuivi gaiement leur foutu chemin. »

Il regarda la carte.

« Ils ont quarante minutes d'avance sur nous. Ils peuvent être n'importe où. »

27

APRÈS QUE les voitures de patrouille avaient abandonné le barrage et foncé vers l'ouest, Garrett et Amelia avaient couru jusqu'au bout de Canal Road, puis traversé la route 112.

Ils avaient contourné les scènes de crimes à Blackwater Landing avant de bifurquer vers la gauche pour suivre la rivière Paquenoke en progressant rapidement à travers les broussailles et une forêt de chênes.

Au bout de quelques centaines de mètres dans les bois, ils se retrouvèrent devant un affluent de la Paquo. Il était impossible de l'éviter, mais Amelia n'avait aucune envie de se tremper dans cette eau sombre dont la surface boueuse était parsemée d'insectes et de détritus.

Garrett avait cependant pris d'autres dispositions. De ses mains menottées, il indiqua un point sur la berge.

« Le bateau, dit-il.

— Un bateau ? Où ça ?

— Là-bas. »

De nouveau, il leva les mains.

Les yeux plissés, Amelia finit par distinguer une petite embarcation couverte de branchages et de feuilles. Garrett s'en approcha et, en se débrouillant comme il le pouvait avec ses mains entravées, il commença à ôter le feuillage qui la dissimulait. Amelia l'aida.

« Technique de camouflage, expliqua-t-il avec fierté. Ce sont les insectes qui me l'ont apprise. Y a ce petit criquet, en France, le truxalis. Ben, il est super cool : il change de couleur trois fois l'été pour s'adapter aux différentes nuances de l'herbe pendant la saison. Comme ça, les prédateurs le voient moins facilement. »

De fait, Amelia aussi s'était servie des connaissances ésotériques de l'adolescent concernant les insectes. Lorsqu'il lui avait parlé des papillons de nuit – en particulier, de leur capacité à détecter les ondes électromagnétiques –, elle s'était rendu compte que Lincoln avait la possibilité de localiser son téléphone portable. Et elle s'était souvenue que le matin même, l'agence de location Piedmont-Carolina l'avait mise en attente un long moment. Alors, une fois parvenue sur le parking des Industries Davett, elle avait rappelé ladite agence, puis glissé le téléphone, d'où s'échappait une interminable musique d'ascenseur, à l'arrière d'un pick-up vide dont le moteur tournait, garé devant l'entrée du personnel.

La ruse avait apparemment bien fonctionné. Les policiers s'étaient lancés à la poursuite de la camionnette sitôt qu'elle avait quitté l'usine.

Tout en dégageant le bateau, Amelia demanda :

« Et l'ammoniac ? Et le piège avec le nid de guêpes au fond ? Ce sont aussi des ruses que t'ont apprises les insectes ?

– Mouais.

– Tu ne voulais blesser personne, n'est-ce pas ?

– Non, non, la fosse du fourmilion, c'était juste pour vous effrayer, vous obliger à ralentir. J'avais mis exprès un nid vide à l'intérieur. L'ammoniac, c'était pour me prévenir quand vous vous rapprocheriez. C'est ce que font les insectes. Les odeurs, pour eux, c'est comme un système d'alarme, un truc comme ça. »

Une curieuse lueur d'admiration brilla soudain dans ses yeux rouges, larmoyants.

« C'était vachement fort de votre part, le coup du moulin. Je veux dire, j'aurais jamais cru que vous arriveriez aussi vite.

– Et toi, tu as laissé tous ces indices sur place – la carte et le sable – pour nous orienter sur une fausse piste.

– Ouais, je vous l'ai dit, les insectes sont malins. Ils ont pas le choix. »

Ils achevèrent de découvrir la vieille embarcation. Celle-ci, peinte en gris foncé, mesurait trois mètres de long et était équipée d'un petit moteur de hors-bord. À l'intérieur se trouvaient une glacière et une dizaine de bidons en plastique d'eau minérale. Amelia en ouvrit un, puis but plusieurs gorgées avant de le tendre à Garrett, qui se désaltéra à son tour. L'adolescent ouvrit ensuite la glacière. Elle contenait des sachets de crackers et de chips. Il les examina attentivement pour s'assurer que tout était en place et intact. Enfin, l'air satisfait, il prit place à bord.

Amelia l'imita et s'assit face à lui, le dos à la proue. Il la gratifia d'un sourire entendu, comme s'il savait qu'elle ne lui faisait pas suffisamment confiance pour lui tourner le dos, et tira sur le démarreur. Le moteur revint à la vie en crachotant. Garrett donna une poussée pour s'éloigner de la berge et, tels deux Huckleberry Finn des temps modernes, ils s'éloignèrent sur la rivière.

C'est l'heure de l'affrontement, songea Amelia.

Une expression que son père avait utilisée autrefois. Cet homme mince, dégarni, qui avait patrouillé presque toute sa vie à Brooklyn et à Manhattan, s'était entretenu sérieusement avec sa fille lorsqu'elle lui avait annoncé sa décision d'abandonner sa carrière de mannequin pour entrer dans la police. Il approuvait son choix, mais lui avait parlé du métier en ces termes :

« Il faut que tu comprennes une chose, Amie : des fois, c'est la course ; des fois, t'as l'impression de faire un truc qui compte ; des fois, c'est assommant. Et des fois aussi, mais pas trop souvent, Dieu merci, c'est l'heure de l'affrontement. Poings contre poings. Tu te retrouves tout seul, sans personne pour t'aider. Et pas seulement face aux criminels. Il arrive que ce soit face à ton patron. Ou à leurs patrons. Ou même à tes copains. Si tu choisis de devenir flic, tu dois te préparer à agir en solo. Y a pas moyen d'éviter ça.

— J'en suis capable, p'pa.

— T'es bien ma fille... Allez, viens, ma chérie, on va faire un tour en voiture. »

Mais aujourd'hui, assise dans ce bateau branlant manœuvré par un jeune garçon perturbé, Amelia ne s'était jamais sentie aussi seule de toute sa vie.

L'heure de l'affrontement... poings contre poings.

« Regardez ! lança soudain Garrett en lui indiquant un insecte quelconque. C'est mon préféré. Une corise. Elle vole sous l'eau. »

Son visage s'illumina sous l'effet d'un enthousiasme débordant.

« Sérieux ! Hé, ce serait chouette, non ? De voler sous l'eau, je veux dire. J'aime l'eau, moi. C'est agréable sur ma peau. »

Son sourire s'évanouit, et il se frotta le bras.

« Foutu sumac... Ça m'irrite tout le temps. Y a des moments, c'est insupportable. »

Ils se frayaient désormais un passage à travers des bras secondaires, des îlots, des racines et des arbres gris à moitié submergés, mais toujours en direction de l'ouest, du soleil couchant.

Une pensée vint à Amelia, l'écho de celle qui lui avait traversé l'esprit un peu plus tôt dans la cellule de l'adolescent, juste avant qu'elle ne le libère : au moment où il avait caché cette embarcation avec des provisions et un réservoir plein, Garrett devait déjà anticiper son évasion. Quant à son propre rôle dans cette expédition, il s'intégrait dans un plan complexe, prémédité avec soin.

« – *Quoi que tu penses de Garrett, ne lui fais pas confiance. Tu le supposes innocent, d'accord. Mais tu dois accepter l'idée qu'il ne l'est peut-être pas. Souviens-toi de la façon dont on aborde les scènes de crime, Amelia.*

– Avec une grande ouverture d'esprit. Sans préjugés. En se disant que tout est possible. »

Pourtant, lorsqu'elle regarda de nouveau le jeune garçon, dont les yeux brillants filaient gaiement d'un panorama à un autre tandis qu'il guidait l'embarcation à travers les canaux, il ne lui apparut pas du tout comme un criminel en fuite, mais plutôt comme n'importe quel adolescent enthousiaste partant camper, heureux et tout excité à la perspective de ce qu'il allait découvrir au détour du prochain coude de la rivière.

« Elle est drôlement maligne, Lincoln », dit Ben en faisant allusion à la ruse du téléphone portable.

Oh oui, songea le criminologue. Et d'ajouter en son for intérieur : Elle est aussi maligne que moi. Même s'il devait bien admettre, à son grand dam, que cette fois, elle s'était même montrée plus maligne que lui.

Il s'en voulait terriblement de ne pas avoir été capable d'anticiper la réaction d'Amelia. Ce n'est pas un jeu, pensa-t-il, ni un exercice d'entraînement – comme dans ces moments où il lui lançait un défi lorsqu'elle quadrillait une scène de crime ou lorsqu'ils analysaient ensemble des indices dans son labo à New York. À présent, elle était en danger. Peut-être lui restait-il seulement quelques heures avant que Garrett ne l'agresse ou ne la tue. Il n'était pas question de commettre de nouvelles erreurs.

Un policier parut sur le seuil, chargé d'un sac de supermarché contenant les vêtements que Garrett avait abandonnés à la prison.

« Parfait, déclara Lincoln. Bon, que quelqu'un dresse une liste. Thom, Ben... Allez-y, notez : "Composition de l'échantillon prélevé sur la scène de crime secondaire – Moulin". Écrivez, Ben, écrivez !

– Mais on l'a déjà, cette liste, objecta l'assistant en montrant le tableau.

– Non, non, non, répliqua Lincoln. Effacez-la. Ces indices sont factices. Garrett les a laissés derrière lui pour nous abuser. Exactement comme pour le calcaire dans la chaussure dont il s'est débarrassé quand il a enlevé Lydia. Au cas où on relèverait des traces sur ces vêtements, ajouta-t-il en désignant le sac, elles nous permettront peut-être de déterminer où se trouve vraiment Mary Beth.

– Si on a de la chance... », souligna Jim Bell.

Non, rectifia Lincoln à part soi. Si on s'y prend bien.

« Découpez un morceau du pantalon, ordonna-t-il à Ben. Oui, c'est ça, près du revers, et analysez-le au chromatographe. »

Le shérif sortit du local pour aller s'entretenir avec Steve Farr sur la possibilité d'obtenir des fréquences prioritaires sur les radios sans éveiller les soupçons de la police d'État au sujet de ce qui se passait – comme Lincoln le lui avait recommandé.

À présent, le criminologue et son assistant attendaient les résultats du chromatographe.

« D'autres observations concernant les vêtements, Ben ? demanda Lincoln.

– Y a des taches de peinture brune sur le pantalon de Garrett, répondit le zoologue en examinant attentivement le vêtement. Brun foncé. Elles m'ont l'air récentes.

– De la peinture brune, répéta Lincoln. De quelle couleur est la maison des parents adoptifs de Garrett ?

– Euh, j'en sais rien...

– Je ne comptais pas sur vous pour me donner tous les détails caractéristiques de Tanner's Corner, maugréa le criminologue. Téléphonez-leur, bon sang !

– Oh. » Ben trouva le numéro dans le dossier de Garrett. Il le composa, bavarda quelques instants avec son interlocuteur, puis raccrocha.

« Moins coopératif que ce salopard-là, c'est pas possible... C'est le père adoptif de Garrett que j'ai eu. Bref, leur maison est blanche, et y a pas une trace de peinture brun foncé sur leur propriété.

— Il pourrait donc s'agir de la couleur de l'endroit où il a enfermé sa prisonnière.

— Il existe pas quelque part une base de données sur les peintures qui pourrait nous servir à identifier l'échantillon ?

— Bonne idée, Ben. Mais malheureusement, la réponse est non. J'en ai une à New York, mais elle ne nous sera d'aucune utilité ici. Et la base de données du FBI est inaccessible. Alors, continuez. Qu'est-ce qu'il y a dans les poches ? N'oubliez pas de... »

Mais déjà, Ben enfilait les gants en latex.

« C'est ce que vous alliez dire ?

— Exactement, répondit Lincoln.

— Il déteste qu'on le devance, intervint Thom.

— Eh bien, je tâcherai de le faire plus souvent, répliqua Ben. Ah, j'ai quelque chose. »

Lincoln plissa les yeux en voyant les petits objets blancs que le jeune homme avait retirés des poches de Garrett.

« C'est quoi ? »

Ben renifla ses trouvailles.

« Fromage et pain.

— Encore de la bouffe. Comme les crackers et... »

Comme son assistant éclatait de rire, Lincoln fronça les sourcils.

« Qu'est-ce qu'il y a de si drôle ?

— C'est bien de la bouffe, mais pas pour Garrett.

— Comment ça ?

— Vous avez déjà pêché ?

— Non, marmonna Lincoln. Si je veux du poisson, on me l'achète et je le mange. Point final. Mais quel rapport entre la pêche et les sandwichs au fromage ?

— Ces trucs-là ne proviennent pas de sandwichs, expliqua Ben. Ce sont des bouettes. Des appâts, quoi. Vous faites des boulettes avec de la mie et du fromage, et après, vous les laissez bien rancir. Les poissons de vase en raffolent. Surtout les poissons-chats. Plus ça pue, plus ça leur plaît. »

Lincoln arqua un sourcil.

« Ah, enfin un détail utile ! »

Ben s'intéressa de nouveau aux revers du pantalon. Il brossa le tissu pour faire tomber les résidus sur le bulletin d'abonnement du magazine *People,* puis étudia l'échantillon au microscope.

« Rien de particulier, dit-il. Sauf ces petites mouchetures blanches...

– Montrez-moi. »

Le zoologue maintint le gros microscope Bausch &
Lomb devant Lincoln, qui pencha la tête vers l'oculaire.

« OK, parfait. Ce sont des fibres de papier.

– Ah bon ?

– Évidemment que c'est du papier ! Qu'est-ce que vous
voulez que ce soit ? Du papier absorbant, même. Mais je n'ai
aucune idée de sa provenance. En revanche, cette terre est tout
à fait intéressante. Vous pouvez m'en trouver encore un peu ?
Dans les revers ?

– Je vais essayer. »

Après avoir coupé les coutures qui retenaient les revers,
Ben déplia l'étoffe pour en récupérer le contenu sur le carton.

« Microscope », ordonna Lincoln.

Son assistant plaça une lame sur le valet du microscope,
qu'il stabilisa de nouveau devant Lincoln.

« Il y a beaucoup d'argile, observa ce dernier. Je veux dire,
vraiment beaucoup. Je pencherais pour une roche feldspa-
thique, sûrement du granite. Et ça, c'est... Oh, de la sphaigne. »

Impressionné, Ben demanda :

« Comment vous savez tout ça ?

– Je le sais, c'est tout. »

Lincoln n'avait pas le temps de lui expliquer qu'un criminologue doit acquérir autant de connaissances sur le monde physique que sur le crime. Il demanda :

« Il y avait autre chose, dans les revers ? Tenez, là, qu'est-ce
que c'est ? »

De la tête, il indiqua le bulletin d'abonnement.

« Ce petit truc blanchâtre et vert ?

– Ça provient d'une plante, répondit Ben. Sauf que c'est pas
du tout mon domaine. J'ai étudié la botanique sous-marine,
mais c'était pas ma matière favorite. Je suis plus attiré par les
formes de vie qui ont la possibilité de se sauver quand on essaie
de les capturer. Ça me semble plus sportif.

– Décrivez-moi ce que vous voyez. »

Ben étudia sa trouvaille à la loupe.

« Tige rougeâtre avec une goutte de sève au bout. Ça semble
visqueux. Y a une fleur blanche en forme de cloche attachée à
l'extrémité... Si je devais me prononcer...

– Allez-y, le pressa Lincoln. Et vite.

– Je suis presque sûr que c'est une rosée du soleil.

– D'où vous sortez ce truc-là ? On dirait le nom d'un liquide vaisselle.

– C'est une drosera. Comme la dionée, ou attrape-mouches de Vénus. Ces plantes se nourrissent d'insectes. Elles sont fascinantes. Quand j'étais gosse, je passais des heures à les regarder. La façon dont elles digèrent leur proie est...

– ... *fascinante*, oui, je sais, railla Lincoln. Mais je ne m'intéresse pas à leurs habitudes alimentaires. Où est-ce qu'on les trouve, Ben ? Ça, ce serait une information fascinante pour moi.

– Oh, y en a partout dans la région. »

Lincoln fronça les sourcils.

« Inutile, donc. Merde. Bon, vous analyserez un échantillon de cette terre au chromatographe quand on aura les résultats du premier test. »

Il regarda ensuite le T-shirt de Garrett étalé sur une table.

« C'est quoi, ces taches ? »

Plusieurs traînées rougeâtres maculaient le vêtement. Ben les examina de près, haussa les épaules, puis remua la tête en signe d'impuissance.

Les lèvres fines du criminologue s'incurvèrent en un sourire ironique.

« Ça vous dirait de goûter ? »

Sans hésitation, Ben souleva le tissu et lécha une petite partie de la tache.

« Brave petit », commenta Lincoln.

Son assistant lui jeta un coup d'œil interrogateur.

« C'est pas la procédure standard... ? »

– Pour rien au monde je n'aurais fait ça, répliqua Lincoln.

– C'est drôle, mais je vous crois pas, rétorqua Ben, qui lécha de nouveau le T-shirt. Je pencherais pour du jus de fruit. Mais je sais pas quel parfum.

– OK, ajoute cet élément à la liste, Thom. »

Lincoln indiqua le chromatographe.

« Bon, on va voir les résultats de l'échantillon du pantalon, et ensuite, on analysera la terre récupérée dans les revers. »

Bientôt, la machine leur révéla quelles substances imprégnaient les vêtements de Garrett et quelles autres composaient la terre récoltée dans les revers : du sucre, encore du camphène, de l'alcool, de l'essence et de la levure. L'essence apparaissait en quantités significatives. Thom ajouta ces éléments à la liste, que tous examinèrent.

COMPOSITION DE L'ÉCHANTILLON PRÉLEVÉ
SUR LA SCÈNE DE CRIME SECONDAIRE
MOULIN

Peinture brune	Bouettes
sur un pantalon	Sucre
Drosera	Camphène
Argile	Alcool
Sphaigne	Essence
Jus de fruit	Levure
Fibres de papier	

Quelles conclusions en tirer ? se demanda Lincoln. Étant donné le grand nombre d'indices, il ne parvenait pas à établir de liens entre eux. Le sucre provenait-il du jus de fruit ou d'un autre site où se serait rendu Garrett ? Avait-il acheté l'essence ? S'était-il caché dans une station-service, voire dans une grange où le propriétaire entreposait du carburant ? De l'alcool, on en trouvait dans plus de trois mille produits ménagers et industriels – des solvants à l'after-shave. Quant à la levure, elle provenait incontestablement de la minoterie, où le grain était moulu pour en faire de la farine.

Au bout de quelques minutes, les yeux de Lincoln revinrent se poser sur une autre liste.

COMPOSITION DE L'ÉCHANTILLON PRÉLEVÉ
SUR LA SCÈNE DE CRIME SECONDAIRE
CHAMBRE DE GARRETT

Sécrétions de mouffette	Fil de pêche
Petites branches de pin	Argent
Dessins d'insectes	Clé
Photos de Mary Beth	Essence
et photos de famille	Ammoniac
Ouvrages	Nitrates
sur les insectes	Camphène

Un détail mentionné par Amelia lorsqu'elle fouillait la chambre de l'adolescent lui revint en mémoire.

« Ben ? Vous pouvez ouvrir ce cahier, là-bas ? Celui de Garrett ? J'aimerais le regarder encore une fois.

303

« – Vous voulez que je l'installe sur le tourne-pages ?

– Non, feuilletez-le pour moi. »

Les dessins malhabiles d'insectes défilèrent devant ses yeux : corise, argyronète, gerris...

Amelia lui avait dit qu'à l'exception du bocal rempli de guêpes – le coffre-fort de Garrett –, les autres récipients contenaient de l'eau.

« Ce sont tous des insectes aquatiques », déclara Lincoln.

Ben acquiesça.

« Mouais, apparemment.

– Il est attiré par l'eau, reprit Lincoln d'un ton songeur, avant de lever les yeux vers son assistant. Et cet appât ? Vous m'avez bien dit qu'il servait à attirer les poissons de vase ?

– Les bouettes ? Exact.

– En eau salée ou en eau douce ?

– En eau douce, évidemment.

– Il faut de l'essence pour les bateaux, non ?

– Les petits hors-bords, oui, répondit Ben.

– Alors, que pensez-vous de mon idée ? Et s'il était parti vers l'ouest en bateau sur la rivière Paquenoke ?

– C'est pas idiot, répondit Ben. Et je parie que si on a relevé autant de traces d'essence, c'est parce qu'il a dû multiplier les allers-retours entre Tanner's Corner et l'endroit où il a enfermé Mary Beth. Le temps de tout préparer pour elle.

– Excellent raisonnement. Appelez Jim Bell, s'il vous plaît. »

Quelques minutes plus tard, quand le shérif revint, Lincoln lui expliqua son hypothèse.

« Ce sont les insectes aquatiques qui vous ont mis sur la voie ? demanda Jim Bell.

– Oui. Plus on en saura sur les insectes, plus on en saura sur Garrett Hanlon.

– C'est pas plus dingue que tout ce que j'ai entendu aujourd'hui.

– Vous disposez d'une vedette ?

– Non. Mais de toute façon, elle nous servirait pas à grand-chose. Vous connaissez pas la Paquo... Sur la carte, elle ressemble à n'importe quelle rivière, avec des berges et tout. Mais en fait, y a un bon millier de bras secondaires et de ruisseaux reliés aux marécages. Au cas où Garrett aurait choisi ce trajet, il restera pas sur le canal principal. Je peux vous le garantir. Ce sera impossible de le retrouver. »

Du regard, Lincoln suivit le tracé de la Paquenoke en direction de l'ouest.

« S'il a transporté des provisions jusqu'à la cachette de Mary Beth, ça signifie qu'elle n'est pas très loin de la rivière, observa-t-il. Jusqu'où lui faudrait-il aller pour atteindre une zone habitable ?

— En fait, y a qu'une solution. Vous voyez, là-haut ? »

Jim Bell posa le doigt sur la case G-7.

« Ici, c'est le nord de la Paquo. Personne y habite. Au sud de la rivière, c'est beaucoup plus résidentiel. Il serait tout de suite repéré.

— Donc, au moins dix ou quinze kilomètres vers l'ouest ?

— Tout juste.

— Et ce pont, là-bas ? reprit Lincoln, le regard fixé sur l'intersection E-8.

— Le pont Hobeth ?

— Qu'est-ce qu'il y a, aux alentours ? L'autoroute ?

— Non, seulement des décharges. Des tas de décharges. Le pont mesure à peu près douze mètres de haut, avec de longues rampes d'accès. Oh, attendez... Vous croyez que Garrett pourrait revenir sur le canal principal pour passer sous ce pont ?

— Oui. Parce que les ingénieurs ont dû combler les canaux secondaires de chaque côté quand ils ont construit les rampes. »

Jim Bell hocha la tête.

« Mouais. Ça me paraît logique.

— Envoyez tout de suite Lucy et les autres là-bas. Au pont Hobeth. Et, Ben ? Téléphonez à ce gars, Henry Davett. Dites-lui qu'on est désolés de le déranger, mais qu'on a encore besoin de ses services. »

QFJ...

En repensant à Henry Davett, Lincoln adressa une autre prière, non pas à une divinité, mais à Amelia Sachs : Oh, Amelia, je t'en prie, fais attention. C'est seulement une question de temps avant que Garrett ne te demande de lui enlever ses menottes sous un prétexte quelconque. Ensuite, il te conduira jusqu'à un endroit désert et se débrouillera pour s'emparer de ton arme... Ne laisse pas ta méfiance s'endormir au fil des heures, Amelia. Ne baisse pas ta garde. Il a la patience d'une mante religieuse.

28

G ARRETT connaissait les cours d'eau comme un batelier professionnel, et s'il guidait l'embarcation dans ce qui ressemblait à des impasses, il parvenait néanmoins toujours à trouver des passages aussi fins que des fils d'araignée, leur permettant de poursuivre leur progression régulière vers l'ouest à travers un véritable labyrinthe.

De temps à autre, il montrait à Amelia une loutre, un rat musqué ou un castor – autant de visions qui auraient pu enthousiasmer un naturaliste mais qui la laissaient de marbre. Sa propre expérience de la nature se limitait aux rats, aux pigeons et aux écureuils de la ville, et encore, seulement dans la mesure où ils se révélaient utiles pour le travail d'investigation qu'elle menait avec Lincoln.

« Regardez ! Là-bas ! s'écria-t-il.

– Quoi ? »

L'adolescent tendait le doigt vers quelque chose qu'elle ne distinguait pas. Il fixait du regard un point près de la rive, apparemment absorbé par le drame miniature qui se jouait sur l'eau. Amelia ne vit qu'une minuscule bestiole glisser à la surface.

« Un gerris », lui dit-il, avant de se rasseoir tandis qu'ils s'éloignaient. Il prit un air grave.

« Les insectes, ils sont vachement plus importants que nous. Je veux dire, pour la survie de la planète. Vous savez, j'ai lu quelque part que si tous les gens sur terre disparaissaient demain, le monde continuerait de tourner sans problème. Mais si c'étaient les insectes qui disparaissaient, ben, les autres formes de vie feraient pas long feu ; elles s'éteindraient grosso modo en une génération. Les plantes crèveraient, et ensuite les animaux, et la planète redeviendrait une espèce de gros caillou. »

Malgré ses expressions typiques d'adolescent, Garrett s'exprimait avec l'autorité d'un professeur et la verve d'un prédicateur.

« Bon, c'est vrai, y a des insectes qui sont chiants. Mais ceux-là, ils sont pas nombreux ; genre un ou deux pour cent. »

Sa physionomie s'anima soudain, et il déclara avec fierté :

« Et pour ceux qui bouffent les récoltes et les trucs comme ça, ben, j'ai une idée. C'est plutôt cool. Je voudrais élever cette variété spéciale de chrysopes aux yeux d'or pour contrôler les nuisibles, au lieu de les empoisonner ; résultat, les insectes utiles et les autres animaux mourraient pas. Le chrysope, ce serait l'idéal. Personne l'a encore fait.

— Tu crois que c'est possible, Garrett ?

— Pour l'instant, je sais pas trop comment. Mais je vais apprendre. »

Elle se souvint de ce terme inventé par E.O. Wilson qu'elle avait découvert dans un des livres de l'adolescent, la biophilie – l'empathie des humains envers les autres formes de vie sur la planète. Et pendant qu'elle l'écoutait lui donner tous ces détails révélateurs d'une passion pour la nature et la connaissance, une pensée prédominait dans son esprit : quelqu'un capable d'éprouver une telle fascination pour les êtres vivants et, à sa manière étrange, un tel amour, ne pouvait être un violeur et un assassin.

Amelia Sachs se raccrocha à cette pensée, qui lui donna du courage tandis qu'ils naviguaient sur la Paquenoke, fuyant Lucy Kerr, le mystérieux individu en salopette marron et la petite ville troublée de Tanner's Corner.

Fuyant aussi Lincoln Rhyme, son opération imminente et les conséquences terribles qu'elle risquait d'avoir pour eux deux.

Le bateau étroit se faufilait maintenant parmi des affluents dont les eaux n'étaient plus sombres, mais dorées, camouflées par les reflets du soleil couchant comme ce criquet français dont Garrett lui avait parlé, qui changeait de couleur pour mieux se fondre dans son environnement. Enfin, l'adolescent quitta les voies de navigation secondaires pour rejoindre le canal principal, où il resta près de la rive. Amelia jeta un coup d'œil derrière elle, vers l'est, pour vérifier si des vedettes de la police s'étaient lancées à leur poursuite. Mais elle ne vit qu'une des grandes barges des Industries Davett remonter le courant, s'éloignant d'eux. Garrett ralentit en dirigeant l'embarcation vers une petite crique. Puis, à travers les branches

307

tombantes d'un saule, il observa le pont qui, un peu plus loin à l'ouest, enjambait la rivière.

« Va falloir passer en dessous, déclara-t-il. On peut pas le contourner. » Il examina la structure.

« Vous apercevez quelqu'un ? »

Amelia regarda à son tour. Il lui sembla distinguer quelques lumières.

« Peut-être. C'est difficile à dire, avec le soleil...

— Si ces connards doivent nous attendre quelque part, c'est là, ajouta-t-il, l'air mal à l'aise. Je suis toujours inquiet à cause de ce pont. Des gens qui vous guettent peut-être. »

Toujours ?

Garrett coupa les gaz, avant d'aborder. Une fois descendu, il dévissa un boulon fixant le moteur du hors-bord, qu'il enleva et dissimula avec le réservoir d'essence parmi les hautes herbes.

« Qu'est-ce que tu fais ? demanda-t-elle.

— Je veux pas prendre le risque d'être repéré. »

Il sortit de l'esquif la glacière et les bidons d'eau, puis attacha les rames aux sièges avec deux morceaux de corde graisseuse. Après avoir vidé une demi-douzaine de bidons, il les reboucha et les mit de côté.

« Dommage pour l'eau, dit-il en indiquant les containers, parce que Mary Beth en a pas. Elle en aura besoin. Mais je pourrai aller lui en chercher dans l'étang près de la cabane. »

Il pataugea dans la rivière et attrapa le bord du bateau.

« Aidez-moi. Faut qu'on le retourne.

— On va le couler ? lança Amelia.

— Non, juste le retourner. On mettra les bidons vides en dessous. Comme ça, il flottera bien.

— À l'envers ?

— Mouais. »

Elle comprit alors ce que Garrett avait en tête. Ils s'abriteraient sous la barque pour passer le pont. La coque sombre, à moitié immergée, serait presque invisible pour d'éventuels observateurs. Une fois de l'autre côté, ils retourneraient de nouveau l'embarcation et continueraient à la rame jusqu'à l'endroit où se trouvait Mary Beth.

De la glacière, Garrett retira un sac en plastique.

« On a qu'à mettre nos affaires dedans pour pas les mouiller. »

Il plaça son livre, *Le Monde miniature*, à l'intérieur. Amelia

308

y ajouta son portefeuille et son arme. Elle fourra son T-shirt dans son jean, puis glissa le sac en plastique contre sa poitrine.

« Vous pouvez m'enlever les menottes ? » demanda-t-il en lui tendant les mains.

Elle hésita.

« Je veux pas me noyer », ajouta-t-il avec un regard implorant.

J'ai peur. Dites-lui d'arrêter !

« Je ferai rien de mal. Je vous le promets. »

À contrecœur, Amelia récupéra la clé dans sa poche et ouvrit les menottes.

Les Indiens Weapemeoc, originaires de ce qui est aujourd'hui la Caroline du Nord, parlaient la langue de la nation algonquine et entretenaient des liens avec les tribus des Powhatans, des Chowans et des Pamlicos sur la côte Atlantique des États-Unis.

C'étaient d'excellents fermiers dotés en outre d'une grande habileté pour la pêche – que leur enviaient leurs compatriotes amérindiens. Pacifiques à l'extrême, ils ne s'intéressaient guère aux armes. Trois siècles plus tôt, le scientifique britannique Thomas Harriot avait écrit à leur sujet : « Pour tout armement, ils disposent seulement d'arcs fabriqués avec des branches d'hamamélis et de flèches taillées dans des roseaux ; ils n'ont rien d'autre pour se défendre que des boucliers d'écorce et des armures faites de bouts de bois attachés les uns aux autres. »

Il fallut toute l'influence des colons britanniques pour les transformer en combattants, et ils y parvinrent de manière particulièrement efficace grâce à la mise en œuvre simultanée de différents moyens : ils menacèrent les Indiens des foudres divines s'ils ne se convertissaient pas sur-le-champ au christianisme, décimèrent les populations en leur transmettant des virus importés d'Europe, comme la grippe et la variole, exigèrent nourriture et logement parce qu'ils étaient trop paresseux pour subvenir eux-mêmes à leurs besoins et assassinèrent un de leurs chefs bien-aimés, Wingina, qu'ils soupçonnaient (à tort) de préparer une attaque contre leur colonie.

À la surprise indignée des colons, plutôt que d'ouvrir leur cœur au Seigneur Jésus, les Indiens firent serment d'allégeance à leurs propres déités – les Manitous –, puis déclarèrent la guerre aux Britanniques – une guerre dont la première offensive (du moins, selon l'histoire réécrite par la jeune Mary Beth McConnell) fut celle lancée contre la Colonie perdue sur l'île de Roanoke.

Après avoir mis en fuite leurs ennemis, les Indiens, prévoyant l'arrivée de renforts britanniques, décidèrent de revoir leur matériel militaire et d'utiliser le cuivre, jusque-là réservé aux objets décoratifs, pour faire des armes. Les pointes en métal étaient bien plus tranchantes que celles en silex, et plus faciles aussi à tailler. Cependant, contrairement à ce que montrent les films, une flèche décochée par un arc sans poulie ne pénètre en général pas très profondément dans la peau et n'est que rarement fatale. Pour achever un adversaire blessé, le guerrier Weapemeoc devait lui asséner le *coup de grâce*[1] – un coup sur la tête porté avec une sorte de hache, le tomahawk, dont la tribu développa très vite la technique.

Un tomahawk n'est rien de plus qu'une grosse pierre arrondie insérée à l'extrémité d'un morceau de bois et maintenue en place par un lien de cuir. Il s'agit d'une arme très efficace, et celle que fabriquait présentement Mary Beth McConnell en se basant sur ses connaissances de l'archéologie amérindienne était bien partie pour devenir aussi meurtrière que celles dont s'étaient servis les Indiens – du moins, d'après sa théorie – pour défoncer le crâne et briser la colonne vertébrale des colons de Roanoke lors de leur dernier combat sur les rives de la Paquenoke, à l'endroit appelé aujourd'hui Blackwater Landing.

Elle avait fabriqué la sienne à l'aide de deux barreaux incurvés provenant d'une vieille chaise de cuisine dans la cabane. Quant à la pierre, c'était celle que Tom, le complice du Missionnaire, lui avait jetée. Elle l'avait fixée entre les deux bouts de bois et attachée avec de longues bandes de denim arrachées à sa chemise. L'arme pesait lourd – dans les trois kilos –, mais pour elle qui avait l'habitude de soulever des rochers de quinze, ou même vingt kilos sur les sites archéologiques, ce n'était rien.

Son tomahawk achevé, elle se redressa, puis le balança au bout de son bras, heureuse de la sensation de puissance qu'il lui procurait. Soudain, un petit grattement attira son attention – les insectes dans les bouteilles. Le son lui rappela cette détes-

---

1. En français dans le texte. (*N.d.T.*)

table manie qu'avait Garrett de faire cliqueter ses ongles. Un frisson de rage la parcourut à cette pensée, et elle brandit son arme pour l'abattre sur le récipient le plus proche d'elle.

Pourtant, au dernier moment, elle se ravisa. Elle détestait les insectes, d'accord, mais sa colère n'était pas dirigée contre eux. C'était à Garrett qu'elle en voulait. Alors, délaissant les bouteilles, elle se dirigea vers la porte et la frappa à plusieurs reprises avec sa hache de fortune, en se concentrant sur la zone autour de la serrure. Le battant ne bougea pas. Cela dit, elle ne s'attendait pas à ce qu'il cède. Mais au moins, elle savait maintenant la pierre fermement calée à l'extrémité de l'arme. Elle n'avait pas glissé.

Évidemment, si le Missionnaire et Tom revenaient avec un fusil, le tomahawk ne lui serait pas d'une grande utilité. Elle décida toutefois que s'ils parvenaient à entrer, elle le dissimulerait derrière son dos et défoncerait le crâne du premier qui s'aviserait de la toucher. L'autre la tuerait peut-être, mais au moins, elle en emmènerait un dans la tombe avec elle. (Dans son esprit, Virginia Dare avait connu une mort semblable.)

Mary Beth s'assit, puis regarda par la fenêtre le soleil bas au-dessus des arbres parmi lesquels elle avait aperçu le Missionnaire pour la première fois.

Que ressentait-elle exactement ? se demanda-t-elle. De la peur, sans doute.

Non, ce n'était pas de la peur, rectifia-t-elle aussitôt. C'était de l'impatience. Elle souhaitait le retour de l'ennemi.

Elle plaça le tomahawk sur ses genoux.

Prépare-toi, lui avait dit Tom.

Eh bien, c'est ce qu'elle avait fait.

« Y a un bateau ! »

Lucy se pencha, écartant les branches d'un laurier à l'odeur âcre qui poussait sur la rive près du pont Hobeth. Elle avait posé la main sur son arme.

« Où ? demanda-t-elle à Jesse Corn.

— Là-bas. »

De la main, il lui montra un point en amont.

Elle finit par discerner une vague forme sombre sur l'eau, à environ huit cents mètres, emportée par le courant.

« Comment ça, un bateau ? reprit-elle. Je vois pas...

— Regarde bien. Il est retourné. »

– Je le distingue à peine. T'as de bons yeux, dis donc !

– C'est eux ? s'enquit Trey.

– Qu'est-ce qui s'est passé ? Ils ont chaviré ?

– Nan, répondit Jesse Corn. Ils se cachent dessous.

– Comment tu le sais ? lança Lucy en scrutant la rivière.

– C'est juste une impression.

– Y a assez d'air, là-dessous ? interrogea Trey.

– Bien sûr, affirma Jesse. C'est relativement haut, par rapport à la surface. On faisait ça avec des canoës sur le lac Bambert. Quand on était gosses. On jouait au sous-marin.

– Alors, qu'est-ce qu'on décide ? poursuivit Lucy. Il nous faudrait une barque, ou un truc comme ça, pour les rejoindre. »

Elle regarda tout autour d'elle.

Ned Spoto ôta son ceinturon, qu'il tendit à Jesse Corn.

« Bon, je vais vous le ramener sur la rive, moi, ce fichu bateau.

– Tu te sens capable de nager là-dedans ? » demanda Lucy.

Il enleva ses bottes.

« Bah, j'ai nagé un million de fois dans la Paquo.

– On te couvrira, lui assura sa collègue.

– Ils sont dans l'eau, intervint Jesse. Je pense pas qu'ils essaient de tirer sur qui que ce soit.

– Suffirait de graisser un peu les cartouches, et ils resteront dans l'eau des semaines, observa Trey.

– Amelia tirera pas, affirma Jesse Corn, en défenseur de Judas.

– Mais on peut pas courir de risques », répliqua Lucy.

À l'intention de Ned, elle ajouta :

« Le retourne pas, OK ? Contente-toi de le ramener vers nous. Trey ? Va te poser là-bas, près du saule, avec le fusil de chasse. Jesse et moi, on bouge pas d'ici. Comme ça, en cas de problème, on pourra les prendre en tir croisé. »

Ned, pieds et torse nus, descendit avec précaution l'escarpement rocheux jusqu'à la berge boueuse. Il scruta les alentours – peut-être pour s'assurer qu'il n'y avait pas de serpents, supposa Lucy –, puis entra dans l'eau. Il se dirigea ensuite vers le bateau en effectuant des mouvements de brasse réguliers. De son côté, Lucy dégaina son Smith & Wesson, puis arma le chien et jeta un coup d'œil à Jesse Corn, que la vue de l'arme semblait mettre mal à l'aise. Trey, près de l'arbre, tenait son fusil canon vers le haut. Lorsqu'il vit Lucy armer son pistolet, il glissa une cartouche dans la chambre du Remington.

Le bateau, presque au milieu du courant, n'était plus qu'à une dizaine de mètres.

En bon nageur, Ned progressait rapidement. Il atteindrait bientôt...

La détonation claqua, assourdissante et proche. Lucy sursauta au moment où une gerbe de gouttelettes s'élevait dans l'air à quelques centimètres de Ned.

« Oh, non ! » cria-t-elle en s'efforçant de localiser le tireur.

— Où, où ? » appela Trey, qui s'accroupit et raffermit sa prise sur le fusil.

Ned plongea sous la surface.

Encore un coup de feu. L'eau jaillit de nouveau. Trey, paniqué, se mit à tirer sur le bateau. En continu. Le fusil à pompe de calibre .12 contenait sept cartouches. Le policier vida le chargeur en quelques secondes, atteignant l'embarcation à chaque fois, faisant voler partout des éclats de bois et des gerbes d'eau.

« Non ! s'exclama Jesse. Y a des gens, là-dessous !

— D'où ils visent ? lança Lucy. De sous le bateau ? De l'autre côté ? J'arrive pas à les localiser. Où sont-ils, bon sang ?

— Où est Ned ? hurla Trey. Il est touché ? Où est Ned ?

— J'en sais rien, cria Lucy d'une voix enrouée par la peur. Je le vois plus. »

Trey rechargea, puis visa de nouveau l'esquif.

« Non ! ordonna Lucy. Arrête de tirer. Couvre-moi ! »

Elle dévala la berge et commençait à patauger dans la rivière lorsque soudain, près de la rive, elle entendit un hoquet étranglé au moment où Ned refaisait surface.

« Au secours ! »

Terrifié, il regarda derrière lui en même temps qu'il essayait de sortir de l'eau.

Jesse et Trey, leurs armes braquées en direction de la rive opposée, descendirent lentement vers la Paquenoke. Les yeux écarquillés de Jesse étaient fixés sur la barque criblée de trous énormes aux bords déchiquetés.

Sans perdre un instant, Lucy glissa son pistolet dans son holster puis, attrapant Ned par le bras, elle le traîna jusqu'à la rive. Il s'était maintenu sous l'eau le plus longtemps possible, et à présent, il était pâle et affaibli par le manque d'oxygène.

« Où sont-ils ? demanda-t-il, suffoquant.

— Aucune idée », répondit Lucy, qui le soutint jusqu'à des buissons proches.

Il s'effondra sur le flanc, toussant et crachant. Lucy l'examina avec soin. Il n'avait pas été blessé.

Entre-temps, Trey et Jesse les avaient rejoints ; accroupis, ils scrutaient l'autre rive pour tenter de repérer leurs assaillants.

Ned toussait toujours.

« Cette putain d'eau a vraiment un goût dégueulasse. »

Le bateau dérivait vers eux, à moitié submergé à présent.

« Ils sont morts, chuchota Jesse Corn. Forcément. »

Il se débarrassa à son tour de son ceinturon et fit mine de s'avancer vers la rivière.

« Non, ordonna Lucy, les yeux rivés sur la berge opposée. Laisse-le venir vers nous. »

29

L E BATEAU flotta jusqu'à un cèdre déraciné dont le tronc s'avançait dans la rivière, puis s'immobilisa.

Les policiers attendirent quelques instants, sans déceler d'autre mouvement que le balancement de l'embarcation dévastée. L'eau se teintait de rouge, mais Lucy n'aurait su dire si c'était à cause du sang ou du couchant flamboyant.

Blême, Jesse Corn jeta un coup d'œil à sa collègue, qui hocha la tête. Ses trois équipiers gardèrent leurs armes braquées sur l'esquif pendant que le jeune officier se chargeait d'aller le retourner.

Les restes de plusieurs bidons d'eau déchiquetés émergèrent de sous la coque et furent entraînés lentement par le courant. La carcasse n'abritait aucun corps.

« Qu'est-ce qui est arrivé ? demanda Jesse. Je comprends plus, là.

— Merde, marmonna Ned avec amertume. Ils nous ont bien eus. C'était une putain d'embuscade ! »

Lucy n'aurait jamais cru que sa colère puisse devenir encore plus dévorante. Mais à présent, elle lui faisait l'effet d'une pure décharge électrique. Ned avait raison : Amelia Sachs avait utilisé le bateau comme Nathan Groomer se servait de ses appeaux et elle s'était dissimulée sur la rive opposée pour mieux les prendre au piège.

« Non, protesta Jesse. Elle ferait pas ça. Si elle a tiré, c'était juste pour nous effrayer. Amelia en connaît un rayon, question flingues. Elle aurait pu descendre Ned si elle l'avait voulu.

— Nom d'un chien, Jesse ! riposta Lucy, cinglante. Tu vas ouvrir les yeux, oui ? T'as vu l'épaisseur des fourrés, de l'autre côté ? Même un excellent tireur aurait pu atteindre Ned par inadvertance, à cause des branchages. Et sur l'eau ? Y avait un risque de ricochet. Ou Ned aurait pu paniquer et se précipiter vers la balle. »

À court d'arguments, Jesse se passa les mains sur le visage avant de se tourner vers la rive en face d'eux.

« OK, voilà ce que je vous propose, poursuivit Lucy à mi-voix. L'heure tourne. Alors, on va continuer tant qu'y a encore de la lumière. Ensuite, on demandera à Jim de nous apporter du matériel pour la nuit, et on campera dans le coin. Attention, on part du principe qu'ils nous guettent et on agit en conséquence. Bon, maintenant, on traverse le pont et on cherche leurs traces de l'autre côté. Tout le monde a chargé son arme ? »

Ned et Trey répondirent par l'affirmative. Jesse regarda encore un moment l'embarcation détruite.

« Alors, allons-y. »

Pour parcourir les cinquante mètres à découvert sur le pont, les quatre policiers ne restèrent pas groupés, mais progressè-rent en file indienne, de sorte que si Amelia Sachs décidait une nouvelle fois de tirer, elle pourrait seulement toucher l'un d'entre eux avant que les autres ne se mettent à l'abri pour riposter. Comme Trey avait eu l'idée de cette formation, inspi-rée d'un film sur la Seconde Guerre mondiale, il se supposa affecté d'emblée au poste d'éclaireur. Mais cette place-là, Lucy insista pour l'occuper elle-même.

« T'as failli l'avoir !

— Sûrement pas, rétorqua Harris Tomel.

— Je t'avais dit de leur flanquer la trouille, insista Rich Cul-beau. Si t'avais touché Ned, tu t'imagines dans quel merdier on serait, maintenant ?

— Je sais ce que je fais, Rich. Tu peux au moins me recon-naître ça, non ? »

Putain d'intello de mes deux, songea Culbeau.

Les trois hommes, au nord de la Paquo, suivaient un chemin qui longeait la rivière.

En réalité, si Culbeau en voulait à Tomel d'avoir tiré trop près du flic nageant vers le bateau, il était néanmoins satisfait des résultats. À présent, Lucy et ses collègues redoubleraient de prudence ; ils avanceraient lentement, bien gentiment.

Et puis, la fusillade avait eu un autre effet positif : le trouillo-mètre à zéro, Sean O'Sarian se taisait, pour changer.

316

Ils marchèrent pendant une vingtaine de minutes, puis Tomel demanda :

« T'es sûr que le gamin a pris cette direction, Rich ?

— Mouais.

— Mais tu sais pas où il va.

— Ben non, évidemment ! Si je le savais, on irait directement là-bas, tu crois pas ? »

Allez, l'intello, sers-toi de ta cervelle !

« Mais...

— T'inquiète pas. On va le retrouver.

— Je peux avoir de l'eau ? intervint enfin O'Sarian.

— De l'eau ? Tu veux *de l'eau* ?

— Mouais, répondit O'Sarian d'un air suffisant. C'est ce que je veux. »

Culbeau lui tendit la bouteille en l'observant d'un œil soupçonneux. Jusque-là, il n'avait jamais vu le maigrichon avaler autre chose que de la bière, du whisky ou de la gnôle. O'Sarian but à longs traits, essuya une bouche cernée de taches de rousseur et jeta la bouteille au bord du sentier.

Un soupir échappa à Culbeau.

« Hé, Sean, tu tiens vraiment à laisser derrière toi un truc où y a tes empreintes ?

— Oh, t'as raison. » Le maigrichon s'empressa de récupérer l'objet compromettant. « Désolé. »

Désolé ? Sean O'Sarian présentait des excuses, maintenant ? Culbeau le dévisagea avec incrédulité puis, d'un mouvement de tête, leur fit signe de se remettre en route.

Bientôt, ils atteignirent un endroit où la rivière formait un coude, et comme ils avaient grimpé sur une hauteur, les trois hommes purent contempler le paysage sur des kilomètres en aval.

« Hé, regardez ! lança soudain Tomel. Y a une baraque, là-bas. Je parie que le gamin et la rouquine sont partis de ce côté. »

Culbeau observa dans la lunette de visée sur sa carabine la direction indiquée par son acolyte. À environ trois kilomètres au fond de la vallée, une maison pointue, style pavillon de vacances, se dressait au bord de l'eau. *La planque idéale pour le gamin et la rouquine...*, songea-t-il. Il opina.

« Je suis d'accord. Bon, on y va. »

En aval du pont Hobeth, la Paquenoke forme un coude abrupt vers le nord.

Sur les eaux peu profondes près des berges boueuses stagnent des amoncellements de détritus – morceaux de bois, débris de végétation et déchets divers.

Tels des skiffs à la dérive, deux formes humaines flottant à la surface manquèrent la courbe et furent entraînées par le courant vers le tas d'ordures.

Amelia lâcha le bidon en plastique – sa bouée improvisée – et tenta d'une main humide d'agripper une branche. Mais ce n'était pas la chose à faire, comprit-elle rapidement, car elle avait les poches lestées de cailloux, et elle se sentit de nouveau irrésistiblement attirée vers les eaux sombres. Tendant les jambes, elle s'aperçut cependant que le fond était seulement à un mètre de la surface. Elle se redressa en chancelant, puis avança laborieusement vers le bord. Quelques instants plus tard, Garrett la rejoignit et l'aida à se hisser sur la rive fangeuse.

Ils gravirent une pente raide couverte d'un enchevêtrement de broussailles, puis débouchèrent dans une clairière herbeuse, où ils s'effondrèrent ; ils restèrent allongés là quelques minutes, le temps de recouvrer leur souffle. Enfin, Amelia retira le sac en plastique de sous son T-shirt. Il avait légèrement pris l'eau, mais leurs affaires n'étaient pas endommagées. Après avoir rendu à Garrett son livre sur les insectes, elle enleva le chargeur de son pistolet et le mit à sécher sur une touffe d'herbe jaunie, cassante.

Elle s'était trompée sur les intentions de Garrett. Ils avaient bien glissé les bidons vides sous le bateau retourné pour l'empêcher de couler, mais ensuite, ils s'étaient bornés à le pousser jusqu'au milieu du courant. L'adolescent lui avait alors dit de remplir ses poches de cailloux. Ce qu'il avait fait lui aussi, avant de l'entraîner à une quinzaine de mètres en aval de l'embarcation. Là, ils étaient entrés dans la rivière, chacun se raccrochant à un bidon à moitié plein pour se maintenir à la surface, et Garrett lui avait montré comment renverser la tête en arrière de façon à ne laisser affleurer que son visage. Ainsi, ils dériveraient au fil de l'eau en restant devant l'esquif.

« C'est la technique de l'argyronète, lui avait-il expliqué. Elle est comme les plongeurs sous-marins. Elle se balade avec ses propres réserves d'oxygène. »

Il avait eu plusieurs fois recours à cette méthode pour « filer », avait-il ajouté, mais comme précédemment, il s'était abstenu de préciser pourquoi il avait dû s'échapper. Si les policiers n'étaient pas sur le pont, avait-il ajouté, eux-mêmes rejoindraient le bateau, le ramèneraient vers la rive, le videraient et poursuivraient leur chemin à la rame. Mais si les policiers étaient sur le pont, leur attention se concentrerait sur l'embarcation, et ils ne remarqueraient pas les deux fugitifs. Une fois de l'autre côté, il ne leur resterait plus qu'à regagner la rive pour continuer à pied.

Incontestablement, il avait eu raison sur ce point : ils étaient passés sous le pont sans se faire repérer. Mais Amelia restait choquée par les événements qui avaient suivi ; sans avoir été provoqués, les policiers avaient mitraillé le bateau retourné.

Garrett lui aussi semblait encore secoué.

« Ils ont cru qu'on était dessous, murmura-t-il. Ces salauds ont essayé de nous tuer ! »

Amelia ne répondit rien.

« J'ai fait des conneries, d'accord, reprit-il. Mais je suis pas pour autant une proie pour le phymate.

— Le quoi ?

— Le phymate, un insecte qui se met en embuscade pour guetter sa victime. Après, il la tue. C'est comme ça qu'ils ont agi avec nous. Ils voulaient juste nous abattre. Sans nous laisser la plus petite chance. »

Oh, Lincoln, pensa-t-elle, quelle pagaille j'ai semée... Qu'est-ce qui m'a poussée à prendre cette initiative insensée ? Il vaudrait mieux que je me rende maintenant. Que j'attende ici la patrouille de recherche, que je laisse tout tomber. Après, je rentrerai à Tanner's Corner et j'essaierai de réparer les dégâts.

Mais il lui suffit d'un coup d'œil à l'adolescent tremblant de peur, mains aux épaules en une parodie d'étreinte réconfortante, pour comprendre qu'elle ne pourrait pas lui tourner le dos maintenant. Elle devait continuer coûte que coûte, aller jusqu'au bout de ce jeu démentiel.

L'heure de l'affrontement...

« Où on va, maintenant ? demanda-t-elle.

— Vous voyez la maison, là-bas ? »

Garrett lui montra un pavillon brun au toit pointu.

« Mary Beth est là ?

— Nan, mais les proprios ont un petit bateau à moteur qu'on

va leur emprunter. En plus, on pourra en profiter pour se sécher et manger un morceau. »

Après tout, au regard de tous les chefs d'accusation déjà accumulés contre elle durant cette journée, quelle importance si elle pénétrait par effraction dans une propriété privée ?

Soudain, la prenant complètement au dépourvu, Garrett s'empara de son pistolet. Amelia se figea en le voyant manipuler l'arme d'un noir bleuté. L'air entendu, il enleva le chargeur comme pour vérifier qu'il y avait bien des cartouches à l'intérieur ; en l'occurrence, il en restait six. Puis il le replaça dans la carcasse de l'arme, qu'il soupesa dans sa main avec une aisance troublante.

Quoi que tu penses de Garrett, ne lui fais pas confiance...

Il se fendit d'un sourire, puis lui rendit le pistolet, crosse en avant.

« Par là », dit-il en indiquant un chemin.

Le cœur battant, Amelia rangea l'arme dans son holster.

Enfin, ils se dirigèrent vers la maison.

« Elle est inoccupée ? s'enquit Amelia.

— Y a personne en ce moment. »

Garrett s'immobilisa, puis regarda derrière lui. Au bout d'un moment, il chuchota :

« Ils sont salement en rogne, maintenant. Les flics, je veux dire. Et ils sont sur nos traces. Avec leurs fusils et tout le reste. Merde. »

Après avoir bifurqué, il la précéda sur un sentier menant à la bâtisse. Il demeura silencieux encore quelques minutes, avant de demander :

« Vous voulez savoir quelque chose, Amelia ?

— Quoi ?

— Je pensais à ce papillon, le grand paon de nuit...

— Et alors ? » lança-t-elle d'un ton absent.

Dans sa tête résonnaient encore les coups de fusil terribles qui leur étaient destinés, à Garrett et à elle. Lucy Kerr avait essayé de la tuer... L'écho des détonations occultait toute autre pensée dans son esprit.

« Ben, y a tous ces dessins colorés sur ses ailes..., expliqua Garrett. Quand elles sont ouvertes, on croirait voir les yeux d'un animal. Sérieux, c'est chouette ; y a même un point blanc dans le coin, comme un reflet de lumière dans la pupille. Quand les oiseaux les aperçoivent, ils pensent que c'est un renard ou un chat, et du coup, ils ont la frousse.

– Ils ne se rendent pas compte, à l'odeur, que c'est un papillon et non un prédateur ? » répliqua Amelia sans vraiment se concentrer sur la conversation.

Garrett la dévisagea quelques instants, essayant manifestement de déterminer si elle plaisantait.

« Les oiseaux ont pas d'odorat », répondit-il enfin, comme si elle venait de lui demander si la terre était plate. De nouveau, il jeta un coup d'œil par-dessus son épaule, en direction de la rivière.

« Va falloir qu'on les ralentisse. À votre avis, où ils sont, maintenant ?

– Tout près. »

Avec leurs fusils et tout le reste.

« C'est eux. »

Rich Culbeau examinait les empreintes de pas sur la rive boueuse.

« Ils sont passés ici y a dix, quinze minutes maximum.

– Et ils vont vers la baraque », renchérit Tomel.

Les trois hommes gravissaient avec précaution un raidillon.

O'Sarian ne se comportait toujours pas de façon bizarre. Ce qui, dans son cas, *était* bizarre. Et même effrayant. Il n'essayait pas d'avaler de la gnôle en douce, ne cherchait pas à faire des farces, ne parlait même pas – alors que c'était d'ordinaire le plus grand moulin à paroles de tout Tanner's Corner. Manifestement, la fusillade près de la rivière l'avait secoué. Chaque fois qu'il entendait un son dans les fourrés, il braquait le canon de son fusil d'assaut noir dans cette direction.

« Vous avez vu le Nègre tirer ? dit-il enfin. Il a dû loger au moins dix pruneaux dans ce bateau en moins d'une minute.

– C'étaient des plombs », rectifia Harris Tomel.

Mais au lieu de le provoquer et d'essayer d'impressionner les autres par ses connaissances en matière d'armes à feu (bref, d'agir comme le parfait petit con qu'il était), O'Sarian se borna à répondre :

« Ah ouais, de la chevrotine. OK, j'aurais dû y penser. »

Et d'opiner tel un gosse à l'école qui vient d'apprendre quelque chose de nouveau et d'intéressant.

Ils distinguaient mieux la maison, à présent. Celle-ci paraissait chic, songea Culbeau. C'était sans doute une baraque pour les vacances – peut-être celle d'un avocat ou d'un docteur de Raleigh ou de Winston-Salem. Un joli pavillon de chasse avec un bar bien garni, de belles chambres, un congélateur pour le gibier...

« Hé, Harris ? » lança O'Sarian.

Jamais encore Culbeau ne l'avait entendu appeler quelqu'un par son prénom.

« Quoi ?

— Ce truc-là, ça tire vers le haut ou vers le bas ? » interrogea-t-il en brandissant le Colt.

Tomel jeta un coup d'œil interrogateur à Culbeau, se demandant sans doute lui aussi ce qui arrivait à O'Sarian.

« La première fois, le coup partira droit sur la cible, mais le flingue va relever plus haut que tu t'y attends. Baisse le canon pour les suivants.

— Parce que la crosse est en plastique, et donc plus légère que le bois ? poursuivit O'Sarian.

— Ouais, c'est ça. »

Le maigrichon opina de nouveau, l'air encore plus sérieux qu'avant.

« Merci. »

Merci ?

Le sous-bois s'éclaircit, et les trois hommes découvrirent une grande clairière autour de la maison – un cercle d'environ cinquante mètres de rayon sans même un arbuste pour se mettre à l'abri. L'approche ne serait pas facile.

« Vous croyez qu'ils sont à l'intérieur ? demanda Tomel en caressant son magnifique fusil à pompe.

— Non, je... Bon sang, à terre ! »

Tous trois s'accroupirent aussitôt.

« J'ai vu quelque chose, déclara Culbeau. Là-bas, à la fenêtre de gauche. »

Il observa la bâtisse par la lunette de visée sur sa carabine.

« Quelqu'un se déplace. Au rez-de-chaussée. Je me rends pas bien compte, avec les stores, mais y a quelqu'un dans cette baraque, c'est sûr. »

Il scruta les autres fenêtres.

« Oh, merde ! chuchota-t-il d'un ton paniqué, avant de s'aplatir sur le sol.

— Quoi ? Quoi ? » lança O'Sarian, alarmé.

Agrippant plus fermement son Colt, il pivota sur lui-même.

« Couchez-vous ! ordonna Culbeau. Y en a un des deux qui braque un fusil avec une lunette directement sur nous. Fenêtre du premier étage. Bordel de merde ! »

— C'est forcément la fille, dit Tomel. Le gamin est trop crétin pour savoir de quel côté sort la balle.

— Qu'elle aille se faire foutre, cette salope ! » marmonna Culbeau.

Déjà, O'Sarian se glissait derrière un arbre en maintenant près de sa joue son fusil spécial Viêtnam.

« Elle couvre toute la clairière, de là-haut, ajouta Culbeau.

— On attend la tombée de la nuit, alors ? s'enquit Tomel.

— Avec la fliquette sans nichons juste derrière nous ? Franchement, Harris, ça me paraît pas une bonne idée.

— Tu crois que tu peux l'avoir d'ici ? »

De la tête, Tomel indiqua la fenêtre.

« Mouais, possible », répondit Culbeau avec un soupir.

Il s'apprêtait à ajouter quelque chose lorsque O'Sarian déclara d'une voix étrangement normale :

« Mais si Rich tire, Lucy et les autres vont nous entendre. À mon avis, vaudrait mieux les encercler. On se rapproche par les côtés, et après, on entre. Le coup de feu sera beaucoup plus assourdi à l'intérieur. »

C'était exactement ce que Culbeau allait dire.

« Ça nous prendra au moins une demi-heure », répliqua Tomel, sans doute vexé de s'être fait souffler l'idée par O'Sarian.

Celui-ci semblait toujours en pleine possession de ses facultés mentales. Il ôta le cran de sûreté sur son fusil puis, les yeux plissés, se tourna de nouveau vers la maison.

« Ben, je dirais qu'on a intérêt à y arriver en moins d'une demi-heure. Qu'est-ce t'en penses, Rich ? »

30

STEVE FARR introduisit de nouveau Henry Davett dans le laboratoire. L'homme d'affaires le remercia avant qu'il ne s'éclipse, puis se tourna vers Lincoln.

« Merci d'être venu, Henry », déclara le criminologue.

Tout comme la première fois, son interlocuteur ne parut pas troublé par son handicap. Mais pour le coup, Lincoln ne puisa aucun réconfort dans cette attitude. Son inquiétude pour Amelia le minait, et il ne cessait d'entendre dans sa tête les paroles de Jim Bell.

On a en général vingt-quatre heures pour retrouver la victime ; passé ce délai, elle perd toute humanité aux yeux de son ravisseur, qui peut alors la tuer sans le moindre remords.

Cette règle, qui s'était appliquée à Lydia et à Mary Beth, gouvernait désormais aussi le destin d'Amelia Sachs. À la différence près, pensait Lincoln, qu'elle n'avait peut-être pas vingt-quatre heures devant elle.

« Je croyais que vous aviez coincé le gamin, commença Henry Davett. C'est ce que j'avais entendu dire, en tout cas.

– Il nous a échappé, expliqua Ben.

– C'est pas vrai ! s'exclama Henry Davett, les sourcils froncés.

– Oh si, répliqua Ben. Une bonne vieille évasion comme dans le temps.

– Je dispose de certains indices, intervint Lincoln, mais je ne sais pas quelles conclusions en tirer. J'espérais un peu que vous pourriez nous aider. »

L'homme d'affaires s'assit.

« Je ferai mon possible », affirma-t-il.

Lincoln jeta un rapide coup d'œil aux lettres QFJ sur son épingle de cravate puis, indiquant le tableau, il demanda :

« Vous pourriez examiner cette liste ? Celle de droite ?

– Le moulin... C'est là qu'il s'était caché ? Dans le vieux moulin au nord-est de la ville ?

– Exact.

– Bon sang, je connais bien cet endroit. » Henry Davett grimaça, manifestement furieux contre lui-même.

« J'aurais dû y penser. »

Les criminologues ne peuvent intégrer les mots « j'aurais dû » à leur vocabulaire. Aussi Lincoln répondit-il :

« Il est impossible de penser à tout dans une situation de ce genre. Maintenant, s'il vous plaît, Henry, regardez cette liste. Certains éléments vous paraissent-ils familiers ? »

Henry Davett la parcourut lentement.

COMPOSITION DE L'ÉCHANTILLON PRÉLEVÉ
SUR LA SCÈNE DE CRIME SECONDAIRE
MOULIN

Peinture brune	*Bouettes*
sur un pantalon	*Sucre*
Drosera	*Camphène*
Argile	*Alcool*
Sphaigne	*Essence*
Jus de fruit	*Levure*
Fibres de papier	

Les yeux toujours fixés sur le tableau, Henry Davett murmura d'un ton distrait :

« Ça ressemble à un puzzle.

– C'est la nature même de mon travail, répliqua Lincoln.

– Jusqu'où puis-je aller dans mes suppositions ?

– Aussi loin que vous le souhaitez.

– D'accord. »

Henry Davett s'accorda quelques instants de réflexion, avant de déclarer :

« Un cratère de Caroline.

– Un quoi ?

– Il s'agit de structures géologiques visibles sur toute la Côte est, mais particulièrement répandues en Caroline du Nord et du Sud. Elles se présentent sous la forme de mares ovales d'environ un mètre ou un mètre vingt de profondeur, remplies d'eau douce. Pour la plupart, elles ont une superficie variant entre un demi-hectare et plusieurs hectares. Au fond, on trouve

325

surtout de l'argile et de la sphaigne. Ce qui correspondrait à ce qu'il y a sur cette liste.

— Mais de l'argile et de la sphaigne, y en a un peu partout dans la région, objecta Ben.

— C'est vrai, admit Henry Davett. Et si vous n'aviez relevé que ces deux éléments, je n'aurais sûrement pas pu déterminer leur provenance. Mais vous avez identifié quelque chose d'autre. Voyez-vous, l'une des caractéristiques les plus intéressantes de ces cratères, c'est qu'ils sont toujours environnés de plantes carnivores. Leurs rives foisonnent de dionées, de droseras et de népenthès, sans doute parce que les insectes pullulent sur les mares. Dans la mesure où vous avez découvert une drosera en plus de l'argile et de la sphaigne, je dirais que le gamin a passé du temps près d'un de ces trous.

— Excellent, approuva Lincoln, qui reporta son attention sur la carte. Mais pourquoi le terme de "cratère" ? Il y a un rapport avec une éruption volcanique ?

— Non, répondit Henry Davett. Vous savez, il existe toutes sortes de légendes sur ces étangs. Les premiers colons les croyaient creusés par des monstres marins ou des sorcières ayant jeté un sort sur ces lieux. Pendant des années, on a aussi envisagé la possibilité d'une chute de météorites. Mais en fait, ce sont juste des dépressions naturelles formées par le vent et les courants aquatiques.

— Sont-elles présentes dans des secteurs spécifiques ? s'enquit Lincoln, espérant ainsi pouvoir réduire le champ des recherches.

— Dans une certaine mesure, oui. »

Henry Davett se leva pour s'approcher de la carte. De l'index, il traça un cercle autour d'un grand espace à l'ouest de Tanner's Corner : de la case B-2 à E-2, et de la case F-13 à B-12.

« Elles sont surtout répandues ici, dans cette partie du comté, juste avant d'atteindre les collines. »

Lincoln sentit le découragement le gagner. La zone indiquée par Henry Davett devait couvrir une surface de cent à cent vingt kilomètres carrés.

« J'aurais aimé pouvoir vous donner des informations plus utiles, s'excusa l'homme d'affaires, qui avait remarqué l'expression dépitée de Lincoln.

— Non, non, j'apprécie votre aide. Croyez-moi, cette information nous sera précieuse. C'est juste qu'il nous faut interpréter les autres éléments.

— Sucre, jus de fruit, essence... », lut Henry Davett. Il remua la tête sans sourire.

« Vous exercez un métier difficile, monsieur Rhyme.

— Il y a des enquêtes plus compliquées que d'autres, expliqua Lincoln. Quand vous ne trouvez aucun indice, vous avez toute latitude pour envisager différentes hypothèses. Quand vous en trouvez beaucoup, vous parvenez en général assez rapidement à une réponse. Mais quand vous n'en avez que quelques-uns, comme dans le cas présent... »

Sa voix se brisa.

« On est bloqués par les faits, murmura Ben.

— Exactement, Ben, répondit le criminologue. Exactement.

— Je dois vous laisser, maintenant, déclara Henry Davett. Ma famille m'attend. »

Il inscrivit un numéro de téléphone sur une carte de visite professionnelle.

« N'hésitez pas à m'appeler. N'importe quand. »

Après l'avoir remercié encore une fois, Lincoln s'absorba de nouveau dans la contemplation de la liste.

Bloqués par les faits...

Rich Culbeau suça le sang sur son bras à l'endroit où les ronces lui avaient déchiré la peau, puis cracha contre un tronc d'arbre.

Il leur avait fallu vingt minutes pour se frayer péniblement un passage parmi les broussailles jusqu'à la véranda de la maison de vacances sans se faire remarquer par la fille armée de son fusil de tireur d'élite. Même Harris Tomel, qui avait toujours l'air de sortir du bar en terrasse d'un country-club, était griffé jusqu'au sang et maculé de poussière.

Le nouveau Sean O'Sarian, tranquille, songeur et apparemment sain d'esprit, était resté en retrait, à plat ventre sur le chemin ; il tenait son Colt noir tel un soldat d'infanterie à Khe Sahn, prêt à ralentir Lucy et les autres Viets en tirant au-dessus de leurs têtes au cas où ils déboucheraient sur le sentier qui conduisait au pavillon.

« On y va ? » demanda Culbeau à Tomel, qui acquiesça d'un signe de tête.

Après avoir tourné la poignée de la porte de l'office, Culbeau poussa le battant vers l'intérieur, son arme en position. Son comparse le suivit. Ils avancèrent à pas de loup, sachant que la rouquine avec ce fusil dont elle connaissait sans aucun doute le maniement pouvait s'être embusquée n'importe où.

« T'entends quelque chose ? murmura Culbeau.

– Juste de la musique. »

C'était du rock tranquille – le genre qu'écoutait volontiers Culbeau, parce qu'il détestait la country.

Les deux hommes s'engagèrent lentement dans le vestibule sombre, puis s'arrêtèrent. Devant eux se trouvait la cuisine où Culbeau pensait avoir vu quelqu'un – sans doute le gamin – bouger quand il avait observé la maison par la lunette de visée. De la tête, il indiqua la pièce.

« Je pense pas qu'ils nous aient repérés », chuchota Tomel.

De fait, la musique jouait assez fort.

« On entre ensemble, reprit Culbeau dans un souffle. Et on vise les jambes ou les genoux. Mais le tue pas, surtout ; faut qu'il nous dise où il a caché Mary Beth.

– Et la fille ? On l'épargne aussi ? »

Culbeau réfléchit quelques secondes.

« Mouais, pourquoi pas ? Autant la garder en vie encore un petit moment. Histoire de s'amuser un peu. »

Tomel opina.

« Un, deux..., trois ! »

Ils se ruèrent dans la cuisine, où il s'en fallut d'un cheveu pour qu'ils n'abattent le présentateur qui, sur un grand écran de téléviseur, annonçait la météo. Ils s'accroupirent aussitôt et pivotèrent, cherchant du regard Garrett et Amelia. Mais ils ne les aperçurent nulle part. Puis, tournant la tête vers le poste de télévision posé sur son meuble à roulettes, Culbeau comprit soudain que celui-ci n'était pas à sa place normale. Quelqu'un l'avait poussé du salon jusqu'à la cuisine, avant de l'installer devant la gazinière, en face des fenêtres.

« Merde, grommela Culbeau en allant jeter un coup d'œil par les stores. Ils ont mis la télé ici pour qu'on la voie du chemin de l'autre côté du champ. Comme ça, on allait forcément croire qu'y avait quelqu'un à l'intérieur... »

Il s'élança vers l'escalier, qu'il gravit quatre à quatre.

« Attends ! s'écria Tomel. Elle est là-haut ! Avec le flingue ! »

Mais la rouquine n'y était pas, évidemment. D'un coup de pied, Culbeau ouvrit la porte de la chambre où il avait distingué le canon du fusil et la lunette de visée braqués sur eux, et

328

ce qu'il découvrit alors ne l'étonna pas : un tuyau étroit sur lequel était scotchée une bouteille de Corona, cul en avant.

Dégoûté, il marmonna :

« C'est ça, que j'ai pris pour un flingue de tireur d'élite. Bordel de merde ! Ils nous ont bluffés. Résultat, on a perdu une demi-heure. Et ces putains de flics vont pas tarder à rappliquer. Faut qu'on foute le camp d'ici, et vite. »

Il passa comme une flèche devant Tomel, qui commença à dire :

« C'est quand même vachement malin d'avoir... »

Mais devant l'expression furieuse de Culbeau, il préféra ne pas terminer sa phrase.

La batterie acheva de se décharger, et le minuscule moteur électrique se tut.

Le skiff étroit qu'ils avaient volé à la maison de vacances dériva sur les eaux huileuses de la Paquenoke. Au crépuscule, la surface de la rivière n'était plus dorée, mais d'un gris terne.

Garrett Hanlon s'empara d'une rame au fond de l'embarcation, puis se dirigea vers la berge.

« Faut qu'on aborde quelque part, dit-il. Avant la nuit. »

Le paysage avait changé, constata Amelia. Les arbres étaient plus clairsemés et de larges étendues marécageuses bordaient le cours d'eau. L'adolescent avait raison ; une fausse manœuvre dans l'obscurité risquait de les entraîner vers un passage menant tout droit à un marais impénétrable.

« Hé, un problème ? demanda-t-il en la voyant troublée.

— Je suis drôlement loin de Brooklyn...

— C'est à New York ?

— Oui. »

Il fit cliqueter ses ongles.

« Et ça vous embête de pas être là-bas ?

— Tu parles ! »

En approchant de la rive, il reprit :

« C'est ce qui effraie le plus les insectes.

— Quoi ?

— Ben, c'est bizarre. Ça les dérange pas de bosser ni de se battre, mais quand ils se retrouvent dans un environnement inconnu, ils sont tout affolés. Même s'ils courent pas de danger. Ils détestent ça, et du coup, ils sont complètement perdus. »

OK, songea Amelia, me voilà classée dans la catégorie des insectes. Mais elle préférait la façon dont Lincoln avait formulé les choses : Un poisson hors de l'eau.

« En fait, c'est facile de dire quand un insecte est vraiment inquiet, poursuivit l'adolescent. Il se nettoie les antennes sans arrêt... Leurs antennes, ben, elles servent à exprimer leurs humeurs. Comme nos visages, quoi. Sauf qu'eux, ils font pas semblant, ajouta-t-il, énigmatique. Contrairement à nous. »

Il ponctua cette remarque d'un petit rire étrange – un son qu'elle n'avait pas encore entendu.

Enfin, il se glissa dans l'eau et hissa le bateau au sec. Amelia en descendit à son tour. Il la précéda à travers les bois, l'air de savoir exactement où aller en dépit de l'obscurité grandissante et de l'absence d'un chemin visible.

« Comment peux-tu être sûr que c'est par là ? demanda-t-elle.

– Oh, je suis pareil que les grands monarques, je suppose. J'ai un bon sens de l'orientation.

– Les monarques ?

– Ben oui, les papillons. Ils parcourent des milliers de kilomètres sans jamais se perdre. C'est vraiment, vraiment super : ils se repèrent par rapport au soleil et changent leur itinéraire en fonction de sa position à l'horizon. Quand y a des nuages, ou quand y fait nuit, ils se servent de cet autre sens qu'ils ont – celui qui leur permet de détecter les ondes électromagnétiques de la terre. »

Quand une chauve-souris émet une vibration sonore afin de les localiser, les papillons de nuit replient leurs ailes et se laissent tomber sur le sol pour se dissimuler.

Elle souriait devant l'enthousiasme manifesté par l'adolescent lorsque soudain, elle s'immobilisa et s'accroupit.

« Regarde, chuchota-t-elle. Je vois une lumière, là-bas ! »

Une lueur se reflétait à la surface d'un étang aux eaux sombres. Une clarté jaunâtre presque irréelle évoquant la flamme vacillante d'une lanterne.

Garrett éclata de rire.

Amelia lui jeta un coup d'œil perplexe.

« C'est rien, dit-il. Juste un fantôme.

– Quoi ?

– Celui de la Dame du Marais, une jeune Indienne qui est morte la nuit avant son mariage. Son fantôme se balade toujours dans le Great Dismal à la recherche du gars qu'elle devait épouser. Ici, on n'est pas encore dans le Great Dismal, mais c'est tout près. »

De la tête, il désigna la lumière.

« En fait, c'est un feu follet – une flamme provoquée par les émanations de plantes en décomposition. »

Mais cette étrange clarté déplaisait à Amelia. Elle lui procurait une sensation de malaise proche de celle qu'elle avait éprouvée le matin même en arrivant à Tanner's Corner, lorsqu'elle avait vu le petit cercueil au cimetière.

« Je n'aime pas les marécages, avec ou sans fantômes, déclara-t-elle.

– Ah bon ? Peut-être que vous finirez par changer d'avis, un de ces jours. »

Il la guida jusqu'à une route puis, au bout d'une dizaine de minutes, il tourna sur une petite allée envahie par la végétation. Celle-ci débouchait dans une clairière où se dressait un vieux mobile home. Amelia ne le distinguait pas bien dans la pénombre, mais il lui parut délabré, tout de guingois, envahi par la rouille, avec des pneus à plat, recouverts de lierre et de mousse.

« Il est à toi ? lança-t-elle.

– Mouais, je suppose, puisque personne y habite plus depuis des années. J'ai la clé, mais elle est restée dans ma chambre. J'ai pas pu la récupérer. »

Garrett contourna la caravane, réussit à ouvrir une fenêtre et à se faufiler à l'intérieur. Quelques instants plus tard, il déverrouillait la porte.

Amelia entra. L'adolescent fourrageait dans un placard de la kitchenette. Ayant mis la main sur une boîte d'allumettes, il alluma une lampe à propane qui diffusa bientôt une chaude clarté dorée. Puis il inspecta le contenu d'un autre placard.

« J'avais apporté des Doritos, mais les souris les ont grignotées. »

Il sortit un Tupperware, qu'il examina.

« Elles ont même bouffé le plastique ! Merde. Mais j'ai des macaroni Farmer John. C'est vachement bon, j'en mange tout le temps. Ah, y a aussi des flageolets. »

Il ouvrit les boîtes de conserve pendant qu'Amelia parcourait du regard l'habitacle. Quelques chaises, une table. Dans la partie chambre, elle aperçut un matelas miteux. Il y avait également une natte épaisse et un oreiller par terre dans le coin salon. Une impression de misère émanait du mobile home lui-même : portes et installations cassées, impacts de balles dans les cloisons, fenêtres brisées, moquette souillée irrécupérable. À l'époque où elle travaillait pour le NYPD, Amelia avait vu de nombreux logements minables semblables à celui-ci – mais toujours de l'extérieur ; jamais elle n'avait eu à considérer ce genre d'endroit comme *son* foyer temporaire.

Les paroles prononcées par Lucy ce matin-là lui revinrent en mémoire.

Au nord de la Paquo, les lois s'appliquent plus. C'est valable pour tout le monde, nous ou les autres. On s'imagine facilement tirer sur quelqu'un avant de lui avoir lu ses droits sans que ça pose le moindre problème.

Elle se remémora aussi le fracas assourdissant des coups de feu qui les visaient, Garrett et elle.

L'adolescent accrocha devant les fenêtres des morceaux de tissu graisseux afin que personne ne puisse voir la lumière à l'intérieur. Puis il sortit un moment et revint avec un gobelet rouillé rempli, semblait-il, d'eau de pluie. Il le tendit à Amelia, qui déclina l'offre d'un mouvement de tête.

« J'ai tellement soif que je pourrais boire la moitié de la Paquenoke, observa-t-elle.

– Ça, c'est meilleur, je vous assure.

– Je n'en doute pas, mais je préfère passer mon tour. »

Garrett vida le gobelet sans hésiter, avant d'aller remuer la nourriture qui chauffait sur le petit réchaud à gaz. D'une voix douce, il fredonnait une mélodie bizarre : « *Farmer John, Farmer John. Avec Farmer John, c'est l'assurance de produits frais...* » Ce n'était qu'un slogan publicitaire, mais l'adolescent avait une manière troublante de le chanter, et elle se sentit soulagée lorsqu'il se tut.

La nourriture ne l'inspirait pas non plus, mais elle s'aperçut soudain qu'elle mourait de faim. Garrett versa le contenu des casseroles dans deux bols, puis il lui donna une cuillère. Amelia cracha sur l'ustensile, qu'elle essuya ensuite avec son T-shirt. Ils attaquèrent leur dîner en silence.

Une sorte de crissement strident, à l'extérieur, attira l'attention d'Amelia.

« C'est quoi ? Des cigales ? s'enquit-elle.

– Ouais. C'est les mâles qui stridulent. Et que les mâles. Y font tout ce boucan juste avec des petits organes spéciaux sur leur corps. »

Il plissa les yeux, parut réfléchir un moment.

« Elles ont vraiment une vie bizarre, ces bêtes-là... Les nymphes s'enfouissent dans le sol et y restent quelque chose comme vingt ans avant de se métamorphoser. Après, elles sortent et grimpent à un arbre. Leur chrysalide se fend, et l'adulte en sort. Vous vous rendez compte ? Toutes ces années dans la terre, à rester cachées, avant de pouvoir devenir adultes...

– Qu'est-ce qui t'attire autant chez les insectes, Garrett ? »
Il hésita.

« Je sais pas. Je les aime bien, c'est tout.

– Mais tu ne t'es jamais demandé pourquoi ? »

Le jeune garçon cessa de manger, puis gratta l'une des plaques provoquées par le sumac vénéneux.

« J'ai commencé à m'y intéresser après la mort de mes parents, je crois, répondit-il. À l'époque, j'étais vraiment malheureux. Je me sentais tout drôle dans ma tête. Paumé, et puis aussi, je sais pas... Juste différent, quoi. Les assistantes sociales, à l'école, elles me disaient que c'était parce que ma mère, mon père et ma sœur étaient morts, et que je devais prendre sur moi pour surmonter ça. Mais je pouvais pas. J'avais l'impression de pas être quelqu'un de réel. Je me foutais de tout. Je passais mon temps à rester couché dans mon lit, à traîner dans les bois et les marécages, et à lire. J'ai rien fait d'autre pendant un an. Je voyais pratiquement personne. J'allais de foyer d'accueil en foyer d'accueil, c'est tout... Jusqu'au jour où j'ai lu un truc vraiment super. Dans ce bouquin, là. »

Il feuilleta rapidement *Le Monde miniature*, avant de s'arrêter à une page qu'il montra à Amelia. Il avait entouré un passage intitulé : « Caractéristiques des êtres vivants sains. »

> *Un être sain lutte pour grandir et se développer.*
> *Un être sain lutte pour survivre.*
> *Un être sain lutte pour s'adapter à son environnement.*

« Quand j'ai lu ce truc, reprit Garrett, j'ai pensé, waouh, je pourrais être comme ça. Je pourrais redevenir sain et normal. Alors, je me suis efforcé de suivre les règles qu'ils donnaient là-dedans. Et du coup, je vais mieux. Ce doit être pour ça que je suis aussi proche d'eux – des insectes, je veux dire. »

Un moustique se posa sur le bras d'Amelia, qui éclata de rire.

« Mais ils boivent ton sang, répliqua-t-elle, avant d'assener une grande claque sur sa peau. Tiens, je l'ai bien eu, celui-là !

– Celle-là, rectifia Garrett. Y a que les femelles qui boivent le sang. Les mâles, eux, ils boivent du nectar.

– Ah bon ? »

Il hocha la tête, puis garda le silence quelques instants, les yeux fixés sur le bras d'Amelia, où perlait une minuscule goutte de sang.

« Les insectes s'en vont jamais, murmura-t-il enfin.

– Comment ça ? »

Après avoir de nouveau feuilleté son ouvrage, il lui lut un autre passage :

« "S'il y a bien une créature que l'on peut qualifier d'immortelle, c'est l'insecte, qui vivait sur cette terre des millions d'années avant l'apparition des mammifères et sera encore là longtemps après que toute forme de vie intelligente aura disparu." »

Il reposa le livre, puis leva les yeux vers Amelia.

« Vous savez, ben, si vous en tuez un, y en aura toujours des tas d'autres. Si mon papa, ma maman et ma frangine étaient des insectes, y en aurait plein d'autres comme eux, et je serais pas tout seul.

– Tu n'as pas d'amis ? »

Il haussa les épaules.

« Mary Beth, répondit-il. Mais c'est plus ou moins la seule.

– Tu l'aimes beaucoup, n'est-ce pas ?

– Oh oui. Elle m'a sauvé quand ce gars voulait me jouer un tour vraiment dégueulasse. Et, enfin, je veux dire, elle discute avec moi... »

Il demeura songeur un petit moment.

« C'est ça que j'aime chez elle, je suppose. Quand on discute. J'espère que dans quelques années, quand je serai plus vieux, elle acceptera de sortir avec moi. On pourrait faire des trucs comme tout le monde. Aller au ciné, par exemple. Ou en pique-nique. Je l'ai regardée, un jour où elle pique-niquait. Elle était avec sa mère et des amis. Ils s'amusaient bien. Et moi, je l'ai regardée, oh, pendant des heures. Je m'étais caché sous un buisson de houx avec de l'eau et des Doritos, et je m'imaginais avec eux. Ça vous arrive, vous, d'aller pique-niquer ?

– J'ai dû y aller, j'imagine.

– Ben, moi, j'y allais souvent avec ma famille. Ma vraie famille, je veux dire. J'adorais ça. Maman et Kaye mettaient la table et préparaient de quoi manger sur le petit grill acheté chez Kmart. Papa et moi, on enlevait nos chaussures et nos chaussettes, et après, on entrait dans l'eau pour pêcher. Je me souviens encore de la sensation de la boue sous mes pieds, et de l'eau froide... »

Amelia se demanda si son amour de l'eau et des insectes aquatiques venait de là.

« Et tu crois que Mary Beth accepterait de pique-niquer avec toi ?

— Je sais pas. Possible. »

Mais aussitôt, il remua la tête et esquissa un sourire triste.

« Non, sans doute pas. Mary Beth, elle est jolie, et intelligente, et vachement plus âgée que moi. Elle choisira un type beau et intelligent. Peut-être qu'on pourrait quand même devenir copains... Mais même si c'est pas le cas, tout ce que je veux pour le moment, c'est qu'il lui arrive rien. Alors, elle restera avec moi jusqu'à ce qu'y ait plus de danger. Ou que vous et votre ami, l'homme dans le fauteuil roulant dont tout le monde parlait, vous puissiez la mettre à l'abri. »

Il se tut, puis tourna la tête vers la fenêtre.

« A l'abri du type en salopette ? » le pressa Amelia.

Plusieurs secondes s'écoulèrent avant qu'il ne réponde :

« Ouais, c'est ça.

— Bon, je vais chercher un peu de cette eau que tu as rapportée tout à l'heure.

— Attendez. »

Il arracha d'une branche posée sur la table quelques feuilles desséchées qu'il tendit à Amelia en lui conseillant de s'en servir pour se frotter les bras, le cou et les joues. La plante dégageait une odeur piquante.

« C'est de la citronnelle, précisa-t-il. Ça éloigne les moustiques. Vous aurez plus besoin de les écraser. »

Le gobelet à la main, Amelia sortit du mobile home et s'approcha du tonneau contenant l'eau de pluie. Il était recouvert d'un fin grillage, constata-t-elle. Elle le souleva, remplit la timbale et la porta à ses lèvres. L'eau lui parut presque sucrée. Elle écouta les crissements et vrombissements des insectes.

Ou que vous et votre ami, l'homme dans le fauteuil roulant dont tout le monde parlait, vous puissiez la mettre à l'abri.

Les mots résonnaient dans sa tête : *L'homme dans le fauteuil roulant, l'homme dans le fauteuil roulant...*

Elle regagna la caravane, posa le gobelet sur la table et balaya du regard le minuscule salon.

« Garrett ? Tu veux bien m'accorder une faveur ?

335

– Ouais, je suppose.

– Tu as confiance en moi ?

– Ouais, je suppose.

– Va t'asseoir là-bas. »

Il la dévisagea un instant avant de s'installer dans le vieux fauteuil qu'elle lui indiquait. Amelia alla chercher de l'autre côté de la pièce une chaise en rotin qu'elle plaça en face de l'adolescent.

« Tu te rappelles de ce que t'a dit le docteur Penny, en prison, Garrett ? Sur la chaise vide ?

– Quand fallait que je parle à la chaise ? lança-t-il en jetant un coup d'œil incertain au siège. Ce jeu-là ?

– C'est ça, oui. J'aimerais que tu recommences. Tu es d'accord ? »

L'adolescent hésita, s'essuya les paumes sur son pantalon et contempla un moment la chaise. Enfin, il répondit :

« Ouais, je suppose. »

31

AMELIA SACHS repensait à la salle d'interrogatoire et à la séance avec le psychiatre.

De son poste d'observation derrière le miroir sans tain, elle avait étudié Garrett avec attention. Quand le médecin s'était efforcé de l'amener à imaginer Mary Beth assise sur la chaise, se rappelait-elle, l'adolescent, estimant qu'il n'avait rien à confier à la jeune fille, avait tout d'abord voulu parler à *quelqu'un d'autre*. Ensuite, Amelia avait décelé une curieuse expression sur son visage – mélange de désir, de déception et de colère aussi, lui avait-il semblé – lorsque le docteur Penny l'avait fait dévier de la voie où il voulait s'engager.

Oh, Lincoln, je comprends ta prédilection pour les preuves concrètes, tangibles. Ta méfiance envers les choses immatérielles telles que les mots, les mimiques, les larmes, le regard d'une personne quand on est assis en face d'elle pour l'écouter raconter ses histoires... Pour autant, ces histoires ne sont pas *obligatoirement* fausses. À mon avis, le cas de Garrett Hanlon va bien au-delà de ce que nous ont révélé les indices.

« Regarde la chaise, Garrett. Qui aimerais-tu voir à cette place ? »

Il remua la tête d'un air indécis.

« Ben, je sais pas. »

Avec un sourire encourageant, elle poussa le siège plus près de lui.

« Dis-moi. Y a pas de problème. Une fille ? Quelqu'un de ton lycée ? »

De nouveau, il remua la tête.

« Vas-y, dis-moi, Garrett.

– Franchement, j'en sais rien. Enfin, peut-être... »

Après une courte pause, il lâcha :

« Peut-être mon père. »

Non sans irritation, elle se rappela les yeux froids et les manières grossières d'Hal Babbage. Sans doute Garrett avait-il des comptes à régler avec lui, supposa-t-elle.

« Juste ton père ? demanda-t-elle. Ou Mme Babbage aussi ?

– Non, non, pas lui. Je voulais parler de mon vrai père.

– Ton vrai père ? »

L'adolescent opina. Il semblait agité, nerveux. Il faisait fréquemment cliqueter ses ongles.

Leurs antennes, ben, elles servent à exprimer leurs humeurs...

Devant l'air troublé du jeune garçon, Amelia se rendit soudain compte qu'elle ignorait tout du processus mis en branle. Les psychiatres devaient certainement disposer de nombreuses techniques pour inciter leurs patients à se livrer, pour les guider et les protéger lorsqu'ils entreprenaient une thérapie avec eux. Mais prenait-elle le risque d'aggraver l'état de Garrett ? De le pousser à franchir une limite, à devenir réellement violent et à se blesser, ou à blesser quelqu'un ? Quoi qu'il en soit, elle allait tout de même essayer. Au NYPD, on la surnommait la « fille à papa » – car elle était l'enfant d'un îlotier –, et elle avait incontestablement hérité de certains traits du caractère paternel : son amour des voitures et du métier de policier, son intolérance vis-à-vis de la connerie et surtout, un talent de psychologue peaufiné par l'expérience de la rue. Lincoln Rhyme lui reprochait souvent d'être un flic « trop proche des gens » et lui répétait que cette faille causerait sa perte. Il louait en revanche ses qualités de criminologue mais, bien que consciente de son don pour l'investigation scientifique, Amelia se savait au fond comme son père : pour elle, les preuves les plus fiables résidaient dans le cœur humain.

Le regard de Garrett se porta vers la fenêtre, où des insectes s'obstinaient avec un acharnement suicidaire à se jeter contre la moustiquaire rouillée.

« Comment s'appelait ton père ? s'enquit Amelia.

– Stuart. Stu.

– Et toi, tu l'appelais comment ?

– Presque tout le temps "'Pa". Et des fois aussi "papa". » Il esquissa un sourire triste.

« Quand j'avais fait une bêtise et que j'avais intérêt à filer doux.

– Vous vous entendiez bien, tous les deux ?

« — Mieux que la plupart de mes copains avec leur père. Eux, ils recevaient des raclées et se faisaient tout le temps engueuler. Genre : "Comment t'as pu louper ce but pendant le match ?", "Pourquoi t'as pas rangé ta chambre ?", ou "Pourquoi t'as pas encore commencé tes devoirs ?" Mais 'Pa, il était sympa avec moi. Jusqu'à... »

Sa voix se brisa.

« Continue, Garrett.

— Je sais pas... »

Nouveau haussement d'épaules.

« Jusqu'à ce qu'il arrive quoi ? » insista Amelia.

Silence.

« Dis-le.

— Je veux pas. C'est idiot.

— Ne t'adresse pas à moi, Garrett. Adresse-toi à lui. Ton père. »

De la tête, elle indiqua la chaise.

« Il est là, devant toi. Essaie de te le représenter. »

L'adolescent se pencha en avant, le regard rivé au siège, l'air presque craintif.

« Stuart Hanlon est assis en face de toi, poursuivit Amelia. Parle-lui. »

L'espace d'un instant, le regard de l'adolescent refléta une telle émotion qu'Amelia eut envie de crier. Ils abordaient quelque chose d'important, elle le sentait, et elle en venait à redouter qu'il ne se dérobe.

« Décris-le-moi, reprit-elle, optant pour une tactique légèrement différente. Raconte-moi à quoi il ressemblait. Comment il s'habillait. »

Après quelques secondes d'hésitation, Garrett déclara :

« Il était grand, et plutôt mince. Il avait des cheveux noirs qui rebiquaient quand il sortait de chez le coiffeur. Après, pendant plusieurs jours, fallait qu'il les aplatisse avec ce truc qui sentait bon. Il portait toujours des fringues vraiment chouettes. Je sais même pas s'il avait un jean. Il mettait toujours des chemises avec des, enfin, des cols, quoi. Et des pantalons avec des revers. »

À ces mots, Amelia se souvint qu'en fouillant la chambre de l'adolescent, elle n'avait pas vu de jeans, mais seulement des pantalons à revers. Un léger sourire se dessina sur les lèvres de Garrett.

« Il avait l'habitude de laisser tomber une pièce de vingt-cinq *cents* le long de sa jambe de pantalon pour la rattraper dans le revers, et s'il réussissait pas, ben, cette pièce, elle était pour moi ou pour ma sœur. C'était une sorte de jeu entre nous. Pour Noël, il nous rapportait des dollars en argent, et il les faisait aussi glisser le long de son pantalon jusqu'à ce qu'on les récupère. »

Les pièces dans le bocal des guêpes, songea aussitôt Amelia.

« Il avait des hobbies ? s'enquit-elle. Il pratiquait un sport ?

– Il aimait bien lire. Il nous emmenait souvent dans les librairies, et il nous faisait la lecture. Il choisissait surtout des guides de voyage et des livres d'histoire. Et aussi des trucs sur la nature. Oh, et il allait à la pêche. Presque tous les week-ends.

– Bon, tâche d'imaginer qu'il est assis là, sur cette chaise, et qu'il est habillé d'un beau pantalon avec une chemise à col. Il est plongé dans un livre. OK ?

– Mouais, si vous voulez.

– Il pose son livre et...

– Non, d'abord, il marquerait la page où il s'est arrêté. Il avait des tonnes de marque-pages. Il les collectionnait, plus ou moins. Ma frangine et moi, on lui en avait acheté un à Noël, juste avant l'accident.

– D'accord, il marque la page et repose le livre. Ensuite, il te regarde. Maintenant, tu as une chance de lui parler. Qu'est-ce que tu veux lui dire ? »

Garrett haussa les épaules, remua la tête, puis parcourut d'un regard nerveux l'habitacle mal éclairé.

De son côté, Amelia n'avait pas l'intention de lâcher prise.

L'heure de l'affrontement...

« Essaie de penser à quelque chose de spécifique dont tu souhaiterais discuter avec lui, poursuivit-elle. Un incident. Quelque chose qui t'as rendu malheureux. Tu te souviens d'un événement de ce genre ? »

Mais 'Pa, il était sympa avec moi. Jusqu'à...

Le jeune garçon serra ses mains, les frotta l'une contre l'autre, fit cliqueter ses ongles.

« Parle-lui, Garrett.

– OK, y a eu quelque chose.

– Quoi ?

– Ben, ce soir-là..., le soir où ils sont morts... »

Amelia sentit un léger frisson la parcourir. Ils risquaient de vivre des moments difficiles, elle ne l'ignorait pas. Elle songea un bref instant à tout arrêter. Mais ce n'était pas dans sa nature de renoncer ; aussi décida-t-elle de continuer.

« Qu'est-ce qui s'est passé ce soir-là, Garrett ? Tu veux aborder le sujet avec ton père ? »

Il hocha la tête.

« Ben, vous comprenez, ils étaient déjà dans la voiture pour aller dîner. C'était un mercredi. Tous les mercredis, on allait chez Bennigan. Je prenais toujours des beignets au poulet. Des beignets au poulet, des frites et un Coca. Et Kaye, ma frangine, elle prenait des oignons frits ; on partageait les frites et les oignons, et des fois, on dessinait des trucs sur une assiette vide avec la bouteille de ketchup. »

Son visage était livide, ses traits tirés. Et il y avait une telle souffrance dans ses yeux..., constata Amelia, qui lutta pour refouler ses émotions.

« Quels sont tes souvenirs au sujet de cette nuit-là ? s'enquit-elle.

– On était tous devant la maison. Dans l'allée. Eux, ils étaient dans la voiture ; je veux dire, 'Pa, m'man et ma sœur. Ils allaient au restaurant. Et... »

Il s'interrompit, déglutit avec peine.

« Enfin, ils allaient partir sans moi, quoi.

– Ah bon ?

– Parce que j'étais en retard. J'avais traîné dans les bois du côté de Blackwater Landing. Et je... j'avais perdu la notion du temps. J'ai couru sur presque un kilomètre, je crois. Mais mon père a pas voulu me laisser monter. Il était sûrement furieux à cause de mon retard. Et moi, je voulais tellement les accompagner... En plus, il faisait un froid de canard. Je me rappelle, je tremblais, et eux aussi, ils tremblaient. Y avait du givre sur les vitres. Mais ils ont pas voulu me laisser monter.

– Ton père ne t'a peut-être pas vu ? À cause du givre...

– Oh, il m'a vu... J'étais de son côté. Je tapais sur la vitre, et il m'a vu, mais il a pas ouvert la portière. Il arrêtait pas de froncer les sourcils et de crier. Et moi, je me disais : "Il est en colère contre moi, et j'ai froid, et j'aurai pas mes beignets au poulet. Je vais pas dîner avec ma famille..." »

Des larmes ruisselaient sur ses joues, à présent.

Amelia eut envie de lui passer un bras autour des épaules. Au lieu de quoi, elle demeura immobile.

« Continue, ordonna-t-elle. Parle à ton père. Qu'est-ce que tu souhaiterais encore lui dire ? »

Il la regarda, mais comme elle maintenait son index pointé vers le siège, il finit par reporter son attention sur la chaise vide.

« J'ai tellement froid ! hoqueta-t-il. J'ai froid, je voudrais monter dans la voiture. Pourquoi il veut pas ?

– Non, adresse-toi à lui, Garrett ! Imagine qu'il est là. »

Elle agissait exactement comme Lincoln lorsqu'il la poussait à se glisser dans la peau d'un suspect sur une scène de crime, songea-t-elle. C'était une expérience on ne peut plus angoissante, et elle ne comprenait que trop bien la peur du jeune garçon. Pourtant, elle n'abandonna pas.

« Parle-lui. Parle à ton père ! »

Celui-ci jeta un coup d'œil inquiet à la chaise, puis se pencha en avant.

« Je...

– Vas-y, Garrett, chuchota Amelia. Ne t'inquiète pas, je suis là, il ne t'arrivera rien. Allez, parle-lui.

– Je voulais juste aller chez Bennigan avec vous ! s'écria-t-il en sanglotant. C'est tout. Je voulais juste qu'on aille dîner tous ensemble. Pourquoi tu m'as pas laissé monter dans la voiture ? Quand tu m'as vu arriver, t'as verrouillé la portière. Pourquoi ? J'étais pas si en retard que ça ! »

Soudain, le chagrin de Garrett se mua en révolte.

« Tu m'as enfermé dehors ! T'étais furieux, mais c'était pas juste. D'accord, je suis arrivé en retard, mais... c'était pas si grave ! J'ai dû faire autre chose pour que tu sois fou de rage. Mais quoi ? Pourquoi j'ai pas pu venir avec vous ? Dis-moi ce que j'ai fait ! (Sa voix s'étrangla.) Reviens, s'il te plaît, et dis-le-moi. Reviens ! Je veux savoir ! Qu'est-ce que j'ai fait de mal, papa ? Dis-le-moi, dis-le-moi, dis-le-moi ! »

Secoué de sanglots, il se leva d'un bond et, de toutes ses forces, donna un coup de pied dans la chaise inoccupée en face de lui, l'envoyant valdinguer à travers la pièce. Elle tomba sur le côté. Garrett s'en empara et, hurlant de colère, l'abattit sur le plancher du mobile home. Amelia recula, choquée par ce déferlement de fureur qu'elle avait libéré. L'adolescent fracassa le siège sur le sol, le réduisant à un tas de bois et de rotin brisés. Enfin, il s'effondra sur le sol, mains aux épaules. Amelia se précipita vers lui et l'entoura de ses bras tandis qu'il hoquetait.

Au bout de cinq minutes, ses pleurs se calmèrent. Il se redressa, puis s'essuya le visage avec sa manche.

« Garrett... », chuchota-t-elle.

Il fit non de la tête.

« Je sors », décréta-t-il.

Sans lui laisser le temps de réagir, il franchit la porte.

Amelia demeura assise encore un moment, à se demander ce qu'elle devait faire. Elle se sentait vidée, mais elle n'alla pas pour autant s'allonger sur la natte pour essayer de dormir. Elle éteignit la lanterne, ôta les morceaux de tissu qui masquaient les fenêtres et s'installa dans le vieux fauteuil. Puis, penchée en avant, environnée de l'odeur piquante de la citronnelle, elle contempla la silhouette du jeune garçon voûté, assis sur une souche de chêne, qui suivait du regard les constellations mouvantes des lucioles emplissant la forêt autour de lui.

32

« JE NE PEUX pas le croire », murmura Lincoln Rhyme.

Il venait de s'entretenir avec une Lucy Kerr hors d'elle et d'apprendre qu'Amelia avait tiré à plusieurs reprises sur un policier près du pont Hobeth.

« Je ne peux pas le croire », répéta-t-il dans un souffle à l'adresse de Thom.

Celui-ci était passé maître dans l'art de soigner les corps brisés et par conséquent les esprits brisés. Mais en l'occurrence, il s'agissait d'une situation différente, bien plus terrible, et il ne put que répondre :

« Il doit y avoir une erreur. Forcément. Amelia ne ferait pas une chose pareille.

— Non, elle ne le ferait pas, affirma Lincoln, mais cette fois à l'intention de Ben. En aucun cas. Pas même pour les effrayer. »

Elle ne tirerait jamais sur un collègue, ajouta-t-il à part soi, même pour l'effrayer. Pourtant, il savait que les personnes désespérées peuvent réagir de manière inattendue. Prendre des risques insensés. (Oh, Amelia, pourquoi faut-il que tu sois aussi impulsive et têtue ? Pourquoi faut-il que tu me ressembles autant ?)

Jim Bell se trouvait dans le bureau de l'autre côté du couloir. Lincoln l'entendait prononcer des paroles affectueuses au téléphone. Sans doute la femme et la famille du shérif n'étaient-elles pas habituées à ce qu'il rentre tard le soir ; le maintien de l'ordre dans une ville comme Tanner's Corner ne devait en général pas nécessiter autant d'heures de travail que l'affaire Garrett Hanlon.

Ben Kerr était assis à côté du microscope, ses bras énormes croisés sur sa poitrine. Il étudiait la carte. Contrairement au shérif, il n'avait pas passé de coup de fil chez lui, et Lincoln se demanda s'il avait une femme, ou une petite amie, ou si la vie de ce jeune homme timide était entièrement vouée à la science et aux mystères de l'océan.

Le shérif raccrocha, puis revint dans le laboratoire.

« D'autres idées, Lincoln ? »

De la tête, celui-ci montra la dernière liste au tableau.

COMPOSITION DE L'ÉCHANTILLON PRÉLEVÉ
SUR LA SCÈNE DE CRIME SECONDAIRE
MOULIN

Peinture brune	*Bouettes*
sur un pantalon	*Sucre*
Drosera	*Camphène*
Argile	*Alcool*
Sphaigne	*Essence*
Jus de fruit	*Levure*
Fibres de papier	

Il rapporta ensuite à Jim Bell ce qu'il savait maintenant de l'endroit où Mary Beth était retenue prisonnière.

« Il y a un cratère de Caroline sur le chemin pour y arriver, ou à proximité de la cachette elle-même, expliqua-t-il. La moitié des passages soulignés par Garrett dans ses livres sur les insectes traitent des techniques de camouflage, et la peinture brune sur son pantalon rappelle celle des troncs d'arbre ; j'en déduis donc que le bâtiment se trouve à côté d'une forêt, ou au milieu. Et qu'il est ancien, sans doute construit à l'époque victorienne, dans la mesure où les lampes à camphène datent du XVIIIe siècle. Mais malheureusement, les autres traces ne nous sont pas d'une grande utilité. La levure provient certainement du moulin, d'accord. Les fibres de papier pourraient avoir une multitude d'origines. Quant au jus de fruit et au sucre ? Selon toute vraisemblance, ce sont les résidus des provisions et des boissons que Garrett a emportées avec lui. Je ne vois pas... »

La sonnerie du téléphone l'interrompit.

De l'annulaire gauche, Lincoln pressa une touche de commande sur l'unité centrale pour répondre.

« Allô ?

— Lincoln ? »

Celui-ci reconnut aussitôt la voix douce mais épuisée de Mel Cooper.

« Alors, où en sommes-nous, Mel ? J'aurais bien besoin d'une bonne nouvelle.

— J'espère qu'elle l'est. Tu sais, cette clé que vous avez trouvée... Eh bien, on a passé la nuit à consulter des manuels de références et des bases de données. Et on a fini par l'identifier.

— Elle ouvre quoi ?

— Une caravane fabriquée par la McPherson Deluxe Mobile Home Company. La construction des modèles de ce genre a débuté en 1946, pour s'achever au début des années 70. L'entreprise a déposé le bilan depuis mais, d'après notre guide, le numéro de série sur votre clé correspond à un mobile home sorti de l'usine en 1969.

— Une description, peut-être ?

— Il n'y avait pas de photos dans le bouquin.

— Zut. À ton avis, c'est une sorte de baraque qu'on installe dans un parc à mobile homes pour y vivre ? Ou qu'on traîne partout comme un Winnebago ?

— Ils servent de logement permanent, je dirais. Ils mesurent deux mètres cinquante sur six mètres. C'est pas vraiment facile à déplacer... D'autant qu'ils ne sont pas motorisés. Il faut les remorquer.

— Merci, Mel. Essaie de dormir un peu, maintenant. »

Lincoln coupa la communication.

« Qu'en pensez-vous, Jim ? Il y a des parcs à mobile homes, dans la région ? »

Le shérif paraissait sceptique.

« Y en a deux ou trois le long de la route 17 et de la 158. Mais c'est pas du tout dans la direction prise par Amelia et Garrett. Et puis, ils sont surpeuplés. Je vois pas comment deux fuyards pourraient s'y planquer. Vous voulez que j'envoie quelqu'un vérifier ?

— C'est loin ?

— Dans les cent à cent vingt kilomètres d'ici.

— Non, inutile. Je pense plutôt que Garrett a dû découvrir un mobile home abandonné quelque part et se l'approprier », déclara Lincoln.

Et de songer, en regardant la carte : Il ne reste plus qu'à essayer de le localiser dans une véritable jungle d'au moins cent kilomètres carrés.

L'adolescent avait-il réussi à se débarrasser de ses menottes ? se demanda-t-il soudain. S'était-il emparé du pistolet d'Amelia ? Était-elle en train de s'endormir en ce moment

346

même, de baisser sa garde, tandis que Garrett la surveillait, guettant l'instant où elle sombrerait dans l'inconscience ? Alors, il se redresserait, s'approcherait d'elle à pas furtifs, serrant dans ses mains un caillou ou un nid de guêpes...

Envahi par l'angoisse, il étira sa nuque et entendit un os craquer. Aussitôt, il se figea, redoutant les contractures horriblement douloureuses qui, de temps à autre, mettaient au supplice les muscles reliés aux nerfs indemnes. Il lui semblait tellement injuste que ce même traumatisme responsable de la paralysie presque totale de son corps puisse infliger aux parties encore sensibles des spasmes terribles...

Pourtant, cette fois, aucun élancement ne le parcourut, mais Thom remarqua l'inquiétude sur le visage de son employeur.

« Ça suffit, maintenant, Lincoln... Je vais prendre votre tension, et ensuite, vous irez vous coucher. Et ce n'est pas la peine de discuter.

— D'accord, Thom. Mais d'abord, on va donner un coup de téléphone.

— À cette heure-ci ? Vous croyez vraiment qu'il y a encore des gens debout ?

— La question n'est pas de savoir qui est encore debout, répliqua Lincoln avec lassitude. Mais qui va bientôt être réveillé. »

Minuit dans les marécages.

Le bruit des insectes. Les ombres rapides des chauves-souris. Le ululement d'une chouette, peut-être deux. La lueur glacée de la lune.

Lucy et ses collègues avaient parcouru cinq ou six kilomètres jusqu'à la route 30, où les attendait un camping-car. Jim Bell avait tiré quelques ficelles et « réquisitionné », à leur intention, un véhicule chez Fred Fischer Winnebagos. Steve Farr l'avait conduit jusqu'au point de rendez-vous afin de fournir à la patrouille un endroit où passer la nuit.

Les quatre policiers pénétrèrent dans l'habitacle exigu. Jesse, Trey et Ned se jetèrent littéralement sur les sandwichs au rosbif apportés par Steve Farr. Quant à Lucy, elle se contenta de vider une bouteille d'eau. Par chance, Steve Farr et Jim Bell avaient également pensé à prendre des uniformes de rechange pour les enquêteurs.

Elle appela le shérif pour lui expliquer qu'ils avaient suivi la

347

piste des deux fugitifs jusqu'à une maison de vacances où ils avaient relevé des traces d'effraction.

« Apparemment, ils ont regardé la télé, précisa-t-elle. Incroyable, hein ? »

Mais comme il faisait trop sombre pour continuer les recherches, ajouta Lucy, ils avaient décidé d'attendre le lever du jour pour repartir.

Ses affaires propres sous le bras, Lucy pénétra dans la salle de bains. À l'intérieur de la minuscule cabine de douche, elle laissa le mince filet d'eau couler sur son corps. Elle commença par se savonner les cheveux, le visage et le cou puis, comme toujours, lava d'une main moins assurée son buste plat où subsistaient le pli des cicatrices, avant de frotter plus vigoureusement son ventre et ses jambes.

Une nouvelle fois, elle se demanda d'où lui venait ce sentiment de rejet envers la silicone ou une opération de chirurgie réparatrice qui, d'après le médecin, consisterait à lui prélever de la graisse sur les cuisses ou les fesses pour lui refaire des seins. Il était même possible de reconstruire des mamelons – ou de les tatouer.

Mais c'était factice. Ce n'était pas réel.

Dans ces conditions, pourquoi s'obstiner ?

En même temps, se dit-elle, prends le cas de Lincoln Rhyme – un homme diminué, avec en guise de bras et de jambes un garde-malade et un fauteuil roulant. Mais l'image de l'invalide lui rappela Amelia Sachs, et de nouveau, la colère la submergea. Elle s'efforça de chasser ces pensées, se sécha et enfila un T-shirt en songeant distraitement au tiroir rempli de soutien-gorges dans la commode de la chambre d'amis, chez elle ; depuis deux ans, elle se promettait de les jeter, mais pour quelque obscure raison, elle ne l'avait jamais fait. Après avoir enfilé sa chemisette et son pantalon réglementaires, elle sortit de la salle de bains au moment où Jesse raccrochait le téléphone.

« Du nouveau ? interrogea-t-elle.

– Non. Jim et M. Rhyme en sont toujours à analyser les indices. »

D'un mouvement de tête, Lucy déclina l'invitation de Jesse à manger quelque chose, puis elle alla s'asseoir à table et sortit son arme de son holster.

« Steve ? » appela-t-elle.

Arquant un sourcil interrogateur, le jeune homme à la coupe en brosse détacha son regard du journal qu'il lisait.

« T'as apporté ce que je t'avais demandé ?

– Mouais. »

Il fourragea dans la boîte à gants, avant de tendre à sa collègue une boîte jaune et vert contenant des cartouches Remington. Lucy éjecta du chargeur les têtes rondes en plomb et les Speedloaders pour les remplacer par des cartouches neuves – des têtes creuses, dont la force d'arrêt est plus importante et qui causent beaucoup plus de dégâts dans les tissus lorsqu'elles atteignent un être humain.

Jesse Corn l'observait attentivement, mais il s'écoula quelques instants avant qu'il ne prononce les mots auxquels Lucy s'attendait.

« Amelia n'est pas dangereuse », dit-il à mi-voix, afin de ne pas être entendu par les autres.

Elle posa son arme avant de le regarder droit dans les yeux.

« Tout le monde croyait Mary Beth près de l'océan, mais il s'avère maintenant qu'il faut la chercher dans la direction opposée, déclara-t-elle. Et tout le monde croyait Garrett complètement stupide, mais en fait, il est aussi rusé qu'un renard et il nous a déjà roulés une demi-douzaine de fois. On n'a plus aucune certitude. Si ça se trouve, Garrett a dissimulé un arsenal quelque part, et il a prévu de nous liquider dès qu'on entrera dans sa planque.

– Mais Amelia est avec lui, Lucy. Elle le laissera pas faire.

– C'est qu'une sale traîtresse, on peut pas se fier à elle. Écoute, Jesse, j'ai bien vu ton expression quand t'as découvert qu'elle était pas sous le bateau. T'étais soulagé. Tu t'imagines que tu l'aimes bien, je l'ai compris, et t'espères aussi qu'elle t'aime bien... Non, non, laisse-moi finir. Mais elle a aidé un meurtrier à s'évader de prison. Et si t'avais nagé dans la rivière à la place de Ned, tout à l'heure, elle t'aurait tiré dessus exactement de la même manière. »

Il ouvrit la bouche comme pour protester, mais le regard glacial de Lucy l'en dissuada.

« C'est facile de s'enticher d'une fille dans son genre, poursuivit Lucy. Elle est jolie, et en plus, elle vient d'ailleurs, d'un endroit exotique... Le problème, c'est qu'elle comprend rien à la vie des gens d'ici. Et qu'elle comprend rien non plus à Garrett Hanlon. Toi et moi, on le connaît ; c'est un malade, et il doit juste au hasard de pas déjà être en taule pour le restant de ses jours.

– Je sais que Garrett est dangereux. J'ai jamais dit le contraire, Lucy. Mais je pense à Amelia et...

– Moi, c'est plutôt à nous que je pense, et aussi à tous les habitants de Blackwater Landing que ce gamin envisage peut-être de tuer demain, la semaine prochaine ou dans un an s'il réussit à nous échapper. Ce qui risque d'arriver à cause d'elle. Maintenant, Jesse, faut que je sois sûre de pouvoir compter sur toi. Dans le cas contraire, rentre en ville ; on demandera à Jim Bell d'envoyer quelqu'un d'autre. »

Jesse jeta un coup d'œil à la boîte de munitions, avant de se tourner de nouveau vers sa collègue.

« Tu peux compter sur moi, Lucy. Je t'assure.

– Parfait. J'espère seulement que t'es sincère. Parce que dès le lever du jour, je vais me lancer sur leur piste et les ramener tous les deux. De préférence vivants, mais autant te prévenir tout de suite : c'est plus une priorité. »

Mary Beth McConnell, assise seule dans la cabane, redoutait de s'endormir malgré son épuisement.

Des bruits résonnaient partout autour d'elle.

Elle avait abandonné le canapé, car elle craignait de s'y allonger et de glisser dans le sommeil, puis de se réveiller pour découvrir le Missionnaire et Tom en train de l'observer par la fenêtre, prêts à enfoncer la porte. Aussi s'était-elle installée sur une chaise dans le salon – un siège à peu près aussi confortable qu'une brique.

Encore des bruits...

Sur le toit, sur la véranda, dans les bois.

Elle n'avait aucune idée de l'heure. Elle se refusait même à presser le bouton sur sa montre permettant d'éclairer le cadran tant elle avait peur que cette minuscule lueur suffise à attirer ses assaillants.

Mais elle était vidée. Trop fatiguée pour se demander pourquoi tous ces malheurs s'étaient abattus sur elle, ou ce qu'elle aurait pu faire pour les éviter.

Toute bonne action mérite un châtiment...

Elle jeta un coup d'œil au champ devant la maison, maintenant complètement enténébré. La fenêtre lui apparaissait comme le cadre entourant son destin : qui allait-elle voir approcher à l'intérieur de cette bordure ? Ses meurtriers ou ses sauveurs ?

Elle tendit l'oreille.

Ce bruit, qu'est-ce que c'était ? Une branche heurtant un tronc ? Ou le craquement d'une allumette ?

Et ce point lumineux parmi les arbres ? S'agissait-il d'une luciole, ou d'un feu de camp ?

Et ce mouvement, là-bas ? Était-ce un daim prenant la fuite parce qu'il avait décelé l'odeur d'un lynx, ou le Missionnaire et son acolyte s'asseyant devant les flammes le temps de boire de la bière et de manger avant de sortir de la forêt pour rejoindre leur victime et assouvir avec elle d'autres besoins physiques ?

Mary Beth n'aurait su le dire. Ce soir, comme en tant d'autres occasions dans sa vie, elle ne percevait que l'ambiguïté des choses.

Vous trouvez les restes de colons disparus depuis des siècles, mais vous vous demandez si vous ne vous êtes pas trompé du tout au tout en échafaudant une hypothèse.

Votre père meurt du cancer au terme d'une terrible et interminable agonie dont les médecins vous affirment qu'elle était inévitable, mais vous vous dites : Et si elle ne l'était pas ?

Deux hommes rôdent dans les bois, projetant de vous violer et de vous tuer.

Mais peut-être pas.

Peut-être avaient-ils renoncé. Peut-être s'étaient-ils effondrés quelque part, saoulés à la gnôle. Ou peut-être avaient-ils eu peur des conséquences, et décidé en fin de compte que pour faire ce qu'ils avaient envisagé avec elle, leurs grosses épouses ou leurs mains calleuses constitueraient un moyen plus sûr et plus facile.

Se l'envoyer chez toi...

Un craquement sec déchira la nuit. Mary Beth sursauta. C'était un coup de feu, qui semblait provenir de l'endroit où elle avait vu une lueur. Quelques instants plus tard, il fut suivi par une seconde détonation. Plus proche.

Haletant sous l'effet de la peur, elle agrippa plus fermement le tomahawk. Incapable de regarder par la fenêtre sombre, mais tout aussi incapable de ne pas regarder. Terrifiée à l'idée de découvrir le visage blafard de Tom dans l'encadrement, un rictus lui déformant les lèvres. *On va revenir.*

351

Le vent s'était levé, courbant les arbres, les buissons, les herbes.

Elle crut entendre un homme rire, mais le son, pareil à l'appel d'un des Manitous des Weapemeocs, fut rapidement emporté par le souffle sépulcral du vent.

Elle crut entendre un homme crier : « Prépare-toi, prépare-toi... »

Mais peut-être pas.

« C'étaient des détonations ? demanda Rich Culbeau à Harris Tomel.

Assis tous les trois autour d'un feu de camp mourant, ils étaient mal à l'aise et pas aussi ivres qu'ils l'auraient été lors d'une partie de chasse normale – pas aussi ivres en tout cas qu'ils l'auraient voulu. La gnôle n'avait pas l'effet escompté.

« Un pistolet, répondit Tomel. Gros calibre. Soit un dix millimètres, soit un calibre .44 ou .45. Automatique.

– Dis pas de conneries, répliqua Culbeau. Tu peux pas deviner que c'est un automatique.

– Bien sûr que si ! Le bruit est plus fort, à cause de l'espace entre le cylindre et le canon. Logique.

– C'est des conneries », répéta Culbeau.

Puis il demanda :

« À quelle distance ?

– L'air est humide, il fait nuit. Je dirais cinq, six kilomètres. »

Tomel soupira :

« Je veux en finir avec cette histoire. J'en ai vraiment marre.

– Je vois ça, dit Culbeau. Merde, c'était plus facile à Tanner's Corner. Ça devient vachement compliqué, maintenant.

– Foutues bestioles, renchérit Tomel en écrasant un moustique.

– À ton avis, qu'est-ce qui peut pousser un mec à tirer aussi tard ? Il est presque une heure.

– Un raton laveur qui bouffe les ordures, un ours noir qu'essaie de rentrer dans une tente, un mec qui se tape la femme d'un autre... »

Culbeau hocha la tête.

« Regarde, y a Sean qui a piqué du nez. C'est dingue, il s'endort n'importe quand, n'importe où. »

Il donna un coup de pied dans les braises pour les éteindre.

« Normal, il prend tous ces foutus médocs, déclara Tomel.

— Ah bon ? J'en savais rien.

— C'est pour ça qu'il s'endort n'importe quand, n'importe où. Il se conduit de manière bizarre, tu trouves pas ? demanda Tomel en regardant le maigrichon comme s'il s'agissait d'un serpent en sommeil.

— Je préfère quand on pouvait pas prévoir ses réactions. Maintenant, il est tellement sérieux que ça me flanque les jetons. Et t'as vu, il tient son flingue pareil que si c'était sa queue et tout.

— Mouais, t'as raison », murmura Tomel, qui s'absorba quelques instant dans la contemplation de la forêt sombre. Après avoir poussé un profond soupir, il ajouta :

« Hé, t'as apporté de l'antimoustique ? Je suis en train de me faire dévorer vivant. Et passe-moi la bouteille de gnôle, tant que t'y es. »

Amelia Sachs ouvrit les yeux lorsque claqua le premier coup de feu.

Elle jeta un coup d'œil en direction de la chambre, où Garrett était toujours endormi sur le matelas. De toute évidence, le bruit ne l'avait pas réveillé.

Encore un coup de feu.

Pour quelle raison quelqu'un tirait-il si tard ? se demanda-t-elle.

Le bruit lui remit en mémoire l'incident sur la rivière, quand Lucy et ses collègues avaient mitraillé le bateau en croyant les fugitifs cachés en dessous. Elle revit les geysers d'eau s'élevant dans les airs après chaque détonation assourdissante.

Elle écouta attentivement, mais elle n'entendit plus rien. Sinon le vent. Et les cigales, bien sûr.

Elles ont vraiment une vie bizarre... Les nymphes s'enfouissent dans le sol et y restent quelque chose comme vingt ans avant de se métamorphoser... Toutes ces années dans la terre, à rester cachées, avant de pouvoir devenir adultes...

Bientôt, cependant, son esprit se concentra de nouveau sur le sujet qui la préoccupait avant que ne résonnent les détonations.

Amelia Sachs pensait à une chaise vide.

Mais pas à la technique du docteur Penny. Ni à ce que Garrett lui avait confié au sujet de son père et de cette nuit terrible cinq ans plus tôt. Non, elle pensait à un autre siège : le fauteuil roulant Storm Arrow de Lincoln Rhyme.

C'était pour cette raison qu'ils avaient fait le voyage jusqu'en Caroline du Nord, après tout. Lincoln s'apprêtait à risquer sa vie, les capacités dont il jouissait encore et leur existence commune pour avoir la possibilité d'envisager un jour de quitter ce fauteuil. De l'abandonner derrière lui – vide.

Cette nuit-là, allongée dans la caravane crasseuse, consciente de son statut de hors-la-loi, de sa solitude à l'heure de l'affrontement, Amelia admit enfin ce qui l'avait autant troublée dans l'insistance de Lincoln à subir cette opération. Bien sûr, elle avait peur qu'il ne survive pas à l'intervention. Ou que son état ne s'aggrave. Ou qu'il n'obtienne aucune amélioration et ne sombre dans la dépression.

Pourtant, il ne s'agissait pas de ses principales craintes. Ce n'était pas pour ces raisons qu'elle avait tout mis en œuvre afin de le dissuader. Non, non, ce qui l'effrayait le plus, c'était l'idée que l'opération puisse réussir.

Oh, Lincoln, tu ne comprends pas ? Je ne veux pas que tu changes. Je t'aime tel que tu es. Si tu redevenais comme tout le monde, qu'adviendrait-il de nous ?

Tu dis : « Toi et moi pour toujours, Amelia. » Mais tu parles de toi et moi tels que nous sommes maintenant. Moi avec mes foutus ongles et mon incapacité à rester en place... Toi avec ton corps abîmé et ton esprit brillant capable de foncer plus vite et plus loin que je ne pourrai jamais aller dans ma Camaro trafiquée, dépouillée du superflu.

Et cet esprit me retient auprès de toi comme le plus passionné des amants ne saurait le faire.

Et si tu redevenais normal ? Si tu recouvrais l'usage de tes bras et de tes jambes, Lincoln, pourquoi voudrais-tu encore de moi ? Pourquoi aurais-tu encore besoin de moi ? Je ne serais plus qu'un flic parmi d'autres, un enquêteur doué d'un certain talent pour l'investigation scientifique. Tu rencontrerais encore une de ces femmes perfides qui ont fait dérailler ta vie dans le passé – une nouvelle épouse égoïste, une nouvelle maîtresse mariée –, et tu t'éloignerais de moi comme le mari de Lucy Kerr l'a quittée après qu'elle a été opérée.

Je te veux tel que tu es...

Un frisson la parcourut lorsqu'elle se rendit compte à quel point cette pensée était égoïste. Mais elle ne pouvait la nier.

Reste dans ton fauteuil, Lincoln ! Je refuse de le voir vide... Je veux continuer de vivre avec toi comme avant. Je veux des enfants de toi, des enfants qui apprendront à te connaître tel que tu es.

S'apercevant soudain qu'elle fixait du regard le plafond noir, Amelia ferma les yeux. Mais il s'écoula encore une heure avant que le bruit du vent et des cigales, dont les organes de stridulation produisaient un son monotone évoquant des violons, ne finisse par l'endormir.

33

Amelia fut réveillée juste après l'aube par un bourdonnement produit dans son rêve par de paisibles locustes, mais émis en réalité par l'alarme de sa montre Casio. Elle l'éteignit.

Elle avait le corps perclus de douleurs arthritiques après une nuit passée sur une simple natte posée à même le plancher métallique riveté.

Pourtant, assez curieusement, elle se sentait pleine d'allant. La lumière du soleil bas pénétrait par les fenêtres du mobile home, ce qui lui parut un heureux présage. Aujourd'hui, ils allaient retrouver Mary Beth McConnell, puis rentrer tous ensemble à Tanner's Corner. Elle-même corroborerait l'histoire de Garrett ; ainsi, Jim Bell et Lucy Kerr pourraient se lancer sur la piste du véritable meurtrier – l'homme en salopette marron.

Dans la chambre adjacente, le jeune garçon se réveilla, puis se redressa sur le matelas affaissé. De ses longs doigts, il coiffa ses cheveux en bataille. Il ressemble à n'importe quel adolescent au saut du lit, songea-t-elle. Dégingandé, mignon, ensommeillé. Sur le point de s'habiller, de monter dans le bus pour aller au lycée retrouver ses copains et apprendre des choses en classe, flirter avec des filles, jouer au foot pendant la récréation. En le regardant tâtonner à la recherche de sa chemise, elle remarqua sa maigreur et se dit qu'il faudrait lui donner une nourriture saine – céréales, lait, fruits –, laver ses vêtements, s'assurer qu'il prenait bien sa douche. Tout ce qu'on fait lorsqu'on a des enfants à soi, supposa-t-elle. Pas quand on garde ceux des autres pendant quelques heures – comme elle-même gardait parfois sa filleule, la fille d'Amy –, mais quand on est là chaque jour au moment où ils se lèvent, avec leurs chambres mal rangées et leurs attitudes d'adolescents rebelles, pour leur préparer leurs repas, leur acheter des habits, se disputer avec eux, s'occuper d'eux. Quand on est l'axe central de leur existence.

« Salut. »

Elle lui adressa un sourire, qu'il lui rendit.

« Faut qu'on y aille, dit-il. Faut qu'on rejoigne Mary Beth. Je l'ai laissée toute seule trop longtemps. Elle doit mourir de soif et avoir drôlement la trouille. »

Amelia se mit debout avec peine.

Garrett, qui venait de jeter un coup d'œil à son torse couvert de plaques, parut soudain embarrassé. Il enfila rapidement sa chemise.

« Je sors. Pour, euh, faire mes petites affaires. Et je vais aussi laisser dans le coin deux ou trois nids de frelons vides. Histoire de les ralentir un peu si jamais ils approchaient d'ici. »

Il franchit la porte, mais revint quelques instants plus tard et posa un gobelet d'eau sur la table près d'elle.

« Pour vous », dit-il timidement, avant de repartir.

Tout en buvant, Amelia pensa combien elle aimerait avoir une brosse à dents et de quoi se laver. Peut-être, une fois parvenus à destination, pourraient-ils...

« C'est lui ! » chuchota un homme.

Elle se figea et regarda par la fenêtre. Elle n'aperçut rien dehors, mais d'un épais bosquet près du mobile home lui parvinrent de nouveau des chuchotements :

« Je l'ai dans mon viseur. La ligne de tir est dégagée. »

La voix lui était familière, et Amelia crut reconnaître celle du comparse de Rich Culbeau, Sean O'Sarian. Le maigrichon. Le trio d'arriérés les avait retrouvés ; ils allaient tuer le gamin ou le torturer pour l'obliger à révéler où il avait enfermé Mary Beth et toucher ainsi la récompense.

De son côté, Garrett n'avait rien entendu. Amelia le vit déposer un nid de frelons sur le sentier, une dizaine de mètres plus loin. Un bruit de pas dans les broussailles lui révéla que quelqu'un se dirigeait vers lui.

Le temps d'attraper son Smith & Wesson, et elle se faufila rapidement à l'extérieur du mobile home. Puis elle se baissa et tenta désespérément de prévenir Garrett par gestes. Mais il ne tourna pas la tête vers elle.

Les pas dans les buissons se rapprochèrent.

« Garrett », murmura-t-elle.

Cette fois, il pivota, pour la découvrir en train de lui adresser de grands signes. L'inquiétude dans les yeux d'Amelia dut l'alarmer, car il fronça les sourcils. Au moment où il jetait un coup d'œil sur sa gauche, vers les broussailles, une expression terrorisée se peignit sur ses traits. Il tendit les mains devant lui en une attitude défensive.

« Non, me faites pas de mal, me faites pas de mal, me faites pas de mal ! » s'écria-t-il.

Toujours accroupie, Amelia posa le doigt sur la détente, arma le chien et visa les buissons.

Tout se passa si vite...

Garrett, affolé, qui tombait à plat ventre en hurlant : « Non, non ! »

Amelia qui, en position de combat, tenait son pistolet à deux mains, guettant l'apparition d'une cible...

L'homme qui surgissait des buissons, l'arme au poing, pour se précipiter vers Garrett...

Au moment précis où Ned Spoto débouchait à l'angle du mobile home, juste à côté d'Amelia, cillait d'un air stupéfait, puis bondissait vers elle les bras tendus. Surprise, elle voulut reculer pour l'éviter. Le coup partit tout seul et le pistolet tressauta violemment dans sa paume.

À dix mètres d'elle, par-delà le filet de fumée s'échappant de la bouche de son arme, elle vit la balle tirée par le Smith & Wesson atteindre le front de l'homme dissimulé dans les buissons – pas du tout Sean O'Sarian, mais Jesse Corn. Un trou noir apparut au-dessus de l'œil du jeune officier et, en même temps que sa tête était projetée en arrière, un horrible nuage rose se forma derrière lui. Sans émettre le moindre son, il s'effondra.

Amelia laissa échapper un hoquet, les yeux fixés sur le corps qui fut parcouru d'un ultime spasme avant de s'immobiliser complètement. Le souffle coupé, elle tomba à genoux. Son pistolet lui glissa des doigts.

« Oh, Seigneur », murmura Ned en contemplant d'un air choqué son collègue à terre.

Avant que le policier ait pu se ressaisir et dégainer à son tour, Garrett se rua vers eux, ramassa le pistolet d'Amelia et le braqua sur la tête de Ned. En un éclair, il lui prit son arme, qu'il jeta dans les broussailles.

« Couche-toi ! ordonna-t-il. À plat ventre !

– Vous l'avez tué, vous l'avez tué... répétait Ned.

– Tout de suite ! »

Ned s'exécuta, des larmes ruisselant sur ses joues tannées.

« Jesse ! »

La voix de Lucy était toute proche.

« Où es-tu ? Qui a tiré ?

– Non, non, non », gémit Amelia en voyant le crâne brisé de Jesse, d'où s'écoulaient des flots de sang.

Garrett Hanlon jeta un bref coup d'œil à la dépouille, puis au-delà – en direction des pas qui approchaient. Il passa un bras autour des épaules d'Amelia.

« Faut y aller, maintenant. »

Comme elle ne répondait pas, comme elle continuait de regarder sans réagir la scène devant elle – qui mettait fin à la vie d'un officier, mais aussi à la sienne –, Garrett l'aida à se redresser, lui saisit la main et l'entraîna à sa suite. Ils disparurent dans les bois.

QUATRIÈME PARTIE

Nid de guêpes

34

Q UE POUVAIT-IL se passer ? se demandait Lincoln Rhyme, affolé.

Une heure plus tôt, à cinq heures et demie du matin, il avait enfin reçu un appel émanant d'un inspecteur bougon au service des impôts fonciers de Caroline du Nord. L'homme avait été réveillé à une heure et demie et chargé de vérifier les défauts de paiements concernant tous les terrains dont la résidence déclarée était un mobile home McPherson. Lincoln avait d'abord effectué des recherches pour savoir si les parents de Garrett en possédaient un autrefois puis, en découvrant qu'ils n'en avaient pas, il s'était dit qu'il s'agissait forcément d'une caravane abandonnée, puisque Garrett l'utilisait comme cachette. Et si elle était abandonnée, le propriétaire n'avait donc pas payé ses impôts fonciers.

L'inspecteur des impôts lui avait parlé de deux propriétés de ce genre. Dans le premier cas, près de Blue Ridge, à l'ouest, le terrain et la caravane avaient été vendus après saisie à un couple qui y vivait actuellement. Le second cas, dans le comté de Paquenoke, ne méritait même pas qu'on perde du temps et de l'argent à entamer une procédure de saisie. Il avait donné l'adresse à Lincoln : une petite route à environ huit cents mètres de la rivière Paquenoke. Coordonnées C-6 sur la carte.

Lincoln avait alors téléphoné à Lucy pour lui demander d'aller sur place avec ses collègues. Ils cerneraient l'endroit dès le lever du jour, et au cas où Garrett et Amelia se trouveraient à l'intérieur, essaieraient de les convaincre de se rendre.

Aux dernières nouvelles, les policiers avaient repéré le mobile home et s'en approchaient lentement.

Contrarié que son employeur n'ait pratiquement pas dormi, Thom pria Ben Kerr de sortir de la pièce, puis accomplit le rituel de la toilette matinale. Avec les quatre étapes incontournables : vessie, intestins, dents, tension.

« Elle est élevée, Lincoln », déclara le garde-malade en reposant son sphygmomanomètre.

Chez un tétraplégique, une tension excessive peut provoquer une attaque de dysréflexie, qui elle-même risque d'entraîner une crise cardiaque. Mais Lincoln ne l'écoutait pas. Il fonctionnait à l'adrénaline. Il voulait désespérément retrouver Amelia. Il voulait...

Le criminologue leva les yeux au moment où Jim Bell, l'air bouleversé, entrait dans le local. Ben Kerr, pareillement ému, le suivait.

« Il est arrivé quelque chose ? demanda Lincoln. Elle va bien ? Est-ce qu'Amelia est...

— Elle a tué Jesse, répondit le shérif dans un souffle. D'une balle en pleine tête. »

Thom se figea. Jeta un coup d'œil à Lincoln.

« Il s'apprêtait à arrêter Garrett, poursuivit Jim Bell. Elle l'a abattu. Après, Garrett et elle ont pris la fuite.

— Non, impossible, murmura Lincoln. Il doit y avoir une erreur. C'est quelqu'un d'autre qui a tiré... »

Le shérif remua la tête avec consternation.

« Non, Lincoln. Ned Spoto était sur place. Il a tout vu... Je dis pas qu'elle l'a fait exprès — le coup est parti quand Ned a voulu la stopper — mais c'est quand même un homicide. »

Oh, mon Dieu...

Amelia... Un flic de la seconde génération, la digne fille de son père... Responsable aujourd'hui de la mort d'un de ses collègues. Le pire crime que puisse commettre un officier de police.

« Les choses sont allées beaucoup trop loin, Lincoln, reprit le shérif. Faut que je prévienne la police d'État, maintenant.

— Attendez, répliqua Lincoln d'un ton pressant. Je vous en prie... Elle est désespérée, à présent. Et paniquée. Garrett aussi. Si vous demandez aux flics d'État d'intervenir, il risque d'y avoir d'autres victimes. Ils vont tout mettre en œuvre pour les coincer.

— Il aurait peut-être mieux valu qu'ils s'y collent plus tôt, rétorqua Jim Bell. Dès le début, en fait.

— Je vais les retrouver, lui assura Lincoln. Je touche au but. »

De la tête, il indiqua la carte et les listes au tableau.

« Je vous ai laissé une chance, et vous avez vu le résultat ? lança le shérif.

— Je vais les retrouver, répéta le criminologue, et je persuaderai Amelia de se rendre. Je sais que j'en suis capable. Je... »

Soudain, un homme fit irruption dans la pièce, bousculant Jim Bell au passage. C'était Mason Germain.

« Salaud ! » s'écria-t-il en se précipitant vers Lincoln.

Thom tenta de s'interposer, mais l'officier le repoussa violemment. Le garde-malade roula sur le sol et Mason empoigna Lincoln par le col de sa chemise.

« Espèce de monstre de foire ! Vous êtes venu ici jouer à vos...

— Mason ! » s'exclama le shérif en avançant vers lui.

Son subordonné l'écarta.

« ... vos petits jeux avec les indices – vos petits puzzles à la con. Et maintenant, à cause de vous, un homme de valeur est mort ! »

Quand l'officier balança son bras en arrière, le poing fermé, Lincoln sentit l'odeur forte de son after-shave. Il détourna la tête, se préparant déjà à recevoir le coup.

« Je vais vous massacrer ! Je vais vous... »

La voix de Mason s'étrangla brusquement ; un bras énorme lui avait entouré la poitrine et le soulevait du sol.

Ben Kerr l'éloigna du fauteuil roulant.

« Lâchez-moi, Kerr, merde ! s'écria Mason. Pauvre enfoiré ! Vous êtes en état d'arrestation !

— Calmez-vous », répliqua posément le géant.

Mason voulut saisir son pistolet, mais de sa main libre, Ben lui agrippa le poignet. Puis il se tourna vers le shérif, qui attendit encore quelques secondes avant de hocher la tête. Le zoologue libéra son prisonnier. Celui-ci recula, les yeux étincelant de colère.

« Je vais là-bas, déclara-t-il à l'adresse de Jim Bell. Je vais retrouver cette fille et...

— Pas question, Mason. Si tu veux continuer à bosser ici, tu feras ce que je te dis. On va gérer la situation à ma façon. Toi, tu restes dans ton bureau. Compris ?

— Putain, Jim, elle...

— Compris ?

— Ouais, j'ai compris, cracha Mason, qui sortit en trombe.

— Ça va ? » demanda Jim Bell à Lincoln.

Celui-ci hocha la tête.

« Et vous, Thom ? poursuivit le shérif.

– Pas de problème. »

Le garde-malade rajusta la chemise de Lincoln. Puis, ignorant ses protestations, il lui reprit sa tension.

« Elle est toujours pareille. Trop haute, mais pas critique.

– Faut que je prévienne les parents de Jesse, marmonna Jim Bell. Bon sang, ce que j'en ai pas envie... »

Il s'approcha de la fenêtre et regarda dehors.

« D'abord Ed, maintenant Jesse. Cette histoire est devenue un vrai cauchemar...

– Je vous en prie, Jim, l'interrompit Lincoln. Laissez-moi les chercher et donnez-moi une chance de lui parler. Si vous refusez, ce sera l'escalade. Vous le savez aussi bien que moi. Il y aura forcément d'autres morts. »

Le shérif soupira. Jeta un coup d'œil à la carte.

« Ils ont vingt minutes d'avance sur la patrouille. Vous croyez pouvoir les localiser ?

– Oui, répondit Lincoln. J'y arriverai. »

« Ça venait de là, affirma Sean O'Sarian. J'en suis sûr. »

Rich Culbeau tourna la tête dans la direction indiquée par son acolyte – vers l'ouest, où un coup de feu et des cris avaient retenti quinze minutes plus tôt.

Il acheva d'uriner contre un pin, puis demanda :

« Qu'est-ce qu'il y a, dans ce coin ?

– Des marécages, quelques vieilles baraques..., répondit Harris Tomel, qui connaissait chaque centimètre carré du comté de Paquenoke pour y avoir chassé. Pas grand-chose d'autre. J'ai vu un loup gris dans le coin y a un mois. »

Les loups, pourtant censés avoir disparu, revenaient dans la région.

« Sans déc' ! » s'exclama Culbeau.

Lui-même n'en avait jamais vu, alors qu'il en mourait d'envie.

« Tu l'as dégommé ? lança O'Sarian.

– On tire pas sur ces bêtes-là, répliqua Tomel.

– Elles sont protégées, renchérit Culbeau.

– Et alors ? »

Cette fois, Culbeau se trouva à court de réponse.

Ils attendirent encore quelques minutes, mais il n'y eut plus ni coups de feu ni cris.

« Bon, autant aller jeter un coup d'œil, déclara Culbeau, le doigt tendu dans la direction où avait resonné la détonation.

— Mouais, autant y aller, approuva O'Sarian, avant d'avaler une gorgée d'eau.

— Va faire chaud, aujourd'hui, dit Tomel en regardant le soleil éclatant encore bas à l'horizon.

— Fait chaud tous les jours », maugréa Culbeau.

Il ramassa sa carabine, puis s'engagea sur le chemin, suivi par sa petite armée de deux soldats.

Vlam.

Mary Beth ouvrit les yeux, tirée brusquement du profond sommeil où elle avait sombré malgré elle.

Vlam.

« Hé, Mary Beth ! » lança une voix masculine enjouée. Comme un adulte s'adressant à un enfant. L'esprit encore engourdi, elle songea : C'est papa ! Comment a-t-il fait pour sortir de l'hôpital ? Il n'est pas en état de couper du bois. Je vais le raccompagner jusqu'à son lit. Est-ce qu'il a pris ses médicaments, au moins ?

Non, attends !

Elle se redressa, étourdie, la tête douloureuse. Elle s'était endormie sur la chaise de cuisine.

Vlam.

Attends. Ça ne peut pas être papa. Il est mort... C'est Jim Bell...

Vlam.

« Mariiiiiiie Beeeeeeth... »

Elle sursauta en voyant paraître à la fenêtre un visage grimaçant. Celui de Tom.

Un nouveau coup ébranla la porte quand la hache du Missionnaire s'enfonça dans le bois.

Tom se pencha pour scruter la pièce.

« Où t'es ? »

Pétrifiée, Mary Beth le regardait toujours.

« Oh, mais t'es là... Waouh, je me rappelais pas que t'étais aussi mignonne. »

Il leva son poignet pour lui montrer l'épais bandage dont il était recouvert.

« J'ai perdu presque un litre de sang à cause de toi. Ce serait que justice si j'en récupérais un peu, tu crois pas ? »

Vlam.

« Je vais te dire un truc, poupée, ajouta-t-il. Je me suis endormi hier soir en repensant à ma main sur tes nichons. Merci beaucoup pour le chouette souvenir. »

Vlam.

Cette fois, la hache traversa le battant. Tom s'éloigna de la fenêtre pour aller rejoindre son complice.

« Continue, vieux, l'encouragea-t-il. T'es sur la bonne voie. »

Vlam.

35

I L SE DEMANDAIT désormais avec inquiétude si elle était
blessée.

Depuis qu'il connaissait Amelia Sachs, Lincoln l'avait vue
un nombre incalculable de fois enfouir ses doigts dans ses cheveux et les ramener ensanglantés. Il l'avait vue se ronger les
ongles et se griffer la peau. Il l'avait vue rouler à plus de deux
cents kilomètres/heure. Il n'aurait su dire au juste quelle force
la poussait à agir ainsi, mais il savait que quelque chose en elle
l'incitait à vivre en permanence sur le fil du rasoir.

Et maintenant que ce drame s'était produit, maintenant
qu'elle avait tué, son angoisse risquait de la faire basculer irrémédiablement. Après l'accident dont Lincoln avait été victime,
Terry Dobyns, le psychologue du NYPD, lui avait expliqué que
oui, il aurait envie de se suicider. Mais ce ne serait pas la
dépression qui le motiverait. La dépression vous prive de votre
énergie ; la principale cause du suicide, c'est un cocktail mor-
tel d'impuissance, d'angoisse et de panique.

Des sentiments qu'Amelia Sachs – traquée, trahie par sa
propre nature – devait ressentir en ce moment même.

Trouve-la ! se répétait-il inlassablement. Trouve-la vite !

Mais où était-elle ? La réponse à cette question lui échappait
toujours.

De nouveau, il contempla les listes au tableau. Aucun indice
n'avait été récupéré dans le mobile home. Lucy et ses collègues
l'avaient fouillé rapidement – trop rapidement, bien sûr. Ils
étaient galvanisés par cette chasse à l'homme – même lui,
immobilisé comme il l'était, éprouvait souvent une excitation
de cet ordre –, impatients de se lancer sur la piste de la meurtrière de leur ami.

Les seuls éléments dont il disposait pour essayer de localiser la prison de Mary Beth étaient inscrits devant ses yeux. Mais ils restaient pour lui plus énigmatiques que toutes les séries d'indices analysées jusque-là.

COMPOSITION DE L'ÉCHANTILLON PRÉLEVÉ
SUR LA SCÈNE DE CRIME SECONDAIRE
MOULIN

Peinture brune	*Bouettes*
sur un pantalon	*Sucre*
Drosera	*Camphène*
Argile	*Alcool*
Sphaigne	*Essence*
Jus de fruit	*Levure*
Fibres de papier	

Il nous faut plus de choses ! se dit-il avec colère.

Mais on n'a rien d'autre, justement.

Lorsqu'il était en pleine révolte contre son état, après l'accident, il avait tenté de faire appel à une volonté surhumaine pour obliger son corps à bouger. Il s'était rappelé ces récits au sujet de gens capables de soulever des voitures pour dégager des enfants coincés dessous ou de courir à des vitesses incroyables pour aller chercher du secours. Mais il lui avait bien fallu se résigner ; ce genre de capacités n'étaient plus à sa portée.

Pourtant, il possédait toujours une force : celle de l'esprit.

Réfléchis ! Tu n'as que ton cerveau et les indices devant toi. Ce ne sont pas eux qui vont changer.

Alors, change ta façon de raisonner.

D'accord, on recommence. Il examina encore une fois la liste. La clé du mobile home avait été identifiée. La levure provenait du moulin. Le sucre, d'un jus de fruit ou d'un snack. Le camphène, d'une vieille lampe. La peinture, du bâtiment où la jeune fille était enfermée. L'essence, d'un bateau à moteur. L'alcool pouvait avoir une multitude d'origines. Quant à la terre dans les revers du pantalon ? Elle ne présentait aucune caractéristique particulière et...

Une minute. La terre.

Lincoln se souvint que la veille, Ben et lui avaient mesuré la gravité de la terre logée sous les semelles et dans les tapis de sol de tous les employés travaillant pour le comté. Il avait ensuite demandé à Thom de photographier les tubes et de noter le nom de chaque personne au dos du Polaroïd correspondant.

« Ben ?

– Oui ?

– Vous allez mesurer le gradient de densité de cette terre qui se trouvait dans les revers de Garrett. »

Une fois l'opération effectuée, le jeune homme déclara :

« J'ai les résultats.

– Comparez-les avec les photos des échantillons analysés hier matin.

– Entendu. » Ben opina, manifestement impressionné par l'idée du criminologue. Il passa en revue les différents clichés, puis s'arrêta soudain.

« J'ai quelque chose ! s'exclama-t-il. Une éprouvette pratiquement identique. »

Son assistant n'hésitait plus à donner son avis, constata Lincoln avec satisfaction. Et il s'exprimait sans détour.

« À qui appartenaient ces chaussures ? »

Ben jeta un coup d'œil au dos de la photo.

« Un certain Frank Heller. Il bosse dans le service administratif.

– Il est déjà arrivé ?

– On va le savoir tout de suite. »

Le jeune homme s'éclipsa, et revint quelques minutes plus tard en compagnie d'un homme costaud en chemisette blanche. Le nouveau venu gratifia Lincoln d'un regard incertain.

« Je vous reconnais, c'est vous qui nous avez obligés à nettoyer nos godasses », dit-il.

Il ponctua cette remarque d'un petit rire qui trahissait cependant son malaise.

« On va encore avoir besoin de votre aide, Frank, expliqua Lincoln. La terre récupérée sous vos semelles correspond à celle découverte sur les vêtements du suspect.

– Le gosse qui a kidnappé les deux filles ? murmura Frank, le visage empourpré, l'air coupable.

– Tout juste. En d'autres termes, il est possible – je vous l'accorde, c'est peut-être un peu tiré par les cheveux, mais c'est néanmoins possible – que sa victime soit retenue prisonnière à trois ou quatre kilomètres de l'endroit où vous habitez. Vous pouvez nous indiquer l'emplacement exact sur la carte ?

– Mais c'est pas comme si j'étais suspect ni rien, hein ?

– Non, Frank. Pas du tout.

– Parce que, vous savez, y a des tas de gens qui témoigne-

371

ront en ma faveur. Je suis avec ma femme tous les soirs. On regarde la télé. *Jeopardy!* et *La roue de la fortune*. C'est réglé comme une horloge. Ensuite, c'est le match de catch. Des fois, son frère passe nous voir. Je veux dire, il me doit du fric, mais de toute façon, il me soutiendrait même si c'était pas le cas.

– Y a pas de problème, le rassura Ben. On a seulement besoin de savoir où vous vivez. Montrez-nous sur la carte.

– C'est là. »

Frank s'approcha du plan scotché au mur pour montrer du doigt un point précis. Coordonnées D-3. C'était au nord de la Paquenoke – au nord du mobile home où Jesse avait été tué. Il y avait tout un réseau de petites routes dans cette zone, mais aucune ville n'y était indiquée.

« À quoi ressemble le coin ?

– Y a surtout des champs et des forêts, répondit Frank.

– Vous connaissez un lieu où quelqu'un aurait pu emprisonner la victime d'un rapt ? »

L'homme parut réfléchir intensément.

« Euh, non, je vois pas.

– Je peux vous poser une question ? s'enquit Lincoln.

– En plus de celles que vous avez déjà posées ?

– Oui.

– Mouais, je suppose.

– Vous avez entendu parler des cratères de Caroline ?

– Bien sûr. Comme tout le monde. Ils ont été creusés par des météorites. Y a longtemps de ça. À l'époque où les dinosaures sont morts.

– Il y en a, près de chez vous ?

– Oh, pour ça, oui. »

Une réponse que Lincoln espérait entendre.

« Doit y en avoir une bonne centaine », ajouta son interlocuteur.

Une précision qu'il espérait ne pas entendre.

La tête appuyée contre le dossier de son fauteuil, les yeux fermés, il passait en revue les listes d'indices dans son esprit.

Jim Bell et Mason Germain l'avaient rejoint dans le laboratoire improvisé, où se trouvaient déjà Thom et Ben, mais Lincoln ne leur prêtait aucune attention. Il s'était replié dans son propre monde – un univers ordonné où régnaient la science, les preuves et la logique, où il n'avait pas besoin de se déplacer physiquement, où ses sentiments pour Amelia et ce qu'elle avait fait n'avaient pas droit de cité. Il se représentait les listes aussi clairement que s'il les regardait au tableau. À vrai dire, il les voyait même mieux les yeux fermés.

Peinture sucre levure terre camphène peinture terre sucre... levure... levure...

Une pensée lui vint, qui s'évanouit aussitôt. Reviens, reviens, reviens...

Oui ! Il parvint à la retrouver.

Ses yeux s'ouvrirent d'un coup et se portèrent vers un angle vide dans la pièce. Le shérif suivit la direction de son regard.

« Qu'est-ce qui se passe, Lincoln ?

— Vous avez une machine à café, ici ?

— Du café ? intervint Thom d'un ton soucieux. Non, pas de caféine, Lincoln. Pas avec une tension aussi...

— Mais non, je n'ai pas dit que je voulais un putain de café ! Je veux un filtre à café.

— Un filtre ? répéta Jim Bell. OK, je vais vous en chercher un. »

Il le rapporta quelques instants plus tard.

« Donnez-le à Ben, ordonna Lincoln, avant d'ajouter à l'adresse du zoologue : Vérifiez si les fibres en papier du filtre correspondent à celles relevées sur les vêtements de Garrett. »

Ben fit glisser quelques fibres du filtre sur une lame qu'il étudia au microscope. Puis il procéda au réglage du diaphragme et déplaça les platines de façon à pouvoir observer les deux échantillons dans le champ divisé.

« Les couleurs sont un peu différentes, déclara-t-il, mais la structure et la taille des fibres sont très proches.

— Bien, répondit Lincoln, qui observait maintenant le T-shirt maculé de taches. Le jus de fruit sur le vêtement, Ben. Vous pourriez le goûter une nouvelle fois ? Est-ce que c'est aigre ? Un peu acide ? »

Son assistant s'exécuta.

« Peut-être. C'est pas évident. »

Lincoln reporta son attention sur la carte en imaginant que Lucy et les autres, impatients de tirer, encerclaient Amelia quelque part dans cette contrée sauvage. Ou que Garrett avait réussi à lui subtiliser son arme et la retournait contre elle.

Ou qu'elle-même, le doigt sur la gâchette, l'appuyait contre sa tempe.

« Jim ? lança-t-il. Il faudrait que vous alliez me chercher quelque chose. Pour constituer un échantillon témoin.

– OK. Où ? »

Déjà, le shérif retirait de sa poche son trousseau de clés.

« Oh, vous n'aurez pas besoin de prendre votre voiture », ajouta Lincoln.

Un flot de souvenirs déferlait dans l'esprit de Lucy Kerr : Jesse Corn le jour de sa prise de fonction au bureau du shérif, avec des chaussures réglementaires impeccablement cirées, mais des chaussettes dépareillées ; il s'était levé et habillé avant l'aube pour être sûr de ne pas arriver en retard.

Jesse Corn accroupi à côté d'elle, épaule contre épaule, derrière une voiture de patrouille, pendant que Barton Snell – complètement défoncé à la poudre d'ange – tirait à l'aveuglette sur les policiers. Par des propos légers dédramatisant la situation, Jesse avait fini par convaincre le forcené de lâcher sa Winchester.

Jesse Corn garant fièrement son beau pick-up rouge cerise flambant neuf devant le bureau du shérif lors de son jour de congé, puis laissant monter des gosses sur le plateau pour les emmener faire un tour dans le parking. Et tous de crier « Super ! » à l'unisson chaque fois qu'il passait sur les ralentisseurs.

Ces pensées, de même que des dizaines d'autres, dansaient dans sa tête tandis qu'avec Ned et Trey, elle se frayait un chemin à travers une vaste forêt de chênes. Jim Bell leur avait dit d'attendre près du mobile home ; il allait envoyer Steve Farr, Frank Sturgis et Mason Germain à la poursuite des deux fugitifs et tenait à ce que Lucy et ses deux collègues rentrent au poste. Mais les trois policiers n'avaient même pas eu besoin de se consulter sur la question. Le plus respectueusement possible, ils avaient transporté le corps de Jesse à l'intérieur de la caravane, puis l'avait recouvert d'un drap. Ensuite, Lucy avait informé le shérif qu'ils allaient rattraper les fuyards et que rien au monde ne pourrait les en empêcher.

Dans leur précipitation, Garrett et Amelia ne prenaient pas la peine de dissimuler leurs traces. Ils suivaient un chemin qui longeait une étendue marécageuse. La terre était meuble, et leurs empreintes de pas, bien visibles. Lucy se souvint d'une remarque d'Amelia adressée à Lincoln Rhyme quand elle examinait les scènes de crime à Blackwater Landing : le poids de Billy Stail s'était porté sur l'avant du pied, avait-elle dit, indiquant qu'il avait couru vers Garrett pour secourir Mary Beth. C'était aussi la caractéristique des traces devant eux, constata Lucy. De toute évidence, les deux criminels filaient sans demander leur reste.

Aussi lança-t-elle à ses deux collègues :

« Allez, on accélère. »

Malgré la chaleur, malgré la fatigue, ils se mirent à courir.

Ils parcoururent ainsi près de deux kilomètres, jusqu'au moment où le terrain devint plus sec, et les traces, de moins en moins visibles. Enfin, la piste s'acheva dans une grande clairière herbeuse. N'ayant aucune idée de la direction prise par Garrett et Amelia, les trois policiers s'arrêtèrent.

« Merde, maugréa Lucy, à bout de souffle, furieuse de les avoir perdus. Bordel de merde ! »

Ils inspectèrent chaque centimètre carré de la trouée à la recherche d'un sentier ou d'un indice, mais sans résultat.

« Qu'est-ce qu'on fait ? interrogea Ned.

– On rappelle Jim et on attend », murmura-t-elle.

Adossée à un arbre, elle attrapa la bouteille d'eau minérale que lui lançait Trey, puis la vida.

En se remémorant Jesse Corn qui leur montrait timidement le magnifique pistolet brillant, gris argent, dont il comptait se servir en compétition. Jesse Corn qui accompagnait ses parents à l'église baptiste de Locust Street.

Les images défilaient en boucle dans son esprit. Elles étaient douloureuses à évoquer et alimentaient la colère bouillonnant en elle. Pourtant, Lucy ne tenta pas de les chasser ; lorsqu'elle retrouverait Amelia, elle voulait que sa rage soit à son comble.

Avec un grincement sinistre, la porte de la maison s'écarta de quelques centimètres.

« Mary Beth, chantonna Tom. Viens, ma petite Mary Beth, viens jouer avec nous. »

Le Missionnaire et lui échangèrent quelques mots à voix basse. Puis Tom s'adressa de nouveau à la jeune fille :

« Allez, approche, ma belle. Détends-toi. On te fera pas de mal, tu sais. Hier, on s'est moqués de toi, c'est tout. »

Derrière la porte, le dos au mur, Mary Beth se redressa sans répondre, en serrant le tomahawk à deux mains.

Les charnières grincèrent de nouveau quand le battant s'ouvrit un peu plus. Une ombre se dessina sur le plancher. Tom pénétra dans la cabane à pas prudents.

« Où est-elle ? murmura le Missionnaire, resté sur la véranda.

— Y a une cave, répondit Tom. Elle a dû y descendre.

— Alors, va la chercher. J'ai pas envie de moisir ici. »

Tom fit encore un pas. Il tenait un long couteau à découper.

Mary Beth connaissait la philosophie guerrière des Indiens, dont une règle en particulier disait : quand les pourparlers échouent et que la guerre est inévitable, il n'est plus question d'entamer des discours apaisants ni de proférer des menaces ; il faut utiliser toute sa force de frappe. Le but n'est pas d'amener l'ennemi à se soumettre en cherchant des explications ou en lui adressant des reproches ; c'est de l'anéantir.

Aussi s'écarta-t-elle posément de la porte. Puis, avec un cri digne d'un manitou, elle projeta son arme vers Tom au moment où celui-ci pivotait, les yeux écarquillés par la terreur.

« Attention ! » hurla le Missionnaire.

Son complice n'eut cependant pas le temps d'éviter le coup. Le tomahawk l'atteignit de plein fouet devant l'oreille, lui brisant la mâchoire et lui écrasant à moitié le cou. Il lâcha son couteau, porta la main à sa gorge et, le soufflé coupé, tomba à genoux. Avant de sortir en rampant.

« Ai... aide-moi », hoqueta-t-il.

Mais le Missionnaire ne se montra guère secourable. Il se contenta de le saisir par le collet pour le précipiter en bas de la véranda, et Tom tomba sur le sol en tenant toujours son visage blessé tandis que Mary Beth les observait par la fenêtre.

« Pauvre con », murmura le Missionnaire à son acolyte.

En le voyant tirer un revolver de la poche arrière de son pantalon, elle referma la porte, reprit son poste, essuya ses paumes moites et agrippa plus fermement le tomahawk. Le double déclic du chien que l'on armait résonna dans le silence.

« Écoute, Mary Beth, j'ai un flingue, et tu dois bien te douter qu'étant donné les circonstances, ça me posera aucun problème de l'utiliser. Alors, sors, maintenant. Si tu refuses, je vais tirer et tu seras probablement touchée. »

Elle s'accroupit contre le mur en guettant la détonation.

Détonation qui ne retentit jamais. C'était une ruse ; il donna un puissant coup de pied dans le battant, qui s'ouvrit à la volée, heurtant Mary Beth, l'étourdissant quelques instants. Mais au moment où le Missionnaire pénétrait à l'intérieur, elle détendit les jambes et repoussa le battant presque aussi fort qu'il l'avait ouvert. Comme il pensait ne rencontrer aucune résistance, il fut déséquilibré quand le lourd panneau de bois lui cogna l'épaule. Déjà, Mary Beth s'était redressée et visait avec son arme de fortune la seule cible qui s'offrait à elle : le coude de son assaillant. Malheureusement, celui-ci se baissa, et la pierre le manqua. Emportée par son élan, Mary Beth lâcha le tomahawk, qui glissa sur le sol.

Elle n'avait plus le temps de le ramasser. Cours ! se dit-elle. Elle s'élança avant que le Missionnaire ait pu se retourner et tirer, puis franchit d'un bond la porte ouverte.

Enfin !

Elle était enfin sortie de cet enfer !

Mary Beth tourna à gauche, en direction du chemin emprunté par son ravisseur deux jours plus tôt – celui qui longeait un grand cratère de Caroline. À l'angle de la maison, elle bifurqua vers l'étang.

Pour se précipiter droit dans les bras de Garrett Hanlon.

« Non ! cria-t-elle. Non ! »

Les yeux exorbités, l'adolescent tenait un pistolet.

« Comment t'as réussi à sortir ? Hein, comment ? demanda-t-il en lui saisissant le poignet.

– Lâche-moi ! »

Elle tenta de dégager son bras, mais Garrett avait une poigne de fer.

À cet instant seulement, elle remarqua la jolie femme au visage triste, encadré par de longs cheveux roux, qui accompagnait le jeune garçon. Tout comme lui, elle portait des vêtements crasseux. Le regard vide, elle ne disait rien. Elle n'avait même pas paru surprise par la brusque apparition de Mary Beth. En fait, elle avait l'air droguée.

« Bordel ! vociféra le Missionnaire. Espèce de sale garce ! »

En débouchant lui aussi à l'angle de la maison, il tomba sur Garrett, qui le menaça de son pistolet.

« T'es qui, toi ? s'écria l'adolescent. Qu'est-ce que t'as fait à ma maison ? Et qu'est-ce que t'as fait à Mary Beth ?

– Elle nous a attaqués ! Tiens, regarde mon copain. Regarde...

– Jette ça ! rugit Garrett en indiquant l'arme de l'inconnu. Jette ça ou je te descends ! Je te jure, j'hésiterai pas. Je t'exploserai la cervelle ! »

Les yeux du Missionnaire allèrent de la figure de Garrett au pistolet dans sa main. L'adolescent arma le chien.

« Oh, nom de... », commença l'homme, avant de lancer son revolver dans l'herbe.

– Maintenant, fous le camp ! poursuivit Garrett. Allez, dégage ! »

Le Missionnaire recula, aida son complice à se redresser, puis tous deux regagnèrent le couvert en titubant.

Garrett entraîna Mary Beth vers l'entrée de la maison.

« On doit se mettre à l'abri, et vite ! Ils se rapprochent. Faut pas qu'ils nous voient. On va se cacher dans la cave. Bon sang, ils ont complètement bousillé les serrures ! Ils ont défoncé la porte, ces salauds !

– Non, Garrett ! s'écria Mary Beth d'une voix enrouée. Je ne retournerai pas là-dedans. »

Sans tenir compte de ses protestations, il l'obligea à rentrer dans la cabane, et la rousse silencieuse les suivit d'une démarche mal assurée. Après avoir refermé le battant, Garrett contempla d'un air incrédule le bois déchiqueté et les verrous brisés.

« Non ! » hurla-t-il soudain en découvrant les débris de verre par terre – ceux de la bouteille où était enfermé le scarabée aux allures de dinosaure.

Révoltée par cette réaction laissant supposer qu'il était surtout bouleversé par la disparition d'un de ses insectes, Mary Beth lui assena une gifle magistrale. L'adolescent stupéfait cilla, puis recula d'un pas.

« Pauvre idiot ! s'exclama-t-elle. Ils auraient pu me tuer. »

Cette fois, il parut troublé.

« Je suis désolé ! »

Sa voix se mit à trembler.

« Je connaissais pas ces types-là. Je croyais qu'y avait personne dans le coin. Je voulais pas t'abandonner aussi longtemps, je te le jure, mais j'ai été arrêté. »

Il coinça des éclats de bois sous la porte pour la maintenir fermée.

« Arrêté ? répéta Mary Beth. Alors, qu'est-ce que tu fais ici ? »

À ce moment-là, la rousse prit la parole :

« Je l'ai libéré, déclara-t-elle à voix basse. Pour qu'on puisse vous ramener en ville et vous donner la possibilité de corroborer l'histoire de l'homme en salopette.

– Qui ? demanda la jeune fille, manifestement déroutée.

– À Blackwater Landing. L'homme en salopette marron, celui qui a tué Billy Stail.

– Mais... (Mary Beth fit non de la tête). C'est Garrett qui a tué Billy ! Il l'a frappé avec une pelle. J'étais là, j'ai assisté à tout. Ça s'est passé juste devant moi. Après, il m'a kidnappée. »

Jamais encore elle n'avait vu une telle expression sur le visage d'un être humain. Celle d'une stupeur et d'un désarroi sans bornes. La rousse se tourna tel un zombie vers Garrett, mais soudain, quelque chose retint son attention : les conserves de fruits et légumes Farmer John. Elle s'en approcha lentement, comme une somnambule, puis souleva une boîte dont elle contempla l'étiquette montrant un joyeux fermier blond vêtu d'une salopette marron et d'une chemise blanche.

« Alors, t'as tout inventé ? murmura-t-elle à l'adresse de Garrett en levant la boîte vers lui. Il n'y a jamais eu personne d'autre sur place ce matin-là. Tu m'as menti. »

Aussi rapide qu'une sauterelle, Garrett bondit vers elle pour s'emparer des menottes accrochées à sa ceinture. Sans lui laisser le temps de réagir, il les lui referma autour des poignets.

« Désolé, Amelia. Mais si je vous avais dit la vérité, vous m'auriez jamais aidé à m'enfuir. C'était la seule solution. Fallait que je revienne ici. À cause de Mary Beth. »

36

COMPOSITION DE L'ÉCHANTILLON PRÉLEVÉ
SUR LA SCÈNE DE CRIME SECONDAIRE
MOULIN

Peinture brune	*Bouettes*
sur un pantalon	*Sucre*
Drosera	*Camphène*
Argile	*Alcool*
Sphaigne	*Essence*
Jus de fruit	*Levure*
Fibres de papier	

LES YEUX de Lincoln Rhyme parcouraient sans relâche la liste d'indices. De haut en bas, de bas en haut.

Et ainsi de suite.

Pourquoi le chromatographe mettait-il aussi longtemps à analyser les informations, bon sang ? se demanda-t-il.

Jim Bell et Mason Germain, silencieux tous les deux, étaient assis près de lui. Lucy les avait appelés quelques minutes plus tôt pour les informer qu'ils avaient perdu la piste des fuyards au nord du mobile home – au point C-5 sur la carte – et attendaient maintenant des instructions.

Enfin, le chromatographe émit un vrombissement, et tout le monde se figea dans l'attente des résultats.

Au bout de quelques minutes, Ben Kerr s'adressa à Lincoln d'une voix douce :

« Ils avaient l'habitude de m'appeler comme ça, vous savez. De me donner le surnom auquel vous pensez sûrement. »

Comme le criminologue le regardait sans répondre, il précisa :

« "Big Ben". Comme l'horloge en Angleterre. Vous deviez vous poser la question, non ?

– Pas du tout. À l'école, vous voulez dire ? »

Le jeune homme opina.

« Au lycée. À seize ans, je faisais déjà un mètre quatre-vingt-dix pour cent cinquante kilos. Du coup, les autres se moquaient tout le temps de moi. Et "Big Ben", c'était pas le seul sobriquet auquel j'avais droit. Résultat, je me suis jamais vraiment senti à l'aise dans mon corps. C'est peut-être pour ça que j'ai eu une drôle de réaction en vous voyant pour la première fois.

– Les autres vous en ont fait baver ? demanda Lincoln, acceptant sans s'y attarder les excuses de son assistant.

– Mouais. Jusqu'à ce que j'entre dans l'équipe de catch junior en première et que je cloue au sol Darryl Tennison en un peu plus de trois secondes. Lui, il a mis vachement plus longtemps à retrouver son souffle.

– Moi, je séchais les cours d'éducation physique le plus souvent possible, avoua le criminologue. Je rédigeais de faux certificats médicaux ou des soi-disant mots de mes parents – tous d'excellentes imitations, je tiens à le souligner – et je me faufilais dans le labo de sciences.

– C'est vrai ?

– J'y allais au moins deux fois par semaine.

– Et vous tentiez des expériences ?

– Je potassais, je tripotais les appareils... À plusieurs reprises, j'y ai même tripoté Sonja Metzger. »

Thom et Ben éclatèrent de rire.

Mais le souvenir de Sonja, sa première petite amie, ramena à l'esprit de Lincoln l'image d'Amelia, et ses pensées prirent une tournure désagréable.

« OK, déclara soudain Ben. On y arrive. »

Sur l'écran du moniteur venaient d'apparaître les résultats de l'analyse de l'échantillon témoin que Lincoln avait demandé à Jim Bell de lui procurer. Le zoologue hocha la tête.

« Bon, voilà ce qu'on a : solution alcoolisée à cinquante-cinq pour cent. De l'eau, et beaucoup de minéraux.

– De l'eau potable, j'imagine, murmura Lincoln.

– Probable, répondit son assistant. Il y a aussi des traces de formaldéhyde, de phénol, de fructose, de dextrose et de cellulose.

– J'en sais assez », annonça Lincoln. Et de songer : Le poisson est peut-être toujours hors de l'eau, mais il a maintenant développé des poumons.

« J'ai commis une erreur, reprit-il à l'intention de Jim Bell et de Mason Germain. Une grosse erreur. En voyant la levure, j'ai supposé qu'elle provenait du moulin, et non de l'endroit où Garrett a enfermé Mary Beth. Mais pourquoi un moulin conserverait-il des réserves de levure ? On les trouve plutôt dans les boulangeries... Ou, ajouta-t-il en arquant un sourcil en direction du shérif, sur les sites où on distille ce truc... »

De la tête, il indiqua le récipient posé sur la table, que Jim Bell était allé chercher dans la cave du bâtiment. C'était l'une des bouteilles de jus de fruit remplies d'eau-de-vie à cinquante-cinq degrés qu'un policier emportait lorsque Lincoln avait investi le local des scellés pour le transformer en laboratoire. Et Ben en avait analysé un échantillon au chromatographe.

« Sucre et levure, poursuivit le criminologue. Ces deux ingrédients entrent dans la composition des boissons alcoolisées. Quant à la cellulose dans ce lot de tord-boyaux, ajouta-t-il en observant l'écran, elle s'explique vraisemblablement par la présence de fibres de papier – dans le processus de distillation, je suppose, il faut filtrer le liquide à un moment ou à un autre.

– Exact, confirma Jim Bell. Et la plupart des distillateurs clandestins utilisent des filtres à café standard.

– Dont les fibres correspondent à celles récupérées sur les habits de Garrett. Pour ce qui est de la dextrose et de la fructose – des sucres complexes présents dans les fruits –, elles proviennent des résidus de jus de fruit de la bouteille. Ben a parlé d'un goût acide, comme du jus de canneberges. Et vous, Jim, vous m'avez bien dit que c'était le récipient le plus utilisé par les distillateurs clandestins, n'est-ce pas ?

– Mouais. La marque Ocean Spray.

– Donc, récapitula Lincoln, Garrett retient Mary Beth dans la maison d'un distillateur clandestin – sans doute désertée depuis la descente du fisc.

– Quelle descente ? interrogea Mason.

– Eh bien, c'est comme pour le mobile home, répliqua le criminologue, exaspéré une fois de plus d'avoir à expliquer l'évidence. Si Garrett s'est approprié cet endroit pour y enfermer sa prisonnière, c'est qu'il l'a trouvé vide. Et quelle est l'unique raison pouvant obliger un distillateur à abandonner son alambic ?

— Le fisc l'a découvert, répondit Jim Bell.

— Tout juste, déclara Lincoln. Alors, décrochez vos téléphones et tâchez d'obtenir la localisation exacte des alambics saisis ces dernières années. La bicoque qui nous intéresse date du XIXe siècle ; elle est entourée d'arbres et peinte en brun — mais elle n'était peut-être pas de cette couleur à l'époque de la mise sous scellés. Elle se situe à six ou sept kilomètres de l'endroit où habite Frank Heller, au bord ou à proximité d'un cratère de Caroline. »

Le shérif s'en alla aussitôt appeler l'administration des impôts.

« Bien vu, Lincoln », approuva Ben.

Même Mason Germain avait l'air impressionné.

Quelques minutes plus tard, Jim Bell fit irruption dans le laboratoire en criant :

« Je l'ai ! »

Il consulta la feuille de papier dans sa main, puis plaça son doigt sur la carte et entoura une zone à l'intérieur de la case B-4.

« C'est là. Le responsable de l'enquête, aux impôts, m'a dit qu'il s'agissait d'une grosse opération. Ils l'ont lancée y a un an, et ils ont saisi l'alambic. Un de ses inspecteurs est retourné sur place y a deux ou trois mois, et comme il s'est aperçu qu'on avait repeint la baraque en brun, il l'a surveillée pour savoir si elle était de nouveau habitée. Mais il a vu personne, et du coup, il s'en est plus occupé. Oh, et elle est construite à vingt mètres d'un grand cratère de Caroline.

— On peut y aller en voiture ? s'enquit Lincoln.

— Sûrement, répondit le shérif. Tous les alambics sont installés près des routes, pour faciliter le transport des matières premières et des produits finis. »

Lincoln opina, puis déclara d'un ton ferme :

« J'ai besoin de rester seul avec elle une heure, Jim, pour la convaincre de se rendre. J'y arriverai, croyez-moi.

— C'est risqué, objecta son interlocuteur.

— Donnez-moi une heure, insista le criminologue en soutenant le regard de Jim Bell.

— OK, dit enfin celui-ci. Mais attention, si Garrett réussit à s'enfuir, cette fois j'organise une grande chasse à l'homme.

– Compris. À votre avis, c'est possible d'y accéder avec le monospace ?

– Les routes sont pas très praticables, mais...

– Je vous y conduis, Lincoln, décréta Thom. Quelles que soient les conditions, je vous conduis là-bas. »

Cinq minutes après le départ de Lincoln Rhyme, Mason Germain vit Jim Bell regagner son bureau. Il attendit encore quelques instants, et après s'être assuré que personne ne l'observait, il s'engagea dans le couloir et se dirigea vers la porte d'entrée.

Il aurait pu utiliser n'importe lequel des dizaines de téléphones qui se trouvaient dans le bâtiment, mais pour passer son appel, il préféra affronter la chaleur du dehors et traverser la place jusqu'à une série de cabines sur le trottoir. Il sortit de sa poche quelques pièces de monnaie, balaya du regard les alentours puis, une fois certain d'être seul, il les inséra dans la fente, vérifia un numéro griffonné sur un morceau de papier et le composa.

Farmer John, Farmer John. Avec Farmer John, c'est l'assurance de produits frais... Farmer John, Farmer John. Avec Farmer John, c'est l'assurance de produits frais...

Les yeux fixés sur les rangées de conserves devant elle, sur le sourire moqueur d'une dizaine de fermiers en salopette, Amelia Sachs ne pouvait penser qu'à ce slogan idiot – l'illustration sonore de sa stupidité.

Une stupidité qui avait coûté la vie à Jesse Corn. Et détruit la sienne.

Elle avait à peine conscience de l'endroit où l'avait enfermée l'adolescent qu'elle avait sauvé à ses risques et périls. De même, elle ne prêtait aucune attention à la furieuse dispute entre Garrett et Mary Beth.

Non, elle ne voyait que le petit trou noir apparaissant sur le front de Jesse.

Elle n'entendait que la voix chantante dans sa tête. *Farmer John... Farmer John...*

Et soudain, elle eut une révélation. Parfois, il arrivait à Lincoln Rhyme de s'isoler mentalement. Il continuait de converser, mais ses propos étaient superficiels ; il donnait l'impression d'écouter, mais les mots ne l'atteignaient pas. Dans des moments pareils, elle le savait, il envisageait la mort. Il pensait à la possibilité d'entrer en contact avec un membre d'une association pour le suicide assisté telle que la Lethe Society. Ou même, comme l'avaient fait certaines personnes gravement handicapées, de recourir à un tueur à gages. (Lincoln, qui avait contribué à l'arrestation de nombreux mafiosi, avait de toute évidence des relations dans ce milieu. De fait, certains de ces criminels accepteraient sans doute avec joie de se charger du travail pour rien.)

Jusqu'à présent, Amelia avait toujours cru qu'il avait tort de raisonner ainsi. Mais maintenant, à l'heure où sa propre existence était aussi brisée que celle de Lincoln, sinon plus, elle comprenait mieux ce qu'il devait ressentir.

« Non ! » s'écria soudain Garrett, qui se redressa d'un bond avant de se précipiter vers la fenêtre, aux aguets.

Faut tendre l'oreille tout le temps. Autrement, ils risquent de nous tomber dessus par surprise.

Et puis, Amelia l'entendit aussi – un bruit de moteur. Une voiture approchait lentement.

« Ils nous ont retrouvés ! » hurla l'adolescent. Il saisit le pistolet, courut de nouveau vers la fenêtre et regarda dehors. Il semblait abasourdi.

« C'est quoi, ce truc-là ? » murmura-t-il.

Une portière claqua, puis un long silence s'ensuivit.

Enfin, une voix s'éleva :

« Amelia ? C'est moi. »

Elle esquissa un faible sourire. Personne, à part Lincoln Rhyme, n'aurait pu localiser cette maison.

« Amelia ? Tu es là ?

– Non ! ordonna Garrett dans un souffle. Dites rien. »

Ignorant l'adolescent, Amelia se leva et s'approcha d'une fenêtre brisée. Le monospace noir était arrêté sur l'allée de terre battue devant la cabane. Lincoln, dans son fauteuil roulant, s'était rapproché le plus possible de l'entrée, mais un petit monticule non loin de la véranda avait stoppé sa progression. Thom se tenait à côté de lui.

« Salut, Lincoln.

– Fermez-la ! chuchota l'adolescent d'un ton dur.

– Je peux te parler ? » interrogea le criminologue.

Quel intérêt ? se demanda Amelia. Pourtant, elle répondit :

« Oui. » Elle se tourna vers Garrett.

« Dégage la porte, je sors.

– Non, c'est une ruse. Ils vont nous attaquer...

– Dégage cette porte, Garrett », répéta-t-elle, les yeux rivés à ceux du jeune garçon.

Il parcourut la pièce du regard, puis se pencha et ôta les cales de sous le battant. Quand Amelia l'ouvrit, les menottes autour de ses poignets endoloris tintèrent comme des grelots.

« Il est coupable, déclara-t-elle en s'asseyant sur les marches devant Lincoln. Il a tué Billy... Je me suis trompée. Complètement trompée. »

Le criminologue ferma brièvement les yeux. Quel sentiment d'horreur elle devait éprouver..., songea-t-il. Puis il scruta avec attention le visage livide d'Amelia, son regard fixe.

« Mary Beth va bien ? demanda-t-il.

– Oui. Elle est terrifiée, mais indemne.

– Elle a assisté au meurtre ? »

Amelia hocha la tête.

« Il n'y avait pas d'homme en salopette ? insista Lincoln.

– Non. Garrett a inventé cette histoire pour me convaincre de l'aider à s'enfuir. Il avait tout prévu depuis le début. Y compris de nous orienter vers les Banks. Il avait caché un bateau avec des provisions dedans. Il savait quoi faire si les policiers le serraient de trop près. Il avait même déniché un abri sûr – le mobile home que tu as localisé. Grâce à la clé, n'est-ce pas ? Celle que j'ai récupérée dans le bocal des guêpes ? C'est ça qui t'as mis sur la voie ?

– Oui, c'est la clé.

– J'aurais dû y penser. Et insister pour passer la nuit ailleurs. »

Lincoln s'aperçut qu'elle était menottée, puis il remarqua Garrett posté derrière la fenêtre, l'air furieux, un pistolet à la main. Il s'agissait maintenant d'une prise d'otages, ni plus ni moins ; Garrett n'accepterait jamais de sortir de son plein gré. Il était temps d'appeler le FBI. Lincoln avait un ami, Arthur Potter, aujourd'hui à la retraite, mais qui restait le meilleur négociateur ayant jamais travaillé pour les autorités fédérales. Il habitait Washington et pourrait être là en quelques heures.

Il reporta son attention sur Amelia.

« Et Jesse Corn ? »

Elle remua la tête en signe d'impuissance.

386

« Je ne savais pas que c'était lui, Lincoln. J'ai cru que c'était un des sbires de Rich Culbeau. Quand ce policier s'est rué sur moi, le coup est parti tout seul. Mais c'est entièrement ma faute : j'ai visé une cible non identifiée avec une arme dont j'avais ôté le cran de sûreté. J'ai enfreint la règle numéro un.

— J'engagerai le meilleur avocat du pays.

— Ça ne changera rien.

— Bien sûr que si, Amelia. Bien sûr que si. On trouvera une solution pour te sortir de là.

— Il n'y a pas de solution. C'est un homicide. Point final. »

Brusquement, elle regarda un point derrière lui en fronçant les sourcils.

« Qu'est-ce que... »

Une voix de femme s'éleva brusquement.

« Pas un geste ! Vous êtes en état d'arrestation, Amelia. »

Lincoln essaya de voir ce qui se passait mais, incapable de tourner suffisamment la tête, il dut souffler dans sa pipette de contrôle pour effectuer une demi-rotation. Lucy et ses deux collègues avaient émergé du couvert et couraient dans leur direction. Leurs armes à la main, ils ne quittaient pas des yeux les fenêtres de la cabane. Les deux hommes s'abritaient derrière les arbres, mais Lucy avançait crânement vers eux, son pistolet braqué sur la poitrine d'Amelia.

Comment avaient-ils découvert cet endroit ? se demanda Lincoln. Avaient-ils entendu le monospace ? Lucy avait-elle retrouvé la piste des fugitifs ?

À moins que Jim Bell n'ait décidé de revenir sur sa parole et d'envoyer sur place la patrouille de recherche.

Lucy marcha droit vers Amelia et, sans même marquer de pause, la frappa violemment au menton. Avec un petit cri de douleur, Amelia recula. Elle ne dit pas un mot.

« Non ! » cria Lincoln.

Thom fit mine de s'interposer, mais déjà, Lucy attrapait Amelia par le bras.

« Mary Beth est là ? demanda-t-elle.

— Oui », répondit Amelia.

Du sang dégoulinait de sa lèvre fendue.

« Elle va bien ? »

Amelia opina.

« Il a pris votre pistolet ? interrogea Lucy en indiquant la fenêtre.

— Oui.

« – Merde. Ned, Trey ! lança-t-elle à ses collègues. Il est à l'intérieur. Et il est armé. »

À l'intention de Lincoln, elle ajouta d'un ton sec :

« Je vous conseille de vous mettre à l'abri. »

Sans ménagement, elle entraîna Amelia derrière le monospace, où Garrett ne pouvait les voir.

Avec l'aide de Thom, qui maintenait le fauteuil pour le stabiliser sur le terrain inégal, Lincoln suivit les deux femmes.

Lucy agrippa soudain Amelia par les avant-bras.

« Il est coupable, hein ? Mary Beth vous a tout raconté ? Garrett a tué Billy, pas vrai ? »

Amelia contempla un moment le sol. Enfin, elle murmura :

« Oui. Je..., je suis désolée. Je...

– Vos excuses changent rien, ni pour moi ni pour personne. Et encore moins pour Jesse Corn... Le gamin a d'autres armes, là-dedans ?

– Je l'ignore. Je n'en ai pas vu. »

Lucy se tourna vers la maison pour crier :

« Garrett ? Tu m'entends ? C'est Lucy Kerr. Tu vas lâcher ton pistolet et sortir les mains sur la tête. Tout de suite, OK ? »

En guise de réponse, la porte de la maison fut refermée brutalement. Puis des coups assourdis résonnèrent dans la clairière, laissant supposer que Garrett clouait le battant ou enfonçait des cales pour le maintenir en place. Lucy retira de sa poche son téléphone portable, sur lequel elle composa un numéro.

« Hé, officier Kerr, z'avez besoin d'un coup de main ? » l'interrompit une voix d'homme.

Elle pivota.

« Oh, non... »

Lincoln suivit la direction de son regard. Une sorte de géant aux longs cheveux nattés, armé d'une carabine, écartait les hautes herbes pour les rejoindre.

« Écoute, Culbeau, lança Lucy, j'ai déjà assez de problèmes comme ça sans que tu t'en mêles. Alors, dégage. »

Elle remarqua alors du mouvement dans le champ. Un autre homme progressait lentement vers la cabane. Un fusil d'assaut entre les mains, il plissait les yeux d'un air songeur en scrutant les alentours.

« C'est Sean, là-bas ? s'enquit-elle.

– Ouais, et Harris Tomel est de l'autre côté. »

Tomel avait abordé le grand policier noir, constata Lucy. Ils semblaient bavarder tranquillement comme deux vieux amis.

« Si le gamin s'est enfermé là-dedans, il vous faudra p'têt de l'aide pour le débusquer, poursuivit Culbeau. On peut faire quelque chose ?

— C'est à la police de régler cette affaire, Rich. Alors, tous les trois, vous foutez le camp d'ici. Tout de suite. Trey ! lança-t-elle au policier noir. Vire-les ! »

Le troisième policier, Ned Spoto, s'avança vers Culbeau.

« Écoute, Rich, commença-t-il. Y a plus de récompense. Alors, laisse tomber et... »

Le coup de feu tiré par la puissante carabine de Rich Culbeau défonça la poitrine de Ned, que l'impact projeta à deux ou trois mètres. Trey tourna la tête vers Harris Tomel, qui se tenait tout près de lui. Les deux hommes paraissaient aussi surpris l'un que l'autre, et durant quelques instants, aucun d'eux ne bougea.

Brusquement, avec un cri évoquant celui d'une hyène, Sean O'Sarian leva son fusil d'assaut et abattit Trey de trois balles dans le dos. Puis, en gloussant, il disparut dans le champ.

« Oh, mon Dieu, non ! » hurla Lucy, qui braqua son revolver sur Culbeau.

Mais quand elle appuya sur la détente, les trois hommes s'étaient déjà dissimulés parmi les hautes herbes entourant la maison.

37

Lincoln éprouva le désir instinctif de se coucher au sol, mais bien entendu il demeura assis dans le Storm Arrow. Les projectiles frappaient la carrosserie du monospace à l'endroit où Amelia et Lucy, maintenant à plat ventre dans l'herbe, se tenaient quelques instants plus tôt. Thom, à genoux, tentait de dégager le lourd fauteuil d'une ornière de terre meuble dans laquelle il s'était coincé.

« Lincoln ! appela Amelia.

– Ça va. Mais ne reste pas là ! File de l'autre côté du monospace. À l'abri.

– Si on fait ça, objecta Lucy, Garrett risque de nous prendre pour cible.

– En attendant, rétorqua Amelia d'un ton cinglant, ce n'est pas lui qui nous mitraille ! »

Un autre coup de feu les manqua de peu et les plombs crépitèrent le long de la véranda. Thom mit le fauteuil roulant au point mort, puis le poussa vers le côté du véhicule orienté vers la maison.

« Baisse-toi », ordonna Lincoln à son garde-malade.

Celui-ci ignora la balle qui lui sifflait aux oreilles et alla fracasser une des vitres latérales du monospace.

Lucy et Amelia rejoignirent les deux hommes dans l'espace ombreux entre la cabane et leur refuge de fortune.

« Mais qu'est-ce qu'ils foutent, bon sang ? » s'écria Lucy.

Elle tira à plusieurs reprises, obligeant O'Sarian et Tomel à se replier. Lincoln ne voyait pas Culbeau, mais il le savait quelque part en face d'eux. Avec une carabine à grande puissance équipée en outre d'une grosse lunette de visée.

« Enlevez-moi les menottes, Lucy et donnez-moi votre arme ! lança Amelia.

_ Donnez-la-lui, insista Lincoln. Elle tire mieux que vous.
Pas question ! »

Lucy Kerr secoua la tête, manifestement stupéfaite par cette suggestion. D'autres balles frappèrent la carrosserie et arrachèrent des éclats de bois à la véranda.

« Ils ont des putains de fusils ! tempêta Amelia. Vous n'êtes pas à la hauteur, Lucy. Donnez-moi ce flingue ! »

Adossée à l'aile du monospace, Lucy contempla d'un air éberlué les deux policiers abattus gisant dans l'herbe.

« Mais qu'est-ce qui se passe ? murmura-t-elle, en larmes. Qu'est-ce qui se passe ? »

Leur bouclier – le monospace – ne résisterait pas longtemps. Il les protégeait de Culbeau et de sa carabine, mais ses deux complices avaient entrepris de les encercler. D'ici quelques minutes, eux-mêmes se retrouveraient pris au milieu d'un feu croisé.

Lucy pressa la détente encore deux fois – visant l'endroit où un projectile avait touché le sol un instant plus tôt.

« Ne gaspillez pas vos munitions, l'avertit Amelia. Attendez d'avoir une ligne de tir dégagée. Sinon...

– Fermez-la, bordel ! » Lucy tapota ses poches.

« J'ai perdu ce putain de téléphone...

– Lincoln, intervint Thom, je vais vous dégager du fauteuil. Vous êtes trop exposé. »

D'un signe de tête, le criminologue acquiesça. Thom défit le harnais, passa les bras sous les aisselles de Lincoln puis le souleva du siège avant de l'étendre sur le sol. Lincoln voulut voir où en était la situation, mais un spasme – une crampe terrible – lui contracta les muscles de la nuque, et il dut reposer la tête dans l'herbe le temps que la douleur reflue. Jamais il ne s'était senti aussi impuissant qu'en cet instant.

D'autres détonations. Plus proches. Ponctuées par les gloussements déments de Sean O'Sarian.

« Hé, la pro du surin, t'es où ?

– Ils sont presque en position, murmura Lucy.

– Il vous reste des munitions ? demanda Amelia.

– Trois balles dans le barillet, plus un Speedloader.

– De six ?

– Mouais. »

Une nouvelle déflagration retentit. Le Storm Arrow, atteint par-derrière, tomba sur le côté. Un nuage de poussière s'éleva tout autour.

Lucy se concentra sur O'Sarian, mais le rire hystérique du maigrichon et le staccato de son Colt leur révélèrent qu'elle ne l'avait pas touché.

Et à en juger par l'intensité de la fusillade, ils seraient bientôt complètement cernés.

Ils allaient mourir ici, songea Lincoln, sous les tirs de trois forcenés, piégés entre le monospace détruit et la cabane. Qu'allait-il ressentir lorsque les balles déchireraient son corps ? se demanda-t-il. Aucune douleur, bien sûr, pas même une quelconque pression sur sa chair insensible. Il tourna la tête vers Amelia, qui le dévisageait d'un air désespéré.

Toi et moi, Amelia...

Puis il jeta un coup d'œil à la maison.

« Regardez... »

Les deux femmes suivirent la direction indiquée.

Garrett avait entrouvert la porte d'entrée.

« On y va, dit Amelia.

— Vous êtes dingue ? rétorqua Lucy. Garrett est avec eux. Ils sont tous de mèche.

— Non, répondit Lincoln. Garrett avait la possibilité de nous abattre de la fenêtre. Il ne l'a pas fait. »

Encore deux coups de feu. Tout proches. Un bruissement s'éleva des buissons non loin d'eux. Lucy brandit son pistolet.

« Pas de gaspillage ! » lui recommanda Amelia.

Mais déjà, Lucy s'était redressée. Elle fit feu à deux reprises sur les broussailles d'où provenait le bruit. Le caillou qu'un des hommes avait lancé pour attirer son attention et l'amener à sortir de sa cachette roula hors des fourrés. Lucy bondit de côté juste au moment où la balle tirée par le fusil de Tomel, qui aurait dû l'atteindre dans le dos, la frôlait, puis transperçait l'aile du monospace.

« Et merde ! » s'écria-t-elle.

Elle éjecta les douilles vides, puis rechargea son arme avec le Speedloader.

« On entre, déclara Lincoln. Vite. »

Cette fois, Lucy opina.

« OK.

— Thom ? Tu me prends sur ton épaule. »

Ce n'était pas la meilleure façon de porter un tétraplégique, car elle mettait à l'épreuve des muscles rarement sollicités, mais c'était sans doute la plus simple, et aussi celle qui exposerait le moins longtemps Thom aux coups de feu. De plus, pensait Lincoln, son propre corps protégerait le garde-malade.

« Non, décréta le jeune homme.

– Ne discute pas, Thom. C'est un ordre.

– Je vous couvrirai, affirma Lucy. Vous foncez tous les trois ensemble. Prêts ? »

Amelia acquiesça. Thom souleva son employeur, qu'il maintint comme un enfant entre ses bras puissants.

« Thom..., protesta Lincoln.

– Taisez-vous. C'est comme ça et pas autrement.

– Allez-y ! » hurla Lucy.

Plusieurs détonations assourdissantes résonnèrent aux oreilles de Lincoln. Tout devint flou tandis qu'ils montaient en courant les quelques marches jusqu'à la cabane.

D'autres balles s'enfoncèrent dans le bois de la façade au moment où ils pénétraient à l'intérieur. Puis Lucy roula sur le sol derrière eux et referma la porte. Thom allongea avec précaution le criminologue sur le canapé.

Lincoln aperçut une jeune fille terrifiée qui, assise sur une chaise, le contemplait. Mary Beth McConnell.

Garrett Hanlon, le visage couvert de plaques rouges, les yeux écarquillés par la peur, faisait frénétiquement cliqueter les ongles de sa main gauche, tandis que de la droite, il brandissait gauchement un pistolet. Lucy lui braqua son revolver sous le nez.

« Lâche ça ! ordonna-t-elle. Allez, allez ! »

En cillant, il lui remit aussitôt son arme. Lucy la glissa dans sa ceinture, puis cria quelque chose. Lincoln ne distingua pas ses paroles ; il regardait les grands yeux affolés de l'adolescent – les yeux d'un enfant. Et il songea : Je comprends maintenant ce qui t'a poussée à agir ainsi, Amelia. Pourquoi tu l'as cru. Pourquoi tu t'es sentie obligée de le sauver.

Je comprends...

« Tout le monde va bien ? demanda-t-il.

– Ça va », répondit Amelia.

Lucy hocha la tête.

« En fait, commença Thom d'un ton presque contrit, pas si bien que ça... »

Il écarta la main qu'il tenait pressée contre son ventre plat, révélant une blessure sanglante. Puis il tomba brusquement à genoux, déchirant le pantalon qu'il avait repassé avec tant de soin le matin même.

38

Examiner la blessure pour voir s'il y a rupture d'un vaisseau, arrêter l'éventuelle hémorragie par un garrot. Si possible, déterminer si le patient est en état de choc.

Amelia Sachs, formée aux méthodes de secourisme enseignées à tous les agents du NYPD, se pencha vers Thom pour établir un premier diagnostic.

Le garde-malade, couché sur le dos, était livide mais toujours conscient. Il transpirait abondamment. Une main sur la plaie, Amelia se tourna vers Lucy.

« Enlevez-moi ces foutues menottes ! s'écria-t-elle. Je ne peux pas m'occuper de lui dans ces conditions.

– Pas question.

– Oh, bon sang », marmonna Amelia.

Elle fit néanmoins de son mieux pour palper l'estomac de Thom malgré les entraves qui gênaient ses mouvements.

« Comment tu te sens, Thom ? demanda Lincoln. Parle-nous.

– Je suis tout... tout engourdi. C'est... bizarre... »

Ses yeux se révulsèrent, et il perdit connaissance.

Un fracas retentit soudain au-dessus de leurs têtes. Une balle frappa le mur, suivie d'une seconde tirée dans la porte. Garrett tendit à Amelia une poignée de serviettes en papier. Elle les appliqua sur le trou dans le ventre de Thom, puis lui donna quelques petites tapes sur le visage. Il ne réagit pas.

« Il est vivant ? s'enquit Lincoln d'une voix blanche.

– Il respire. À peine, mais il respire quand même. Les lésions ne m'ont pas l'air trop graves à l'extérieur, mais je ne sais pas quelle est l'étendue des dégâts à l'intérieur. »

Lucy jeta un rapide coup d'œil par la fenêtre, pour se baisser presque aussitôt.

« Mais qu'est-ce qui leur prend ? lança-t-elle.

— D'après Jim, répondit Lincoln, ils donnent dans la distillation clandestine. Si ça se trouve, ils avaient repéré cette cabane et ne tenaient pas à ce qu'on la découvre. Ou alors, ils ont un labo de drogue dans le coin.

— Deux hommes sont venus, tout à l'heure, intervint Mary Beth. Ils ont essayé de forcer la porte. Ils m'ont raconté qu'ils étaient chargés d'éradiquer la marijuana, mais je me dis maintenant qu'ils doivent au contraire la cultiver. Ils sont peut-être tous complices...

— Où sont Jim et Mason ? interrogea Lucy.

— Jim Bell doit nous rejoindre dans une demi-heure », déclara Lincoln.

La nouvelle parut consterner Lucy. Elle regarda une nouvelle fois par la fenêtre, puis se raidit comme si elle avait repéré une cible. Elle visa rapidement.

Trop rapidement.

« Non, laissez-moi faire ! » s'exclama Amelia.

Mais Lucy tira à deux reprises, avant d'esquisser une grimace révélant qu'elle avait manqué son but.

« Sean vient de ramasser un bidon, dit-elle soudain, les yeux plissés. Un bidon rouge. Qu'est-ce que c'est, Garrett ? »

Complètement paniqué, l'adolescent se recroquevilla sur le sol.

« Garrett ! Réponds-moi ! »

Enfin, il tourna la tête vers elle.

« Le bidon rouge, répéta-t-elle. Qu'est-ce qu'il y a dedans ?

— De l'essence. Pour le bateau.

— Nom d'un chien, murmura Lucy. Ils vont incendier la cabane.

— Merde ! » hurla Garrett.

Il se redressa sur ses genoux en roulant des yeux fous.

Amelia fut la seule, apparemment, à deviner ce qui allait suivre.

« Non, Garrett, ne... »

Sans lui prêter attention, le jeune garçon se précipita vers la porte, l'ouvrit à la volée et, presque à quatre pattes, fila le long de la véranda. Une pluie de projectiles s'abattit sur le bois autour de lui. Amelia n'aurait su dire s'il avait été touché.

Puis ce fut le silence. Dehors, les hommes chargés du bidon d'essence se rapprochèrent de la cabane.

En parcourant du regard la pièce remplie de poussière suite aux impacts de balles, Amelia vit :

Mary Beth en larmes, les bras croisés sur la poitrine.

Lucy qui, les yeux remplis de haine, vérifiait son revolver.

Thom se vidant lentement de son sang.

Lincoln étendu sur le dos, la respiration laborieuse.

Toi et moi...

D'une voix posée, elle s'adressa à Lucy :

« Il faut qu'on sorte d'ici. Il faut qu'on les arrête. Toutes les deux.

— Ils sont trois et ils ont des fusils.

— Ils vont mettre le feu à la maison. Soit pour nous brûler vifs, soit pour nous abattre quand on cherchera à s'enfuir. On n'a pas le choix, Lucy. Enlevez-moi les menottes, ajouta-t-elle en lui tendant ses mains. Il n'y a pas d'autre solution.

— Comment pourrais-je vous faire confiance ? chuchota Lucy. Vous nous avez tendu une embuscade sur la rivière.

— Quoi ? Mais qu'est-ce que vous racontez ?

— Ce que je raconte ? répliqua Lucy, les sourcils froncés. C'est très simple : vous avez utilisé le bateau pour détourner notre attention, et vous avez tiré sur Ned quand il a voulu aller le récupérer.

— Faux ! s'écria Amelia. C'est vous qui nous avez tiré dessus en pensant qu'on était sous la coque.

— Seulement après votre... »

Lucy s'interrompit, avant de hocher la tête d'un air entendu.

« C'étaient déjà eux, affirma-t-elle. Culbeau et les autres. L'un des trois a ouvert le feu, sans doute pour vous effrayer et vous ralentir.

— Et nous, on a cru que c'était vous. »

Une nouvelle fois, Amelia lui tendit les mains.

« On n'a pas le choix », répéta-t-elle.

Après l'avoir dévisagée intensément quelques instants, Lucy fouilla dans sa poche, dont elle retira la clé. Puis elle ouvrit les bracelets de chrome. Amelia frotta ses poignets endoloris.

« Où on en est, côté munitions ? s'enquit-elle.

— Il me reste quatre balles.

— J'en ai cinq dans le mien », déclara Amelia en examinant le barillet du Smith & Wesson à canon long qu'elle venait de récupérer.

Comme elle tournait la tête vers Thom, Mary Beth s'avança vers elle.

« Je vais m'occuper de lui, proposa-t-elle.

« – Juste une précision, dit Amelia. Il est homosexuel. Il a passé des tests, mais...

– Aucune importance, répondit la jeune fille. Je ferai attention. Allez-y.

– Amelia, commença Lincoln. Je...

– Plus tard, le coupa-t-elle. Le temps presse. »

Elle s'approcha de la porte, et jeta un coup d'œil dehors pour avoir une idée de la topographie des lieux et déterminer quels endroits constituaient des refuges sûrs tout en leur offrant la possibilité de tirer. Redevenue libre de ses mouvements, serrant dans sa main une arme puissante, elle recouvrait peu à peu son assurance. D'autant qu'elle se retrouvait en terrain connu : les armes et la vitesse. Elle ne pouvait se permettre de penser maintenant à Lincoln Rhyme et à l'opération, ni à la mort de Jesse Corn, ni à la trahison de Garrett Hanlon, ni à ce qui l'attendait s'ils en réchappaient.

Tant que tu files, on ne peut pas t'attraper...

« Bon, on passe par la porte, ordonna-t-elle à Lucy. Vous contournez le monospace par la gauche, mais surtout, ne vous arrêtez pas, quoi qu'il arrive. Continuez jusqu'au champ. Moi, je vais à droite jusqu'à cet arbre, là-bas. On se cache dans les hautes herbes et on avance vers la forêt pour les encercler.

– Ils vont nous voir sortir...

– Ils sont censés nous voir, Lucy. On veut qu'ils nous sachent toutes les deux dissimulées quelque part dans les broussailles. Ça les déstabilisera, et ils seront obligés de surveiller leurs arrières. Ne tirez que si vous êtes sûre d'atteindre votre cible. Compris ? C'est bon ?

– Compris. »

Amelia posa la main gauche sur la poignée de la porte. Ses yeux rencontrèrent ceux de Lucy.

L'un d'eux – O'Sarian, flanqué de Tomel –, occupé à traîner le bidon vers la maison, ne prêtait aucune attention à la porte d'entrée. Aussi, lorsque les deux femmes sortirent en trombe, puis se séparèrent pour courir se mettre à l'abri, n'eurent-ils pas le temps de braquer leurs armes sur elles.

Quant à Culbeau, qui s'était posté plus en retrait pour pouvoir couvrir l'avant et les côtés de la maison, il ne devait pas s'attendre non plus à une initiative de ce genre, car lorsque le coup de feu résonna, Amelia et Lucy roulaient déjà dans les hautes herbes du champ.

O'Sarian et Tomel s'y dissimulèrent à leur tour tandis que Culbeau s'écriait :

« Elles se sont enfuies ! Qu'est-ce que vous foutez, bordel ? »

Il tira de nouveau vers Amelia, qui s'aplatit au sol ; lorsqu'elle releva la tête, Culbeau avait lui aussi disparu dans la végétation.

Trois serpents mortels se trouvaient quelque part devant elle. Sans qu'elle puisse les localiser.

« À droite ! cria Culbeau.

— Où ? demanda un de ses comparses — Tomel, pensa Amelia.

— Je crois que... Attends. »

Silence.

Amelia rampa tout doucement vers l'endroit où elle avait vu Tomel et O'Sarian quelques instants plus tôt. Il lui semblait distinguer une tache rouge, et elle bifurqua dans cette direction. Quand la brise chaude écarta les herbes, elle constata qu'il s'agissait du bidon d'essence. Elle se rapprocha encore puis, profitant d'un nouveau coup de vent, elle tira dans le container. Il trembla sous l'impact, avant de laisser échapper un liquide clair.

« Merde ! » s'exclama un des hommes.

Un bruissement avertit Amelia qu'il s'éloignait en hâte du bidon, mais celui-ci ne s'enflamma pas.

Encore des froissements, encore des bruits de pas.

Mais d'où provenaient-ils ?

Soudain, Amelia aperçut un éclair de lumière dans le champ, une quinzaine de mètres plus loin. Là où se tenait Culbeau un moment auparavant. Ce devait être le reflet du soleil sur sa lunette de visée ou sur le boîtier de culasse. Elle redressa la tête avec prudence, croisa le regard de Lucy et lui indiqua par signes qu'elle allait progresser dans cette direction. Sa collègue hocha la tête, avant de lui répondre de la même manière qu'elle allait la rejoindre par l'autre côté. Amelia opina.

Au moment où Lucy s'élançait sur la gauche en prenant bien soin de rester baissée, O'Sarian surgit de l'herbe tel un diable de sa boîte et, éclatant une nouvelle fois d'un rire dément, pressa la détente de son Colt. Des détonations résonnèrent bientôt dans le champ. Lucy fut pendant quelques instants une cible facile, et seule son impatience amena O'Sarian à la manquer. Enfin, l'officier Kerr plongea vers le sol alors que la terre jaillissait autour d'elle, puis se releva et tira une fois en direction du maigrichon ; la balle ne passa pas loin, et il s'accroupit brusquement en criant : « Bien essayé, poupée ! »

Amelia rampait toujours vers Culbeau. Elle entendit encore plusieurs coups de feu. Les claquements secs d'un revolver, le staccato du fusil d'assaut, la déflagration assourdissante de la carabine.

Elle se demandait avec inquiétude si Lucy n'avait pas été touchée lorsque celle-ci s'écria :

« Attention, Amelia ! Il arrive vers vous. »

Un bruit de pas dans l'herbe. Une pause. Un froissement.

Lequel était-ce ? Et où était-il ? Paniquée, elle jeta des regards éperdus autour d'elle.

Silence. Une voix d'homme marmonna des paroles indistinctes.

Les pas s'éloignèrent.

Un coup de vent écarta de nouveau les herbes, et Amelia vit scintiller la lunette de visée sur la carabine de Culbeau. Il était pratiquement en face d'elle, à une quinzaine de mètres, sur un petit monticule qui lui offrait un excellent poste de tir. De là, il pouvait couvrir le champ tout entier. Elle accéléra, convaincue qu'il visait Lucy, voire Lincoln ou Mary Beth par la fenêtre de la cabane.

Plus vite, plus vite !

Elle s'accroupit, avant de se mettre à courir en se courbant. Culbeau était encore à dix mètres.

Mais Sean O'Sarian, lui, se trouvait beaucoup plus près, comme elle le découvrit en trébuchant sur lui. Il émit un hoquet de stupeur lorsqu'elle roula au-dessus de lui et retomba sur le dos. Le maigrichon dégageait des relents de sueur et d'alcool.

Les yeux exorbités, il avait l'air aussi hagard qu'un schizophrène en pleine crise, songea Amelia.

Le temps parut se figer, puis elle leva son pistolet au moment où O'Sarian braquait son Colt sur elle. Elle se rejeta en arrière, et ils tirèrent de concert. Amelia ressentit l'onde de choc des trois détonations tandis qu'il vidait le chargeur, la manquant à chaque fois. Le seul coup de feu qui partit de son arme le manqua également ; quand elle se mit à plat ventre pour viser, elle le vit bondir dans le champ en hurlant.

Ne le laisse pas s'échapper, se dit-elle. Alors, au risque d'être abattue par Culbeau, elle se redressa et pointa son Smith

& Wesson sur O'Sarian. Mais avant qu'elle ait pu presser la détente, Lucy s'était dressée devant lui et tirait. Il leva la tête en portant la main à sa poitrine, partit d'un ultime éclat de rire et s'effondra.

En voyant l'expression bouleversée de Lucy, Amelia se demanda si c'était la première fois qu'elle tuait quelqu'un dans l'exercice de ses fonctions. Puis l'officier s'aplatit de nouveau sur le sol. Presque aussitôt, plusieurs balles déchiquetèrent la végétation à l'endroit où elle s'était tenue.

Amelia continua d'avancer vers Culbeau en accélérant l'allure. Selon toute vraisemblance, il connaissait maintenant la position de Lucy, et si elle tentait à nouveau d'émerger des hautes herbes, il ne la raterait pas.

Encore cinq mètres. Trois.

L'éclat du soleil sur la lunette se fit soudain plus intense, et Amelia se baissa vivement. Les muscles raidis par la tension, elle guetta un coup de feu. Mais apparemment, le géant ne l'avait pas vue. Comme elle n'entendait rien, elle reprit sa progression à plat ventre en bifurquant sur la droite pour arriver sur lui de biais. En nage, elle s'efforçait d'ignorer les élancements de ses articulations mises à mal par l'arthrite.

Un mètre cinquante.

Prête.

La situation se présentait mal pour elle. Dans la mesure où Culbeau s'était posté sur une hauteur afin d'avoir un maximum de visibilité, elle n'aurait d'autre solution que de débouler dans la clairière sur sa droite, puis de se relever d'un bond. Elle ne bénéficierait alors d'aucune protection. Si elle ne l'atteignait pas tout de suite, elle offrirait une cible facile. Et même si elle parvenait à le toucher, Tomel disposerait de plusieurs longues secondes pour l'abattre, elle.

Mais elle ne pouvait faire autrement.

Tant que tu files...

Le Smith & Wesson bien en main, le doigt sur la détente.

Une profonde inspiration...

... on ne peut pas t'attraper.

Maintenant !

Elle s'élança, roula dans la clairière, prit appui sur un genou et visa.

Avant de laisser échapper un hoquet de stupeur.

La « carabine » de Culbeau n'était qu'un morceau de tuyau provenant sans doute d'un vieil alambic ; quant à la lunette, il s'agissait d'un fond de bouteille fixé par-dessus. Leur assaillant avait eu recours à la même ruse qu'elle et Garrett avait employée dans cette maison près de la Paquenoke.

Piégée...

Les herbes bruissèrent à proximité. Des pas résonnèrent. Amelia Sachs se laissa tomber sur le sol comme une papillon de nuit.

Les pas se rapprochèrent de la cabane, lourds, foulant d'abord la végétation desséchée, puis la terre de l'allée, et enfin les marches de la véranda. Ils ralentirent. Lincoln les jugea plus nonchalants que prudents. Autrement dit, l'homme était sûr de lui. Donc dangereux.

Il lutta pour soulever la tête, mais sans parvenir à distinguer l'intrus.

Jusqu'au moment où Rich Culbeau, armé d'une longue carabine, s'immobilisa sur le seuil, faisant grincer les lattes du plancher.

Lincoln céda à un brusque accès de panique. Amelia était-elle indemne ? Avait-elle été victime d'un de ces nombreux coups de feu qu'il avait entendus ? Gisait-elle quelque part dans le champ, blessée ou même morte ?

Après avoir jeté un coup d'œil à Lincoln et à Thom, Culbeau dut en conclure qu'ils ne constituaient pas une menace pour lui. Toujours près de la porte, il lança :

« Où est Mary Beth ?

— Je ne sais pas, répondit le criminologue en soutenant son regard. Elle est partie chercher de l'aide il y a cinq minutes. »

Culbeau balaya la pièce du regard, puis ses yeux s'arrêtèrent sur la trappe menant à la cave.

« Pourquoi faites-vous ça ? s'empressa de demander Lincoln. Qu'est-ce que vous cherchez ?

— Elle est partie, hein ? C'est marrant, parce que je l'ai pas vue sortir. »

Il pénétra dans la maison en contemplant la trappe. Parvenu près de Lincoln, il indiqua d'un mouvement de tête le champ derrière lui.

« Elles auraient pas dû vous laisser tout seul, déclara-t-il. Ça, c'était une belle connerie de leur part. »

Il observa avec curiosité le corps de Lincoln.

« Qu'est-ce qui vous est arrivé ? »

« J'ai été blessé dans un accident.

– Alors, c'est vous, le type de New York dont tout le monde parle... C'est vous qui avez réussi à retrouver la gamine. Comme ça, vous pouvez pas bouger du tout ?

– Non. »

Un petit rire intrigué s'échappa des lèvres de Culbeau, comme s'il venait de pêcher une espèce de poisson dont il ignorait jusque-là l'existence.

Les yeux de Lincoln se posèrent sur la trappe avant de se porter de nouveau vers le géant.

« Vous vous êtes foutu dans un sacré merdier, c'est sûr, reprit ce dernier. Vous deviez pas vous attendre à ça. »

Comme le criminologue ne répondait pas, Culbeau finit par avancer en braquant d'une main sa carabine vers la trappe.

« Mary Beth a filé, vous dites ?

– Elle s'est enfuie, oui. Où allez-vous ?

– Elle est descendue là-dedans, pas vrai ? »

De sa main libre, il ouvrit la trappe à la volée, tira, réarma, tira de nouveau. Encore trois fois. Enfin, il scruta l'obscurité enfumée en rechargeant sa carabine.

C'est à cet instant que Mary Beth McConnell, brandissant sa hache de guerre, surgit de derrière la porte d'entrée, où elle s'était dissimulée en attendant le moment propice pour passer à l'attaque. Les yeux plissés dans sa détermination à vaincre l'ennemi, elle balança de toutes ses forces son tomahawk vers lui. La pierre atteignit de plein fouet la tempe de Culbeau, lui déchirant une partie de l'oreille. La carabine lui glissa des doigts et dégringola l'escalier pour disparaître dans l'obscurité de la cave. Mais Culbeau n'était pas gravement blessé ; son bras se détendit comme un ressort, son poing énorme vint frapper Mary Beth au milieu de la poitrine. Elle hoqueta, avant de s'affaler sur le plancher, le souffle coupé. Elle demeura allongée sur le flanc en gémissant.

Culbeau examina la main ensanglantée qu'il avait portée à son oreille. D'un étui accroché à sa ceinture, il retira un cran d'arrêt qui s'ouvrit avec un déclic. Puis, après avoir saisi la jeune fille par les cheveux, il lui renversa la tête en arrière, exposant sa gorge blanche.

Mary Beth lui agrippa le poignet pour tenter de le repousser, mais en vain. Son assaillant avait des bras énormes, et la lame sombre s'approcha inexorablement.

« Arrêtez ! » ordonna une voix venue du seuil.

Garrett Hanlon venait d'entrer dans la cabane, une énorme pierre grise à la main. Il se dirigea vers Culbeau.

« Laissez-la tranquille et foutez le camp d'ici. »

Le géant lâcha les cheveux de Mary Beth, dont la tête heurta le sol. Il recula ensuite d'un pas, effleura de nouveau son oreille et grimaça de douleur.

« Hé, gamin, qu'est-ce qui te prend de me parler sur ce ton ?

– Foutez le camp, j'ai dit ! »

À ces mots, Culbeau éclata d'un rire cynique.

« Pourquoi t'es revenu ? Je fais au moins cinquante kilos de plus que toi. Et j'ai un couteau. Toi, t'as que ce caillou. Allez, approche, qu'on en finisse une bonne fois pour toutes. »

Le jeune garçon fit cliqueter ses ongles à deux reprises, fléchit les genoux comme un catcheur, puis avança lentement. Sa physionomie exprimait une résolution farouche. Il feignit plusieurs fois de lancer son projectile, amenant le géant face à lui à bondir de côté ou en arrière pour l'esquiver. Puis Culbeau évalua du regard la taille de son adversaire et partit d'un grand rire, estimant sans doute qu'il n'avait rien à craindre. Soudain, il plongea en avant, le couteau pointé vers le ventre de l'adolescent. Celui-ci recula vivement, mais il avait mal jugé la distance, et il se cogna violemment le crâne contre le mur. Étourdi par le choc, il tomba à genoux.

Culbeau s'essuya les mains sur son pantalon, avant de ramasser posément sa lame tout en observant Garrett sans la moindre émotion, comme s'il se préparait à découper un daim.

Il se dirigeait vers le jeune garçon lorsque brusquement, il aperçut du coin de l'œil un rapide mouvement sur le sol. Mary Beth, toujours étendue par terre, venait de saisir son tomahawk, et elle le projeta contre la cheville de Culbeau. Poussant un cri de douleur, il pivota vers elle, prêt à la frapper avec son cran d'arrêt. Mais Garrett se rua sur lui et le heurta brutalement à hauteur de l'épaule. Déséquilibré, Culbeau dégringola dans l'escalier de la cave, et ne parvint à se redresser qu'après avoir dévalé la moitié des marches.

« Espèce de sale petit con ! » rugit-il.

Lincoln le vit tâtonner à la recherche de sa carabine.

« Garrett, attention ! Il va se servir de son arme ! »

L'adolescent s'approcha tout près de la trappe avec la pierre qu'il avait récupérée. Il ne la lança cependant pas à l'intérieur. Qu'est-ce qu'il fabrique ? se demanda le criminologue en regardant Garrett retirer un chiffon masquant un trou à l'extrémité. Puis, s'adressant à Culbeau, le jeune garçon déclara :

« C'est pas une pierre. »

Au moment où les premières guêpes s'échappaient, l'adolescent jeta le nid à la figure de Culbeau, puis referma la trappe, qu'il prit soin de verrouiller avant de s'écarter.

Deux balles traversèrent l'abattant pour aller se perdre dans le plafond.

Elles ne furent pas suivies d'autres coups de feu. Lincoln pensait pourtant que Rich Culbeau tirerait plus de deux fois.

Cela dit, il pensait aussi que les cris au sous-sol résonneraient plus longtemps.

Il était grand temps de ficher le camp pour rentrer à Tanner's Corner, Harris Tomel en avait bien conscience.

Cependant, dans la mesure où O'Sarian avait été tué – OK, ce n'était pas une grande perte –, et où Culbeau avait décidé de régler lui-même le sort des occupants de la cabane, c'était donc à lui de retrouver Lucy. Ce qui ne le dérangeait pas outre mesure, cela dit. Il se sentait toujours mortifié au souvenir de son absence de réaction en face de Trey Williams ; résultat, il devait la vie à ce pauvre taré d'O'Sarian.

Mais bon, cette fois, il ne resterait pas paralysé.

Soudain, près d'un arbre relativement éloigné, il aperçut une tache beige et plissa les yeux pour mieux voir. Mouais, là-bas, à travers les branches, il distinguait la chemise de l'uniforme porté par Lucy Kerr.

Serrant fermement son fusil à deux mille dollars, il avança de quelques pas. L'angle de tir n'était pas idéal et c'est tout juste s'il voyait la cible : une petite partie de son torse presque complètement dissimulée par l'arbre. Un objectif difficile à atteindre avec un fusil à pompe. Mais il fixa le disperseur à l'extrémité du canon de façon à disséminer plus largement les plombs, et donc d'avoir une meilleure chance de la toucher.

Il se redressa en hâte, visa le devant de la chemise et pressa la détente.

Violent recul. Il plissa de nouveau les yeux pour voir s'il avait fait mouche.

Oh, Seigneur... Non, ça recommençait ! La chemise flottait dans l'air, soulevée par l'impact des plombs. Lucy l'avait accrochée à une branche pour l'obliger à révéler sa position.

« Plus un geste, Harris, ordonna-t-elle derrière lui. C'est terminé.

— Bien vu, répliqua-t-il. T'as réussi à me rouler. »

Tomel pivota lentement, maintenant à hauteur de sa taille son fusil dissimulé par la végétation et pointé vers l'officier. Lucy portait un T-shirt blanc.

« Baisse ton arme, dit-elle.

— Déjà fait. »

Il ne bougea pas.

« Montre-moi tes mains, Harris. Lève-les, tout de suite. Dernier avertissement.

— Écoute, Lucy... »

Les herbes mesuraient environ un mètre vingt de haut. S'il se laissait brusquement tomber, songea Tomel, il pourrait lui tirer dans les genoux, et ensuite, l'achever à bout portant. En sachant toutefois qu'elle risquait de faire feu encore une ou deux fois.

Et puis, il remarqua quelque chose de curieux dans le regard de Lucy Kerr. Une lueur de doute. Il lui sembla également qu'elle brandissait son arme de façon un peu trop menaçante.

Elle bluffait.

« T'as plus de munitions », dit-il en souriant.

L'officier ne répondit pas, mais son expression suffit à confirmer les soupçons de Tomel. Des deux mains, il braqua son Browning vers elle. Elle se borna à le dévisager d'un air impuissant.

« Mais moi, j'en ai encore », lança une autre voix féminine.

La rouquine ! Il lui jeta un bref coup d'œil tandis que son instinct lui soufflait : C'est une femme. Elle hésitera. Je peux l'avoir le premier.

Il fit volte-face.

Le pistolet tressauta dans la main de la rouquine, et la dernière chose dont Harris Tomel eut conscience, ce fut d'un petit choc glacé sur le côté du crâne.

Lucy Kerr vit Mary Beth sortir en titubant sur la véranda, puis crier que Culbeau était mort, et Lincoln et Garrett, indemnes.

Amelia Sachs hocha la tête, avant de se diriger vers le corps de Sean O'Sarian. Lucy se concentra sur celui d'Harris Tomel. Elle se baissa pour refermer ses doigts tremblants sur le Browning. Mais alors qu'elle aurait dû se sentir horrifiée à l'idée d'arracher aux mains d'un mort cette arme élégante, elle ne songeait qu'au fusil lui-même. Était-il toujours chargé ? se demanda-t-elle.

Elle répondit à cette question en l'ouvrant et en le refermant ; si elle perdit une cartouche pendant la manœuvre, elle put cependant s'assurer qu'une autre montait dans la chambre.

À quinze mètres d'elle, Amelia Sachs se penchait sur O'Sarian pour le fouiller, tout en gardant son pistolet braqué sur lui. Pourquoi prenait-elle cette précaution inutile ? s'interrogea Lucy, avant de conclure ironiquement qu'il devait s'agir de la procédure standard.

Après avoir récupéré la chemise de son uniforme, elle l'enfila. Le tissu était déchiqueté par la grenaille, mais elle préférait néanmoins en recouvrir son buste moulé dans un T-shirt étroit. Une fois rhabillée, elle demeura près de l'arbre, la respiration rendue laborieuse par la chaleur, les yeux fixés sur le dos d'Amelia.

Juste de la fureur contre les trahisons qui avaient jalonné son existence. La trahison de son corps, de son mari, de Dieu.

Et maintenant, d'Amelia Sachs.

Lucy regarda derrière elle le cadavre d'Harris Tomel. De l'endroit où il se tenait quelques instants plus tôt, Amelia se trouvait directement dans sa ligne de tir. Le scénario était plausible : Tomel, caché dans l'herbe, s'était redressé et avait abattu Amelia avec son fusil. Lucy, qui n'avait plus de munitions, lui avait pris son pistolet pour tuer Tomel. Personne ne saurait jamais la vérité – sauf elle-même, et peut-être l'âme de Jesse Corn.

Elle leva le Browning, aussi léger dans ses mains qu'une fleur de pied-d'alouette. Pressa contre sa joue la crosse lisse et odorante, comme elle avait pressé son visage quelques années plus tôt contre la rambarde chromée de son lit d'hôpital après sa mastectomie. Elle braqua le canon vers le T-shirt noir d'Amelia, visant la colonne vertébrale. La partenaire de Lincoln Rhyme connaîtrait une mort sans douleur. Rapide, qui plus est.

Aussi rapide que celle de Jesse Corn.

Elle allait venger un innocent en tuant une coupable.

Mon Dieu, je vous en prie, donnez-moi la possibilité d'avoir ce Judas dans ma ligne de tir.

Lucy observa les alentours. Pas de témoins.

Son index s'enroula autour de la détente, puis se figea.

Les yeux plissés, elle maintint parfaitement stable le viseur en laiton grâce à des bras musclés par des années passées à jardiner et à assumer seule la charge d'une maison – et d'une vie. Visant toujours un point au milieu du dos d'Amelia Sachs.

Le vent chaud faisait bruire l'herbe autour d'elle. Elle songea à Buddy, au chirurgien qui l'avait opérée, à sa maison, à son jardin...

Et abaissa son arme.

Après avoir vidé le magasin, elle appuya sur sa hanche la crosse rembourrée puis, tenant le Browning, canon vers le ciel, elle l'emporta jusqu'au monospace garé devant la cabane. Là, elle le posa par terre, chercha son téléphone portable et appela la police d'État.

L'hélicoptère médicalisé fut le premier à arriver sur les lieux. Les urgentistes s'empressèrent d'envelopper Thom dans des couvertures pour l'emmener au centre hospitalier. L'un d'eux resta auprès de Lincoln, dont la tension avait atteint un niveau critique.

Lorsque les policiers d'État débarquèrent quelques minutes plus tard d'un second hélicoptère, ce fut Amelia Sachs qu'ils arrêtèrent en premier. Puis, la laissant couchée sur la terre chaude devant la cabane, les mains menottées dans le dos, ils entrèrent appréhender Garrett Hanlon et lui lire ses droits.

39

Tʜᴏᴍ sᴜʀᴠɪᴠʀᴀɪᴛ.

Le médecin aux urgences du Centre médical universitaire d'Avery avait déclaré laconiquement :

« La balle ? Elle est entrée et sortie. Sans rien toucher d'important. »

Mais le blessé ne pourrait pas reprendre son service avant un ou deux mois.

Ben Kerr avait proposé de sécher ses cours pour assister Lincoln encore quelques jours à Tanner's Corner.

« Vous méritez pas que je vous aide, Lincoln. Je veux dire, mince, vous rangez même pas vos affaires ! »

Encore mal à l'aise avec l'humour noir, il avait jeté un regard furtif en direction de Lincoln pour voir si ce genre de plaisanterie était autorisé. Le sourire grimaçant du criminologue le lui avait confirmé. Mais autant il appréciait l'offre, avait répondu Lincoln, autant il savait que nourrir et soigner un tétraplégique représentait un travail à plein temps, difficile et particulièrement ingrat quand on avait affaire à un patient comme lui. Aussi le docteur Cheryl Weaver s'était-elle chargée de lui envoyer une infirmière.

« Mais si vous pouviez rester disponible, Ben, avait ajouté Lincoln, ce serait bien. J'aurai peut-être encore besoin de vous. La plupart des gardes-malades ne me supportent pas longtemps. »

La situation se présentait mal pour Amelia Sachs. L'analyse balistique avait confirmé que la balle ayant tué Jesse Corn provenait bien de son arme, et Lucy Kerr avait relaté le drame tel que Ned Spoto, son collègue décédé, le lui avait rapporté. Bryan McGuire avait annoncé qu'il allait requérir la peine de mort. De son vivant, le gentil Jesse Corn était une figure populaire parmi les habitants de la ville, et comme il avait été abattu en essayant d'arrêter le Cafard, de nombreuses voix s'élevaient pour réclamer la peine capitale.

Jim Bell et les policiers d'État s'étaient intéressés aux raisons qui avaient pu inciter Culbeau et ses acolytes à lancer cette offensive contre Lincoln et ses compagnons d'infortune. Or, un enquêteur de Raleigh avait découvert des dizaines de milliers de dollars en liquide cachés chez eux. « Ce n'est pas la distillation clandestine qui leur a rapporté cette petite fortune », avait-il déclaré. Il partageait l'avis de Mary Beth : « La cabane doit se trouver près d'une plantation de marijuana – ces trois-là travaillaient sans doute avec les deux individus qui s'en sont pris à la jeune fille. Garrett les a vraisemblablement dérangés pendant leurs opérations. »

Au lendemain de tous ces terribles événements, Lincoln, qui avait retrouvé son fauteuil roulant – toujours en état de marche malgré le trou dans le dossier laissé par la balle –, attendait dans le laboratoire improvisé l'arrivée de son nouveau garde-malade. Morose, il s'interrogeait sur le sort réservé à Amelia Sachs lorsqu'une ombre se dessina sur le seuil.

Levant les yeux, il découvrit Mary Beth McConnell à l'entrée du local. Elle s'avança vers lui.

« Bonjour, monsieur Rhyme. »

À cet instant seulement, il se rendit compte à quel point elle était jolie, à quel point son regard était confiant et son sourire avenant. Pas étonnant que Garrett ait succombé à son charme, songea Lincoln.

« Comment va votre tête ? demanda-t-il en indiquant le pansement sur la tempe de la jeune fille.

– Je vais avoir une belle cicatrice. À l'avenir, je crois que j'éviterai de tirer mes cheveux en arrière. Mais il n'y a rien de grave. »

Comme tout le monde, Lincoln avait été soulagé d'apprendre que l'adolescent ne l'avait pas violée. Pour le mouchoir en papier, il avait dit la vérité : effrayée par l'irruption soudaine de Garrett dans la cave, Mary Beth s'était redressée en hâte et cognée contre une poutre basse. La situation avait visiblement excité le jeune garçon, certes, mais cette réaction n'était due qu'à sa libido d'adolescent, et il n'avait pas touché sa prisonnière, sinon pour la porter avec précaution en haut de l'escalier et nettoyer sa plaie. Tout en s'excusant abondamment d'avoir provoqué cette blessure.

« Je suis juste venue vous remercier, reprit la jeune fille. J'ignore ce que je serais devenue sans vous. Et je suis désolée de ce qui arrive à votre amie, Amelia Sachs. Si elle n'était pas intervenue, je serais morte à l'heure actuelle. J'en suis sûre. Ces deux hommes allaient... Enfin, vous comprenez. Alors, remerciez-la pour moi.

— Entendu. Mais puis-je vous poser une question ?

— Laquelle ?

— Je sais que Jim Bell a pris votre déposition, mais pour ma part, je n'ai reconstitué les événements de Blackwater Landing qu'à partir des indices dont je disposais. Or, certaines choses restent un peu confuses pour moi. Pourriez-vous me raconter ce qui s'est passé ?

— Bien sûr... J'étais près de la rivière, où je nettoyais certains des vestiges que j'avais découverts, quand soudain, j'ai surpris Garrett en train de m'observer. Je me suis sentie mal à l'aise. Je n'avais pas envie d'être dérangée. Et puis, chaque fois qu'il me voyait, il m'abordait et se mettait à bavarder comme si nous étions les meilleurs amis du monde. Bref, ce matin-là, il était nerveux. Il n'arrêtait pas de me répéter : "T'aurais pas dû venir ici toute seule, c'est dangereux, y a des gens qui meurent à Blackwater Landing." Des trucs de ce genre, quoi. Comme il commençait vraiment à me flanquer la frousse, je lui ai demandé de me laisser tranquille. Parce que j'avais du travail à faire. Alors, il m'a attrapée par la main pour essayer de m'obliger à partir. C'est à ce moment-là que Billy Stail a surgi de la forêt en criant "Espèce de salaud !", quelque chose comme ça, et qu'il s'est mis à le frapper avec une pelle. Mais ensuite, Garrett a réussi à retourner la situation, et c'est lui qui a tué Billy. Après, il m'a forcée à le suivre jusqu'à son bateau, et il m'a emmenée dans la maison.

— Depuis combien de temps Garrett vous harcelait-il ? »

Mary Beth laissa fuser un petit rire.

« Du harcèlement ? Non, non. Vous avez parlé à ma mère, je parie. C'est juste qu'il y a plusieurs mois, je me promenais en ville quand je suis tombée sur ces voyous qui s'en prenaient à lui. Je les ai chassés. Du coup, je suis devenue pour lui une sorte de petite amie, je suppose. Il me suivait souvent, mais c'est tout. Il m'admirait de loin, ce genre de chose. Je le jugeais inoffensif. »

Son sourire s'évanouit.

« Du moins, jusqu'à l'autre jour... »

410

Elle consulta sa montre.

« Bon, je dois y aller. Mais je voulais vous demander – et c'est l'autre raison qui motive ma visite –, si vous n'en avez plus besoin pour votre enquête, est-ce que je peux récupérer les ossements ? »

Lincoln, dont le regard s'était porté vers la fenêtre tandis que la pensée d'Amelia Sachs s'insinuait de nouveau dans son esprit, tourna lentement la tête vers elle.

« Quels ossements ? s'enquit-il.

– Eh bien, ceux que j'ai repérés à Blackwater Landing. Un peu avant que Garrett ne me kidnappe.

– Comment ça ? »

Elle fronça les sourcils.

« Ce sont les vestiges dont je vous parlais tout à l'heure. Je les déterrais quand Garrett m'a enlevée. Ils sont très importants... Mais vous n'êtes pas au courant ?

– Personne n'a mentionné la présence d'ossements sur la scène du crime... Ils ne figuraient pas dans le rapport de police. »

La jeune fille remua la tête d'un air consterné.

« Oh non ! Ne me dites pas qu'ils ont disparu !

– Qu'est-ce qui les rend si précieux ? interrogea Lincoln.

– Eh bien, je pense avoir identifié les restes de certains des Colons perdus de Roanoke. Cet épisode remonte à la fin du XVIᵉ siècle. »

Les connaissances historiques de Lincoln concernaient essentiellement la ville de New York.

« Je ne suis pas sûr de savoir de quoi il s'agit », dit-il.

Pourtant, lorsqu'elle évoqua l'étrange destin de la colonie établie sur l'île de Roanoke, il hocha la tête.

« Il me semble en avoir entendu parler au lycée. Mais pourquoi pensez-vous qu'il s'agit de leurs restes ?

– Parce que les os avaient l'air vraiment vieux et abîmés, et qu'ils ne se trouvaient pas sur un site funéraire algonquin ni dans un cimetière colonial. On les avait juste enfouis dans le sol sans rien pour marquer leur emplacement. C'est typique de ce que faisaient les guerriers avec le corps de leurs ennemis. Tenez... »

Elle ouvrit son sac à dos.

« J'en avais déjà emballé quelques-uns avant l'arrivée de Garrett. »

Elle lui en montra plusieurs, noircis et décomposés, enveloppés dans de la cellophane. Lincoln reconnut un radius, un fragment d'omoplate, un os iliaque et une partie d'un fémur.

« Il y en avait une dizaine d'autres, précisa-t-elle. C'est sans doute l'une des plus grandes découvertes de l'archéologie américaine. Ils ont une très grande valeur. Il faut absolument que je les récupère. »

Lincoln observa le radius – l'un des deux os des avant-bras. Au bout d'un moment, il leva les yeux.

« Pourriez-vous aller jusqu'au bureau du shérif, au bout du couloir ? Là, demandez Lucy Kerr et dites-lui de venir me rejoindre.

— À cause des ossements ?

— Peut-être bien. »

C'était l'une des expressions favorites du père d'Amelia : « Tant que tu files, on ne peut pas t'attraper. »

Elle pouvait signifier beaucoup de choses. Mais surtout, elle résumait la philosophie partagée par le père et la fille. Tous deux se passionnaient pour les voitures de sport, aimaient patrouiller dans les rues, redoutaient les espaces clos et les vies sans but.

Mais à présent, ils l'avaient attrapée, songea-t-elle.

Une bonne fois pour toutes.

Et ses précieuses voitures, son précieux métier de policier, sa précieuse existence avec Lincoln, son précieux avenir avec des enfants... Tout était anéanti.

Dans sa cellule à la prison de Tanner's Corner, Amelia était frappée d'ostracisme. Les policiers qui lui apportaient ses repas et son café ne lui disaient rien, se bornant à la dévisager d'un air glacial. Lincoln avait fait appel à un avocat de New York, mais comme beaucoup d'officiers de police, Amelia en savait presque aussi long sur le droit pénal que la plupart des hommes de loi. Et elle avait maintenant une certitude : quelle que soit l'issue des négociations entre l'as du barreau venu de Manhattan et le procureur du comté de Paquenoke, sa vie telle qu'elle l'avait vécue jusque-là était terminée. Son cœur était aussi paralysé que le corps de Lincoln Rhyme.

Sur le sol, un insecte se précipita d'un mur à un autre. Quelle était sa mission ? Manger, se reproduire, trouver un abri ?

Si tous les gens sur terre disparaissaient demain, le monde continuerait de tourner sans problème. Mais si c'étaient les insectes *qui disparaissaient, ben, les autres formes de vie feraient pas long feu ; elles s'éteindraient grosso modo en une génération. Les plantes crèveraient, et ensuite les animaux, et la planète redeviendrait une espèce de gros caillou.*

La porte du local s'ouvrit soudain, livrant passage à un policier qu'Amelia ne connaissait pas.

« Un appel pour vous », annonça-t-il.

Il ouvrit la cellule, lui passa les menottes, puis la conduisit vers une petite table métallique sur laquelle était posé un téléphone. C'était sûrement sa mère, supposa Amelia. Lincoln avait dû la joindre pour lui annoncer la nouvelle. Ou peut-être était-ce Amy, sa meilleure amie à New York.

Mais lorsqu'elle souleva le combiné dans un cliquetis de chaîne, ce fut la voix de Lincoln qu'elle entendit à l'autre bout du fil :

« Comment ça se passe ? demanda-t-il. Pas trop mal ?

— Non, ça va, murmura-t-elle.

— Ton avocat arrivera ce soir. Il est très bon. Il pratique le droit pénal depuis vingt ans. Il a même réussi à obtenir l'acquittement d'un suspect contre lequel j'avais moi-même constitué un dossier. Pour y parvenir, il faut être rudement doué !

— Bon sang, Lincoln, à quoi ça rime ? Je ne suis pas d'ici, j'ai aidé un meurtrier à s'évader de prison et tué un flic de la ville. La situation ne pourrait pas être plus désespérée.

— On en reparlera plus tard. Pour le moment, je voudrais te poser une question. Pendant ces quelques jours avec Garrett, vous avez parlé tous les deux, je suppose ?

— Bien sûr.

— De quoi ?

— Je ne sais pas... Des insectes, de la forêt, des marécages... »

Pour quelle raison lui demandait-il une chose pareille ?

« Je ne me rappelle plus.

— Essaie de t'en souvenir, Amelia. J'ai besoin de savoir tout ce qu'il t'a dit.

— À quoi ça rime ? répéta-t-elle.

— Allons, Amelia. Fais plaisir à un vieil estropié, d'accord ? »

40

L INCOLN RHYME, seul dans le laboratoire improvisé, regardait les listes d'indices.

COMPOSITION DE L'ÉCHANTILLON PRÉLEVÉ
SUR LA SCÈNE DE CRIME PRIMAIRE
BLACKWATER LANDING

Kleenex taché de sang	*Ammoniac*
Poussière de calcaire	*Détergent*
Nitrates	*Camphène*
Phosphates	

COMPOSITION DE L'ÉCHANTILLON PRÉLEVÉ
SUR LA SCÈNE DE CRIME SECONDAIRE
CHAMBRE DE GARRETT

Sécrétion de mouffette	*Fil de pêche*
Petites branches de pin	*Argent*
Dessins d'insectes	*Clé*
Photos de Mary Beth	*Essence*
et photos de famille	*Ammoniac*
Ouvrages sur les	*Nitrates*
insectes	*Camphène*

COMPOSITION DE L'ÉCHANTILLON PRÉLEVÉ
SUR LA SCÈNE SECONDAIRE
CARRIÈRE

Vieux sac	*Traces de suie*
de toile avec ins-	*sur le sac*
cription	*Eau minérale*
illisible	*Deer Park*
Maïs	*Crackers*
– alimentation	*au fromage*
pour bétail ?	*Planters*

COMPOSITION DE L'ÉCHANTILLON PRÉLEVÉ
SUR LA SCÈNE DU CRIME SECONDAIRE
MOULIN

Peinture brune	*Bouettes*
sur un pantalon	*Sucre*
Drosera	*Camphène*
Argile	*Alcool*
Sphaigne	*Essence*
Jus de fruit	*Levure*
Fibres de papier	

Il étudia ensuite la carte, suivant des yeux le tracé de la rivière Paquenoke, qui traversait les marécages du Great Dismal, puis Blackwater Landing, avant de sinuer vers l'ouest.

Un pli déformait l'épais papier du plan – une sorte de froissure qu'on brûlait de lisser au point d'en avoir des démangeaisons dans la main.

C'est toute l'histoire de ma vie depuis des années, songea Lincoln : des démangeaisons impossibles à gratter.

Mais peut-être en serai-je bientôt capable. Quand le docteur Weaver m'aura opéré, recousu, administré ses potions magiques et ses cellules de bébé requin... alors peut-être serai-je capable de passer ma paume sur des cartes de ce genre pour en effacer une petite pliure.

Un geste superflu, voire totalement inutile. Mais quelle victoire il représenterait !

Un bruit de pas résonna à l'extérieur du local. Des bottes, conclut le criminologue après avoir écouté attentivement. Avec des talons durs. À en juger par l'intervalle entre les pas, l'homme devait être grand. Lincoln espérait que ce serait Jim Bell, et il ne fut pas déçu.

Il souffla dans sa pipette de contrôle pour s'écarter du mur.

« Un problème ? demanda le shérif. Nathan m'a dit que c'était urgent.

— Entrez, Jim. Et fermez la porte. Mais d'abord... Il y a quelqu'un dans le couloir ? »

Intrigué par la question, le policier ébaucha un sourire et alla jeter un coup d'œil.

« Nan, il est vide. »

Le cousin Roland, songea Lincoln, n'aurait certainement pas manqué d'ajouter à cette réponse quelque idiome sudiste. « Tranquille comme une église un jour de paie » était l'un de ceux qu'il plaçait de temps à autre dans la conversation.

Après avoir repoussé le battant, le shérif s'approcha de la table, s'y appuya et croisa les bras. Lincoln se détourna légèrement pour pouvoir examiner de nouveau la carte de la région.

« Ce plan ne va pas assez loin au nord et à l'est pour indiquer le canal du Dismal, n'est-ce pas ?

— Le canal ? répéta Jim Bell. Euh, non.

— Que pouvez-vous me dire à ce sujet ?

— Ben, pas grand-chose », avoua le shérif d'un ton respectueux.

Il ne connaissait pas Lincoln depuis longtemps, mais il avait dû comprendre la nécessité de jouer franc jeu avec lui.

« Je me suis renseigné, déclara le criminologue en désignant le téléphone. Le canal du Dismal est relié à l'Intracoastal Waterway, la voie de navigation intérieure. Vous savez qu'on peut prendre un bateau à Norfolk, en Virginie, et descendre jusqu'à Miami sans naviguer du tout sur l'océan ?

— Bien sûr. Tout le monde en Caroline a entendu parler de l'Intracoastal. Personnellement, je l'ai jamais emprunté. Les bateaux, c'est pas trop mon truc. J'ai eu le mal de mer rien qu'en regardant *Le Titanic*.

— Il a fallu douze ans pour l'aménager, poursuivit Lincoln. Il fait trente-trois kilomètres de long. Entièrement creusé à la main. Étonnant, non ?... Détendez-vous, Jim. Tout cela va nous mener quelque part, je vous le promets. Vous voyez cette ligne, là-bas, entre Tanner's Corner et la rivière ? Coordonnées G-10 et G-11 sur la carte.

— C'est notre canal, pour le coup. Celui de Blackwater.

416

« – Exact. Bon, imaginons qu'un bateau le remonte jusqu'à la Paquo, traverse le Great Dismal et... »

À cause de la porte fermée, les pas dans le couloir furent beaucoup moins sonores que ceux de Jim Bell, et quand le battant s'ouvrit, les deux hommes se trouvèrent presque pris de court. Lincoln se tut aussitôt.

Mason Germain se tenait sur le seuil. Il jeta un coup d'œil au criminologue, puis à son chef, avant de déclarer :

« Je me demandais où t'étais, Jim. Faut qu'on appelle Elizabeth City. Le capitaine Dexter a encore des questions à nous poser sur ce qui est arrivé à la cabane.

– Je bavardais avec Lincoln, c'est tout. On discutait de...

– Excusez-moi, Mason, l'interrompit Lincoln, mais j'aurais besoin de rester quelques minutes seul à seul avec le shérif. »

L'officier les regarda de nouveau, avant de hocher lentement la tête.

« Ils veulent te parler le plus vite possible, Jim », ajouta-t-il néanmoins.

Il s'éclipsa sans laisser le temps au shérif de répondre.

« Il est parti ? » s'enquit Lincoln.

Jim Bell alla vérifier encore une fois dans le couloir.

« Mouais. Qu'est-ce qui se passe, Lincoln ?

– Vous pourriez vérifier par la fenêtre que Mason a quitté le bâtiment ? Oh, et refermez la porte, s'il vous plaît. »

Le policier s'exécuta.

« C'est bon, il marche dans la rue. Mais pourquoi toutes ces précautions ? demanda-t-il en levant les mains.

– Vous connaissez bien Mason ?

– Aussi bien que je connais la plupart de mes hommes. Pourquoi ?

– Parce qu'il a assassiné la famille de Garrett Hanlon. »

« *Quoi ?* » Jim Bell esquissa un sourire qui s'évanouit presque aussitôt. « Mason ?

– Oui, Mason, confirma le criminologue.

– Mais pourquoi il les aurait tués ?

– Parce qu'Henry Davett l'a payé pour le faire.

– Une minute, Lincoln. Je vous suis plus, là.

– Je ne peux pas encore le prouver. Néanmoins, j'en suis sûr.

– Henry ? Quel serait son intérêt ?

417

« — Tout est lié au canal de Blackwater. »

Les yeux fixés sur la carte, Lincoln adopta un ton docte.

« Au XVIIᵉ siècle, on a creusé des canaux pour faciliter l'acheminement des marchandises, car les routes étaient souvent en mauvais état. Mais plus tard, avec l'amélioration du réseau routier et ferroviaire, les transporteurs ont abandonné la navigation fluviale.

— Où avez-vous appris tout ça ?

— J'ai téléphoné à la Société historique de Raleigh. C'est une femme charmante qui m'a répondu. Julie Devere. D'après elle, le canal de Blackwater a été fermé juste après la guerre de Sécession. Il est resté inutilisé pendant cent trente ans. Jusqu'à ce qu'Henry Davett y fasse circuler des barges. »

Jim Bell opina.

« C'était y a cinq ans, précisa-t-il.

— Vous êtes-vous jamais demandé pourquoi Davett avait rouvert le canal ? »

Le shérif fit non de la tête.

« À l'époque, on était plusieurs à craindre que des gosses décident de nager jusqu'aux barges et se blessent ou se noient, et puis, comme c'est jamais arrivé, on s'est pas posé de questions. Mais maintenant que vous le dites, non, je sais pas pourquoi il a rouvert le canal. Y a des tas de poids lourds qui arrivent à l'usine ou en qui en partent. Aller à Norfolk en camion, c'est rien du tout. »

Lincoln lui montra les listes d'indices.

« La réponse est devant nous, Jim. En rapport avec cette substance dont je n'avais pas réussi à trouver la source : le camphène.

— Le truc dans les lanternes ? »

Avec une petite grimace, le criminologue répondit :

« Non, j'ai commis une erreur sur ce point. C'est vrai, le camphène servait autrefois pour les lanternes. Aujourd'hui, cependant, il sert à tout autre chose. Il entre dans la composition du toxaphène.

— C'est quoi ?

— Un pesticide très dangereux. On l'employait surtout dans le Sud, jusqu'au moment où le ministère de l'Environnement en a interdit presque complètement l'usage. »

Lincoln remua la tête avec colère.

« Dans la mesure où le toxaphène était illégal, j'ai éliminé les pesticides comme source possible du camphène ; pour moi, il nous mettait forcément sur la piste d'une vieille lanterne. Sauf qu'on n'en a jamais trouvé. Et mon cerveau s'est bloqué. Mais puisqu'il n'y avait pas de vieilles lampes, j'aurais dû reprendre ma liste et commencer à regarder du côté des insecticides. Quand j'ai réfléchi à la question – ce matin –, j'ai enfin identifié l'origine du camphène.

– Ah oui ? D'où il vient, alors ? s'enquit Jim Bell, l'air fasciné.

– Il y en a *partout.* J'ai demandé à Lucy d'aller recueillir des échantillons de terre et d'eau autour de Tanner's Corner. Le toxaphène est présent absolument partout – dans la rivière, le sol... Sur le moment, je n'ai pas fait attention à ce que me disait Amelia quand elle cherchait Garrett avec la patrouille. Elle a mentionné de grandes étendues nues au milieu des bois. Elle pensait à des pluies acides, mais elle se trompait. C'est le toxaphène qui a détruit la végétation. Or, les plus fortes concentrations ont été relevées près de l'usine de Davett – à Blackwater Landing et le long du canal. La fabrication d'asphalte et de papier goudronné n'est qu'une couverture ; en réalité, il produit du toxaphène.

– Je croyais que c'était interdit de l'utiliser...

– J'ai téléphoné à un ami, agent au FBI, qui a joint quelqu'un au ministère de l'Environnement. Le toxaphène n'est pas totalement prohibé : les fermiers peuvent s'en servir en cas d'urgence. Mais ce n'est pas ce qui a permis à Davett d'amasser ses millions. L'interlocuteur de mon ami, au ministère, lui a expliqué comment fonctionne ce qu'il appelle "le cercle du poison".

– Pas très sympathique, comme expression.

– Pas très, non. Aux États-Unis, l'interdiction concernant le toxaphène ne s'applique qu'à son utilisation. Rien n'empêche cependant de le produire en Amérique pour le vendre à l'étranger.

– Où il est autorisé ?

– Il l'est dans la plupart des pays du tiers-monde et de l'Amérique latine, oui. D'où le cercle : les pesticides sont répandus sur les cultures, puis les récoltes reviennent aux États-Unis. Comme la Food and Drug Administration n'inspecte qu'un pourcentage limité de fruits et de légumes importés, pas mal d'Américains se retrouvent empoisonnés au toxaphène. »

Jim Bell émit un petit rire sarcastique.

« Et Davett peut pas transporter ce truc par la route, parce que aucun comté ni aucune ville accepterait de laisser des chargements toxiques traverser son territoire. Les bordereaux de transport révéleraient le contenu des camions. Sans parler du risque de scandale si les gens apprenaient ce qu'il trafique.

— Exactement, approuva Lincoln. Alors, il a rouvert le canal pour acheminer le toxaphène par l'Intracoastal Waterway jusqu'à Norfolk, où il est ensuite chargé sur des cargos étrangers. Sauf que Davett s'est heurté à un problème : quand le canal a fermé, au XIXᵉ siècle, les terrains à proximité ont été vendus à des particuliers. Or, les propriétaires des maisons donnant sur le cours d'eau avaient un droit de regard sur la circulation fluviale.

— Davett les a payés pour racheter leur portion de canal. »

Le shérif hocha la tête, manifestement frappé par une révélation soudaine.

« Il a dû allonger un sacré paquet de fric, d'ailleurs, vu la taille des baraques à Blackwater Landing. Et toutes les belles Mercedes, Lexus et autres bagnoles de luxe qu'ils conduisent là-bas... Mais quel rapport avec Mason et la famille de Garrett ?

— Le père de Garrett avait une propriété au bord du canal. Comme il ne voulait pas vendre ses droits de passage, Davett ou quelqu'un de son usine a chargé Mason de le convaincre. Mais ça n'a pas marché, et Mason a recruté la racaille du pays — Culbeau, Tomel et O'Sarian, selon toute vraisemblance — pour l'aider à se débarrasser des Hanlon. Je suppose que Davett a ensuite soudoyé l'exécuteur testamentaire afin de pouvoir racheter le terrain.

— Mais les parents de Garrett sont morts dans un accident, objecta le shérif. Un accident de voiture. J'ai lu le rapport...

— C'est Mason qui l'a rédigé ?

— Je m'en souviens plus, mais c'est possible. »

Jim Bell lui adressa un sourire admiratif.

« Comment vous avez fait pour comprendre tout ça ?

— Oh, rien de plus facile : il n'y a pas de givre en juillet. Pas en Caroline du Nord, en tout cas.

— Hein ?

— J'ai parlé à Amelia. Garrett lui a raconté que le soir du drame, les vitres de la voiture étaient couvertes de givre, et qu'à l'intérieur, ses parents et sa sœur tremblaient de froid. Or, l'accident s'est produit en juillet. Je me rappelle avoir vu l'article de journal dans le dossier, avec la photo des Hanlon. Garrett portait un T-shirt, et le cliché montrait la famille en train de pique-niquer le 4 juillet, jour de la fête nationale. Il avait été pris une semaine avant leur mort.

— Alors, c'est quoi, cette histoire de givre ? De tremblements ?

— Mason et Culbeau se sont servis du toxaphène de Davett pour supprimer les Hanlon. Je me suis entretenu avec le docteur Weaver, mon médecin au centre d'Avery. Elle m'a expliqué que dans certains cas extrêmes d'empoisonnement neurotoxique, le corps est secoué de spasmes. C'est ça que Garrett a pris pour des frissons. Quant au soi-disant givre, il provenait sûrement des émanations ou des résidus de produits chimiques dans la voiture.

— Mais si le gamin a tout vu, pourquoi il l'a dit à personne ?

— J'ai décrit Garrett au docteur Weaver. Elle pense qu'il a été lui aussi empoisonné cette nuit-là. Juste assez en tout cas pour développer une sensibilité chimique multiple. Pertes de mémoire, dommages neurologiques, réaction importante à d'autres produits chimiques dans l'air et l'eau... Vous vous rappelez ces boursouflures sur sa peau ?

— Bien sûr.

— Garrett croit qu'il s'agit d'une irritation due au sumac vénéneux, mais ça ne vient pas de là. Un des symptômes typiques de la sensibilité chimique multiple, ce sont les éruptions cutanées. Elles surviennent en cas d'exposition à des substances qui n'affectent personne d'autre. Même le savon ou le parfum suffisent à provoquer ces inflammations.

— Mouais, ça se tient », déclara le shérif. Puis, les sourcils froncés, il ajouta :

« Mais si vous avez pas de preuves, on peut en rester qu'aux suppositions...

— Oh, j'aurais dû vous le dire plus tôt... »

Lincoln ne put réprimer un léger sourire ; la modestie n'avait jamais été une de ses qualités premières.

« J'ai trouvé des preuves matérielles : les corps de la famille de Garrett. »

41

Dans l'hôtel Albermarle Manor, situé à environ cent mètres de la prison du comté, Mason Germain n'attendit pas l'ascenseur ; il préféra gravir l'escalier recouvert d'une moquette brune usée jusqu'à la trame.

Parvenu devant la chambre 201, il frappa à la porte.

« C'est ouvert », lui répondit-on.

Mason poussa lentement le battant, révélant une pièce rose baignée par la lumière orange du soleil. Une chaleur étouffante régnait à l'intérieur. Incapable d'imaginer qu'on puisse apprécier une telle touffeur, il en conclut que l'homme assis à la table était soit trop paresseux pour mettre en marche le climatiseur, soit trop stupide pour en comprendre le fonctionnement. Il en conçut d'autant plus de méfiance envers son interlocuteur.

Celui-ci, un Afro-Américain élancé à la peau très foncée, portait un costume noir froissé complètement déplacé à Tanner's Corner. Tu te crois obligé d'attirer l'attention, hein ? songea Mason avec mépris. Foutu Malcolm X de mes deux.

« Vous êtes Mason Germain, je suppose ?

– Mouais. »

L'homme avait posé les pieds sur une chaise en face de lui, et lorsqu'il retira sa main de sous un exemplaire du *Charlotte Observer*, il tenait un long pistolet automatique entre ses doigts fuselés.

« Ça répond à ma première question, dit Mason. J'allais vous demander si vous aviez une arme.

– Et l'autre, c'est quoi ?

– Vous savez vous en servir ? »

Impassible, son interlocuteur marqua avec soin à l'aide d'un petit crayon l'endroit où il s'était arrêté dans la lecture d'un article. Il ressemblait à un écolier peinant pour apprendre l'alphabet.

Mason l'examinait toujours en silence quand il sentit soudain un filet de sueur exaspérant lui dégouliner sur le visage. Sans prendre la peine de consulter l'occupant de la chambre, il se dirigea vers la salle de bains, attrapa une serviette, s'en servit pour s'essuyer la figure, puis la laissa tomber par terre.

Le Noir éclata d'un rire qui ajouta encore à l'irritation du policier, avant de lancer :

« J'ai la nette impression que vous n'aimez pas beaucoup les gens de couleur.

— Possible. Mais du moment que vous connaissez votre boulot, ce que j'aime ou pas n'a aucune importance.

— C'est tout à fait vrai, répliqua posément son vis-à-vis. Maintenant, racontez-moi tout. Je ne tiens pas à rester ici plus longtemps que nécessaire.

— Bon, voilà la situation. En ce moment même, Rhyme est en train de parler avec Jim Bell au poste de police. Et cette Amelia Sachs, elle est dans la prison un peu plus loin.

— On commence par qui ?

— La fille, répondit Mason sans la moindre hésitation.

— Eh bien, allons-y », déclara son interlocuteur, comme si l'idée venait de lui.

Il rangea son arme, plaça le journal sur la commode puis, avec une politesse que Mason estima moqueuse, il ajouta en désignant la porte :

« Après vous. »

« Les Hanlon ? Mais où sont leurs corps ? demanda Jim Bell à Lincoln.

— Là-bas, répondit celui-ci en indiquant le petit tas d'os récupérés par la jeune archéologue. Ce sont les restes trouvés par Mary Beth à Blackwater Landing. Pour elle, il s'agissait des survivants de la Colonie perdue, mais je lui ai expliqué que ces ossements ne pouvaient pas être aussi vieux. S'ils paraissent en état de décomposition avancée, c'est juste parce qu'ils ont été partiellement brûlés. J'ai moi-même beaucoup travaillé dans le domaine de l'anthropologie médico-légale, et j'ai su tout de suite qu'ils avaient été ensevelis il y a environ cinq ans – soit à l'époque où la famille de Garrett a été tuée. Ils correspondent aux squelettes d'un homme de trente-cinq, quarante ans, d'une femme ayant porté des enfants et d'une fillette d'à peu près dix ans. Ce qui décrit parfaitement les Hanlon. »

Le shérif contempla quelques instants les ossements.

« Je suis pas sûr de comprendre, Lincoln.

— Les Hanlon habitaient près du canal, à Blackwater Landing. Mason et Culbeau les ont empoisonnés, ils ont brûlé et enterré les corps, puis précipité la voiture à l'eau. De son côté, Davett a acheté le coroner pour qu'il falsifie le certificat de décès et sans doute aussi soudoyé un employé au funérarium pour raconter qu'il avait incinéré les dépouilles. Leurs tombes sont vides, je vous le garantis. Mary Beth a dû parler de sa découverte à quelqu'un, et la nouvelle est revenue aux oreilles de Mason. Alors, moyennant finances, il a chargé Billy Stail de supprimer la petite à Blackwater Landing et de subtiliser les preuves – autrement dit, les ossements.

— *Quoi ?* Billy ?

— Le problème, c'est que Garrett était là pour veiller sur elle. Il avait raison, Jim : Blackwater Landing est effectivement un endroit dangereux. Des personnes y ont été tuées, ces dernières années. Mais pas par Garrett. Par Mason et Culbeau. Il a fallu les éliminer parce qu'elles étaient tombées malades à cause du toxaphène et commençaient à poser trop de questions. Dans la mesure où tout le monde en ville connaissait le Cafard, Mason et Culbeau ont assassiné cette jeune fille – Meg Blanchard – en utilisant un nid de frelons pour orienter les soupçons vers Garrett. Les autres victimes ont été assommées, puis jetées dans le canal. Les gens qui ne s'interrogeaient pas sur leur maladie – comme le père de Mary Beth, par exemple, ou Lucy Kerr – ne constituaient pas une menace ; alors, on les a laissés tranquilles.

— Pourtant, les empreintes de Garrett se trouvaient bien sur la pelle, non ? L'arme du crime.

— Ah, oui, la pelle..., répéta Lincoln, songeur. Voilà un élément intéressant. Là encore, j'ai commis une erreur... Il n'y avait que *deux* séries d'empreintes sur le manche.

— Tout juste. Celles de Billy et celles de Garrett.

— Mais pourquoi pas celles de Mary Beth ? »

Les yeux rétrécis, Jim Bell hocha la tête.

« Exact. Les siennes y étaient pas.

— Parce que la pelle ne lui appartenait pas, Jim. Mason l'avait donnée à Billy avant de l'envoyer à Blackwater Landing – après avoir essuyé ses propres traces de doigts, bien sûr. J'ai

424

interrogé Mary Beth à ce sujet. Elle m'a raconté que Billy avait surgi des fourrés avec la pelle à la main. Mason a dû se dire que ce serait l'arme parfaite, car une archéologue en emportait sans doute toujours une. Bref, quand Billy est arrivé à Blackwater Landing, il a vu Garrett avec elle et décidé de le liquider aussi. Mais Garrett a réussi à s'emparer de l'outil pour le frapper. Il croyait l'avoir tué. Mais il s'est trompé.

— Ah bon ? C'est pas lui l'assassin de Billy ?

— Non, non, non... Garrett ne lui a porté qu'un ou deux coups. De quoi l'assommer, mais pas le blesser sérieusement. Ensuite, il a emmené Mary Beth jusqu'à la cabane. Or, Mason est arrivé le premier sur les lieux du crime. Il l'a reconnu lui-même.

— Ben oui, il était dans le coin.

— Drôle de coïncidence, non ?

— Peut-être. Sur le moment, je me suis pas posé de questions.

— Mason a découvert Billy, puis ramassé la pelle – après avoir pris soin d'enfiler des gants en latex – pour l'achever.

— Comment vous le savez ?

— À cause de la position des empreintes laissées par les gants en latex. J'ai demandé à Ben de rééxaminer le manche aux ultraviolets il y a une heure. Mason serrait l'outil comme une batte de base-ball, et non comme une pièce à conviction retrouvée sur une scène de crime. De plus, il a ajusté sa prise afin d'avoir plus de puissance. Quand Amelia était sur les lieux, elle m'a expliqué que d'après les traces de sang, Billy avait d'abord été atteint à la tête. Il avait chuté, mais à ce moment-là, il était toujours vivant. Jusqu'à ce que Mason lui porte ce coup fatal à la gorge. »

Le visage inexpressif, Jim Bell regarda par la fenêtre.

« Mais pourquoi Mason aurait-il tué Billy ?

— Il a dû penser que le gamin risquait de paniquer et d'avouer. Ou alors, Billy avait repris connaissance à son arrivée et lui a dit qu'il en avait assez, qu'il ne marchait plus dans la combine.

— Je comprends mieux pourquoi vous teniez autant à ce que Mason parte, tout à l'heure. Je me demandais bien ce qui se passait. Mais comment on va prouver tout ça, Lincoln ?

— On a les empreintes sur la pelle. On a aussi les ossements, dont l'analyse a révélé qu'ils contenaient des concentrations importantes de toxaphène. Je voudrais qu'un plongeur cherche

425

la voiture des Hanlon dans le canal de Blackwater. Même au bout de cinq ans, il est toujours possible de récupérer certains indices. Ensuite, il va falloir fouiller la maison de Billy pour voir s'il n'y aurait pas chez lui une somme en liquide qui pourrait nous permettre de remonter jusqu'à Mason. D'ailleurs, il faudra aussi fouiller sa maison... La tâche ne sera pas facile. »

Lincoln esquissa un faible sourire.

« Mais je suis doué, Jim. Je peux y arriver. »

Son sourire s'évanouit.

« Pourtant, si Mason refuse de témoigner contre Henry Davett, j'aurai du mal à constituer un dossier contre cet homme. Pour le moment, je n'ai que ça. »

De la tête, Lincoln indiqua un flacon en plastique contenant quelques centilitres d'un liquide clair.

« C'est quoi ?

– Du toxaphène pur. Lucy en a prélevé un échantillon dans les entrepôts de Davett il y a une demi-heure. D'après elle, il y en aurait des milliers de litres. Si on parvient à établir un lien entre le produit chimique qui a tué la famille de Garrett et le pesticide dans cette bouteille, on réussira peut-être à convaincre le procureur d'ouvrir une enquête contre Davett.

– Mais il nous a aidés à retrouver Garrett...

– Bien sûr ! Il avait intérêt à les localiser, Mary Beth et lui, le plus rapidement possible. C'est avant tout lui qui voulait la mort de cette jeune fille.

– Mason..., murmura le shérif. Quand je pense que je le connais depuis des années... À votre avis, il se doute de quelque chose ?

– Je n'en ai parlé qu'à vous, Jim. Même pas à Lucy – je lui ai juste demandé d'enquêter sur le terrain. Je craignais trop que quelqu'un ne nous espionne et n'aille tout rapporter à Mason ou à Davett. Cette ville est un vrai nid de guêpes. Je n'ai plus confiance en personne. »

Le shérif soupira.

« Comment vous pouvez être aussi sûr que Mason est coupable ?

– Parce que Culbeau et ses acolytes sont arrivés à la cabane juste après qu'on a découvert où elle se situait. Or, Mason était le seul à le savoir... à part moi, vous et Ben. Il a dû appeler Culbeau pour lui indiquer l'endroit. Maintenant, il ne nous reste plus qu'à appeler la police d'État pour qu'ils nous envoient un plongeur. Ensuite, on s'occupera d'obtenir des mandats de perquisition pour fouiller les maisons de Billy et de Mason. »

Lincoln vit le policier hocher la tête. Mais au lieu de se diriger vers le téléphone, il alla fermer la fenêtre. Aussitôt après, il ouvrit la porte, jeta un coup d'œil dans le couloir et la repoussa.

Avant de la verrouiller.

« Qu'est-ce que vous faites, Jim ? »

Celui-ci parut hésiter, puis avança vers Lincoln.

Devant l'expression du shérif, le criminologue saisit la pipette de contrôle entre ses lèvres et souffla dedans pour déplacer son fauteuil. Mais déjà, Jim Bell le contournait pour arracher le câble de la batterie. Le Storm Arrow roula encore un peu et s'immobilisa.

« Jim, chuchota-t-il. Ne me dites pas que vous aussi...

— Eh si. En plein dans le mille, mon vieux. »

Lincoln ferma les yeux.

« Non, non... »

Il baissa la tête. Mais de quelques millimètres seulement. Comme la plupart des grands hommes, Lincoln Rhyme avait une manière presque imperceptible d'accepter la défaite.

CINQUIÈME PARTIE

La ville sans enfants

42

MASON GERMAIN et le Noir taciturne traversèrent lentement la ruelle près de la prison du comté.

D'un geste exaspéré, le compagnon du policier, en nage, écrasa un moustique. Il marmonna quelque chose, puis passa une longue main dans ses courts cheveux crépus.

Une remarque moqueuse vint aux lèvres de Mason, qui s'abstint cependant de tout commentaire.

Étant donné sa grande taille, le Noir put facilement jeter un coup d'œil par la fenêtre de la prison en se haussant sur la pointe des pieds. Il portait des bottines foncées en cuir verni dont, pour quelque obscure raison, la vue accentua le mépris que Mason ressentait à l'égard de leur propriétaire. Combien d'hommes celui-ci avait-il déjà tué ? se demanda-t-il.

« Elle est là, déclara le Noir. Seule.

— On a enfermé Garrett de l'autre côté.

— Bon, vous entrez par-devant. Est-ce qu'il est possible de sortir par-derrière ?

— Je suis officier de police, l'oubliez pas. J'ai une clé. Y me suffira de l'utiliser », répliqua Mason d'un ton sarcastique, en s'interrogeant une nouvelle fois sur l'intelligence de son interlocuteur.

Cette remarque lui valut à son tour une repartie sarcastique.

« Je voulais juste savoir s'il y avait une sortie derrière. Ce dont je n'ai aucune idée, étant donné que je n'avais jamais mis les pieds dans ce patelin bourbeux.

— Oh. Mouais, y a une porte.

— Dans ce cas, on y va. »

Le Noir serrait son arme dans sa main, nota Mason, qui ne l'avait pas vu la sortir.

Amelia, assise sur le banc de sa cellule, suivait du regard les évolutions hypnotiques d'une mouche.

De quelle espèce s'agissait-il ? se demanda-t-elle. Garrett, lui, l'identifierait tout de suite. Une pensée lui traversa alors l'esprit : Il arrive forcément un moment dans la vie où les connaissances d'un enfant sur tel ou tel sujet surpassent celles de ses parents. Ce doit être tellement miraculeux, tellement grisant de s'apercevoir qu'on a donné naissance à un être capable de maîtriser une science supérieure à celle de ses géniteurs. Et quel sentiment d'humilité on éprouve sans doute...

Mais cette expérience-là, elle ne la connaîtrait jamais.

De nouveau, elle se remémora son père. Il avait désamorcé le crime. Jamais, de toute sa carrière, il n'avait fait usage de son pistolet. Et s'il était fier de sa fille, il s'inquiétait cependant de la passion qu'elle nourrissait pour les armes à feu. « Ne tire qu'en dernier ressort », lui répétait-il souvent.

Oh, Jesse... Que pourrais-je te dire ?

Rien, évidemment. Pas un mot. Puisque tu n'es plus là.

Il lui sembla soudain apercevoir une ombre derrière la fenêtre. Mais elle n'y prêta aucune attention, car son esprit se concentrait désormais sur Lincoln Rhyme.

Toi et moi, songeait-elle. *Toi et moi.*

Et de se rappeler ce jour où, quelques mois plus tôt, allongés tous les deux sur le large lit Clinitron dans la maison de Lincoln à Manhattan, ils avaient regardé *Roméo et Juliette* à la télévision – la version moderne créée par Baz Luhrmann, qui se déroulait à Miami. Avec Lincoln Rhyme, la mort devenait une menace de tous les instants, et en voyant les scènes finales du film, Amelia s'était rendu compte qu'à l'instar des personnages de Shakespeare, eux-mêmes étaient d'une certaine façon des amants maudits. Et elle avait été frappée par une révélation subite : eux aussi, ils mourraient ensemble.

Elle n'avait pas osé partager cette certitude avec Lincoln, le scientifique rationnel qui ne possédait pas une once de sentimentalisme. Mais depuis ce moment, l'idée s'était ancrée dans sa tête et, de façon inexplicable, lui procurait un grand réconfort.

À présent, pourtant, elle ne lui apportait aucune consolation. Car désormais, par sa faute, Lincoln et elle vivraient et mourraient chacun de leur côté. Ils...

La porte s'ouvrit soudain, livrant passage à un jeune policier qu'Amelia reconnut sans peine. C'était Steve Farr, le beau-frère de Jim Bell.

« B'jour », lança-t-il.

Amelia le salua d'un mouvement de tête. Avant de remarquer deux détails insolites à son sujet. D'abord, il portait au poignet une montre Rolex qui devait coûter la moitié du salaire annuel d'un flic de Caroline du Nord.

Ensuite, le holster à son ceinturon était ouvert, révélant l'arme de poing à l'intérieur.

Malgré la pancarte apposée à l'entrée du bâtiment : DÉPOSEZ VOS ARMES À L'ACCUEIL AVANT DE PÉNÉTRER DANS LES CELLULES.

« Comment ça va ? » demanda-t-il.

Elle le contempla sans répondre.

« Z'êtes pas bavarde, aujourd'hui, hein ? Bon, ben, j'ai de bonnes nouvelles pour vous, ma p'tite dame. Z'êtes libre, annonça-t-il en effleurant une de ses oreilles proéminentes.

– Libre ? » répéta Amelia, abasourdie.

Il retira ses clés de sa poche.

« Mouais, ils ont conclu à un accident. Vous pouvez partir. »

Amelia scruta avec attention le visage de Steve Farr. Celui-ci évitait soigneusement son regard.

« Et pour la levée d'écrou, alors ?

– C'est quoi ? s'enquit-il.

– Aucun suspect accusé de crime ne peut être libéré sans que le procureur ait motivé sa libération telle que mentionnée sur le registre d'écrou. »

Le policier déverrouilla la grille de la cellule, avant de reculer d'un pas. La main à portée de son arme.

« Oh, ça se passe p'têt comme ça dans les grandes villes, mais chez nous, on est beaucoup moins à cheval sur la procédure... Vous savez, on dit toujours que les gens du Sud font les choses plus lentement. Mais c'est pas vrai. Non, m'dame. C'est juste qu'on est vachement plus efficaces. »

Amelia ne bougea pas.

« Je peux vous demander pourquoi vous avez gardé votre pistolet ? lança-t-elle.

– Oh, ça ? »

Il en tapota la crosse.

« Y a pas de règles strictes sur ce point. Allez, venez. Vous êtes libre de vous en aller. À vot'place, la plupart des gens bondiraient de joie. »

De la tête, il indiqua le fond du bâtiment.

« Vous voulez que je sorte par la porte de derrière ?

– Mouais.

– Vous ne pouvez pas abattre un prisonnier dans le dos, déclara-t-elle. C'est un meurtre. »

Il opina.

Comment avaient-ils organisé l'embuscade ? s'interrogea Amelia. Y avait-il un tireur posté à proximité de la porte, prêt à faire feu sur elle ? Sûrement. Steve Farr se donnerait lui-même un coup sur le crâne, appellerait à l'aide et tirerait en l'air. Dehors, quelqu'un – sans doute un citoyen « inquiet » – affirmerait avoir entendu la détonation et, supposant Amelia armée, la tuerait.

Elle demeura immobile.

« Bon, maintenant, vous vous levez et vous dégagez d'ici », ordonna Steve Farr en dégainant.

Cette fois, elle obtempéra.

Toi et moi, Lincoln...

« Vous avez presque tout deviné, Lincoln », affirma Jim Bell.

Après quelques instants de silence, il ajouta :

« À quatre-vingt-dix pour cent. D'après mon expérience dans la police, je dirais que c'est un bon pourcentage. Dommage pour vous que ce soit moi, les dix pour cent restants. »

Il alla couper le climatiseur. Avec la fenêtre fermée, la température de la pièce augmenta aussitôt. Lincoln sentit la sueur perler sur son front. Sa respiration se fit plus laborieuse.

« Deux familles seulement, installées le long du canal de Blackwater, ont refusé de céder à M. Davett un droit de passage pour ses barges », poursuivit le shérif.

Henry Davett avait désormais droit à un « Monsieur » respectueux, nota le criminologue.

« Alors, son chef de la sécurité nous a engagés, moi et quelques autres, pour régler le problème. On a eu une longue discussion avec les Conklin, qui ont finalement accepté un accord. Mais le père de Garrett a rien voulu entendre. Comme on tenait à ce que ça ressemble à un accident, on s'est procuré un bidon de cette merde... »

De la tête, Jim Bell indiqua le flacon sur la table.

« ... pour les liquider. On savait qu'ils allaient au restau tous les mercredis. On a versé le poison dans la prise d'air de la bagnole, avant d'aller se cacher dans les bois. Quand y sont montés, le père de Garrett a mis en route le système de climatisation, et le produit s'est répandu partout à l'intérieur. Le problème, c'est qu'on en avait trop utilisé... »

De nouveau, il jeta un coup d'œil au flacon.

« Y a déjà là-dedans de quoi vous tuer un bonhomme au moins deux fois. »

Il fronça les sourcils en évoquant le drame.

« Les Hanlon ont commencé à se contorsionner, à avoir des convulsions... C'était vraiment moche. Garrett était pas dans la voiture à ce moment-là ; il est arrivé un peu plus tard et il s'est rendu compte de ce qui se passait. Il a essayé d'ouvrir la portière, mais il a pas réussi. En attendant, il a quand même respiré cette saloperie, et c'est ce qui a fait de lui cette espèce de zombie. Ce soir-là, il s'est enfui dans les bois avant qu'on ait pu le rattraper. Et quand il a reparu – une ou deux semaines plus tard –, il se souvenait plus de rien. À cause de cette sensibilité chimique multiple que vous avez mentionnée tout à l'heure, je suppose. Du coup, on a décidé de le laisser tranquille – ç'aurait paru un peu trop louche s'il était mort juste après sa famille... Ensuite, ben, on s'y est pris exactement comme vous l'avez dit. On a brûlé les corps, on les a enterrés à Blackwater Landing et on a jeté la bagnole dans l'eau près de Canal Road. Ça nous a coûté mille dollars pour amener le coroner à falsifier les certificats de décès. Après, chaque fois que quelqu'un se retrouvait avec un cancer bizarre et posait un peu trop de questions, Culbeau et les autres se chargeaient de le liquider.

– Cet enterrement qu'on a vu en arrivant, l'interrompit Lincoln. Celui du petit garçon. C'est vous qui l'avez tué ?

– Todd Wilkes ? Non, il s'est suicidé.

– Parce qu'il était tombé malade à cause du toxaphène, c'est ça ? Qu'est-ce qu'il avait ? Un cancer ? Le foie bousillé ? Des lésions au cerveau ?

– Possible. J'en sais rien. »

Une affirmation que démentait cependant l'expression du shérif.

« Mais Garrett n'est pas mêlé à cette affaire, n'est-ce pas ? insista Lincoln.

– Non.

– Et ces hommes qui ont tenté d'agresser Mary Beth à la cabane ? Qui sont-ils ? »

Jim Bell hocha la tête d'un air sinistre.

« Tom Boston et Lott Cooper. Ils étaient dans le coup, eux aussi : ils s'occupaient de tester les produits de Davett dans les montagnes, là où y avait pas trop de monde. Ils étaient au courant qu'on cherchait Mary Beth, mais quand Lott l'a trouvée, j'imagine qu'il a décidé de pas nous prévenir avant de s'être d'abord un peu amusé avec elle. Ah, et c'est vrai aussi, on a engagé Billy Stail pour la tuer, mais Garrett l'en a empêché.

— Et donc, vous aviez besoin de moi pour vous aider à la localiser. Pas pour la sauver, mais, au contraire, pour l'éliminer et détruire toutes les pièces à conviction qu'elle aurait pu mettre à jour.

— Quand vous avez découvert la planque de Garrett au moulin et qu'on l'a ramené en ville, j'ai laissé la porte de la prison ouverte pour que Culbeau et ses potes puissent, disons, persuader le gamin de nous révéler où il avait emmené Mary Beth. Ils allaient l'enlever quand votre copine l'a libéré.

— Ensuite, lorsque j'ai trouvé la cabane, vous avez appelé Culbeau et ses complices. Pour les envoyer sur place.

— Désolé... Toute cette histoire a tourné au cauchemar. Je voulais pas en arriver là, mais... Voilà, c'est comme ça.

— Un nid de guêpes...

— Mouais, sûr qu'y en a quelques-uns dans Tanner's Corner, des nids de guêpes. »

Lincoln remua la tête.

« Franchement, vous croyez que des belles bagnoles, des grandes baraques et tout ce fric valent la peine d'anéantir une ville entière ? Regardez autour de vous, Bell. Un gosse a été enterré l'autre jour, mais il n'y avait pas d'enfants dans l'assemblée réunie au cimetière. D'après Amelia, il n'y en a pratiquement pas non plus en ville. Et vous savez pourquoi ? Parce que les gens sont stériles !

— C'est toujours risqué de passer un marché avec le diable, répliqua Jim Bell, laconique. Mais pour moi, la vie, c'est qu'un vaste marché de dupes. »

Après avoir dévisagé Lincoln Rhyme un long moment, il s'approcha de la table, enfila des gants en latex et s'empara du flacon de toxaphène. Puis il revint vers le criminologue en dévissant lentement le bouchon.

Steve Farr conduisit sans ménagement Amelia vers la porte de derrière en lui collant son arme dans le dos.

Il commettait l'erreur classique consistant à appuyer la bouche de son pistolet contre le corps de sa victime. Celle-ci avait ainsi un repère ; quand elle sortirait, elle saurait exactement où le frapper avec son coude. Avec un peu de chance, il lâcherait son arme, et elle pourrait tenter de s'enfuir. Si elle atteignait Main Street, où il y aurait sûrement des témoins, il hésiterait peut-être à tirer.

Le policier ouvrit la porte.

Un flot de soleil inonda la prison poussiéreuse. Amelia cilla. Une mouche voltigeait autour de sa tête.

Tant que Steve Farr restait derrière elle, tant qu'il lui pressait son pistolet contre la colonne, elle avait encore la possibilité de...

« Et maintenant ? demanda-t-elle.

– Z'êtes libre de vous en aller », répondit-il d'un ton enjoué.

Elle se raidit, prête à le frapper, anticipant déjà chacun de ses mouvements. Mais soudain, il la poussa vers le terrain vague derrière la prison, avant de reculer promptement. Il demeura à l'intérieur du bâtiment, hors de portée.

Un son s'éleva alors de derrière un grand buisson proche. Le déclic du chien que l'on arme, supposa Amelia.

« Allez, l'encouragea Steve Farr. Foutez le camp. »

De nouveau, elle songea à *Roméo et Juliette*.

Et au magnifique cimetière sur la colline surplombant Tanner's Corner qu'ils avaient longé lors de leur arrivée – des siècles plus tôt, lui semblait-il.

Oh, Lincoln...

La mouche lui passa encore une fois devant le visage. Machinalement, Amelia la chassa de la main, avant d'avancer vers l'herbe rase.

« Vous ne croyez pas qu'on va se poser des questions si je meurs de cette façon ? demanda Lincoln à Jim Bell. Je suis incapable d'ouvrir moi-même ce flacon.

– Possible, mais vous avez heurté la table. Le bouchon était pas bien vissé. Du coup, le produit vous a éclaboussé. Je suis tout de suite parti chercher du secours, mais on est pas revenus à temps pour vous sauver.

– Amelia n'avalera jamais une histoire pareille. Lucy non plus.

– Votre petite copine sera bientôt plus un problème. Quant à Lucy ? Ben, elle pourrait retomber malade... Et cette fois, ils risquent de plus rien avoir à lui enlever pour enrayer le processus. »

Le shérif n'hésita qu'un instant avant de s'approcher du criminologue pour lui verser le produit sur la bouche et le nez. Ensuite, il lui jeta le reste sur sa chemise.

Après avoir laissé tomber le flacon sur les genoux de Lincoln, il s'empressa de s'écarter et de se couvrir les narines avec un mouchoir.

La tête de Lincoln partit en arrière, ses lèvres s'entrouvrirent malgré lui, et un peu de liquide s'insinua à l'intérieur. Il se mit à tousser.

Jim Bell ôta ses gants, puis les fourra dans ses poches. Il attendit encore un moment, examinant le criminologue avec calme, avant de se diriger vers la porte, de la déverrouiller et de l'ouvrir à la volée.

« Y a eu un accident ! s'écria-t-il. J'ai besoin d'aide, vite ! J'ai besoin... »

Il déboucha dans le couloir, pour se retrouver en face de Lucy Kerr, qui lui braquait son pistolet sur la poitrine.

« Lucy ! Qu'est-ce que...

– Ça suffit, Jim. Tu bouges plus, OK ? »

Le shérif recula. Nathan, le tireur d'élite, pénétra dans la pièce derrière Jim Bell, qu'il soulagea prestement de son arme. Un troisième homme entra alors dans le local – un individu costaud en costume fauve et chemise blanche.

Une fraction de seconde plus tard, Ben s'élança vers Lincoln, dont il essuya le visage avec une serviette en papier.

« Non, vous comprenez pas ! s'exclama Jim Bell à l'adresse de ses hommes. Y a eu un accident ! Ce poison, là, s'est renversé. Faut que... »

Lincoln cracha sur le sol, la respiration toujours gênée par le liquide astringent et ses émanations.

« Vous pourriez aussi me nettoyer la joue, Ben ? J'ai peur d'en recevoir dans les yeux. Merci.

– Bien sûr, Lincoln.

– J'allais chercher du secours ! s'obstina le shérif. Le produit s'est renversé ! Je... »

L'homme en costume fauve prit les menottes accrochées à son ceinturon et les referma autour des poignets du shérif.

« James Bell, je suis l'inspecteur Hugo Branch, de la police d'État de Caroline du Nord. Vous êtes en état d'arrestation. »

Il jeta un coup d'œil réprobateur à Lincoln.

« Je vous avais bien dit qu'il arroserait votre chemise... On aurait dû placer le micro ailleurs.

— Mais vous en avez enregistré assez ?

— Oh, largement. C'est pas le problème. Le problème, c'est que ces gadgets coûtent une fortune !

— Envoyez-moi la note, rétorqua le criminologue d'un ton mordant au moment où Hugo Branch lui écartait les pans de sa chemise pour récupérer le micro et l'émetteur scotchés sur sa poitrine.

— C'était un piège, alors », chuchota Jim Bell.

En plein dans le mille, mon vieux.

« Mais le poison..., reprit-il.

— Oh, ce n'est pas du toxaphène, expliqua Lincoln. Juste de la gnôle. Récupérée dans cette bouteille qui a servi aux analyses. D'ailleurs, Ben, s'il en reste un peu, je m'offrirais bien un remontant. Et est-ce que quelqu'un pourrait remettre en marche ce foutu climatiseur, bonté divine ? »

Prépare-toi à partir sur la gauche et à courir comme une dératée. Tu seras peut-être touchée, mais avec un peu de chance, ça ne t'arrêtera pas.

Tant que tu files, on ne peut pas t'attraper...

Amelia fit trois pas dans l'herbe.

Prête...

Vas-y...

À cet instant, une voix s'éleva derrière elle, dans l'enceinte de la prison.

« Pas un geste, Steve ! Lâche ton arme ! Tout de suite ! Je te le répéterai pas ! »

Elle pivota, pour découvrir Mason Germain qui braquait son arme sur le jeune homme à la coupe en brosse dont les oreilles avaient maintenant viré au cramoisi. À peine s'était-il baissé pour poser son pistolet par terre que Mason se précipitait vers lui et le menottait.

Un bruit de pas résonna dehors, en même temps qu'un froissement de feuillages. Étourdie par la chaleur et l'adrénaline, Amelia se tourna de nouveau vers le terrain vague, où elle vit un Noir émerger des buissons en rangeant son gros pistolet automatique Browning dans son holster.

« Fred ! » s'exclama-t-elle.

L'agent fédéral Fred Dellray, suant dans son costume

sombre, s'avança vers elle en époussetant frénétiquement sa manche.

« Salut, Amelia. Bon sang, ce qui peut faire chaud dans ce pays ! Décidément, cette ville ne me plaît pas du tout. Et regarde-moi ce costume ! Il est plein de poussière, ou je ne sais quoi. Qu'est-ce que c'est, ce truc ? Du pollen ? On n'a pas ça à Manhattan, je te le dis. Non, mais t'as vu l'état de ma manche ?

— Qu'est-ce que tu fabriques à Tanner's Corner ? demanda-t-elle, abasourdie.

— À ton avis ? Comme Lincoln ignorait à qui il pouvait se fier, il m'a envoyé ici et mis en contact avec l'officier Germain pour veiller sur toi. Il s'est dit qu'il aurait sûrement besoin d'aide pour affronter Jim Bell et ses acolytes.

— Jim Bell ? répéta Amelia.

— D'après Lincoln, c'est lui qui a tout manigancé. Il se charge de le prouver en ce moment même. Mais apparemment, il avait raison, puisque voilà son beau-frère, ajouta l'agent en montrant Steve Farr.

— Il a bien failli m'avoir », murmura-t-elle.

Fred Dellray laissa échapper un petit rire.

« T'as pas été un seul instant en danger, ma belle. J'ai visé ce type entre ses grandes oreilles à la seconde où il a ouvert la porte de derrière. S'il t'avait ne serait-ce que menacée, il serait déjà plus là. »

Soudain, prenant conscience du regard soupçonneux de Mason fixé sur lui, il éclata de rire une nouvelle fois.

« Notre ami du commissariat n'apprécie pas beaucoup les gens comme moi. Il me l'a avoué lui-même.

— Une minute, protesta Mason. Je voulais juste parler des...

— Des fédéraux, je parie », déclara Fred Dellray.

Mason Germain fit non de la tête, avant de marmonner :

« Des Nordistes.

— C'est vrai, Fred, il ne nous aime pas », confirma Amelia.

Elle et Fred Dellray éclatèrent de rire. Mason Germain, lui, conserva son air solennel, mais ce n'était pas la question des différences culturelles qui le rendait aussi grave.

« Désolé, mais je suis obligé de vous ramener en prison, dit-il à Amelia. Vous êtes toujours en état d'arrestation. »

Amelia sentit son sourire vaciller. Elle contempla une dernière fois le soleil illuminant les touffes d'herbe jaunie, remplit ses poumons de l'air brûlant du dehors et, enfin, se détourna pour réintégrer la pénombre de sa cellule.

43

« C'est vous qui avez tué Billy, n'est-ce pas ? » demanda Lincoln à Jim Bell.

Mais celui-ci ne répondit rien.

« La scène du crime est restée sans surveillance pendant une heure et demie, poursuivit le criminologue. Et c'est vrai, Mason est officiellement arrivé le premier sur les lieux. Mais vous l'aviez devancé. Comme Billy ne vous appelait pas pour vous annoncer la mort de Mary Beth, vous avez commencé à vous inquiéter, et vous avez pris votre voiture jusqu'à Blackwater Landing, où vous avez découvert la jeune fille envolée et son agresseur blessé. Billy vous a raconté comment Garrett s'était sauvé avec Mary Beth. Alors, vous avez enfilé vos gants en latex, ramassé la pelle et battu ce garçon à mort. »

Enfin, le shérif laissa éclater sa colère.

« Comment vous en êtes venu à me soupçonner, nom d'un chien ?

– Au départ, j'ai vraiment cru Mason coupable ; après tout, on n'était que trois, sans compter Ben, à savoir où était la cabane des distillateurs. J'en ai donc déduit qu'il avait téléphoné à Culbeau pour l'envoyer là-bas. Mais j'en ai parlé avec Lucy ; en fait, c'est à elle qu'il a téléphoné pour lui demander de se rendre sur place afin de s'assurer qu'Amelia et Garrett ne s'échappaient pas encore une fois. Et puis, en réfléchissant, je me suis souvenu que Mason avait tenté d'abattre Garrett devant le moulin. Or, toutes les personnes mouillées dans le complot – vous, entre autres – devaient vouloir le garder en vie pour qu'il les mène à Mary Beth... Alors, j'ai épluché les comptes de Mason et découvert qu'il avait un petit pavillon modeste et de sérieux problèmes avec MasterCard et Visa. De toute évidence, il ne s'était pas fait graisser la patte. Contrairement à vous et à votre beau-frère, Bell. Vous possédez une maison de quatre cent mille dollars et un compte bancaire bien garni. Quant à Steve Farr, sa résidence lui a coûté la bagatelle de trois cent quatre-vingt-dix mille dollars, et son bateau va chercher dans les cent quatre-vingt mille. On aura bientôt la commission rogatoire nécessaire pour jeter un coup d'œil à vos coffres respectifs à la banque. Je me demande combien il peut y avoir à l'intérieur... »

Après avoir marqué une brève pause, Lincoln ajouta :

« Je restais tout de même intrigué par l'acharnement de Mason à coincer Garrett. Mais il avait une bonne raison pour agir ainsi. Il m'a confié qu'il avait été assez perturbé quand on vous a nommé shérif ; il ne s'expliquait pas pourquoi vous aviez obtenu le poste alors qu'il avait plus d'ancienneté et un meilleur dossier. Et il s'était dit que s'il parvenait à épingler le Cafard, les administrateurs du comté ne manqueraient pas de le désigner comme remplaçant à l'expiration de votre mandat.

— Vous m'avez joué une sacrée comédie..., maugréa Jim Bell. Je pensais que vous faisiez seulement confiance à vos foutus indices. »

Lincoln Rhyme échangeait rarement des propos anodins avec les criminels. Ce genre de conversation ne servait à rien, sinon à apaiser l'âme ; or, il n'avait pas encore trouvé de preuves matérielles concernant la localisation et la nature de l'âme en question. Néanmoins, il répondit :

« J'aurais préféré me fier aux indices. Mais parfois, il faut savoir improviser. Franchement, je ne suis pas la prima donna que tout le monde imagine... »

Le fauteuil roulant ne rentrait pas dans la cellule.

« Elle n'est pas accessible aux handicapés ? grommela Lincoln. C'est une violation de la loi, ni plus ni moins ! »

Amelia songea qu'il laissait ainsi éclater sa colère dans son intérêt ; en manifestant sa mauvaise humeur coutumière, il cherchait à la rassurer. Elle garda cependant le silence.

À cause du problème posé par le Storm Arrow, Mason Germain leur suggéra d'aller s'installer dans la salle d'interrogatoire. Lorsque Amelia y entra, elle avait les poignets et les chevilles entravés, comme l'avait exigé l'officier (après tout, elle avait déjà réussi à s'évader une fois de cette même prison).

L'avocat de New York était arrivé. Un certain Solomon

Geberth aux cheveux grisonnants. Inscrit aux barreaux de New York, du Massachusetts et de Washington, il avait été autorisé à plaider en Caroline du Nord, hors de sa juridiction, dans l'affaire *L'État contre Amelia Sachs*. Curieusement, avec son beau visage lisse et ses manières raffinées, il évoquait plus un respectable homme de loi sorti tout droit d'un roman de John Grisham qu'un féroce défenseur new-yorkais. Le spray fixant faisait briller ses cheveux à la coupe impeccable et son costume italien n'était pas froissé malgré l'étonnante humidité de l'air à Tanner's Corner.

Lincoln se plaça entre Amelia et l'avocat. Elle posa la main sur l'accoudoir du fauteuil roulant malmené.

« Ils ont confié l'affaire à un procureur de Raleigh, expliqua Solomon Geberth. Comme le shérif et le coroner ont touché des pots-de-vin, ils se méfient maintenant de McGuire. Bref, ce procureur a étudié le dossier et décidé d'abandonner les charges contre Garrett. »

Amelia changea de position sur sa chaise.

« C'est vrai ?

— Garrett a reconnu avoir frappé Billy, déclara l'avocat, et il a dit aussi qu'il croyait l'avoir tué. Mais Lincoln avait raison. C'est Jim Bell qui a assassiné le gamin. Même si le procureur avait maintenu l'accusation d'agression, il était évident que c'était un cas de légitime défense. Quant à cet autre officier, Ed Schaeffer ? Eh bien, sa mort a été déclarée accidentelle.

— Et pour le kidnapping de Lydia Johansson ? demanda Lincoln.

— Quand elle a compris que Garrett n'avait jamais eu l'intention de lui faire du mal, elle a décidé de renoncer à porter plainte et à se constituer partie civile. Mary Beth aussi, malgré l'insistance de sa mère. Vous auriez dû entendre cette gamine lui tenir tête ! Ça a bardé, je peux vous le dire.

— Alors, il est libre ? s'enquit Amelia, les yeux fixés sur le sol.

— Oui, ils vont le laisser sortir d'une minute à l'autre », lui apprit l'avocat. Et d'ajouter, quelques secondes plus tard :

« OK, voilà la situation, Amelia : pour l'accusation, même si Garrett n'est coupable d'aucun crime, vous l'avez aidé à s'évader alors qu'on l'avait arrêté sur la base d'un faisceau d'indices probants, et dans le cadre de cette infraction, vous avez tué un policier. Le procureur va requérir l'homicide volontaire avec circonstances aggravantes.

443

– Comment ça, volontaire ? lança Lincoln. Ce n'était pas un acte prémédité, mais un accident, bonté divine !

– Ce que je vais essayer de démontrer pendant le procès, répliqua Solomon Geberth. Cet autre policier – celui qui s'est jeté sur vous, Amelia – est en partie responsable du coup de feu. Mais je vous garantis qu'ils obtiendront tout de même l'inculpation d'homicide involontaire. Compte tenu des faits, il n'y a aucun doute sur ce point.

– Quelles sont les chances d'acquittement ? s'enquit Lincoln.

– Minimes. Dix à quinze pour cent au mieux. Je regrette, mais je ne saurais trop vous conseiller de plaider coupable en vue d'un arrangement. »

Avec l'impression de recevoir un coup en pleine poitrine, Amelia ferma les yeux, puis exhala brusquement son souffle, comme si son âme venait de quitter son corps.

« Oh, Seigneur », murmura Lincoln.

Elle songea à Nick, son ancien petit ami. Après son arrestation pour vol de marchandises et pots-de-vin, il avait refusé tout compromis et pris le risque de passer au tribunal. En expliquant à Amelia : « Rappelle-toi ce que disait ton père, Aimee : tant que tu files, on ne peut pas t'attraper. C'est tout ou rien. »

Il avait fallu exactement dix-huit minutes au jury pour le déclarer coupable. Aujourd'hui, il était toujours en prison à New York.

Elle reporta son attention sur l'avocat aux joues si lisses.

« Le procureur propose quoi, en cas d'arrangement ?

– Rien pour le moment. Mais selon toute vraisemblance, il sera d'accord pour l'homicide involontaire – assorti d'une peine incompressible de huit à dix ans. Et laissez-moi vous dire qu'en Caroline du Nord, ça vous paraîtra vraiment long. Ici, les prisons n'ont rien à voir avec des country clubs.

– C'est ça, ou seulement quinze pour cent de chance d'obtenir l'acquittement au tribunal, grommela Lincoln.

– Exact, confirma l'avocat. Vous devez comprendre une chose, Amelia : il n'y aura pas de miracles dans cette affaire. Si nous allons jusqu'au procès, le procureur va insister sur le fait que vous êtes une représentante de la loi doublée d'une championne de tir ; résultat, les jurés auront du mal à croire que le coup de feu était accidentel. »

Au nord de la Paquo, les lois s'appliquent plus. C'est valable

pour tout le monde, nous ou les autres. On s'imagine facile-
ment tirer sur quelqu'un avant de lui avoir lu ses droits sans
que ça pose le moindre problème.

« Auquel cas, poursuivit Somolon Geberth, ils risquent
de vous déclarer coupable d'homicide volontaire et de vous
condamner à vingt-cinq ans de réclusion criminelle.

— Ou à la peine de mort, murmura-t-elle.

— Ce n'est pas exclu. Je ne peux pas prétendre le contraire. »

Pour quelque obscure raison, l'image qui d'Amelia traversa
l'esprit en cet instant fut celle des faucons pèlerins qui
nichaient sur la fenêtre de Lincoln à Manhattan : le mâle, la
femelle et leur petit.

« Si je plaide l'homicide involontaire, j'en prendrai pour
combien de temps ?

— Peut-être six ou sept ans. Sans possibilité de libération
conditionnelle. »

Toi et moi, Lincoln.

Elle inspira profondément.

« J'accepte. Je plaiderai coupable.

— Sachs..., commença Lincoln.

— Je plaiderai coupable », répéta-t-elle.

L'avocat se leva, puis hocha la tête.

« Je vais appeler le procureur tout de suite, pour voir s'il
est d'accord. Je vous tiendrai au courant dès que j'aurai du
nouveau. »

Après avoir salué Lincoln, il quitta la pièce.

Mason jeta un coup d'œil à Amelia, avant de se lever à son
tour pour se diriger vers la porte. Le claquement de ses bottes
résonna bruyamment dans la pièce.

« Bon, je vous laisse quelques minutes tous les deux,
déclara-t-il. J'ai pas besoin de vous fouiller, Lincoln, hein ? »

Celui-ci esquissa un pâle sourire.

« Je suis désarmé, Mason. »

La porte se referma derrière l'officier.

« Quel gâchis, Lincoln, chuchota-t-elle.

— Eh, pas de défaitisme.

— Pourquoi ? répliqua-t-elle avec cynisme. Ça risque de me
porter malheur ?

— Peut-être.

— Tu n'es pas superstitieux. Du moins, c'est ce que tu m'as
toujours affirmé.

— En général, non. Mais cet endroit me flanque les jetons. »

Tanner's Corner... La ville sans enfants.

« J'aurais dû t'écouter, reprit-il. Tu avais raison, pour Garrett. Et moi, j'avais tort. Je n'ai pris en compte que les indices matériels, et je me suis trompé sur toute la ligne.

— Mais je ne savais pas que j'avais raison. Je ne savais rien. Je me suis contentée de suivre mon intuition.

— Quoi qu'il arrive, Amelia, je ne t'abandonnerai pas. »

Il baissa les yeux vers le Storm Arrow en laissant fuser un petit rire.

« De toute façon, je ne pourrais pas aller bien loin même si j'en avais envie. Si tu fais de la prison, je serai là le jour de ta sortie.

— Paroles, Lincoln. Paroles... Mon père m'avait promis lui aussi qu'il ne m'abandonnerait pas. C'était une semaine avant que le cancer ne l'emporte.

— Je suis trop têtu pour mourir. »

Mais tu ne l'es pas trop pour aller mieux et rencontrer quelqu'un d'autre. Pour continuer sans moi.

La porte de la salle d'interrogatoire s'ouvrit soudain, et Garrett s'encadra dans l'embrasure, suivi de Mason. L'adolescent, débarrassé des menottes, tenait ses mains en coupe devant lui.

« Salut, lança-t-il. Regardez ce que j'ai trouvé. Il était dans ma cellule... »

Il ouvrit les doigts, libérant un petit insecte qui s'envola aussitôt.

« C'est un sphinx. Ils aiment bien se loger dans les fleurs de valériane ; du coup, on les voit pas souvent à l'intérieur des maisons. Il est chouette, hein ? »

Amelia ébaucha un sourire, heureuse de l'enthousiasme dans ses yeux.

« Garrett ? J'aimerais te dire quelque chose. »

Il s'approcha d'elle.

« Tu te rappelles ce que tu m'as raconté dans le mobile home ? Quand tu parlais à ton père sur la chaise vide ? »

Le jeune garçon hocha la tête d'un air hésitant.

« Tu te sentais très mal parce qu'il a refusé que tu montes avec eux ce soir-là, poursuivit Amelia.

— Ouais, je m'en souviens.

— Mais tu sais pourquoi il t'a laissé dehors ? Parce qu'il essayait de te sauver la vie, Garrett. Il s'était rendu compte

446

qu'il y avait du poison dans la voiture et qu'ils allaient tous mourir. Si tu les avais rejoints, tu serais mort aussi. Il ne voulait pas que ça arrive.

– Je le savais déjà, je crois. »

Il s'était exprimé d'un ton incertain – sans doute intimidé par la perspective d'avoir à réécrire son histoire personnelle, supposa Amelia.

– N'oublie pas, surtout, lui recommanda-t-elle.

– J'oublierai pas. »

Elle contempla le minuscule papillon beige qui voletait dans la pièce.

« Tu m'as laissé quelques spécimens, dans ma cellule ? Pour me tenir compagnie ? demanda-t-elle.

– Ouais. Y a deux bêtes à bon Dieu – en réalité, elles s'appellent des coccinelles. Et aussi une cicadelle et un syrphe. Vous verrez, c'est marrant la façon dont ils volent. On peut les regarder pendant des heures sans se lasser. »

Il marqua une pause.

« Dites, je suis désolé de vous avoir menti. Le problème, c'est que si je l'avais pas fait, j'aurais jamais pu sortir pour aller sauver Mary Beth.

– Ne t'inquiète pas pour ça, Garrett. »

Celui-ci s'adressa à Mason.

« Je peux partir, maintenant ?

– Tu peux, oui. »

Au moment de franchir la porte, l'adolescent se retourna vers Amelia :

« Je passerai de temps en temps. Si ça vous dérange pas.

– Au contraire, ce sera un plaisir. »

Il sortit, et par la porte ouverte, Amelia le vit se diriger vers un 4 × 4. Lucy Kerr en descendit, puis vint lui ouvrir la portière – comme une mère venant chercher son fils après un entraînement de foot. La porte de la prison se referma, masquant cette scène familiale.

« Amelia... », commença Lincoln.

Mais elle fit non de la tête, avant de reprendre lentement le chemin de la prison. Elle aspirait à s'éloigner du criminologue, à s'éloigner de Garrett, à s'éloigner de la ville sans enfants. Elle aspirait à se retrouver dans l'obscurité de la solitude.

Et bientôt, son souhait fut exaucé.

À la sortie de Tanner's Corner, la route 112 – toujours à deux voies dans cette zone – décrit un virage pour se rapprocher de la rivière Paquenoke. Par-delà le bas-côté pousse une profusion de roseaux à balais, de laîche, d'indigotiers et de grandes ancolies exhibant, tels des drapeaux, leurs fleurs rouges caractéristiques.

Le refuge ombragé créé par cette végétation est particulièrement apprécié des policiers, qui sirotent du thé glacé et écoutent la radio jusqu'au moment où leur écran de radar affiche une vitesse égale ou supérieure à 85 kilomètres/heure. Alors, ils démarrent en trombe pour se lancer à la poursuite du chauffard et ajouter une centaine de dollars aux finances du comté.

Ce jour-là, un dimanche, quand une Lexus noire SUV aborda la boucle, le radar sur le tableau de bord de Lucy Kerr enregistra un 65 kilomètres/heure tout à fait légal. Pourtant, elle enclencha la première, pressa le bouton de commande du gyrophare sur le toit et fonça derrière le 4 × 4.

Elle s'en rapprocha en l'examinant attentivement. Elle avait appris depuis longtemps à toujours surveiller le rétroviseur des voitures qu'elle arrêtait. Il suffit en général de scruter les yeux du conducteur pour deviner si oui ou non il a commis des délits autres que de dépasser la vitesse autorisée ou de rouler avec un feu arrière cassé. Drogue, armes volées, ébriété... Le policier essaie de cerner le danger représenté par ce contrôle. En l'occurrence, le regard du conducteur qu'elle venait de prendre en chasse soutenait le sien dans le rétroviseur sans exprimer ni remords ni inquiétude.

C'était le regard d'un homme invulnérable.

Cette constatation décupla sa colère, et elle dut inspirer profondément pour la maîtriser.

Enfin, la grosse voiture se rangea sur le bas-côté, et Lucy se gara juste derrière. D'après le règlement, elle devait demander une vérification complète des plaques minéralogiques, mais elle ne s'en donna pas la peine. Rien de ce que pourrait lui apprendre le service des cartes grises ne présentait le moindre intérêt pour elle. Les mains tremblantes, elle ouvrit sa portière et descendit.

Le conducteur l'observait maintenant dans le rétroviseur latéral. Ses yeux reflétèrent une certaine surprise en remarquant, supposa-t-elle, qu'elle ne portait pas son uniforme – mais juste un jean et une chemise – malgré la présence de son arme sur sa hanche. Pourquoi un flic qui n'était pas en service arrêtait-il un automobiliste n'ayant pas dépassé la vitesse autorisée ?

Henry Davett baissa sa vitre.

Lucy Kerr jeta un coup d'œil à l'intérieur du véhicule. Sur le siège passager se trouvait une femme d'une cinquantaine d'années dont les cheveux blonds desséchés révélaient de fréquentes colorations chez le coiffeur. Elle arborait des diamants aux poignets, aux oreilles et sur la gorge. À l'arrière, une adolescente passait en revue des CD, appréciant sans doute mentalement la musique que son père ne lui laisserait pas écouter le jour du Seigneur.

« Quel est le problème, officier Kerr ? » s'enquit Davett.

Mais à en juger par son regard – que ne réfléchissait plus le rétroviseur –, il savait parfaitement quel était le problème, constata Lucy.

Un regard qui demeurait pourtant aussi dénué de remords et imperturbable qu'au moment où il avait aperçu les lumières du gyrophare sur la Crown Victoria.

La colère que s'efforçait de refouler Lucy s'empara d'elle à nouveau.

« Sortez de cette voiture, Davett, ordonna-t-elle.

– Chéri ? Qu'est-ce que tu as fait ?

– Où voulez-vous en venir, officier Kerr ? demanda-t-il en soupirant.

– Dehors. Tout de suite. »

Lucy passa la main à l'intérieur et déverrouilla les portières.

« Elle a le droit, chéri ? Elle...

– Tais-toi, Edna.

– Oh, d'accord. Désolée. »

Cette fois, Lucy ouvrit la portière. Henry Davett déboucla sa ceinture de sécurité, puis descendit sur le bas-côté poussiéreux.

Un poids lourd passa sur la route, les enveloppant d'un nuage poudreux. La mine dégoûtée, Henry Davett contempla l'argile grise de Caroline qui s'était déposée sur son blazer bleu.

« Ma famille et moi, nous sommes déjà en retard pour la messe, et je ne crois pas... »

Elle le prit par le bras pour l'entraîner à l'écart de l'accotement, dans l'ombre du riz sauvage et des massettes, au bord d'un petit affluent de la Paquenoke qui longeait la route.

« Où voulez-vous en venir ? répéta-t-il avec exaspération.

— Je sais tout.

— Vraiment, officier Kerr ? Vous savez *tout* ? C'est-à-dire... ?

— Le poison, les meurtres, le canal...

— Je n'ai jamais été en relation d'affaires avec Jim Bell ou quiconque à Tanner's Corner, déclara-t-il sans se démonter. Si des foutus abrutis parmi mes employés ont engagé d'autres foutus abrutis pour faire des choses illégales, je n'y suis pour rien. Mais si tel est effectivement le cas, je coopérerai avec les autorités à cent pour cent. »

Nullement amadouée par cette réponse mielleuse, elle rétorqua :

« Vous tomberez avec Bell et son beau-frère, Davett, je vous le garantis.

— Bien sûr que non. Rien ne permet de me rattacher à un seul crime. Il n'y a pas de témoins. Pas de comptes bancaires suspects, pas de transferts de fonds, pas de preuves d'une quelconque malversation. Je suis un fabricant de dérivés pétrochimiques : des produits d'entretien, de l'asphalte et certains pesticides.

— Des pesticides proscrits par la loi.

— Faux. L'utilisation du toxaphène aux États-Unis est autorisée dans certains cas par le ministère de l'Environnement. Et il n'est pas illégal dans la plupart des pays du tiers-monde. Renseignez-vous, officier Kerr : sans les pesticides, la malaria, l'encéphalite et la famine tueraient des centaines de milliers de gens chaque année et...

— ... provoquent chez ceux qui y sont exposés cancers, malformations congénitales, déficiences du foie et... »

Henry Davett haussa les épaules.

« Montrez-moi les études réalisées dans ce domaine, officier Kerr. Montrez-moi les documents qui le prouvent.

— Si cette saleté était aussi inoffensive, pourquoi avoir cessé de l'expédier par camions, hein ? Pourquoi avoir eu recours aux barges ?

— Je ne pouvais pas l'acheminer vers les ports par un autre moyen, puisque un grand nombre de comtés et de villes tellement respectueux de la loi ont interdit le transport sur leur territoire de certaines substances dont ils ne savent rien. Et je n'avais pas le temps d'embaucher des lobbyistes pour changer ladite loi.

– Eh bien, je suis sûre que le ministère de l'Environnement serait très intéressé par vos activités.

– Oh, mais ne vous gênez pas... Le ministère de l'Environnement ? Allez-y, prévenez-les. Je vous donnerai même le numéro de téléphone. Si jamais ils venaient un jour visiter l'usine, ils relèveraient autour de Tanner's Corner des niveaux de toxaphène tout à fait acceptables.

– Peut-être que ceux relevés uniquement dans l'eau le sont, ou uniquement dans l'air, ou uniquement sur les produits de la région... Mais si on considère l'ensemble ? Imaginez qu'un gosse boive de l'eau tirée du puits familial, puis joue dans l'herbe, puis mange une pomme cueillie dans le verger voisin, puis... »

Une nouvelle fois, Henry Davett haussa les épaules.

« La loi est claire, officier Kerr. Si elle ne vous plaît pas, envoyez donc une lettre de protestation aux membres du Congrès. »

Hors d'elle, Lucy le saisit par les revers de sa veste.

« Vous m'avez mal compris, Davett. Vous allez vous retrouver en taule ! »

Il se dégagea d'un mouvement brusque en sifflant entre ses dents :

« Non, c'est vous qui m'avez mal compris, officier Kerr. Vous êtes complètement à côté de la plaque. Croyez-moi, je suis très, très bon dans mon domaine. Je ne commets pas d'erreurs. »

Il consulta sa montre.

« Bon, il faut que j'y aille. »

Il retourna vers la SUV en tapotant ses cheveux clairsemés. La sueur les avait assombris et collés par endroits.

Une fois remonté dans sa voiture, il claqua la portière.

Lucy s'approcha de la vitre au moment où il démarrait.

« Attendez », dit-elle.

Il lui jeta un bref coup d'œil, mais Lucy l'ignora. Elle regardait les passagères.

« J'aimerais vous montrer ce qu'Henry m'a fait. »

De ses mains puissantes, elle déchira sa chemise. Les deux femmes dans la voiture laissèrent échapper un hoquet de stupeur en découvrant les cicatrices roses à l'emplacement de ses seins.

« Oh, pour l'amour de Dieu, murmura Henry Davett en baissant les yeux.

– Papa... ? » murmura l'adolescente, l'air choqué.

Sa mère, les yeux écarquillés, semblait avoir perdu l'usage de la parole.

« Vous dites que vous ne commettez jamais d'erreurs, Davett ? lança Lucy. C'est faux. Vous avez commis au moins celle-là. »

Sans répondre, il enclencha la première, mit son clignotant, vérifia dans son rétroviseur si la voie était libre, puis s'engagea lentement sur la chaussée.

Immobile sur l'accotement, Lucy suivit des yeux la Lexus qui s'éloignait. Avant de sortir de sa poche plusieurs épingles à nourrice dont elle se servit pour refermer sa chemise. Elle était adossée à sa voiture depuis un long moment déjà, luttant contre les larmes, quand soudain, elle remarqua par hasard une petite fleur rougeâtre au bord de la route. Elle plissa les yeux. Il s'agissait d'un sabot de la Vierge – une variété d'orchidée dont les inflorescences évoquent de minuscules pantoufles. Cette espèce était rare dans le comté de Paquenoke, et jamais encore Lucy n'en avait vu d'aussi jolie. Cinq minutes plus tard, la plante déracinée à l'aide d'une raclette à givre se trouvait bien à l'abri dans un grand gobelet en polystyrène, Lucy ayant sacrifié sans remords sa bière non alcoolisée à la beauté de son jardin.

44

UNE PLAQUE à l'entrée du palais de justice expliquait que le nom de l'État venait de *Carolus* – Charles en latin. C'était en effet le roi Charles 1er qui avait cédé ce territoire pour y établir une colonie.

Caroline...

Jusque-là, Amelia Sachs pensait qu'il s'agissait d'une reine ou d'une princesse. Née et élevée à Brooklyn, elle ne s'intéressait pas beaucoup à la royauté, dont elle ignorait d'ailleurs presque tout.

Toujours menottée, elle était assise entre deux gardiens sur un banc à l'intérieur du tribunal. Le bâtiment de brique rouge était ancien, tout d'acajou sombre et de sols en marbre. Des hommes austères en costumes noirs – des juges ou des gouverneurs, supposait-elle – représentés sur des peintures à l'huile semblaient la contempler d'un air sévère, comme s'ils la savaient coupable. Il n'y avait apparemment pas de climatisation, mais les courants d'air et la pénombre suffisaient à rafraîchir les lieux, grâce à l'ingénierie efficace du XVIIIe siècle.

Fred Dellray s'avança tranquillement vers la jeune femme.

« Salut, Amelia. Tu veux un café, ou quelque chose ? »

Le gardien à la gauche de la prisonnière eut seulement le temps de prononcer les mots « Il est interdit de parler à... », avant que la vue d'une carte du FBI ne le coupe dans son élan.

« Non, merci, Fred, répondit Amelia. Où est Lincoln ? »

Il était presque neuf heures et demie.

« Aucune idée, répondit l'agent. Tu le connais ; des fois, il apparaît, tout simplement. Pour un homme incapable de marcher, il se balade plus que tous les gens de ma connaissance. »

Lucy et Garrett n'étaient pas là non plus.

Solomon Geberth, vêtu d'un élégant costume gris, s'approcha

d'elle à son tour. Le gardien à la droite d'Amelia se leva pour lui céder sa place.

« Bonjour, Fred », dit l'avocat.

Fred Dellray le salua d'un mouvement de tête, mais en manifestant néanmoins une certaine réserve ; Amelia en déduisit que Solomon Geberth avait dû obtenir l'acquittement de quelques suspects appréhendés par l'agent fédéral.

« Ça marche, Amelia, annonça l'avocat. Le procureur est d'accord pour l'homicide involontaire, sans aucune autre charge. Cinq ans de réclusion. Pas de possibilité de libération conditionnelle. »

Cinq ans...

« Seulement, il y a un aspect des choses auquel je n'avais pas pensé hier, reprit Geberth.

— Lequel ? demanda-t-elle en essayant d'évaluer à l'expression de son visage la gravité de cette nouvelle complication.

— Le problème, c'est que vous êtes flic.

— Et alors ? »

Sans laisser à l'avocat le temps de répondre, Fred Dellray déclara :

« T'es une représentante de la loi. À l'intérieur. »

Comme elle ne paraissait toujours pas comprendre, il expliqua :

« À l'intérieur de la prison, je veux dire. Il va falloir t'isoler. Sinon, tu ne passeras pas la première semaine. Ce sera dur, Amelia. Sacrément dur.

— Mais personne ne saura que je suis flic. »

Fred Dellray partit d'un petit rire sans joie.

« T'auras à peine reçu ta tenue et tes draps qu'ils sauront tout ce qu'il y a à savoir sur toi.

— Je n'ai arrêté personne ici. Quelle importance que je sois flic ?

— Que tu viennes d'un autre État n'y changera rien, répliqua Fred Dellray en jetant un coup d'œil à l'avocat, qui confirma d'un signe de tête. Ils ne te laisseront pas avec les autres.

— Donc, ce sera cinq années d'isolement.

— J'en ai bien peur », répondit Geberth.

En proie à une brusque sensation de nausée, elle ferma les yeux.

Cinq années de solitude forcée, de claustrophobie, de cauchemars...

454

Et plus tard, en tant qu'ancienne détenue, comment envisager de devenir mère ? Elle étouffa un sanglot de désespoir.

« Alors ? demanda l'avocat. Quelle est votre réponse ?

— J'accepte la proposition du procureur. »

La salle était bondée. Amelia reconnut Mason Germain dans l'assistance, ainsi que plusieurs autres policiers. Un couple au visage fermé et aux yeux rougis – sans doute les parents de Jesse Corn – était assis au premier rang. Elle voulut leur dire quelque chose, mais leur regard méprisant la réduisit au silence. Deux personnes seulement la contemplaient sans animosité : Mary Beth McConnell et la femme massive qui l'accompagnait – sûrement sa mère. Mais il n'y avait toujours aucun signe de Lucy Kerr. Ni de Lincoln Rhyme. Peut-être n'avait-il pas eu le courage de la voir enchaînée, puis emmenée en prison. Eh bien, mieux valait qu'il en soit ainsi : dans ces circonstances, elle ne tenait pas non plus à le voir.

L'huissier la conduisit à la table de la défense. Il ne lui ôta pas les menottes. Solomon Geberth s'assit à côté d'elle.

Quelques instants plus tard, ils se levèrent à l'entrée du juge. Celui-ci, un homme noueux vêtu d'une ample robe noire, prit place à son banc. Il passa quelques minutes à parcourir des documents et à s'entretenir avec le greffier. Enfin, il hocha la tête, et le greffier annonça :

« L'État de Caroline du Nord contre Amelia Sachs. »

Le magistrat se tourna alors vers le procureur de Raleigh – un homme de grande taille à la chevelure gris argent.

« Votre Honneur, l'accusée et l'État ont conclu un accord, par lequel elle accepte de plaider coupable d'homicide involontaire sur la personne de l'officier Jesse Randolph Corn. L'État accepte en retour d'abandonner toutes les autres charges contre elle et requiert une peine de cinq années d'emprisonnement, sans possibilité de libération conditionnelle ou de remise de peine.

— Avez-vous discuté de ces dispositions avec votre avocat, mademoiselle Sachs ?

— Oui, Votre Honneur.

— Il vous a dit que vous aviez le droit de refuser et de requérir un procès ?

— Oui.

455

– Vous comprenez qu'en vous conformant aux termes de cet accord, vous allez plaider coupable de meurtre.

– Oui.

– Vous prenez cette décision de votre plein gré ? »

Elle songea à son père, à Nick. Et à Lincoln Rhyme.

« Oui, Votre Honneur.

– Très bien. Que plaidez-vous face à l'accusation d'homicide involontaire portée contre vous ?

– Coupable, Votre Honneur.

– Sur recommandation du procureur, l'accord est entériné et je vous condamne par conséquent à... »

Les portes recouvertes de cuir rouge donnant sur le couloir s'ouvrirent brusquement, et avec un couinement aigu, le fauteuil roulant de Lincoln Rhyme fit irruption dans la salle d'audience. Un huissier avait essayé de pousser les portes pour lui faciliter le passage, mais le criminologue, apparemment pressé, s'était contenté de foncer dedans. L'un des battants alla taper contre le mur. Lucy Kerr entra à son tour dans la pièce.

Le juge leva les yeux, prêt à réprimander l'intrus. Mais lorsqu'il découvrit le fauteuil, il opta pour cette attitude politiquement correcte que Lincoln abhorrait et ravala sa remarque. Il reporta son attention sur Amelia.

« Je vous condamne par conséquent à cinq ans...

– Excusez-moi, Votre Honneur, l'interrompit Lincoln. J'ai besoin de m'entretenir quelques minutes avec l'accusée et son avocat.

– Il se trouve, grommela le magistrat, que nous sommes en plein milieu d'une audience. Vous pourrez toujours lui parler plus tard.

– Avec tout le respect que je vous dois, Votre Honneur, insista Lincoln, il est impératif que je lui parle maintenant. »

Lui aussi avait grommelé, mais beaucoup plus fort que son interlocuteur.

Il se retrouvait au tribunal, comme au bon vieux temps.

Pour la plupart des gens, la tâche d'un criminologue consiste uniquement à relever et à analyser des indices. Mais lorsque Lincoln Rhyme dirigeait l'Investigation and Resources Division – les services de la police technique et scientifique au NYPD –, il avait passé presque autant de temps à témoigner devant la cour qu'à travailler dans un laboratoire. C'était un excellent expert dont l'avis était souvent sollicité. (Blaine, son ex-femme, lui faisait souvent remarquer qu'il préférait tenir un rôle devant les gens – y compris elle – plutôt que de nouer des relations avec eux.)

Lincoln manœuvra son fauteuil avec précaution pour l'amener près de la balustrade qui séparait l'assistance des tables de l'accusation et de la défense dans le tribunal du comté de Paquenoke. La vue d'Amelia Sachs faillit bien lui briser le cœur. En trois jours d'emprisonnement, elle avait perdu du poids et son teint était devenu cireux. Ses cheveux sales étaient rassemblés en un chignon strict semblable à celui qu'elle arborait sur les scènes de crime afin d'éviter que de longues mèches n'entrent en contact avec les pièces à conviction. Cette coiffure faisait paraître sévère l'expression de son beau visage aux traits tirés.

Solomon Geberth se dirigea vers le criminologue, puis s'accroupit près du fauteuil. Les deux hommes s'entretinrent quelques minutes. Enfin, l'avocat se redressa :

« Votre Honneur, j'ai bien conscience qu'il s'agit d'une audience concernant une négociation entre les deux parties. Néanmoins, j'ai une requête inhabituelle à vous soumettre. De nouveaux éléments ont été mis à jour...

– Vous n'aurez qu'à les présenter pendant le procès, répliqua le juge, si votre cliente décide de se rétracter.

– Je n'ai pas l'intention de montrer quoi que ce soit à la cour ; je souhaiterais simplement porter ces éléments à la connaissance de l'accusation et savoir si mon estimé confrère accepte de les prendre en considération.

– Dans quel but ?

– Une éventuelle modification des charges qui pèsent contre ma cliente », déclara Solomon Geberth. Avant d'ajouter, avec une feinte timidité : « Ce qui devrait vous permettre d'alléger un peu la liste des dossiers en cours à traiter, Votre Honneur. »

Le juge leva les yeux au ciel comme pour signifier que ces beaux discours yankees n'avaient aucune valeur dans le Sud. Néanmoins, il se tourna vers le procureur :

« Eh bien ?

– Quel genre d'éléments ? demanda le procureur à Solomon Geberth. Un témoin ? »

N'y tenant plus, Lincoln Rhyme déclara :

« Non, répondit-il. Des preuves matérielles.

457

« – Vous êtes ce Lincoln Rhyme dont on m'a parlé ? » lança le juge.

Comme s'il y avait deux criminologues handicapés venus exercer leur métier dans l'État du goudron de pin.

« Oui, Votre Honneur.

– Où sont-elles, ces preuves ? interrogea le procureur.

– J'en ai la garde au bureau du shérif, intervint Lucy Kerr.

– Vous acceptez de témoigner sous serment, monsieur Rhyme ? s'enquit le magistrat.

– Bien sûr.

– Vous êtes d'accord, maître ? demanda le juge au procureur.

– Je suis d'accord, Votre Honneur, mais s'il s'agit juste d'une manœuvre tactique ou si les preuves s'avèrent insuffisantes, je poursuivrai M. Rhyme pour obstruction à la justice. »

Après quelques instants de réflexion, le juge déclara :

« Pour mémoire, cette intervention ne s'inscrit pas dans le cadre de l'audience. La cour se conforme à la décision des deux parties d'entendre une déposition avant la mise en accusation. L'interrogatoire sera conduit conformément au Code de procédure pénale de Caroline du Nord. Faites prêter serment au déposant. »

Lincoln se plaça devant le banc. Au moment où le greffier s'approchait d'un air hésitant avec une bible, le criminologue déclara :

« Non, je ne peux pas lever la main droite. »

Et de réciter :

« Je jure devant Dieu de dire la vérité, toute la vérité, rien que la vérité. »

Il tenta d'accrocher le regard d'Amelia, mais celle-ci contemplait fixement le sol en mosaïque aux couleurs passées.

Solomon Geberth s'avança vers Lincoln.

« Monsieur Rhyme, pourriez-vous nous indiquer vos noms, adresse et profession ?

– Lincoln Rhyme, 345 Central Park West, New York. Je suis criminologue.

– Expert médico-légal, autrement dit.

– C'est un peu plus que cela, mais la médecine légale représente une partie importante de mes activités.

– Comment connaissez-vous l'accusée, Amelia Sachs ?

– Elle a été à la fois mon assistante et ma partenaire dans un certain nombre d'investigations criminelles.

— Et pour quelle raison êtes-vous venu à Tanner's Corner ?

— Pour aider le shérif James Bell et la police du comté de Paquenoke à enquêter sur le meurtre de Billy Stail et l'enlèvement de Lydia Johansson et de Mary Beth McConnell.

— Ainsi, monsieur Rhyme, vous affirmez détenir de nouvelles preuves relatives à cette affaire ?

— En effet.

— Quelles sont-elles, ces preuves ?

— Quand nous avons appris que Billy Stail était allé à Blackwater Landing avec l'intention de tuer Mary Beth McConnell, j'ai commencé à m'interroger sur les raisons qui avaient pu le pousser à agir ainsi. Et j'en ai conclu qu'on l'avait payé pour assassiner cette jeune fille. Il...

— Pourquoi pensez-vous qu'on l'a payé ?

— C'est évident », maugréa Lincoln.

Il avait du mal à supporter les questions non pertinentes et, de plus, l'avocat le forçait à dévier de son sujet.

« Veuillez éclairer la cour sur ce point, s'il vous plaît.

— Eh bien, Billy n'entretenait aucune relation avec Mary Beth, sentimentale ou autre. Il n'était pas impliqué dans le meurtre des Hanlon. Il ne connaissait même pas cette jeune personne. Par conséquent, seul l'appât du gain pouvait le motiver.

— Continuez.

— La personne qui l'a engagé n'allait pas lui donner un chèque, évidemment, mais du liquide. L'officier Lucy Kerr s'est rendue chez les parents de Billy Stail, qui l'ont autorisée à fouiller la chambre de leur fils. Elle a découvert dix mille dollars dissimulés sous le matelas.

— Ce qui vous a...

— Vous permettez que je termine, maître ? lança Lincoln.

— Bonne idée, monsieur Rhyme, approuva le juge. Je pense que maître Geberth a suffisamment préparé le terrain.

— Avec l'aide de l'officier Kerr, j'ai procédé à une analyse des empreintes sur les premiers et derniers billets des liasses. J'ai relevé au total soixante et une empreintes latentes. Outre celles de Billy, j'en ai découvert deux appartenant à une autre personne impliquée dans cette affaire. L'officier Kerr a obtenu un mandat pour aller perquisitionner au domicile de cet individu.

— Vous avez participé à cette fouille ? demanda le juge.

— Non, répondit Lincoln, car je n'ai pas pu accéder à cette

maison. Mais c'est moi qui ai supervisé l'opération menée par l'officier Kerr. À l'intérieur, elle a mis la main sur une facture d'achat d'une pelle identique à l'arme du crime, plus quatre-vingt-trois mille dollars en liquide protégés par un emballage semblable à celui qui enveloppait les deux liasses récupérées dans la chambre de Billy Stail. »

Plus soucieux que jamais de ménager ses effets, Lincoln avait gardé le meilleur pour la fin.

« L'officier Kerr a également retrouvé des fragments d'os dans le barbecue derrière la maison. Ils correspondent aux ossements de la famille de Garrett Hanlon.

— Et qui est le propriétaire de cette maison ?

— Jesse Corn. »

À ces mots, une vague de murmure s'éleva des bancs de la salle d'audience. Le procureur demeura imperturbable, mais se redressa légèrement sur sa chaise en raclant ses semelles sur le carrelage, puis s'entretint à voix basse avec ses collègues au sujet des implications de cette révélation. Dans l'assistance, les parents de Jesse se tournèrent l'un vers l'autre, l'air ébahi ; la mère du défunt remua la tête, avant de fondre en larmes.

« Où voulez-vous en venir, monsieur Rhyme ? » s'enquit le juge.

Lincoln faillit rétorquer une nouvelle fois que c'était évident. Au lieu de quoi, il répondit :

« Votre Honneur, Jesse Corn faisait partie des individus qui ont conspiré avec Jim Bell et Steve Farr pour assassiner les Hanlon il y a cinq ans, et tuer Mary Beth McConnell il y a quelques jours seulement. »

Mouais, sûr qu'y en a quelques-uns dans Tanner's Corner, des nids de guêpes.

Le juge s'adossa à son siège.

« Rien de tout cela ne me concerne, déclara-t-il. À vous de vous entendre, ajouta-t-il à l'intention de Solomon Geberth et du procureur. Dans cinq minutes, ou Mlle Sachs accepte l'accord, ou je fixe le montant de la caution et j'arrête une date d'audience en vue du procès.

— Ça ne veut pas dire qu'elle n'a pas tué Jesse Corn, dit le procureur à l'avocat de la défense. Même s'il a trempé dans le complot, il reste victime d'un homicide. »

Ce fut au tour du Nordiste de lever les yeux au ciel.

« Oh, je vous en prie, répliqua-t-il comme s'il avait affaire à un étudiant un peu lent. Il est clair que Jesse Corn opérait sous couvert de son statut de policier, et que lorsqu'il a traqué Garrett, il était animé d'intentions meurtrières, armé et dangereux. Jim Bell a reconnu qu'ils avaient prévu de torturer l'adolescent pour lui faire avouer où il avait enfermé Mary Beth. Une fois sur place, Jesse Corn aurait participé avec Culbeau et les autres à l'attaque contre Lucy Kerr et ses collègues. »

Le regard du magistrat allait d'un homme à l'autre dans ce match de tennis sans précédent.

« Je ne peux me concentrer que sur les charges retenues contre l'accusée, décréta le procureur. Que Jesse Corn ait ou non prévu de tuer quelqu'un ne compte pas. »

Solomon Geberth remua lentement la tête.

« Nous suspendons la déposition, dit-il au greffier. Ceci ne doit pas figurer dans le compte rendu. »

Puis, à l'adresse du procureur, il ajouta :

« Quel intérêt de poursuivre ? Jesse Corn était un meurtrier.

— Si vous allez jusqu'au procès, renchérit Lincoln, vous imaginez la réaction du jury quand nous prouverons que la victime était un flic pourri ayant l'intention de torturer un innocent pour retrouver une jeune femme et l'assassiner ?

— Vous n'avez pas besoin d'une complication de ce genre, reprit Solomon Geberth. Vous avez déjà Bell, son beau-frère, le coroner... »

Avant que le procureur n'ait pu émettre une nouvelle objection, Lincoln le regarda droit dans les yeux en affirmant d'une voix douce :

« Je vous aiderai.

— Pardon ?

— Vous savez qui est derrière tout cela, n'est-ce pas ? Vous savez qui décime les habitants de Tanner's Corner ?

— Henry Davett, répondit le procureur. J'ai lu les rapports et les dépositions.

— Et comment se présente le dossier contre lui ?

— Pas très bien. Je n'ai aucune preuve. Rien pour le rattacher à Jim Bell ou à quiconque dans cette ville. Il a eu recours à des intermédiaires, et tous font barrage ou sont inattaquables.

— Mais vous n'avez pas envie de l'épingler avant que d'autres personnes ne meurent du cancer ? Avant que d'autres enfants ne tombent malades et se suicident ? Avant que d'autres bébés ne naissent avec des malformations ?

— Bien sûr que si.

461

– Alors, vous avez besoin de moi. Vous ne trouverez aucun autre criminologue dans l'État capable de coincer Davett. »

Lincoln tourna la tête vers Amelia. Elle avait les larmes aux yeux. En cet instant, elle ne pensait qu'à une chose, il en était convaincu : qu'elle aille en prison ou pas, elle n'avait pas tué un innocent.

Le procureur poussa un profond soupir et opina. Puis, très vite, comme s'il risquait encore de changer d'avis, il déclara :

« Entendu. »

Il s'adressa ensuite au juge :

« Votre Honneur, dans l'affaire l'État contre Sachs, l'accusation abandonne toutes les charges.

– Qu'il en soit ainsi, répondit le magistrat, l'air de s'ennuyer ferme. L'accusée est libre. Affaire suivante. »

Il ne prit même pas la peine d'abattre son maillet.

45

« J‍E N’ÉTAIS pas sûr que tu viendrais », déclara Lincoln.
Sa surprise n’avait rien de feint.

« Je n’en étais pas sûre non plus », répliqua Amelia.

Ils se trouvaient tous les deux dans la chambre du criminologue au Centre médical d’Avery.

« Je suis allé rendre une petite visite à Thom, au cinquième étage, poursuivit-il. C’est assez inhabituel, comme situation : je suis maintenant presque plus mobile que lui.

– Comment va-t-il ?

– Il se remet bien. D’ailleurs, il devrait sortir dans un jour ou deux. Je lui ai dit qu’il allait découvrir la rééducation sous un jour différent, mais ça ne l’a pas fait rire. »

Une Guatémaltèque au visage avenant – la remplaçante temporaire de Thom –, assise dans un coin de la pièce, tricotait une écharpe jaune et rouge. Elle semblait bien supporter les sautes d’humeur de Lincoln, mais d’après lui, c’était avant tout parce qu’elle ne maîtrisait pas suffisamment l’anglais pour comprendre ses sarcasmes ou ses insultes.

« Tu sais, Amelia, reprit-il, quand j’ai appris que tu avais aidé Garrett à s’évader, je n’ai pas pu m’empêcher de penser que tu avais agi ainsi pour me donner la possibilité de reconsidérer l’opération. »

De ses lèvres à la Julia Roberts, Amelia esquissa un sourire.

« Il y avait peut-être un peu de ça, oui.

– Alors, tu es ici pour essayer de m’en dissuader ? »

Amelia se leva, puis s’approcha de la fenêtre.

« Jolie vue, commenta-t-elle.

– Apaisante, n’est-ce pas ? Une fontaine, un jardin, des fleurs... J’ignore cependant quelles espèces.

– Lucy pourrait te renseigner sans problème. Elle connaît

les plantes aussi bien que Garrett connaît toutes ces bestioles. Oups, excuse-moi, les *insectes*... Mais, non, Lincoln, je ne suis pas ici pour te dissuader. Je veux seulement être auprès de toi maintenant et tout à l'heure, en salle de réveil.

— Tu as changé d'avis ? »

Elle se tourna vers lui.

« Quand j'étais en cavale avec Garrett, il m'a parlé d'un passage de son livre, *Le Monde miniature*...

— J'ai un respect tout neuf pour les bousiers depuis que je l'ai lu, l'interrompit Lincoln.

— Il m'a montré ce paragraphe où l'auteur dressait la liste des caractéristiques des êtres vivants. L'une d'elles disait que les créatures saines luttent pour s'adapter à leur environnement. Et j'ai compris que tu devais le faire, Lincoln – que tu devais subir cette intervention. Je n'ai pas le droit de m'opposer à ta décision. »

Au bout d'un moment, il déclara :

« Je ne guérirai pas, j'en suis bien conscient. Mais quelle est la nature de notre métier ? Remporter de petites victoires. On trouve une fibre ici, une empreinte latente partielle là, ou encore quelques grains de sable susceptibles de nous conduire jusqu'au meurtrier. C'est tout ce que je désire, Amelia : une légère amélioration. Je ne quitterai pas mon fauteuil pour autant, mais j'ai besoin de cette petite victoire. »

Et d'une chance de te tenir la main.

Amelia se pencha vers lui, l'embrassa avec fougue, puis alla s'asseoir sur le lit.

« C'est quoi, cette expression ? demanda-t-il. Tu m'as l'air bien timide, tout d'un coup...

— Tu sais, ce passage dans le livre de Garrett ?

— Oui.

— J'aimerais te citer une autre caractéristique des êtres vivants.

— Lesquelles ?

— Tous s'efforcent de perpétuer l'espèce.

— Tu cherches à entamer de nouvelles négociations, c'est ça ? marmonna Lincoln. À passer une sorte de marché ?

— Eh bien, disons qu'on pourrait parler de certaines choses quand on rentrera à New York. »

Une infirmière s'encadra sur le seuil.

« Je dois vous emmener en salle d'attente préopératoire, monsieur Rhyme. Prêt pour la promenade ?

– Pensez donc ! » s'exclama-t-il.

Puis il se tourna vers Sachs pour ajouter :

« D'accord, on en parlera. »

Elle l'embrassa de nouveau en lui serrant la main gauche, et il ressentit une infime pression sur son annulaire.

Les deux femmes étaient assises côte à côte dans la lumière du soleil.

Deux gobelets en carton remplis d'un très mauvais café acheté au distributeur étaient posés devant elles, sur une table orange couverte de brûlures marron datant de l'époque où il était encore permis de fumer dans les hôpitaux.

Amelia jeta un coup d'œil à Lucy Kerr. Celle-ci, penchée en avant, les mains jointes, avait l'air sombre.

« Un problème ? lui demanda Amelia. Ça va ? »

Sa collègue hésita quelques secondes avant de répondre :

« Le service d'oncologie est situé juste à côté. J'y suis restée des mois. Avant et après l'opération. »

Elle remua la tête.

« Je l'ai jamais avoué à personne, mais le jour de Thanksgiving, après le départ de Buddy, je suis venue ici. Rien que pour traîner. J'ai pris un café et un sandwich au thon avec les infirmières. Génial, hein ? J'aurais pu aller voir mes parents et mes cousins à Raleigh pour partager la dinde et tout ce qui va avec. Ou ma sœur et son mari – les parents de Ben – à Martinsville. Mais en fait, je voulais me retrouver dans un endroit où je me sentais vraiment chez moi. Et c'était certainement pas dans ma maison.

– Quand mon père était mourant, expliqua Amelia, maman et moi, on a passé trois fêtes à l'hôpital. Thanksgiving, Noël et le nouvel an. Alors, papa nous a dit pour blaguer qu'on aurait intérêt à réserver nos places pour Pâques. Mais il n'a pas vécu jusque-là.

– Votre mère est toujours de ce monde ?

– Oh, oui. Elle s'en sort même mieux que moi. J'ai hérité de l'arthrite de papa. En dix fois pire. »

Elle faillit ajouter en plaisantant que si elle tirait aussi bien, c'était pour éviter d'avoir à courir après les suspects. Mais le souvenir du petit trou creusé par la balle dans le front de Jesse Corn lui revint à la mémoire, et elle demeura silencieuse.

« Tout ira bien, j'en suis certaine, reprit Lucy. Pour Lincoln.

– Je ne sais pas.

– Je le sens, affirma Lucy. Quand on traverse ce que j'ai traversé – dans les hôpitaux, je veux dire –, on développe une sorte d'intuition.

– Merci, j'apprécie votre soutien.

– Combien de temps ça va durer ? » demanda Lucy.

Une éternité...

« Quatre heures, d'après le docteur Weaver. »

Des bruits lointains leur parvenaient : les dialogues maladroits, forcés, d'un sitcom ; le bipeur d'un médecin ; un carillon ; un rire.

Quelqu'un s'approcha de leur table, puis s'immobilisa.

« Bonjour, mesdames.

– Lydia ! s'exclama Lucy avec un sourire. Comment ça va ? »

Lydia Johansson. Amelia ne l'avait pas tout de suite reconnue, car elle portait une blouse et un bonnet verts. La jeune femme travaillait ici comme infirmière, se rappela-t-elle.

« T'es au courant, pour l'arrestation de Jim et de Steve ? demanda Lucy. Qui aurait pu le croire, hein ?

– Je m'en serais jamais doutée, répondit Lydia. La ville tout entière parle plus que de ça... T'as un rendez-vous en oncologie ?

– Non. M. Rhyme se fait opérer aujourd'hui. De la colonne. On joue les supporters.

– Eh bien, j'espère que tout se passera pour le mieux, dit l'infirmière à Amelia.

– Merci. »

La jeune femme poursuivit son chemin dans le couloir, se retourna pour leur adresser un signe de la main, puis disparut derrière une porte.

« Elle est gentille, observa Amelia.

– Vous imaginez ce que ça représente, de bosser en oncologie ? Pendant mon séjour, elle venait me voir tout le temps. Et elle était toujours de bonne humeur. Elle a plus de cran que moi. »

Mais Amelia avait bien d'autres pensées en tête que Lydia Johansson. Elle leva les yeux vers l'horloge. Il était onze heures du matin. L'intervention allait débuter d'une minute à l'autre.

Il s'efforçait d'avoir l'air attentif.

L'infirmière lui expliquait certaines choses, et Lincoln Rhyme hochait la tête, mais comme on lui avait déjà administré un Valium, il avait du mal à se concentrer.

Il aurait voulu dire à cette femme de se taire et de faire ce qu'elle avait à faire ; néanmoins, supposait-il, mieux valait se montrer extrêmement courtois envers les gens qui s'apprêtent à vous charcuter.

« Ah bon ? C'est très intéressant », répondit-il quand elle s'interrompit.

Sans avoir la moindre idée de ce qu'elle lui avait raconté.

Sur ces entrefaites, un aide-soignant vint chercher Lincoln pour le conduire au bloc opératoire.

Deux autres infirmières se chargèrent ensuite de transférer le patient de la civière à la table d'opération. Puis l'une d'elles se dirigea vers le fond de la pièce, où elle sortit des instruments de l'autoclave.

La salle était moins austère qu'il ne l'aurait cru. S'y trouvaient bien entendu certains éléments de décor traditionnels : carrelage vert, équipement en Inox, instruments, tubes. Mais aussi beaucoup de cartons. Et même une radiocassette. Il faillit demander quel genre de musique ils allaient écouter, mais se ravisa en se rappelant qu'il serait inconscient, donc totalement indifférent à l'ambiance musicale.

« C'est drôle... », murmura-t-il d'une voix pâteuse à l'adresse de l'infirmière près de lui.

Elle se retourna. Il ne voyait que ses yeux au-dessus de son masque.

« Vous disiez ? lança-t-elle.

— On va m'opérer au seul endroit où j'ai besoin d'une anesthésie. Si j'avais une crise d'appendicite, on pourrait m'ouvrir le ventre sans m'endormir au masque.

— Très drôle, en effet, monsieur Rhyme. »

Il émit un petit rire en se disant : Tiens, elle me connaît.

Déjà engourdi et d'humeur méditative, il contempla le plafond. Lincoln Rhyme divisait les humains en deux catégories : ceux qui appréciaient le voyage et ceux qui appréciaient l'arrivée. Le déplacement seul procurait à certaines personnes plus de plaisir que la destination elle-même. Lincoln n'en faisait pas partie ; répondre aux questions posées par les investigations criminelles était son but, et il aimait trouver les solutions plutôt que de les chercher. En cet instant, pourtant, étendu sur le dos, les yeux rivés au réflecteur chromé de la lampe chirurgicale, il éprouvait exactement le contraire : il aurait préféré rester dans cet état d'espoir – savourer encore longtemps cet exaltant sentiment d'anticipation.

L'anesthésiste, une Indienne, lui enfonça une aiguille dans une veine du bras, prépara une seringue, puis l'ajusta au cathéter. Elle avait des mains habiles.

« Vous êtes prêt pour une petite sieste ? demanda-t-elle avec un léger accent mélodieux.

– Plus que jamais, chuchota-t-il.

– Quand je vous injecterai le produit, vous compterer à rebours à partir de cent. Vous dormirez avant même de vous en apercevoir.

– C'est quoi, le record ? demanda Lincoln pour plaisanter.

– Du décompte, vous voulez dire ? J'ai eu ce patient, un jour – il était beaucoup plus corpulent que vous –, qui est arrivé à soixante-dix-neuf avant de se retrouver dans les vapes.

– Je vais tenter soixante-quinze.

– Si vous réussissez, on donnera votre nom à cette salle d'opération », répliqua-t-elle, pince-sans-rire.

Il la regarda introduire un liquide clair dans l'intraveineuse. Puis elle se tourna vers un moniteur. Rhyme commença à compter :

« Cent, quatre-vingt-dix-neuf, quatre-vingt-dix-huit, quatre-vingt-dix-sept... »

L'autre infirmière, celle qui l'avait appelé par son nom, se pencha vers lui.

« Salut », dit-elle à voix basse.

Il y avait une intonation étrange dans sa voix.

Lincoln lui jeta un coup d'œil.

« Je suis Lydia Johansson. Vous vous souvenez de moi ? »

Avant qu'il ne puisse répondre par l'affirmative, elle ajouta dans un murmure menaçant :

« Jim Bell m'a chargée de vous dire adieu.

– Non ! » lâcha-t-il dans un souffle.

Le regard toujours rivé sur le moniteur de contrôle, l'anesthésiste déclara :

« C'est bon. Détendez-vous. Tout va bien. »

La bouche tout près de l'oreille de Lincoln, Lydia chuchota :

« Vous vous êtes jamais demandé comment Jim et Steve Farr étaient au courant, pour les patients atteints de cancers ?

– Non ! Arrêtez !

— J'indiquais leurs noms à Jim, et ensuite, Culbeau s'arrangeait pour qu'ils aient un accident. Jim Bell, c'est mon petit ami. Notre liaison dure depuis des années. C'est lui qui m'a envoyée à Blackwater Landing après l'enlèvement de Mary Beth. Ce matin-là, je suis allée déposer des fleurs près de la rivière, et je suis restée un peu au cas où Garrett se pointerait. Je devais lui parler pour donner à Jesse et à Ed Schaeffer une chance de le coincer – parce que Ed était avec nous, vous voyez. Après, ils comptaient le forcer à révéler où était Mary Beth. Mais personne avait prévu qu'il m'enlèverait, moi ! »

Mouais, sûr qu'y en a quelques-uns dans Tanner's Corner, des nids de guêpes.

« Arrêtez ! » s'écria encore Lincoln Rhyme.

Mais seul un chuchotement inaudible s'échappa de ses lèvres.

« Déjà quinze secondes, annonça l'anesthésiste. Finalement, vous allez peut-être le décrocher, ce record. Vous comptez toujours ? Je ne vous entends pas.

— Je serai là, près de vous, dit Lydia en caressant le front du criminologue. Tellement d'incidents peuvent survenir pendant une intervention... Un tube qui s'entortille, un produit injecté par erreur... Qui sait ? Peut-être que ça vous tuera, ou peut-être que ça vous plongera dans le coma. Dans tous les cas, je peux vous assurer que vous irez pas témoigner au tribunal.

— Attendez ! s'étrangla Lincoln. Attendez !

— Ah ! s'exclama l'anesthésiste en riant, les yeux fixés sur l'écran. Vingt secondes ! Je crois bien que vous allez gagner, monsieur Rhyme.

— Oh non, je crois pas », répliqua Lydia, qui se redressa lentement tandis que la salle d'opération autour de Lincoln virait au gris, puis au noir.

46

C'ÉTAIT en effet un lieu particulièrement joli, songea Amelia Sachs.

Pour un cimetière.

De Tanner's Corner Memorial Gardens, situé au sommet d'une petite colline, on apercevait la Paquenoke, à plusieurs kilomètres. L'endroit était encore plus beau ici, vu de l'intérieur, qu'elle ne l'avait imaginé en le découvrant de la route le jour où ils étaient arrivés d'Avery.

Les yeux plissés pour se protéger du soleil éblouissant, Amelia remarqua le ruban scintillant dessiné par le canal de Blackwater avant qu'il ne rejoigne la rivière. De ce poste d'observation, même ses sombres eaux polluées, sources de tant de chagrin pour tant de gens, paraissaient inoffensives, voire pittoresques.

Elle comptait parmi les membres d'une petite assemblée réunie autour d'une tombe ouverte. Un des employés du funérarium y déposait une urne. Amelia se tenait à côté de Lucy Kerr et de Garrett Hanlon. De l'autre côté de la fosse se trouvaient Mason Germain et Thom, appuyé sur une canne, en pantalon et chemise impeccables. Le garde-malade portait une cravate éclatante dont l'imprimé rouge, malgré son exubérance, ne jurait pas avec la gravité du moment.

Fred Dellray, en costume noir, était présent lui aussi. Un peu à l'écart, il avait l'air songeur – comme s'il se remémorait un passage d'un de ces livres de philosophie qu'il affectionnait. On aurait presque pu le prendre pour un prêtre islamiste, n'eût-il arboré une chemise vert citron à pois jaunes, et non blanche.

Aucun ministre du culte n'officiait ce jour-là, même s'ils étaient sans doute des dizaines dans un pays aussi croyant à pouvoir célébrer un service funèbre. Le directeur du funérarium jeta un coup d'œil à l'assistance, puis demanda si quelqu'un souhaitait dire quelque chose. Comme tout le monde s'entre-regardait, s'interrogeant pour savoir s'il y aurait des volontaires, Garrett plongea la main dans la poche de son pantalon large, d'où il retira son exemplaire tout abîmé du *Monde miniature*.

D'une voix hésitante, il se mit à lire :

« "D'aucuns laissent entendre qu'il n'existe pas de puissance divine, mais leur scepticisme est mis à rude épreuve lorsque nous considérons le monde des insectes, de tous ces êtres dotés de si nombreuses caractéristiques proprement admirables : des ailes si fines qu'elles semblent à peine faites d'un tissu vivant, des corps sans le moindre surpoids, des détecteurs d'une incroyable rapidité, précis au millième de kilomètre/heure, une technique de déplacement tellement efficace que les ingénieurs mécaniques s'en inspirent pour construire des robots, et surtout, une capacité stupéfiante de survivre malgré l'opposition très forte de l'homme, des prédateurs et des éléments. Quand le désespoir nous gagne, nous devrions songer à l'innocence et à la résistance de ces créatures miraculeuses pour y puiser un certain réconfort et restaurer une foi perdue." »

Garrett leva les yeux, referma son livre et fit cliqueter ses ongles avec nervosité. Puis, se tournant vers Amelia, il s'enquit :

« Vous aussi, vous voulez dire quelque chose ? »

De la tête, elle lui signifia que non.

Personne n'ajouta rien, et au bout de quelques minutes, tous ceux qui étaient rassemblés autour de la tombe se détournèrent pour remonter en haut de la colline par un sentier sinueux. Ils n'avaient pas encore atteint la crête débouchant sur une petite aire de pique-nique que les fossoyeurs derrière eux commençaient déjà à combler la fosse avec une pelle. Amelia respirait avec peine lorsqu'elle parvint au sommet de la pente couverte d'arbres près du parking.

Les paroles de Lincoln résonnèrent soudain dans sa tête :

Pas mal... Ça ne me déplairait pas d'être enterré ici.

Elle s'immobilisa pour reprendre son souffle et essuyer la sueur qui lui dégoulinait sur le visage ; la chaleur de Caroline du Nord était toujours aussi implacable. Garrett, pourtant, ne paraissait pas en souffrir le moins du monde. Il dépassa

Amelia en courant, avant d'aller chercher des sacs de provisions à l'arrière de la Bronco de Lucy.

Ni le moment ni l'endroit ne se prêtaient vraiment à un pique-nique, mais après tout, supposa Amelia, grignoter une salade au poulet et de la pastèque était une façon comme une autre d'honorer le souvenir des défunts.

Le scotch aussi, bien sûr. Après avoir fourragé dans plusieurs sacs, Amelia finit par retrouver la bouteille de Macallan, dix-huit ans d'âge. Elle la déboucha avec un léger *pop*.

« Ah ! Voilà un bruit qui résonne agréablement à mes oreilles ! » s'exclama Lincoln.

Il manœuvra son fauteuil pour se rapprocher d'elle, avançant avec précaution sur l'herbe inégale. Comme la pente conduisant à la tombe était trop raide pour le Storm Arrow, il avait dû attendre en haut, sur le parking. C'était donc du sommet de la colline qu'il avait assisté à l'ensevelissement des ossements retrouvés par Mary Beth à Blackwater Landing, maintenant réduits en cendres – à savoir, les restes de la famille de Garrett.

Amelia lui remplit de scotch un verre muni d'une longue paille, puis elle s'en servit un à son tour. Tous les autres buvaient de la bière.

« Rien de plus répugnant que la gnôle, déclara le criminologue. Évite-la à tout prix, Amelia. Ça, c'est bien meilleur. »

Elle balaya les alentours du regard.

« Au fait, où est la femme de l'hôpital ? demanda-t-elle. La garde-malade ?

– Mme Ruiz ? marmonna Lincoln. Désespérante. Elle a démissionné. En me laissant en plan.

– Démissionné ? s'exclama Thom. Vous l'avez rendue à moitié folle, oui ! C'est comme si vous l'aviez virée vous-même.

– Pas du tout, je me suis comporté en véritable saint, rétorqua Lincoln.

– Où en est votre température ? s'enquit Thom.

– Ça va. Et où en est donc la tienne ?

– Sans doute un peu élevée, mais moi, je n'ai pas de problème avec ma tension.

– Exact. Toi, tu as dans le corps un trou laissé par une balle.

– Vous devriez tout de même..., insista Thom.

– Je te répète que ça va.

– ... vous mettre un peu plus à l'ombre. »

Tout en pestant et jurant contre les aspérités du sol, Lincoln finit néanmoins par obtempérer.

De son côté, Garrett disposait avec soin nourriture, boissons et serviettes sur un banc ombragé par un arbre.

« Comment tu te sens, Lincoln ? chuchota Amelia. Et avant que tu passes ta mauvaise humeur sur moi, je te le dis tout de suite : je ne parle pas de la chaleur. »

Il haussa les épaules – une autre manière, silencieuse celle-là, de répondre en maugréant : Ça va.

En réalité, ça n'allait pas très bien. Un stimulateur du nerf phrénique lui envoyait un courant électrique dans le corps pour aider ses poumons à fonctionner. Lincoln détestait cet appareil – dont il s'était libéré des années plus tôt –, mais il ne pouvait envisager de s'en passer aujourd'hui. Deux jours plus tôt, alors qu'il était sur la table d'opération, Lydia Johansson avait bien failli faire cesser sa respiration à tout jamais.

Restée dans la salle d'attente de l'hôpital avec Lucy après le départ de Lydia, Amelia avait soudain remarqué que la jeune infirmière avait franchi la porte sur laquelle un panneau indiquait : NEUROCHIRURGIE.

« Vous m'avez bien dit qu'elle travaillait en oncologie, non ? avait-elle demandé à Lucy.

— Oui.

— Alors, pourquoi va-t-elle là-bas ?

— Elle veut peut-être saluer Lincoln. »

Mais Amelia n'était pas convaincue ; en général, les infirmières ne rendent pas de visites de politesse aux patients sur le point d'être opérés.

Et puis, elle avait réfléchi : Lydia devait savoir qui, parmi les habitants de Tanner's Corner, souffrait de tumeurs malignes. Amelia s'était alors souvenue que quelqu'un avait renseigné Jim Bell sur les malades atteints d'un cancer – les trois personnes de Blackwater Landing tuées par Culbeau et ses sbires. Or, une infirmière du service d'oncologie n'était-elle pas la mieux placée pour accéder à ces informations ? C'était un peu tiré par les cheveux, mais Amelia avait néanmoins fait part de ses soupçons à Lucy, qui avait sorti son portable pour joindre en urgence la compagnie de téléphone ; celle-ci avait effectué une recherche de toutes les communications concernant Jim Bell. Résultat, il y avait des centaines d'appels passés à Lydia, ou reçus d'elle.

« Elle va le tuer ! » s'était écriée Amelia.

Les deux femmes, dont une avait dégainé son arme, s'étaient ruées dans le bloc opératoire – une scène digne d'un épisode mélodramatique d'*Urgences* – au moment précis où le docteur Weaver s'apprêtait à faire la première incision.

Lydia avait paniqué et, en essayant de s'enfuir, ou d'accomplir la mission confiée par Jim Bell, avait arraché le tube d'oxygène relié à la gorge de Lincoln avant que les deux officiers n'aient pu la maîtriser. Ce choc, combiné à l'effet de l'anesthésiant, avait provoqué chez Lincoln un arrêt pulmonaire. Le docteur Weaver était parvenue à le sauver, mais par la suite, sa respiration avait laissé à désirer, et il avait fallu le mettre sous respirateur.

Ce qui était déjà grave en soi. Mais il y avait pire : le docteur Weaver ne pratiquerait pas l'opération avant au moins six mois – un délai nécessaire selon elle pour lui permettre de recouvrer une capacité respiratoire normale. Lincoln avait eu beau insister, le chirurgien s'était révélé aussi têtu que lui.

Amelia avala une autre gorgée de scotch.

« Au fait, tu as prévenu Roland Bell, pour son cousin ? » demanda le criminologue.

Elle opina.

« La nouvelle l'a bouleversé. D'après lui, Jim Bell avait toujours été le mouton noir de la famille, mais jamais il ne l'aurait cru capable de tels actes. Ça l'a drôlement secoué. »

Elle tourna la tête vers le nord-est.

« Tu as vu, là-bas ? Tu sais ce que c'est ? »

Lincoln, qui essayait de suivre la direction de ses yeux, demanda :

« Tu regardes quoi, exactement ? L'horizon ? Un nuage ? Un avion ? Éclaire-moi, Amelia.

– Les marécages du Great Dismal. Où se trouve le lac Drummond.

– Ah oui ? Fascinant, ironisa-t-il.

– C'est plein de fantômes, dans ce coin », ajouta-t-elle, jouant les guides touristiques.

Lucy les rejoignit et versa un fond de scotch dans un gobelet en carton. Après en avoir bu un peu, elle grimaça.

« Beurk, c'est dégoûtant, ce truc-là. On croirait avaler du liquide vaisselle. »

Sur ce, elle ouvrit une Heineken.

« Ça vaut tout de même quatre-vingts dollars la bouteille, précisa Lincoln.

« – Du liquide vaisselle rudement cher, alors », répliqua l'officier Kerr.

Amelia vit Garrett se gaver de chips au maïs, puis s'élancer dans l'herbe.

« Des nouvelles du comté ? demanda-t-elle à Lucy.

– Pour l'adoption, vous voulez dire ? »

De la tête, Lucy esquissa un mouvement de dénégation.

« Mon dossier a été rejeté. Pas parce que je suis célibataire, notez bien. Non, c'est mon boulot qui leur pose un problème. Un flic, ça n'a pas d'horaires.

– Qu'est-ce qu'ils en savent ? intervint Lincoln, les sourcils froncés.

– Peu importe ce qu'ils savent ou pas, expliqua Lucy. C'est ce qu'ils *font* qui compte. Garrett sera accueilli par une famille à Hobeth. Des braves gens. Je me suis renseignée sur eux. »

Ce dont Amelia ne douta pas un instant.

« Mais on va partir tous les deux en randonnée le week-end prochain », ajouta Lucy.

Non loin, Garrett se frayait un chemin parmi les hautes herbes, manifestement intéressé par une bestiole.

Lorsqu'elle se détourna, Amelia croisa le regard de Lincoln fixé sur elle.

« Quoi ? lança-t-elle en fronçant les sourcils devant l'expression incertaine du criminologue.

– Si tu devais confier quelque chose à une chaise vide, Amelia, ce serait quoi ? »

Elle hésita.

« Pour le moment, je crois que je préfère ne pas répondre, Lincoln. »

Soudain, Garrett éclata de rire et se mit à courir. De toute évidence, il pourchassait un insecte qui, ignorant son poursuivant, voltigeait dans l'air poussiéreux. L'adolescent bondit pour l'attraper, avant de rouler dans l'herbe. Il se redressa presque aussitôt, jeta un coup d'œil à la créature prisonnière entre ses mains, puis revint lentement vers l'aire de piquenique.

« Devinez ce que j'ai trouvé ! s'exclama-t-il.

– Montre-nous, déclara Amelia. Je voudrais voir. »

Note de l'auteur

J'espère que les habitants de Caroline du Nord me pardonneront d'avoir réorganisé quelque peu la géographie et le système scolaire de l'État du goudron de pin pour qu'ils répondent mieux à mes sinistres desseins. Si cela peut les consoler, je l'ai fait avec le plus grand respect pour cet État qui possède les meilleures équipes de basket de tout le pays.

PARSONS Julie
En mémoire de Mary, 1999
Piège de soie, 2000
Noir dessein, 2001

RAMBACH Anne
Tōkyō Chaos, 2000
Tōkyō Atomic, 2001

RENDELL Ruth
Un enfant pour un autre, 1986
L'Homme à la tortue, 1987
Vera va mourir, 1987
L'Été de Trapellune, 1988
La Gueule du loup, 1989
La Maison aux escaliers, 1989
L'Arbre à fièvre (nouvelles), 1991
La Demoiselle d'honneur, 1991
Volets clos (nouvelles), 1992
Fausse Route, 1993
Plumes de sang (nouvelles), 1993
Le Goût du risque, 1994
Le Journal d'Asta, 1994

L'Oiseau-crocodile, 1995
Une mort obsédante, 1996
En toute honnêteté (nouvelles), 1996
Noces de feu, 1997
Regent's Park, 1998
Jeux de mains, 1999
Sage comme une image, 2000
Sans dommage apparent, 2001
Danger de mort, 2002
P comme Piranha et autres nouvelles, 2002

SEE Lisa
La Mort scarabée, 1998

VINE Barbara
Ravissements, 1991
Le Tapis du roi Salomon, 1992

WALKER Mary Willis
Cri rouge, 1997
Statues de sang, 1997
La Loi des morts, 1998

Photocomposition CMB Graphic
44800 Saint-Herblain

Impression réalisée sur CAMERON par

Firmin-Didot

pour le compte des Éditions Calmann-Lévy
31, rue de Fleurus, Paris 6ᵉ
en octobre 2002

Imprimé en France
Dépôt légal : octobre 2002
N° d'édition : 13459/01 – N° d'impression : 61288

Ville de Montréal   DEA

RP

**Feuillet
de circulation**

– AVR 03 À rendre le	
29 AVR. 03	16 JAN. 04
20	27 JAN. 04
13 JUIN 03	17 FEV. 04
04 JUIL. 03	30 MAR. 04
11 JUIL. 03	22 AVR. 04
30 JUIL. 03	
27 AOUT 03	18 MAI 04
16 SEP. 03	
	05 JUIN 04
03 OCT. 03	25 JUIN 04
25 OCT. 03	
NOV. 03	07 SEP. 04
22 NOV. 03	21 DEC. 04
16 DEC. 03	

06.03.375-8 (01-03)